Subina Giuletti

Sterne gibt es überall

Roman

Impressum
©Subina Giuletti/ Dast-Verlag
Erste Auflage: Dezember 2018

Impressum:
Dast Verlag
Kirschäckerstraße 25
96052 Bamberg
+49-951-994980
info@dast-verlag.de
Internet: www.subina-giuletti.de
E-Mail: info@subina-giuletti.de

Korrektorat/Lektorat: Manuela Müller kreativsein@web.de
Korrektorat: Andreas.Poeschl@web.de
Korrektorat: Sarah.Seidelmann@gmx.de
Coverdesign:
Erika Alyana Sañga Duran
Foto: istock.com

Der Inhalt des Buches basiert auf einer erfundenen Geschichte. Jede Ähnlichkeit mit lebenden oder verstorbenen Personen wäre rein zufällig. Alle Handlungen, Geschehnisse und Charaktere meiner manchmal überbordenden Fantasie entsprungen.

Druck: www.druckterminal.de
KDD Kompetenzzentrum Digital-Druck GmbH
Leopoldstraße 68 * D-90439 Nürnberg

♫ Moments ♫

Alexis Ffrench

»Pst ... wach auf ...!«

Eine Hand rüttelte sie sanft, warmer Atem hauchte an ihr Ohr. Verschlafen blinzelte sie in die Finsternis, gefangen zwischen Wachsein und Traum, hörte die raunende Stimme dicht an ihrer Seite, dicht an ihrem Hals.

»Hey«, flüsterte es wieder. »Nicht erschrecken ... Bist du wach?«

Sie schlug die Augen auf. Ein Gesicht war unmittelbar vor dem ihren, ein intensiver, tiefer Blick.

»Was ist?«, fragte sie alarmiert und richtete sich ein wenig auf ihrem Lager auf. Er hockte vor ihr, seine Augen blickten voller Wärme und zart strich er ihr über ihre Wange.

»Ich möchte dir etwas zeigen«, wisperte er. »Kommst du mit?«

»Jetzt?«, fragte sie erstaunt. »Wie spät ist es?«

»Pst!« Er legte den Finger an die Lippen und sah sich um. Die anderen im Raum schliefen tief und fest. Unwillkürlich zog er an ihrer Hand.

»Komm einfach mit«, forderte er sie leise auf.

Widerstandslos erhob sie sich, mit diesen geschmeidigen, tänzerischen Bewegungen, die er schon die ganzen Wochen, die sie hier war, an ihr bewundert hatte. Aus der Ferne, aus der Nähe. Vom ersten Moment an, da er sie gesehen hatte, war er elektrisiert gewesen. Hatte sie immer wieder unauffällig studiert – wie sie lief, wie sie aß, wie sie redete. Ihre fließenden Bewegungen während der Hatha-Yoga-Stunde, ihren friedlichen und doch sehnsuchtsvollen Ausdruck, wenn sie meditierte. Er hatte auch mitbekommen, wie sie sich bereits in den ersten Tagen von der Gruppe abgesondert hatte und immer öfter allein am See gesessen oder gedankenverloren umhergewandert war. Sie befand sich in einer Umbruchsituation, das war ihm klar, sonst wäre sie nicht hier. Sonst hätte sie sich anders verhalten.

Jedes Bild von ihr war in seine Seele gestanzt: ihr graziler Körper, ihr langes Haar, das fein geschnittene Gesicht, der sensible Mund, die mit ein paar vorwitzigen Sommersprossen versehene Nase, die sich an der Wurzel süß kräuselte, wenn sie lachte. Überhaupt ihr Lächeln! Er fand es so zauberhaft, dass er jedes Mal dahinschmolz, wenn er es sah.

Und genau das wollte er jetzt. Er wollte dieses Lächeln sehen. Diesmal wollte er es ganz für sich allein, diesmal wollte er der Grund dafür sein.

Glücklich darüber, dass sie mitging, nahm er sie an die Hand und lautlos schlüpften sie aus dem großen, von menschlichen Ausdünstungen leicht muffigen Raum.

Die Nacht war klar, die Luft frisch und kalt. Unwillkürlich atmete sie tief durch. Seine Hand hielt die ihre so selbstverständlich, dass sie sich geborgen fühlte und keinerlei Angst verspürte, obwohl er mit ihr in Richtung Wald ging, weg vom Haus, weg vom Licht, weg von den Menschen. Kühle Feuchtigkeit zog vom See empor. Sie hatte keine Jacke dabei und begann zu frösteln. Er merkte es.

»Dauert nicht mehr lange, wir sind gleich da«, murmelte er. »Ich verspreche dir, dann wird dir wieder warm.«

Sie erwiderte nichts darauf.

Stille umgab ihn, auch, wenn er redete. Eine Stille, der sie instinktiv vertraute, eine Stille, die Unruhe oder Bedenken gar nicht erst aufkommen ließen. Eine Stille, die sie mochte.

Nach etwa fünf Minuten blieb er stehen, wandte sich ihr zu, ein kleines Lächeln im Gesicht, und sagte: »Augen zu!«

Sie lachte leise, tat aber wie geheißen. Er stellte sich hinter sie, legte seine Hände auf ihre geschlossenen Augen und dirigierte sie über den Waldboden, machte sie auf hervorstehende Wurzeln aufmerksam, auf Zweige, die im Weg hingen – er führte sie so sicher, dass sie ihre Augen gar nicht brauchte.

»Was wird das?«, fragte sie belustigt, während sie sich an seinen Handgelenken festhielt.

»Vertrau mir …«, wisperte er nahe an ihrem Ohr. Seine Stimme war tief, aber nicht dunkel. Sie vibrierte in ihrem Körper nach wie die Töne einer Klangschale. »Gleich siehst du es.«

Sanfter Schein drang durch seine Hände, durch ihre geschlossenen Lider. Sie nahm Wärme wahr, das Prasseln eines Feuers drang an ihr Ohr, Scheite, die laut knackten. In Gedanken sah sie die Funken hochstieben. Es roch heimelig nach Holz, nach Harz, nach Wald und nach Essen. Er war stehen geblieben.

»Jetzt?«, fragte sie, drehte leicht ihren Kopf in seinen Händen und wollte sie von ihren Augen ziehen, aber er ließ es noch immer nicht zu. Stattdessen registrierte sie seinen Körper einen Hauch dichter an dem

4

ihren, fühlte seinen Atem an der Seite ihres Gesichtes, als er sich vorbeugte und flüsterte:

»Danke, dass du mitgekommen bist. Es bedeutet mir viel.«

Sie war schon jetzt verzaubert. Noch immer hatte er seine Hände auf ihrem Gesicht. Noch immer hielt sie seine Handgelenke umklammert. Stumm standen sie so für lange intime Sekunden. Sekunden, die es ihr erlaubten, ihre Umgebung mit anderen Sinnen als den Augen zu erkunden. Etwas Ruhiges und Heiteres lag über diesem Ort.

Dieser Frieden übertrug sich vollständig auf sie. Als seine Hände von ihrem Gesicht glitten, öffnete sie ihre Augen nicht und er ließ sie nicht los, sondern umfasste ihre Mitte und zog sie sanft, sehr sanft, an sich. Sie atmete aus. Das tat so gut! Ohne nachzudenken lehnte sie sich an ihn und – ermutigt von dieser Geste – schmiegte er seine Wange von hinten an die ihrige.

Zart berührten seine Lippen ihr Ohr:

»Mach die Augen auf«, flüsterte er.

Seine Stimme prickelte durch den Gehörgang ihre Wirbelsäule hinunter und entfachte ein kleines Feuer in ihr. Erwartungsvoll hob sie die Lider und sog überrascht Luft ein.

Ein wunderbares Bild bot sich ihr. Sie fühlte sich wie in eine Traumwelt hineingezogen. Er hatte sie auf eine Lichtung geführt, an einem Nebenarm des indigoblauen Sees. Große Stapel Holz waren im Halbkreis für den Winter aufgeschichtet und er hatte überall dort, wo ein Scheit etwas weiter herausstand, ein Windlicht platziert, sodass der ganze Holzstoß zu schimmern und zu funkeln schien. Der Boden vor dem Holzlager war mit Matten, dicken Decken und bunten Kissen bedeckt, Feuer brannte in einer riesigen Schale, über der ein Topf hing, dem der Essensgeruch entströmte. Dunkel und schützend stand der Wald um diese Kulisse herum, ein perfekter Hintergrund für die hochstiebenden Funken und tänzelnden Glühwürmchen.

»Oh, wie schön«, hauchte sie hingerissen. »Das ist unglaublich! Hast du das alles alleine aufgebaut?«

»Klar – bis auf den Holzstoß natürlich«, erklärte er, befriedigt über ihre Reaktion. »Aber komm doch ans Feuer. Dir ist kalt.«

Mit einem Lächeln trat sie einen Schritt näher. Ihr Blick wanderte über die vielen, liebevollen Details: Goldene Bänder und Lampions waren in die Bäume genestelt, Kerzen in Gläsern standen in Gruppen auf dem Boden und sie entdeckte einen Korb, aus dem eine Thermoskanne, Teller, Besteck und Servietten ragten sowie sauber aufgeschichtete, in

Butterbrotpapier umwickelte Sandwiches und Flaschen mit frischem Quellwasser.

»Meine Güte«, kommentierte sie ehrlich verblüfft. »Wie lange hast du dafür gebraucht?«

»Das ist unwichtig … Es hat mir Freude gemacht, das alles für dich vorzubereiten.«

»Für mich? Das hast du alles für mich gemacht?« Sie lachte leicht. »Warum?«

Ihr Blick wandte sich ihm nun voll zu, aber er ging auf ihr Lachen nicht ein und antwortete ernst:

»Weil ich sicher bin, dass du die Liebe meines Lebens bist. Und ich deswegen diese Nacht mit dir verbringen möchte.«

»Liebe deines Lebens?«, wiederholte sie und der Ausdruck ihrer Augen schwankte zwischen Belustigung und Ernst. »Das ist eine sehr voreilige Schlussfolgerung für jemanden, den du nicht wirklich kennst.«

»Mir ist sehr bewusst, was ich sage.«

Obwohl sein gesamter Ausdruck diesem Statement entsprach, versuchte sie, seine Worte zu entschärfen.

»Die Kulisse hier ist eindeutig zu romantisch! Die verführt dich zu Aussagen, die du morgen sicher bereust! Oder die ihre Dramatik verlieren, wenn du bekommen hast, was du willst.«

Sie lachte, aber ihr Ton klang leicht bitter.

»Ganz sicher nicht!«, antwortete er fest. »Ich liebe dich. Du bist diejenige, mit der ich mein Leben verbringen möchte. Ich beobachte dich schon die gesamten Wochen, die du hier bist.«

»Okay, nur um das klarzustellen: Diese Wochen waren voller tantrischer Erlebnisse.«

Ihr Kopf nickte in Richtung Blockhaus.

»Ja, ich weiß. Es fehlt allerdings noch ein tantrisches Erlebnis mit mir.«

»Das hättest du auch so haben können. Warum hast du dich nicht unter die Gruppe gemischt?«

»Warum hast du es nicht mehr getan? Du hast dich ebenso ausgeschlossen! Bereits nach einem Tag!«

»Und jetzt willst du … warte … Sag mal, du hast nicht zufällig eine Wette mit jemandem abgeschlossen?«

Er stieß einen verständnislosen Laut aus.

»Was soll das? Natürlich nicht! Ich habe dir schon gesagt, warum ich es will. Ich liebe dich. Und ich will dich hier, für mich allein. Auf meine Weise. Vorausgesetzt, du willst es auch.«

6

Etwas in seiner Haltung, seinem Blick, seiner Stimme ließ das sarkastische Lächeln aus ihrem Gesicht verschwinden. Aufmerksam versuchte sie, in seinem Blick zu lesen. Auch er musterte sie. Ihre Haare waren vom Schlaf zerzaust, ihre Arme fest um ihren Körper geschlungen. Sie zitterte merklich in der Kühle der Nacht, trotzdem ging sie nicht näher ans Feuer, wirkte, als überlege sie sich, auf dem Absatz kehrtzumachen und zur Blockhütte zurückzulaufen.

Er wartete. Lange lag ihr forschender Blick auf ihm. Er blieb ruhig und seine Augen sagten ihr, dass er jede Entscheidung akzeptieren … dass er nichts erzwingen würde. Das bewegte etwas in ihr. Seine ganze Ausstrahlung verbot ihr, etwas Schlechtes über ihn zu denken. Es ging etwas sehr Bestimmtes, etwas sehr Ungewöhnliches von ihm aus, und schließlich sanken ihre Schultern ein klein wenig nach unten.

Es sprach für seine Feinfühligkeit, dass er diese winzige Änderung wahrnahm. Wortlos nahm er sie erneut an die Hand und zog sie auf das Lager. Sie ließ es geschehen, lehnte sich mit dem Rücken gegen das vom Feuer angewärmte Holz, während er eine Decke auseinanderfaltete und sie darin einhüllte. Sein Kopf kam dem ihren dabei sehr nah und sie sog seinen Geruch ein: ein Aroma nach Wald, Vanille und Mann. Als er ihr die Decke um die Schultern stopfte, sah er ihr in die Augen. Unwillkürlich hob sie ihren Mund ein wenig an, aber er ging nicht darauf ein. Lediglich ein kaum wahrnehmbares Lächeln in seinem Augenwinkel sagte ihr, dass ihn ihr Angebot freute.

Mit einer geschmeidigen Bewegung setzte er sich neben sie. Das Feuer verdrängte die Frische der Nacht, aber sie war durchgefroren und wickelte die Decke noch fester um sich.

»It's chilly«, sagte sie entschuldigend auf seinen Blick hin.

»Wie wäre es mit einem heißen Tee?«, fragte er. »Dann wird dir von innen her warm. Oder hast du Hunger? Ich habe uns eine Suppe gekocht.«

»Du hast eine Suppe gekocht«, wiederholte sie verwundert. »Das hört sich gerade göttlich an. Suppe und Glühwürmchen. Perfekt! Ja, sehr gern.«

Sie beobachtete ihn, als er den Korb mit Besteck und Servietten an ihren Platz brachte. Er war groß, kräftig, sein Haar kinnlang, sein Mund sensibel – er war attraktiv – und älter als sie. Ihr Blick folgte ihm weiter, als er zur Feuerstelle zurückging, dicke, heiße Kartoffelsuppe in zwei Schalen schöpfte und damit zu ihr zurückkam. Dankbar wärmte sie ihre Hände am Steingut, bevor sie den Löffel in das aromatisch duftende Essen tauchte. Er saß ihr im Schneidersitz gegenüber und tat es ihr gleich.

»Danke«, sagte sie schließlich, als sie die Hälfte gegessen hatte, und lächelte ihn an. »Das tut echt gut. Die Suppe schmeckt super!«

»Altes Familienrezept.« Er hob den Blick und ließ seinen Löffel sinken. »Darf ich dich was fragen?«

»Klar! Schieß los!«

»Warum tust du das? Ich meine, warum bist du hier? Auf diesem Tantra-Seminar?«

»Warum macht man ein Tantra-Seminar?«, gab sie lakonisch zurück und lachte leicht. »Um zur Erleuchtung zu gelangen! Oder weil man für so etwas Mut braucht ... und ich herausfinden wollte, ob ich den habe.«

Sie tauchte den Löffel in die Suppe und setzte hinzu: »Oder um eine spirituelle Rechtfertigung für ungezügelten Sex zu haben. Such dir was aus.«

»Das Letzte ist wohl der Grund, warum die meisten hier sind«, antwortete er. »Aber was ist mit dir? Du hast doch gar nicht mitgemacht. Hast dich nach einem Tag schon zurückgezogen.«

Gedankenverloren rührte sie mit dem Löffel in der Suppe.

»Ich glaube, ich bin aus Trotz hier«, erwiderte sie schließlich. »Aus Trotz gegen mein Leben in Deutschland. Gegen das Leben, das ich dort führe. Gegen Regeln, die ich nicht gemacht habe. Vielleicht war es einfach die Hoffnung, dass hier etwas passiert, was mir ...« Sie brach ab, schwieg für ein paar Sekunden. »Weiß nicht«, sagte sie dann mehr zu sich als zu ihm. »Vielleicht suche ich einfach nach etwas, das das Leben nicht so trist macht. Ist schwer auszudrücken.«

Seine Mundwinkel bogen sich kaum merklich nach oben und in seinen Augen blitzte es auf. »Dein Leben ist trist? Weshalb?«

»Wozu willst du das wissen?«

»Weil es mich interessiert.«

»Okay, warum interessiert es dich?«

»Habe ich dir schon gesagt.«

Sie gab einen Unmutslaut von sich. »Gib's zu, du willst auch nur ungezügelten Sex!«

»Den hätte ich in diesen Wochen massenweise haben können. Ohne dich zu fragen.«

»Stimmt allerdings«, gab sie zu.

Wieder sah sie ihn an. Diesmal ein wenig verwirrt. Er fixierte sie, aber es war nicht unangenehm.

»Du passt nicht zu diesen Leuten«, sagte er. »Hast du ja selbst schon festgestellt.«

»Ich passe wohl nirgendwohin«, erwiderte sie. »Vermutlich ist das mein Problem. Immer, wenn ich wo bin, will ich woanders sein. Nichts ist perfekt. Bin ich unter Menschen, will ich allein sein. Bin ich allein, möchte ich, dass jemand bei mir ist. Das Leben scheint ein ewiger Kompromiss zu sein.«

»Vielleicht bist du nur nicht mit den richtigen Menschen zusammen, wenn du dich mit ihnen nicht wohlfühlst. Oder …« Er verstummte.

»Oder …?«

»Oder du fühlst dich mit dir nicht wohl. Dann kannst du sein, wo du willst, dann ist es nie perfekt. Aber ich finde, das Leben ist genau das. Perfekt. In jeder Sekunde.«

Sie schwieg und starrte auf den Boden.

»Mag sein«, gab sie ein wenig abweisend zurück. Er sagte nichts. Erst nach ein paar Minuten richtete sie ihren Blick wieder auf ihn.

»Was hältst du von solchen Seminaren?«

»Dasselbe wie du. Sie werden ziemlich missbraucht. Das hier ist ein Sexcamp. Nichts anderes. Unter einem spirituellen Deckmantel wird Polygamie verherrlicht.«

Er veränderte seine Stimme und ahmte eine der Teilnehmerinnen so perfekt nach, dass sie unwillkürlich in Lachen ausbrach:

»Ich habe sooo viel Liebe in mir! Die kann doch nicht nur für einen sein!«

Er gab noch ein paar ähnliche Klischees ab und sie kringelte sich vor Lachen, weil sie in diesen Tagen diese Phrasen tatsächlich tausendfach gehört hatte.

»Wirklich, eine dümmere Ansicht über Liebe habe ich noch nie gehört«, grummelte er. »Diese Leute hier begreifen gar nichts. Für mich ist Sex so viel mehr.«

»Ach, und das willst du mir jetzt beweisen?«

»Warum bist du so sarkastisch? So bitter?«

Die Frage traf sie. Wieder blieb sie ihm für Minuten eine Antwort schuldig. Er bohrte nicht nach. Er sah, dass es in ihr arbeitete – und gab ihr Zeit.

»Ich glaube, weil ich Angst habe, das Falsche zu tun«, sagte sie schließlich leise. Ihr Blick war auf das Feuer gerichtet. »Oder schon das Falsche getan zu haben. Weißt du, niemand weiß, dass ich hier bin, auch nicht …«

Sie brach ab, sandte ihm einen vorsichtigen Blick, dann fuhr sie fort:

»… also in Deutschland … da hatte ich das Gefühl, zu ersticken. Hab so was wie Panik bekommen … alle haben mir ständig gesagt, ich soll doch mal Mut haben, was anderes tun als sonst … Hemmungen abbauen und so … tja … und hier bin ich.«

Nachdenklich sah sie auf ihre leere Suppenschale.

»Aber letztlich war es doch nur eine Flucht. Diese Reise ist bloß ein Aufschub und noch nicht einmal ein schöner. Tatsache bleibt, dass ich mich mit der Realität auseinandersetzen muss. «

»Realität ist etwas, das man erschafft«, warf er vorsichtig ein.

»Ja, das mit dem Schöpfungsprozess hab ich noch nicht so recht begriffen. Irgendwie realisiert sich bei mir dauernd etwas, was ich nicht mag.« Sie seufzte. »Und du? Was ist mit dir? Warum bist du hier? Weißt du, wie dein Leben verlaufen soll?«

»Meinst du damit, einen Plan zu haben? Ja und nein. Mein Motto ist: ›Go with the flow‹. Ja, ich habe Pläne, aber das Leben ist so facettenreich und ich gucke gerade zu, wie es sich entfaltet – ich finde das erstaunlich. Und spannend!«

Und als sie ihn verständnislos anschaute, setzte er hinzu: »Ich lasse das Leben geschehen.«

»Es geschehen lassen«, wiederholte sie ein wenig verblüfft. »Wie vereinbart sich das mit einem Plan?«

»Ganz einfach. Ich weiß, was ich will – und das gehe ich an.« Er grinste breit. »Wie eben jetzt – und dann sehe ich, was passiert.«

»Dein Lächeln ist zwischen Heiterkeit und Ernst«, stellte sie fest, ohne auf seine Worte einzugehen, aber immer stärker fasziniert von ihm. »Ein ernstes Lächeln. Oder heiterer Ernst.«

Diesmal lachte er und schenkte ihr einen unbeschreiblichen Blick. »Ich glaube nicht, dass ich ernst bin«, entgegnete er. »Dazu liebe ich das Leben zu sehr. Außerdem bin ich davon überzeugt, dass es ein Spiel ist, und da ist Ernst nur hinderlich.«

»Wenn es ein Spiel ist, wo bleibt dann der Tiefgang?«, konterte sie. »Verleitet diese Ansicht nicht eher zu Oberflächlichkeit?«

»Nein. Ich glaube, es verleitet eher zu Oberflächlichkeit, wenn man das Spielerische vergisst. Und geht man das Leben mit diesem tierischen Ernst an, verpasst man das Beste.«

»Ja, aber was ist dann Leben?«

»Das Spiel zu genießen!«, gab er glucksend zurück.

Sie stieß ein unwilliges Schnaufen aus.

»Hört sich einigermaßen theoretisch an. Schöne Worte, aber nicht umsetzbar.«

»Natürlich ist das umsetzbar! Lass das Leben dich leben, statt dass du das Leben lebst. Dann wird es zum Spiel.«

Wieder lachte sie, überrascht über seine Tiefe. »Okay … und wie geht das?«

»Ganz einfach. Indem du nichts wirklich zu wichtig nimmst. Wenn ich allein die Leute hier sehe! Alle tun so heilig und so erhaben … es ist lachhaft! Das erinnert mich an den Ausspruch eines Meisters der T'ang Dynastie auf die Frage ›Wer ist Buddha?‹, und er antwortete: ›Ein großer Scheißhaufen‹.«

Wieder lachte er, aber sie lachte nur schwach mit.

»Bist du Buddhist?«

»Nein, mir bedeuten Religionen nicht viel. Sie sind nur der Finger, der zum Mond zeigt. Die meisten starren nur auf den Finger, aber nicht, wohin er zeigt.«

Wieder lächelte er mit diesem Blick, der uralt zu sein schien. Ein Blick, in dem Weisheit lag, ein Blick, der Sicherheit und Abenteuer zugleich versprach.

»Und was würdest du Leuten wie mir, die auf der Suche sind, empfehlen?«

»Auf der Suche wonach?«

»Auf der Suche nach einem guten Leben«, antwortete sie impulsiv und ihr Lächeln verschwand abrupt. »Auf der Suche nach … ja, einem fantastischen, großartigen, abwechslungsreichen und supertollen Leben! Ein Leben ohne jeden Mangel und ohne jedes Unglück … ohne jede Sorge oder sonstigen Mist!«

Diesmal lachte er laut, ein tiefes, melodiöses Lachen.

»Ich würde sagen: Gib die Suche auf«, antwortete er. »Weil …, wenn du suchst, nimmst du nicht das Schöne wahr, das bereits da ist. Du lebst, als ob Glück immer nur etwas Zukünftiges ist. Und so verpasst du den Moment.«

In ihren Augen glomm leichtes Verständnis auf und sie lächelte. »Du kommst aus England, nicht? Gehst du dahin zurück, wenn das hier vorbei ist?«

»Weiß ich nicht. Das hängt von dir ab. Wie wäre es, wenn wir uns hier, auf diesem Fleck Erde, etwas gemeinsam aufbauen?«

Sie stieß ein verblüfftes Lachen aus, das schnell verebbte. Sah nicht, wie sein Herz klopfte.

Dann richtete sich ihr Blick auf den im Mondlicht glitzernden See, dessen Oberfläche der Wind sanft kräuselte, auf die Bäume ringsum und den sternenübersäten Himmel. Der Anblick war zum Niederknien schön. Frieden lag über dem See, Grandeur in der Komposition der Natur. Fast schüchtern wandte sie sich ihm wieder zu.

»Auf diesem Fleck Erde«, murmelte sie kaum hörbar. »Hört sich irgendwie fantastisch an und gleichzeitig … gleichzeitig …« Sie suchte nach Worten.

»Nein, sag nichts«, flüsterte er und rückte näher. »Ich weiß, was du sagen willst, aber bitte … sag es nicht … es ist zu früh dafür.«

In seinen Augen paarten sich Zärtlichkeit und Liebe in einer solchen Aufrichtigkeit, dass ihr eine Gänsehaut über den Körper lief. Und nicht nur das. Sein Blick versprach ihr viel, weit mehr als Lust, versprach ihr Meisterschaft, erzählte ihr von seinem Vermögen, auf sie einzugehen, genau zu wissen, was sie zum Wahnsinn treiben würde, was sie brauchte. Und er wusste, was er wollte. Er wusste es sehr genau. Gefangen von der knisternden Stimmung, die sich zwischen ihnen ausbreitete, blieb sie stumm. Er umfasste ihre Schultern, drückte sie ohne ein weiteres Wort sanft nach unten und beugte sich über sie. Ihr fiel seine reine Haut auf. Sein irritierend intensiver Blick, der ihr Schauer über den Rücken jagte, ihr Herz zum Klopfen brachte, dem das Kunststück gelang, sie gleichzeitig zu beruhigen und aufzupeitschen, und der einen solchen Sturm an Empfindungen und Verlangen in ihr entfachte, dass sie meinte, erst jetzt zum Leben zu erwachen. Alles in ihr war sensibilisiert, alle Härchen an ihrem Körper stellten sich auf, als wollten sie besonders intensiv mitfühlen.

Sie seufzte leicht, als seine warmen Hände über ihren Körper strichen. Sie mochte, wie er sie hielt, wie er die Bluse am Rücken hochschob, seine Finger auf ihrer nackten Haut entlangfuhren, mochte, wie er diesen Hautkontakt genoss, ohne großartig etwas zu tun.

Ihr Becken presste sich gegen ihn, sie wollte die Knöpfe an seinem Hemd öffnen, aber er schob ihre Hand beiseite und fuhr zart mit der seinen die Rinne ihrer Wirbelsäule ab. Er tat dies so bewusst, dass sie seine Erregung fühlte, als wäre es die ihre. In diesen Sekunden lehrte er sie, wie das war, wenn man den Moment voll auskostete, wenn man sich nirgendwo anders hin wünschte, wenn man die Zeit vergaß und jede Sekunde als Überraschung empfand, weil man nichts von ihr erwartete.

Ihr Unterleib begann wie Feuer zu brennen, während er sie weiter liebkoste. Kein Wort der Welt hätte deutlicher ausdrücken können, dass er ihren weichen und anschmiegsamen Körper göttlich fand, dass er über ihre leichte Gänsehaut entzückt war, sich freute, als sie ihm ihr Gesicht bebend entgegen hob und er seine Lippen auf die ihren setzte. Kurz liebkosten sie ihren geschlossenen Mund, dann forderte seine Zunge Einlass, drang in sie ein und ihr Unterleib reagierte adäquat, schob sich ihm entgegen wie ein paar Minuten zuvor ihr Gesicht. Er wurde stürmischer, küsste sie leidenschaftlich, öffnete sein Hemd. Haut traf auf Haut, ihre Brust rieb sich an der seinen, sein warmer Mund umschloss ihre vom Nachtwind kühle Brustwarze, seine Finger verschlangen sich mit den ihren. Aber er dehnte jede Sekunde, streichelte sie überall, kaum an ihren erogenen Zonen und nie lange genug, bis sie kurz davor war, über ihn herzufallen, weil sie es nicht mehr aushielt.

Das war Liebe mit allen Sinnen – ein Ineinanderfließen, ein Auskosten des Weges, der schöner war als jedes Ziel. Dass er sie liebte, glaubte sie ihm nun ohne Zweifel. Diese Liebe umhüllte alles wie mit feinem Gold und ihr Körper reagierte in Dankbarkeit auf seine erfahrenen Hände und seine erstaunliche Virtuosität. Ihre Hände verflochten sich ineinander, das Feuer warf Schatten und Licht auf ihre Gesichter, auf ihren Körper, der sich ihm immer wilder entgegen bäumte. Sie war weich, feucht, keuchte, weil ihre Erregung ein Höchstmaß erreicht hatte und sie stöhnend die Erfüllung ersehnte, mit halb offenen Lippen, mit verschleiertem Blick. Sie fühlte sich wie in Trance, wie in einem wunderschönen Tanz, der sich von alleine tanzte. Sie schwangen sich ein in einen gemeinsamen Rhythmus, der sie in Ekstase brachte und sie einem gewaltigen Höhepunkt entgegentrieb – einem Höhepunkt, der sie beide ins Universum schoss, der jedes Denken ausschaltete. Es gab keine Zeit, keinen Raum – es gab nur noch Sein.

Es dauerte lange, bis ihr Geist wieder in die Materie eintauchte, bis sie wahrnahm, wie fest er sie noch immer hielt. Wie geborgen sie in seinen Armen lag.

Fürsorglich zog er zwei Decken über sie, legte Holz nach und kuschelte sich wieder zu ihr.

»Hey«, murmelte sie und drückte ihren Po fester an ihn. »Das war wunderschön. Das war die ganze Reise wert.«

»Ja«, flüsterte er zurück. »Es war wunderschön. Es war noch schöner als in meinen Träumen. Ich werde diese Nacht nie vergessen. Und ich hoffe, es war nicht die letzte.«

Sie lächelte, dann schlossen sich ihre Augen und sie schlief ein.

Als sie aufwachte, dämmerte es. Er saß am Feuer und stocherte darin herum, aber legte nichts mehr nach. Mit einer Tasse Tee in der Hand kam er zu ihr.

»Wollen wir uns an den See setzen? Die Sonne geht auf.«

»Gern. Wir können die Decken mitnehmen.«

Still setzten sie sich ans Ufer, er legte den Arm um sie. Der See lag im aufgehenden Morgenlicht vor ihnen. Ihre Blicke glitten über die riesige, vom Wind leicht bewegte Fläche, an dessen Grenzen sich die dunklen Nadelbäume erhoben. Der Himmel war graublau, die Sonne hinter den Bäumen noch nicht hervorgekommen.

»Es ist so schön hier«, murmelte sie und lehnte sich an seine breite Schulter. »Ich werde das vermissen.«

»Bleib doch einfach.« Sein Herz begann zu klopfen. Diesmal bemerkte sie es.

»Du hast das tatsächlich ernst gemeint?«

»Ja, sehr ernst. Bleib bei mir.«

Sie drückte sich ein wenig von ihm weg, um ihn ansehen zu können.

»Weißt du, das ist nicht so einfach … Ich …«

»Vielleicht ist es einfacher, als du denkst.«

Sie biss sich auf die Lippen.

»Nein, das ist es nicht. Und dein Angebot ist keines, das man nach einer Nacht stellen sollte … Wir kennen uns doch gar nicht!«

»Ich weiß, es ist gewagt – für dich zumindest. Für mich ist alles klar.«

Sie holte tief Luft, aber er warf sich dazwischen.

»Nein! Warte, bevor du mit den üblichen Argumenten kommst … Warum traust du dich nicht einfach? Du kannst doch jederzeit zurück!«

»Nein, genau das könnte ich dann nicht mehr! Ich würde ziemlich viel Unglück anrichten, wenn ich bliebe.«

»Oder wenn du gehst! Gib uns eine Chance!«

»Eine Chance? Ich weiß noch nicht mal, wie du heißt! Wer du bist!«

»Du könntest mich fragen.«

»Nein!«, rief sie ungestüm und mit einem Mal entschlossen. »Ich will es nicht wissen! Worauf baust du? Auf den guten Sex? Er war auch mit anderen gut! Und ich …«

»Nein, ich baue nicht auf guten Sex«, unterbrach er sie und sie konnte seinem Gesicht ansehen, wie sehr ihre Worte ihn verletzten. »Du weißt, worauf ich baue. Ich hab's dir schon mal gesagt … ich habe mich unsterblich in dich verliebt. Bleib. Bitte!«

Wieder verschlug es ihr die Sprache. Seine unerschütterliche Sicherheit verwirrte sie. Etwas zog sie zu ihm hin … aber … verflixt! Das war doch Wahnsinn!

Er wandte sich ihr zu und sah ihr in die Augen.

»Du denkst, ich spinne«, stellte er fest. Sein Blick war dunkel.

»Nein, ich denke, eine Nacht ist zu wenig, um unsterblich in jemanden verliebt zu sein«, erwiderte sie erstickt. »Um jemanden aus seinem Leben herauszureißen. Wir sind hier unter einer Käseglocke! Eine Gruppe von Leuten, die vier Wochen lang getan haben, was sie wahrscheinlich nie wieder tun werden! Und jetzt geht es zurück. In die Realität!«

»Du könntest weiterhin Dinge tun, die du noch nie getan hast. Du könntest deine Pläne ändern und mit mir hier leben. Das ist auch eine Realität.«

Seine Hand machte eine weitläufige Bewegung über das Wasser. »Du könntest jeden Abend die Sterne im See sehen.«

»Es gibt viele Seen auf der Welt«, gab sie zurück. »Und Sterne gibt es überall.«

Der Wind zog heftig durch die Bäume nach ihrer Antwort, als wolle er protestieren.

»Du weißt doch gar nicht, wen in deinem Leben du noch treffen wirst …«, fuhr sie hilflos fort, sich vom unverhüllten Schmerz in seinen Augen abwendend. »Du solltest offen sein für die große Liebe.«

»Du bist meine große Liebe«, erwiderte er mit einer Intensität, die sie erschaudern ließ. »Ich weiß das so sicher, wie ich hier sitze.«

Sie schwieg einen Moment.

»Okay«, sagte sie schließlich und machte Anstalten, aufzustehen. »Das ist … das ist alles ein wenig … überstürzt, findest du nicht? Lass mal ein Jahr vorbeigehen … oder nur ein paar Wochen! Du wirst mich schneller vergessen haben, wie die Zelte hier abgebaut sind!«

Sie stand auf.

»Ganz sicher nicht!«, antwortete er heftig und erhob sich ebenso. »Du solltest es besser wissen! Aber gut, ich verstehe deine Bedenken. Ich verstehe sie. Wirklich.«

Er fuhr sich mit der Hand durch sein kinnlanges Haar. »Hör zu«, versuchte er es erneut. »Lass uns einen Deal machen. Ich warte auf dich. Sagen wir … drei Jahre. Du kannst jederzeit wiederkommen. Ich werde hier sein.«

»Du spinnst doch!«, rief sie und wich einen kleinen Schritt zurück. »Nein, das machen wir auf keinen Fall! Was soll das?«

»Ich habe dir gesagt, für mich ist das Leben ein Spiel. Und das ist mein Einsatz. Drei Jahre meiner Lebenszeit. Du hast nichts zu verlieren – außer natürlich ein Leben mit mir.« Er brachte es tatsächlich fertig, zu lächeln.

»Ich … bitte, hör auf damit!«, rief sie fast verzweifelt. »Vergiss das! Drei Jahre sind ein entschieden zu hoher Einsatz!«

»Es ist doch mein Risiko!«

Mit gerunzelter Stirn starrte sie ihn an. Dann straffte sie sich.

»Hör zu … es war wirklich wunderschön … die Nacht mit dir und alles … aber ich glaube, ich gehe jetzt besser.«

Er schluckte.

»Gibst du mir wenigstens deine Adresse?«

Sie zögerte.

»Nein«, erwiderte sie schließlich. »Und ich möchte auch nicht deine. Ich will auch nicht wissen, wie du heißt. Es ist besser so, glaub mir.«

Damit wandte sie sich um, schlang die Arme fest um sich und ging mit schnellen Schritten davon, vorbei an ihrer Liebesstätte. Das Feuer schwelte noch. Die Glut war noch heiß. Das Lager sah auch in der Morgendämmerung kuschelig und einladend aus. Kurz blitzte der Gedanke durch ihren Kopf, dass sie gerade einen Riesenfehler beging, dass sie es doch wirklich wagen könnte … dass es im schlimmsten Fall ein unterhaltsames Abenteuer werden würde, für das sie doch nur ein bisschen Mut bräuchte. War sie nicht deswegen hierhergekommen? Ihre Schritte verlangsamten sich und schließlich blieb sie stehen. Der Weg zur Blockhütte lag vor ihr, das Lager hinter ihr. Eine halbe Drehung – und ihr Leben würde in völlig anderen Bahnen verlaufen …

Er stand am See, der Wind spielte mit seinem Haar. Am Horizont hingen dicke, graue Wolken, die die aufgehende Sonne mit goldenen, orange- und pinkfarbenen Umrandungen versah. Mit wild klopfendem Herzen sah er, dass sie stehen geblieben war, und die Hoffnung zerriss ihn fast, während er auf ihren schmalen Rücken starrte. Doch da setzte sie sich wieder in Bewegung. Erst langsam, dann immer entschlossener. Ein paar Sekunden später war sie aus seinem Blickfeld verschwunden.

Er blieb am See. Setzte sich ans Ufer. Umschlang mit beiden Armen seine Knie.

»Wir werden uns wiedersehen«, flüsterte er in die Nacht. »Das weiß ich.«

Der Wind blies ihm ins Gesicht – und trug seine Worte in die Welt.

∗∗∗

Einen Tag später war das große Holzhaus leer und sie stieg in den Bus, der sie zum Flughafen brachte. Still half er der Crew, die Gepäckstücke im Laderaum zu verstauen. Sie tat so, als sähe sie ihn nicht. Er tat so, als merke er das nicht.

Der Bus fuhr ab, ohne dass er noch einen Blick auf sie werfen konnte.

♫ Mind Games ♫

HAEVN

Der 11. Juli ist Weltbevölkerungstag.

Im Jahre 2018 lebten an diesem Tag 7 635 250 000 Menschen auf der Erde. Bis 2 020 erwartet man circa acht, im Jahre 2050 neun Milliarden Erdbewohner, vorausgesetzt, die Bevölkerung hält sich an den Geburtendurchschnitt und bekommt pro Paar die dafür erforderlichen 1,85 Kinder.

Die Statistik berechnet, dass pro Minute 272 Babys zur Welt kommen und 108 Menschen sterben. Das heißt, mit jeder neuen Minute existieren 164 mehr von unserer Spezies auf dieser Erde, wobei China und Indien die höchste Bevölkerungsdichte aufweisen. Und wegen mangelnder Verhütung schießt ausgerechnet in den ärmsten Regionen Afrikas die Geburtenrate am schnellsten nach oben.

Man vermutet jedoch, dass die Weltbevölkerung nicht ins Unendliche wachsen, sondern sich irgendwann zwischen neun und etwa elf Milliarden einpendeln wird.

Dennoch: eine irrsinnige Masse an Menschen! 7,6 Milliarden – mit denen man theoretisch dank moderner Technik und sozialer Netzwerke in Kontakt treten könnte. Gut, korrekterweise sollte man das Verständigungsproblem berücksichtigen, immerhin werden weltweit 6900 unterschiedliche Sprachen gesprochen.

Emsig tippten ihre Finger Fragen in die Suchleiste. In Sekundenschnelle spuckte das Internet eine Fülle an Antworten aus.

Deutsch wird weltweit von 289 Millionen Menschen gesprochen, davon sind 103 Millionen Muttersprachler. Was die englische Sprache angeht, so gibt es 360 Millionen Native Speaker. Zieht man alle in Betracht, die sich in dieser Sprache verständigen können, kommt man auf geschätzte 1,5 Milliarden Menschen. Rechnet man die der deutschen Sprache mächtigen 103 Millionen hinzu, wären das 1,6 Milliarden potenzielle Gesprächspartner.

Resigniert zog Lisa ihre Finger von der Tastatur, als sie die Zahlen addierte.

1,6 Milliarden! Und sie hatte kaum jemanden, mit dem sie wirklich reden konnte!

Es klang unschön, aber ihr bester und derzeit einziger Freund hieß Michael und war über achtzig Jahre alt.

***

»Vincent, altes Haus, danke für deinen Rückruf! Freu mich so, mal wieder mit dir sprechen zu können!«

Vincent war seit über dreißig Jahren Coach. Sein Gehör war geschult und so konnte er neben der gespielten Freude in der Stimme des anderen deutlich Gezwungenheit heraushören. Er selbst fühlte sich ebenso unbehaglich.

»Ganz meinerseits«, antwortete er daher zurückhaltend. »Was macht deine Firma, Thomas?«

»Könnte besser gehen, Vincent, könnte besser gehen. Aber nach deinem Coaching vor ein paar Jahren waren alle super drauf! Das hat die Umsatzkurve nach oben gejagt!«

»Höre ich gern.« Vincent lächelte schief, er ahnte, was Thomas Kastner von ihm wollte, und konnte einen leicht sarkastischen Ton nicht unterdrücken, als er mutmaßte: »Und jetzt ist die Kurve wieder nach unten gerutscht? Heißt das, du willst mich buchen?«

»Genau«, antwortete Thomas hastig. »Das ist der Grund meines Anrufes. Du kommst wie immer schnell zur Sache.«

»Woran denkst du? An ein Gruppencoaching wie beim letzten Mal?«

»Ja … nein … so ähnlich … das heißt … Also, du merkst schon, ich muss vorher noch ein paar Dinge erklären … beziehungsweise möchte ich dich um etwas bitten.«

Thomas verstummte, suchte nach Worten und Vincent stöhnte innerlich auf. Okay, das ging geradewegs in die von ihm befürchtete Richtung. Bestimmt wollte Kastner einen Sonder- oder Freundschaftspreis. Vor fünf Jahren hatte sich Vincent noch auf so was eingelassen, aber er konnte es sich weder zeitlich noch anderweitig leisten, so kleine Klitschen, wie Thomas Kastner sie betrieb, zu betreuen. Das schadete seinem Image! Vincent wurde schon seit Jahren von namhaften Konzernen gebucht und seine Preise waren entsprechend hoch. Thomas hatte sich Vincent eigentlich nie leisten können, aber damals, na ja, das war eine Sondersituation gewesen … Im Prinzip hatte er das Coaching für nothing gemacht. Vincent rechnete schwer damit, dass Thomas genau das wieder von ihm erwartete und beschloss, keine falschen Hoffnungen aufkommen zu lassen.

»Gleich vorneweg, Thomas, Sonderpreise mache ich nicht mehr. Nichts für ungut, aber ich bin ziemlich ausgebucht und …«

»Ja, weiß ich doch«, unterbrach ihn Thomas. »Es geht auch nicht um einen Freundschaftspreis. Eher um einen Freundschaftsdienst. Für den ich dir einen anständigen Preis zahle. Was denkst du denn?«

»Okay«, sagte Vincent verwundert. »Was für ein Freundschaftsdienst soll das denn sein?«

Er bezweifelte sehr, dass Thomas und er gleiche Vorstellungen von einem anständigen Preis hatten, und hörte, wie der andere tief Luft holte.

»Zuerst«, erklärte Thomas, »musst du mir versprechen, dass dieses Gespräch unter uns bleibt. Darauf muss ich mich verlassen können.«

»Sicher doch«, entgegnete Vincent, nun doch neugierig geworden.

Thomas druckste herum, aber als er endlich mit der Sprache rausrückte, war es Vincent, dem die Worte fehlten.

»Das …«, er räusperte sich. »… ist nicht dein Ernst, oder?«

»Doch! Mein voller! Ich weiß, es ist ungewöhnlich, aber hast du vielleicht eine bessere Idee? Wenn ja, dann her damit! Ich bin der Erste, der sehr aufmerksam zuhört!«

»Ein offenes Gespräch ist noch immer …«

»Okay, Vincent«, fiel ihm Thomas ins Wort. »Wenn ein offenes Gespräch möglich wäre, hätte ich es geführt. Geht aber nicht. Ich möchte es so haben.«

»Thomas, ich muss das ablehnen. So etwas mache ich nicht.«

»Dann darf ich dich daran erinnern, dass du mir noch einen Gefallen schuldest!«

»Das ist unfair! Das alles ist längst abgegolten und verjährt!«

»Ist es das? Tut mir leid, dass ich diese Karte ziehen muss, Vincent, hab ich echt nicht geplant, aber du bist gerade meine einzige Hoffnung. Und ich zahle!«

Vincent schwieg für ein paar Sekunden.

»Thomas, es wäre in diesem Fall wirklich besser, wenn du ein Gespräch …«

»Mann, Vincent, wenn das so einfach wäre, hätte ich das doch längst gemacht! Glaub mir, ich würde doch sonst nie so einen Schritt auch nur in Erwägung ziehen!«

Vincent war sich da gar nicht so sicher. Er hatte Thomas als vollmundigen Chaoten in Erinnerung und fühlte sich absolut nicht wohl in seiner Haut.

»Ich … ich denke darüber nach, okay?«, versuchte er, Zeit zu schinden. Aber gerade auf diesem Ohr war Thomas furchtbar taub.

»Das ist genau das, was ich nicht habe, Vin«, erklärte er. »Tu mir den Gefallen, dann sind wir quitt und du hast deine Ruhe vor mir. Für immer.«

»Aber lass mich zumindest über eine andere Lösung nach…«

»Vincent«, unterbrach Thomas entschlossen. »Hier ist mein Angebot: Ich zahle dir einen richtig guten Betrag. Obwohl ich das nicht müsste. Ob du nun eine Woche für den Job brauchst oder länger ist deine Sache. Aber je schneller du Erfolg hast, desto schneller hast du das Geld verdient – und ich wäre der Erste, der einen Luftsprung macht und dir das von Herzen gönnt!«

♫ In My Own Way ♫

Ray La Montagne

»Lisa, du musst was ändern, das geht so nicht weiter!«

»Mam, jedes Mal fängst du mit dem gleichen Thema an!«

»Weil ich das nicht mit ansehen kann! Es kann doch nicht sein, dass du mit einunddreißig Jahren jeden Abend zu Hause hockst und außer dem Büro und deiner Wohnung nichts siehst!«

»Ach, Mam«, wehrte sich Lisa. »Ist halt gerade viel zu tun im Büro. Das ändert sich schon wieder. Außerdem brauche ich die Zeit für mich.«

»Komm schon, das erzählst du mir seit zwei Jahren! Und es ist nicht besser, sondern schlimmer geworden. Schatz, du mutierst zum Einsiedler! Das war am Anfang verständlich, aber jetzt solltest du wieder am Leben teilnehmen!«

Ihre Mutter war ehrlich besorgt. Lisa schwieg dazu. Sie hatten schon zu oft darüber diskutiert.

»Hast du denn nicht Lust, mal wieder auszugehen? Zu tanzen? Ins Kino zu gehen? Mach's doch einfach! Irgendwas wird sich schon ergeben!«

»Nein, da ergibt sich nichts«, maulte Lisa. »Außerdem bin ich abends echt erledigt und nur müde.«

»Das ist doch auch nicht normal! Mit dreißig!«

»Mam, lass mich doch! Wird schon wieder. Ich habe im Moment einfach keine Lust, auszugehen.«

Das war nur halb wahr. Einerseits hatte Lisa große Lust, Freundinnen zu treffen, Spaß zu haben, ihre engstirnige kleine Welt zu verlassen – ja und auch Männer zu treffen. Andererseits hatte sie genau davor Angst – ein Grund, warum sie den Vorschlag ihrer Mutter, eine Partnervermittlung einzuschalten, nie in Betracht gezogen hatte.

Sie lebte nun schon so lange allein und ihre Tage verliefen im vertrauten, ungefährlichen Radius zwischen ihrer Wohnung und ihrer Arbeitsstelle. Wenn sie nach Hause kam, war sie tatsächlich oft zu müde, um etwas zu unternehmen, aber die eigentliche Frage war: Wo sollte sie hin? Sich allein in eine Bar setzen? In einen Kurs gehen? Das hatte sie ansatzweise versucht, aber nicht viel Freude daran gefunden. Schon gar nicht beim Allein-in-der-Bar-Sitzen. Seht her, ich bin Single, ihr könnt mich abschleppen. Nee, echt nicht.

Sie fand einfach keinen Anschluss mehr. Die Männer, die sie ansprachen – wenn sie mal einer ansprach –, wollte sie nicht. Und die, die sie eventuell gewollt hätte, sprachen sie nicht an oder waren liiert. Es war wirklich nicht so einfach, wie ihre Mutter sich das vorstellte.

»Kind, das muss doch zu lösen sein«, erklärte die auch gerade und setzte sich zu Lisa an den Tisch. »Wie wäre es, wenn du mit uns auf Kreuzfahrt gehst? Wenigstens ein Stückchen mitfährst? Es sind noch ein paar Wochen hin, vielleicht kriegen wir noch einen Platz!«

»Zusammen mit dir und Till auf Weltreise? No way!«, erwiderte Lisa abwehrend. »Da kriege ich ja erst recht die Krise, wenn ich euch zwei Turteltäubchen beim Turteln zusehen muss! Im Übrigen: Ihr seid sechs Monate weg! Ich muss arbeiten, Mama!«

»Aber dein Job ist auch etwas, worüber du …«

Ihre Mutter brach ab und biss sich buchstäblich auf die Zunge. »Wie gesagt, du kannst doch einen Teil mitmachen. Du musst nicht an uns dranhängen. Sollst du ja gerade nicht! So ein Schiff ist groß und vor allem: voller Menschen!«

»Ach, Mam.«

Lisa zog eine halb gespielt verzweifelte Grimasse. Till, der zweite Mann ihrer Mutter, hatte diese Reise zwei Jahre lang vorbereitet und geplant – der würde sich schön bedanken, wenn sie zwischen ihnen säße! Zu ihrer Mutter sagte sie:

»Mal ehrlich, kennst du jemanden, der eine solche Reise alleine macht? Wer in meinem Alter kann bitteschön ein halbes Jahr auf Kreuzfahrt gehen? Nee, ich sehe das genau vor mir: Der Einzige, der mit mir kommuniziert, ist mein E-Book-Reader. Und am Abend sitze ich mit euch am Tisch und ihr könnt es kaum erwarten, bis ich meiner Wege gehe. Es ist eure langersehnte Reise zu zweit. Da habe ich nichts dabei verloren, Mama.«

Sie sah im Blick ihrer Mutter, dass die ihre Ausführungen nicht ganz abwegig fand. Frau Renderson biss sich auf die Lippen.

»Aber …«

»Mama, lass gut sein«, beendete Lisa kurzerhand das Gespräch. »Ich bin alt genug.«

»Genau«, bestätigte Till, ihr Stiefvater, der gerade hereingekommen war. »Lass sie, Marisa. Lisa macht das schon.«

Er zwinkerte ihr zu und Lisa lächelte zurück. Sie mochte Till sehr. Ihr Stiefvater war genauso, wie sie sich einen Mann vorstellte, vom Aussehen bis zum Benehmen. So einen wollte sie auch!

»Ja, ich weiß«, seufzte ihre Mutter und warf ihrer Tochter einen Blick zu. »Ich bin halt Mama! Und ich würde dich so gern glücklich sehen nach diesem Desaster mit …«

»Schschsch …«, machte Till und griff nach Marisa. Lisa schluckte unwillkürlich, als er seine Frau von hinten umarmte und sanft an ihrem Ohr zu knabbern begann. Wie gebannt schaute sie zu, wie ihre Mutter zärtlich lachte, ihr Hinterteil etwas mehr an Till drückte, der sie daraufhin noch fester umfasste, seine Nase in ihr duftendes Haar steckte und ihr mit Sicherheit etwas Verruchtes ins Ohr flüsterte, denn ihre Mutter wurde mit glänzenden Augen flammend rot und sah verlegen zu Lisa hin.

Ja, genauso würde es auf dieser Kreuzfahrt auch werden!

Nein, danke, dachte Lisa, das schenke ich mir. Das Leben ist ohnehin trist genug.

Mit einem gezwungenen Lächeln stand sie auf, umarmte die zwei und fuhr nach Hause.

✳✳✳

»Frau Kastner, Sie kochen schon wieder mit Knoblauch. Sie wissen sehr genau, dass ich diesen Geruch nicht ertrage. Das habe ich Ihnen schon mindestens zehn Mal erklärt. Ich zahle hier genauso Miete wie Sie. Und ich habe das gleiche Recht auf eine angenehme Wohnatmosphäre wie Sie. Ich verbitte mir, dass meine Hinweise so missachtet werden, und weise Sie erneut darauf hin, dass ich mich beim Hauseigentümer beschweren werde. Ende der Mitteilung.«

Klack. In Gedanken sah Lisa die knorrigen Hände des alten Herrn Rosenberg heftig auf die Taste drücken. Er verfehlte sie wohl ein paarmal, weil sie ihn noch weiter schimpfen hörte, bis endlich wieder Ruhe war.

Frustriert schaute sie auf die Tomatensoße im Topf. Sie hatte extra kein Fenster aufgemacht, obwohl der Dunstabzug seinem Namen nicht gerecht wurde, nur Lärm machte, aber nie die Küchengerüche schluckte. Sie seufzte. Egal, was sie getan hätte – Rosenberg wartete ohnehin nur auf eine Gelegenheit, sein langweiliges Leben mit einer Beschwerde aufzupeppen.

Jeden Tag hatte sie mindestens drei Anrufe mit den unmöglichsten Beanstandungen von ihm auf Band: Sie hätte zu laut und zu oft die Klospülung bedient. Der Postbote habe bei ihm geklingelt und gefragt, ob er ein Paket für sie annehmen könne – was ihr einfiele, so etwas anzustoßen?! Ihr Auto wäre heute Morgen eine volle Minute im Stand gelaufen, die Abgase hätten einen Erstickungsanfall bei ihm ausgelöst. Ob sie ihn umbringen wolle?

Der Mann war einfach unmöglich. Welcher Teufel hatte sie nur geritten, in dieses Haus zu ziehen? Und schon klingelte das Telefon erneut. Lisa starrte den Hörer an.

Der Tag im Büro war nicht leicht gewesen und sie wusste, wenn sie jetzt ranging, würde sie alles andere als souverän reagieren. Sie war furchtbar genervt von dem alten Herrn und hätte ihm am liebsten ein paar richtig heftige Sätze an den Kopf geknallt.

Der Anrufbeantworter schaltete sich ein. Rosenberg legte auf und klingelte erneut durch. Das ständige Läuten brachte Lisa in Rage und mit einem Ruck riss sie das Telefon aus der Station.

Bevor sie auch nur ein Wort sagen konnte, griff Rosenberg an.

»Frau Kastner«, hörte sie seine schnaufende Stimme. »Sie haben nicht anständig eingeparkt. Ihr Vorderrad steht ganze zwanzig Zentimeter über der weißen Linie und …«

In Lisa kippte etwas.

»Wenn Sie das stört, schauen Sie doch woandershin«, gab sie ungehalten zurück.

»Das ist keine adäquate Antwort«, ereiferte sich Rosenberg. »Ich werde die zuständigen Ordnungsleute anrufen! Ich werde den Vermieter informieren!«

»Bitte«, erwiderte sie gereizt. »Dann machen Sie das doch!«

Rosenberg schnorchelte in den Hörer, nach einer passenden Antwort suchend, was Lisa schlicht unappetitlich fand, und so steckte sie das Telefon ohne ein weiteres Wort zurück in die Ladestation. Musste sie sich an ihrem schwerverdienten Feierabend das Ohr von so einem Grantler vollkeuchen lassen?

Die Tomatensoße simmerte noch immer vor sich hin und mit einer heftigen Bewegung schaltete sie den Herd aus und stellte den Topf weg. Ihr war jeglicher Appetit vergangen. Deprimiert legte sie sich auf den Wohnzimmerteppich und ließ Musik laufen, ganz sicher nicht zu laut, aber dreißig Sekunden später klingelte das verhasste Telefon erneut.

Lisa nahm ab:

»Herr Rosenberg«, sagte sie mit äußerster Beherrschung. »Ich verbitte mir …«

»Sie stören meine Nachtruhe, Frau Kastner. Ich bin ein alter Mann und erwarte entsprechende Rücksicht. Ich werde mich beim Vermieter beschweren.«

»Tun Sie das!«, rief sie genervt. »Ich werde das auch tun! Ich werde Sie wegen Stalking anzeigen!«

»Das ist unerhört!«, krakeelte er und Lisa hörte ihn wieder auf die ihr verhasste Art laut und heftig atmen. »Das ist eine Frechheit! Stalking! Ich … ich verbitte mir das! Sie sind einen Schritt zu weit gegangen, Fräulein, Sie hören von meinem Anwalt!«

»Sie hören von meinem Anwalt!«, wiederholte Lisa angesäuert und der Frust schoss wie ein Pfeil in ihrem Inneren nach oben. »Das ist die Erwachsenenversion von ›das sag ich meiner Mama‹! Tun Sie, was Sie nicht lassen können, Herr Rosenberg …, wenn es Sie glücklich macht? Dann ist es wenigstens einer von uns!«

Sprach's, drückte ihn weg, stöpselte das Telefon aus, drehte die Musik trotzig etwas weiter auf und ließ sie noch volle zehn Minuten in den Raum tönen, während Rosenberg mit seinem Besenstiel im Sekundenrhythmus gegen die Decke donnerte. Schließlich holte sie doch ihre Kopfhörer und setzte sie auf. Nicht, weil sie Rücksicht nehmen, sondern verhindern wollte, dass Rosenberg zum hundertsten Mal zum Vermieter rannte.

Oh Mann, sie hatte es so satt! Das Schlimmste war: Sie konnte Rosenberg verstehen. Wenn sie ihm manchmal auf der Treppe begegnete, mit seinem zerfurchten Gesicht, seinen wässrigen, hilflosen Augen … da wusste sie: Er war einsam.

Das war sie auch.

✳✳✳

»Benkert«, schnarrte Rosenberg. »Was wollen Sie von mir?«

»Herr Rosenberg«, antwortete ihm eine gut gelaunte Stimme. »Lassen Sie die Kleine in Ruhe. Der geht es nicht gut.«

»Wie meinen? Ich sorge nur für Ordnung hier. Mir geht es auch nicht gut. Und ich halte mich trotzdem an die Regeln.«

»Darum geht es nicht, Herr Rosenberg. Sie hat eine Scheidung hinter sich.«

»Mit dreißig! Da hört sich doch alles auf! Die passt nicht zu uns!«

»Geben Sie's zu, Rosenberg. Sie wollen sie rausekeln!«

»Was mir gelingen wird.«

»Ich halte dagegen, Rosenberg.«

»Ist das eine Wette?«

Michael Benkert zögerte. Eine Wette wollte er nicht starten, dann fuhr dieser unleidige Knabe erst recht zur Höchstform auf.

»Wie wäre es, wenn wir ihr helfen, einen Mann zu finden? Dann zieht sie früher oder später zu dem. Das wäre doch eine elegantere Lösung!«

»Oder ihr Bursche zieht hier ein. Dann haben wir noch mehr Geräusche im Haus! Unanständige noch dazu! Schlechte Idee, Benkert. Außerdem bin ich kein Kuppler. Und Sie auch nicht. Das mit der Wette gefällt mir besser.«

»Nein, eine Wette gehe ich mit Ihnen nicht ein. Wenn ich sage, dass ich dagegenhalte, dann meine ich, dass die Kleine unter meinem persönlichen Schutz steht.«

»Dann ist das ein Kampf«, erwiderte Rosenberg und klang fast aufgeregt. »Zwischen Ihnen und mir!«

»Genau. Dem Guten und dem Bösen!«

»Dem Bösen? Meinen Sie damit mich?«

»Wen sonst, Rosenberg?«

»Ich bin nicht böse, Benkert. Ich sorge nur für Ordnung. Weil es mir schlecht geht, wenn ich in meiner Ruhe gestört werde.«

»Rosenberg, Sie wissen sehr gut, dass Sie durchaus etwas brauchen, was Sie in Ihrer Ruhe stört. Sonst würden Sie vor Langeweile sterben.«

»Auch wieder wahr«, gab Rosenberg grimmig zu. »Aber die Kleine regt sich immer so herrlich auf!«

»Sie könnten doch auch mal etwas Gutes tun!«

»Mir tut auch keiner was Gutes.«

»Das ist nicht wahr, Rosenberg. Und Sie wissen das. Lassen Sie sie in Ruhe.«

Die letzten Worte hingen in der Luft – Michael Benkert rechnete eigentlich nicht mit einer Zusage von Rosenberg. Er kannte den alten Knaben schon seit Jahren und war mit Sicherheit der Einzige, der einigermaßen mit ihm zurechtkam. Und so traute er seinen Ohren kaum, als der antwortete:

»Na ja, Benkert, vielleicht lass ich sie mal eine Weile. Vorausgesetzt, sie macht nicht irgendwelchen groben Unfug.«

»Wie kommt's, Herr Nachbar?«, fragte Michael erstaunt.

»Sie hat heute gesagt, ich soll mich beschweren, dann ist wenigstens einer von uns glücklich.«

»Und das rührt Sie? Muss ich mir Sorgen machen? Den Arzt holen? Naht Ihr Ende?«

»Nein. Es macht mich nachdenklich.«

»Oh«, entfuhr es Michael. »Diese Antwort von Ihnen ist für mich ein kleines Wunder.«

»Daran sind Sie schuld, Benkert«, schnarrte Rosenberg ungehalten. »Sie machen ein Weichei aus mir mit Ihren altruistischen Ansichten!«

Michael Benkert lachte.

»Nein, kein Weichei! Ich arbeite dran, aus Ihnen einen Sympathieträger zu machen!«

»Das ist vergebene Liebesmüh, Benkert, lassen Sie das.«

»Ich fürchte, da kann ich aus meiner Haut nicht raus.«

»Ich fürchte, das kann ich auch nicht.«

»Wir werden sehen, Rosenberg«, sagte Michael Benkert vergnügt. »Wir werden sehen.«

Damit legte er auf.

Rosenberg stand vor dem Fenster, als er den Anruf beendete, und in der Spiegelung des Glases sah er, wie er ganz leise lächelte. Als habe er sich selbst bei einem unverzeihlichen Fehler ertappt, verdüsterten sich seine Gesichtszüge abrupt und er sagte zu sich:

»Lass dich nicht einlullen, alter Knabe, lass dich bloß nicht von dem Benkert einlullen!«

Dann dachte er an die »Kleine«, wie Benkert und er Lisa Kastner nannten, und ihre Sätze kamen ihm in den Sinn:

»Tun Sie, was Sie nicht lassen können …, wenn es Sie glücklich macht? Dann ist es wenigstens einer von uns.«

»Soso«, murmelte er. »Soso. Die Kleine ist nicht glücklich. Tja, wer ist das schon.«

♫ A Million Dreams ♫

Zif Zaifman, Hugh Jackmann and Michelle Williams

Lisa mochte die Welt, die sie mit geschlossenen Augen sah, viel lieber als die, die sich ihr offenbarte, wenn sie sie wieder öffnen musste.

Wenn es nach ihr ginge, hätte sie Tagträumen zu ihrem Beruf gemacht, da könnte sie sich jeden Tag die allerschönsten Geschichten ausdenken … von guten Beziehungen über ein erfülltes Leben mit netten Menschen bis hin zu einer friedvollen Welt. So oft wurde gesagt, Träume seien dafür da, um wahr zu werden, aber daran glaubte sie nicht. Erstens arbeitete sie in einer Agentur für Rednervermittlung und hatte zu oft diese Typen erlebt, die sich auf die Bühne stellten und anderen weismachten, sie müssten nur klare Ziele haben, an sich selbst glauben, Wünsche ins Universum schicken … tatata … den ganzen Mist eben, den diese Brüder von sich gaben und ihren Teilnehmern suggerierten, sie bekämen mit der Befolgung von ein paar Regeln das Himmelreich auf Erden. Aber in Wahrheit war hinter der Fassade nicht viel los. Die wenigsten waren authentisch. Etliche waren einfach nur arrogante Blender, die mal mit einem Projekt ein wenig Erfolg gehabt hatten und nun meinten, das berechtige sie, sich auf die Bühne zu stellen, Bücher zu schreiben, Seminare zu geben und ihren Weg als einzigartige Methode zu deklarieren. Und um sich ja unsterblich zu machen, verliehen sie dieser ihren Namen. Die Hans-Müller-Methode für Ihren Erfolg. Das Boller-Prinzip für ein glückliches Leben.

Die Teilnehmer waren allerdings auch nicht besser. Leute, die von einer Veranstaltung zur anderen hopsten, sich von dort ihre Motivation holten, danach behaupteten, ihr Verdienst sei um hundert Prozent gestiegen, ihr Leben habe sich verändert, sie seien nun erfolgreich und charismatisch … aber schaute man genauer hin, hatte das keinen Bestand. Tatsache war, dass der Prozentsatz der Erfolgreichen bei etwa einem Prozent der Bevölkerung lag – das wurde immer wieder gerne vergessen. Tatsache war auch, dass Lisa in dieser Art von Rennen nicht mitlaufen wollte.

Sie hatte nie hoch hinausgewollt, nie zu den »Großen« gehören wollen. Alles, was sie sich je ersehnt hatte, war ein ganz normales, kleines Glück. Aber selbst dieses hatte ihr das Leben nicht gegönnt. Ihre Ehe hatte gerade mal sechs Monate gehalten und das war nicht das erste Desaster, das sie hinter sich hatte.

Ungewollt schweiften ihre Gedanken in die Vergangenheit.

Als sie klein war, hatten sie auf dem Land gelebt. Eine herrliche Zeit! Es waren sorglose, fröhliche, von Lachen durchdrungene Tage gewesen. Immer, wenn Lisa daran dachte, hatte sie den Geschmack von Ingwerkeksen und Eis auf der Zunge, den Duft von Myrrhe und Jasmin in der Nase, das Bild von Blumenwiesen und Gärten vor Augen. Ihre Mama liebte sie und zeigte ihr das auch jeden Tag. Marisa war eine heitere Frau mit einem großen Herzen, die sich nicht an die Konventionen anderer hielt, sondern das lebte, was sie für richtig hielt. Ja, Marisa konnte man getrost als spirituell bezeichnen. Sie selbst mochte diesen Ausdruck allerdings gar nicht.

»Was soll das heißen – spirituell?«, fragte sie stets darauf. »Ich interessiere mich dafür, wo ich herkomme, für das, was mich erschaffen hat. Das ist alles.«

Für Lisa war es normal, dass sich ihre Mama manchmal einen roten Punkt zwischen die Augenbrauen malte und fröhlich Verse in Sanskrit sang. In ihren Ohren klangen sie melodisch, sie wirkten beruhigend … so oft hatte sie sie einfach mitgesungen.

Lisas Vater Thomas hingegen war das peinlich. Er wurde des Öfteren auf Marisas Marotte angesprochen und so bat er seine Frau, damit ein wenig vorsichtiger umzugehen. Mit großen Ohren hörte Lisa zu, wenn sie darüber sprachen. Aber ihre Mama lachte ihren Vater aus und sagte, er sehe das alles viel zu eng. Sie war herrlich unbeschwert und küsste ihm einfach alle Sorgen vom Gesicht.

Als Lisa in die Schule kam, dauerte es keine Woche, bis ihre Mutter mit ihrer Herzlichkeit alle Kinder um sich geschart hatte. Jedes Mal, wenn sie Lisa in die Schule brachte oder abholte, wurde sie von Kindern umringt. Sie lachte und scherzte mit ihnen, strich ihnen über die Köpfe, verteilte Bonbons und unterhielt sich mit den Eltern.

Lisas Elternhaus stand immer und jedermann offen. Statt übersüßen Kuchen gab es geschmacksneutrale, klumpige Haferkekse und statt Limonade heißen, ungezuckerten Tee. Trotzdem kamen alle gern zu ihnen. Mit Freuden sogar. Lisas Mama begrüßte die Kinder frohgemut mit vor der Brust zusammengefalteten Händen und einem »Namaste«, was diese superlustig fanden und begeistert nachahmten. Und weil die Kinder ohnehin zu ihnen strömten, bot Marisa berufstätigen Eltern an, ihre Kinder an ihren eigenen freien Tagen zum Mittagessen mit nach Hause zu nehmen und sich um sie zu kümmern. Lisa war es gewohnt, mit mindestens sechs, sieben Kindern Hausaufgaben zu machen und danach mit ihnen zu spielen.

Es war ein buntes und lustiges Leben, das ihre ersten Jahre prägte.

Doch Marisas Hang zur Spiritualität hatte seine Schattenseiten. Nach kurzer Zeit schon begann sich die Einstellung der Schlüsselkind-Eltern zu Marisas Großzügigkeit und Hilfsbereitschaft zu ändern. Denn die Kinder, die Marisa so bereitwillig versorgte, erzählten voller Begeisterung von den Nachmittagen bei Kastners, was sie alles gemacht hatten und wie gut Marisa immer drauf war. Bei Kastners war immer was los! Marisa dachte sich Spiele aus, tanzte mit den Kindern ausgelassen im Wohnzimmer umher, spielte Kasperletheater, half ihnen bei den Hausaufgaben und hörte sich an, was sie zu sagen hatten. Am Nachmittag saßen oft zehn bis fünfzehn Kinder auf dem Teppich und auf der Couch im Wohnzimmer, in Decken gekuschelt und mit selbst gebackenen Knabbereien versorgt, während Marisa ihnen vorlas. Diese Stunden liebte Lisa ganz besonders, und in ihr entstand der Wunsch, auch mal solch fesselnde Geschichten zu verfassen, die jeder hören wollte.

Aber so manches Kind wollte nach diesen Stunden nicht heim zu den eigenen Eltern, die es oft schimpften und sich nie Zeit für es nahmen. Immer öfter kam es vor, dass das eine oder andere Kind im Hausflur stand und heulte: »Ich will nicht mit! Ich will hierbleiben!«

Ja, da begann es. Die Eltern wurden misstrauisch und reagierten eifersüchtig.

»Das geht doch nicht mit rechten Dingen zu!«, sagten sie und fahndeten nach Dingen, die nicht rechtens sein könnten. Passende Argumente lieferte ihnen Marisa in ihrer Arglosigkeit ziemlich prompt. Sie redete offen darüber, dass sie meditiere, dass sie Bücher von spirituellen Meistern und Gurus lese, dass sie fest an die Kraft von Mantras glaube sowie an unsichtbare Kräfte und Schwingungen.

Als sie dann einen Meditationskurs für Kinder anregte, war dieser das Startsignal für den ersten Angriff. Und es war kein zaghafter Angriff. Nein, die Eltern liefen mit einer Vehemenz Amok, die Lisas Welt komplett in Stücke riss.

Heimlich wurde von den Müttern eine Klassenversammlung einberufen. Sie behaupteten, Marisa würde ihren Kindern Gehirnwäschen verpassen, das sei der wahre Grund, warum sie so viele Kinder in ihr Haus einlade. Es dauerte keine Woche, da wurde verkündet, Kastners gehörten einer Sekte an. Eine Armee an entrüsteten Eltern sammelte Unterschriften, veröffentlichte einen Leserbrief und forderte den Rektor der Schule wie den Bürgermeister auf, etwas gegen die Sektenfamilie zu unternehmen.

Von einem Tag auf den anderen wurde Lisa in der Schule nicht nur geschnitten, sondern massiv angefeindet. Ihren Schulkameraden wurde gesagt, sie sei »ein verwirrtes Mädchen« und sie dürften nicht mehr mit ihr reden. Es gab einen Riesenaufruhr in der Gemeinde, weil die fassungslose Marisa sich entschieden gegen diese hanebüchenen Vorwürfe wehrte – völlig zwecklos. Sie war die Sau, die durchs Dorf getrieben wurde, und jeder schlug auf sie ein.

Lisas Welt versank im Chaos und verstört und verschreckt registrierte sie die Veränderungen.

Ihre Eltern stritten lautstark miteinander – jeden Tag. Herr Kastner schrie, Marisa solle doch einfach das blöde Meditieren und Singen lassen und sich gefälligst anpassen. Sie solle in die Kirche gehen, dort ein Amt übernehmen und damit ihren guten Willen beweisen! Das sei anerkannt und damit wären die Wogen im Handumdrehen geglättet. Marisa hingegen war zutiefst verletzt, dass ihr Mann nicht hinter ihr stand. Sie war der festen Überzeugung gewesen, er renne sofort zum Bürgermeister und fordere Genugtuung und würde all diesen engstirnigen Eltern gehörig den Marsch blasen!

Aber Lisas Papa Thomas war das alles furchtbar unangenehm. Er war gerade im Begriff, eine Firma hochzuziehen, und konnte das Gerede überhaupt nicht gebrauchen. Wer wollte schon in einem Unternehmen arbeiten, dessen Inhaber einer Sekte angehörte? Seine Befürchtungen waren durchaus berechtigt, denn Lisas Mutter verlor kurz danach ihren Job als Büroangestellte, weil ihr Chef mit diesem »Sektenzeug« nicht in Zusammenhang gebracht werden wollte. Das Ding gewann eine unselige Eigendynamik. Es gab Bürgerversammlungen, Nachbarn, die Briefe an den Bürgermeister schrieben, es wäre unzumutbar, neben Sektenmitgliedern zu leben, und schließlich benachrichtigte jemand die Presse, die eine Reportage über die »Sektenmutter von ...« machen wollten.

Revolverblatt-Journalisten riefen an und Marisa weigerte sich, mit ihnen zu sprechen. Völlig mit den Nerven am Ende stand Thomas Kastner mit dem Telefon in der Hand in der Küche und hielt seiner Frau den Hörer hin:

»Marisa, sie sagen, wenn du jetzt nicht rangehst und zugibst, in einer Sekte zu sein, dann treten sie erst recht was los!«

Mit einem verächtlichen Blick riss ihm Marisa den Hörer aus der Hand und fetzte dem Reporter ihre Meinung um die Ohren. Am nächsten Tag standen Leute mit Kamera vor der Tür, die ihnen Marisa aufgebracht vor der Nase zuschlug – ein weiterer Fehler, denn die Reporter sannen natürlich auf Rache. Sie holten sich Infos von den anschuldigenden Eltern, interviewten den feisten Pfarrer des Ortes, der zwar nicht explizit sagte, dass die Familie in einer Sekte wäre, (es wurde auch nie ein Sektenname genannt, einfach, weil es keinen gab), aber Äußerungen machte wie »Wir beobachten diese Familie schon lange«, und »Ja, es stimmt, es liegen etliche Beschwerden vor, denen wir nachgehen« – und das, obwohl Lisa getauft war und die Kommunion mitgemacht hatte. Das erwähnte der Pfarrer allerdings nicht. Das wollte auch keiner wissen. Stattdessen setzte er mit sorgen- und salbungsvollem Gesicht hinzu:

»Sie können sich vorstellen, dass wir alle Hände voll zu tun haben, uns um die Kinder zu kümmern, die in diesem Haus verkehrt haben.«

Als Marisa das in der Zeitung las, bekam sie einen Schreikrampf. Ihr Mann war fast am Durchdrehen. Er wollte nur noch, dass »diese Scheiße« endlich aufhörte, und setzte dem Ganzen die Krone auf, als er verlangte, Marisa solle sich in der Gemeinde sowie bei allen betroffenen Eltern entschuldigen. Marisa rastete daraufhin völlig aus und bezeichnete ihren Mann als elenden feigen Schlappschwanz.

Lisa verfolgte das alles mit unsäglicher Panik. Jeder einzelne Tag in der Schule wurde zur Qual. Alles wurde zur Qual. Sie verfiel in Angst, weinte oft, aber die Erwachsenen hatten so viel mit sich selbst zu tun, dass vieles unterging. Es war ein Drama, ein Schmierentheater, und Lisa steckte mittendrin. Alles endete in Gebrüll und Tränen und Schmerz und schließlich zogen sie fort, in ein anderes Bundesland, nicht mehr aufs Land, sondern flüchteten in die Anonymität einer großen Stadt.

Kurz danach ließen sich Marisa und Thomas Kastner scheiden und Lisa befand sich psychisch erneut im freien Fall. Das war alles so schnell gegangen! In kaum einem halben Jahr hatte sich ihr Leben komplett verändert! Ihr kam es heute noch so vor, als sei sie in ein riesiges schwarzes Loch geraten, das alles, was jemals sicher gewesen war, restlos vernichtete; in dem ihre Moleküle, Atome und Zellen neu zusammengesetzt wurden, um sie hernach als eine ihr selbst fremde Person in einem fremden Universum, in einer fremden Welt wieder auszuspucken.

Sie fühlte sich anders. Alles war anders. Nichts war mehr so, wie es war. Ihre Freunde waren weg, ihre vertraute Umgebung, ihr Selbstverständnis.

Obwohl ihre Mutter ihr die Lage so ruhig wie nur irgend möglich zu erklären versuchte und sich nach dem Umzug viel Zeit für sie nahm, war Lisa schlicht zu jung, um es wirklich zu verstehen.

Sie wurde sehr, sehr vorsichtig im Umgang mit Menschen, wurde scheu, checkte immer erst, was andere dachten und wollten, bevor sie den Mund aufmachte. Dazu kam, dass sie nach der Scheidung finanziell alles andere als auf Rosen gebettet waren. Ihr Vater hatte seine Pläne bezüglich der eigenen Firma auf Eis legen müssen, hatte Schwierigkeiten, einen Job zu finden, und konnte kaum für Unterhalt aufkommen, was Marisa klaglos akzeptierte. Wenigstens sorgte ihr Verständnis für seine monetäre Situation dafür, dass Thomas und sie relativ schnell wieder anständig miteinander kommunizierten, aber Lisas Traum, ihre Eltern wieder vereint zu sehen und das frühere sorglose Leben wiederzubekommen, wurde nie wahr.

Ja, Angst stand in Lisas hübschen, braunen Augen. Angst vor Veränderung, Angst, etwas Falsches zu tun, Angst vor Menschen. Die Furcht, dass jemand sie einer nicht akzeptierten Splittergruppe zuordnen könnte, verankerte sich tief in ihrem Inneren. Diese Angst drohte ihr. Warnte sie davor, etwas zu tun, was die Mehrheit nicht tat. Und so war Lisas höchstes Gut Normalität. Nur nicht aus dem Rahmen fallen! Das wurde ihr Credo. Das tun, was alle taten. Das tun, was angesagt war: Lisa wollte einen ganz normalen Job, so normal wie nur irgendwie möglich, einen festen Rahmen – und Sicherheit, Sicherheit, Sicherheit.

Marisa weinte, als sie die Angst in den Augen ihres Kindes sah. Sie ahnte, wie schwer es sein würde, sich davon wieder zu lösen, ahnte, dass Lisas Verhältnis zu ihren Mitmenschen gestört war, und tat alles, um ihr Selbstbewusstsein wieder aufzubauen. Aber sie war genau die Person, die am wenigstens vermochte, Lisas Vertrauen zur Welt zu festigen, weil sie der Grund war, warum es erschüttert worden war.

Lisas Liebe gehörte eigentlich Büchern, Literatur, dem Kreativen … darin konnte sie sich verstecken und alles vergessen. So gern hätte sie sich dem Schreiben gewidmet, was ihre Mutter mit Begeisterung befeuerte, doch Lisa – gefangen in einer persistenten »Lass mich bitte alleine auf die Fresse fallen und alleine wieder aufstehen«-Phase – wehrte stets ab.

All das tat Marisa in der Seele weh und schweren Herzens erkannte sie: Sie musste ihre Tochter ihren eigenen Weg gehen lassen – und ja, sie musste den ihren gehen.

Sie ging wieder aus, fand wie immer schnell Anschluss, lernte Till auf einer Party kennen und verliebte sich Hals über Kopf in diesen humorvollen Adonis mit den blitzenden Augen und er sich in sie. Till war Kinderarzt und band sie in seine Praxis ein. Das war genau Marisas Ding! Das Wartezimmer war immer voll und die beiden ergänzten sich herrlich. Ja, Lisas Mutter lebte ihr Leben, genoss es in vollen Zügen und das war das Beste, was sie tun konnte. Sie lebte Lisa vor, dass Schicksalsschläge einen nicht daran hinderten, glücklich zu sein.

Aber die Pubertät war eben Trotzzeit und Lisa fühlte sich vernachlässigt. Ihre Mutter war abgelenkt durch Till, zudem brachte der aus erster Ehe ebenfalls ein Kind mit. Auch ihr Vater hatte wieder geheiratet und ein weiterer Halbbruder kam dazu, mit dem sie allerdings nicht viel zu tun hatte.

Jedes Mal also, wenn ihre Mutter davon anfing, sie solle es doch mal mit dem Schreiben versuchen, hielt Lisa ihr eine Statistik vor, die verriet, dass die meisten Autoren nicht übers Existenzminimum hinauskamen. Sie hatte nicht die geringste Lust, sich jeden Monat fragen zu müssen, ob ihr Verdienst für die Miete reichte. So absolvierte sie eine Ausbildung zum Mediengestalter, kam in einer mittelständischen Firma unter und lernte Niklas kennen. Niklas, der immer einen Witz auf den Lippen hatte – wie Till! Nik, der anerkannt war und einen großen Freundeskreis hatte – wie Till! Und Nik setzte noch einen Pluspunkt obendrauf: Er hatte einen angesehenen, über jeden Zweifel erhabenen Beamtenstatus. Er war perfekt für sie!

Ihre Mutter versuchte vorsichtig, sie zu warnen – aber dummerweise war sie ja die Letzte, auf die Lisa hörte, denn Marisa hatte ihre spirituelle Neigung nicht nur nicht aufgegeben, sondern weiter intensiviert. Sie war nach diesem ganzen Desaster »in sich gegangen«, ein Ausdruck, den Lisa per se hasste. Ihre Mutter sagte zu ihr, sie wolle das Ganze »durchschauen« und Lisa fragte sich, was es denn da zu durchschauen gab – es war doch alles klar! Diese Esoterik war schuld, dass ihr Leben zerschlagen worden war! Nie mehr wollte sie etwas damit zu tun haben!

Und so ging ihre Mutter diesen Weg weiter, während Lisa den ihren ging und Trost mit Nik fand.

Aber die Liebe ihrer Mutter, deren Lebenslust sowie ihr Kampfgeist waren ebenso ein Teil von ihr – und so lebten zwei Seelen in Lisas Brust: Einerseits war sie tatkräftig und aufgeweckt, andererseits scheu und zurückhaltend.

Sie sah gut aus mit ihrem blonden Haar, ihrer grazilen Figur, und Nik – ihr »dunkler Hüne«, wie sie ihn oft nannte – war fasziniert von ihrer aristokratisch wirkenden Ausstrahlung. Lisa hatte Ballett getanzt – das sah man ihr an. Ihre Haltung war gerade, ihr blondes Haar schimmerte, sie ging anders, aß anders, verhielt sich anders als die Frauen, die Nik in seinem bisherigen Leben kennengelernt hatte. Ja, sie war sein Püppchen und er war gerne bereit, seine rauen Manieren an die ihren anzupassen. Er hätte nie gedacht, eine solche Frau wie Lisa erobern zu können.

Sieben Jahre lang teilten sie ihr Leben miteinander. Sieben Jahre, in denen es natürlich rauf und runter ging wie in jeder Beziehung, aber irgendwann hatte sie sich stabilisiert.

Für Lisa stand ab dem vierten Jahr fest, dass sie heiraten, ein Haus bauen und Kinder bekommen würden. Niklas' Beamtenstatus bot Sicherheit und genügend Einkommen. Er war auch politisch unterwegs, begann, für verschiedene Ämter zu kandidieren, und fand ihre Vorstellung von einer Familie in diesem Zusammenhang nicht übel. Lisa war selig. So oft sangen sie zusammen das Lied »Haus am See« ... Am Ende der Straße ... das Haus am See, Orangenbaumblätter auf dem Weg ... Zwanzig Kinder und hundert Enkel, die im Gras spielen ... ja, das war ihre Idylle.

Lisa wollte nicht hoch hinaus, auch Niklas nicht. Sie wollten lediglich ein gutes Leben. Als Lisa ihrer Mutter überglücklich berichtete, dass Nik ihr einen Heiratsantrag gemacht habe, freute die sich nur verhalten mit ihr. Und bei nächster Gelegenheit sagte sie:

»Du bist so fein, Lisa, so sensibel ... geht denn Nik auf dich ein?«

»Klar tut er das, Mama«, antwortete Lisa erstaunt.

»Du ... ich meine, Nik ist dein erster fester Freund«, sagte ihre Mutter vorsichtig. »Vielleicht solltest du noch ein wenig warten?«

»Ja, aber warum denn?«, fragte Lisa enttäuscht darüber, dass ihre Mutter sich nicht freute. Marisa umarmte sie daraufhin und drückte ihr einen innigen Kuss aufs Haar.

Doch als Lisa ihre ehelichen Absichten in ihrer Firma kundtat und sehnsüchtig übers Kinderkriegen redete, kündigte man ihr aus einem fadenscheinigen Grund. Aufgelöst rannte sie zu ihrer Mutter – und die reagierte begeistert.

»Schätzchen!«, rief sie und legte den Arm um sie. »Das ist doch ganz wunderbar! Das ist ein Zeichen!«

»Ein Zeichen wofür?«, fragte Lisa angesäuert.

»Noch mal über alles nachzudenken! Festanstellungen haben ihren Namen nicht verdient, siehst du doch – die sind alles andere als fest! Du solltest dein Talent leben! Trau dich! Stürz dich in die Unsicherheit! In den Fluss des Lebens! Du weißt, das ist das einzig Sichere auf dieser Welt.

Geh auf Reisen, erkunde die Welt! Du bist doch jung, also pfeif aufs Geld und mach Work and Travel. Wirst sehen, man kommt immer irgendwie durch. Das ist sooo spannend! Wenn ich du wäre, ich würde sofort in den nächsten Zug steigen … und schau mal, was gerade heute in der Post war!«

Begeistert hielt sie Lisa einen Flyer mit atemberaubenden Naturaufnahmen hin. »Ein Seminar, das alte Blockaden löst! Findet in Amerika statt! Das wäre doch mal was. Dann könntest du dich mal um das ganze unbearbeitete Zeug in dir kümmern!«

Argwöhnisch nahm Lisa ihr den Zettel aus der Hand und überflog die Schlagzeilen.

»Mama! Geht's noch? Das ist ein Tantra-Seminar. Die machen Gruppensex! Was soll das? Ich heirate bald!«

»Genau deswegen! Mach das, noch bevor du verheiratet bist. Du bist so schrecklich verklemmt!«

»Aber Mama, Nik und ich sind in einer festen Beziehung. Da geht man doch nicht einfach hin und hat Sex mit anderen!«

»Erstens steht hier, dass man das auch ausklammern kann. Und außerdem: Nik kann doch mit! Das täte ihm mehr als gut. Der weiß ja noch weniger als du!«

Ihre Miene bezüglich Nik hatte den Ausdruck, den Mütter so draufhaben, die das Beste für ihr Kind wollen, wissen, dass sie nichts sagen dürfen, obwohl sie klar sehen, dass das, was ihr Kind gerade vorhat, weit weg von dem Besten ist, was man sich für es wünscht.

»Außerdem«, fuhr Marisa fort, »hast du so Talent zum …«

»Och, Mama, das hatten wir alles schon … Von Talenten kann man nicht leben!«

Marisa seufzte. Sie war nicht glücklich über Lisas Berufs- und Männerwahl. Aber sie hatten zu oft schon darüber diskutiert und so sagte sie nichts mehr. Marisa musste ihre Worte nicht aussprechen, Lisa hatte sie auch so im Ohr: dass man im Hier und Jetzt leben und das Leben genießen solle. Dass man das tun solle, woran man Freude hatte, dann ergäbe sich alles andere von allein.

Aber Lisa hatte nun mal eine Riesenfreude daran, wenn alles sicher und berechenbar war. Am besten bis ins nächste Jahrtausend.

∗∗∗

Kaum hatten Niklas und sie nach sieben Jahren Zusammensein die Papiere unterzeichnet, ging ein Ruck durch ihre Beziehung. Nicht im Entferntesten hätte Lisa vermutet, dass das Leben nach der Hochzeit anders werden würde als davor. Man hatte vorher zusammengelebt, man tat es jetzt auch. Und doch hatte dieses Offizielle einen subtilen Shift verursacht – vor allem in Lisa. Sie war verheiratet – und sie wollte Frau sein mit allen Konsequenzen. Brachte Babymagazine mit nach Hause, vertiefte sich in Kochbücher und setzte die Verhütung ab. So war es besprochen worden: Wenn sie Kinder bekämen, würde Lisa für sie da sein. So wie ihre Mama immer für sie da gewesen war und es immer noch war. Lisa wollte die ersten Jahre zu Hause bleiben, während Nik den Jäger spielte, der das Futter heimbrachte.

Aber das mit dem Jäger war so eine Sache. Es stellte sich heraus, dass Nik seine Jägerqualitäten für andere Zwecke einsetzte. Oder hatte er das schon vorher gemacht? Hatte sich Niklas so schleichend verändert, dass sie es nicht bemerkt hatte? Jedenfalls schien die offizielle Beurkundung einer lebenslang gedachten Bindung Niklas einen Schock versetzt zu haben. Einen, der ihn Ehe als etwas Schreckliches sehen ließ.

Von einer Sekunde zur anderen offenbarte er ein komplett anderes Verständnis vom sozialen Miteinander. Fassungslos stellte Lisa fest: Sie hatte einen Chauvinisten geheiratet! Mülltonne rausbringen? Frauensache. Haushalt? Frauensache. Geldverdienen? Natürlich beide, aber bitte mit getrennten Konten. Die Rechnungen im Restaurant wurden geteilt, als säßen sie beim ersten Date, beim Thema Urlaub kamen sie auf gar keinen gemeinsamen Nenner mehr, stattdessen stritten sie regelmäßig über die Begleichung der Nebenkosten.

Der Akt der Vermählung hatte sie nicht zusammen-, sondern auseinandergebracht. Nik verhielt sich schon nach einer Woche so, als wäre Lisa ein lästiges Übel und behauptete nach der Hochzeit fast von Stund an, sie hätte sich verändert, obwohl ihr Leben (bis auf das Studium der Koch- und Babybücher) fast genauso ablief wie vorher.

Statt seiner Rolle gerecht zu werden, fiel er mit Vehemenz in seine Singlezeit zurück. Er lud seine (unverheirateten) Freunde ein, für die sie Unmengen an Fingerfood an den Couchtisch brachte – zu Beginn mit Freuden, weil sie ja für alle einen gemütlichen Abend schaffen wollte. Aber nach dem Catering war ihre Person augenscheinlich unerwünscht. Nik und seine Clique zockten bis spät in die Nacht und das oft so laut, dass sie noch nicht mal schlafen konnte. Stellte sie ihn zur Rede, reagierte er gereizt und aggressiv und es dauerte keine vier Wochen, da äußerte er zum ersten Mal den Satz:

»Ich weiß gar nicht, warum ich überhaupt geheiratet habe!«

Lisa war schockiert. Sie weinte sich nächtelang in den Schlaf, wollte ihre Ehe nicht schon nach so kurzer Zeit aufgeben und hielt einfach eine Weile den Mund – aber das war schwer, denn Nik fiel von einer Phase in die nächste. Das war schon vor der Hochzeit so gewesen, aber jetzt fiel es ihr umso mehr auf.

Wollte sie mit ihm reden, raufte er sich das Haar und motzte, er wolle schließlich noch leben, aber sie vermiese ihm jede Minute! Jedes Mal, wenn er von der Arbeit nach Hause käme, mache sie eine Szene!

»Was ist das für eine Scheiße?!«, schrie er, um sie anschließend einfach stehenzulassen und mit einem Türknall aus dem Haus zu stürmen. Er sagte, er ginge zu Freunden, was sie ihm anfangs glaubte, bis er schließlich eine ganze Nacht wegblieb. Panisch telefonierte sie seine Kumpels durch – ein weiterer Fehler.

»Sag mal, geht's noch?«, herrschte er sie an, als er nach Hause kam. »Spielst du jetzt die eifersüchtige Tussi, die mich kontrolliert? Du machst mich lächerlich in der ganzen Clique!«

»Aber Nik!«, rief sie verzweifelt. »Du warst die ganze Nacht weg ... ich meine, was würdest du denn denken, wenn ich das tun würde?«

»Mach's doch!«, gab er kaltschnäuzig zurück.

»Nik!«, rief sie unglücklich. »Was ist nur mit dir los?«

Sein Gesichtsausdruck bestürzte sie erst recht und hektisch setzte sie hinterher: »Nik, wir müssen reden! Wir hatten beschlossen, ein gemeinsames Leben zu führen – und das hier hat nichts mit Gemeinsamkeit zu tun!«

»Ja, ich frage mich auch, warum ich überhaupt geheiratet habe!«, wiederholte er sich.

»Aber es war doch vorher alles in Ordnung! Es war alles so schön mit uns! Es kann doch nicht sein, dass ein paar Papiere das ändern!«

Nik stand vor ihr, seufzte, sah ihren unglücklichen Blick und sagte:

»Ich weiß auch nicht, Lisa. Das Gerede bringt mich nicht weiter. Ich brauche einfach Luft, verstehst du das? Luft!«

Lisa verstand nur, dass er die Luft, die er brauchte, nicht in ihrer gemeinsamen Wohnung atmen wollte. Nicht mit ihr. Niklas blieb immer häufiger weg, sonderte immer öfter sexistische, platte Witze ab, wie:»Also ich finde nicht, dass die Frauen hinter den Herd gehören. Die Knöpfe sind ja schließlich vorne.« Oder: »Warum stehen Frauen so oft am Herd? Wegen der Herdanziehungskraft … Hahaha.«

Beim ersten Mal hatte Lisa tatsächlich noch dünn mitgelacht, aber Niklas war nicht witzig, er war schlicht peinlich. Er war, so drang es langsam in ihr betäubtes Gehirn, absolut unsensibel. Seine Clique war sein Ein und Alles. Er arrangierte seine Männerabende und meinte zu ihr: »Lisa, du würdest dich nur langweilen, wir spielen FIFA und du hast doch keine Ahnung von Fußball … Geh doch mit deinen Freundinnen ins Kino, da haste mehr davon.«

Lisa hatte Freundinnen, aber die letzten sieben Jahre war sie eben lieber mit Nik zusammen gewesen und hatte sich nur alle paar Monate mal mit der einen oder anderen getroffen. Inzwischen waren die auch verheiratet und hatten ihren eigenen Bekanntenkreis. Klar, Kaffeetrinken ging immer, das war nett, aber mehr auch nicht. Ihre Freundinnen waren fest eingebunden in ihre Aufgabe als Mütter und suchten ihresgleichen – und Lisa war eine kinderlose, noch dazu unglücklich verheiratete Frau, die nicht die gleichen Gesprächsthemen hatte.

Aber das war nicht das Schlimmste. Das Schlimmste waren Niks »Phasen«, von denen sie geglaubt hatte, dass sie im Sand verliefen, wenn er erst mal verheiratet war.

Nik hatte die FIFA-Phase, in der er nächtelang durchzockte. Er hatte die Game-of-Thrones-Phase und durchlief eine schwer zu ertragende Comedy-Phase.

Die Texte, die seinen Mund verließen, bestanden nurmehr aus Jokes diverser Sitcoms und deutscher Comedians. Er hatte sämtliche Charaktere ziemlich aller Serien nebst entsprechenden Grimassen, Tonfällen und Sprüchen verinnerlicht. Lisa bekam kaum noch eine Antwort, die nicht irgendein Charakter in irgendeiner Serie von sich gegeben hatte. Ihr Leben wurde eine TV-Sause mit künstlichem Konservengelächter. Manchmal redete Michael Mittermeier mit ihr, manchmal Mario Barth oder Kaya Yanar. Es kam der Moment, in dem sie sich ernsthaft fragte: Mit wem bin ich da eigentlich zusammen? Mit Mr. Bean? Mit Sheldon aus »the Big Bang Theory«? Oder Barney aus »how i met your mother«? Sogar Al Bundy hatte schon mit ihr geschlafen! Und er hatte sie tatsächlich Peggy genannt! Brauchte sie einen Schuhverkäufer mit schlechtem Geschmack an ihrer Seite?

Als er in diese Sitcom-Phase geriet, setzte auch bei ihr etwas aus. Entsetzt über die Entwicklung, entsetzt über das Tempo, in dem sich ihr

Leben veränderte, versuchte sie, noch einmal mit ihm zu reden. Die Antwort war ein Joke – im wahrsten Sinne des Wortes.

Danach begann seine Dark-Romance-Phase und die läutete das Ende ein. Es fing an, als Nik in einer etwas gemäßigteren Stimmung vorschlug, Fifty Shades of Grey anzuschauen – weil das alle seine Freunde taten. Lisa atmete auf, richtete alles für einen gemütlichen Abend her und – tatsächlich – seit langem mal wieder saßen sie händchenhaltend auf der Couch. Aber Nik schimpfte die ganze Zeit darüber, dass die Sexszenen zu soft wären, dass man nichts wirklich Interessantes sähe, war aber von den Worten Christian Greys, »Ich schlafe nicht mit einer Frau. Ich ficke sie. Hart.«, schwer beeindruckt.

Der Abend endete alles andere als gemütlich. Angetörnt von blöden Ideen zwang er Lisa in Stellungen, die sie nicht mochte, und als sie das abwehrte, fing er an, sie zu beschimpfen, warf sie schließlich wie immer auf den Rücken und war innerhalb von drei Minuten fertig mit ihr.

Danach schob er sich auf Empfehlung eines Freundes einen Dark-Romance-Roman nach dem anderen rein, war angetörnt von der Gewalt darin, angetörnt von den perversen Ideen mancher Autoren, die im Detail beschrieben, wie Frauen von Männern gequält wurden, während Lisa das einfach abscheulich fand – und ihm das auch sagte.

Aber Nik kam von seinen Männerabenden immer öfter betrunken nach Hause, in einem Zustand, in dem ihm das ganze kranke Zeug einfiel, das ihm diese Bücher in den Kopf gesetzt hatten.

»Los«, lallte er ihr ins Gesicht. »Lass uns was Geiles machen.«

Lisa hätte nichts gegen eine Aufwertung ihres Sexlebens gehabt, aber Niks Vorstellung davon entbehrte trotz seiner Bücher- und Pornovorlagen jeder Kreativität und endete stets damit, dass er sie auf den Rücken warf. Sex war letztlich ein Synonym für liebloses, schmerzhaftes Gerammel – er konnte sich nie lange genug beherrschen, um was wirklich »Geiles« zu machen. Doch Lisa, die noch immer ihre Ehe retten wollte, war anfangs froh, dass sie zumindest körperlich zusammen waren – obwohl er ihr damit oft wehtat. Sie erkannte erst hinterher, was diese einfallslosen, alkoholgesteuerten Überfälle eigentlich waren: eheliche Vergewaltigungen.

Sie erkannte es in der Nacht, in der Nik eine Szene aus irgendeinem Buch nachspielen wollte. Gewaltbereit war er nach Hause gekommen, hatte ihr wortlos die Kleider vom Leib gerissen, ihr in die Brustwarzen gezwickt, bis sie schrie. Lisa wehrte sich, aber zu ihrem Entsetzen geilte ihn das noch mehr auf. Seine nach Schnaps stinkende Zunge bohrte sich in ihren Mund und seine Hand krallte sich schmerzhaft um ihre Brust. Er brabbelte was von Zeitgeist, Spanking, BDSM … macht doch jetzt jeder und sie solle sich nicht so anstellen. Als er ihr grob zwischen die Beine griff, wurde Lisa unsäglich wütend, stieß ihn mit aller Kraft weg und wollte weg, raus aus dem Zimmer. Er riss sie zurück und schlug sie so hart, dass sie mit einem Stöhnen zu Boden ging. Irgendetwas in ihm tickte fast hörbar aus, als er sie so daliegen sah. Er fühlte sich stark, fühlte sich überlegen! Grob hielt er sie nach unten gedrückt, beschwerte sie mit seinem Körper. Lisa wehrte sich wie verrückt, geschockt von dem Schlag, geschockt von seinem Verhalten. Doch dass sie sich wehrte, ließ ihn nur noch wilder werden.

»Du weißt, Lisa, du bist verpflichtet, mit mir zu schlafen«, keuchte er in ihr Ohr. Er hielt ihre Handgelenke fest, bog ihre Arme nach oben, versuchte, in sie einzudringen, und als sie das nicht zuließ, packte er rechts und links ihr Haar, sodass jede Bewegung, die sie machte, zur Qual wurde und sie schließlich still lag, holte sich seine Befriedigung, wälzte sich aufs Bett und schlief danach laut schnarchend ein.

Lisa lag noch zehn Minuten neben ihm, zitterte, konnte nicht glauben, dass ihr das passiert war. Sie fühlte den Schlag an ihrem Kopf, die brennenden Haarwurzeln. Sie befand sich in einem absoluten Albtraum. Endlich stand sie auf.

Sie wusste nun sicher, dass sie mit diesem Mann keine Kinder haben wollte, zog die Reißleine, reichte die Scheidung ein und stand vor der unwiderruflichen Tatsache: Niklas war als Ehemann der Totalausfall. Ihre Ehe war ein Totalausfall und ihr Leben erneut ein Chaos.

Voller Verständnis wiegte ihre Mutter sie in ihren Armen.

»Wie kann sich ein Mensch nur so ändern?«, weinte Lisa. »Was habe ich nur falsch gemacht?«

Tröstend legte sie den Arm um ihre Tochter.

»Nik hat sich nicht geändert, Lisa«, sagte sie leise. »Er war schon immer so. Eher war es so, dass du ihn von diesem groben Verhalten zurückgehalten hast, weil du so anders bist. Wahrscheinlich hat ihn das eine Weile fasziniert, aber letztendlich ist seine Natur durchgebrochen.«

Stumm liefen Lisa die Tränen hinunter. War sie der Frosch, der im warmen Wasser saß, dessen Temperatur so langsam erhöht wurde, dass er schlussendlich nicht mitbekam, dass er bei lebendigem Leib gekocht wurde? Sich elend fühlend drückte sie sich an ihre Mutter.

»Schätzchen, ich weiß, es ist eigentlich zu früh, das zu sagen, aber sieh es positiv. Nik war nie der Richtige. Da draußen wartet noch jemand auf dich. Jemand, mit dem du glücklich wirst«, tröstete Marisa sie. »Wenn du endlich deinen Wert erkennst. Wenn du endlich in dir das ausräumst, was solche Männer wie Nik anzieht. Irgendwann musst du diese Arbeit tun. Wirst sehen, dann sieht dein Leben ganz anders aus ... und auch die Männer darin.«

Mit nass geweinten Augen starrte Lisa geradeaus.

»Männer sind gerade das Letzte, worauf ich Lust habe«, sagte sie bitter.

»Natürlich, du musst ja auch erst mal in dich gehen und das alles lösen, das braucht Zeit ... aber bitte, bitte tu's endlich!«

Müde schloss Lisa die Augen. Solche Worte triggerten nur weitere negative Erlebnisse – und obwohl sie das nicht wollte, machte dann irgendetwas in ihr vollständig dicht.

$$***$$

Niks Reaktion auf ihre Mitteilung, sich scheiden zu lassen, tat furchtbar weh: Er feierte seine »Junggesellen-Wiederauferstehung« und war so glücklich, dass Lisa den Eindruck hatte, er hebe in der nächsten Sekunde ab und fliege, während ihr war, als wäre sie in Überschallgeschwindigkeit auf Beton gestürzt. Vor allem tat es weh, zu erkennen, wie falsch sie gelegen war, jahrelang falschgelegen war, ohne es zu merken. Diese offensichtliche Selbsttäuschung trieb sie noch mehr in die Unsicherheit.

Sie zog vorerst in ihr altes Kinderzimmer. Ihre Mutter nahm sie mit offenen Armen auf und wehen Herzens registrierte Lisa, wie glücklich ihre Mutter mit Till war und was für ein harmonisches Leben die beiden führten. Da trällerte ihre Mutter durch das Haus – ihre Mutter, die mit Freundinnen ausging, auf Partys tanzte, fetzige Etuikleider trug, mit ihren fünfzig Jahren eine tolle Figur und einen supertollen zweiten Mann hatte, der sie auf Händen trug und ihr jeden Wunsch von den Lippen ablas. Warum hatte Lisa nicht so ein Exemplar erwischt? Hatte sie tatsächlich Niklas' platte Witze mit Tills heiterer Herzlichkeit verwechselt?

Till war ein attraktiver, jung gebliebener Mittfünfziger mit blitzenden, blauen Augen und einem Körper, der selbst Lisa anmachte. Er verschlang ihre Mutter nach vielen Jahren Ehe noch immer am Frühstückstisch mit den Augen, wenn sie im Negligé in ihrer Essecke saß ... oder wenn sie zusammen kochten ... egal, was sie taten. Er war zärtlich und liebte sie so aufrichtig, dass Lisa fast so etwas wie Eifersucht spürte, wenn sie die beiden beobachtete.

Sie traute ihren Ohren kaum, als sie sie oft aus dem Schlafzimmer entzückt quietschen und kichern und all die süßen Geräusche machen hörte, die Lisa klarmachten: Die zwei hatten ein überaus erfülltes und intaktes Sexleben. Das war hart für sie: Ihre Mutter hatte besseren Sex als sie! Wobei das nicht schwer war – sie hatte ja gar keinen. Was immerhin besser war als das, was sie mit Nik erlebt hatte.

Obwohl ihre Mutter Lisa oft sagte, dass sie in jungen Jahren auch ganz anders gewesen wäre, dass sie diese Unsicherheit kenne und jeder seine Erfahrungen machen müsse, um zu reifen, nagten all diese Dinge sehr an ihr.

Lisa ahnte, wo der Hase im Pfeffer lag. Aber etwas zu erkennen ist das Eine, der Schritt zur Veränderung das Zweite und weitaus Anstrengendere. Immer wieder machte Marisa Vorstöße, sagte Dinge wie: »Komm, wir atmen mal zusammen – da kann sich viel lösen« Oder: »Ich habe eine Freundin, die könnte das Ganze mit dir aufarbeiten.«

Aber Spiritualität war für Lisa zu etwas äußerst Ambivalentem geworden. Einerseits hatten die Gedanken ihrer Mutter, ihre Lebensweise und ihr heiteres Gemüt sie in den ersten Lebensjahren geprägt und sie mochte viele ihrer Ansichten. Andererseits war die Spiritualität ihrer Mutter schuld, dass sie aus dem Paradies geworfen worden waren. Lisa befand sich in einem schrecklichen Zwiespalt und wusste nicht recht, was sie von der Welt halten sollte.

Als sie ihre Ehe nach sechs Monaten für gescheitert erklärte, befand sie sich zum dritten Mal in ihrem Leben im freien Fall. Und wieder war es rasend schnell gegangen!

Unglücklich betrachtete sie sich im Spiegel. Sie war ohnehin sehr feingliedrig, hatte aber seit ihrer Hochzeit Gewicht verloren. Ihr blondes, gewelltes Haar fiel ihr bis in den Rücken und sie band es oft zu einem Dutt zusammen, der ihren schlanken Hals sowie ihr zartes Gesicht zur Geltung brachte, in dem warme, braune Augen glänzten. Ihre Mutter nannte sie heute noch oft »Mein Reh«. Das war, angesichts des scheuen Charakters dieser Tiere mehr als passend. Aber es half ihr nicht viel weiter.

Sie wollte leben – und konnte nicht.

✳✳✳

Es gab jemanden, der ihre Ängste und Ansichten teilte, der die Begriffe »Spiritualität« und »Esoterik« auf der Liste der unanständigen Wörter hatte und geradezu seine Zunge verrenkte, wenn er sie in den Mund nahm: ihr Vater Thomas. Wie Lisa hatte er es nach dem Sektengerede verdammt schwer gehabt und so war er es, dem sie sich, noch vor ihrer Hochzeit und nach der Kündigung ihres Jobs, zugewandt hatte.

Thomas Kastner hatte seine Pläne für eine eigene Firma erst mal auf Eis legen müssen – was er Marisas heute noch unter die Nase rieb –, hatte aber nach weiteren fünf Jahren den Sprung gewagt und betrieb inzwischen eine Agentur zur Vermittlung von Rednern und Seminarleitern. Mit den Jahren hatte er einen beachtlichen Stamm an Referenten unter Vertrag nehmen können, die er an Firmen und Institutionen vermittelte, sowie ein kleines Team aufgebaut, das ihn dabei unterstützte. Zehn Jahre lang lief das gut, aber Zeiten wie Bedürfnisse änderten sich und Thomas verpasste den Anschluss, weil er das, was immer funktioniert hatte, auf ewig weitermachen wollte.

Der Umsatz ging nach unten und als seine Tochter ihn fragte, ob er Verwendung für sie hätte, stellte Thomas sie mit Kusshand und in der Hoffnung ein, sie möge seine Firma am besten gestern wieder auf eine gewinnträchtige Spur bringen.

Lisa, die ja damals noch mit Niklas zusammen gewesen war und deren Hochzeit kurz bevorstand, war überglücklich. Das war die sicherste Sache überhaupt! Ihr Dad würde sie nie im Stich lassen! Dieser Job war so was von perfekt!

Voller Enthusiasmus fing sie also an – versehen mit einer Position, in die sie erst hineinwachsen musste und die nicht wirklich definiert war. Sie sollte den Umsatz wieder nach vorne bringen, aber welche Befugnisse sie hatte und wie das alles laufen sollte, wusste keiner – am allerwenigsten Thomas. Er wollte immer nur Ergebnisse, egal wie – so schnell wie möglich und so günstig wie möglich. Alles andere interessierte ihn nicht.

Sein einziger Akt der Einarbeitung bestand darin, seine Tochter seinen drei Mitarbeitern vorzustellen: dem fetten Björn, dem hektischen, wieselartigen Fred und dem schüchternen, noch ganz jungen Pierre, der immer so wirkte wie eine Kuh, wenn's donnert.

Lisa krempelte die Ärmel hoch und übernahm. Doch Björn und Fred machten ihr von Beginn an einen gehörigen Strich durch die Rechnung. Die beiden älteren Mitarbeiter wollten sich nicht in ihr Hoheitsgebiet reinreden lassen – von der Tochter des Chefs, die noch nie in dieser Branche gearbeitet hatte, gleich dreimal nicht.

Erschwerend kam hinzu, dass Thomas' zweite Frau Cordula im Büro saß, eine vom Solarium orangefarben verbrannte Frau mit verkniffenem

Mund, die ständig gegen Lisa stichelte und die interessiert daran war, ihren eigenen aus erster Ehe eingebrachten Sohn nach dessen Ausbildung in die kleine Firma zu integrieren. Aber für zwei war die Firma zu klein. So drängte Thomas seine Tochter, dafür Sorge zu tragen, dass die Gewinne wieder stimmten.

In den ersten Tagen analysierte Lisa die Struktur der Firma und stellte fest: Es gab nichts zu analysieren. Ihr Vater hatte keine Struktur. Er war ein Chaot und genauso führte er seinen Laden. Genau das waren seine Leute auch gewohnt. Sie taten, was ihnen gerade einfiel, und es grenzte an ein Wunder, dass die Firma früher Gewinn abgeworfen hatte. Doch nun waren die Referenten der Agentur nicht mehr zeitgemäß – zu Lisas Erschrecken ging der Trend eindeutig zu Themen wie Bewusstseinserweiterung, Selbstfindung und Achtsamkeit, im Allgemeinen also Spiritualität. Das wurde immer häufiger gefordert und die Agentur hatte kaum Sprecher im Katalog, die dieses Spektrum abdeckten.

Lisas innere Zwickmühle war wieder mal deutlich im Außen zu finden: Nun musste sie ihrem Vater genau die Thematik schmackhaft machen, die damals zum härtesten Bruch ihrer beider Leben geführt hatte. Fred und Björn weigerten sich, »Voodoo-Referenten«, wie sie sagten, anzubinden und Firmen darauf anzusprechen. Auch ihr Dad schmetterte das rigoros ab:

»Damit will ich absolut gar nichts zu tun haben«, giftete er. »Du weißt, wohin das führt! Niemals!«

»Aber Papa, die Zeiten haben sich geändert«, wagte sich Lisa vor und wurde sich bewusst, dass sie diesen Satz durchaus selbst verinnerlichen müsste. »Die Leute denken inzwischen anders! Wir müssen dem Trend folgen, sonst ist die Agentur irgendwann weg vom Fenster!«

»Auf keinen Fall gehen wir diese Gefahr ein!«, meldete sich Cordula zu Wort, die bei jeder Besprechung dabeisaß. »Wir haben einen Ruf zu verlieren! Und ich werde ganz sicher nicht die Sektenmutter geben!«

Lisa seufzte. Sie saß zwischen zwei Stühlen und fühlte, dass das Schicksal sie herausforderte – nein verhöhnte! So etwas konnte sich doch nur ein sardonischer Gott ausdenken! Einer, der es nicht gut mit ihr meinte!

Sie beschloss, den Mund zu halten und einfach ihren Job zu machen, so gut es ging. Bemühte sich, eine Basis mit dem übergewichtigen Björn und dem wieseligen Fred zu finden, aber die zwei waren schlicht schmuddelig und unhöflich und empfanden selbst Lisas gepflegtes

Aussehen als Affront. Vorsichtig versuchte Lisa, ihrem Vater klarzumachen, dass die beiden sich drehen müssten, aber der sagte, Fred und Björn wüssten schon, was sie täten, sie solle sich halt was einfallen lassen.

»Dann erkläre ich mich für deren Ergebnisse nicht verantwortlich«, stellte Lisa klar. »Ich arbeite mit Pierre – und du mit den anderen beiden.« Aber auch davon wollte ihr Vater nichts wissen.

»Du kriegst Gehalt, also machst du den Job«, erklärte er angesäuert.

Verdattert wurde Lisa klar, dass sie festhing: Sie durfte nichts ändern, hatte kaum Kompetenzen und sollte dennoch die Firma nach vorne bringen.

Trotzdem war sie anfangs durchaus motiviert, aktualisierte Kundenlisten, stellte Mindmaps mit möglichen Aktionen auf, doch kurz danach herrschte zwischen Nik und ihr Eiszeit. Ein halbes Jahr später war sie eine geschiedene Frau und seelisch am Boden. Nik spielte das Opfer. Alle Freunde hielten zu ihm, Lisa wurde ausgeklammert. Sie sah sich um und bemerkte mit Panik, dass sie gar nichts mehr hatte. Keine Freunde, keinen Mann … nur den Job bei ihrem Dad. Umso dankbarer war sie dafür. Umso mehr klammerte sie sich daran.

Hals über Kopf zog sie aus der gemeinsamen Wohnung aus und kam für ein paar Wochen bei ihrer Mutter unter. Schließlich suchte sie sich desillusioniert eine neue Bleibe und fand etwas weiter draußen, aber in guter Infrastruktur, eine wunderbar helle Wohnung. Groß, lichtdurchflutet, moderne Küche, sauber renoviertes, tolles Bad – und die Miete war gar nicht hoch! Noch dazu war der Vermieter überaus nett und bedankte sich sehr überschwänglich bei ihr, dass sie unterschrieben hatte. Sie konnte es nicht fassen … wandte sich das Glück ihr auch endlich mal zu?

Aber die Tinte auf dem Mietvertrag war noch nicht trocken, da machte sie Bekanntschaft mit Richard Rosenberg, dem immer alles zu laut, zu rücksichtslos und zu viel war.

»Frau Kastner. Hier gibt es Regeln. Sollten Sie diese missachten, sehe ich mich gezwungen …«

»Frau Kastner, es ist 20:30 Uhr und Ihr Umzugswagen steht immer noch vor der Tür. Ich weise darauf hin, dass die Nachtruhe um 22:00 Uhr beginnt und die Belastung, die Sie mir während des Tages zugemutet haben, die Grenzen bereits mehr als überschritten hat.«

Es war so nervig. Warum musste ausgerechnet ein über achtzigjähriger Greis, der seinen Lebensinhalt darin sah, anderen auf die Zehen zu treten, ihr Nachbar sein? Warum musste eine Katastrophe der nächsten folgen? Zu Beginn war sie noch freundlich zu ihm, aber mit jeder Beschwerde, die er abließ – im Schnitt waren es drei pro Tag –, kam sie mehr an ihre Grenzen. Mit jedem üblen Tag im Büro, an dem sie gegen den Widerstand von Fred, Björn und ihrem Vater arbeitete, gewürzt mit dem Gestichel von Cordula, lief sie schärfer am Rand der Klippe, ohne dass sie es merkte. Um das einigermaßen ertragen zu können, schottete sie sich ab.

In ihren vier Wänden fand sie Trost, die waren ihre Zuflucht. Wenn sie mal rausging, dann in den nahe gelegenen Wald. Sie fand Wege, die kaum einer kannte, entdeckte einsame Pfade und einen wunderschönen Weiher, an dem sie stundenlang saß, und wich sogar Spaziergängern aus, die gelegentlich den Weg in den Wald fanden. Sie wollte niemanden sehen.

Menschen taten weh.

✳✳✳

Zum Vergessen ihres Ehedesasters stürzte sie sich in die Arbeit, entwickelte Ideen und Konzepte – das war der Teil, den sie von Marisa hatte – aber ihr Vater bremste jeden Vorschlag von ihr aus, sodass sie irgendwann aufgab. Das erhöhte den Umsatz natürlich auch nicht und Kastner wurde nicht müde, ihr zu sagen, wie dankbar sie ihm sein müsse, dass er sie hier beschäftige. Was ihn das kostete. Was er sich von seiner Frau jeden Abend anhören müsse. »Also, Lisa, du musst endlich in die Gänge kommen, verstehst du?« Jeden Tag übte er Druck aus, mit sorgenvollem Gesicht.

Lisa nickte, fühlte sich schlecht, strampelte sich ab, tat, was sie konnte, in dem engen Rahmen, den er ihr ließ.

Wenn sie am Abend nach Hause kam – drei Anrufe von Rosenberg auf dem AB –, war sie oft den Tränen nah und die einzige Methode, damit zurechtzukommen, war, sich ihre eigene kleine Welt zu schaffen und sich zu verbarrikadieren – was ihre Mutter mit zunehmend gerunzelter Stirn registrierte. Vorsichtig stupste sie sie an:

»Selbstbefragung, meine Kleine«, sagte sie. »Das ist das, was dich nach innen führt und dir Lösungen bietet. Schau nicht einfach weg. Das kostet Mut … ich weiß … aber du hast diesen Mut. Wenn du ihn in dir suchst, ist er da.«

Lisa konnte dieses Gerede nicht hören. Es war eben so, wie es war. Sie wollte sich nicht auch noch sagen lassen, für diese ganze Misere selbst verantwortlich zu sein, und sich Schuldgefühle aufhalsen! Reichte doch so schon! Was konnte sie für all diesen Mist? Nein, dieses spirituelle Gequatsche tröstete kein bisschen und am schlimmsten war der Satz:

»Du musst im Hier und Jetzt leben!«

Im Hier und Jetzt leben! Sag das mal zu jemandem, der gerade vergewaltigt wird! Oder in einer Wüste ohne Wasser sitzt! Der lebt auch im Hier und Jetzt! Was sollte dieser blödsinnige Satz bedeuten?! Es war der banalste und dümmste Ausspruch, den diese weltfremden, überheblichen Esoteriker von sich geben konnten!

Fakt war: Sie mochte dieses Hier und Jetzt überhaupt nicht. Denn das »Hier und Jetzt« hielt ihr einen nicht gerade schmeichelhaften Spiegel vor: Dass sie einunddreißig und geschieden war, dass sie sich gerade erfolglos und sehr ohnmächtig fühlte, keine gleichaltrigen Freunde hatte und ihre Mutter ihr als Lösung ein Tantra-Seminar in den Rockys vorschlug.

Die Wahrheit war, dass Lisa genau diesem Hier und Jetzt entfliehen wollte, denn das Hier und Jetzt forderte von ihr dauernd etwas, wofür sie offensichtlich zu blöd war und was als Statement für ein intaktes »Ich« galt: eine gesunde Beziehung, genügend Geld, einen Haufen Freunde, die Fähigkeit, sich selbst zu lieben oder sich zumindest zu mögen, und obendrein die Umsätze der Agentur an die Vorstellungen ihres Vaters anzupassen – mehr noch, sie zu übertreffen.

Lisa arbeitete hart dafür. Sie war die Letzte, die abends ging, und die Erste, die morgens kam. Aber – sie war die Tochter des Chefs, ihr Vater band ihr die Hände, die Mitarbeiter intervenierten und seine Frau konspirierte.

Nein, sie hatte es nicht leicht. Neulich hatte sie mitbekommen, wie sich Björn, Fred und Cordula gegenseitig einen Tweet gezeigt und dabei verhalten gelacht hatten, ein Lachen, das ihr klarmachte, dass der Witz ihr galt. In der Mittagspause hatte sie unauffällig ein liegengebliebenes Handy gecheckt – der Tweet stand noch im Display.

»Wenn du tot bist, weißt du nicht, dass du tot bist. Es ist nur schwer für die anderen. Genauso ist es, wenn du blöd bist.«

Das waren die Dinge, die sie fertigmachten. Das Leben war grob, es war ruppig! Menschen waren grob und ruppig. Und sie wollte nur noch weg.

Nach zehn Stunden Büro floh sie in ihr Refugium, ihre vier Wände, dahin, wo sie kaum einer verletzen konnte. Heißer Tee oder ein Glas Wein, sich auf die Couch verkrümeln und lesen. Das war ihre Flucht.

Als Kind hatte sie sich ein ähnliches Trostritual geschaffen. Immer dann, wenn es ihr schlecht ging, war sie auf den Dachboden gestiegen, mit einem Getränk, Süßigkeiten und einem Buch. Dort oben hatte sie sich ein Lager gebaut und mit der Zeit immer mehr persönliche Dinge nach oben geschafft. So oft hatte sie sich da oben eingeschlossen und versucht, die Welt zu vergessen. Eine Welt, die sie immer wieder einholte. Eine Welt, die sie mit wachsendem Argwohn betrachtete. Eine Welt, die voller Niks, Björns, Freds und Richard Rosenbergs war.

»Frau Kastner. Die Treppe war nicht anständig gewischt. Ich habe das eine oder andere blonde Haar darauf entdeckt, obwohl Sie behaupten, Ihren Hausdienst versehen zu haben.«

»Frau Kastner, ich höre Sie laufen. Ich habe noch nie die weibliche Eitelkeit verstanden, die gesunde Füße in ungesunde Schuhe zwängt. Aber es dürfte doch wohl kein Thema sein, dass Sie diese Folterinstrumente ausziehen, wenn Sie zu Hause sind. Es klackert hörbar … sehr hörbar auf dem Parkett.«

Lisa stand im Zimmer und hörte sich das an. Hörte Rosenberg sie auch stöhnen und seufzen, wenn sie sich mal einen runterholte?

Mutlos setzte sie an diesem Abend ihre Kopfhörer auf und ließ sich auf den Boden sinken.

Ja, die Welt, die sie sah, wenn sie die Augen schloss, war umso viel schöner, als die, die man ertragen musste, wenn man sie wieder öffnete.

Doch Tränen begannen, ihre Wangen hinunter zu laufen. Obwohl ihre Augen geschlossen waren.

Die Welt war in ihr.

♫ Bright Lights ♫

HAEVN

Und doch gab es Lichtblicke.

Eine Woche nach ihrem Einzug in ihre neue Wohnung klingelte es um acht Uhr abends an ihrer Haustür.

Argwöhnend, Richard Rosenberg hätte auch keine Hemmungen, sich persönlich statt nur per Telefon zu beschweren, sah sie durch den Spion, aber es war niemand zu sehen. Sie öffnete und bemerkte einen Umschlag neben dem Schuhabstreifer. Beschwerte er sich jetzt auch schriftlich?

Missmutig riss sie das Kuvert auf. Ihre Hände berührten festes, samtiges Büttenpapier, auf dem mit Füllfederhalter geschriebene Worte in forscher, steiler Handschrift standen:

»Meine liebe Frau Kastner,

da ich in den letzten Tagen viel unterwegs war, haben wir uns noch nicht miteinander bekannt machen können. Daher möchte ich Sie auf diesem Wege recht herzlich in unserer kleinen Wohngemeinschaft willkommen heißen. Was für eine bezaubernde Bereicherung für unser kleines Ensemble Sie doch sind! Ich wünschte tatsächlich, ich wäre ein paar Jahre jünger! Ich würde mich sehr freuen, wenn wir unsere Nachbarschaft mit einem Gläschen Sekt begießen könnten. Darf ich Sie also anlässlich Ihres Einzuges zu einem Abendessen in meiner bescheidenen Wohnung einladen? Ich hoffe, Sie betrachten dies nicht als Überfall, das würde mich sehr betrüben.

Über eine Zusage freue ich mich sehr.«

Das war Michael. Michael Benkert. Ihr Stern am dunklen Himmel. Und eine ständige Inspiration in einer für Lisa immer grauer werdenden Welt.

Ihre Augen wurden feucht, als sie seine Zeilen las. Etwas Warmes strömte aus seinen Worten, etwas Tröstliches, Menschliches, und sie ertappte sich dabei, wie sie den Brief an ihre Brust drückte und kurz die Augen schloss.

Sie wusste vom Vermieter, dass Michael Benkert im etwa gleichen Alter wie Rosenberg war, aber der charakterliche Unterschied hätte nicht gewaltiger sein können. Michael war von Beginn an eine Oase und entführte sie mit seiner wunderbaren, wohltuenden Galanterie in eine andere Welt. Wenn sie mit ihm zusammen war, wurde ihr nie sein Alter bewusst – er war ein witziger, charmanter und geistig agiler Gesprächspartner.

Dass er etwas Besonderes war, merkte sie schon an ihrem ersten Abend mit ihm. Er lud sie zum »Dinner« ein und hatte doch tatsächlich jemanden engagiert, der für sie kochte:

»Meine Kochkünste hätten gegen jede Gastfreundschaft verstoßen!«, scherzte er, während er Lisa in sein gemütliches Wohnzimmer führte und den Butler den Champagner servieren ließ. Angeregt plaudernd saßen sie sich in zwei Ohrensesseln gegenüber und kamen sich im wahrsten Sinne des Wortes näher.

»Erlauben Sie mir zu erwähnen«, sagte Michael in den ersten Sekunden ihres Beisammenseins, »dass Ihr blondes Haar wunderschön glänzt. Wie Gold. Bitte verzeihen Sie mir, wenn ich des Öfteren darauf starren sollte.«

»Oh, danke«, erwiderte Lisa errötend und fühlte sich wie in einem amerikanischen Spielfilm. »Tun Sie sich keinen Zwang an!«

»Haben Sie mal getanzt?«, fragte er. »Sie tragen Ihren Kopf so gerade und Ihre Figur würde dem auch gerecht werden.«

Mit seinem Gebaren erinnerte er sie auf unaufdringliche Weise daran, dass sie eine begehrenswerte Frau war.

Michael war groß und ging am Stock, vom Aussehen her erinnerte er sie an Liam Neeson aus Schindlers Liste. Er war ein Gentleman par excellence, war belesen und konnte bei jedem Thema mitreden. Vor allem aber war er ein aufmerksamer, sensibler Zuhörer. Kurz: Nicht nur übertraf er in jeder Hinsicht all ihre Erwartungen, er versaute auch unwiderruflich ihre Ansprüche für etwaige Nachfolger von Nik. Ob sie jemals bei jemandem das finden würde, wofür sie Michael so liebte, bezweifelte sie sehr. Und ob sie jemals auf so etwas verzichten wollte, ebenfalls. Denn je öfter sie mit ihm zusammen war, desto weniger attraktiv wurden ihre altersgerechten Aspiranten für sie, die Sitcom-Spezialisten, Seriengucker und Wohlstandsbürger, die Start-up-Liebhaber, die Bubis, die kaum Krisen zu bewältigen hatten, und sich stattdessen welche machten. Schon am ersten Abend waren Michael und sie beim Du gelandet und es dauerte nicht lange, da wusste er alles von ihr.

»Meine Schöne«, sagte er nachdenklich. »Ich fürchte, da kommt noch einiges auf dich zu.«

»Wie meinst du das?«, fragte sie beunruhigt.

»Dass das Leben, das du gerade führst, nur eine Etappe sein kann. Wenn du das so siehst, ist alles gut. Ich hoffe allerdings, dass du nicht vorhast, ein Endszenario draus zu machen.«

Lisa schwieg dazu. Michaels Befürchtungen waren durchaus berechtigt. Sie fühlte sich gerade zu nichts anderem in der Lage, als ihren Status quo abzusichern. Alles, was sie wollte, war ein unspektakuläres, fest abgestecktes Leben, das ihr nach all den Pleiten Ruhe bot. Je länger sie allein lebte, desto wichtiger wurde das Thema Routine. Routine war etwas Sicheres, der Rahmen, der ihre kleine Welt zusammenhielt.

Michael deutete ihr Schweigen richtig. Er zwinkerte ihr zu:

»Denk dran, Lisa, das Leben ist viel zu schön, um es nicht geschehen zu lassen. Das ist alles, was du tun musst. Es geschehen lassen. Und dich nicht dagegen wehren. Das nennt man Leben im Fluss.«

Nein, dachte sie, wer weiß, wohin dieser Fluss mich führt. Ich lebe lieber auf dem Land. Das Wasser mit all seinen unsichtbaren Stromschnellen ist mir unheimlich.

$$* * *$$

»Lisa, wie du weißt, ist der Umsatz noch mieser als im letzten Jahr. Ich kann mir ein solches nicht mehr leisten.«

Ihr Vater sah sie wieder mit diesem sorgenvollen Ausdruck an, der ihr jede Menge Schuldgefühle verursachte.

»Ja, weiß ich«, sagte sie bedrückt. »Aber es ist so, wie ich es schon immer sagte: Wir müssen dem Trend folgen, ob es uns nun passt oder nicht. Warum wehrst du dich so dagegen? Wir lassen doch die alten Referenten im Programm.«

»Trotzdem – ich habe das einmal erlebt, ich will das nicht wieder haben. Wir bleiben auf der seriösen Schiene.«

»Papa, es sind inzwischen deine Elefanten-Motivatoren, die als unseriös gelten«, hielt Lisa ihm entgegen. »Damit punkten wir nicht bei den großen Konzernen. Die wollen kein Feuerlaufen und Stangenverbiegen … die sind inzwischen …«

»Nein, Tochter, auf dem Ohr bin ich taub. Ganz taub. Die Firmen wollen Umsatz und Profit – genau wie wir auch. Und dafür brauchen wir ganz sicher keinen Dalai Lama. Vielleicht liegt das Problem ja ganz woanders.«

»Und wo liegt es deiner Meinung nach?«, fragte sie gereizt, weil er nie auch nur auf einen Vorschlag einging. Ihre Appelle, Fred und Björn zu ersetzen, hatte Cordula den beiden brühwarm zugetragen – keine Frage, das hatte das Arbeitsklima enorm verbessert. Neulich erst hatten die beiden sich darüber aufgeregt, dass sie in Designerklamotten in die Firma käme und dass das alles wäre, was sie drauf hätte.

»Genau darüber möchte ich mit dir sprechen«, drang die Stimme ihres Vaters an ihr Ohr. »Ich habe einen Freund, der hat vor etwa vier, fünf Jahren hier ein Coaching gemacht und er war richtig gut. Ich habe ihn für euch alle gebucht.«

»Ein Gruppencoaching?«, fragte Lisa unangenehm berührt.

»Nein, ein Einzelcoaching – für dich und die anderen. Vielleicht machen wir am Ende noch so etwas wie Teambildungsmaßnahmen, aber das überlasse ich Vincent.«

»Vincent?« Der Gedanke an Teambildungsmaßnahmen mit Björn und Fred war alles andere als erheiternd.

»Ja, Vincent Mahlström. Mahlström & Partner, hast du bestimmt schon mal gehört.«

»Mahlström & Partner! Papa! Die sind doch sauteuer!«

»Krieg nen Sonderpreis.«

»Du kennst die?«

»Ja, ich habe den Firmeninhaber mal auf einem Seminar kennengelernt, er hat schon mal ein Consulting bei uns gemacht. Sehr professionell. Dass er noch mal kommt, habe ich nur unserer Freundschaft zu verdanken. Er wird herausfinden, woran es liegt, dass der Umsatz nicht läuft. Und was wir tun müssen.«

Aufmunternd sah Thomas seine Tochter an.

»Ich habe dir schon gesagt, warum der Umsatz nicht läuft«, antwortete sie verstimmt. »Und was wir dafür tun müssen.«

»Lass mal Vincent an die Sache ran, der macht das schon.«

Lisa ärgerte sich.

»Ja, aber Herr Mahlström kostet dich bestimmt trotz Freundschaftspreis ein Riesengeld!«, erwiderte sie verschnupft. »Das haben wir doch gar nicht.«

»Wir müssen etwas unternehmen, Lisa! Sonst können wir den Laden hier dichtmachen! Ist sicher nicht schlecht, wenn da mal ein Dritter von außen drüber schaut.«

Sie biss sich auf die Lippen.

»Wann beginnt das Coaching?«, fragte sie missmutig.

»Wäre mir recht, wenn du noch diese Woche einen Termin mit Vincent vereinbarst. Hier hast du seine Firmenkarte, kannst ihn ja googeln.«

Ihr Vater begann, Unterlagen auf seinem Schreibtisch hin- und herzuschieben – ein Zeichen, dass die Audienz beendet war. Unschlüssig stand Lisa auf. Sie wollte noch etwas sagen, aber seine ganze Körperhaltung verbot ihr das.

Frustriert ging sie in ihr Büro. Ein Coaching! Jetzt kostete sie ihren Vater auch noch Geld, statt ihm welches zu bringen! Warum lief nicht einfach mal was glatt und leicht? Vielleicht bist du doch zu blöd. Die Twitter-Ansage schoss ihr durch den Kopf und sie fühlte sich noch mieser.

Fred wieselte grußlos an ihr vorbei, als sie in ihr Büro zurückging. Sie grüßte ihn trotzdem, aber er hatte kein Wort für sie übrig. Lisas Kehle schnürte sich zu und Widerstand baute sich in ihr auf; das unbedingte Bedürfnis, dieser Situation entfliehen zu wollen.

Grübelnd ließ sie sich auf den Stuhl fallen und betrachtete die Visitenkarte. Mahlström&Partner. Na, klasse, das waren bestimmt so arrogante »Wir schaffen alles!«- und »Nichts ist unmöglich«-Typen, die keinen Misserfolg gelten ließen und ihren Delinquenten mentale Schwächen bescheinigten, wenn die ihr Ziel nicht packten.

Sie gab Vincent Mahlström in die Suchleiste ein und ein grauhaariger, distinguierter Herr mit gebleachten Zähnen erschien in mehrfacher Ausführung. Ja, ganz klar! Das Abbild eines Siegertyps! Alles an ihm war perfekt, er wie sein Unternehmen. Das Design der Firma war in einem geschmackvollen Grau-Flieder gehalten, die Seite professionell gestaltet, das konnte sie als Mediengestalterin beurteilen. Sie klickte verschiedene Reiter an, ihre Augen flogen über die Texte – verflixt, die Referenzliste dieser Firma las sich wie das Forbes Magazin! Sie schluckte, als sie die Empfehlungen und die dazugehörigen Kommentare durchging. Wie teuer mochte der sein? Und wieso nahm so jemand einen Auftrag von einer so winzigen Agentur wie der ihren an? Lisa empfand nicht die geringste Lust, sich von diesem grauhaarigen Schnösel ihre Misserfolge analysieren zu lassen.

Sie hatte eine gründliche Aversion gegen diese »Alles ist möglich«-Typen.

Es war nicht alles möglich. Nicht für jeden.

Lustlos schrieb sie ihm, er antwortete sofort und sie vereinbarten einen Skype-Termin für den nächsten Tag. In gedrückter Stimmung fuhr sie danach nach Hause. Es war wie immer: Kaum hatte sie die Haustür hinter sich geschlossen, da sprangen schon das Telefon und der AB an:

»Frau Kastner. Ihr Auto steht auf dem Bordstein. Das dürfen Sie nicht. Es muss neben dem Bordstein stehen, damit Rollstuhlfahrer und

Kinderwagen vorbeikommen. Wenn Sie das nicht in den nächsten Minuten beheben, fühle ich mich im Interesse unserer Mitbürger aufgerufen, die Polizei zu verständigen.«

Oh Mann! Rosenberg hatte ihr gerade noch gefehlt! Bis zur Unendlichkeit genervt sah sie auf die Uhr. Die Wahrscheinlichkeit, dass jemand mit Kinderwagen vorbeikam, war in dieser gottverlassenen Gegend äußerst gering. Aber natürlich wollte sie nichts riskieren – wie immer –, ging noch einmal raus und stellte mit einer endlosen Wut im Bauch den Wagen vorschriftsmäßig ab. Kaum war sie oben in der Wohnung, klingelte das Telefon erneut:

»Frau Kastner, Sie haben die Haustüre unsachgemäß und übertrieben hart ins Schloss fallen lassen ...«

Sie drehte die Augen nach oben. Und fand keine andere Lösung, als sich an diesem Abend zu betrinken.

♫ Low ♫

Lenny Kravitz

Nicht ihr Wecker, ihr Kopf weckte sie in den Morgenstunden. Er hämmerte so heftig, dass sie mit dem Gedanken spielte, zu Hause zu bleiben und den Call abzusagen. Was konnte der Typ ihr schon sagen? Sie sah sich selbst mit kleinen Augen und schmerzendem Kopf vor dem Bildschirm sitzen und brav erbarmungslose Fragen eines grauhaarigen Besserwissers beantworten. In ihr wehrte sich alles gegen diese Vorstellung – vor allem der Druck in ihrem Kopf. Oh, warum hatte sie nur so viel getrunken?

Trotzig wie ein Kleinkind strampelte sie ihre Bettdecke weg. Dachte an ihren Dad. An ihren Job. An Vincent Mahlström. Sie sollte dem Gespräch wenigstens eine Chance geben. Vielleicht war er ja ihrer Meinung, was den neuen Geschäftszweig anging, und konnte das ihrem Vater eher begreiflich machen als sie? Der Gedanke half ihr, aufzustehen, aber die Unruhe und der Widerstand gegen Mahlström blieben.

Nackt stand sie im Bad, als in ihr der Entschluss reifte, wenigstens ihr berufliches Leben auch ohne Mr. Grauhaar in den Griff zu bekommen. Das heiße Wasser prasselte auf sie hinunter, entspannte sie etwas, dann zwang sie sich, eine Kleinigkeit zu essen und fuhr in die Firma. Dort angekommen, ging sie geradewegs in das Büro von Björn und Fred, aber nur Björn war da.

»Guten Morgen, Björn, wo sind die anderen beiden?«, fragte sie gespielt heiter.

»Woher soll ich das wissen?«, gähnte Björn und sie konnte seiner belegten Zunge und den Zwischenräumen seiner Zähne entnehmen, dass sein zweites Frühstück ein Nussnougathörnchen gewesen sein musste. Seine Augen verharrten stur zwischen dem Teppich und dem Bildschirm. »Eigentlich müssten sie hier sein.«

»Ja, eigentlich müssten sie hier sein«, erwiderte sie säuerlich. »Ich würde dich gerne nachher mal sprechen – wie lange bist du im Haus?«

»Hab heute viel zu tun«, behauptete er, während er auf seinen Computer schielte, und fügte aufgrund ihrer unzufriedenen Miene schnell hinzu: »Damit der Umsatz mal wieder steigt.«

»Na, wunderbar. Ganz meine Rede. Dann komm doch bitte in einer Stunde in mein Büro und zeig mir, was du dafür tust. Ich habe vorher noch einen Call, ich rufe durch, sobald ich frei bin, okay?«

Björn wurde puterrot vor Wut und presste die Lippen zusammen. Als sie im Gehen begriffen war, berührte er eine Taste auf seinem Laptop, sodass der Bildschirm wieder ansprang. Lisa nickte ihm kurz zu, dann aber bemerkte sie im gegenüberliegenden Fenster die Spiegelung seines Monitors: Nackte Doppel-D-Brüste und erigierte Penisse tummelten sich auf der Glasscheibe. Björn hatte eine Porno-Seite aufgerufen und ganz sicher belastete er die Firma mit den Kosten.

Sie war sauer, sagte aber nichts. Diesmal würde sie das nicht mit ihrem Vater besprechen. Sie würde das auf ihre Weise lösen! Sie brauchten dringend eine neue Riege – und ein neues Programm. Sie musste beweisen, dass sie recht hatte! Anders ging es nicht.

***

War es das bevorstehende Coaching, das sie so zielbewusst machte? Jedenfalls fühlte sich allein der Wunsch nach Veränderung vitalisierend an. Verwundert nahm sie das wahr, aber vermutlich kam das davon, jemand anderem Rede und Antwort stehen zu müssen plus dem Bedürfnis, etwas vorweisen zu können.

Skype klingelte. Tief holte sie Luft und nahm an. Doch kein grauhaariger, väterlicher Typ erschien auf dem Bildschirm. Geschockt registrierte sie ein ansprechendes, männliches Gesicht, das sie höflich und reserviert anlächelte. Fassungslos flog ihr Blick über goldbraunes Haar mit modischem Shortcut, einem gepflegten Drei-Tage-Bart und glatten Lippen. Anthrazitgraue Augen sahen sie forschend an. Sein Mund bewegte sich. Sagte er was?

»Frau Kastner?«, drang endlich seine Stimme an ihr Ohr. Die Stimme war nicht hell, nicht dunkel, aber äußerst melodisch. »Könnten Sie bitte Ihre Kamera einschalten?«

Verwirrt sah sie auf das durchgestrichene Kamerasymbol. Verdammt … Wo war der grauhaarige Psychotyp, den sie gestern gegoogelt hatte? Und … herrje … was hatte sie heute an? Wie lange war ihr letzter Friseurtermin her? Welche Fragen stellte sie sich da gerade?

»Verzeihung …«, stotterte sie, um Fassung bemüht. »Da muss ein Versehen vorliegen. Ich habe einen Termin mit Vincent Mahlström und das sind nicht Sie.«

Er lachte – ein sympathisches Lachen. Irgendwie erinnerte er sie an den jungen David Beckham, als der seine Victoria kennengelernt hatte. Nicht nur des Gesichts wegen. Sein Oberkörper kam dem auch ziemlich nahe. Ob der Rest des Körpers ebenfalls dieser Vorlage entsprach? Ob er tätowiert war wie Beckham? Sie war noch nie von jemandem vernascht worden, der tätowiert war. Der Gedanke traf sie wie eine Ohrfeige. Jesus, Maria und Josef – was dachte sie da? Sie merkte, wie ihr Herz unregelmäßig schlug, während ihre Augen panisch immer noch das Kamerasymbol anstarrten und alles in ihr sich weigerte, es anzuklicken. Sicher sah man ihr den Alk von gestern an!

»Ja, das ist richtig«, hörte sie seine Stimme. »Vincent Mahlström ist mein Dad. Er hat mich gebeten, diesen Termin zu übernehmen.«

»Dauerhaft?«, fragte sie verschreckt. »Oder nur für dieses eine Mal?«

»Dauerhaft«, erwiderte David Beckham. »Ich hoffe, Sie haben kein Problem damit.«

Er wirkte sehr förmlich, sehr kühl, als leiste er gerade eine Strafaufgabe ab.

»Okay«, stieß sie hervor. Wenn das überhaupt möglich war, schlug ihr Herz noch unregelmäßiger, während er völlig relaxed fortfuhr:

»Ich bin Finn Mahlström. Und ich würde mich sehr freuen, Ihnen während des Coachings in die Augen sehen zu dürfen.«

Lisa wurde feuerrot und ihr Hirn raste nach Ausreden. Wie war das mit dem ersten Eindruck? Unmöglich konnte sie sich ihm so präsentieren!

»Hören Sie, ist mir zwar schrecklich peinlich«, quetschte sie hervor, »aber mein Rechner hat keine Kamera. Ich meine, dieser Rechner hat keine Kamera. Weil … meiner ist vorhin kaputt gegangen oder gestern … jedenfalls konnte ich ihn nicht starten und gerade eben habe ich ein uraltes Modell aus der Schublade gezogen und Skype draufgeladen …«

Er räusperte sich.

»Ah, so, alles klar.« Er glaubte ihr kein Wort – verständlich, sie hätte sich ja auch nicht geglaubt, aber um nichts in der Welt hätte sie sich David Beckham mit Suffaugen präsentiert!

»Wäre … wäre es möglich, die erste Sitzung ohne Kamera zu machen?«, fragte sie heiser. »Oder ist es Ihnen lieber, wenn wir den Termin verschieben?«

Bitte, bitte verschieb!

»Für die ersten Infos muss ich Ihre Haarfarbe nicht kennen«, schmunzelte er und als sei es das Ereignis schlechthin, beobachtete sie fasziniert, wie sich kleine Fältchen um seine Augen bildeten und seine glatten Lippen sich zu einem Lächeln formten. Gott, was war sie froh, dass sie ihre Kamera nicht einschalten musste!

Sie riss sich zusammen und genoss es, dass sie ihn, er aber nicht sie sehen konnte. Eine Sekunde später war sein Bild verschwunden.

»Gut«, sagte er sehr sachlich. »Telefonieren wir. Erzählen Sie mal. Erzählen Sie was von sich – und dem, was Sie tun.«

Sie spürte, wie er sich zurücklehnte, während ihr Oberkörper gegen die Tischkante gepresst war. Aber seine Frage ernüchterte sie schlagartig.

»Tja«, antwortete sie lahm. »Im Wesentlichen bin ich für den Umsatz verantwortlich.«

»Das ist das Aufgabengebiet, das in Ihrem Vertrag steht?«

»Genau genommen steht da keines. Ähm … wir sind so was wie ein Familienbetrieb und da ist das nicht so klar definiert worden.«

»Hm. Das klingt … etwas ungewöhnlich.«

Er schien verdattert, Lisa sagte nichts dazu. Offensichtlich war er solch unprofessionelle Popelfirmen wie die ihre nicht gewöhnt. Aber dieser Fehler lag schon mal nicht auf ihrer Seite. Oder doch? Sie hielt es für angebracht, zu schweigen. Er räusperte sich wieder.

»Und was tun Sie, um den Umsatz zu fördern?«

Sie zählte die momentanen Maßnahmen auf und setzte gleich hinterher, dass sie diese für nicht besonders sinnvoll erachtete.

»Bitte?«, fragte er verblüfft. »Und warum machen Sie's dann?«

»Weil es das Einzige ist, was ich tun darf. Weil mir für Innovationen …«

»Darf?«, gluckste er, zwischen ungläubig und amüsiert, was Lisa schrecklich ärgerte. »Ähm … Ihnen ist aber schon bewusst, dass Sie sich in einer Schlüsselposition mit existenzieller Verantwortung befinden?«

Bevor sie etwas darauf antworten konnte, fragte er: »Machen Sie selbst Akquise?«

»Nicht mehr. Am Anfang ja, um mitreden zu können, aber mittlerweile sind die Aufgaben im Büro mehr als ausfüllend.«

»Dann sollten Sie das als Erstes ändern.«

»Was?«

»Sie sollten wieder telefonieren … Verträge reinholen, dasselbe was Ihre Leute tun. Außendienst. Sie tun die gleiche Arbeit und bringen die gleiche Leistung, wenn möglich sogar mehr. Das macht immer Eindruck und bremst jede Ausrede aus. Wann haben Sie Ihren letzten namhaften Redner reingeholt? Wann die letzte ausverkaufte Veranstaltung auf Ihre Karte schreiben können?«

Sie biss sich auf die Lippen. Das war nicht unbedingt das, was sie wollte. Telefonieren war nicht ihr Ding. Genauer gesagt hasste sie es. Außendienst auch.

»Was ist?«, erkundigte er sich, als sie nichts darauf erwiderte. »Liegt da vielleicht Ihr Problem?«

»Nein, überhaupt nicht«, log sie ungeschickt. »Es ist nur so, dass ich nicht weiß, wo ich die Zeit dafür hernehmen soll.«

»Alles ist möglich«, erwiderte er und drückte mit diesen Worten und seinem Tonfall eine Batterie roter Knöpfe in ihr. »Wir setzen uns Ziele: kurz-, mittel- und langfristig. Damit Ihr Hirn genau weiß, worauf es ankommt. Mit ein bisschen Zeitmanagement geht alles. Zeigen Sie mir doch mal Ihren Kalender.«

Oh Mann, ein Kontrolltyp! Ihr widerstrebte das zutiefst! Und auch die Art, wie er das sagte … mit ein bisschen Zeitmanagement … als ob sie keines hätte! Musste sie sich überprüfen lassen wie ein Erstklässler? Aber es blieb ihr nichts anderes übrig, als ihren Kalender freizugeben. Eine Pause entstand, während Herr Mahlström junior ihre Wochen studierte.

»Fleißig sind Sie schon mal«, kommentierte er nach ein paar Minuten. Sie schwieg dazu.

»Tja, aber wenn man viel tut und nichts rauskommt … hm … könnte ein Grund für diese Ineffektivität … bitte nicht in den falschen Hals kriegen … der sein, dass Ihnen das Aufgabengebiet nicht liegt?«

Lisa lief tiefrot an, als er das sagte, während er völlig ungerührt fortfuhr:

»Oder haben Sie kein Ziel? Ich meine eines, für das Sie brennen? Haben Sie sich überhaupt klare Ziele gesetzt? Mit einem Ziel vor Augen ist alles möglich.«

Das war der Moment, in dem in Lisas Bauch mindestens fünf Messer hochklappten. So eine Denke und Typen wie der kübelten sie abgrundtief an! Soll er doch dreimal aussehen wie Beckham! Ich kann alles erreichen! Das war deren Prämisse und das Schlimme daran war: Sie erreichten auch alles! Ihr ging es seit zwei Jahren genau anders! Obwohl sie doch so wollte! Obwohl sie Ziele hatte! Obwohl sie arbeitete!

»Heißt das, Sie finden, dass ich nicht genügend will?«, fragte sie spitz.

»Das habe ich nicht gesagt.«

»Aber gemeint.«

»Auch das nicht«, entgegnete er. »Was Sie wollen, müssen Sie ja schließlich selbst wissen. Ich kenne zwar Ihre Ziele noch nicht, gehe aber davon aus, dass Sie zumindest einen guten Job machen wollen. Wenn Sie schon Gehalt dafür beziehen.«

»Das ich mir sauer verdiene.«

»Das ist Ansichtssache«, erwiderte er noch kühler. »Verdient hat man sein Geld, wenn die entsprechende Leistung dafür erbracht ist. Dass das nicht der Fall ist, wissen Sie selbst.«

Ihr wurde fast schlecht vor Wut. Der Typ trampelte gerade auf ihren fettesten Minderwertigkeitskomplexen herum, ohne zu wissen, was Sache war! Was war das für ein Coach? Mühsam rang sie um Beherrschung – es misslang gründlich.

»Tja«, platzte sie heraus. »Ich stimme da eher dem Grundsatz Churchills zu, der gesagt hat: ›Wenn du durch die Hölle gehst, geh weiter.‹ Durststrecken sind normal in der Entwicklung einer Firma. Vor allem, wenn es sich ...«

»Frau Kastner, das hier ist keine Durststrecke«, unterbrach er herablassend. »Das ist ein lang anhaltender Missstand. Und wir sind hier, um die Situation zu analysieren. Das kann man oft nicht, wenn man selbst darin verwickelt ist. Deshalb wurde ich ja engagiert. Und ...«

»Nicht Sie!«, fauchte sie hilflos. »Ihr Vater!«

»Der hätte Ihnen auch nichts anderes gesagt. Ich habe doch die Zahlen schwarz auf weiß vor mir! Schauen Sie ... die Firma hat Gewinne abgeworfen, die Umsätze waren okay. Dann ...« Er räusperte sich, fuhr aber gnadenlos fort: »... kamen Sie ins Bild. Seitdem geht die Kurve stetig nach unten und die Mitarbeiter beschweren sich über ein mieses Arbeitsklima. Man muss noch nicht mal Analyst sein, um daraus einen Schluss zu ziehen. Wenn Sie der Chef dieser Firma wären und Ihre Existenz sowie die Ihrer Leute und Ihrer Familie verantworten müssten – wie würden Sie reagieren?«

Sprachlos saß Lisa vor dem Bildschirm. Das Blut schoss ihr in einer solchen Menge in ihren Kopf, dass sie meinte, er müsse platzen. Tausend Argumente, diesen Mistkerl mundtot zu machen, sausten durch ihr Hirn, nur kein brauchbares, nur kein höfliches und schon gar kein souveränes!

Herrgott noch mal, hatte sie diese Ekelpastete noch vor wenigen Minuten attraktiv gefunden? Das war ein Kotzbrocken! Ein blasierter Unsympath! Aber das Schlimme war: So oft hatte sie Angst gehabt, andere könnten genau das denken! Der Druck in ihrem Kopf wurde größer, Tränen schoben sich nach oben und sie war in diesen Sekunden unendlich dankbar, dass er sie nicht sehen konnte.

»Sind Sie noch dran? Frau Kastner?«

Sie schluckte. Ihr Kopf fing an zu hämmern, ihre Augen waren nass. Wenn sie jetzt zu reden anfinge, würde ihre Stimme zittern – und das war das Letzte, was sie wollte. Verdammt, war sie so wenig kritikfähig? Sie versuchte, sich zu beruhigen.

»Frau Kastner«, hörte sie seine Stimme erneut. »Ich weiß, das klingt gerade absolut hart. Aber meine Devise ist nun mal, die Karten schonungslos auf den Tisch zu legen. Alles andere ist Zeitvergeudung. Sie sind für den Umsatz verantwortlich. Und der ist nicht da. Seit zwei Jahren nicht. Ihre Zeit ist doch auch wertvoll. Vielleicht können Sie in dieser Zeit etwas tun, was Ihnen mehr liegt.«

»Bitte?« Fassungslos sah sie auf die Uhr. Da redete dieser Mensch gerade mal fünf Minuten mit ihr und schlug ihr im Prinzip schon zum zweiten Mal vor, ihre Sachen zu packen?

»Sie sind ja auch nicht vom Fach, Sie haben Mediendesign studiert«, sezierte er sie weiter. »Würden Sie sich vielleicht in Ihrer alten Branche wohler fühlen?«

Ja, auch das hatte sie sich schon überlegt. Aber der Markt für Mediengestalter war eine Katastrophe, die Bezahlung mies … zusammen mit Nik hätte es gereicht, aber allein? Lisa war furchtbar gekränkt, dass dieser Mahlström ihr das vorschlug. Nein, sie wollte nicht zurück in ihre alte Branche! Sie brauchte Sicherheit! Und die hatte sie bei ihrem Dad! Er vertraute ihr! Er investierte in sie mit einem superteuren Coaching!

»Frau Kastner, bitte, reden Sie mit mir«, forderte Mahlström unterdessen. »Ich weiß, ich tue Ihnen gerade sehr weh, aber ein Ende mit Schrecken ist doch besser als ein Schrecken ohne Ende.«

Lisa riss sich mit übermenschlicher Anstrengung zusammen.

»Ihre Überlegungen sind mir verständlich«, brachte sie einigermaßen gefasst hervor. Gott sei Dank. Kein Zittern in der Stimme! Sie klang nur erheblich dunkler als vorher. »Ich meine, ich bin nicht blöd. Ich kann selbst Zahlen lesen. Aber ob dieser Rückgang mit meinem Auftauchen zu tun hat, halte ich für einen vorschnellen Schluss. Meine Diagnose lautet, dass der Umsatz ohnehin gesunken wäre, weil der Markt sich geändert hat und das Angebot nicht angepasst wurde. Die meisten wollen keine Hurra-Motivationstage mehr. Jetzt sind Themen wie Achtsamkeit angesagt … ich versuche seit langem, meinen Vater zu überzeugen, dass wir diesen neuen Geschäftszweig brauchen.«

Er zögerte ein wenig mit seiner Antwort und schließlich sagte er sehr vorsichtig:

»Na ja … Achtsamkeit … Ich meine, wir befinden uns in der Wirtschaft. Dort zählt Profit. Und nur das.«

»Der auch mit Achtsamkeit erreichbar ist«, biss sie zurück. »Mit Sicherheit nachhaltiger.«

»Frau Kastner, wenn Sie sich für solche Themen interessieren, sollten Sie erst recht die Branche wechseln.«

Lisa wurde weiß im Gesicht. Der wollte sie loswerden! Nee, du, dachte sie bockig. Mit mir nicht!

»Okay, Herr Mahlström«, sagte sie und diesmal klang ihre Stimme fest. »Die Sache ist die, dass mein Vater mir vertraut, und ich möchte ihn nicht nur Geld kosten, sondern tatsächlich das tun, was Sie angesprochen haben: Es mir verdienen. Das heißt, ich werde alles tun, um die Agentur auf das gewünschte Level zu bringen. Notfalls auch mit ungewöhnlichen Mitteln.«

Herrn Mahlström schien es die Sprache verschlagen zu haben. Lisa hatte den Eindruck, dass ihm ihre Antwort alles andere als recht war. Irgendwas schwang in der Luft, was sie nicht benennen konnte.

»Die Frage ist, ob Sie dieses Level erreichen, wenn Sie etwas tun, was Ihnen keinen Spaß macht«, sagte er schließlich und seltsamerweise klang er weit weniger überheblich als vor einer Minute.

»Warum sollte mir das keinen Spaß machen?«, fragte sie ärgerlich zurück. »Es macht mir Spaß, vor allem, wenn …«

»Sind Sie sicher? Bei all dem, was Sie mir erzählt haben?«

»Ich habe Ihnen relativ wenig erzählt«, konterte sie trocken. »Sie haben auch relativ wenig gefragt. Extrem wenig für einen Coach. Trotzdem kommen Sie zu dieser Erkenntnis nach sage und schreibe zehn Minuten?«

Sie hörte ihn ganz leicht ein verblüfftes Schnauben ausstoßen. Oder war es ein verärgertes?

»Ja, weil ich Ihre Zahlen vor mir habe. Sie sagen, Sie sind nicht blöd – das glaube ich Ihnen. Aber wenn Sie nicht zu blöd für den Job sind, dann muss es an etwas anderem liegen. Und oft klappen die Dinge nicht, weil das Herz nicht dranhängt. Das macht viel aus.«

»Ja, meine Güte, werden Sie da nicht gerade etwas sentimental?«, frotzelte sie schnippisch. »Ausgerechnet so ein Hire-and-Fire-Typ wie Sie redet übers Herz?«

»Tja, weil das nicht sentimental, sondern realistisch ist«, gab er zurück. »Und ich bin kein Hire-and-Fire-Typ. Ich bin Coach – vielleicht ein zu ehrlicher Coach.«

Warum hatte sie gerade das Gefühl, er würde rot werden? Spontan rutschte aus ihr heraus:

»Werden Sie gerade rot?«

»Bitte was?«

»Ob Sie gerade rotwerden?!«

Schweigen.

Sie saßen beide vor ihren Bildschirmen, konnten sich nicht sehen, dafür aber umso mehr spüren. Ihrer beider Ärger hing in der Luft, vermischt mit seiner Verblüffung, und Lisa spürte deutlich, dass er damit nicht umgehen konnte.

»Okay«, ergriff sie schließlich das Wort. »Vergessen Sie's einfach.«

»Frau Kastner, ich …«

Sie schnitt ihm das Wort ab, sah auf die Uhr. »Gut, Mr. Ehrlich, wenn Sie kein Hire-and-Fire-Typ sind und obendrein in der Lage, sich nach zehn Minuten Geplänkel ein umfassendes Bild zu machen, wäre es mir recht, wenn Sie mir ein paar Tipps geben, wie wir den Karren wieder auf die Spur bringen. Weil das nämlich, wie Sie gerade selbst bemerkt haben, Ihr eigentlicher Job ist.«

»Ich habe Ihnen bereits einen wertvollen Tipp gegeben.«

Verflixt, ja richtig, das hatte er. Die Akquise. So ein Schaden aber auch, dass ihr dieser Tipp überhaupt nicht behagte.

»Erstaunlich, wie schnell Sie Ihr Geld verdienen!«, gab sie beißend zurück. »Meinetwegen, dann werde ich mich eben hinters Telefon klemmen. Wenn es der Sache dient?«

Obwohl sie auf seinen Vorschlag einging, schien ihm ihre Antwort nicht zu behagen, es dauerte satte zwei Sekunden, bis er reagierte.

»Okay. Machen Sie das. Ich würde vorschlagen, Sie erarbeiten Ihre kurz-, mittel- und langfristigen Ziele plus Maßnahmen zur Realisierung und schicken mir alles. Wir werden das beim nächsten Termin durchgehen. Dann …«

»Moment – und was ist mit meinen Leuten? Ich möchte wissen, was mit ihnen besprochen wird.«

»Ihre Leute?«, fragte er verdutzt. »Mit denen spreche ich … ähm … Moment, eine Sekunde, warten Sie bitte?«

Er schaltete auf stumm. Nach einer geschlagenen Minute meldete er sich wieder.

»Frau Kastner? Danke fürs Warten – über die Gespräche mit Ihren Leuten informiere ich Sie selbstverständlich. Die werde ich allerdings zeitlich ein wenig nach hinten schieben müssen.«

»Das geht nicht«, protestierte Lisa. »Die Verkaufsabteilung ist eine Einheit! Ich bestehe darauf, dass Sie …«

»Ja, natürlich, Sie haben recht«, gab er überraschend schnell nach. »Ich werde das in meinem Kalender berücksichtigen.«

Sie vereinbarten einen neuen Termin für die nächste Woche und er gab ihr seine E-Mail-Adresse zwecks Zusendung ihrer Zielsetzung. Als Lisa das Gespräch beendete, merkte sie, dass sie schweißgebadet und ihr Kopfweh voll präsent war. Sie fühlte sich nicht wohl. Ganz und gar nicht.

$$***$$

Müde kam sie nach Hause. Die Zahl »3« blinkte auf dem AB und ihr war klar, dass es dreimal Rosenberg war. Kaum hatte sie seine Beschwerden abgehört, klingelte das Telefon erneut:

»Frau Kastner, die Wände in diesem Haus sind zu unser aller Leidwesen sehr dünn«, knarrte er. »Wenn Sie Ihren AB abhören, müssen Sie das nicht in voller Lautstärke tun. Ich weiß selbst, was ich draufgesprochen habe.«

Lisa stieß einen Schrei aus, trat unbeherrscht gegen das Schuhregal und sah sich in der Wohnung um. Sie hatte gute Lust, etwas zu zertrümmern.

In diesem Moment klingelte es an der Haustür. Wütend riss sie sie mit einer solchen Vehemenz auf, dass sie ihr aus den Fingern rutschte und gegen die Wand knallte.

Aber vor der Tür stand nicht Rosenberg, sondern Michael.

»Ja, du meine Güte«, sagte er leicht erschrocken. »Hast du mich so vermisst?«

Lisa stieß ein erleichtertes Lachen aus.

»Und wie!«, rief sie und in ihrer Stimme schwang noch der Ärger über Rosenberg mit. »Wo bist du nur dauernd? Rosenberg ist voll auf mich konzentriert, wenn du nicht da bist!«

Michael lachte und hielt ihr ein Ticket hin.

»Für deine Planung«, sagte er. »Ich habe eine Konzertkarte für dich! Ist zwar noch eine Weile hin … aber du warst mal wieder die ganzen Wochen allein. Außerdem habe ich einen Überraschungsgast eingeladen. Mach dich schick, meine Schöne, ich hoffe, du hast ein Abendkleid!«

Kurze Zeit später lag Lisa im Bett und dachte an den Tag. Wenn Michael nicht gewesen wäre, hätte sie ihn unter »bitte nie mehr wieder!« abgehakt.

Ja, sie wünschte sich auch oft das, was er sich wünschte: dass er fünfzig Jahre jünger wäre. Oder vierzig. Ein älterer Mann – so einer wie Till. Das wär's.

✳✳✳

»Pierre, hast du mal eine Minute Zeit?«

Lisa hatte die Nacht über nicht wirklich schlafen können und für sich noch mal die Situation im Geschäft analysiert. Das Ergebnis blieb dasselbe: Sie brauchten einen neuen Katalog. Punkt. Ihr Vater würde blocken. Björn und Fred ebenso. Die einzige Chance war also, das Ding im Alleingang hochzuziehen. Um das vor ihrem Vater geheim halten zu können, musste sie gewisse Dinge aus eigener Tasche zahlen. Aber sie war sich sicher, es zurückzubekommen, wenn der Erfolg erst mal da war. Risiko! Das Schreckenswort! Aber, so beruhigte sie sich, sie brauchte ja nur einen Teil ihres Geldes, um die Sache in Fahrt zu bringen. Und der Einzige, den sie dabei ins Vertrauen ziehen konnte, war Pierre.

Der saß nun vor ihr und sie erläuterte ihm ihren Plan.

Pierre bekam große Augen und betroffen erkannte sie darin ihre eigene Angst, die sie über Jahre genährt hatte.

»Wir müssen das heimlich machen, weil keiner daran glaubt, dass es die Lösung ist. Und wir haben auch wenig Zeit.«

»An welchen Zeitraum hast du gedacht?«, fragte Pierre. Seine Wangen hatten sich gerötet. Er war blond wie sie, einen Kopf größer und wirkte sehr sanft – was täuschte, denn wäre er ein Weichei, wäre er längst nicht mehr hier.

»An ein Vierteljahr«, gab sie zurück. »Bis zum Sommer brauchen wir die ersten Buchungen. Das heißt, wir müssen Vollgas geben. Telefonieren, Mail-Aktionen machen und gegebenenfalls die Kunden selbst aufsuchen.«

»Lisa, du weißt, das könnte mich den Job kosten.«

Lisa fühlte sich unbehaglich, weil sie als Tochter des Chefs fest im Sattel saß und nun so etwas von Pierre verlangte. Und von Pierre wusste sie, dass er seine kranke Mutter unterstützte.

»Weißt du, Pierre«, entgegnete sie schließlich. »Um die Firma steht es so schlecht, dass mein Vater, wenn das so weiterläuft, in jedem Fall Personal reduzieren wird.«

Sie ließ den Rest unausgesprochen. Von Fred und Björn würde er sich als letztes trennen, das war beiden klar. Pierre fixierte sie. Seine blauen Augen blickten sie forschend an.

»Du wirkst anders als sonst«, stellte er fest.

»Ja, weil ich mich entschlossen habe, nicht mehr zuzusehen«, erklärte sie. »Weil ich das Ding retten will, weißt du? Und weil ich …«

Sie brach ab. Doch Pierre beharrte auf Antwort und lehnte sich leicht vor.

»Weil du …?«

»Weil ich fühle, dass wir das Ding in die Hand nehmen müssen, Pierre, sonst fahren wir alle in den Abgrund. Und ich will nicht sagen müssen: Ich habe zugesehen. Ich will nicht feige sein.«

Sie wurde rot, aber leise wiederholte sie aufgrund des immer noch forschenden Blicks von Pierre: »Nein, ich will nicht feige sein.«

In seine Augen trat ein warmes Leuchten und er nickte. »Alles klar, Lisa. Bin dabei. Wird sicher keine leichte Zeit.«

»Nein, das wird sie nicht. Aber … danke, Pierre. Ich weiß das zu schätzen.«

»Schon gut«, antwortete er. »Ich glaube, du hast recht. Es ist der einzige Weg – ich weiß, dass ich der Erste bin, der gehen müsste.«

Lisa wurde es warm ums Herz. Mit Pierre zusammenzuarbeiten wäre viel entspannender als das Gedödel mit den anderen beiden. Zügig machten sie sich an die Arbeit. Es gab viel zu tun.

✳✳✳

»Lisa, wie war der Termin mit dem Coach?«, fragte ihr Vater.

»Gut, gut«, antwortete sie zerstreut und klickte die Liste weg, die sie gerade bearbeitete.

»Und was ist dabei rausgekommen?«

»Nicht viel, war ja der erste Termin. Ich soll ihm meine Ziele schicken. Weißt schon, lang-, mittel- und kurzfristig. Der übliche Mist.«

»Okay …« Ihr Vater klang unzufrieden. »So kenne ich Vincent gar nicht. Das letzte Mal hatte er bahnbrechende Ideen! Das hier hört sich nicht gerade spannend an.«

»War's auch nicht«, antwortete sie, mit Blick auf den Monitor. »Hab auch nicht mit Mahlström senior gesprochen, sondern mit seinem Sohn.«

»Was? Mit seinem Sohn?! Wieso weiß ich das nicht? Das hat er mir gar nicht gesagt!«

»Na ja, jetzt weißt du's ja«, antwortete Lisa und trommelte leicht mit den Fingern auf der Tastatur herum. Aber ihr Vater spannte nicht, dass sie weiterarbeiten wollte, und Lisa seufzte. Er neigte dazu, stundenlang unnötige Gespräche zu führen. So sagte sie:

»Könntest du bitte mal mit Björn und Fred reden? Es stehen noch Zusagen und Termine von mindestens fünfzehn Referenten aus und sie reagieren wie immer nicht.«

»Das ist doch dein Job«, erwiderte ihr Vater prompt. »Dafür machen wir das Coaching. Damit das endlich mal klappt! Es kann doch nicht sein, dass ich mich immer noch um die Basics kümmern muss! Du bekommst doch Gehalt! Das kostet mich jeden Monat Ärger und Mühe! Ich muss mit Vincent reden!«

Er lief aus dem Zimmer und knallte die Tür hinter sich zu.

Lisa zuckte nur kurz zusammen. Es gab so unendlich viel zu tun und dauernd aufpassen zu müssen, dass keiner mitbekam, was sie taten, war anstrengend. Sie fühlte sich müde. Das Kopfweh war noch immer latent vorhanden und auch der Rücken ließ ihr keine Ruhe. Sie beschloss, zum Arzt zu gehen und sich ein paar Vitaminspritzen geben zu lassen.

Ein Vierteljahr, dachte sie. Erst ziehe ich die Karre wieder hoch, dann wird sich mein Leben ändern. Dann werde ich darüber nachdenken, was ich wirklich will.

✳✳✳

Zum ersten Mal seit zwei Jahren machte Lisa etwas eher Schluss. Sie fühlte sich im Umbruch. Die Situation in der Firma … dann dieser Coach …

Oft klappen die Dinge nicht, weil das Herz nicht dranhängt.

Hing ihr Herz an dem Job? Nein, ihr Herz hing an der Sicherheit, die er ihr bot. Und die Sicherheit war es ihr wert, einiges zu erdulden. Aber vielleicht machte der Job Spaß, wenn sie Erfolg hatte?

Auf einmal packte sie brennende Sehnsucht nach ihrer Mutter. Eine Sehnsucht, die sie lange nicht mehr gefühlt hatte. Eine Sehnsucht, die ihr klarmachte, dass sie an einer Kreuzung stand, denn sie hatte stets alle Ratschläge von Marisa abgewehrt. Aber heute wäre sie bereit, sehr bereit gewesen, sich ihre Worte anzuhören. Hätte sich so gern mit ihr unterhalten.

Auf einmal erkannte Lisa glasklar: Ihre Mutter war sich treu geblieben. Ihre Mutter war glücklich. Und bei ihr, Lisa, die versucht hatte, sich anzupassen, war genau das Gegenteil eingetreten.

Sie erkannte noch mehr: Dass ihre Mama sie ihre eigenen Entscheidungen hatte treffen lassen, es lächelnd ertragen hatte, ihr Kind den falschen Weg gehen zu sehen. Und doch hatte sie immer versucht, ihr Ausfahrten aus ihrer Autobahndenke aufzuzeigen, hatte sie zum

Innehalten aufgefordert, ihr geraten, sich die Landkarte ihres Lebens noch mal anzuschauen, bevor sie weiterfuhr. Lisa hatte nichts davon auch nur im Entferntesten in Betracht gezogen, aber ihre Mutter war nie sauer auf sie gewesen.

Ja, heute sehnte sich Lisa ganz schrecklich nach ihr. Aber ausgerechnet gestern war Marisa mit Till zu ihrer großen Reise aufgebrochen. Sechs Monate auf einem Kreuzfahrtschiff! Ausgerechnet jetzt – als Lisa endlich bereit war, zu hören, was sie ihr zu sagen hatte.

♫ Somewhere Only We Know ♫

Lily Allen

Ich blättere in dem Magazin und sehe auf meine fleckigen, von Adern durchdrungenen Hände. Der Artikel handelt von der Weltbevölkerung. Ich überfliege ihn, nur einen Abschnitt lese ich etwas genauer. Der, in dem es um das Alter geht.

Der Anteil der Männer und Frauen auf der Erde ist in etwa gleich, aber es gibt mehr junge als alte Menschen. Acht Prozent der Bevölkerung werden als »der ältere Teil« deklariert – damit sind alle gemeint, die über vierundsechzig sind. Die Zahlen der Kriegsopfer während des Zweiten Weltkrieges schwanken zwischen fünfzig und fünfundsechzig Millionen. Was für eine unfassbare Menge an Toten, gestorben für die wahnwitzigen Ideen machtbesessener Charakterschweine. Auf diese Weise begleitet mich das Sterben seit meiner Kindheit. Damals hat der Krieg dafür gesorgt, dass meine Liebsten gestorben sind, und ich habe seit diesen Erlebnissen nie den Mut aufgebracht, neues Leben zu zeugen. Leben, das von anderen vernichtet wird. Leben, das nur dazu da ist, wieder zu vergehen. Ich kann noch nicht mal sagen, ob ich das bereue, obwohl nun alle weggestorben sind, die ich kannte – einfach, weil sie alt waren. Heute bin ich allein.

Ich sitze in meinem Sessel, die karierte Decke über den Knien, die Pantoffeln an den Füßen, der Tee dampft neben mir, die Fernbedienung ist in Reichweite auf dem kleinen Tisch. Doch schon lange bin ich über den Punkt hinaus, zu glauben, dass diese Routine mich rettet. Früher, ja, da war ich der Meinung, wenn ich meine vertraute Umgebung habe, bietet sie mir Trost und Geborgenheit. Ich halte diese Denkweise aufrecht, weil ich keine Alternative sehe – und obwohl mich genau diese Routine erstickt. Warum kann ich nicht einfach sterben? Jeden Tag stehe ich für den immer gleichen Ablauf auf. Und jeden Tag macht mir genau dieser Ablauf klar, wie sinnlos er ist. Frühstück um 7:30 Uhr. Mittag um 12:00 Uhr, Abendessen um 18:00 Uhr ... die Nachrichten, die karierte Decke, der Tee, die Pantoffeln.

Verspäte ich mich um ein paar Minuten, werde ich kribbelig. Gleichzeitig ist eine Stimme in mir, die mir sagt, wie absurd meine Denkweise ist, aber verlasse ich die Routine, sehne ich mich dahin zurück. Dann werde ich nervös und grantle herum, bis alles wieder so ist, wie ich es eigentlich gar nicht will. Und habe ich sie wieder, vergehen keine zehn Minuten, bis ich mich erneut langweile und mich frage, wozu das Aufrechterhalten eines solchen rigiden Ablaufes überhaupt dienen soll. Na ja, es ist mein Gerüst, das mich hält. Mein geistiger Rollator.

Ich suche Nähe und weiß nicht, wie das geht. Ich habe das nie gelernt. Was bleibt mir anderes übrig, als die zu verfolgen, die meine Routine gefährden? Mein einziger Zeitvertreib. Mir ist allerdings bewusst, dass es ein solcher ist. Und weil ich das weiß, mag ich mich selbst nicht. Ich bin ein nörgelnder, alter Griesgram geworden.

Um Punkt 18:30 Uhr kommt Frau Kastner nach Hause. Ich warte auf sie. Ihr blondes Haar weckt Erinnerungen, ihr trauriges Gesicht auch. Sie ist wie ich. Sie tut jeden Tag dasselbe zur gleichen Uhrzeit. Ich wünschte, ich könnte ihr sagen, dass das nicht hilft. Aber ich komme aus meiner Haut nicht heraus. Alles, was ich tun kann, ist das, was ich gewohnt bin zu tun: Nörgeln. Mich beschweren. Darauf achten, dass alles seine Ordnung hat. Ich kenne keinen anderen Weg. Aber immer öfter fühle ich mich wie ein Gefangener meiner eigenen Handlungen und Denkweisen. Da ist etwas in meinem Kopf, das mich tun lässt, was ich tue. Es ist wie ein Parasit, der mich besetzt hat. Und je mehr mir dieser unangenehme Kerl bewusst wird, desto mehr spüre ich ein Pendant in meinem Herzen, das mir sagt, dass das nicht sein muss, dass es Auswege gibt.

Seltsame Gedanken. Ich schreibe sie dem Altwerden zu. Oder diesem Benkert. Der ist so alt wie ich und doch ganz anders.

Kommt mir das in den Sinn, weil jeden Tag der Tod an meine Tür klopfen kann? Ich hatte solche Gedanken mein Leben lang kaum. Aber jetzt … jetzt spüre ich eine winzige Öffnung. Sie erscheint mir verheißungsvoll, obwohl ich keine Ahnung habe, wie ich damit umgehen soll.

Tatsächlich habe ich in den letzten Wochen versucht, mich von meinem eigenen Bild zu lösen und bin ein paarmal Bus gefahren – etwas, was ich seit ewigen Zeiten nicht mehr getan habe. Ich fahre Bus. Ich bin unter Leuten. Es ist ein seltsames Gefühl. Als ich das erste Mal einstieg, dachte ich: Völlig egal, wo der hinfährt! Das hat sich herrgottnochmal nach Freiheit angefühlt! Was wäre gewesen, wenn ich in einen Zug gestiegen wäre? In ein Flugzeug? Aber ich bin eben alt. Da macht man solche Dinge nicht mehr. Ich kann das nicht mehr.

Trotzdem bin ich seitdem immer wieder mal Bus gefahren, nicht, weil ich irgendwo hinmüsste, nicht, weil mich irgendjemand erwartet, einfach, um die Welt außerhalb meiner vier Wände zu erfahren. Aber es ist überaus anstrengend und ernüchternd, Bus zu fahren. Eigentlich ist es frustrierend.

Ich ergreife krampfhaft die Haltegriffe, allein die hohen Stufen am Einstieg sind eine Herausforderung. Ich hieve mich mühsam hoch, wackle auf jeder Stufe, merke, wie die Leute hinter mir ungeduldig werden, weil alles so lange dauert. Ich hoffe inständig, dass der Busfahrer wartet, bis ich einen Platz gefunden habe. Meine Augen gleiten über die Sitze. Die Vierzig- bis Fünfzigjährigen stehen auf, um mir den ihren zu überlassen. Sie sind von meinem Alter nicht gar so weit entfernt, ahnen, dass es ihnen mal so gehen könnte wie mir. Aber die Jungen bleiben sitzen, die kriegen ja eh nix mit, weil sie nur auf ihre Handys glotzen und sich abschotten. Eine Generation von freiwilligen Autisten erwartet uns! Die werden die Welt ganz bestimmt nicht retten! Wenn mal einer aufschaut, entdecke ich im Blick dieser Jugendlichen nicht einen Hauch von Hilfsbereitschaft, sondern nur … ja, Ekel. Ein Unverständnis, das auf ihrer kurzsichtigen Anmaßung fußt, es könnte ihnen niemals so ergehen. Sie rücken von dir ab, als wäre Alter ansteckend, und verziehen angewidert ihr Gesicht, weil wir Alten anders riechen. Ja, wir riechen alt – wir stehen ja auch kurz vorm Verfallsdatum.

Die Arroganz der Jugend ärgert mich. Sie können sich einfach nicht vorstellen, wie das ist, wenn plötzlich die einfachsten Dinge zum Problem werden, wenn du nicht mehr richtig hörst, wenn du die irrsinnige Geschwindigkeit, mit der sie ihr Leben leben, nicht teilst und nicht magst. Sie wissen nicht, wie das ist, wenn die Knochen nicht mehr wollen, wenn jeder Schritt wehtut, wenn der Schwindel dich erfasst, nur weil du ein wenig zu schnell aufgestanden bist. Sie meinen tatsächlich, sie seien gänzlich davor gefeit. Woher sie diesen Hochmut nehmen, weiß ich nicht, bei all dem Zeug, das sie in sich reinfressen, und ihrem ständigen Tunnelblick auf irgendwelche Displays. Und immer haben sie diese Stöpsel im Ohr. Selbst wenn ich wollte, wäre keine Unterhaltung möglich. Haben die überhaupt was zu sagen? Ich finde, die Welt, einschließlich mir, wird immer empathieloser. Und in einer solchen Welt will ich nicht leben. Das Problem ist nur: Ich lebe in einer solchen Welt.

Die Stadt ist voll. Unser Mietshaus ist voll – und ich bin einsam.

Ich warte auf Frau Kastner. Es ist 19:00 Uhr. Und sie ist immer noch nicht da. Wo bleibt sie heute nur?

♫ Changing Winds ♫

Alexandra Stréliski

Lisa fuhr immer noch durch die Gegend. Kurz nach Büroschluss war sie noch schnell in die Sprechstunde ihres Arztes gelaufen, der zwar nicht da war, aber dessen Vertretung äußerst gewissenhaft eine komplette Routineuntersuchung durchführte, bevor er ihr eine neue Art von Vitaminspritzen verabreichte. Schon zehn Minuten danach fühlte sie sich besser, ihre Kopfschmerzen ließen nach und kurz entschlossen lenkte sie ihren Wagen zum Haus ihrer Mutter.

Marisa war mit Till wieder ins Grüne gezogen. Sie hatten einen alten Bauernhof gekauft mit zehntausend Quadratmeter Wiese und Weideland für Schafe, hatten das Haus saniert, Obstbäume gepflanzt und einen blumenreichen Vorgarten angelegt. Es war unglaublich pittoresk, aber Lisa hatte sich nie richtig in diese Idylle fallen lassen können, weil sie das Landleben automatisch mit dem Sektenaufstand verband. Dabei gab die hiesige Dorfgemeinschaft absolut keinen Anlass für diese Assoziation. Die Leute waren offen und aufgeschlossen und liebten Marisa wie Till.

Deutlicher als sonst kam es Lisa in den Sinn, dass ihre Mutter in diesem Drama noch mehr gelitten haben musste als sie. Immerhin war sie Hauptangeklagte in diesem Schmierentheater gewesen. Auch sie hatte die meisten ihrer Freunde und ihren Job verloren, ihre Ehe war zerbrochen, ihr Ruf zerstört, ihre gesamte Existenz infrage gestellt worden. Und doch war sie heute glücklich. Dieser Gedanke befremdete Lisa. Sie fühlte sich seltsam.

Als sie in das Haus trat, umfing sie wohltuende Stille. Es roch nach Knoblauch und Vanille und es war genauso rustikal gemütlich eingerichtet, wie man sich ein Bauernhaus vorstellte. Und ja, ihre Mama backte immer noch Haferkekse. Da waren sie, in dem großen Glas mit dem Schraubverschluss. Lisa lächelte wehmütig.

Sie machte sich Tee, stellte mit nostalgischen Gefühlen die Tasse nebst ein paar Haferkeksen auf ein Tablett, ein Windlicht dazu, und stieg auf den Dachboden. Die Augen gingen ihr über, als sie sah, dass ihr Lager noch immer da war. Ihre Mama musste die Kissen und Decken immer wieder gewaschen haben, sie rochen frisch und nichts war verstaubt. Marisa hatte den Zufluchtsort ihrer Tochter nicht nur instandgehalten, sondern noch einladender gemacht: Lisa fand Windlichter, Feuerzeuge und Räucherstäbchen – hatte sie gewusst, dass sie eines Tages wieder dorthin zurückkehren würde? Oder gehofft? Lisas Augen wurden feucht.

Ihr Magen tat ein wenig weh, sie hatte heute kaum etwas gegessen, und so stellte sie andächtig das Tablett auf ihr Deckenlager und trank ein paar Schlucke heißen Tee. Da war das Kissen in Herzform, dort das mit dem Peanuts-Motiv – die Zeichentrick-Idylle ihrer Kindheit. Um ihr Lager herum standen wie früher die alten Holztruhen. Jeder in der Familie besaß eine solche und jeder hatte seinen eigenen Schlüssel dafür.

In Lisas Kiste befanden sich ihre Tagebücher, Poster von Stars, die sie damals angeschmachtet hatte, ihr alter Teddybär, Briefe, Postkarten, Fotos, ihre Zeugnisse …

Sie nahm das eine oder andere in die Hand, las hie und da ein paar Worte, legte alles wieder weg. Ihre Vergangenheit gab ihr nichts. Einen Haferkeks knabbernd glitt ihr Blick über die anderen Truhen. Sie waren fest verschlossen, bis auf zwei. Lisa öffnete eine davon. Wahrscheinlich Tills Kiste, denn akkurat aufgeschichtete Ordner mit alten Steuerunterlagen befanden sich darin. Sie schloss sie wieder und klappte den Deckel der nächsten Kiste hoch. Ein Sammelsurium an Dingen blickte ihr entgegen: Fotoalben, Schnellhefter, kleine afrikanische Statuen, Weihnachtsschmuck, Ordner, Trillerpfeifen, Flummis, ein alter Kreisel, ein Hüpfseil, ein altes Kassettendeck, Tapes … Dinge, die Lisa niemandem in der Familie zuordnen konnte.

Neugierig nahm sie einen prall gefüllten Schnellhefter aus grünem Karton heraus und schlug den Deckel zurück. Die Mappe war so voll, dass nur ein Teil der Blätter im Heftstreifen Platz gefunden hatte. Der Rest, ein dickes Bündel, lag lose obenauf. Die Tinte war ziemlich verblasst und in dem dämmrigen Licht konnte sie die Worte nicht lesen.

Sie legte die Mappe neben die Truhe und kramte weiter. Tapes in spröde gewordenen Plastikbehältern fielen ihr in die Hand. Die Cover der Hüllen waren alle selbst gemacht und hatten fernwehsüchtige Namen wie: »Träume in Miami« oder »Easy living on the Beach«. Innen waren die Songtitel nebst Bands fein säuberlich aufgelistet – die BeeGees, die Beach Boys, Frank Sinatra mit »I get a kick out of you«.

Lisa lächelte leicht. Ob das Deck noch funktionierte? Es sah intakt aus. Suchend sah sie sich um, fand eine Steckdose und testete das Gerät. Die Spulen quietschten anfangs etwas, drehten sich aber einwandfrei. Wieder griff ihre Hand in die Kiste und zog einen Stapel Tapes heraus. Sie ging zum Licht, stellte den Rekorder in Reichweite und besah sich die Kassetten. Ach, du meine Güte: Kuschelrock Eins! Das Pärchen vorne drauf war total verblichen, aber die Musik noch immer schön. Lisa legte sie ein, während sie die anderen Tapes durchging. In der Mehrzahl waren es Musiktapes, aber plötzlich hielt sie eines in der Hand, dessen Einlegeblatt aus dunkelgrünem Glanzpapier gebastelt war, auf dem mit noch erstaunlich leuchtender Goldschrift stand: »Rewrite the Stars!«

Neugierig klappte sie die Hülle auf. Innen waren keine Songtitel aufgelistet. Stattdessen stand da ein Spruch:

»Glück ist da, wo du bist.
  Liebe ist da, wo du bist.
  Freude ist da, wo du bist.
  All das kann niemals woanders sein,
  denn all das bist du in deiner Essenz.«

Die Worte berührten sie – auch wenn sie sehr nach ihrer Mutter klangen, sehr nach den Weisheiten, die sie so lange als schöne Phrasen abgetan hatte.

Auch die Rückseite des Einlegeblattes war beschrieben, ebenfalls in leuchtendem Gold und dieser so lebensbejahenden Handschrift.

»Loslassen bedeutet, weder die Vergangenheit zu bereuen noch die Zukunft zu fürchten.«

Der Satz versetzte ihr einen Stich in die Magengegend und sie las ihn noch zwei Mal, bevor sie die Kassette in den Schacht steckte, sich auf dem Lager ausstreckte, eine Decke über sich zog und die Augen schloss.

Doch statt Musik erklang eine Stimme. Eine männliche Stimme, die englisch sprach. Und diese Stimme veränderte mit den ersten Silben die Atmosphäre im Raum so drastisch und intensiv, dass Lisa jäh die Augen wieder aufschlug und ihr Herz stärker zu schlagen begann.

Ein Strom von Leben schien durch den alten Dachspeicher zu fließen, eine vitalisierende Energie, die den Raum mit etwas Erhabenem füllte, mit einer Präsenz, wie Lisa sie noch nie zuvor gespürt hatte. Plötzlich war alles magisch, hing ein Zauber in den alten Balken. Plötzlich schien alles um sie herum lebendig zu sein, einschließlich ihrer selbst. Unwillkürlich legte sie die Hand auf ihr Herz und richtete sich auf. Im Schneidersitz saß sie auf ihrem Lager und hörte dieser Stimme zu, ohne zu verstehen, was sie sagte, nur der Intonation wegen, und war allein davon so gebannt, dass alles in ihr kribbelte. Jede Zelle in ihr ging mit dieser Stimme in Resonanz.

Ihr Körper, ihre Haut, alles schien zu schwingen und zu vibrieren und verwundert stellte sie fest, dass ihre Müdigkeit schlagartig verflogen war – und nicht nur das: Sie merkte, wie eine Spannung von ihr abfiel, die ihr vorher gar nicht bewusst gewesen war.

Die Stimme streichelte sie mit ihrem weichen Timbre und ihr wurde gewahr, dass sie gar nicht mitbekam, was sie sagte. Sie spulte zurück, startete neu und schon die ersten Worte nahmen ihr die Luft.

»Darling«, sagte diese Stimme mit einer wunderbar sanften, heiteren Färbung. »This is for you only – das hier ist nur für dich. Du hattest Fragen. Und ich habe Antworten.«

Lisas Körper bestand nur noch aus Gänsehaut. Sie bekam das Gefühl, als wäre dieses Tape ausschließlich für sie und für niemand anderen bestimmt.

Der Mann auf dem Band lachte leicht. Und dieses Lachen klang so sonnig, dass sie augenblicklich eine tiefe Sehnsucht nach dem Besitzer dieser Stimme verspürte. Allein seine Heiterkeit machte ihr klar, wie schwer sie ihr Leben nahm. Die folgenden Worte aber entfachten einen Gedankentornado in ihr.

»Du weißt, das Leben ist keine Reise, das Leben ist Musik! Finde einen Weg, der dich fürs Spielen bezahlt! Und hey, vergiss nicht, zu tanzen!«

Lisa war wie vor den Kopf gestoßen und unwillkürlich hielt sie das Band an.

Vergiss nicht, zu tanzen. Das Leben ist Musik.

Mit einem Mal stiegen ihr die Tränen in die Augen, Tränen, die ihr klarmachten, dass es das war, wonach sie sich sehnte. Diese Leichtigkeit! Sorglosigkeit! All das, was sie als Kind gekannt hatte – all das, was sie jetzt einfach nicht mehr hinbekam.

»Das Leben ist ein Tanz«, fuhr die Stimme fort. »Es ist ein Spiel, ein Lied, das du erfinden kannst. Jeden Tag kannst du etwas Neues komponieren, jeden Tag etwas Neues spielen – du solltest das genießen! Denn das Leben bist du. Das Leben lebt durch dich. Und die Musik ... die Musik ist in dir. Wenn du dich hinsetzt und still wirst, dann hörst du sie.«

Automatisch gingen Lisas Gedanken zu ihrem festgezurrten Dasein, ihrer festzementierten Routine, zu ihrem Dad, der am alten Konzept festhielt, zu Rosenberg, den sie eins zu eins spiegelte. Etwas Neues komponieren! Das Lied des Lebens selbst schreiben!

Dieser abrupte Wechsel in ihrem Denken nach diesen wenigen Worten, nach nur einer Minute, traf sie so sehr, dass sie das Band mindestens fünfmal zurückspulte, um das wieder und wieder zu hören.

Das Leben ist Musik. Das Leben ist ein Spiel. Finde eine Möglichkeit, die dich fürs Spielen bezahlt.

Oft klappen die Dinge nicht, weil das Herz nicht dranhängt.

Wieder spulte sie zurück, ließ aber das Band diesmal laufen, während in ihr der Aufruhr tobte. Das Leben war doch ganz und gar kein Spiel! In diesem Moment wiederholte die Stimme auf dem Band:

»Du hattest Fragen und ich habe Antworten.«

»Okay«, flüsterte sie. »Dann sprich mit mir. Ich habe eine Menge Fragen.«

Mit klopfendem Herzen hörte sie weiter zu.

»Ich habe das Rezept, wie man glücklich wird, gefunden«, sagte der Unbekannte.

»Halleluja«, hörte sich Lisa halblaut sagen. »Da bin ich aber mal gespannt.«

Er gluckste leise.

»Hier ist es: Es gibt keines. Es gibt keinen Weg.«

Verblüfft lachte sie auf.

»Misstraue den Leuten, die sagen, sie wüssten, wie man glücklich wird«, schmunzelte die Stimme. »So viele Menschen behaupten, sie hätten einen Weg gefunden – und alle rennen demjenigen hinterher, der sagt: Ich kenne den Weg! Mir nach! Ich weiß, wie es geht!«

Er lachte unendlich amüsiert. »Hey, hey!«, rief er. »Seht her! Das ist der Mann, der den Weg zum Glück kennt!«

Diesmal prustete er laut los und als er weiterredete, war sein Text von unterdrücktem Gelächter nur so durchdrungen.

»Die Leute wollen Erleuchtung, sie wollen frei sein und binden sich an einen Lehrer, einen, der es ›geschafft‹ hat. Und dann machen alle das, was dieser Mann macht. Sie ziehen sich an wie er. Sie leben wie er. Sie reden wie er. Trinken, was er trinkt und essen, was er isst. Sie meinen tatsächlich, das sei der Weg zur Befreiung.«

Wieder lachte er so herzlich, dass Lisa unwillkürlich mitlachen musste.

»So ein Bullshit, oder? Warum kapieren die Leute nicht, dass das, was man tut, niemals der Weg zur Freiheit, zum inneren Selbst, ist? Da habe ich neulich diesen Mönch getroffen, der unglaublich stolz war, schon seit zehn Jahren bei einem erleuchteten Meister zu leben. Ganz ehrlich, der Mann war ein Arroganzler. Er war hochmütig und hat sich als etwas

Besseres als alle anderen angesehen – weil er mit einem Meister lebt. Daraufhin habe ich den Meister gefragt, wie er die Sache sieht – und der sagte: ›Auch Ratten und Küchenschaben leben in diesem Ashram. Nur, weil du einen entsprechenden Ort aufsuchst und dich kleidest wie ein Sannyasin, wirst du nicht erfahren, was du erfahren willst.‹ Eine weise Antwort, nicht? Also – entscheidend ist nicht, wo du bist und was du tust, sondern aus welcher Quelle du es tust. Wie du es tust. Die Sache ist die: Wenn du nach einem Weg suchst, glücklich zu sein, kannst du nicht glücklich werden. Denn du siehst Glück immer als etwas, was du erreichen musst. Immer als etwas, was erst in der Zukunft passiert. Aber: Tomorrow never comes. Weißt du, wie man glücklich wird?«

»Nein«, sagte Lisa in seine Pause hinein. »Sag's mir!«

»Es ist sehr einfach: Gib deine Suche auf.«

Die Antwort befriedigte Lisa keineswegs. »Was soll das?«, fragte sie mit zusammengezogenen Brauen.

Der Unbekannte machte wieder eine Pause, als wüsste er, was in ihr vorging, dann sagte er sehr, sehr sanft:

»Wenn du meinst, Glück sei in der Zukunft, wirst du es nie spüren. Es gibt keine Zukunft. Es gibt nur das Jetzt. Wenn du Glück suchst, bist du mit dem Moment immer im Clinch, du bist ständig unter Druck – du kannst das Glück nicht spüren. Wie auch? Du suchst es ja woanders! Also: Gib die Suche auf. Fühle es jetzt. Hier. Verstehst du? Sei einfach glücklich.«

Lisa presste ihre Lippen zusammen und hörte sich innerlich höhnen: Sei einfach glücklich! Oh Mann! Einer jener Sätze, die sie absolut nicht mochte! Wie bitteschön sollte das gehen?

Dieses blöde »Hier und Jetzt« hatte sie eingeholt! Aber zum ersten Mal stieß sie es nicht weg. Die Autorität dieser Person hing so dicht im Raum, dass sie meinte, sie säße neben ihr. Wer hatte das gesprochen? Wessen Gedanken und Worte waren das? Sei einfach glücklich – ja, aber wenn es doch so viele Dinge gab, die das verhinderten? Sie war verdammt noch mal nicht glücklich! Das war ihr persönliches Hier und Jetzt!

»Normalerweise haben wir Menschen das Gefühl, zwischen dem eigenen Willen und den widerstreitenden Absichten anderer Menschen zu stehen«, erklärte derweil der Unbekannte weiter. »Absichten, die unser Glück verhindern.«

Lisa gewann immer mehr den Eindruck, dass seine Worte nur für sie waren.

»Dieses Gefühl ist das Ego. Es gaukelt dir immer vor, dass deine Situation anders sein müsste, als sie gerade ist. Aber dadurch verleugnest und verneinst du dein Leben. Du verneinst den Moment – und verpasst damit seine Güte. Was bringt dir das? Permanente Unzufriedenheit. Das ist die Krankheit der heutigen Menschen. Konflikt und Unzufriedenheit werden zur Gewohnheit und selbst wenn die Menschen einmal in Harmonie fallen, fühlen sie sich nicht wohl. Warum? Ganz einfach – weil sie es nicht gewohnt sind. Und so suchen sie unterbewusst immer wieder nach Konflikten, denn die sind ihnen vertraut.«

Lisa wurde aufgrund dieser Sätze fast aufgeregt. Sie konnte zum ersten Mal nachvollziehen, dass das Annehmen einer Situation Frieden nach sich zog. Einen Frieden, den sie bislang nicht zugelassen hatte.

»Das Leben existiert nur im jetzigen Moment«, sagte der Unbekannte. »Und in diesem Moment ist das Leben ewig und unendlich. Das ist der Ausgangspunkt für alles. Die Sorge ist insofern ein interessanter Zustand, weil sie auf die Zukunft fixiert ist und die Gegenwart völlig ausblendet. Aber jeder weiß, dass unser innerer Zustand unsere Wahrnehmung von der Welt beeinflusst. Und woher kommt unser innerer Zustand? Von der Vergangenheit, die niemand loslässt, die ständig wiederholt wird und durch die sich Menschen einzementieren. Sie definieren sich über das, was sie erlebt haben. Ganz ehrlich, das ist armselig. Jeden Tag machen sie eine Kopie von sich selbst. Jeden Tag werden sie verwaschener, grauer und unzufriedener. Wie schafft man es also, im Hier und jetzt zu leben?«

Gute Frage, dachte Lisa mit klopfendem Herzen. Wer immer dieser Mann war – er hatte tatsächlich Antworten!

»Schau«, sagte er. »Die meisten versuchen, den Moment zu greifen, aber das ist ein Widerspruch in sich. Der jetzige Moment ist so unendlich klein – bevor wir ihn haschen, messen oder sonst irgendwie erfassen können, ist er schon vorbei. Und doch ist er unendlich. Und doch besteht er für immer.«

»Hm«, machte sie und merkte gar nicht, dass sie anfing, mit einem Tonband zu sprechen. »Theoretisch verstehe ich das. Praktisch nicht. Also, wir können den Moment nicht ergreifen, weil er zu klein ist. Gleichzeitig ist er ewig ... erklär mir das mal genauer!«

»Das Problem ist der Griff danach«, schmunzelte er und schien kurz davor, in Lachen auszubrechen. »Die Leute versuchen das wirklich! Einen Moment zu greifen!«

Nun wieherte er tatsächlich los. »Wie soll das bitteschön gehen? Sie erkennen nicht, dass das Problem darin liegt, dass sie wieder mal etwas haben wollen – statt es einfach fließen zu lassen. Also noch mal: Gib die Suche auf! Lass den Moment so, wie er ist! Denn je mehr du anfängst, über den gegenwärtigen Moment nachzudenken, desto kürzer wird er. Und dieser Augenblick erscheint einem dann zu klein, um darin leben zu können.«

Seine Stimme senkte sich etwas, wurde weich, sehr weich:

»Alles ist heilig, wenn du die Dinge in ihrem So-Sein belässt. Du triffst auf einen unangenehmen Menschen? Lass ihn. Nimm einfach den Widerstand raus. Denn wenn du diese Sekunde, in der du jetzt bist, voll annehmen kannst, erwächst daraus das Gegengift zur Unzufriedenheit – nämlich: göttliche Zufriedenheit.«

Wieder machte er eine Pause. Seine Worte schwangen im Gebälk des Dachspeichers, tränkten jeden Luftpartikel, gehaltvoll und doch leicht und ohne jeden Zwang. Lisas Blick fiel auf die Lampe, auf den Staub, der im Lichtstrahl flimmerte. Selbst der Staub tanzte. Alles tanzte. Nur sie nicht!

»Ja«, sagte die Stimme. »Zufriedenheit. Das Sanskritwort dafür ist santosha, und es hat tausend Schattierungen. Es ist nicht zu vergleichen mit der oberflächlichen Zufriedenheit, die du verspürst, wenn du bekommen hast, was du willst. Santosha ist göttliche Zufriedenheit. Santosha ist das volle Annehmen der jetzigen Situation. Und diesem Annehmen folgt ein tiefer, innerer Friede. Das ist das, was du willst. Frieden. Frieden vor deinem Verstand und deinem dich ständig treibenden Ego. Friede ist hier. Genau in diesem Moment. Und er kommt dadurch zustande, dass du dir die Dinge nicht anders wünschst, als sie sind.«

Lisa schluckte. Verstand es nicht wirklich. Sie war in einer Situation, die nicht schön war – und sie war dabei, die Dinge zu ändern, die sie nicht mochte. Das fühlte sich weitaus besser an, als sie zu ertragen, so wie es der Unbekannte vorzuschlagen schien. In einer unangenehmen Lage glücklich sein, indem man sie akzeptierte, klang eher nach Resignation und Verleumdung.

»You know, my dear«, fuhr er mit diesem so charakteristischen leisen Lachen fort, das ihr das Empfinden gab, er läge neben ihr und streichle sie, während er sprach. »Wenn du santosha kultivierst, ist das dein Kraftwerk für alle Veränderungen, die in deinem Leben nötig sind. Denn was die Menschen oft bei der Bewältigung ihrer Probleme vergessen – einfach, weil sie es nicht mehr kennen – ist unser großer gemeinsamer Nenner. Hinter den Schwankungen des Lebens liegt etwas sehr

Beständiges und Greifbares – das göttliche Licht, das ununterbrochen in jedem Teilchen des Universums schimmert. Und glaub mir: Dieses Großartige in dir ist viel stärker als deine schlechten Gewohnheiten, deine Ängste, deine Sorgen und deine Muster.«

Diesmal weinte Lisa. Sie weinte, weil sich das alles so erlösend anhörte und sie doch nicht wusste, wie sie damit umgehen sollte. Sie weinte, weil sie auf einmal so deutlich spürte, dass sie in ihrem Leben nur der Angst gefolgt war. Dass ihr ganzes Leben aus Angst bestand. Sie hatte sogar Angst, dass diese Angst ihr das neue, schöne Gefühl, diese angedeutete Befreiung, die sie gerade so tröstend umhüllte, wieder nehmen würde, sobald sie den Dachboden verließ.

Sie schaute auf das Tape und sehnte sich mit einem Mal so heftig nach dem Besitzer dieser Stimme, dass ihr ganz schwach zumute wurde. Sie konnte es kaum ertragen, nicht zu wissen, wo er war, wer er war – und ob er überhaupt noch lebte. Diese Tapes mussten ja mindestens dreißig Jahre alt sein!

»Du suchst ständig nach Konflikten.«

Tat sie das? Immerhin bestand ihr ganzes Leben aus Konflikten! Die Firma war ein gegenständlicher Konflikt – Rosenberg, Fred und Björn personifizierte Konflikte!

Aufgewühlt saß sie auf ihren Decken und starrte den Rekorder an, als sei es eine Person. Obwohl sie schon völlig überwältigt war, drückte ihr Finger noch einmal auf »Play«.

Ein Kichern ertönte.

»Weißt du, was es eigentlich heißt, der Schöpfer seiner eigenen Welt zu sein? Überleg mal, wenn dein Gehirn immer wieder das Gleiche denkt, aktivierst du nur Altes. Das zieht die immer gleichen Ereignisse an. Und dein Ego macht dir weis, deine gewohnte Denkweise bedeute Sicherheit.«

Lisa keuchte auf. Das war unheimlich! Es war, als kenne dieser Mann ihr Leben!

»Tag für Tag gehen dir bis zu 70 000 Gedanken durch den Kopf«, erklärte der Unbekannte weiter. »90 Prozent davon sind die gleichen Gedanken wie am Tag zuvor. Du drückst jeden Tag dieselben emotionalen Knöpfe, produzierst jeden Tag die gleichen Gefühle. Du läufst völlig auf Autopilot und steuerst schon in jungen Jahren auf eine Alterssturheit zu. Aber dein Gehirn ist flexibel! Es bleibt ewig jung! Dein Gehirn erhält diese Flexibilität bis zu deinem Tod! Es kann sich verändern, es kann neue Verbindungen schaffen – jederzeit. Und wenn sich dein Gehirn ändert, änderst du dich. Du änderst deine Biologie. Du

änderst die Chemie in deinem Körper – neue Gedanken verändern dich.«
Er lachte. »Cool, oder?«

Lisa hingegen war, als stürze völlig unerwartet der Boden unter ihr ein, und sie fühlte tatsächlich Panik. Am liebsten wäre sie ausgerissen – in ihre traute Umgebung, das, was der Fremde so ungünstig als Gefängnis ihrer selbst deklarierte.

»Wir denken und denken und denken«, erklärte die unbekannte Stimme und ein weiteres Lachen ertönte. »Und daher fühlen wir nie das Jetzt. Wie viel Nachdenken ist nötig? Ein Zen-Spruch sagt: ›Beim Gehen tust du nichts als Gehen. Beim Sitzen tust du nichts als Sitzen. Vor allem flattere nicht umher.‹«

Sie hatte auf die Stopptaste drücken wollen, ließ aber ihre Hand sinken. Die folgenden Sätze machten ihr klar, dass da jemand mit ihr sprach, der sie bis in die letzten Tiefen ihrer Seele verstand, jemand, der über den üblichen Horizont hinaussah:

»Es geht nicht nur um positives Denken«, hörte sie diese warme Stimme sagen. »Es geht darum, zu verstehen, wie du funktionierst, damit du wieder der Herr in deinem eigenen Haus bist. Damit du erkennst, wer du wirklich bist.«

Seine Stimme bekam wieder diese zärtliche Schattierung, die sie so wehmütig machte.

»Hab keine Angst, Kleines. Wenn du dich vom Gefängnis deiner Vergangenheit löst, bist du frei. Es ist nicht der Abgrund, in den du fällst, sondern der Urgrund, der dich auffängt. Der Urgrund, aus dem heraus wir denken, fühlen, handeln und leben. Und dieser Urgrund bist du. Dieser Urgrund ist voller Liebe und Freude und Glück. Dieser Urgrund ist dein Geburtsrecht und dein wahres Ich. Wende dich dem zu. Du warst nie davon weg. Deswegen ist das Leben keine Reise. Es ist das Erkennen, dass du dein Licht nie verloren hast, dass die Musik ewig in dir spielt. Musik, die dich täglich einlädt, zu tanzen.«

Das Band lief weiter, die Spulen quietschten und ächzten, aber die Stimme war verstummt.

Lisa saß noch mindestens fünfzehn Minuten davor, unfähig, sich zu bewegen. Dann erst richtete sie sich auf und packte alle Tapes inklusive Rekorder in eine Tasche.

Aber zuvor wollte sie wissen, wessen Stimme das war, drehte und wendete die Kassetten samt Hüllen, zog die Deckblätter heraus, fand aber nirgendwo einen Quellennachweis. Die Schrift auf den Kassetten war teilweise so verblichen, dass das dämmrige Licht im Dachspeicher nicht ausreichte, um sie zu entziffern. Sie würde das alles zu Hause genauer anschauen.

Die Blätter in der Mappe schienen ein Exzerpt ihrer Mutter aus ihren unzähligen Seminaren und Kursen zu sein. Sie nahm sie mit, weil ihr beim Überfliegen Sätze ins Auge fielen, die nach dem Unbekannten klangen. Vielleicht fand sie darin eine Adresse?

»Das Leben ist Musik! Das Leben ist ein Tanz!«

Das klang so schön!

Sie wünschte sich von Herzen, das Leben möge ein Lied spielen, auf das sie tanzen konnte. Der Unbekannte hatte aber klar gesagt, dass nicht die Welt, sondern sie der Komponist war. Und der Tänzer.

Sie war der Schöpfer ihrer eigenen Welt.

♫ Everybody's Got To Learn Sometime ♫

Jean-Philippe Verdin

In dem Gefühl, die Person auf den Tapes wäre tatsächlich in ihr Leben getreten, fuhr sie nach Hause. Als sie ankam, sah sie Rosenberg hinter seiner Gardine stehen und auf sie warten. Kurz entschlossen wendete sie und stellte ihren Wagen auf einem nahe gelegenen öffentlichen Parkplatz ab. Es waren nur fünf Minuten bis zu ihrer Wohnung und sie lief langsam, die Jutetasche an ihre Brust gedrückt, die Sätze des Unbekannten in ihrem Kopf.

»Wenn du gehst, tue nichts anderes als gehen. Wenn du sitzt, tue nichts anderes als sitzen ... vor allem flattere nicht umher.«

Der Wind blies ihr ins Gesicht. Frischer Aprilfrühlingswind. Ein paar Tropfen Regen fielen herunter. Es drängte sie, noch mal das Tape anzuhören, sie sehnte sich schon jetzt zu dieser Stimme zurück. Und sie musste unbedingt die Mappe durchblättern und herausfinden, wem sie gehörte.

Ihr Programm lief ab: Tee kochen, das vorbereitete Essen in den Ofen schieben, sich in der Zwischenzeit in einen Jogginganzug packen, Heizung aufdrehen. Den blinkenden Anrufbeantworter abhören.

»Frau Kastner, bei der Durchsicht der Kellerräume ist mir aufgefallen, dass Ihr Fahrrad mit dem Reifen durch das Gitter dringt. Das ist eine akute Verletzungsgefahr. Ich erwarte Beseitigung derselben innerhalb der nächsten vierundzwanzig Stunden. Ende.«

»Frau Kastner, Ihr Licht hat letzte Nacht ungebührlich lange gebrannt. Wir leben in einer Zeit, wo wir uns eine solche Energieverschwendung nicht leisten können.«

Lisa stand im Zimmer, hörte sich das an und mit einem Mal wurde ihr klar, dass sie jeden Abend dieselbe Reaktion auf Rosenberg schürte: Ärger und Frust. Jeden Tag produzierte sie das neu. Jeden Tag erschuf sie damit das immer gleiche Szenario.

Ihr Herz flatterte, als wolle es ihr klarmachen, dass es nicht nur den Kopf gab, der handeln konnte. Und auf einmal war sie nicht mehr bereit, dessen Automatismen zu folgen. Ihr Blick glitt durch den Raum, registrierte die starre Ausrichtung in jedem Element. Sie musste die Türen ihrer Schränke nicht öffnen, um sagen zu können, was in jedem stand, in welcher Anordnung und in welcher Anzahl. Ihr Hirn setzte kurz aus.

Warum machte sie das? Ihr Blick ging zurück zum Anrufbeantworter. Sie drückte auf Play. Rosenbergs knarzige Stimme tönte erneut in den Raum. Aber diesmal war ihr Kopf ganz still. Sie konnte sich nicht erklären, was das war. Er war nur einfach herrlich still und unglaublich gelassen.

Die Sekunde dehnte sich zu einer Ewigkeit – sie wurde zeitlos, ermöglichte ihr einen Blick hinter die Kulissen. In dieser Stille wurde ihr klar, dass sie ihr ganzes Dasein auf eine vom Kopf und dessen Ängsten gesteuerte Maschine reduziert hatte. Ja, verdammt, sie war ein Automat! Sie hatte sich selbst dazu gemacht! Ihr Kopf hatte einen Plan und den sollte sie befolgen! Aber, verdammt noch mal, wer war das dann gerade in ihr, der gegen diesen Plan rebellierte? Der ihr überhaupt sagte, dass ihr Kopf ein Eigenleben führte?

Die Verwirrung erreichte ihren Höchstpunkt und Lisa tat folgendes: Sie hörte die Nachricht Rosenbergs ein drittes Mal ab.

»... Das ist eine akute Verletzungsgefahr. Ich erwarte Beseitigung derselben innerhalb der nächsten vierundzwanzig Stunden. Ende.«

Mit einem Mal sah Lisa Rosenberg vor sich. Die leicht zitternden Hände, die trotzig-traurigen Augen, den wahren Grund hinter seinen sinnlosen Beschwerden: seine Einsamkeit, sein Wunsch nach Nähe. Sie hatte mal von Kindern in Waisenhäusern gelesen, die zu wenig oder gar nicht gestreichelt wurden. Diese Kinder schlugen ihren Kopf gegen die Wände, nur um so etwas wie Berührung zu spüren. Rosenberg tat das Gleiche. Und was tat sie? Sie reihte Artikel in Schränken auf, weil ihr Kopf glaubte, das sei Sicherheit! Sie lachte verblüfft. Wie hirnrissig war das? Sie klebte an einer Vergangenheit, die doch vorbei war, und projizierte sie damit immer wieder in die Zukunft! Ihr wurde schlecht, als sie das dachte. Sie sehnte sich unglaublich nach Berührung, nach Sex, Liebe, Zärtlichkeit, einer erfüllenden Beziehung, nach dem Leben mit all seinen Facetten und erschuf ständig das Gegenteil.

Im Zimmer begann es, leicht verbrannt zu riechen. Sie ging zum Herd, holte das Essen heraus, schaute sich im Zimmer um, als wäre sie zu Besuch. Kurz entschlossen ging sie zur Tür, lief die Treppe hinunter und klingelte bei Rosenberg.

Nichts tat sich.

Sie klingelte erneut. Diesmal erklangen schlurfende Schritte. Sie spürte sein Auge am Spion, spürte, dass er sich wappnete, denn etwas anderes als einen wütenden Protest erwartete er sicher nicht von ihr.

Die Kette klirrte, es rasselte an der Tür. Es dauerte, bis sie offen war.

Mit verkniffenem Mund starrte Rosenberg Lisa an.

»Guten Abend, Herr Rosenberg«, hörte Lisa sich sagen. »Ich habe gerade Ihre Nachricht abgehört … wegen des Fahrrads und so … und ich dachte mir, wir könnten das Ganze vielleicht beim Abendessen besprechen. Ich habe nur einen einfachen Auflauf gemacht … aber vielleicht mögen Sie mitessen?«

Rosenbergs Unterkiefer fiel so abrupt nach unten, dass Lisa den Eindruck hatte, seine faltigen Wangen würden um drei Zentimeter länger. Fest sah sie ihm in die Augen und gab ihm Zeit.

»Ich meine, ich esse sowieso alleine«, erklärte sie und brachte ein kleines Lächeln zustande. »Und in Gesellschaft schmeckt es doch besser. Ich habe auch einen Wein offen.«

»Essen? Ich … also …«, stotterte Rosenberg. Unwillkürlich trat er einen kleinen Schritt zurück und schlug wie zum Schutz seinen Morgenmantel fester um sich.

Lisa verstand.

»Ich bin auch im Jogginganzug«, sagte sie. »Sie können gerne in Ihrem Morgenmantel nach oben kommen. Ist alles ganz zwanglos. Mögen Sie, Herr Rosenberg?«

Ihr Herz klopfte und wenn sie ehrlich war, wäre es ihr am liebsten gewesen, er würde Nein sagen. Aber ihr Mund öffnete sich und heraus kamen die Worte: »Ich würde mich freuen.«

»So. Sie würden sich freuen.« Gewohnheitsgemäß hatte Rosenberg eine giftige Antwort auf der Zunge, aber er hielt inne. Sein wässriger Blick zerfloss vor Unglauben.

»Ja, ich würde mich freuen«, sagte Lisa fest. »Was ist? Oder ist es Ihnen zu spät?«

»Sie sind heute eineinhalb Stunden nach der Zeit«, erwiderte er verwirrt.

»Stimmt, ich hatte länger im Büro zu tun. Also, Herr Rosenberg. Der Auflauf ist fertig. Wir sollten ihn essen, bevor er kalt wird. Kommen Sie mit?«

Rosenbergs Lippen pressten sich zusammen. »Warum tun Sie das?«

»Weil ich mit Ihnen über die Fahrradgeschichte reden will«, behauptete sie. Er schwieg. Dann aber glitt ein Hauch von Lächeln über sein runzliges Gesicht.

»Dann … dann gehe ich jetzt mit Ihnen nach oben?«

»Ja, nehmen Sie Ihren Schlüssel und kommen Sie einfach mit.«

Mechanisch drehte sich Rosenberg um, nahm seinen Schlüssel von der Kommode und erst, als er die Tür hinter sich schloss, wurde ihm die Anomalie seines Verhaltens bewusst.

»Im Morgenmantel!«, protestierte er. »Frollein Kastner, ich glaube, ich muss mich umziehen. Das geht nicht, dass ich …«

»Ach, papperlapapp«, sagte Lisa. »Es ist acht Uhr abends. Da sind Morgenmäntel und Jogginganzüge erlaubt.«

»Wenn … wenn Sie das sagen …«

Zutiefst verwundert über ihre ungewöhnliche Reaktion auf seine Beschwerde schlurfte Rosenberg zur Treppe, ergriff den Holm, während Lisa ihm für die andere Seite ihren Arm bot, den er ohne Zögern ergriff. Mit offenem Mund keuchte er nach oben, wo sie ihn in ihre Wohnung lotste, ihn am Tisch Platz nehmen ließ und eine Flasche Sekt öffnete.

»Haben Sie … haben Sie Geburtstag?«, fragte er.

»Nein, aber das hätten wir schon vor zwei Jahren machen sollen«, erklärte sie. »Wir haben noch nie auf unsere Nachbarschaft angestoßen.«

Sprachlos verfolgte Rosenberg jede ihrer Bewegungen. Wie sie die prickelnde Flüssigkeit in die Gläser goss, die Flasche abstellte, ihm das seine hinschob und sich ihm gegenübersetzte. Sein Blick hob sich verwundert zu ihrem Gesicht, als sie ihr Glas in die Hand nahm und es ihm auffordernd entgegenhielt.

»Auf gute Nachbarschaft, Herr Rosenberg«, sagte sie und lächelte ein wenig schief.

Er packte das Glas, hob es ruckartig nach oben, stieß unbeholfen mit ihr an und trank einen gehörigen Schluck. So gehörig, dass Lisa klar wurde, wie schockiert er über den Verlauf des Abends war.

Sie nötigte ihn zu einem weiteren Schluck und brachte den nächsten Toast aus:

»Und darauf, dass wir hoffentlich noch so manches Glas miteinander leeren werden!« Das war der Moment, in dem Herr Rosenberg zaghaft zu lächeln begann. Sein wässriger Blick wurde etwas fester und Lisa bemerkte, dass er schöne, blaue Augen hatte, mit buschigen weißen Augenbrauen darüber. Sie hatte wenig gegessen an diesem Tag und der Alkohol tat seine Wirkung.

»Mir ist noch nie aufgefallen, dass Sie so schöne blaue Augen haben«, sagte sie zu ihm.

»Schöne blaue Augen?«

Ein leichtes Kichern entfuhr ihm. Lisa konnte es nicht fassen. So schnell ging das? Der Mann, der ihr seit zwei Jahren das Leben verdross, saß jetzt in ihrer Essecke und kicherte?

»Frau Kastner, das ist etwas, was ein Mann einer Dame sagen sollte, aber doch nicht umgekehrt!«

»Tja, aber ich habe keine blauen Augen«, konterte sie. »Ich hole erst mal das Essen, sonst wird es endgültig kalt.«

Er nickte. Sie legte ein weiteres Gedeck auf und brachte den Auflauf.

»Warum tun Sie das?«, fragte er ein zweites Mal, während sie ein Stück auf seinen Teller legte.

»Warum sind Sie mitgekommen?«, fragte sie zurück.

»Wollen Sie mich weicher stimmen wegen der Regeln, die Sie dauernd verletzen?«

Erstaunt sah ihn Lisa an. Sein Augenausdruck veränderte sich, wurde hart, und plötzlich hatte sie das Empfinden, dass nicht er sprach, sondern etwas anderes in ihm.

»Regeln dürfen nicht verletzt werden«, schwadronierte er. »Das führt zu nichts Gutem. Es fängt mit kleinen Dingen an, die man durchschlüpfen lässt, und ehe man sich's versieht, ist etwas Schreckliches und Großes daraus entstanden, etwas, das sich nicht mehr kontrollieren lässt. Und daher ist es wichtig, dass man immer aufpasst, dass man alles richtig macht. Dass man stets die Kontrolle behält und darauf achtet, dass auch die anderen alles richtig machen …«

Er redete noch weiter in diese Richtung und die Stimmung kippte von einer Minute zur nächsten und wurde unangenehm. Es war überaus nervig, ihm zuhören zu müssen.

Verdrossen zerteilte Lisa das Essen auf ihrem Teller und fragte sich, welcher Teufel sie geritten hatte, ihn heraufzuholen.

Rosenberg redete und redete. Ab und zu stopfte er sich etwas von dem Auflauf in den Mund und Soße tropfte an seinem Kinn hinunter, ohne dass er es merkte. Manchmal schmatzte er mit offenem Mund, was sie eklig fand, und nach fünfzehn Minuten schielte sie auf die Uhr und fragte sich erneut, warum sie sich das antat. Sie hätte es so gemütlich haben können! Und hätte es auch gebraucht nach diesem Tag! Vor allem nach diesen Stunden im Dachspeicher! Die Energie, die sie erfüllt hatte, war restlos verflogen und sie ärgerte sich, Rosenberg dieses Angebot gemacht zu haben. Das würde sie ganz sicher so schnell nicht wieder tun! Wenn überhaupt! Inzwischen war Rosenberg bei seinen Kriegserlebnissen angekommen.

»Im Krieg«, brabbelte er und hob die Gabel wie eine Waffe in die Luft, »da hatten wir gar nichts. Wir haben verschimmeltes Brot gegessen und die Zehen sind uns abgefroren und die Russen, die Russen waren genauso arme Schweine wie wir …«

Es war endlos. Er schwelgte in der Vergangenheit, wiederholte sie, machte sie lebendig und füllte das Zimmer mit seinen unangenehmen Erlebnissen.

Die braune Soße tropfte schließlich vom Kinn auf seinen Bademantel. Kurzerhand reichte Lisa ihm eine Serviette und unterbrach seinen Redefluss:

»Herr Rosenberg, es tropft an Ihrem Kinn. Und vielleicht könnten Sie bei der Gelegenheit das Thema wechseln.«

»Wie bitte?«

Unwirsch wischte er sich den Mund.

»Sie wollten mich doch nur weichmachen«, schnauzte er. »Das ist der alleinige Grund, warum ich hier sitze.«

»Nein«, erwiderte Lisa. »Ich wollte Ihnen eine Freude machen. Sonst nichts.«

Rosenberg hatte schon zu weiteren Unterstellungen angesetzt und verstummte schlagartig nach ihrer Antwort.

»Eine Freude machen«, wiederholte er und wirkte plötzlich wie ein gescholtenes Kleinkind.

»Ja, genau«, sagte Lisa. »Können Sie nicht auch mal was Nettes sagen? Ich will Ihre Kriegsgeschichten nicht hören.«

Mit leicht offenem Mund starrte er sie an. Lisa nahm ihre eigene Serviette, tauchte einen Zipfel in ihr Wasserglas und wischte ihm resolut noch mal übers Kinn. Rosenbergs Unterlippe klappte nach oben. Sein Blick verschwamm und er blieb stumm. Sie seufzte ein wenig, nahm ihr Sektglas hoch und meinte:

»Trinken wir noch einen Schluck. Ich glaube, das brauchen wir jetzt beide, um locker zu werden.«

»Locker werden«, krächzte er. »Locker werden! Ich fürchte, das war ich mein Leben lang nicht. Ich weiß noch nicht mal, was das ist.«

»Ich auch nicht«, antwortete Lisa leise. »Dann können wir es uns ja gegenseitig beibringen.«

»Wie das gehen soll, ist mir schleierhaft«, entgegnete er. »Wenn doch keiner von uns eine Ahnung davon hat.«

Er trank sein Glas leer und stellte es stumm und mit wackligen Fingern auf den Tisch.

»Locker werden«, murmelte er. »Locker werden.«

Er sah sie an und Lisa erkannte, dass er müde war – der ungewöhnliche Abend hatte ihn erschöpft. Sie half ihm die Treppe hinunter und schloss, weil seine Hände so zitterten, die Wohnungstür für ihn auf.

»Kommen Sie zurecht?«, fragte sie ihn ein wenig besorgt.

»Selbstverständlich«, antwortete er, nahm Haltung an, reichte ihr die Hand, nickte ihr kurz zu, stieß ein »Ich danke für den Abend« hervor und schlug ihr die Tür vor der Nase zu.

Konsterniert schüttelte Lisa den Kopf und ging wieder nach oben. Eigentlich hatte sie noch in der Mappe nach dem Namen forschen wollen, aber sie war zu müde. Ein paar Minuten später fiel sie in ihr Bett und war in den nächsten Sekunden eingeschlafen.

∗∗∗

Ihre beruflichen Ambitionen setzten Lisa komplett unter Strom. Sie rannte gegen die Zeit und die Arbeit im Büro wurde Stress pur. Björn und Fred waren stinkfaul, Cordula wurde immer biestiger und ihr Vater motzte nur, ohne selbst etwas gegen die Missstände zu tun. Lisa war klar, dass sie sich auf ihr Projekt konzentrieren musste.

Pierre und sie hatten Marktforschung über die Bedürfnisse ihrer Kunden betrieben und eine Liste mit weltweit anerkannten Referenten zusammengestellt, die interessante Themen im Portfolio hatten. Nachdem der Katalog noch nicht fertig war, sahen Lisa und Pierre keine andere Möglichkeit, als Firmen mit Referenten zu locken, die sie noch gar nicht hatten – und Referenten mit Firmen, die noch gar nicht klar gesagt hatten, dass sie den Referenten wollten. Aber das Kunststück gelang und der daraus entstehende Kosten- und Gewinnplan gab durchaus Anlass zur Hoffnung.

Pierre war eine wertvolle Hilfe. Erstens war er verschwiegen, zweitens machte ihm das Projekt großen Spaß und drittens liebte er genau die Tätigkeiten, die Lisa hasste: Kontaktaufnahme und Telefonieren. Als er erstmals tun durfte, wofür er eigentlich da war, stellte sie fest, dass er ein wahres Talent darin war, an Entscheider heranzukommen und den richtigen Ton zu treffen. Seine Erfolgsquote war enorm.

»Mann, Pierre, du bist super«, staunte Lisa, als sie seine Ergebnisse sah. »Das ist ja mega!«

»Diese neuen Referenten sind mega!«, glühte er. »Ich habe so viele Anfragen von Firmen, die gesagt haben, sie buchen auf jeden Fall was, wenn die einen Termin frei haben!«

Seine dicklichen Wangen zitterten vor Aufregung – es war offensichtlich: Er hatte komplett Feuer gefangen. »Wie weit bist du mit dem Katalog?«

»Bin schwer am Machen! Ich beeile mich!«

Die Tage waren voll und sie kam stets erschööft nach Hause. Noch immer parkte sie ihr Auto weiter weg, weil die fünf Minuten Laufen guttaten. Sie kam ja sonst nicht raus. Wenn der Laden erst mal wieder lief, wollte sie sich wieder etwas mehr um sich selbst kümmern. Das nahm sie sich fest vor.

♫ Where Is My Mind ♫

Maxence Cyrin

»Frau Kastner, wir hatten gestern einen Skype-Termin. Haben Sie mich vergessen? Ich vermisse außerdem Ihre Zielplanung sowie Ihre Actionpoints. Wollten Sie mir die nicht schon vorgestern geschickt haben?«

Oh Mann, sie hatte diesen Ekel-Coach versetzt! Vollkommen vergessen und ausgeblendet! Peinlich! Lisa biss sich auf die Lippen und starrte die Mail an. Das Dumme war: Sie wusste nicht, was sie diesem Fatzke schreiben sollte! Er war von ihrem Vater engagiert, also konnte sie ihm nicht sagen, was sie gerade tat, denn der würde es brühwarm weitergeben und damit wäre ihre Aktion mit Sicherheit vorzeitig beendet. Sie überlegte kurz.

Okay, dachte sie. Du willst Zahlen? Du kriegst Zahlen!

In Windeseile erstellte sie eine Tabelle und trug darin die Umsatzergebnisse ein, die sie im zweiten Halbjahr zu erzielen gedachte. Mit einer knappen Entschuldigung versehen, schickte sie die Mail an ihn raus.

Seine Antwort kam postwendend.

»Ich sehe, es ist eine Jahresplanung, aber zum einen fehlen die Actionpoints – und könnten Sie das bitte noch in kurz-, mittel- und langfristige Ziele aufteilen? Beziehungsweise ein echtes, langfristiges Ziel liefern?«

Lisa stöhnte genervt auf. Mann! Hatte dieser Kontrollfreak nichts anderes auf Lager? Bevor sie reagieren konnte, hatte er schon die nächste Nachricht abgesondert:

»Wir können das auch Face-to-Face besprechen. Skype?«

Sie seufzte noch tiefer. Sie hatte so viel zu tun … Sie brauchte Zeit und keinen Coach! Gerade hatte sie die Mail mit einer Absage fertiggetippt, als Skype klingelte. Nun konnte sie ja nicht so tun, als ob sie nicht da wäre, also nahm sie unwillig das Gespräch an. Mahlströms Bild erschien auf dem Monitor. Verflixt! So wie der aussah, hatte er bestimmt schon hundert Liegestützen gemacht und Selleriesaft zum Frühstück getrunken! Er trug ein schwarzes T-Shirt unter einem teuer wirkenden Jackett. Sein Gesicht war diesmal glattrasiert, was ihm nicht minder stand, und sein

Haar glänzte im Schein seiner Designer-Schreibtischleuchte. Hinter ihm befand sich eine mächtige Glasfront mit Ausblick auf eine Altstadt.

Danke, du Affe, dachte sie säuerlich. Willst du mir damit zeigen, was für ein großer Macker du bist?

Trotzdem wurde ihr heiß, als Finn sich leicht zu ihr vorbeugte – ganz der lässige, vertrauenswürdige Coach – und seine dunkelgrauen Augen tief in die ihren zu blicken schienen.

»Frau Kastner«, sagte er. »Wie schön, dass Sie sich so spontan Zeit nehmen können.«

Sagte er das, weil er meinte, sie hätte sonst nichts zu tun?

»Ich hatte gerade eine Absage formuliert«, gab sie pikiert zurück. »Aber Sie waren schneller.«

»Könnten Sie diesmal Ihre Kamera einschalten oder verwenden Sie immer noch den Uralt-Rechner?«

Lisa registrierte seinen leichten Sarkasmus, presste die Lippen zusammen und atmete einmal tief durch.

»Nein, inzwischen habe ich meinen eigenen Rechner wieder«, erwiderte sie so ruhig wie möglich, zog aber dabei in Windeseile ihren Schminkbeutel aus ihrer Handtasche und friemelte den Lippenstift heraus. »Geben Sie mir drei Sekunden, Herr Mahlström, meine Kamera ist abgeklebt ... ich pule mal eben das Klebeband herunter ...«

Er wartete geduldig. Sie brauchte ziemlich lange, um ein Pflaster von einer Kameralinse zu ziehen, fand er. Lisas Zeitempfinden war ein anderes: In bewunderungswürdiger Geschwindigkeit frischte sie ihr Make-up auf, lockerte ihr Haar mit den Händen, war froh, es am Morgen gewaschen zu haben, und atmete ein weiteres Mal tief durch, bevor sie das Klebeband abzog.

»Okay. So. Jetzt mit Bild«, meldete sie sich. »Tut mir sehr leid, dass ich Sie versetzt habe, Herr Mahlström, ist wirklich nicht meine Art, aber ich habe Sie schlicht und ergreifend vergessen.«

Abgesehen davon, dass er es nicht gewohnt war, dass man ihn schlicht und ergreifend vergaß, verschlug es Finn die Sprache, als er sie sah. Das war sie? Er hatte ein graues Mäuschen erwartet, eine verklemmte, hektische, ziellose Frau. Das Profil, das sein Vater ihm aufgrund der Informationen von Thomas Kastner und dessen Mitarbeitern in die Hand gedrückt hatte, war alles andere als ansprechend gewesen. Finn hatte es mit gerunzelter Stirn durchgelesen und sich dabei gedacht:

»Ein Katastrophenweib! Überschätzt sich total, hat im Grunde nichts drauf und ihren Posten nur, weil sie die Tochter ihres Vaters ist.«

Aber nun lächelte ihm zu seiner unendlichen Überraschung eine überaus reizende, blonde junge Frau entgegen, mit weichen Lippen und geröteten Wangen, braunen, leicht schuldbewussten Augen und – wie er verwundert feststellte – einem ganz leichten Schweißfilm auf der Oberlippe, was er irgendwie sexy fand. Sie wirkte scheu und grazil, und sie hatte eine so aufrechte Haltung. Hatte sie mal getanzt? Oder tanzte sie noch? Finn schluckte und ungewollt entstanden Bilder vor seinem inneren Auge. Er sah sie im Tutu, ein kleiner, muskulöser Po darunter, nackte, schlanke, feste Arme … sein Blick glitt zu ihrem Hals … ein Schwanenhals …, wenn sie ihr Haar hochsteckte, dann …

Abrupt stoppte er seine Gedanken und bereute zutiefst, auf Blickkontakt bestanden zu haben – es wäre so viel leichter gewesen, das Coaching auf anonyme Weise zu absolvieren. Es wäre sogar nötig gewesen! Dass er sie nun sah, machte die Sache schwieriger. Sehr viel schwieriger. Ihre braunen Augen sahen ihn fragend an. Finn rettete sich ins Geschäftliche.

»Wie schön, Sie zu sehen«, sagte er und räusperte sich, »… und Ihre Ziele direkt aus Ihrem Mund zu erfahren. Wie schön, dass Sie überhaupt wieder Ziele haben, nicht?«

Lisas Augenbrauen zogen sich zusammen.

»Ziele hatte ich schon immer, Herr Mahlström«, erwiderte sie kühl. Der meinte aber jetzt nicht, dass das sein Verdienst war?

»Ja, schon, aber vielleicht waren die etwas angestaubt? Da tut doch ein Gespräch, in dem man Farbe bekennen muss, ganz gut.«

Er grinste sie an. Selbstgefällig, fand Lisa. Ein kurzes Grinsen, das nicht echt war und keinen Charme hatte. Ein Grinsen, das ihr eher den Eindruck vermittelte, er wolle das Ding so schnell wie möglich mit einem positiven Ergebnis für sich abschließen und die Einzige, die dabei störte, war sie. In Lisa rebellierte es enorm und böse starrte sie ihn an. Finn hingegen merkte, dass er ziemlich platt daherkam, und wurde nervös.

»Na dann, Frau Kastner«, sagte er aufmunternd. »Reden wir noch mal genauer über das, was Sie vorhaben!«

»Ich habe Ihnen alles geschickt«, erwiderte sie frostig. »Ach … warten Sie! Die Aufteilung in kurz-, mittel- und langfristig bekommen Sie sofort nachgereicht!«

Er beobachtete, wie ihre Augen sich von der Kamera wegbewegten, ihre Wimpern Schatten auf ihre Wangen warfen, ihre Finger über die Tasten flogen. Dann sah sie wieder auf, lächelte ihn befriedigt an und verkündete:

»Mail ist raus.«

»Na, wunderbar«, antwortete er. »Sekunde. Ich lese mir das gleich durch.«

»Fein, dann hole ich mir einen Kaffee in der Zeit«.

Sie stand auf. Neugierig verfolgte er sie, solange sie im Fokus der Kamera war. Ihre Bewegungen waren geschmeidig und fließend. Sie war schlank. Sehr schlank sogar. Ein leichtes Lächeln lag auf seinen Lippen, das ihm aber sofort wieder entglitt, als er sich dem Text der einkommenden Mail widmete:

»Sehr geehrter Herr Mahlström,

anbei wie gewünscht, die Einteilung in kurz-, mittel- und langfristig:

Mein kurzfristiges Ziel: Feierabend.

Mittelfristig: Wochenende.

Langfristig: Urlaub.

Mit besten Grüßen, Kastner.«

Ein Schnauben entfuhr seinem Mund. Entrüstet sah er auf. Lisa war gerade mit einer großen Tasse Kaffee in der Hand zurückgekommen, lehnte sich in ihrem Stuhl zurück und sah ihn von unten her an. In einer Mischung aus sauer und perplex sagte er:

»Frau Kastner, was soll das?«

»Was?«, gab sie zurück. »Sie haben nach meinen Zielen gefragt. Langfristig Urlaub wäre nicht schlecht, ich hatte nämlich seit zwei Jahren keinen!«

»Kommen Sie, verkohlen kann ich mich alleine!«, sagte er verärgert.

»Geht mir genauso«, zischte sie. »Im Übrigen möchte ich doch ein kurzfristiges Ziel nicht unerwähnt lassen und das wäre: Sie loswerden, damit Sie nicht meine knappe Zeit mit blöden Kontrollanrufen stören!«

Mahlström fehlten die Worte.

»Frau Kastner«, sagte er schließlich. »… es ist schade, dass Sie meine Arbeit als Kontrolle definieren … Ich …«

»Okay, was ist es denn sonst?«, rief sie wütend und ihre Augen blitzten. »Analysieren Sie sich mal selbst, Herr Mahlström, vor allem Ihr erstes Telefonat mit mir! Sie fragen mich nach Zielen und urteilen vorschnell über meine Wochenpläne. Das soll eine Anamnese sein? Na, herzlichen Dank! Weniger oberflächlich geht's kaum! Danach sondern Sie einen billigen Pauschaltipp ab und meinen, Ihre Pflicht getan zu haben! Ernsthaft – und dafür kassieren Sie Geld?«

Lisas Augen sprühten vor Ärger und Finn war wie vor den Kopf gestoßen. Sie hatte verdammt noch mal recht! Verflixt, er hatte das Mädel

– samt seinem Auftrag – total unterschätzt! In seinen Augen blitzte es ebenso auf – es war eine klare Kriegserklärung, Lisa konnte das deutlich spüren. Wie zwei Kobras richteten sie sich beide vor der Kamera auf. Sie merkte, wie Finns grauer Blick etwas aus ihr herausholte, was sie lange nicht mehr gefühlt hatte: Kampfgeist. Und das Empfinden, eine Frau zu sein. Beides wirkte belebend.

Trotzig hob sie ihr Kinn und wartete auf seinen Angriff.

»Wir sind erst am Anfang des Coachings, Frau Kastner«, erklärte Finn. »Und es wäre ausgesprochen hilfreich, wenn Sie etwas kooperativer wären.«

»Tja, ich war der Meinung, mit einem Profi zu kooperieren, denn der hätte mir helfen wollen … Warum habe ich das Gefühl bei Ihnen ganz und gar nicht?«

»Vielleicht, weil Sie mir keine Chance einräumen?«, konterte er. »Und dem Coaching komplett negativ gegenüberstehen?«

»Was wohl nach dem ersten Gespräch nachvollziehbar ist«, schlug sie zurück. »Tatsache ist: Wir finden keinen Draht zueinander. Und daher halte ich das Ganze für sinnlos. Ich werde meinem Vater sagen, dass er sich das Geld sparen kann. Und Sie sich Ihre Zeit.«

Das kann meinem Dad nur recht sein!, dachte sie. Außerdem hatte sie überhaupt keine Lust darauf, dass dieser selbstgefällige Dödel sich ihr Projekt, wenn es denn erfolgreich werden sollte, auf sein Punktekonto schrieb. Würde sie scheitern, wäre es ganz sicher nur ihre Schuld und er würde behaupten, sie hätte nicht auf ihn gehört.

Mit diesen Gedanken im Kopf richtete sie ihren Blick entschlossen auf Finn, der zu ihrer Überraschung noch immer schwieg und nach Worten suchte. Und sein Schweigen war deutlich angenehmer als das, was er bisher von sich gegeben hatte. Sie sah, wie er sich auf die Lippen biss – nicht aus Ärger, dessen war sie sich sicher, denn als er die Augen zu ihr hob, waren sie voll ambivalenter Gefühle.

»Okay, Herr Mahlström«, sagte sie daraufhin ein wenig weicher. »Vergessen wir das alles. Ich danke Ihnen für Ihre Zeit. Ich werde die Stunden, die Sie in mich investiert haben, aus eigener Tasche zahlen und meinen Vater über den Verlauf in Kenntnis setzen. Sie können gerne mit dem übrigen Personal hier weiterarbeiten. Die sind sicher sehr dankbar für Ihre Unterstützung. Auf Wiedersehen.«

Sie sah noch, wie er den Mund öffnete, um etwas zu erwidern, und klickte im selben Moment auf den roten Hörer. Klack. Und weg war.

Befriedigt atmete sie tief durch und machte sich wieder an die Arbeit.

***

Zwei Stunden später fand sie eine Nachricht in ihrem Postfach.

»Haben Sie Lust auf eine Tasse Kaffee? Ich würde mich sehr freuen. Finn Mahlström.«

Lisa drehte die Augen nach oben. »Verdammt«, murmelte sie. »Kannst du mich nicht einfach in Ruhe lassen?«

Mit fliegenden Fingern tippte sie:

»Ihr Firmensitz ist zweihundert Kilometer von hier entfernt, Herr Mahlström.«

»Ich bin in Ihrer Nähe. Mein Navi meint, nur circa zehn Minuten von Ihnen entfernt.«

Ihr stockte der Atem. Da klingelte schon ihr Telefon.

»Herr Mahlström!«, rief sie in den Hörer. »Ich muss arbeiten! Ich habe einen vollen Tag und Sie haben mich heute schon mal aufgehalten!«

»Weiß ich, das tut mir auch leid, aber … ich … also, wenn Sie Zeit für einen Kaffee hätten, wäre ich Ihnen sehr dankbar.«

»Nein, ich habe keine Zeit für Kaffee«, sagte sie genervt. »Und das ist wirklich keine Ausrede!« Gestresst sah sie auf die Uhr. »Ich habe gleich mehrere Calls und …«

»Dann Abendessen?«

»Wie bitte?«

»Abendessen. Dinner. Nach Ihren Calls.«

»Ich wollte heute eine Nachtschicht einlegen«, behauptete sie.

»Frau Kastner, bitte.«

»Herr Mahlström, wozu? Was versprechen Sie sich davon? Warum rennen Sie einem so kleinen Auftrag hinterher? Es kann Ihnen doch schnurzegal sein – Ihre Firma hat genug Kunden! Hochkarätige! Zahlungskräftigere! Imageträchtige!«

»Ja, das hat sie und daran können Sie ersehen, dass es mir nicht ums Geld geht.«

»Worum dann?«

»Sie haben mir ganz schön was um die Ohren gehauen. Das will ich nicht so stehen lassen. Vor allem nicht, weil es berechtigt ist. Ich kann es besser. Bestimmt.«

»Aber ich will das nicht«, entgegnete sie mit einem verzweifelten Blick auf die Uhr. »Mir läuft echt die Zeit davon.«

»Bitte, Frau Kastner«, sagte er wieder. »Geben Sie dem Ganzen noch eine Chance. Geben Sie mir eine Chance. Ich meine … uns.«

Sie verstand nicht, warum er so hartnäckig war, aber es imponierte ihr, dass er dranblieb und damit echtes Interesse bekundete. Oder hatte es damit zu tun, dass er jetzt wusste, wie sie aussah? Die Frau in ihr regte sich ungewollt.

»Okay«, sagte sie schließlich. »Ich gebe Ihnen noch zwei Termine. Wenn es mir nach diesen immer noch sinnlos erscheint, lassen wir es.«

»Hört sich nach einem fairen Vorschlag an«, erwiderte Finn erfreut. »Wo kann man hier gut essen? Ich buche was und hole Sie ab.«

»Nein, kein Stress. Ich komme mit dem Wagen. Wir können in Ihrem Hotel essen, das ist für Sie das Einfachste.«

»Gut. Ich suche mir eines und gebe Ihnen Bescheid. Dann 20:00 Uhr? Ich treffe Sie im Foyer. Ich freue mich! Und … danke, Frau Kastner.«

Grummelnd legte sie auf. Jetzt hatte sie sich überreden lassen! Verflixt, warum konnte sie nicht Nein sagen? Ihr nächster ruhiger Abend war beim Teufel.

✳✳✳

Noch grummeliger fuhr sie nach Hause. Gerade heute wäre sie wirklich gerne länger geblieben – sie war so im Flow gewesen! Sie hatte Flyertexte und Anschreiben entworfen, was ihr immens Freude machte, und musste nun für dieses blöde Abendessen unterbrechen. Sie hetzte nach Hause, duschte und starrte schließlich in ihren Schrank. Sweatshirts, Jeans, Strickjacken … Hemdblusen. Weiter hinten, schon lange nicht mehr benutzt, hingen ein paar Kleider. Hm … leger oder aufgedonnert? Wenn sie an Mahlström dachte, schien ihr unbedingt aufgedonnert angebracht, aber womöglich kam er in Jeans und Sneakern an den Füßen … Der meinte bestimmt, sie wolle ihn anmachen, wenn sie overdressed wäre.

Kurzerhand rief sie ihn an.

»Sie sagen jetzt aber nicht ab, oder?«, ließ er sich vernehmen.

»Nein, ich wollte nur wissen, in welchem Restaurant Sie gebucht haben, damit Sie dresscodemäßig mit mir nicht anecken.«

Er lachte – ein sympathisches Lachen, das ihre Mundwinkel unwillkürlich ebenso nach oben bog.

»Das ist nett, dass Sie daran denken. Ich habe im Gourmetteil des Hotels gebucht. Ihr Vater hat mir verraten, dass Sie keine Milchprodukte vertragen, und in einem normalen Restaurant könnte das schwierig werden. Ist das so für Sie okay?«

Wow, wie war der denn plötzlich drauf? Erst dieses Lachen und dann eine solche Ansage, die auf Feingefühl schließen ließ … Lisa war perplex.

»Natürlich ist das okay«, brachte sie hervor. »Vielen Dank, dass Sie auf meine Ernährung Rücksicht nehmen.«

»Keine Ursache. Schaffen Sie's bis acht?«

»Plus fünf Minuten«, antwortete sie, verabschiedete sich, lief noch mal ins Bad, malte ihre Augen noch ein wenig dunkler, konturierte ihre Wangen und entschied sich für ein ewig nicht mehr getragenes, schwarzes, knappes Strickkleid, zu dem ihr blondes Haar super kontrastierte. Zufrieden stieg sie dann in ihre Overknees, die sie tatsächlich abstauben musste, so lange hatte sie die nicht mehr angehabt.

Schließlich schnappte sie sich ihre Laptoptasche, stopfte ein paar Schminkutensilien hinein und verließ das Haus.

Wie immer stand Herr Rosenberg am Fenster und lugte durch seine Gardine. Lisa spürte ihn mehr, als dass sie ihn sah. Sie hatte heute seine Anrufe gar nicht abgehört! In einer plötzlichen Regung drehte sie sich um und winkte ihm. Reflexartig fuhr seine Hand nach oben und verharrte dort wie eingefroren. Sein Mund stand leicht offen. Lisa musste lächeln, winkte noch einmal, warf ihm in einem weiteren spontanen Impuls eine Kusshand zu, wandte sich um und verschwand in der Nacht.

Abrupt fiel der Vorhang vors Fenster. Herr Rosenberg war ins Zimmer zurückgetaumelt. Aber das sah sie nicht mehr.

✳✳✳

Sie kam pünktlich an, eilte ins Foyer. Suchend fuhren ihre Augen über die Sitzgruppen … ja, da war er. In einer schicken Kombi, teuren Lederschuhen und ohne irgendein Arbeitsutensil, das auf den Anlass ihres Treffens hinwies.

Galant stand er auf, als sie auf ihn zulief. Seine Augen blitzten bewundernd auf.

»Frau Kastner, wie schön, Sie persönlich zu treffen. Danke, dass Sie sich die Zeit nehmen.«

Dann wanderte sein Blick zu ihrer dicken Laptoptasche.

»Möchten Sie die an der Rezeption deponieren?«, schlug er vor, während sein Blick anerkennend über ihre Gestalt glitt. Wow, sie hatte tolle Beine und die Art, wie sie sich bewegte, sprach ihn an. Wieder sah er sie im Tutu vor sich – erst ihre Antwort riss ihn aus seinen Träumen.

»Ähm … wollten Sie nicht Zahlen haben?«, fragte sie mit gerunzelter Stirn. »Und Actionpoints? Ich bin nicht wegen des Essens hier.«

»Oh«, sagte er verdutzt. »Ich dachte, dieser Abend dient dazu, uns näherzukommen, damit wir eine Grundlage für weitere Termine haben.«

»Damit haben Sie schon mal einen von den beiden Terminen verschossen«, erwiderte sie wenig begeistert. »Mein Angebot: Sie holen ihren Laptop aus dem Zimmer und wir besprechen hier alles.«

»Meine Güte, wie sind Sie denn drauf? Ich habe doch schon den Tisch gebucht … das war doch so ausgemacht. Außerdem habe ich Hunger.«

Er zwinkerte ihr zu und Lisa wusste nicht, was sie denken sollte. Misstrauisch ging sie neben ihm her, während er krampfhaft versuchte, Konversation zu machen, und belangloses Zeug von sich gab, bis sie an ihrem Tisch saßen.

»Ist es okay, wenn ich zwei Gläser Champagner bestelle?«, fragte er sie.

»Nein«, erwiderte sie verschnupft. »Ich bleibe bei Wasser. Danke.«

Finn nickte leicht. Sein Gesicht blieb höflich, aber in ihm arbeitete es gehörig.

»Warum sind Sie so verschlossen?«, fragte er schließlich.

»Wie kommen Sie darauf? Weil ich keinen Champagner mit Ihnen trinke?«

»Nein … weil Sie so schrecklich unterkühlt sind. Begegnen Sie Ihren Mitmenschen immer so misstrauisch?«

»Ja«, schoss es aus ihr heraus. »Weil die wenigsten vertrauenswürdig sind.«

»Aber … aber das ist doch keine Art, durchs Leben zu gehen«, antwortete er und wirkte ehrlich erschüttert. »Ich meine, das macht doch keinen Spaß.«

Ihr Mund öffnete sich, um zu sagen: »Das Leben macht ja auch keinen Spaß«, als ihr bewusst wurde, dass das eine feste Einstellung von ihr war, dass sie das jeden Tag dachte und damit auch täglich etwas heraufbeschwor, was sie eigentlich gar nicht wollte. Abrupt schloss sie den Mund und starrte auf ihr Wasserglas.

Die Stimme vom Tape kam in ihren Kopf, die ihr immer noch Schauer über den Rücken jagte, allein, wenn sie daran dachte.

»Jeden Tag kannst du etwas Neues komponieren, jeden Tag etwas Neues spielen – du solltest das genießen! Denn das Leben bist du. Das Leben lebt durch dich. Life is a dance. Life is music … Halte nicht ständig nach etwas Ausschau, was dich glücklich machen soll. Sei glücklich.«

Verdammt, das hörte sich immer so toll an, aber in der Praxis war es so schwer! Sei glücklich! Sie konnte diese Empfindung so gar nicht in sich spüren – und sie konnte doch auch nicht so tun als ob!

In diesen Sekunden, in denen Finn sie fast fassungslos ansah, empfand Lisa ihre jahrelang gepflegten Barrieren zum ersten Mal nicht mehr als Schutz, sondern wie einen Baumstamm im Weg, der sie am Weiterfahren hinderte. Finn schaute sie unterdessen noch immer an, gab ihr Zeit, und seine Augen blickten ehrlich mitfühlend.

Schließlich gab sich Lisa einen Ruck.

»Ich glaube, ich hätte jetzt doch gern ein Glas Champagner«, sagte sie leise und wagte kaum, ihn anzusehen.

Ein kleines, dankbares Lächeln erschien in seinen Augenwinkeln, aber er sagte kein Wort, rief mit einer geübten Handbewegung den Ober und gab mit leiser Stimme die Bestellung auf. Der Kellner reichte ihnen bei der Gelegenheit die Karten und schweigend vertieften sie sich darin. Unauffällig lugte Finn immer wieder zu ihr hin. Er konnte sich an ihr nicht sattsehen. Sie strahlte etwas aus, was seinen Beschützerinstinkt weckte … und dauernd hatte er diese fiesen Bilder von ihr im Tutu im Kopf, die ihn wahnsinnig machten. Er war ewig dankbar gewesen, ihre Laptoptasche tragen zu können, um damit den Ausdruck seiner sexuellen Fantasien zu verbergen. Ihr Haar türmte sich auf dem Kopf zu einem Dutt, der ihren schlanken Hals nur so betonte, und er konnte nicht umhin, sich vorzustellen, wie er das Band löste und die goldenen Locken über seine Hände fielen.

Der Ober brachte ihn in die Wirklichkeit zurück und stellte zwei vor Kälte beschlagene Gläser mit prickelndem Champagner auf den Tisch.

Noch immer stumm hob Finn sein Glas. Lisa tat es ihm nach, das Kristall stieß leicht aneinander. Sie war noch immer nachdenklich und in Finns Augen glomm es auf, als er seinen Blick in den ihren senkte. Fast zaghaft bildeten sich die sympathischen Fältchen um seine Augen, bewegten sich seine Mundwinkel zu einem einladenden Lächeln nach oben. Schwach lächelte sie zurück.

»Auf das Leben«, sagte er und verursachte ihr damit eine Gänsehaut. »Oder besser gesagt darauf, dass Sie anfangen, das Leben zu genießen – mit allem, was es zu bieten hat – und dass Sie erkennen, dass das eine ganze Menge sein kann, wenn man vertraut.«

Lisa fühlte sich wie geohrfeigt. Schon wieder! Was passierte da gerade mit ihr?

»Wow«, erwiderte sie und räusperte sich. »Langer Toast. Gute Wünsche. Mögen sie wahr werden.«

»Mögen sie wahr werden«, wiederholte er. Dann lächelte er in einer Mischung aus verschmitzt und unsicher, lehnte sich ein klein wenig vor und sagte:

»Mögen Sie mir vielleicht ein wenig von sich erzählen, Frau Kastner?«

»Hatten wir das nicht schon mal?«

»Ja, aber das habe ich gründlich vermurkst. Hier ist mein ehrlich gemeinter zweiter Versuch. Und wenn ich den verhunze, lasse ich noch so viele weitere folgen, bis ich weiß, was ich falsch mache und dann hoffentlich das Richtige tue.«

»Und täglich grüßt das Murmeltier! Ob Sie so viel Zeit haben, bezweifle ich. Warum lassen Sie es nicht einfach sein?«

»Haben Sie Ihrem Vater schon gesagt, dass Sie das Coaching nicht wollen?«

»Nein, dazu hatte ich noch keine Gelegenheit. Und gerade eben sind Sie ja erst mal wieder im Spiel.«

»Dann lassen Sie uns spielen«, sagte er und wurde ein wenig rot dabei, weil sich das angesichts der Tatsache, dass sie ein attraktives Paar abgaben und er diese Tutu-Szenen im Kopf hatte, ziemlich frivol anhörte. Ihre Gedanken hingegen flogen kurz zu Nik und dann zu den Worten des Unbekannten vom Tape: Life is a play. Life is music. Der Unbekannte gewann.

»Okay«, lenkte sie daher zu Finns Überraschung ein. »Dann eröffnen Sie das Spiel – erzählen Sie was aus Ihrem Leben.«

»Gut. Was wollen Sie hören?«

»Vielleicht dass Sie Papas Sohn sind, das Unternehmen früher oder später mit dem Ziel übernehmen, nicht nur europaweit, sondern weltweit zu expandieren? Würde zu Ihnen passen.«

»So, wie Sie das sagen, klingt das ja fürchterlich! Aber ... Sie haben nicht unrecht. Ja, ich will ein weltweit agierendes Unternehmen.«

Er erzählte ausführlich von seiner Ausbildung, von den Firmen, in denen er gewesen war, seinen Auslandsaufenthalten und am Ende von dem, was er in seines Vaters Firma vorhatte.

»... und um mich von anderen abzuheben, habe ich eine ganz andere Form von Consulting mit besonderen Methoden erarbeitet.«

»Hoffentlich nicht das, was Sie bei mir angewendet haben!«

»Nein«, schmunzelte er. »Sie drehen jetzt wahrscheinlich die Augen nach oben, aber ich möchte tatsächlich den menschlichen Faktor deutlicher ins Spiel bringen, nicht nur Leistung.«

Sie lachte leicht – zum ersten Mal, seit er sie kannte – und er starrte auf ihren Mund, der sich öffnete, und stellte sich vor, wie er seine Zunge zwischen diese weichen Lippen … Herrgott noch mal – was war nur mit ihm los?

»Ja, wirkt etwas komisch«, erwiderte sie erheitert. »Und welche besonderen Methoden sind das?«

»Lassen Sie sich überraschen!«, grinste er. »Ich hoffe, Sie lassen sich darauf ein.«

»Hört sich wirklich so an, als ob ich dafür eine Menge Vertrauen bräuchte.«

»Exakt. Ich hoffe, wir kommen dem heute Abend ein wenig näher.« Er lächelte sie an. Sie lächelte nicht zurück.

»War Consulting schon immer Ihr Ding?«

»Ja, war schon in der Schule eine beschlossene Sache.«

Lisa antwortete nicht gleich. Dann fragte sie:

»Wenn … wenn es nicht gleich so klar gewesen wäre, hätten Sie es dann trotzdem gemacht? Einfach, weil Sie bei Ihrem Dad eine sichere Arbeitsstelle finden?«

»Auf gar keinen Fall«, antwortete Finn so entschieden, dass sie ihm seine Antwort ungeschminkt abnahm. »Dann wäre ich das Söhnchen in Papas Firma, der schlechter ist als dessen Leute. Ich war ja auch zuvor jahrelang woanders tätig, bevor ich mich zu diesem Schritt entschlossen habe.«

»Wie alt sind Sie, Herr Mahlström?«

»Achtunddreißig.«

Lisa nahm einen Schluck Champagner. Wie so oft war ihr Magen leer und sie merkte, dass ihr ein wenig schwindlig wurde. Oder waren es Finns Augen, die sie schwindlig machten? Sie schüttelte sich leicht. Was soll das, Lisa?, schimpfte sie sich.

»Ist Ihnen kalt?«, erkundigte sich Finn besorgt.

»Nein, bin nur müde. Im Büro ist viel los. Wir bemühen uns, die Kurve zu kriegen.«

»Wie ist das bei Ihnen, Lisa?«, fragte Finn und sie zuckte ein wenig zusammen, als er ihren Vornamen benutzte. »Warum sind Sie in der Firma Ihres Vaters gelandet?«

Ihre Lippen bebten. Eine ehrliche Antwort war wenig schmeichelhaft und sie war nicht bereit, ihre wahren Beweggründe vor Finn, dem Alles-Richtig-Macher und Alleskönner, zu offenbaren. Ein leichter Schweißfilm bildete sich auf ihrer Oberlippe. Finn registrierte das alles. Das Beben ihres Mundes, die feuchte Haut über dem Amorbogen, ihr Blick, der suchend über sein Gesicht fuhr.

»Es macht mir Spaß«, behauptete sie verschlossen. »Und jetzt besonders, weil ich endlich das tue, was ich für richtig halte.«

»Und das wäre? Und vor allem – warum haben Sie es vorher nicht getan?«

Lisa zögerte. Dann erläuterte sie ihm ihre Probleme, ohne ihre Lösung zu verraten. Sie versuchte, sachlich zu bleiben, aber der Frust drang trotzdem sehr durch, vor allem bezüglich Porno-Björn und Wiesel-Fred.

»Wow, attraktives Umfeld«, grinste Finn, aber seine Augen lachten nicht mit, sondern waren sehr nachdenklich.

»Verstehen Sie?«, sagte sie. »Einerseits soll ich den Umsatz nach oben treiben, andererseits sind mir die Hände gebunden.«

»Ja, verstehe«, erwiderte Mahlström. »Eine unglückliche Sache. Und was machen Sie jetzt anders?«

»Ich gebe den beiden klare Aufgabenstellungen und Ziele vor, aber arbeite nur mit Pierre, der superzuverlässig ist, und gute Leistung bringt. Und mit ihm hoffe ich, die Zahlen erwirtschaften zu können, die die Firma braucht.«

»Wie hoch schätzen Sie Ihre Chancen dabei ein?«

»Sehr hoch, wenn Sie mich fragen. Ich brauche nur ein wenig Zeit.«

Finn lehnte sich zurück und betrachtete sie grübelnd. Seine Augen waren dunkel.

»Ja, aber wie wollen Sie das erreichen? Haben Sie ein Konzept?«

»Natürlich habe ich das!«, rief sie. »Was denken Sie denn?«

»Darf ich das sehen?«

Lisa zögerte. Und wenn er das ihrem Vater zutrug? Bestimmt machte er das!

Finn hingegen deutete ihr Zögern anders. Sie hatte keinen Plan in der Tasche, ganz sicher nicht! Vor ein paar Stunden hatte sie ja noch klar gesagt, sie wolle ihn loswerden – weil sie nichts vorweisen konnte!

»Was ist?«, fragte er nach. »Wo ist das Problem?«

»Das Problem ist, dass das alles ein wenig komplizierter ist.« Sie fühlte sich unbehaglich.

»Aber warum wollen Sie mir Ihr Konzept nicht zeigen?«, fragte er ein wenig lauernd. »Ist es noch im Aufbau?«

Sie biss sich auf die Lippen. »Nein, es ist fertig. Wir sind ja schon bei der Umsetzung.«

Finn glaubte ihr nicht. Okay, dachte er. Da liegt also der Hund begraben! Lisa konnte ihm am Gesicht ablesen, was er dachte – und stand vor einer Entscheidung.

»Ich … Herr Mahlström, ich habe ein Konzept. Aber wenn Sie es sehen wollen, muss ich Sie um Ihr Stillschweigen bitten. Mein Vater darf nicht wissen, dass ich das tue. Er würde das nicht gutheißen. Aber da er Ihr Auftraggeber ist, würde ich Sie in eine Zwickmühle bringen, wenn ich es Ihnen zeige. Das wäre mir unangenehm.«

Schon wieder hatte sie ihn überrascht. Er antwortete nicht. Konnte nicht.

»Okay«, half sie ihm resolut aus der Zwangslage. »Angesichts dieser Umstände wäre es wirklich das Beste, das Coaching einfach zu lassen, Herr Mahlström. Ich möchte Sie nicht in Schwierigkeiten bringen.«

»Nein, nein, warten Sie«, warf er ein und es war ersichtlich, dass ihm eine Flut an Gedanken durch den Kopf ging, derer er nicht Herr wurde. »Vielleicht finden wir ja doch noch eine Lösung.«

»Die Lösung ist mein Konzept«, erwiderte sie.

Sie nahm ihre Tasche vom Boden hoch. »Dann danke ich Ihnen für das Essen, Herr Mahlström … und natürlich für Ihre Zeit. Schicken Sie mir Ihre Auslagen. Ich werde das begleichen.«

Sie hatte sich schon halb erhoben, als Finn in einer plötzlichen Regung seine Hand auf die ihre legte und sie zurückhielt. Sie sahen sich in die Augen – es war ein langer, tiefer Blick. Finn nahm ihren Mund wahr, der sich leicht überrascht öffnete, ihren Oberkörper in dem schwarzen Strick, das sich so weich an ihre Rundungen schmiegte, spürte, wie ihre Hand unter der seinen zuckte und hatte das dringende Verlangen, nicht nur das Zucken ihrer Hand unter sich spüren zu wollen.

»Zeigen Sie mir Ihr Konzept«, sagte er heiser. »Ich werde Ihrem Vater nichts darüber sagen. Versprochen. Aber ich muss wissen, ob das eine Chance hat.«

Verflixt, fuhr es ihm eine Sekunde später durch den Kopf, Finn, was tust du da? Lass sie gehen! Das ist die bessere Lösung!

Tausend Szenarien fuhren durch seinen Kopf, aber er konnte keines wirklich zu Ende denken. Lisa ließ sich langsam wieder auf ihren Stuhl sinken. Ebenso verwirrt.

»Damit … damit gebe ich Ihnen eine Waffe in die Hand«, stellte sie klar und räusperte sich. »Weil … Pierre hängt auch in der Sache drin und er braucht den Job.«

»Sie nicht?«

»Doch. Ich auch. Aber ich sitze ja auf der sicheren Seite. Mein Dad würde mich nie entlassen.«

Finns Lippen pressten sich zusammen, er schien mit sich zu ringen, worum auch immer.

»Lisa …«, sagte er schließlich mit fester Stimme. »Ich wäre wirklich froh, wenn Sie mir zeigen, dass Ihre Firma mit Ihrem Konzept eine Chance hat. Ich kann dann völlig anders agieren.«

»Okay«, sagte sie zögernd. »Ich … ich vertraue Ihnen. Ich hoffe, Sie wissen, was mir das bedeutet.«

Finn schluckte, sah ihr zu, wie sie den Laptop aus der Tasche zog und sich neben ihn setzte, damit sie beide auf den Bildschirm schauen konnten. Mit sachlichen Worten erläuterte sie ihm ein bis ins letzte Detail durchdachtes Geschäftsmodell. Finn fand nicht ein Ding, was er hätte besser machen können.

»Es ist ja echt nicht so, dass ich auf Esoterik und Spiritualität stehe, aber diese Referenten sind nun mal angesagt«, hörte er ihre Stimme dicht neben sich. »Und ich muss ja die Themen nicht mögen.«

»Aber warum mögen Sie sie nicht?«, fragte er erstaunt. »Das ist doch super!«

»Interessieren Sie sich dafür?«

»Ja«, bestätigte er. »Sehr. Es ist sogar mein Hobby. Ganz ehrlich, ich habe schwer überlegt, Psychologie zu studieren, aber das war mir dann doch zu trocken. Ich mag die fernöstliche Herangehensweise der Selbstfindung viel mehr.«

Ein warmes Gefühl breitete sich in ihr aus und sie merkte, dass Finns Antwort ihre alte Angst, wegen so etwas abgelehnt zu werden, gehörig schmälerte.

»Und das sagen Sie als Cambridge-Absolvent?«

»Ja, was denn? Ich habe einige dieser Seminare mitgemacht«, erwiderte Finn. »Und alle waren toll! Es hat immer eine Änderung zum Positiven gebracht.«

»Welche Seminare haben Sie besucht?«

Er zählte Namen auf – Referenten, hinter denen sie und Pierre gerade her waren – und berichtete enthusiastisch von seinen Erfahrungen. Hellwach geworden hörte sie zu.

»Waren es nicht Sie, der mir im ersten Gespräch an den Kopf geworfen hat, dass wir in der Wirtschaft sind und es um Profit geht?«, fragte sie erstaunt nach.

»Ja, das habe ich gesagt«, gab er zu und fuhr sich mit der Hand durch sein hellbraunes Haar. Lisa hatte sich ihm wieder gegenüber gesetzt, was er sehr bedauerte.

»Das stimmt ja auch. Aber Sie haben ganz richtig bemerkt, dass die Methoden, mit denen man das erreicht, andere sein können. Und wie vorhin erwähnt, ist das ein Thema, dem ich mich generell widme – auch in unserem Unternehmen.«

Er sah sie entschuldigend an. »Es tut mir so leid, Lisa. Ich habe mich in unserem ersten Gespräch wirklich wie der Elefant im Porzellanladen benommen.«

»Schon vergessen«, antwortete sie und ein warmes Gefühl breitete sich in ihrem ganzen Körper aus und zauberte Glanz in ihre Augen. Finn lächelte sie an und sie lächelte zum ersten Mal offen zurück: Das Eis war gebrochen. Angeregt unterhielten sie sich über ihre Ideen und er hörte interessiert und aufmerksam zu. Für Lisa war das Gespräch Balsam auf der Seele – sie hatte ja sonst niemanden, mit dem sie sich darüber austauschen konnte und allein durch das Reden sprudelten noch mehr Ideen in ihr hoch. Ihn wiederum bewegte es sehr, wie sie ihm plötzlich ihr Vertrauen schenkte – wie aufgeweckt sie war, immer mehr auftaute – und wie bezaubernd sie lächeln konnte.

»Heute habe ich Flyer entworfen«, erklärte sie eifrig. »Und Anschreiben an die Firmen. Das ist etwas, was mir wirklich Spaß macht!«

»Darf ich das auch sehen?«, fragte er, entzückt von ihrem Enthusiasmus. Die war ja richtig lebendig!

»Ja, natürlich, sehr gerne! Dann können Sie mir auch gleich sagen, ob Sie als Unternehmer darauf reagieren würden!«

Mit geröteten Wangen holte sie erneut den Rechner heraus, öffnete die Dokumente, schob ihm das Gerät hin und schaute ihn schon jetzt so erwartungsvoll an, dass er schmunzeln musste.

Finn lehnte sich zurück und fing an zu lesen. Es war einiges an Text und so ging sie auf die Toilette und machte sich noch mal frisch. Als sie zurückkam, checkte sie seine Mimik und registrierte beunruhigt, dass sich seine Stirn gerunzelt hatte – die auch gefurcht blieb, als er sich ihr wieder zuwandte. Nervös hatte Lisa derweil ihr Glas leer getrunken.

»Haben Sie das irgendwo abgeschrieben? Vorlagen verwendet?«, fragte Finn mit zusammengezogenen Brauen nach.

»Aber nein! Alles, was mit Texten zu tun hat, wird von mir erledigt.«

»Also, Lisa«, sagte er aufrichtig bewundernd. »Das ist einfach klasse! Das ist eine absolute Stärke von Ihnen!«

Ihm schien eine Idee zu kommen, denn sein Gesicht hellte sich mit einem Mal so sehr auf, dass es fast leuchtete. »Sie können unglaublich gut mit Worten umgehen – diese Schreiben sind fantastisch!«

»Findest du das wirklich?«, rutschte es ihr heraus und ihre Augen strahlten wie zwei Sterne.

»Ja, absolut! Das ist mega! Damit musst du Erfolg haben! Ich persönlich hätte in jedem Fall darauf reagiert.«

»Danke!«, strahlte sie. »Das tut gerade sehr gut, dass Sie das sagen, Herr Mahlström!«

»Waren wir nicht eben beim Du?«, fragte er zurück. »Ich meine, hätten Sie was dagegen?«

Sie wurde tiefrot.

»Wenn es das Geschäftliche nicht beeinträchtigt?«

»Ich glaube nicht, dass wir weiter geschäftlich miteinander zu tun haben werden«, erwiderte er. »Du hast ganz recht: Du kriegst das hin. Du bist auf dem richtigen Weg.«

»Das heißt, du willst nicht weitermachen?«

Ihr Herz sank – gerade jetzt, wo sie gegen ein Coaching nichts mehr einzuwenden gehabt hätte, beendete er es?

»Ich sollte nicht weitermachen«, murmelte er, mehr für sich als für sie. »Nach allem, was du mir gerade eben gesagt hast, ist es der einzige Weg, wenn du in der Firma bleiben willst.«

»Aber darum geht es doch gar nicht«, sagte sie erstaunt. »Mein Dad hat in mich investiert, er vertraut mir und ich will das zurückgeben. Hattest du den Eindruck, ich wollte gehen?«

Mit großen Augen sah sie ihn an.

»Ja, hör mal, das ist doch mehr als normal, dass du dich bei so viel Frust im Office woanders umschaust«, erwiderte er.

»In einem Tief zu gehen, ist nicht fair«, erwiderte sie.

»Das heißt, du denkst trotzdem über Alternativen nach?«

»Nicht wirklich. Zumindest jetzt noch nicht.«

Finn senkte den Blick auf seine Espressotasse. Sie hätte zu gern gewusst, was er gerade dachte, dann aber schaute er ihr fast unsicher in die Augen:

»Ich kann … Wenn du das möchtest, kann ich natürlich weitermachen«, sagte er zögernd. »Vielleicht kann ich dich noch bei dem einen oder anderen unterstützen.«

Ihr Herz klopfte heftig. Warum sagte er das? Das Geld brauchte er ganz sicher nicht!

»Welche Art von Unterstützung stellst du dir denn vor?«, wollte sie wissen.

»Ich könnte mir deinen Fred und deinen Björn mal vorknöpfen. Und danach vorsichtig mit deinem Vater reden.«

Sie lachte. »Das wäre himmlisch! Und wirklich eine große Hilfe! Wenn Dad von professioneller Seite hört, dass die beiden nichts taugen, ist er sicher einsichtiger.«

»Und du meinst wirklich, du kannst das alles vor ihm geheimhalten?«

»Ich muss«, sagte sie fest. »Papa will nur, dass die Zahlen stimmen. Vom täglichen Geschäft bekommt er wenig mit. Außerdem zahle ich ja vieles aus eigener Tasche. Es ist vor allem mein Risiko.«

Errötend strich sie eine Haarsträhne hinters Ohr und sah hoffnungsvoll zu ihm auf. Unwillkürlich musste er wieder lächeln.

»Dann … dann machst du weiter?«, hörte er sie fragen.

»Ja, ich mache mir mein eigenes Bild.«

»Und kommst du gleich morgen ins Büro, wenn du schon da bist?«

»Nein, ich fahre zurück. Ich habe kein Hotelzimmer gebucht.«

»Oh, okay, ich dachte, weil du gesagt hast, du bist in der Gegend …«

»Nein, ich bin extra wegen dir gekommen.«

»Wegen mir? Du bist wegen mir zweihundert Kilometer gefahren?«

»Wegen meines Auftrags«, verbesserte er und Lisa wurde rot.

»Und wie geht das jetzt weiter?«

»Wir bleiben in Verbindung! Ich nerve dich jetzt jeden Tag!«

»Dafür hast du Zeit? Ich mache mir ernsthaft Sorgen um deine Karriere! Musst du nicht in den nächsten Tagen die Welt retten?«

Finn lachte. »Hast du eine Ahnung, wofür ich alles Zeit habe«, schmunzelte er. »Und wegen Björn und Fred … ich liebe das Überraschungsmoment. Sag ihnen nicht, dass ich mal vorbeikomme.« Er zwinkerte ihr zu und ihr Herz fing an zu hüpfen. »Dann sehe ich nämlich gleich live, was die beiden so draufhaben.«

Sie kicherte. »Falls sie überhaupt da sind. Und vergiss nicht, Björns Chronik zu checken!«

Inzwischen standen sie im Foyer des Hotels und sie sah wieder auf diese unschuldige Art zu ihm hoch, die ihn so anmachte.

»Danke, Finn«, sagte sie warm und lächelte scheu. »Ich bin sehr froh, dass du so hartnäckig an deiner Aufgabe drangeblieben bist.«

Sie hielt ihm ihre Hand hin, er ergriff sie, zögerte. Dann beugte er sich zu ihr hinunter und hauchte ihr rechts und links zwei kleine Küsse an die Wangen. Sein Aftershave hüllte sie ein, sein Gesicht war ein wenig erhitzt, seine Körperwärme umgab sie wie ein feiner Schleier. Stumm genoss sie die Schönheit dieser Sekunde.

»Gute Nacht, Lisa«, sagte er leise. »Wir sehen uns.«

»Ja, wir sehen uns«, wiederholte sie und lächelte. »Komm gut nach Hause, Finn.«

Sie hob noch kurz die Hand, drehte sich um und ging.

Finn sah ihr nach. In seinem Kopf arbeitete es unaufhörlich.

Es war spät, als sie zurückkam, aber Rosenberg stand tatsächlich noch am Fenster. Er wirkte unruhig, ging hin und her und hatte den Vorhang halb aufgezogen. Als er sie sah, hob er abrupt die Hand. Lisa winkte zurück, legte ihre Hände aneinander und die Wange seitlich darauf, als Zeichen dafür, dass sie sich gleich schlafen legen wolle.

Rosenberg nickte und zog die Gardine wieder vor. Als Lisa in ihre Wohnung kam, stand die Anzeige des Anrufbeantworters auf Null.

Das erste Mal seit zwei Jahren.

♫ A Thousand Hues ♫

Sean Christopher

Sie war so aufgedreht wie seit Jahren nicht mehr, schwebte durch ihre Wohnung, fühlte sich beschwingt und konnte sich kaum erinnern, sich jemals so lebendig empfunden zu haben. Ja, tatsächlich, selbst in ihren besten Zeiten hatte sie sich nie so gefühlt! Da war Luft nach oben!

Ihr Blick fiel auf die grüne Mappe und die Tapes auf ihrem Sekretär. Alles hatte sich geändert, seit sie diese Stimme gehört hatte. Obwohl sie müde war, schlug sie den Hefter noch einmal auf, in der Hoffnung, den Autor dieser Texte ausfindig machen zu können.

Die Blätter darin waren nach Seminarthemen geordnet. Die ersten Seiten waren Mitschriften von den Tapes, allerdings in einer fremden Handschrift verfasst, nicht von ihrer Mutter. Marisa hatte ihre Unterlagen mit dem jeweiligen Thema und den Namen der Referenten versehen. Lisa fing an zu sortieren. Körpersprache, Heilkunde, Bachblüten ... nach einer Weile hatte sich der Stapel um zwei Drittel reduziert und sie nahm sich den kleineren Blätterstoß genauer vor. Ihre Augen überflogen die Texte, entzifferten die verblasste Schrift – und fand einzelne Aussagen, bei denen sie genau wusste, dass sie von diesem Unbekannten stammen mussten.

»Es geht nicht darum, ein Buddha zu werden, sondern wie einer zu handeln.«

»Lehnst du etwas ab, polarisierst du und schaffst Dualität. Wenn du dich mit allem, was du bist und wie du bist, annimmst, hört dein Widerstand und der Kampf gegen dich selbst auf. Das entspannt dich! Wir Menschen machen eine Religion aus etwas, das doch als wundervolles Spiel gedacht war.«

Lisa las sich fest, lächelte bei jedem Satz und fühlte sich noch beschwingter als zuvor. Dieser Mensch war einfach magisch! Er musste verschiedene Vorträge gehalten haben – oder war das aus Büchern exzerpiert?

Sie wollte gerade ihrer Mutter eine WhatsApp-Nachricht schreiben, als sie auf eine Randnotiz traf, die ihr weiterhalf.

»Aus ›Zen und Bewusstsein««, stand da. »Seite 108.«

Zen und Bewusstsein! Ein Buch! Sie klappte ihren Rechner hoch und gab den Titel ein. Das Buch erschien, ein Titel, der vergriffen war und von dem es nur noch teure, gebrauchte Exemplare gab.

Autor: Alan Reeds.

Alan Reeds. Das sagte ihr gar nichts. Gespannt gab sie seinen Namen in die Suchleiste ein – und fiel fast um, als sie ihn sah. Ein großer, junger Mann blickte ihr entgegen, der sie heftigst an Humphrey Bogart erinnerte. Aber es gab nur wenige Fotos von ihm, nur welche in jungen Jahren, keines, das ihn zeigte, wie er jetzt aussah.

Wikipedia verriet ihr, dass Reeds gebürtiger Brite war und heute fünfundfünfzig Jahre zählte. Neben seinem Namen, so stellte Lisa aufgeregt fest, befand sich kein schwarzes Kreuzchen. Er lebte noch irgendwo auf dieser Welt! Vor etwa dreißig Jahren war er einer der gefragtesten Redner überhaupt gewesen, hatte Seminare gefüllt und Welttouren absolviert. Dann aber hatte er sich schlagartig aus der Öffentlichkeit zurückgezogen und war komplett untergetaucht.

»Reeds verließ die Rednerbühne auf dem Höhepunkt seines Erfolges«, las Lisa. »Er ist verheiratet und man vermutet, dass er nach den anstrengenden Welttourneen ein ruhiges Leben bevorzugte. Besonders bekannt war Reeds für seine Intensivworkshops mit dem Titel: ›Das Leben als Tanz‹.

Obwohl Reeds mit seinen außergewöhnlichen Seminarthemen Furore machte und übermäßigen Erfolg hatte, stieg er aus, da er seiner Meinung nach zu sehr kommerzialisiert wurde. Noch heute wird das bedauert, denn viele behaupten, durch ihn Glück und Gesundheit erfahren zu haben. Die Effekte seiner Seminare wirken bei vielen heute noch nach. Sein momentaner Aufenthaltsort ist nicht bekannt. Es wird vermutet, dass er sich in den Vereinigten Staaten von Amerika niedergelassen hat.«

Lisas Gefühlsleben fuhr an diesem Abend gewaltig Achterbahn. Erst diese wunderbaren Stunden mit Finn, dann die Erkenntnis, dass die Stimme auf dem Band einem lebendigen Menschen gehörte! He was alive! Und sie hatte seinen Namen!

Alan Reeds. Sie musste ihn ausfindig machen! Irgendwie! Und wenn es das Letzte auf dieser Welt war – sie wollte diesem Mann mit dieser Stimme gegenüberstehen! Wie das gehen sollte, wusste sie nicht. Aber sie hoffte sehr, dass ihr der Zufall dabei helfen würde.

***

»Pierre!«, rief sie, als sie ins Büro kam. »Ich habe eine echt knifflige Aufgabe für dich!«

»Was, noch mehr? Mir brummt jetzt schon der Kopf«, beschwerte er sich, aber die Aktivität in der Firma tat ihm mehr als gut. Seine Erfolge am Telefon hatten ihm ein gesteigertes Selbstbewusstsein verschafft und er ließ sich von Björn und Fred nicht mehr blöd anmachen.

»Keine Sorge, das geht nebenher«, beruhigte ihn Lisa. »Wenn du mit Referenten sprichst, vor allem den englischsprachigen, frag sie doch mal, ob irgendeiner von ihnen schon mal was von Alan Reeds gehört hat. Und wenn ja, ob sie wissen, wie man ihn erreichen kann. Ich weiß nur, dass er mit großer Wahrscheinlichkeit in Amerika lebt.«

Sie steckte ihm den Namen zu und stürzte sich in die Arbeit.

Eine Stunde später hatte sie eine Nachricht von Finn in ihrem Posteingang.

»Hey, Lisa, war ein sehr schöner Abend gestern! Alles gut bei dir?«

»Alles gut«, schrieb sie mit einem Lächeln und einem kribbligen Gefühl im Bauch. »Heute gehen die von dir genehmigten Schreiben raus.«

Sie sandte einen Smiley hinterher.

»Darauf kriegst du bestimmt eine prima Resonanz! Hast du eigentlich auch anderes geschrieben? Ich meine, nicht nur Flyertexte, sondern Artikel? Essays oder so was?«

»Ja, wir haben in verschiedenen Zeitungen und Magazinen Artikel platziert.«

»Kann ich das haben?«

»Sicher. Wozu brauchst du das?«

»Für ein umfassendes Gesamtbild.«

»Ah, so«, schrieb sie verständnislos. »Und hast du schon eine Idee, wann du ins Büro kommen willst?«

»Ja, in den nächsten zwei Wochen. Ich gebe dir Bescheid, sobald ich meinen Terminkalender im Griff habe.«

»Alles klar.« Sie zögerte, dann tippte sie: »Ich muss weitermachen, Finn.«

»Nur zu! Lass dich nicht stören! Bis die Tage!«

Er schickte einen virtuellen Blumenstrauß, der ihr Herz hüpfen ließ und ihre Mundwinkel nach oben bog. Beglückt wandte sie sich wieder ihrer Arbeit zu.

✳✳✳

Wie immer stand Rosenberg am Fenster, als sie nach Hause kam. Sie winkte ihm zu, er winkte zurück. Es tat ihr leid, gerade jetzt so wenig Zeit zu haben, aber nach einem anstrengenden Tag im Büro war ihr nicht danach, ihn zum Abendessen einzuladen.

Rosenberg schien ihr das übel zu nehmen. Schon nach einer Woche fing er wieder an, sich auf die alte Tour zu beschweren, und sie konnte seiner Stimme auf dem AB anhören, dass er schwer enttäuscht war, weil kein weiterer Kontakt mehr zustande kam.

Kurz entschlossen rief sie Michael an.

»Michael, hast du mal Zeit für mich?«

»Für dich habe ich immer Zeit, meine Schöne«, erwiderte er.

»Sag das nicht so vorschnell! Ich habe ein Attentat auf dich vor.«

»Ich fürchte, für das Attentat, das ich mir wünsche, bin ich zu alt.«

»Du bist der geborene Charmeur, Michael!«, lachte sie. »Ich wollte dich übernächste Woche zum Mittagessen einladen – aber ich habe noch einen weiteren Gast.«

»Ein Sonntagsmittagessen? Wie wunderbar! Wer kommt noch?«

»Rosenberg.«

»Nein!«

»Doch. Das heißt, ich habe ihn noch nicht eingeladen, würde das aber nach deiner Zusage tun. Ich glaube, alleine ertrage ich ihn nicht.«

Sie unterrichtete ihn über ihre erste Kontaktaufnahme, die Michael zum Lachen brachte.

»Lisa, das klingt allein deswegen gut, weil du aus deinem Kokon endlich rauszukommen scheinst. Ich hoffe aber, du umgibst dich mal wieder mit Männern, mit denen du richtige Attentate verüben kannst! Ich komme natürlich! Bin schon sehr gespannt!«

Lisa lächelte versonnen, als sie auflegte. Michael war einfach einzigartig und neuen Dingen gegenüber viel aufgeschlossener als sie. Mit achtzig!

Dann klingelte sie bei Rosenberg:

»Herr Rosenberg, möchten Sie übernächsten Sonntag zu mir zum Mittagessen kommen?«

Sein Gesicht leuchtete kurz auf, um sich sofort wieder zu verdüstern.

»Mittagessen«, knurrte er. »So. Was gibt es denn?«

»Weiß ich noch nicht. Was essen Sie denn gern?«

»Ich … was ich gerne esse?« Rosenberg verstummte und starrte sie an. »Kochen Sie, was Sie für richtig halten«, schnarrte er. »Ich danke. Bis Sonntag in einer Woche, Frollein Kastner. Auf Wiedersehen.«

Rumms. Die Tür war zu. Lisa stand perplex noch eine Sekunde davor, bevor sie kopfschüttelnd wieder nach oben ging.

∗∗∗

Wenn sie abends nach Hause kam, waren sämtliche Energien verpufft. Sie war so müde, dass sie es kaum noch schaffte, mal eine Seite in einem Buch zu lesen, geschweige denn die Tapes anzuhören. Jedes Mal schlief sie dabei ein. Es waren sieben Kassetten mit je einer Stunde Laufzeit und sie zwang sich, wenigstens jeden Abend fünfzehn Minuten davon anzuhören. Das war Entspannung und Konzentration zugleich. Man konnte diesem Reeds nicht einfach so zuhören. Es gab immer einen Satz, der sie elektrisierte und den sie sich herausschrieb. Zu mehr war sie allerdings nicht in der Lage.

Obwohl sie so müde war, schlief sie oft schlecht. Zu viele Gedanken turnten in ihrem Kopf umher und sie schwitzte unglaublich. Am Morgen fühlte sie sich entsprechend gerädert und kein bisschen erholt. Das musste sie alles ändern, wenn das Gröbste geschafft war! Bis dahin musste sie sich eben mit Vitaminspritzen über Wasser halten.

Aber die Dinge wurden besser. Die Arbeit machte Sinn und – wunderbar prickelnde Wochen gingen ins Land. Finn hielt Wort. Er schrieb ihr jeden Tag Nachrichten, manchmal persönlich, manchmal geschäftlich. Er fragte nach Björn und Fred und oft genug entstand daraus ein lustiger Chat. Oder er schickte einfach kurze Mails mit Sätzen wie:

»Hab gerade ne total langweilige Sitzung und denke an unser Abendessen.«

Manchmal kam nur ein Smiley, manchmal schickte er einen Song, den er gerade mochte, er fragte nach ihren Lieblingsbüchern, empfahl ihr Artikel in Managerzeitungen, schob ihr die eine oder andere Referentenadresse zu und erkundigte sich immer nach ihrem Fortschritt.

Es waren Wochen, in denen Finn ihr immer vertrauter wurde … in denen er sich zu einem Freund entwickelte, den sie das eine oder andere Mal um Rat fragte, wenn sie vor einer Entscheidung stand. Hier zeigte sich auch eindeutig Finns Geschick und Gespür, das ihn zu einem professionellen Coach und Consultant machte. Seine Tipps waren immer fundiert und wertvoll.

»Wo hattest du diese Qualitäten das erste Mal?«, tippte sie erstaunt, als er ihr im Umgang mit einem etwas kniffligen Referenten half.

»Ich war wohl zu sehr enttäuscht, dass ich dich nicht sehen konnte«, ulkte er. »Aber by the way – ich möchte gerne meine Coaching-Methode bei dir anwenden. Darf ich?«

»???«

»Lass dich überraschen!«

Er schrieb danach nichts mehr und sie musste damit vorliebnehmen.

✳✳✳

Lisa und Pierre kamen gut voran, doch die Stimmung im Büro wurde immer mieser. Inzwischen weigerten sich Björn und Fred offen, mit ihr zu sprechen, und so schickte sie ihnen die Sollzahlen und Aufgaben für die kommende Woche per Mail, ihren Vater in cc, nur um am Wochenende festzustellen, dass die beiden nichts davon erledigt hatten. Sie versuchte, das tausendste Mal mit ihrem Vater zu reden, aber er wehrte schon nach den ersten Worten ab und sagte, er wolle davon nichts hören.

Cordula saß Gift und Galle spuckend im Büro und Lisa hatte keine Ahnung, was sie da eigentlich wollte – es rief ohnehin keiner an, aber natürlich war es ein No-Go, auch nur daran zu denken, die Personalkosten von Cordula einzusparen.

Ständig fragte ihr Vater, wie das Coaching voranginge.

»Sehr gut«, antwortete Lisa. »Herr Mahlström und ich sprechen jeden Tag miteinander.«

Herr Kastner seufzte jedes Mal tief, sah sie skeptisch an, um danach ohne ein weiteres Wort seiner Wege zu gehen. Er verhielt sich irgendwie untypisch. Sonst hatte er immer mal ein vertrauliches Gespräch angefangen, aber nun tat sich gar nichts mehr. Lisa vermutete, dass Cordula ihm zusetzte.

Es war nicht leicht, in dieser feindseligen Umgebung zu arbeiten, umso dankbarer war sie für Finns freundliche Art. Sie war überhaupt dankbar für ihn.

Es verging tatsächlich kein Tag, an dem er sich nicht wenigstens einmal meldete. Oh, es war so schön, mit ihm zu telefonieren! Obwohl er immer mit einer geschäftlichen Frage einstieg, lachten und scherzten sie miteinander und ihr Herz sprang jedes Mal vor Freude in die Höhe, wenn sie seine Nummer auf dem Display sah oder eine Nachricht im Postfach oder auf WhatsApp hatte.

»Sag mal«, fragte Lisa ihn nach einer Zeit. »Hast du mit meinem Dad geredet?«

»Nein, warum?«

»Er ist so komisch. Ganz anders als sonst.«

»Vermutlich liegt das daran, dass er mit meinem Vater telefoniert hat und der ihm klargemacht hat, er soll uns beide Mal machen lassen und sich nicht einmischen.«

»Wow, wie hat dein Papa das hingekriegt, dass sich meiner dran hält?«, fragte sie ehrlich erstaunt. »Phänomenal!«

Finn lachte, erzählte ein paar Anekdoten bezüglich der Überzeugungskraft seines Vaters.

»Apropos Überzeugung. Ich habe übrigens alle deine Artikel gelesen. Du hast Talent, Lisa. Hast du nie darüber nachgedacht, daraus was zu machen?«

»Das ist brotlose Kunst, Finn«, erwiderte sie. »Ich muss meine Miete bezahlen! Und ich muss wissen, dass mich mein Job ernähren kann. Diese Unsicherheit will ich nicht.«

»Du könntest das doch nebenher aufbauen«, schlug er vor. »Parallel zu dem, was du machst.«

»Hm ... das ist nicht so leicht. Im Moment bin ich wirklich bis zur Oberkante voll.«

»Das verstehe ich. Bin schon gespannt, was dein Vater sagen wird.«

»Und ich erst!« Sie lachte und Finn schnitt ein anderes Thema an.

Ja, sie freute sich über seine Anrufe, seine Nachrichten, seine Witze, seine Videos und Mails. Aber misstrauisch wie sie war, überfielen sie doch ab und zu fiese Gedanken, und so fragte sie ihn:

»Du siehst das Coaching ziemlich locker, was? Liegt das an mir? Ich meine, liegt das daran, dass du mich nicht ernst nimmst?«

»Wie kommst du denn darauf?«, fragte er verblüfft.

»Weil es nicht üblich ist, Witz-Videos und Memes an seine Klienten zu schicken. Und ... hm ... auf eher kumpelhafte Weise mit ihnen umzugehen.«

Er schwieg kurz.

»Stört es dich?«, wollte er wissen.

»Nein! Keine Spur! Aber du warst so zugeknöpft am Anfang und hast extrem auf geschäftlich gemacht und jetzt ...«

»Lisa, ich nehme dich ernst. Sehr ernst sogar. Ich dachte nur, dass du eben diese geschäftliche Art nicht so magst und wir beide auf diese Weise besser klarkommen. Glaub mir, ich genieße das auch sehr, dass ich so locker sein darf bei dir.«

Ihr Herz weitete sich. »Ja, das ist schön«, sagte sie warm. »Du hast recht, Finn, es ist eine viel bessere Art für mich. Du taust mich tatsächlich auf.«

Sie lachte leicht und wurde rot. Eine Pause entstand. Eine Pause, die gefüllt war mit Schmetterlingen, Bauchkribbeln und zaghafter Hoffnung.

»Bin froh, dass du es so siehst«, murmelte er, zögerte, fasste sich spürbar ein Herz und fragte:

»Erzählst du mir, was dich so hat gefrieren lassen? Warum du kein Vertrauen zu Menschen hast?«

Lisa fehlten die Worte. Stumm starrte sie auf das Kalenderblatt, das an der Wand hing.

»Das ... das ist eine sehr persönliche Frage«, erwiderte sie unsicher. »Und hat mit dem Coaching absolut nichts zu tun.«

»Ja, das ist sehr persönlich«, gab er zu. »Und du musst nicht darauf eingehen. Tut mir leid, ich hätte das nicht fragen sollen.«

»Nein, schon gut, Finn.«

Wieder entstand eine Pause, aber diesmal war sie unangenehm. Mit dem immer tauglichen Hinweis, weiterarbeiten zu müssen, legten sie auf. Lisa brauchte eine halbe Stunde, bis sie wieder konzentriert bei der Arbeit war.

✳✳✳

Am nächsten Tag meldete sich Finn zum ersten Mal nicht. Kein Anruf, keine Nachricht, nicht der kleinste Smiley landete bei ihr. Lisa spürte alten Schmerz hochsteigen und mit ihr die Panik – unwillkürlich fragte sie sich, ob sie das wollte. Registrierte, wie ihr Kopf ihr in diesem Moment ihre Rückzugstechnik schmackhaft machte, ihr Rezept, sich zu verkriechen, am Leben erst gar nicht teilzunehmen, damit es ihr nicht mehr wehtun konnte.

Aber ... das hielt sie auf Gefriertemperatur!

Sie versuchte, Alan Reeds' Worte zu leben – nicht an der Vergangenheit zu kleben, den Moment nicht davon beeinflussen zu lassen, aber das empfand sie als verdammt schwer. Life is a dance ... verdammt noch mal – sie hatte komplett verlernt, wie man tanzte! Wenn sie es denn je gewusst hatte!

Sie ließ die Finger von den Tasten gleiten und gab innerlich auf. Gab innerlich zu, dass sie sich schon nach dieser kurzen Zeit durchaus vorstellen konnte, das Spiel des Lebens zusammen mit Finn spielen zu wollen. Aber im Grunde war alles, was sie von ihm wusste, das, was man über ihn im Internet lesen konnte. Sie wusste noch nicht mal, ob er liiert war.

Drei Tage vergingen ohne jeden Kontakt, doch plötzlich stand folgende Frage auf ihrem Handy-Display:

»Was machst du am Wochenende?«

Lisa schnappte hörbar nach Luft.

»Wollte am Samstag ins Büro«, tippte sie, während ihr Herz wild klopfte.

»Bin diesmal tatsächlich geschäftlich in deiner Ecke, bei der Firma XRay. Verbinde das mit dem Besuch in eurem Büro. Aber ich würde das gesamte WE alleine im Hotel sitzen – in einer Stadt, die ich nicht kenne. Wollen wir es zusammen verbringen?«

»Oh Gott«, flüsterte sie hilflos vor dem Handy sitzend. »Was zum Teufel meint er damit?«

Bing! Und die nächste Nachricht war da.

»Was hältst du davon, wenn wir ins Kino gehen?«

Ihr Herz flammte auf.

»Kino!«, beeilte sie sich zu schreiben. »Eine grandiose Idee! Ich liebe Filme!«

»Super! Ich organisiere alles, okay?«

Diesmal war sie es, die ihn anrief.

»Finn?«, fragte sie. »Zum einen … wann beginnt bei dir das Wochenende und wann endet es?«

»Am Samstagvormittag«, antwortete er. »Bis Sonntagmorgen. Da muss ich wieder los. Ist das okay?«

»Ja, natürlich«, sagte sie. »Und zum anderen … läuft das unter geschäftlich? Ich meine unter deinem Motto: Wir kommen uns näher, damit du mich besser coachen kannst?«

Er antwortete nicht gleich. Schließlich sagte er:

»Lisa … ich … jein … das ist jetzt schwer auszudrücken. Ich … ich möchte tatsächlich meine Methode bei dir anwenden … aber das hätte ich auch vorgeschlagen, wenn es ein rein privater Termin gewesen wäre.«

»Okay«, sagte sie und wusste nicht, was sie davon halten sollte.

»Außerdem muss ich dir etwas sagen. Wobei das eher das Geschäft betrifft.«

Das hörte sich alles konfus und total wischiwaschi an – es machte sie definitiv nicht schlauer. Sie biss sich auf die Lippen.

»Lisa? Bist du noch da?«

»Ja, Finn. Bin noch da. Ich weiß nicht, was ich von all dem halten soll.«

»Kannst du es mal einfach auf dich zurollen lassen? Weil ...« Er verstummte.

»Weil?«

»Weil ich das auch tue«, erwiderte er leise. »Ich habe keine Ahnung, was dabei herauskommt.«

Sie schluckte. »Okay, Finn. Ich vertraue dir. Lassen wir es rollen. Dann ... bin ich auf deine Methode gespannt.«

»Ist nix Weltbewegendes. Kostet aber ein wenig Mut«, sagte er.

»Ich glaube, wir legen besser auf. Du verwirrst mich mit jedem Wort mehr.«

Finn lachte. »Okay, Lisa, hast recht. Wie gesagt, ich kümmere mich um alles. Bis die Tage! Ich freu mich total auf dich!«

Er ging off.

Lisa lehnte sich in ihrem Bürostuhl zurück und schloss die Augen.

Kino. Mit Finn. Abendessen! Ein Wochenende! Das war ... irgendwie ein Date!

Sie spürte das Blut in ihrem Körper pulsieren. In diesem Moment fühlte sie sich so vital, dass sie erwog, den Arzttermin abzusagen, den sie nach Feierabend vereinbart hatte. Sie brauchte keine Vitaminspritzen, sie hatte ein Wochenende mit dem Vitamincocktail schlechthin vor sich!

***

Das geplante Sonntagsmittagessen mit ihren Nachbarn wandelte sie in ein freitägliches Abendessen um und spürte, wie dieses elektrisierende Kribbeln immer stärker wurde, je näher das Wochenende kam.

Am Freitag machte sie schon am frühen Nachmittag Schluss, was ihr Vater mit Erstaunen bemerkte und Cordula Anlass zu bissigen Bemerkungen gab – aber Lisa war das egal. Sie hatte die ganze Woche mehr gearbeitet als alle anderen. Mit einem knappen Gruß verließ sie das Büro.

Ihre erste Station war der Arzt, ihr richtiger diesmal, der auch Blut abnahm, wissen wollte, wie die Spritzen gewirkt hatten, erfreut war, dass es ihr so gut ging, und den gleichen Cocktail injizierte, den die Vertretung ihr gegeben hatte. Lisa hüpfte aus dem Behandlungszimmer, kaufte ein, begann zu kochen, machte zeitgleich ihre Wohnung sauber, zündete

Duftkerzen an, schaltete eine gemütliche Beleuchtung ein und deckte den Tisch.

Pünktlich um 19:00 Uhr fanden sich Richard Rosenberg und Michael Benkert ein. Michael mit einem riesigen Blumenstrauß, während Rosenberg mit leeren Händen dastand, grätig auf den Strauß schielend, als habe Benkert den nur besorgt, um ihn zu ärgern.

»Meine Kleine!«, rief Michael freudestrahlend zur Begrüßung und umarmte sie samt dem Strauß. »Herzlichen Dank für die Einladung. Es duftet ja schon recht verführerisch. Hier! Die Blumen sind von mir und Herrn Rosenberg.«

Rosenberg zuckte kurz zusammen, als er das hörte und streckte Lisa ebenso seine knorrige Hand entgegen.

»Ich danke für die Einladung«, schnorchelte er und machte eine Bewegung, als ob er die Hacken zusammenschlagen wollte.

Lisa führte sie zum Tisch und schenkte jedem von ihnen ein Glas Sekt ein. Sie war supergut gelaunt und der Sekt öffnete sie noch mehr. Zudem war Michaels heiteres Gemüt wie immer ansteckend, und so entstand schon in den ersten Minuten eine lockere Stimmung, gegen die sich selbst der grantelnde Rosenberg nicht wehren konnte. Michael fragte nach ihrem Job und sie erzählte bereitwillig.

Rosenberg guckte verwirrt.

»Ich dachte, Ihr Herr Vater ist Arzt«, sagte er. »Kinderarzt.«

»Das ist mein Stiefvater Till«, erklärte Lisa. »Meine Mutter hat zweimal geheiratet.«

Missbilligend schnalzte Rosenberg mit der Zunge.

»Die Welt wird dekadent«, erklärte er. »Früher hatten die Eltern vier Kinder – heutzutage haben die Kinder vier Eltern!«

Perplex sahen sich Michael und Lisa an, prusteten dann laut heraus und lachten sich schief.

»Der war gut, Rosenberg!«, rief Michael. »Haben Sie noch mehr solcher Witze auf Lager?«

»Witze? Das war kein Witz, das ist die blanke Wahrheit!«, empörte sich Rosenberg völlig humorlos und kippte ein wenig zu viel Sekt nach hinten.

»Immer langsam, Herr Kollege«, ermahnte ihn Michael. »Sonst haben Sie nichts mehr von dem leckeren Abendessen, das unsere liebe Nachbarin gekocht hat.«

»Ich trinke Sie noch locker unter den Tisch«, behauptete Rosenberg steif und hielt sein Glas wie ein Gewehr an seine Brust.

Lisa kam mit dem Essen herein.

»Setzen Sie sich doch«, sagte sie freundlich. »Ich hoffe, Sie mögen, was ich gekocht habe, Herr Rosenberg. Wenn nicht, müssen Sie mir das nächste Mal einen Tipp geben.«

Sie wandte sich an Michael: »Möchtest du Wein zum Essen?«

Sprachlos verfolgte Rosenberg, wie locker die beiden miteinander umgingen. Redeten die häufiger miteinander? Nun verschwanden sie gar munter plaudernd in der Küche, als wären sie zwei Familienmitglieder, kamen mit drei Flaschen Rotwein zurück, die sie ihm unter die Nase hielten.

»Welchen bevorzugen Sie, Herr Nachbar?«, fragte Michael heiter.

»Mir egal«, schnorrte der sauer. »Ich trinke, was auf dem Tisch steht.«

»Nimm den Merlot«, schlug Lisa, an Michael gewandt, vor. »Der hat dir beim letzten Mal schon geschmeckt.«

Letztes Mal? Rosenbergs Gehirn arbeitete. Die beiden trafen sich? So etwas wie Eifersucht regte sich in ihm und er war völlig irritiert von diesem Gefühl. Mit einem Lächeln fragte ihn Lisa: »Trinken Sie ein Glas mit, Herr Rosenberg?«

»Richard«, bellte er völlig zusammenhanglos und es klang wie ein Befehl. »Ich heiße Richard!«

»Okay«, antwortete Lisa verblüfft. »Ähm … also Richard. Ja, dann …«
Sie nahm ihr Sektglas in die Hand. »Dann lassen Sie uns …«

»Du!«, fauchte er. »Ich bin Richard! Und du!«

»Okay, Richard, dann lass uns darauf anstoßen! Vielen Dank für das Du! Ich bin Lisa!«

»Ist mir bekannt. Bin ja nicht blöd. Prost!«

Sie stieß an sein Glas, das er immer noch vor die Brust hielt und keinen Zentimeter in ihre Richtung bewegt hatte. Er glotzte nur vor sich hin und erst das Geräusch der zusammenstoßenden Gläser schien ihn aus seinen Gedanken zu reißen.

»Sehr zum Wohle …! Ich danke … Lisa.«

»Zum Wohl, Richard.«

Michael stand daneben, zögerte, aber Rosenberg machte keine Anstalten, auch ihm das Du anzubieten. Lisa wusste nicht, ob sie das anregen sollte.

Rosenberg löste das Problem, indem er grantig und unhöflich zu Michael sagte:

»Und für Sie immer noch Rosenberg, Benkert.«

Michael lachte leise und deutlich amüsiert. Lisa bewunderte ihn enorm für diese souveräne Reaktion.

»Aber natürlich, Herr Amtsrat a.D.«, gluckste er. »Ich denke, das ist angemessen. Das ›Du‹ ist ja für Freunde da.«

Rosenberg zuckte zusammen und sein wässriger Blick wurde groß und weit. Er merkte, wie garstig er rüberkam und er dabei war, die Stimmung zu vermiesen, fand aber keinen Weg aus seiner Haut geschweige denn, was er tun sollte.

Michael umschiffte Rosenbergs Grobheit, indem er mit Lisa plauderte, den Rotwein entkorkte, während sie allen etwas auf den Teller legte. Sie redete vom neuen Konzept und der großen Aufgabe, der sie sich gestellt hatte – bei diesen beiden konnte sie ja sicher sein, dass nichts davon zu ihrem Vater drang. Außerdem wollte sie Rosenberg vermitteln, dass ihre Zeit gerade sehr knapp war und es nicht aus Gleichgültigkeit geschah, wenn es Wochen dauerte, bis die nächste Einladung zustande kam. Michael stellte interessierte Fragen, während Rosenberg stumm das Essen in sich hineinschaufelte.

»Im Moment bin ich hinter einem ehemaligen Redner her«, berichtete Lisa. »Er heißt Alan Reeds und muss in den 80ern ziemlich Furore gemacht haben.«

»Alan Reeds!«, rief Michael, der Multikulturelle. »Ja, der war heiß begehrt damals.«

»Du kennst ihn?«

»Ich war auf keinem seiner Seminare, leider, aber sein Name war in aller Munde. Er hat Hallen gefüllt wie der Dalai Lama heute. Seine Lehren waren wohl ziemlich progressiv für die damalige Zeit. Ist ja schon dreißig Jahre her und, wie du sagst, ist es sehr still um ihn geworden.«

»Zu still«, bestätigte Lisa. »Seine Texte sind enorm. Ich bin jedes Mal fasziniert, wenn ich ihm zuhöre, und habe mir schon so einiges herausgeschrieben.«

»Zum Beispiel?«

»Zum Beispiel, dass unser Gehirn nicht altert. Es ist in jedem Alter ausbaufähig und es stimmt absolut nicht, dass man sich im Alter nicht verändern kann. Er sagt, man denkt jeden Tag bis zu 70 000 Gedanken, aber bei den meisten Menschen kommen keine neuen hinzu. Und wenn wir jeden Tag dasselbe denken, ziehen wir damit jeden Tag dasselbe an. Wir versteinern sozusagen, dabei ist unser Gehirn das flexibelste und ausbaufähigste Organ überhaupt. Also, das gibt mir wirklich zu denken.«

»Endlich!«, rief Michael entzückt und strahlte sie an. »Ich könnte diesen Reeds dafür küssen, dass er es geschafft hat, dich aufzurütteln!«

Lisa lachte leise und sah Michael an. »Du machst das genau richtig, Michael«, meinte sie dann. »Du bist immer unterwegs. Du tust immer etwas, was du vorher noch nie getan hast. Und so bleibst du immer vital.«

Nachdenklich drehte sie ihr Glas, während Michael sie mit echter Zuneigung anlächelte und seine Hand auf die ihre legte. Rosenberg verfolgte das alles mit großen Augen und Elefantenohren.

»Ich bin letzte Woche Bus gefahren«, platzte er heraus. »Zwei Mal!«

Die beiden sahen ihn erstaunt an.

»Sehr schön, Rosenberg«, sagte Michael. »Wo ging es denn hin?«

»Nirgendwohin.«

»Und warum sind Sie dann Bus gefahren?«

»Weil ich Bus fahren kann«, stieß er hervor, unglücklich, weil er nicht ausdrücken konnte, was ihn dazu bewegt hatte und angestachelt durch den nur drei Jahre jüngeren Michael, der ein so ganz anderes Leben führte als er und der selbst in seinem vorgerückten Alter noch so tat, als wäre er ein Mann, der für so ein junges, hübsches Ding wie seine Nachbarin in Frage kam! Das war ja unerhört!

»Verehrter Herr Nachbar, das ist doch ganz wunderbar«, grinste ihn Michael schelmisch an. »Ich finde, ab fünfzig ist es unsere Pflicht, all den Blödsinn zu machen, für den wir mit zwanzig nicht den Mut hatten … zum Beispiel Bus fahren.«

Rosenberg bekam Schluckauf und starrte Michael an, nicht sicher, ob der ihn gerade kräftig verkohlte oder das ernst meinte. Er hatte das Glas Sekt ziemlich schnell hinuntergestürzt und sein Rotweinglas war auch schon halb leer.

»Ich … ich hab auch noch andere Sachen drauf!«, trumpfte er ungelenk auf. »Und als ich jung war … als ich jung war … da habe ich … da habe ich …«

»Ach, Rosenberg«, fiel ihm Michael ins Wort. »Wusste gar nicht, dass Sie es so faustdick hinter den Ohren hatten! Ja, unsere Generation konnte noch jede Menge Blödsinn treiben – und das Beste ist: Es existieren keine Handyfotos davon im Internet! Bin sicher, Sie würden ziemlich alt aussehen, wenn jemand Ihre Streiche dokumentiert hätte!«

Er kicherte über seinen eigenen Wortwitz. Lisa lachte lauthals los und lehnte sich amüsiert zurück. Die zwei waren ja wie die beiden Alten aus der Muppet Show! Und Michael war einfach göttlich! Rosenberg war bestimmt schon immer verklemmt gewesen – von wegen Streiche! Mit seinen Worten unterstellte ihm Michael eine Wesensart, die er noch nie ausgelebt hatte, und aktivierte damit so einiges in ihm.

Grummelig, aber tatsächlich angestachelt, sagte Rosenberg den Satz, den so viele Ältere sagten:

»Im Alter ist alles anders. Da geht so einiges nicht mehr. Altwerden ist nicht schön. In der Apothekenzeitschrift neulich stand, dass sich da alles zurückentwickelt und ...«

»Sie haben doch gerade gehört, was unsere Lisa gesagt hat, Richard«, unterbrach ihn Michael freundlich. »Glauben Sie doch nicht jeden Mist aus der Zeitung!«

»Immer noch Rosenberg für Sie, Benkert!«

»Also, Rosenberg, glauben Sie doch diesen Mist nicht!«

Böse starrte der ihn an, suchte eine deftige Antwort und fand keine. Wieder half ihm Michael:

»Wissen Sie, Herr Nachbar, ich hatte damals das große Glück über zwei Studien zu stolpern, die mein Leben stark beeinflusst haben.«

Rosenberg schwieg halsstarrig, aber Lisa fragte interessiert:

»Welche Studien, Michael?«

»Studien übers Altern«, antwortete Michael. »Beide wurden in den 80ern durchgeführt. In der einen Studie haben Forscher der Yale-University 23 Jahre lang 660 Menschen im Alter von 50 Jahren und älter begleitet. Sie kamen zu der Erkenntnis, dass Menschen mit einer positiven Einstellung sieben Jahre länger leben, als jene, die das Altern negativ betrachten.«

»Ich will gar nicht älter werden«, trotzte Rosenberg. »Wenn's nach mir ginge, wäre ich schon lange tot. Wer will in einer solchen Welt schon leben?«

»Ich!«, sagte Michael. »Ich lebe gern in dieser Welt.«

»Sie ist überhaupt nicht mehr so, wie sie mal war! Nicht lebenswert!«

»Dann tragen Sie was dazu bei, dass sie lebenswert wird – wenn Sie schon mal da sind«, gab Michael zurück. »Das wäre doch ein echter Lebenszweck.«

Rosenberg schnappte nach Luft wie ein Karpfen im Teich.

»Und die zweite Studie?«, fragte Lisa.

»Die ist noch interessanter!«, antwortete Michael. »In dieser wurden acht alte Männer zu einem fünftägigen Retreat in ein Kloster in der Nähe von New Hampshire eingeladen und ...«

»Retreat!«, motzte Rosenberg, um überhaupt etwas sagen zu können. »Diese schrecklichen Anglizismen! Die deutsche Sprache ist schön! Wir brauchen das nicht!«

»Herrgott, Rosenberg, Sie Trantüte! Die Studie fand nun mal in good old America statt«, seufzte Michael. »Wollen Sie das nun hören, oder nicht?«

»Nein!«, rief Rosenberg und verschränkte die Arme wie ein Trotzkind.

»Aber ich will das hören«, rief Lisa dazwischen.

»Rosenberg, sperren Sie Ihre Ohren auf«, sagte Michael zu seinem Altersgenossen. »Vielleicht geht ja noch was bei Ihnen.«

»Benkert, ich verbitte mir, dass Sie mich behandeln wie einen alten Sack!«

»Sie sind ein alter Sack!«, rief Michael amüsiert. »Und ich gebe die Hoffnung nicht auf, dass aus Ihnen noch ein lustiger alter Sack wird!«

Lisa lachte und Michael grinste breit. Rosenberg nahm sein Glas, guckte beleidigt und trank einen Schluck. Aber er sagte nichts mehr.

»Also«, setzte Michael wieder an. »Diese älteren Herrschaften hatten in diesem Seminar nur die Aufgabe, so zu tun, als ob sie wieder jung wären … zumindest zwanzig Jahre jünger, als sie tatsächlich waren.«

»Mumpitz!«, rief Rosenberg dazwischen.

»Die Studie wurde von der Harvard University organisiert«, erwähnte Michael beiläufig. »Es wurden zwei Gruppen gebildet und für beide wurde eine Umgebung geschaffen, wie sie sie aus ihrer Jugend kannten. Es gab alte Zeitungen, Poster, die entsprechenden Utensilien und Kleidung aus der alten Zeit. Die eine Gruppe sollte sich lediglich in der Umgebung aufhalten, in der sie jung gewesen waren, die zweite Gruppe wurde gebeten, sich auch so zu verhalten, als ob sie jünger wären.«

»Das ist spannend, Michael!«, rief Lisa. »Was kam raus?«

»Nach nur fünf Tagen wurden die Werte gemessen und mit denen vor ihrem Aufenthalt verglichen. In beiden Gruppen waren die Männer physiologisch jünger geworden, sowohl von der Gehirn- und Körperstruktur als auch funktional. Und bei den Teilnehmern, die sich obendrein wie Jüngere verhalten hatten, waren erheblich stärkere Verbesserungen messbar, als bei denen, die sich nur an die alte Zeit erinnert hatten. Ist das nicht unglaublich? Ich meine – diese Veränderungen geschahen binnen fünf Tagen! Diese Studie habe ich mir mein Leben lang zu Herzen genommen.«

»Schwachsinn!«, bellte Rosenberg.

»Bewiesener Schwachsinn«, sagte Lisa fasziniert. »Sie können das ja nachlesen.«

»Du!«, polterte er heraus. »Ich habe dir das Du angeboten!«

»Also ganz ehrlich, Richard«, entfuhr es Lisa. »Wenn du früher schon so garstig warst, solltest du den Versuch nicht nachahmen. Davon hätte keiner was!«

Rosenbergs Mund stand einmal mehr offen. Aber der Angriffe waren es heute zu viel gewesen. Nach Jahren gesellschaftlicher Abstinenz fühlte er sich von diesem Zusammentreffen, dem Essen, dem Alkohol und ganz sicher von dem, was sein Gehirn heute hatte aufnehmen müssen, völlig überwältigt.

Das kann ich alter Mensch nicht verarbeiten, dachte er und erschrak unwillkürlich. Wenn er das dachte, würde es wahr werden! Verflixt und zugenäht! Was hatten die zwei da nur mit ihm gemacht?

»Und da gibt es doch auch das Video von Johanna Quaas …«, warf Michael ein.

»Ja, die Frau ist erstaunlich, nicht?«, stimmte Lisa zu und Rosenberg glotzte nur noch. Wovon redeten die?

»Quaas?«, wiederholte er. »Wer ist das?«

»Ich zeige sie dir, Richard«, erwiderte Lisa, holte ihren Rechner und rief das Video von Johanna auf, einer alten Dame, die eine Übung am Barren turnte, bei der sich so manche Zwanzigjährige schwertun würde.

»Nur zur Info, Richard«, sagte Lisa zu ihm und sah ihn schelmisch von der Seite an. »Die Dame ist zweiundneunzig Jahre alt.«

»Zweiundneunzig!«, hechelte Richard und war mit den Nerven am Ende. Seine Augen wandten sich wieder der weißhaarigen Lady auf dem Video zu und Lisa klickte noch einmal auf Play. Vollkommen verdattert verfolgte er die Übung, registrierte die muskulösen Beine, und schaute automatisch auf seine eigenen, ausgemergelten Hosen. Herrgott noch mal, was war das hier? Und was tat dieser Benkert da schon wieder?

In aller Gemütsruhe schob Michael ihm einen Umschlag hin.

»Jetzt mache ich es offiziell, Lisa«, sagte er mit einem entschuldigenden Blick zu ihr. »Der Überraschungsgast, den ich dir für das Konzert angekündigt habe, ist dieser muffelige, alte Herr hier an deinem Tisch. Möge er sich bis dahin ein paar Bücher oder Tutorials reinziehen, wie sich ein Gentleman benimmt.«

»Wie … was?«, stotterte Rosenberg, völlig überfordert, und glotzte auf das cremefarbene Büttenpapier auf dem Tisch.

»Machen Sie's auf, Herr Nachbar«, forderte ihn Michael auf.

Rosenbergs Hand zitterte, als er ungeschickt den Umschlag aufriss und eine Konzertkarte in der Hand hielt. In unsäglichem Erstaunen richtete er seinen Blick auf Michael.

»Ein Konzert«, rief er verdattert und starrte das Ticket an, dessen Lettern buchstäblich vor seinen Augen tanzten. »Ein Konzert! Und ... das ist ja eine Stunde Fahrt dorthin! Wann kommen wir denn da nach Hause?«

»Sie müssen nicht Bus fahren, werter Nachbar«, schmunzelte Michael. »Lisa fährt. Und die Symphoniker sind jeden Meter wert. Ich garantiere Ihnen vollendeten Genuss. Musikalisch zumindest. Ich hoffe, Sie verderben uns dieses Vergnügen nicht mit Ihren ungebührlichen Manieren.«

»Was? Wie?« Rosenberg konnte gar nicht so schnell denken, wie Michael austeilte. Der zwinkerte Lisa zu und die hieb in die gleiche Kerbe.

»Ja, genau, Richard, bilde dir doch einfach ein, du bist dreißig Jahre jünger! Hast ja noch ein paar Tage Zeit bis zum Konzert! Du kannst bestimmt noch mehr als Bus fahren! Zum Beispiel dich in einen Smoking werfen und mit uns zum Konzert gehen.«

Rosenberg war furchtbar durcheinander.

»Smoking!«, rief er fassungslos. »Ich ... Konzert! Und abends raus!«

Mit unsäglichem Erstaunen richtete er seinen Blick auf Michael:

»Warum ... warum tun Sie das?«, fragte er heiser.

»Weil ich glaube, dass in Ihnen ein guter Kerl steckt«, antwortete Michael und in seiner Stimme war nicht der geringste Spott zu hören. »Und weil Sie aufgrund Ihres vorgerückten Alters nicht mehr so viel Zeit haben, diesen guten Kerl aus sich herauszuholen. Also, gehen Sie mit?«

Rosenbergs Unterkiefer, der während Michaels Antwort wieder mal gehörig nach unten geklappt war, schnappte hörbar wieder zu. Er blieb stumm.

»Kindchen, du hast doch ein Abendkleid, oder?«, wandte sich Michael an Lisa.

»Nein, ich muss eines kaufen. Suchst du mit mir eines aus?«

»Ich gehe mit!«, stieß Rosenberg hervor. »Ich gehe mit!«

»Fein, ich freue mich, dass Sie die Einladung annehmen.«

»Beides! Ich meine, aufs Konzert! Und Kleiderkaufen! Ich gehe mit!«

»Rosenberg, Sie haben keinerlei Geschmack, das sieht man doch!«

»Nur, weil ich nicht den ganzen Tag mit Anzug und Weste wie Sie herumlaufe, heißt das noch lange nicht, dass ich keinen Geschmack habe, Benkert!«

»Also, ehrlich, Ihren Kleiderschrank möchte ich nicht inspizieren. Haben Sie überhaupt ein sauberes Hemd, das nicht nach Mottenpulver stinkt?«

»Benkert, wenn Sie meinen, mich vor der jungen Dame hier lächerlich machen zu müssen …«

»Keineswegs, Herr Kollege, dafür bedürfen Sie nicht meiner Mithilfe. Aber das mit dem Kleiderkauf schlagen Sie sich trotzdem aus dem Kopf. Sie packen sonst unsere Lisa in eine Küchenschürze!«

»Ich bin nicht ihr Kollege! Das war ich nie und ich werde das auch nie sein und …«

Die beiden fetzten sich noch so einiges um die Ohren, Rosenberg trank dabei definitiv ein Glas über den Durst, aber am Schluss stand fest: Richard Rosenberg würde beim Shoppen dabei sein.

»Ich kann mehr als Busfahren«, wiederholte er wie ein Mantra. »Ich kann auch Kleider kaufen. Und zum Konzert gehen. Und einen Smoking anziehen. Und ich kann Bus fahren. Ich …«

»Rosenberg, halten Sie den Mund, Sie haben zu viel getrunken.«

»Benkert, ich trinke Sie immer noch unter den Tisch!«

»Ach, was! Sie sitzen ja jetzt schon drunter!«

Oh, Gott, dachte Lisa, als sie die beiden Herren so miteinander kabbeln hörte. Das kann ja heiter werden!

Das wurde es auch. Rosenberg jedenfalls war angestachelt ohne Ende.

Als die beiden Herren gegangen waren, räumte Lisa ab und brachte ihre Wohnung ein zweites Mal in Ordnung. Das Gespräch hatte einiges in ihr ausgelöst … diese Studie, von der Michael berichtet hatte, überhaupt seine Einstellung zum Leben … Lisa wurde klar, dass sie dabei war, schon mit dreißig zu vergreisen, dass sie drauf und dran war, negativ zu werden – und das wollte sie absolut nicht.

Ihr Herz wurde weit, als sie an den nächsten Tag dachte, der mit einem opulenten Frühstück und Finn begann. Wie versprochen hatte er sich um alles gekümmert, ihr den Namen des Cafés geschickt und sogar die Speisenauswahl kopiert.

Gerade traf noch eine Nachricht von ihm ein:

»Überraschungswochenende! Freu mich so sehr auf dich!«

Lisa war selig. Da freute sich jemand auf sie! Wie lange war das her? Immer wieder versuchte sie sich klarzumachen, dass sie in einer geschäftlichen Beziehung standen. Es gelang ihr kein bisschen. Ging man mit einem Klienten frühstücken? Und ins Kino?

♫ Give In To Me ♫

Michael Jackson

Finn sah traumhaft aus. Er wirkte völlig entspannt, trug Jeans, ein Rippenshirt, Sneaker und seinen Drei-Tage-Bart. Seine grauen Augen leuchteten und seine Freude, sie zu sehen, konnte aufrichtiger nicht sein. Spontan öffnete er seine Arme, als sie strahlend auf ihn zusegelte.

Lisa konnte es nicht fassen – da lag sie an der Brust ihres attraktiven Coaches … für eine, zwei, knapp drei köstliche Sekunden und fühlte seine Arme um sich. Dann trennten sie sich wieder und er schaute leicht verlegen auf sie hinunter.

»Das war jetzt so nicht geplant«, sagte er. »Fängt ja gut an.«

Sie lachte ein wenig. Wusste nicht recht, was sie darauf antworten sollte. Dass sie froh war, dass er seine Planung gerade über den Haufen geworfen hatte und hoffte, dass es so weitergehen würde?

»Dir kann man so ziemlich alles, was du denkst, vom Gesicht ablesen«, sagte Finn in diesem Moment zu ihr und sie wurde flammend rot, sah kurz nach unten und erwiderte mit einem leicht schelmischen Lächeln:

»Wäre nicht das erste Mal, dass du dich täuschst, Finn.«

In Finns Augen kam ein Ausdruck, den sie nicht zu deuten wagte. War das Zärtlichkeit? Im Augenwinkel sah sie, wie seine Hand zuckte. Hatte er ihr übers Gesicht streichen wollen? Er wirkte irgendwie … ja, gerührt. Um die Situation zu entschärfen, nahm er ihr die Jacke ab und hängte sie an die Garderobe.

Schon die ersten Minuten hatten Lisa aus dem Konzept gebracht, rüttelten an ihrem Vorhaben, bloß keine vorschnellen Schlüsse zu ziehen … aber warum sah er sie so an? Sie fühlte sich nackt unter seinen Augen und es störte sie noch nicht einmal. Im Gegenteil, es weckte alle Sinne in ihr.

»Wie war dein Tag gestern?«, fragte er, als er sich setzte.

»Oh, gut, wir kommen voran und abends hatte ich ein Abendessen mit Statler und Waldorf. Göttlich, sag ich dir!«

»Statler und Waldorf? Die zwei aus der Muppet Show?«

»Exakt!«

Sie lachte leicht, als sie an Michael und Richard dachte, und berichtete in Auszügen, was gestern abgelaufen war.

»Ein einziger Slapstick«, kicherte sie. »Der alte Rosenberg ist eine Nummer für sich. Und Michael ist besser drauf als so mancher

Dreißigjährige. Daraus könnte man echt einen Roman machen. Die zwei sind eine wahre Inspirationsquelle.«

»Ja, dann mach doch!«, forderte Finn sie auf. »Ich finde sowieso, dass das Schreiben dein wahres Talent ist.«

»Aber in meinem Job bin ich doch auch nicht schlecht!«

»Nein, bist du nicht, aber wenn ich deine Texte lese … ehrlich, Lisa, Schreiben ist was Subtiles. Man kann schreiben und man kann schreiben. Das eine klingt, das andere nicht. Bei dir klingt's dauernd!«

»Oh … danke«, erwiderte sie errötend. »Und das hast du aus den paar Artikeln herauslesen können?«

»Da braucht es nicht viel dazu. Ich bin Coach. Menschen sind mein Hobby.«

Er grinste charmant.

»Okay, bedeutet das, du hast schon ein Resümee bezüglich unserer Situation gezogen?«

»Jein, das werde ich ziehen, wenn ich in eurem Büro war.«

»Und …«, sie biss sich auf die Lippen. Er hatte so gut wie gar nichts von sich erzählt. Trotz der bereits erlebten Nähe hatten sie das Private bisher komplett ausgeklammert. Er war ihr Coach – es schien ihr nicht richtig, in diese Richtung vorzustoßen.

»Was hast du heute vor?«, fragte sie stattdessen.

»Erst mal gemütlich bis Mittag frühstücken, dann ein langer Verdauungsspaziergang. Du kennst doch sicher ein paar Wege? Danach Kino, dann Abendessen.«

»Klingt super«, strahlte sie. »Und am Sonntag musst du schon wieder los?«

»Ich kann nur bis zum Vormittag bleiben, aber da habe ich auch was mit dir vor. Da geht es ans Eingemachte!«

»Uh, klingt gefährlich«, lachte sie. »Was wird das?«

»Der Mutmach-Tag.«

»Der Mutmach-Tag! Ist das deine spezielle Coaching-Methode?«

»Yep! Unter anderem!«

»Apropos erzählen«, warf sie ein. »Wolltest du mir nicht etwas sagen?! Oder habe ich da was falsch verstanden?«

»Nein, das kommt auch noch.«

»Jetzt wirkst du aber ganz schön schuldbewusst! Hast du was angestellt?«

Sie grinste auf die ihr so eigene, bezaubernde Art. »Du kannst mir alles sagen, Finn«, sagte sie verschwörerisch. »Ich gebe zu, dass ich gerade meine Meinung über deine Coaching-Qualitäten schwer überdenke.«

»Warte mal meine personalisierte Technik ab!«, sagte er vollkommen von sich überzeugt. »Die haut dich weg!«

Sie musste lachen. Lebhaft redeten sie über ihren Fortschritt im Geschäft. Wie immer scherzten sie viel miteinander, fanden von einem Thema zum nächsten, die Zeit verging wie im Flug und es war schon halb zwei, als sie zu ihrem Spaziergang aufbrachen.

Lisa wurde es ganz anders zumute, als sie Finn mit zu sich nach Hause nahm, um sich für die Wanderung umzuziehen.

Am Fenster stand Rosenberg und sie winkte ihm zu. Finn winkte ebenso und sie konnte sehen, wie dem alten Herrn einmal mehr der Unterkiefer nach unten fiel und er den Vorhang noch ein wenig weiter aufzog.

Sie beeilte sich, aus seiner Sicht zu kommen, ließ Finn eintreten und begann, einen kleinen Rucksack mit einer Thermoskanne Tee, Bechern und ein paar Müsliriegeln zu bestücken. Neugierig sah sich Finn derweil in ihrer Wohnung um, staunte darüber, wie groß und hell sie war, besah sich die Bücher in ihrem Regal und konnte, wie Michael, bei den meisten mitreden. Bei all dem blieb er auf Abstand, als sei die Umarmung zu Beginn des Tages für ihn eine Warnung gewesen. Lisa beobachtete ihn verstohlen, während sie den Rucksack schloss. Er wirkte nachdenklich.

Als sie mit Finn die Wege ging, die sie noch nie jemandem gezeigt hatte, mit ihm gemeinsam durch den dichten Wald stapfte, auf Pfaden, die kaum zu erkennen waren und die schließlich zu dem verwunschenen Weiher führten, den sie so liebte, war ihr ganz blümerant zumute. Es war so schön, mit ihm zu wandern. Finn redete und schwieg in genau den richtigen Momenten und das verband sie umso mehr.

Gentlemanlike trug er den Rucksack, hielt Äste hoch, bis Lisa an ihnen vorbei war, und reichte ihr galant seine Hand, wenn sie eine Böschung hinunterrutschten. Dennoch glitt sie einmal auf dem nassen Erdreich aus und schlitterte ihm mit einem erschrockenen Laut entgegen.

Finn fing sie auf, lachte, schwang sie herum und setzte sie sicher auf dem Trampelpfad ab.

»Meine Güte«, meinte er. »Du bist ja ein echtes Fliegengewicht!«

Sie lächelte scheu, ihre Wangen waren vom kühlen Wind gerötet, ihr blondes Haar durch die Luftfeuchtigkeit mehr gelockt als sonst und Finn hatte oft Gelegenheit, auf ihren hübschen Hintern zu starren, wenn sie vor ihm lief.

Kurze Zeit später hatten sie das kleine Gewässer erreicht und es konnte nicht nur der Wettergott sein, der in diesem Moment mitspielte, denn die Szenerie, die sich ihnen bot, war zum Niederknien schön.

Der Himmel war blau und von weißen Wolken durchzogen. Die Nachmittagssonne brach mit einem warmen Gold durch das Geäst, schien auf Blätter, auf das grüne Wasser, auf dem einige wenige Seerosen schwammen. Gräser wiegten sich leicht im Wind. Dickes, samtiges Moos lag auf Steinen und Baumrinden. Die Strahlen der Sonne veredelten alles, umkränzten jedes Mooshärchen, verwandelten jedes Grün in einen Smaragd. Selbst die Luft wirkte wie ein goldener Hauch, der über dem Wasser schwebte – zarter, lichtdurchtränkter Dunst.

Hätte Lisa diesem Weiher das Adjektiv »verwunschen« nicht schon längst gegeben – spätestens in diesem Moment hätte sie es getan. Die gesamte Kulisse war überirdisch, wie aus einem Fantasyfilm oder einem Märchen.

Andächtig setzten sie sich auf einen Baumstumpf und versanken in den Anblick. Finn neben ihr war ganz still, was sie sehr berührte. Er versuchte gar nicht erst, seinen Gefühlen verbal Ausdruck zu geben. Mit seinem Schweigen bekundete er seine Ehrfurcht vor der Schönheit der Natur und ihrer Vollkommenheit viel mehr, als jedes Wort es je hätte tun können.

In tiefer Verbundenheit saßen sie lange auf dem Baumstumpf, bis der Sonnenstand ihnen sagte, dass es Zeit war, zu gehen.

Eine Stunde später befanden sie sich im Kino und sahen sich den Film »The Greatest Showman« an, der die Magie des Nachmittags noch steigerte.

Lisa kannte den Film bereits, hatte aber Finn versichert, dass es einer jener Streifen wäre, die sie unendlich oft anschauen konnte.

»Warum hast du diesen Film ausgewählt?«, fragte sie ihn.

»Aus therapeutischen Zwecken«, gab er zurück, während er das Parkticket in den Automaten steckte. »Weil ich glaube, dass du vergessen hast, wie man träumt. Weil du vergessen hast, dass Träume wahr werden können. Oder es nie gewusst hast.«

Lisa schwieg betroffen. Finn zog das Ticket ab, fingerte das Rückgeld aus dem Schacht und sah sie an.

»Gehen wir?«

Sie nickte. Sie wusste gar nicht, wie ihr geschah. Das war alles so märchenhaft, so unsagbar schön! Sie spürte Finns Anwesenheit, roch seinen Duft, den sie mochte, und sie mochte auch sein Gesicht, sein glänzendes braunes Haar, das er nach hinten gekämmt hatte und von dem immer mal eine Strähne in sein Gesicht fiel. Sie mochte seinen Körper, seine ganze Art. Alles war so mühelos und leicht, intim ohne jede Berührung, harmonisch ohne große Worte. Lisa war schlicht verzaubert.

Von diesen Eindrücken erfüllt saßen sie nun beim Abendessen.

»Danke, Finn«, sagte sie und drückte kurz seine Hand, die auf dem Tisch lag. »Das war ein so schöner Tag. Vielen, vielen Dank dafür.«

Als er in ihre leuchtenden Augen sah, schluckte er.

»Es gibt überhaupt keine Ursache, mir zu danken, Lisa«, sagte er mit belegter Stimme. »Gar keine. Umgekehrt möchte ich mich für dein Vertrauen bedanken. Ich weiß, das ist keine leichte Übung für dich.«

Er biss sich auf die Lippen und schaute auf sein Glas, in irgendwelche Gedanken versunken, für die sie ein Königreich gegeben hätte.

»Ja, das stimmt«, sagte sie ein wenig unsicher geworden. »Aber du hast den Dank trotzdem mehr als verdient. Es war so schön und ist es noch. So etwas hatte ich lange nicht mehr. Oder eigentlich nie.«

Mit den letzten Worten war sie tiefrot geworden. Bestürzt sah er sie an. »Nie?«

»Na ja, mein Ex ... der hat eben anders getickt.«

»Und … es gab keine Männer mehr in deinem Leben seit deiner Scheidung?«, fragte er vorsichtig.

»Nein. Ich meine, es ist nicht so einfach. Nik war mein erster fester Freund und ihn habe ich geheiratet.« Wieder wurde sie flammend rot. Sie hörte sich an, wie eine Landpomeranze!

»Bin eben nicht der Typ, der sich in eine Bar setzt und sich anmachen lässt«, setzte sie verlegen hinzu. »Obwohl ich auch das versucht habe. Aber ich kam mir so doof vor! Die meisten, die mich angesprochen haben, waren Knalltüten. Oder Bubis. Oder eklig.«

Sie zögerte ein wenig. Das war der richtige Moment, auch bei ihm ein wenig vorzustoßen.

»Und du?«, wollte sie wissen. »Du bist nicht verheiratet? Oder fest liiert?«

Ihr Blick streifte seine ringlose Hand.

»Nein, wie man sieht«, lächelte er und verzog sein Gesicht zu einer gespielt verzweifelten Grimasse: »Ich bin nun mal der Typ, dem alle Mädels hinterherlaufen. Die Auswahl ist zu groß. Ich kann mich nicht entscheiden! Und obendrein habe ich so wenig Zeit.«

Es sollte witzig rüberkommen, aber das geriet komplett daneben. Eine inhaltsschwere Pause entstand.

Lisa öffnete den Mund, um etwas zu sagen, aber er kam ihr zuvor.

»Hast du noch Kontakt zu deinem Ex?«

»Nicht den geringsten. Will ich auch nicht. Er auch nicht.«

Sie verstummten beide. Lisa wollte nicht über Privates reden, er offensichtlich auch nicht, und so verlagerte sie das Thema auf das Geschäftliche.

»Sag mal, Finn«, begann sie. »Du hast erzählt, dass du Beziehungen zu einigen Referenten hast. Ich suche einen ganz bestimmten. Er heißt Alan Reeds.«

»Reeds!«, rief er erstaunt. »Wie kommst du denn auf den?«

»Du weißt, wer das ist?«

»Jeder, der sich mit den großen Fragen der Welt beschäftigt, hat von ihm gehört«, antwortete Finn. »Der Mann hat geniale Texte geschrieben! Und muss noch genialere Vorträge und Seminare gehalten haben. Den hätte ich wirklich gern mal gehört! Schade, dass er nicht mehr auftritt. Hinter dem bist du her?«

»Ja, ich habe zufällig ein paar Tapes von ihm gefunden«, erwiderte sie. »Und bin sehr fasziniert davon, wie er die Dinge darstellt. Alan ist der Erste, dem es gelingt, mir eine Brücke zur Spiritualität zu schlagen.«

»Warum hast du überhaupt so ein Problem damit?«, fragte Finn. »Bist du eine dieser Gläubigen, die außer ihrer eigenen Religion nichts akzeptieren?«

»Du liebe Zeit, nein!«, rief sie erschrocken. »Wirke ich so engstirnig auf dich?«

»Nein, du wirkst nicht engstirnig. Du wirkst verschreckt. Warum? Was ist passiert?«

Auffordernd sah Finn an und zögernd begann sie, ihm ihre Geschichte zu erzählen – und sehr, sehr verhalten ein wenig von ihrer Ehe dazu.

»Ist eigentlich dumm, da noch dran zu hängen und ich löse mich auch gerade davon ... zwangsläufig«, schloss sie mit einem schiefen Lachen. »Aber jetzt kannst du sicher eher erahnen, warum ich mein Projekt in der Firma geheimhalten muss.«

»Ja, allerdings«, erwiderte Finn. »Jetzt verstehe ich auch, warum du in dieser äußerst prekären Lage steckst.« Ernst sah er sie an.

»Wie meinst du das?«, fragte sie verblüfft. »Äußerst prekär? Hört sich gefährlich an!«

»Meine ich auch so. Denn das Leben treibt dich immer zu den Themen, die du nicht gelöst hast. Du hast bislang das Problem einfach ausgeklammert. Du wolltest Sicherheit mit deinem Mann – das ging schief. Jetzt mit dem Job. Und ironischerweise ist die einzige Chance, die Firma nach oben zu bringen, das, was du bisher so heftig vermieden hast. Da sag mal einer, dass Gott keinen Humor hat!«

Er lachte leise, was seine Worte in keiner Weise abschwächte.

»Nun willst du dich ändern. Aber dummerweise tust du das in einer Umgebung, die diesen Sprung nicht will. In einer Umgebung, die dich voll in der Vergangenheit hält, weil sie selbst in der Vergangenheit festhängt. Das ist deine Zwickmühle, Lisa: Du willst dich befreien, bist aber von Leuten umgeben, die das nicht zulassen. Das ist sozusagen dein karmischer Pool, den du ja eigentlich verlassen sollst. Da ist Ärger vorprogrammiert.«

»Wow«, sagte sie entgeistert und ein unwohles Gefühl bemächtigte sich ihrer. »Das war mal eine absolut klare Analyse. Und eine ungewöhnliche dazu.«

Sie schwieg eine Weile. »Und was ist dein Lösungsansatz?«

»Du solltest gehen. Dein Vater wird dir immer Steine in den Weg legen. Seine Frau und diese zwei Mitarbeiter auch.«

Bumm. Klarer ging's nicht. Finn beobachtete, wie es in ihr arbeitete.

»Du … du solltest schreiben«, wagte er sich behutsam vor.

»Aber Finn!«, rief sie und ihre gesamte Existenzangst stürzte aus ihren Worten und ihrem Tonfall hervor. »Ich werde verhungern!«

»Woher willst du das wissen? Du kannst ja auch als Texterin unterkommen, als Journalist, als Kolumnenschreiber. Dabei kann ich dir vielleicht sogar ein wenig helfen.«

»Komm schon, Finn, du weißt selbst, dass das kein Broterwerb ist!«

»Mal ne andere Frage, Lisa.« Finn beugte sich zu ihr vor und instinktiv war sie versucht, ihre Augen zu schließen, um seine Präsenz besser genießen zu können. Aber die Eindringlichkeit in Finns Augen ließ das nicht zu. Seine Hand hatte die ihre gefasst. »Hattest du nie den Traum, mal was ganz anderes zu machen? Zum Beispiel, ein Buch zu schreiben?«

Sie wurde blass, ließ sich nach hinten fallen und zog heftig ihre Hand aus der seinen.

»Nein«, sagte sie fest. »Nie.«

»Das glaube ich dir nicht«, antwortete er ebenso fest.

»Es stimmt aber.«

»Dann solltest du dich mit dem Gedanken schnellstmöglich befassen, Lisa.«

»Hör zu, lass mich dieses Projekt machen«, antwortete sie nervös. »Ich kann meinen Vater nicht im Stich lassen. Er hat jeden Monat in mich investiert und ich bin es ihm schuldig, dass ich ihm das mit dem entsprechenden Ergebnis vergelte. Und wenn es erst mal läuft …«

Finn machte eine abwehrende Bewegung:

»Lisa, dein Dad ist selbst für sich und sein Leben verantwortlich und du für deins. Herrgott, du bist einunddreißig! Es wird Zeit, dass du dir überlegst, was du vom Leben willst! Und du darfst ruhig hochgreifen! Wenn du zum Beispiel das Ziel hättest, eine Autorin zu sein, die vom Verkauf ihrer Bücher leben kann, dann, verdammt noch mal, tu das! Aber verkriech dich nicht dauernd in deinen Ängsten und rechtfertige es damit, deinem Vater helfen zu müssen!«

Lisa stand der Mund offen. Aber Finn war noch nicht fertig.

»Mag ja sein, dass es nicht immer darum geht, nach den allerhöchsten Sternen zu greifen, und ja, man sollte mit dem zufrieden sein, was man hat … aber du … du verneinst ja dein Leben! Du träumst nicht! Wegen ein paar engstirnigen Menschen, die es einfach nicht besser gewusst haben? Weißt du was? Das ist feige!«

Patsch, das war eine glatte Ohrfeige. Finn merkte, wie getroffen sie war.

»Finn«, versuchte sie, sich zu verteidigen. »Ich habe so viele Menschen gesehen, die nach den Sternen greifen und einfach das Zeug dazu nicht haben. Ich habe gesehen, wie sie sich jeden Tag einredeten, morgen Millionär zu sein – und nichts ist passiert. Ich will nicht so ein Traumtänzer sein!«

»Es geht nicht um blinde Motivation, wie du sie von diesen Seminaren kennst«, stellte er klar. »Es geht darum, den Mut zu haben, an sich zu glauben, den Mut zu haben, das zu tun, wozu du dich berufen fühlst, oder einfach nur den Mut zu haben, etwas spielerisch auszuprobieren. Du machst ja nicht mal das!«

Sie keuchte leicht. Seine Worte waren wie eine Abrissbirne, die permanent gegen die Mauer ihrer Seele stieß – und mit Panik spürte sie, wie sie bröckelte.

»Aber … wenn die Sterne nur für manche sind«, sagte sie erstickt. »Dann warte ich jeden Tag drauf, dass ich sie mir greifen kann, bin ewig unzufrieden, wenn es nicht so kommt, und fühle mich obendrein als Versager.«

»Das ist die Kunst«, erwiderte Finn. »Man kann sich mit dem zufrieden erklären, was man hat, und gleichzeitig nach den Sternen greifen. Verstehst du, was ich meine? Wer weiß, was du bekommst, wenn du das tust. Vielleicht bekommst du nicht den Stern, den du für dich gewollt hast, aber dafür einen anderen, den du nie bekommen hättest, hättest du nicht nach den Sternen gegriffen. Sterne gibt es überall, Lisa. Auch für dich. Such dir einen aus! Bitte! Endlich! Am besten sofort!«

Verstört sah sie ihn an. War das jetzt ein Coaching-Gespräch? Aber sie wollte weder privat noch geschäftlich so feige vor ihm dastehen! Was dachte er nur von ihr?

»Lisa«, begann er wieder. »Du hast Angst vor dem Leben – und so lebt es sich nicht gut.«

»Ich würde nicht sagen, dass ich Angst vor dem Leben habe«, gab sie mit gepresster Stimme zurück. »Ich bin lediglich vorsichtig. Das hat mich eben dieses Leben gelehrt. Und das kann nicht falsch sein.«

»Nein, du bist nicht vorsichtig. Du vermeidest das Leben«, entgegnete er. »Du hast den Mut verloren. Du vertraust keinem mehr. Du vertraust auch dir nicht. Noch nicht mal deinen gottgegebenen Fähigkeiten und Talenten.«

Lisa atmete schwer, versuchte, die Tränen zu unterdrücken. Aber es war sinnlos, da rollte schon eine ihre Wange hinunter. Und noch eine weitere hinterher. Hektisch und peinlich berührt kramte sie in ihrer Handtasche nach einem Taschentuch, fand keines, sprang auf und lief zur Toilette. Mit wild klopfendem Herzen lehnte sie sich gegen die Kabinentür und drückte Klopapier gegen die Augen.

»Scheiße«, flüsterte sie. »Scheiße!«

Sie war völlig durcheinander, hatte keine Ahnung, wie sie es schaffen sollte, sich wieder zu Finn an den Tisch zu setzen. Aber sie wollte auch nicht einfach gehen – so, wie sie es früher immer getan hatte. Wenn ihr einer blöd gekommen war, hatte sie ihn einfach sitzenlassen. Aber Finn war ihr nicht blöd gekommen. Er war ihr mit der Wahrheit gekommen. Mit einem Kloß im Hals brachte sie schließlich ihr Make-up in Ordnung, holte tief Luft, stieß die Tür auf und prallte ein wenig zurück. Finn stand an die Wand gelehnt und wartete auf sie.

»Ich glaube, auf Dessert hat jetzt keiner von uns Lust«, sagte er. »Gehen wir noch irgendwohin was trinken?«

Sie nickte. Ja, was trinken! Genau das brauchte sie jetzt. Schweigend liefen sie ein paar Meter die Straße hinunter; er legte leicht seine Hand auf ihren Rücken und dirigierte sie in die nächste Bar.

»Tut mir leid«, sagte er, als sie vor zwei Gläsern Rotwein saßen.
»Nein, bitte, dir muss gar nichts leidtun«, sagte sie. »Es ist nur so
schlimm, weil du recht hast.«

Finns Schweigen und Blick forderten sie weiter zum Reden auf. Sie
nahm einen ziemlich großen Schluck und sagte mit heiserer Stimme:
»Es … es ist wahr, dass ich niemals ein Buch schreiben wollte. Aber es
ist nicht wahr, dass ich nicht träume. Das tue ich. Das ist sogar meine
Lieblingsbeschäftigung. Ich träume. Geschichten. Theaterstücke. Filme.
Ich sehe die Szenen vor mir. Ich sehe die Menschen, die sagen, was sie
sagen sollen und wie sie es sagen sollen. Ich weiß genau, wann sie eine
Pause machen müssen … spüre die Stimmung, die den Raum durchziehen
soll, die Spannung, die Trauer oder die Liebe … ich würde so gerne
Räume mit einer Atmosphäre füllen, die die Menschen mitnimmt, bewegt,
berührt und streichelt. Aber … ich habe nicht die geringste Ahnung,
welchen Weg ich einschlagen müsste, um so etwas zu verwirklichen. Ich
habe mich nie damit befasst! Und selbst wenn … er wäre sicher steinig
und hart. Und ich bin nun mal keine zwanzig mehr. Finn, ich muss wovon
leben. So viele Künstler sind brotlos – und du weißt das.«

»Theaterstücke«, sagte Finn nachdenklich. »Wow, darauf wäre ich nie
gekommen. Stell dir mal vor, ich gehe ins Theater und auf der Leuchttafel
oben steht dein Name: Lisa Kastner … und der Name deines Stückes …«

»Ich würde sicher einen Künstlernamen annehmen«, erwiderte sie und
lächelte leicht. »Lisa … irgendwas. Etwas, das klingt.«

»Und dein Stück? Worum ginge es?«

»Um aktuelle Themen. Um alles, worüber es sich lohnt, nachzudenken.
Dabei möchte ich nicht die offensichtliche, sondern die subtile
Problematik einfangen. Und ich möchte – und daran ist es tatsächlich
bisher gescheitert –, ich möchte Antworten. So viele stilisieren das
Problem zur Kunst, zum eigentlichen Thema, und lassen die Leute damit
hängen. Ich möchte aber, dass die Menschen aus meinem Stück gehen
und Hoffnung haben. Ja, ich möchte Antworten auf die Fragen des
Lebens. Und ich finde keine. Das Dumme ist … meine Mam zum Beispiel
… die hat diese Antworten. Sie stehen in ihren spirituellen Büchern. Aber
ich konnte das nie annehmen. Es war mir einfach zu verhasst. Und wenn
ich es nicht annehme … dann nehmen es die Leute auch nicht an.«

»Eine Tragödie«, sagte Finn sehr, sehr ernst. »Das ist eine echte
Tragödie. Du weißt, wie es geht – und tust es nicht.«

»Vielleicht ist das der Anfang«, sagte sie versonnen. »Dieses Gespräch hier. Dass ich anfange, mich damit zu beschäftigen. Alan Reeds war mein Türöffner. Und du ... du schubst mich. Dafür danke ich dir.«

Sie legte kurz ihre Hand auf die seine, bevor sie fortfuhr:

»Und Reeds ... Reeds hat auch Antworten. Antworten, denen ich zuhöre. Umso mehr möchte ich ihn kennenlernen.«

»Das ist ein echter Stern, nach dem du greifst«, lächelte Finn. »Ich würde auch einiges geben, ihn persönlich zu kennen. Wer weiß, was du auf der Reise dorthin alles erlebst.«

Mit warm leuchtenden Augen sah sie ihn an. Finns Herz tat einen Ruck nach unten. Trotz ihrer Ängste war ihr Blick weich und so sonnig. Und Lisa dachte: Seine Augen sind wie zwei anthrazitfarbene Sterne, wie Meteorgestein. Ihre Blicke verschmolzen ineinander, blendeten die Außenwelt aus, ließen sie in ein schwereloses Vakuum eintreten ... in Zeitlosigkeit. Lisa sah, wie Finns Lippen leicht bebten, wie seine Hände zuckten. Er sah in diese braunen Augen, bemerkte wieder diesen ganz leichten Schweißfilm auf dem Amorbogen, der ihn so anmachte, ihre weichen Lippen, ihren schlanken Hals, ihre Brust, die sich unter dem Pulli hob und senkte ...

Ein Gast öffnete mit Schwung die Tür, kalte Luft drang in den kleinen Barraum und riss sie beide aus ihrer Versunkenheit. Finn sah auf die Uhr.

»Es ist spät«, sagte er leise. »Ich bringe dich nach Hause.«

Sie nickte, rutschte vom Barhocker und ging mit ihm nach draußen. Seine Hand zuckte schon wieder – hatte sie die ihre ergreifen wollen? Nein. Er steckte beide in seine Jackentaschen und stumm gingen sie bis zu seinem Wagen.

Zuvorkommend hielt er ihr die Tür auf, ließ sie einsteigen, startete den Motor, drehte die Heizung auf und schaltete die Sitzheizungen an. Es wurde wohlig warm im Wagen. Eine Piano-Playlist verzauberte die Stimmung mit Romantik und Sehnsucht. Lisa hatte das Gefühl, sie sei durch und durch von der Musik und Finns Gegenwart umhüllt. In der Wärme des Wagens, der perlenden Musik und ein wenig Alkohol im Blut entspannte sie völlig, wünschte sich, die Heimfahrt würde nie enden. Aber es waren nur wenige Kilometer. So schloss sie die Augen, um ihn noch ein wenig mehr zu spüren, hörte ihn atmen, das leise Rascheln seiner Kleidung, seines Hemdes, das an seiner Brust entlangglitt. Unwillkürlich seufzte sie leise, spürte seinen Blick auf ihr, hörte, wie der Wagen langsamer wurde, zum Stillstand kam, und der Motor ausgeschaltet wurde.

Lisa schlug die Augen auf. Finn drehte den Kopf zu ihr, einen schwer deutbaren Ausdruck in den Augen. Ihr beider Schweigen hing dicht im Innenraum. Sie konnte sein Herz klopfen hören – kleine, schnelle Herzschläge – und am liebsten hätte sie ihre Finger daraufgelegt.

Er hatte beide Hände am Lenkrad, starrte zur Windschutzscheibe hinaus, setzte an, um etwas zu sagen, aber schloss den Mund wieder.

Lisa nahm ihre Tasche vom Boden.

»Okay«, sagte sie. »Ich ... gehe dann mal. Nochmals vielen ...«

»Warte«, unterbrach er sie. »Ich bringe dich noch bis zur Tür.«

Er stieg aus und gemeinsam liefen sie die paar Meter zur Haustür, sahen Rosenberg trotz der vorgerückten Stunde am Fenster stehen, aber keiner von ihnen fühlte sich aufgerufen, ihm zu winken. Lisa schloss die Tür auf, wollte sich verabschieden, aber Finn ging mit ihr die Treppe hoch bis zu ihrer Wohnungstür. Dort angekommen drehte sie sich um und lehnte sich dagegen.

»Danke, Finn ...«, sagte sie noch einmal. »... für diese schönen und vor allem intensiven Stunden.«

»Keine Ursache, Lisa.« Seine Stimme war dunkel. Dunkler als sonst. »Es gibt wirklich nicht die geringste Ursache, mir zu danken.«

»Machst du Witze? Das war einer der schönsten Tage in meinem Leben!«

Sie lachte leicht, um dem Satz das Pathos zu nehmen, beugte sich ein wenig vor und wollte ihm einen Kuss auf die Wange hauchen, da riss er sie an sich. Sein Arm glitt hinter ihren Rücken, bog sie zu sich, mit der anderen Hand griff er in ihr Haar und küsste sie mit einer Leidenschaft, die alles in ihr in Flammen setzte. Seine Hände fuhren über ihren Hals, über die Schultern, landeten auf der Taille, pressten sie stärker an sich, während ihre Zungen miteinander spielten und sich liebkosten. Lisa war wie in einem Taumel. Sie fühlte sich fast bewusstlos, schwerelos, fühlte, wie seine Finger in ihrem blonden, langen Haar wühlten, ihren Kopf packten, ihren Mund auf dem seinigen hielten. Er presste sie gegen die Tür, keuchte, sie konnte seine Erregung fühlen und – Gott, es war so lange her, dass sie mit jemandem geschlafen hatte – das Feuer brach explosionsartig in ihr aus, als sie seine Härte an ihrem Unterleib spürte. Lisa war so aufgelöst, dass sie meinte, nicht mehr existent zu sein, und doch fühlte sie sich präsenter und lebendiger wie noch nie zuvor. Finns Zunge, sein Körper machten sie hemmungslos. Sie packte ihn an den Hüften, ließ ihre Hände auf seinen Po gleiten und drückte ihn fest gegen ihren Unterleib. Im selben Moment stieß er sich von ihr ab und trat einen Schritt zurück.

»Ich … Verzeih mir!«, stieß er hervor. »Das hätte nicht passieren dürfen. Du bist immer noch meine Klientin! Du …«

Er brach ab, unschlüssig, was er sagen sollte, zerrissen von seinem eigenen Empfinden. Spürbar stand er vor einer Entscheidung und Lisa beobachtete ihn mit wild klopfendem Herzen.

»Du bist meine Klientin«, wiederholte er heiser. »Es … es tut mir leid.«

»Es muss dir nicht leidtun, Finn.«

Er sah sie an, mit diesem verzweifelten Blick, den sie nicht verstand, kam wieder einen Schritt auf sie zu und verharrte vor ihr, ohne sie anzufassen.

»Alles wird gut, Lisa«, sagte er drängend und sie verstand es nicht. »Glaubst du mir das? Alles wird gut.«

»Ja, ich glaube dir, Finn. Ich vertraue dir.«

Er schenkte ihr ein schiefes Lächeln, dann drehte er sich um und lief die Treppen hinunter. Zwei Sekunden später fiel die Haustür ins Schloss. Lisas Augenlider zuckten bei dem Geräusch schmerzlich zusammen. Es war kalt ohne Finns warmen Körper und sie fröstelte. Noch immer stand sie an der Tür. Du bist meine Klientin! Alles wird gut.

Dann aber straffte sie sich. Was für ein Kuss! Er brannte nach wie vor auf ihren Lippen. Ja, alles wird gut! Hoffentlich! Ihr Handy piepste und hektisch zog sie es aus der Tasche:

»Es war ein wunderbarer Tag mit dir, Lisa. Vielen, vielen Dank! Sehe dich morgen! Ich komme um 9:30 Uhr.«

Sie überlegte gerade, ob sie etwas antworten sollte, da hörte sie ein Keuchen. Rosenberg hatte sich eine Treppenhälfte hochgequält und lugte nun durch das Geländer zu ihr nach oben.

»Frollein Lisa? Es ist alles in Ordnung?«

»Herr Rosenberg!«, rief sie leise. »Es ist doch schon so spät!«

»Richard«, verbesserte er. »Ich heiße Richard. Ist wirklich alles in Ordnung?«

Das Handy piepste erneut. Ein Smiley war eingetroffen und sie lächelte.

»Ja. Richard«, sagte sie. »Sehr sogar. Gute Nacht.«

»Gute Nacht, Frollein Lisa. Ich hoffe, der Bursche war anständig zu dir.«

»Das war er«, erwiderte sie seufzend. »Mehr als anständig!«

Und in Gedanken setzte sie hinzu: Leider.

Rosenberg nickte, drehte er sich um und humpelte wieder die Treppe hinunter. Sie wartete, bis sie das Klappen der Tür hörte, dann schloss sie auch die ihre hinter sich.

Sie hätte absolut nichts dagegen gehabt, mit Finn etwas Unanständiges zu machen.

∗∗∗

Finn saß im Auto und konnte sich nicht entschließen, loszufahren. Er war drauf und dran, noch mal an ihrer Tür zu klingeln, aber das, was er zu ihr gesagt hatte, hielt ihn zurück. Sie war seine Klientin. Noch. Irgendwann würde er den Auftrag erledigt haben und er hoffte, dass es eine elegante Lösung für all das gab.

Seine Hände hielten das Smartphone, blickten auf das Display, auf ihr Profilfoto bei WhatsApp. Er tippte drauf, vergrößerte es. Ihr scheues Lächeln sprang ihn an und ja – es war genau diese Scheu, die er mochte. Sie war so anders als das, was er gewohnt war. Finn war umgeben von geschäftstüchtigen, selbstbewussten und vor allem schlagfertigen Frauen, die genau wussten, was sie wollten, und das ohne jede Hemmung einforderten. Frauen, die ihm Befehle beim Sex erteilten und davor klar auflisteten, was sie mochten und was nicht und wie sie es haben wollten. Kaum eine ließ sich noch erkunden und erforschen, kaum eine hatte die Zeit dafür oder war sensibel genug. Alle wollten perfekten Sex, einen grandiosen Höhepunkt, den ihnen der Mann bitteschön zu verschaffen hatte – schließlich hatten sie ihm ja die komplette Gebrauchsanleitung ihrer selbst bis ins Detail geliefert. Umgekehrt waren die meisten von ihnen ebenfalls versiert und konnten eine entsprechende Gegenleistung bieten. Eigentlich perfekt – und doch so weit weg davon.

Lisas Foto lachte ihn an. Er sandte einen Smiley. Und wartete. Nichts tat sich. Okay, er würde noch eine Minute warten – und dann losfahren. Die Minute verging. Er legte das Handy auf den Beifahrersitz, startete den Wagen und fuhr langsam an. Zwei Minuten später piepste es. Sie hatte einen Umarm-Smiley zurückgeschickt, einen Mond und einen Stern mit den Worten: »Schlaf gut!«

Finn setzte den Blinker und fuhr an den Straßenrand. Sein Puls spielte verrückt. Sein Finger wischte über das Display, er suchte ein passendes Symbol, fand es, zögerte – und mit einem tiefen Atemzug und wild klopfendem Herzen drückte er den Sendepfeil.

Zeitgleich ertönte ein Signal. Sie hatte ebenso eine Nachricht geschickt.

»Was machen wir eigentlich morgen?«

»Morgen spielen wir das Mut-Spiel«, schrieb er.

»Was heißt das?«

»Erkläre ich dir morgen.«

»Und was sollte die Ballerina, die du gerade geschickt hast?«

»Hast du mal getanzt?«

»Ein paar Jahre.«

Sein Herz schlug ihm bis zum Hals. »Hast du ein Tutu?«

»Ja, warum?«

Finn biss sich auf die Lippen. Dann tippte er:

»Sag mir spontan eine Sache, für die du noch nie den Mut gefunden hast und die du gerne mal machen würdest.«

Schweigen.

Lisa starrte auf das Display. Auch ihr Blut pulsierte rasend schnell durch ihre Adern. Die Elektrizität zwischen ihnen war so hoch, dass das Knistern fast zu hören war. Was wurde das? Auf diese Frage erwartete er ganz sicher keine berufsbezogene Antwort ... oder doch? Aber die Atmosphäre, die sich zwischen ihnen ausgebreitet hatte, war so aufgeladen mit Erotik, mit Herzklopfen, Kribbeln und Spannung ... und sein Kuss ... sein Kuss hatte so viel versprochen! Lisa merkte, wie ihr Körper reagierte. Wie es zwischen ihren Beinen angenehm pochte, wie alles an ihr nach Berührung schrie ... und sich Angst abwehrend dazwischendrängen wollte. Mach dich nicht lächerlich!, warnte sie sie. Du hast dich oft genug getäuscht!

»Ich hatte noch nie den Mut, einen Joint zu rauchen«, schrieb sie vorsichtig. »Und du?«

Seine Antwort kam ziemlich schnell.

»Ich hatte noch nie den Mut, eine Frau zu bitten, ein Tutu für mich anzuziehen.«

Uff, das war konkret. Lisa wurde es heiß und instinktiv, mit dem Handy in der Hand, öffnete sie ihren Schrank, zog den weißen, mit Strasssteinen bestickten, kurzen Rock heraus, hängte ihn ans Regal und setzte sich aufs Bett.

»Ich hatte noch nie den Mut, Dummheiten zu machen«, schrieb sie. »Weil die Angst vor den Konsequenzen zu groß ist.«

Dann machte sie ein Foto vom Tüllrock und schickte es ihm. Ihr Herz vollführte Purzelbäume, ihr ganzer Körper vibrierte.

»Ziehst du es an?«

»War wohl schon dumm, dir das Foto zu schicken. Was geht gerade in dir vor?«

»Was geht in dir vor?«

Sie antwortete nicht.

»Ziehst du es an?«, schrieb er wieder.

»Ich habe es an.«

Finn warf das Handy auf den Beifahrersitz und fuhr zurück. Innerhalb von vier Minuten stand er vor ihrer Tür, die sie angelehnt hatte, damit er nicht klingeln musste.

Lisa wusste nicht, wie ihr geschah. Ihr wurde schwindlig, als sie seinen Wagen vorfahren hörte und das Schwächegefühl in ihrem Körper verstärkte sich. Als sie sich selbst im Spiegel betrachtete, traf sie ein weiterer Stromschlag. Sie war barfuß, trug einen weißen Spitzen-BH als Oberteil, das Tutu glitzerte verführerisch, betonte ihre Beine, die matt im Kerzenlicht schimmerten. Auf dem Tisch stand eine geöffnete Flasche Sekt, sie hatte die Gläser vergessen, und als sie Finn an der Haustür hörte, packte sie instinktiv die Flasche und trank einen gehörigen Schluck daraus.

Das war das Bild, das sich Finn bot: eine barfüßige Ballerina mit der Flasche in der Hand. Das Satinband des Tutus glänzte an ihrer schmalen Taille, das blonde Haar fiel ihr in den Rücken und ihre Hände zitterten. Eine Welle der unterschiedlichsten Gefühle durchflutete ihn. Er ging auf sie zu, nahm die Flasche, stellte sie auf den Tisch, fuhr mit seinen Händen unter den Tüll und atmete tief ein, als er darunter nackte Haut spürte. Unwillkürlich seufzte Lisa auf, als sich seine warmen Hände um ihre Pobacken schlossen.

Finn erregte dieses Bild von ihr unglaublich. Er umfasste ihr Gesicht, ließ seine Hände sanft in ihr langes Haar gleiten, bog ihren Kopf zurück und küsste sie. Wieder spürte sie sein Glied an ihrem Unterleib, durch die vielen Lagen des Tülls hindurch, fühlte, wie warmer Honig durch ihren Körper rann, wie Finns raue Stimme Wellen von Lust durch ihr Ohr schickte, vom Gehörgang bis hinunter zu ihrer Lendenwirbelsäule … als er sie küsste, auf den Mund, ins Gesicht und dazwischen raunte:

»Hast du den Mut, mit mir Dummheiten zu machen?«

»Für die Frage ist es zu spät«, wisperte sie zurück und stöhnte auf, weil seine Finger den vorderen Teil ihres Unterleibs ertasteten. Finn keuchte ebenso auf: Sie war feucht, sie war nass und sie hatte einen göttlichen, kleinen Po. Die Leidenschaft brach wie eine Riesenwelle über ihn ein, die er in einen leidenschaftlichen Kuss kanalisierte. Er packte sie, setzte sie auf den Tisch, stellte sich zwischen ihre Beine, seine Hände strichen über ihren Rücken, sein Mund fuhr fordernd an ihrem Hals, an ihrem Ohr entlang:

»Lisa, bitte … vertrau mir. Ich tu dir nicht weh … vertrau mir … tust du das?«

Sie zuckte zusammen, nickte, aber bekam trotzdem Angst; er sah es in ihrem Blick und seine Erregung wuchs noch mehr, als er spürte, wie sie leicht in seinen Armen zitterte, wie sie wieder diesen feuchten Film auf der Oberlippe bekam und der Schweiß schließlich an ihrem ganzen Körper ausbrach.

Zart und doch fordernd küsste er sie, verteilte seine Küsse auf ihrem Körper. Erst als er merkte, dass sie weicher wurde, schob er ihr Becken an die Kante des Tisches und ging auf die Knie. Lisa war völlig überrumpelt von dem, was er da tat – und wie er es tat. Das, was Finn da machte, hatte nichts, aber auch gar nichts mit dem groben Missionarssex zu tun, den sie mit Nik erlebt hatte. Er peitschte sie innerhalb von Minuten so auf, dass sie instinktiv die Beine zusammenklemmte, um nicht zu früh zum Höhepunkt zu kommen. Stöhnend, zitternd saß sie auf dem Tisch, mit verschleiertem Blick, in diesem weißen Tutu, und als Finn das sah, schoss noch mehr Blut in seinen Unterleib.

Er stand auf, sah sich um, nahm eine Kordel vom Vorhang, hob Lisa vom Tisch und trug sie ins Schlafzimmer. Sanft legte er sie aufs Bett, aber ihr wurde unheimlich zumute, als er ihr die Hände band, und angstvoll flüsterte sie:

»Finn … ich weiß nicht, ob ich das will!«

Sein Gesicht war dicht vor dem ihren. Sanfte kleine Küsse landeten auf ihren Augenlidern und er flüsterte: »Hab den Mut, Lisa … bitte … ich höre auf, wenn du es nicht magst, okay?«

Sie zitterte erneut, kauerte sich instinktiv zusammen, statt sich lasziv auszudehnen, wie er es sonst von Frauen kannte. Finn kam gar nicht schnell genug aus seinen Klamotten heraus, so sehr erregte ihn dieser Anblick, die gefesselte Ballerina, diese großen Augen, die das Männliche in ihm nur so herausforderten und ihm das Gefühl gaben, sie auf jede erdenkliche Weise besitzen zu müssen.

Stumm bog er ihre Arme nach oben und zog die Schlaufe über einen Bettpfosten. Lisa keuchte, mit dieser Bewegung brachen alte Ängste auf, Erinnerungen und Schmerz. Zeitgleich loderte die Lust in ihr und sie befand sich in einem nie gekannten Wechselspiel zwischen diesen beiden Empfindungen, wusste nicht, was sie davon halten sollte, beobachtete, wie Finn an ihre Kommode ging, ein Halstuch holte und damit zum Bett zurückkam. Oh mein Gott, was hatte er vor? Die Nächte mit Nik schossen ihr in den Kopf – das wollte sie nicht wieder!

»Hey, Finn«, wisperte sie und versuchte, ihre Hände freizubekommen. »Lass das lieber ... ich ...«

»Schschsch«, machte er und strich sanft über ihren Körper. »Ich tue dir nicht weh, ich verspreche es. Und wenn doch, dann sag es mir.«

Diese Worte beruhigten sie kein bisschen und erneut winkelte sie ihre Beine an, versuchte, ans Kopfteil hochzurutschen, um die Schlinge vom Bettpfosten zu ziehen.

Aber Finn zog sie wieder nach unten, legte sich neben sie, zwang sie, sich auszustrecken, gab ihr seine Körperwärme und wartete, bis sie sich beruhigt hatte. Ihr Herz schlug so heftig, dass es an seinem Brustkorb pochte, was seine Glut noch mehr anfachte. Lisa spürte, wie erregt er war, spürte sein erigiertes Glied an ihrem Unterleib, die weiche, samtige Haut an der Spitze und konnte nicht verhindern, allein von dieser Berührung die wildesten Fantasien in ihren Kopf zu bekommen. Oh, wie gern hätte sie jetzt ihre Hände gebraucht! Sie wollte ihn umfassen, seinen Körper erkunden, sehen, wie sein Becken sich bewegte, seine Muskeln sich anspannten, ihn stöhnen hören. Ein Laut entfuhr ihr, als sie sich das alles vorstellte. Zart knabberte Finn an ihrem Ohr, hauchte seinen Atem an ihrer Halsschlagader entlang, mit leicht geöffnetem Mund, bis sie sich ihm entgegen bäumte und er seinen Arm unter ihren schmalen Rücken schlang.

Lisa befand sich in einem für sie noch nie erlebten Delirium. Sie hatte Angst und war dennoch wahnsinnig erregt. Er war sanft und doch glaubte sie jeden Augenblick, er falle über sie her, würde sie beißen, ihr wehtun. Aber sein Mund hauchte weiter über ihre Haut, über die Spitze ihres BHs, drang an ihre Brustwarze, pustete heiße Luft durch den Stoff. Ein Stöhnen entrang sich ihr, das er mit einem Kuss auffing, einem Kuss, der ihm sagte, wie bereit sie war, wie sehr sie brannte. Ihre Lippen waren halb offen, sie keuchte, als er sich von ihr löste. Er drehte sie leicht, öffnete den Verschluss des BHs, schob das Teil nach oben und setzte seine Reise mit dem Mund fort. Lisa hätte am liebsten vor Lust geschrien. Ihr Körper wand sich unter seinen Liebkosungen, trotzdem befand sie sich in Habachtstellung, hatte die Angst sie immer noch nicht ganz verlassen. Sie spürte, wie diese Angst die Lust in Finn entfesselte, spürte die Gefahr darin und verkrampfte sich immer wieder.

»Lass dich fallen, Lisa«, hörte sie ihn murmeln. »Ich tu dir nicht weh.«

Warum betonte er das dauernd? Um ihr trotzdem wehzutun? Ein Atemstoß entfuhr ihr, als er mit seinem Mund zwischen ihren Beinen war, sie wollte sich aufrichten, wollte ihn berühren, aber die Fesseln verhinderten es und heraus kam eine wilde Geste, in der sie Finn ihren Oberkörper entgegendrängte. Er nahm ihre Brustwarze in den Mund, saugte, lutschte, knabberte, biss sie leicht und ein erneuter Schweißfilm breitete sich über ihren gesamten Körper aus. Finn nahm das Halstuch und band ihr die Augen zu.

»Oh ... bitte, Finn«, flüsterte sie entsetzt. »Ich ... bitte ...«

Wieder küsste, streichelte er sie, bis er merkte, wie die Lust wieder über die Angst siegte ... bis sie sich wieder vor Verlangen wand. Finns Leidenschaft erreichte ein Höchstmaß, als er ihre Bewegungen sah, in diesem Tutu, das blonde Haar, die verbundenen Augen – alles in ihm brannte und loderte. Geschickt löste er die Schlaufe vom Bettpfosten, drehte sie um, schlang seinen Arm um ihre Mitte, hob sie auf die Knie und nahm sie von hinten. Das weiße Satinband des Tutus leuchtete im Mondlicht, ihr Po blitzte unter dem Tüll hervor und Finn glühte vor Lust und vor Verlangen; dieser Anblick schickte einen Blutstrom nach dem anderen in seinen Unterleib und er tauchte ein in diesen Sinnenrausch, fühlte diese heiße, feuchte Öffnung, hörte sie leise stöhnen und seufzen, gab ihr Zeit, genoss es, verharrte, liebkoste sie, bis sich ihr süßer Po mit diesem Tutu wieder bewegte, göttlich bewegte, auf eine Weise bewegte, die ihn zum Wahnsinn trieb, die ihn spüren ließ, dass sie nicht nur mitmachte, sondern sogar seinen Rhythmus beschleunigte, dass sie wild wurde, so wild, dass sie innerhalb von Minuten kurz vor dem Höhepunkt stand.

Lisa sah nichts. Sie fühlte nur. In diesen Minuten hatte sie jede Angst verloren, gab sie sich ihm völlig hin, wurde völlig hemmungslos. Und das war so erfüllend, so atemberaubend, dass sie schon fast mit seinen ersten Stößen gekommen wäre. Aber nun konnte sie sich nicht mehr beherrschen. Finn merkte es, streichelte sie zusätzlich an ihren erogenen Zonen und fühlte ein tiefes, nie gekanntes Glück, als sie unter ihm erbebte und zuckte, als er ihr Klagen und Stöhnen hörte, er sie halten musste, weil ihr Körper von der Ekstase erschüttert wurde und sie damit zeitgleich einen Höhepunkt für ihn herbeiführte, der ihn kurz nach ihr ins Unendliche schoss.

Sie brauchten beide Zeit, um sich zu beruhigen, aber schließlich löste er die Kordel von ihren Händen. Weich und völlig losgelöst sank sie aufs Bett. Dann zog er das Tuch von ihrem Gesicht. Seine anthrazitgrauen Augen suchten die ihren, überwältigt von der Intensität dieser Begegnung. Ihr Blick war noch immer verschwommen und er konnte sich an der fast nackten Ballerina auf dem Bett nicht sattsehen. Langsam kam auch sie in die Wirklichkeit zurück und streifte das Tutu ab.

»Kratzt.« Sie lächelte leicht. Scheu zog sie die Bettdecke über sie beide. Finn nahm sie in den Arm.

»Das war so schön«, wisperte er und drückte sie an sich. »Lisa, so schön!«

Sie kuschelte sich an ihn und seufzte wohlig, ihre Hände strichen über seinen Brustkorb. Andächtig küsste sie ihn auf den Mund, legte ihren Kopf auf seine Brust und schlief ein. Es war ein wunderbares Gefühl. Wunderbar für sie. Wunderbar für ihn. Tief bewegt drückte Finn seine schlafende Ballerina an sich, bis in die letzte Zelle erfüllt von diesem Erlebnis.

Ein wenig später wachte sie auf, weil er mit seinem Finger über die Rundung ihrer Hüfte fuhr. Als er merkte, dass sie wach war, flüsterte er:

»War das jetzt dumm, was wir gemacht haben?«

»Dazu war es zu schön«, flüsterte sie zurück.

»Ja«, wisperte er. »So toll, dass du den Mut hattest, mir die Tür zu öffnen.«

»So toll, dass du mich aufgefordert hast, Mut zu haben.«

»Oder Dummheiten zu machen«, wiederholte er düster.

Sie schwieg. Bereute er es? Aber er war es, der die Frage an sie stellte:

»Bereust du es?«

»Nein.« Sie stützte sich auf ihren Ellbogen und sah ihm ins Gesicht. »Im Gegenteil. Ich würde gern weitere Dummheiten mit dir machen.«

»Du weißt nicht, was du sagst«, murmelte er. »Du hast es ja gemerkt. Ich spiele gern. Sehr gern. Und ich weiß nicht, ob du das alles mitmachen würdest.«

»Wie … wie meinst du das?«

Ihr Herz fing an zu pochen. Finn legte seine Hand auf ihre Brust, nicht der Brust wegen, sondern um das Schlagen ihres Herzens zu spüren. Ihr wurde anders zumute. Mit leicht geöffnetem Mund strich er über ihre Brustwarze, als suche er sich eine besonders weiche Stelle zum Zubeißen. Ihr stockte das Herz. War es das jetzt? Hatte er beim ersten Mal Rücksicht genommen, damit sie Vertrauen fasste, und wollte jetzt mehr? Lisas Puls ging heftiger und ihre Hände stemmten sich abwehrend gegen seinen Oberkörper. Doch Finn entließ sie nicht aus seinem Griff, seine Zähne knabberten an ihrer Knospe, und wieder spürte Lisa so etwas wie Gefahr. Unwillkürlich erschauerte sie, merkte, wie Finn das erregte, wie er sich halb auf sie legte, ihren Körper mit seinem Gewicht fesselte. Er strich ihr das lange Haar aus der Stirn, studierte den Anflug von Furcht in ihren Augen. Beruhigend schob sich seine Hand hinter ihren Nacken. Leicht hob er ihren Kopf an und liebkoste sie. Seine Lippen fuhren über ihren Hals, als wäre er ein Vampir, der jeden Moment zubeißen und ihr Blut saugen wollte. Und schließlich begann er ihr ins Ohr zu flüstern, was er unter Spielen verstand, welche Fantasien er hatte, was er alles mit ihr tun wollte. Er streichelte sie dabei, bog ihre Arme nach oben, raunte ihr all diese Szenarien ins Ohr und seine Stimme, vor allem seine Worte, jagten Millionen elektrisierender, kribbelnder, vibrierender Impulse durch ihren Körper und verursachten ein Empfinden, das sie so intensiv noch niemals gefühlt hatte – dieses Empfinden zwischen Gefahr und Lust, zwischen Angst und Verlangen. Zu ihrem Entsetzen merkte sie, wie ihr Körper sich selbstständig machte, wie ihre Beine sich öffneten, ihr Becken sich hob und er ohne Übergang in sie eindrang, während er weiter äußerst verruchte Dinge in ihr Ohr hauchte. Lisa wehrte sich nicht. Sie befand sich vollständig in seinem Bann, unfähig, sich seinen Worten und ihm zu widersetzen, stattdessen explodierte sie so schnell und heftig, dass sie meinte, ihr Gehirn löse sich in seine Bestandteile auf.

Finn hörte, wie sie leise schrie, spürte, wie sie sich an ihn klammerte, genoss seinen eigenen Höhepunkt und hielt ihren zuckenden Körper in seinen Händen. Sie war unten so eng, dass er jeden erregten Nerv wahrnahm, jedes Nachbeben, jede elektrische Entladung. Es war so überwältigend, dass er sich wie beim ersten Mal nicht von ihr lösen wollte.

Erschöpft lag sie unter ihm, wusste wieder nicht, was sie denken sollte. Das alles war weit weg von dem, was ihr vertraut war. Sehr weit weg. Finn stützte sich auf, sah ihr in die Augen. Ihr von allen möglichen Gefühlen durchsetzter Blick bewegte ihn zutiefst und instinktiv nahm er sie in die Arme und ließ sie nicht mehr los.

Als sie eingeschlafen war, lag er noch lange wach.

Am nächsten Tag verabschiedete er sich zügig – so zügig, dass sie wusste, er bereute es doch. In ihrem Magen war ein flaues Gefühl. Finn war sehr schweigsam, wollte nicht frühstücken, noch nicht mal einen Kaffee und so zog auch sie sich zurück.

Als er an der Tür war, fragte sie mit belegter Stimme:

»Ich nehme an, der Mutmach-Tag hat sich erledigt? Oder war es nur das, wofür ich Mut haben sollte?«

Ihre Stimme klang bitter. Finn hatte einen undefinierbaren Ausdruck im Gesicht.

»Nein, Lisa«, sagte er leise. »Den Mutmach-Tag holen wir nac ... es ist nur so ... ich ... ich muss ein paar Dinge klären. Und dafür brauche ich Zeit. Aber ich melde mich ... so in zwei Wochen, okay? Ich melde mich ganz sicher!«

Sie schwieg dazu. Das hörte sich nicht gut an. Gar nicht gut. Sein zärtlicher Kuss beruhigte sie etwas.

»Es war so unglaublich schön mit dir«, flüsterte er. »Vertrau mir, es wird alles gut.«

Sie wagte nicht, an ein Happy End zu glauben, wenn auch alles in ihr danach schrie. Es blieb ihr nichts anderes übrig, als das zu tun, was Alan Reeds ihr immer wieder empfohlen hatte: »Nimm den Moment. Er ist alles, was du hast.«

Und der Moment war schön. Das, was sie mit Finn erlebt hatte, war wunderschön. Perlen auf ihrer Zeitschnur, Perlen, die sie nicht missen wollte.

♫ Trust Me ♫

Holly Long

Seit einem Monat war Finn nun in ihrem Leben. Und er verschwand nach dieser Nacht nicht daraus, sondern schrieb ihr weiter ab und zu kleine Nachrichten, schickte seine Videos, blieb in ihrer Gegenwart – etwas, wofür sie unglaublich dankbar war. Jeder Kontakt schenkte ihr Hoffnung.

Kurz nach ihrem Wochenende kam Post von ihm, ein kleines Päckchen. Als sie es öffnete, fiel ihr ein Paperback-Notebook mit einer dicken braunen Kladde in die Hände, das mit einem floralen Goldmuster verziert war. Ein Brief lag dabei.

»Liebe Lisa,

ich bin kein Freund der Frage ›Was würdest du tun, wenn du alles Geld und alle Zeit der Welt hättest?‹, denn wir haben nicht alles Geld der Welt und schon gar nicht alle Zeit. Aber ich bin ein großer Freund davon, trotz widriger Umstände, und obwohl nichts danach aussieht und nichts dafür spricht, seine Träume zu verfolgen. Dann ergibt sich meiner Erfahrung nach ein Schritt nach dem anderen. In dieses Büchlein sollte folgendes hinein:

Die Dinge, die du gerne tun würdest, für die du aber nie den Mut hattest. Kleine Randbemerkung: Greif nach den Sternen!

Und als Zweites: Was würdest du einer jungen Frau raten, die kreatives Talent hat, aber keine Beziehungen zu entsprechenden Leuten, wenig Geld, null Sponsoren, keine Erfahrung, dafür aber jede Menge Existenzangst und Bedenken?

Ich werde nicht kontrollieren, ob du dieses Büchlein nutzt. Es ist dein ganz persönliches Sternenbuch.

Finn.«

Lisa lachte leise auf und drückte das Buch an ihr Herz. Das war sehr geschickt von ihm! Allein mit der Perspektive als Beraterin ihrer selbst waren zaghafte Ideen in ihr hochgesprudelt. Schmunzelnd packte sie das Büchlein in ihre Tasche und es war das Erste, was sie herausnahm, als sie nach Hause kam.

Mit einem Stift und dem Buch in der Hand lag sie schließlich im Bett.

»Die Dinge, die du gern tun würdest, für die du aber nie den Mut hattest – greif nach den Sternen!«

Lisa fing an zu schreiben – und schon mit dem ersten Wort begann etwas in ihr aufzubrechen, begannen bisher unausgesprochene Sehnsüchte, Wünsche und Ideen herauszufließen. Und sie war erstaunt, was da so alles in ihr drinsteckte. Ungehört. Ungesehen. Unerwidert – bis jetzt.

✶✶✶

Sie fühlte sich im Aufbruch zu etwas Großem. Sie fing an, an Glück zu glauben, war offener für Botschaften, die ihr der Tag brachte, begierig, sich endlich in das Studium der Tapes zu stürzen, aber die Zeit war noch zu knapp.

Ihr Projekt lief – die zu erwartenden Einnahmen ließen sie innerlich jubeln, aber noch wollte sie keine Farbe bekennen, bis die Firma wieder in den schwarzen Zahlen war.

»Mann«, sagte Pierre zu ihr. »Wenn wir diesen Reeds kriegen würden … je länger ich mich mit ihm beschäftige, desto klarer wird mir, was für eine große Nummer der war. Selbst die momentan angesagtesten Referenten machen große Augen, wenn ich sie auf Reeds anspreche – und fragen, ob wir ihn hätten. Lisa, stell dir vor, die würden auf ein Seminar von Reeds gehen! Obwohl sie selbst Hallen füllen! Der eine Typ ist fast ausgeflippt und hat gemeint, wenn wir Reeds organisieren, macht er uns fünf Seminare voll mit jeweils über fünftausend Leuten!«

»Ja, du meine Güte«, erwiderte Lisa verdattert. »Dass sein Name immer noch so groß ist, hätte ich auch nicht gedacht.«

Längst hatte sie auch ihre Mutter angebohrt, woher sie die Tapes und Unterlagen hätte, aber die hatte noch nicht mal gewusst, wovon Lisa sprach.

»Tapes? In der alten Kiste? Kann schon sein, ich habe damals so viele Seminare besucht … aber die Referenten echt nicht mehr im Kopf. Und die Tapes … ich glaube, die hat mir damals eine Freundin geschickt … ich weiß es nicht mehr … Ich weiß noch nicht mal, ob ich mir die jemals angehört habe! Aber Reeds sagt mir was! In den 90ern habe ich mal versucht, ein Seminar bei ihm zu buchen, aber der war immer ausverkauft und irgendwann zu teuer. Und du sagst, die Tapes sind von Reeds? Meine Güte! Da renne ich dem jahrelang hinterher und er liegt auf meinem Dachspeicher!«

Sie lachte. »Geht es dir gut, meine Süße?«

»Ja, Mam, sehr gut«, erwiderte Lisa. »Wir haben viel zu tun und ich denke, die Firma kommt so langsam wieder in die Gänge.«

»Das würde ich euch allen so wünschen«, antwortete Marisa. »Damit du endlich mal ausspannen kannst. Hier ist es so traumhaft, Lisa! Wir genießen jede Sekunde! So schade, dass du nicht mit bist!«

Sie seufzte tief und Lisa ahnte, dass sie in Tills Armen lag, während sie miteinander sprachen.

»Unternimmst du denn wenigstens auch privat ein bisschen was?«, fragte ihre Mutter.

»Ja, ich gehe auf ein Konzert und bin sogar ab und an für ein Abendessen weg.«

»Oh, wow, das hört sich ja klasse an, meine Kleine«, sagte ihre Mutter warm. »Ich freue mich so, dass du wieder unter Leute gehst. Und sogar zum Konzert!«

Lisa verschwieg ihr, dass ihre Begleiter beide über achtzig waren. Und die Sache mit Finn … das war noch viel zu unklar, um darüber reden zu können.

∗∗∗

Einkaufstag.

Als sie vor Rosenbergs Tür stand, traute Lisa ihren Augen kaum.

»Ja, du liebe Zeit, Richard«, staunte sie. »Du bist ja kaum wiederzuerkennen!«

Er hatte sich in eine Kombi geworfen, inklusive seidenem Einstecktuch und Fliege, und seine Füße steckten zum ersten Mal, seit sie ihn kannte, in Lederschuhen statt in Pantoffeln.

»Das ist alles furchtbar unbequem«, quengelte er und fuhr mit dem Finger hinter den Kragen. »Bin froh, wenn ich aus dem Zeug wieder rauskomme, aber bevor der Benkert wieder motzt …«

»Michael motzt doch nicht«, beschwichtigte Lisa. »Er schubst dich immer nur ein bisschen an. Du kannst dir gern einen Pullover anziehen, mir ist das egal.«

»Nein, nein, die Sprüche vom Benkert tu ich mir nicht an! Lieber leide ich Qualen!«

»Er will dich sicher nur aufheitern!«

»Aufheitern! Hah! Was für eine euphemistische Formulierung! Hat das Blümchen einen Knick, war der Schmetterling zu dick«, zitierte Rosenberg und registrierte erfreut, dass er Lisa damit zum Lachen brachte. »Der

Benkert stichelt in einem fort und merkt nie, wenn er zu weit geht.« Er wandte sich zum Gehen.

»Oh, warte mal, Richard«, stoppte Lisa ihn, holte eine kleine Nagelschere aus ihrer Handtasche und schnitt das Preisschild von seinem Jackett.

»Ach«, sagte er verlegen. »Hab ich das doch glatt übersehen.«

Lisa schmunzelte gerührt, aber er sah sie skeptisch an.

»Wer war der junge Mann da neulich, Fräulein Lisa?«

»Könntest du bitte das Fräulein weglassen? Das hört sich so komisch an.«

»Aber nur Lisa ist mir zu intim!«

»Dafür stellst du aber ziemlich intime Fragen«, entgegnete sie. »Stell dir doch einfach vor, ich wäre deine Enkelin. Zu der sagst du doch auch nicht Fräulein!«

»Das geht nicht«, erklärte er. »Ich stelle mir nämlich gerade vor, fünfzig zu sein. Und mit fünfzig ist man kein Opa. Wo kann ich das übrigens mit der Studie nachlesen?«

Lisa gluckste. »Im Internet natürlich«, antwortete sie, bevor ihr einfiel, dass er als 83-Jähriger wohl keinen Laptop hatte.

»Teufelszeug! Spioniert alle aus! Da hat man im Nullkommanix die Mafia im Haus! Ich bin zu alt für so was!«

»Richard! Du bist fünfzig! Da hat man so was!«

Er setzte zu einer Antwort an, als Michael an die Haustür kam, tadellos gekleidet und mit seinem Stock in der Hand. Er sah aus wie einem amerikanischen Spielfilm entsprungen.

»Wie war das eben?«, erkundigte er sich gut gelaunt. »Ich motze und stichle in einem fort? Tsts, Rosenberg, das sehen Sie wie immer falsch. Ich finde, ein Tritt in den Hintern sagt mehr als tausend Worte. Sieht man doch an Ihrer Kleidung – bin sehr zufrieden mit Ihnen, muss schon sagen … wer hätte das geahnt! Ich hoffe, Sie vermissen Ihre Pantoffeln und den Geruch von wochenlang getragenen Hosen nicht allzu sehr.«

Rosenbergs Augen blitzten und mit Verve nahm er die Kampfaxt auf, die ihm Michael hingeworfen hatte. Seine Wangen färbten sich rot vor Eifer.

»Benkert, es gibt Menschen, die sollte man von der Steuer absetzen dürfen – als außergewöhnliche Belastung. Ich hoffe, Sie benehmen sich heute als keine solche, wenn wir mit unserer Enkelin unterwegs sind.«

»Enkelin?«, gab Michael zurück. »Geht's noch, Herr Kollege? Lisa ist selbstredend meine Lebenspartnerin. Ich stehe auf jüngere Frauen!«

»Gibt auch kaum welche, die älter sind als Sie!«, keifte Rosenberg. »Lebenspartnerin! Da hört sich doch alles auf! Und ich soll den Opa geben?! Apropos, Frau Lisa, wer war der junge Mann an deiner Seite da neulich?«

»Nicht Frau Lisa, sag einfach Lisa!«, wehrte die sich gegen die altmodische Anrede. »Und im Übrigen geht dich das nichts an, Richard. Nur weil du's bist: Das war ein Geschäftskontakt.«

»Geschäftskontakt! Aha! Frau Lisa bringt einen Geschäftskontakt mit nach Hause! Und geht mit dem Geschäftskontakt nebst Rucksack spazieren! Und der Geschäftskontakt hat sie um 23:46 Uhr zu Hause abgeliefert! Der Geschäftskontakt hat genau sieben Minuten und dreiundvierzig Sekunden gebraucht, um das Haus wieder zu verlassen. Er hat außerdem die Tür viel zu laut ins Schloss fallen lassen, stand noch sage und schreibe vier Minuten und achtundfünfzig Sekunden vor der Haustür und ist ...«

»Richard!«, stoppte ihn Lisa empört. »Sag mal, führst du Buch über mich?«

Rosenberg wurde rot. »Natürlich nicht«, schnaubte er. »Nur, wenn ich glaube, dass du gefährliches Material mit nach Hause bringst.«

»Gefährliches ... Material? Ähm ... Richard, das geht mir eindeutig zu weit!«

»An dieser Stelle«, dozierte Rosenberg und fiel voll in sein altes Muster, »möchte ich doch erneut darauf hinweisen, dass die Wände in diesem Haus sehr dünn sind und ich mich bei eventuell anstößigen Geräuschen gezwungen sehe ...«

»Also, wenn du so drauf bist, nehmen wir dich nicht mit«, erklärte Michael kategorisch. »Auf so ein Gelaber hat keiner Lust. Entweder du benimmst dich, Richard, oder ...«

»Für Sie immer noch Rosenberg, Benkert!«

»Also, Rosenberg, wie wäre es, wenn du einfach mal die Klappe hältst und ...«

»Für Sie immer noch Sie«, blaffte Richard. »Sie und Herr Rosenberg, wenn ich bitten darf!«

»Aber natürlich darfst du bitten! Soviel und so oft du willst, Rosenberg! Mein Gott!« Michael drehte die Augen nach oben. »Was für ein sturer Bock!«

»Ich bin nicht stur! Ich bin lediglich meinungsstabil! Und das seit Jahrzehnten! Sie sind stur! Wie ein dreijähriges Kind! Man kann Ihnen sagen, was man will, das geht Ihnen zum einen Ohr rein und zum anderen wieder raus!«

»Dafür hat man zwei Ohren, Herr Nachbar, damit man auf Durchzug schalten kann, wenn Leute wie Sie zu reden anfangen!«

Heftig zeternd humpelten die zwei die Treppe hinunter, Lisa hinterdrein, Ungutes ahnend. Sie betete, dass die beiden wenigstens im Laden Ruhe geben würden.

Ihr Gebet wurde kein bisschen erhört.

$$***$$

Die zwei alten Herren keiften die gesamte Fahrt miteinander und es schien, als ob Rosenbergs Gehirn dabei immer mehr Fahrt aufnahm. Wo früher sein Unterkiefer bei Michaels freundlich ausgeteilten Seitenhieben nach unten geklappt war, lieferte er jetzt eine Antwort – nicht immer eine schöne, aber es war durchaus eine Steigerung zu bemerken.

Michael hatte es sich nicht nehmen lassen, in den einschlägigen Geschäften der Stadt Lisas Größe und ihren Kleiderwunsch anzumelden und anzukündigen, dass sie kamen.

Und so wurden sie äußerst zuvorkommend gleich im ersten Geschäft mit einem Glas Sekt empfangen, was Rosenberg mindestens für fünf Minuten mundtot machte. Dann aber hatte er sich akklimatisiert und blickte sich neugierig um, während die Verkäuferin Lisa durch die Reihen führte, in denen passende Kleider für sie zu finden waren. Lisas Hoffnung, die beiden würden sich auf die für Besucher vorgesehenen Ohrensessel setzen, erfüllte sich keineswegs. Sehr zu ihrem Leidwesen folgten ihr die zwei.

Mit wackelndem Kopf zog Rosenberg das eine oder andere Stück von der Stange und ließ es wie heißes Eisen wieder fallen.

»Ist das ein Kleid oder ein Sack?«, grantelte er abschätzig. »Hier finden wir ja nie was!«

»Rosenberg«, ließ sich Michael eine Reihe neben ihm vernehmen. »Sie haben keine Ahnung von Frauen und Kleidung. Lassen Sie mich das machen!«

Fachkundig hatte er bereits drei Kleider über dem Arm, die er an die Verkäuferin weitergab. Rosenberg brummelte etwas in sein Kinn. Er hatte tatsächlich keine Ahnung, was die Worte, die während der Durchschau seinen Mund verließen, bestätigten.

»Das sind ja alles Fetzen. Das kann doch keiner anziehen. Was ist denn das für ein Plunder! Wer braucht denn solche exorbitanten Rüschen? Das ist ja einfach lächerlich!«

Unwirsch ließ er einen Riesenvolant los, drehte sich zur Verkäuferin um und gatzte sie an:

»Haben Sie nicht etwas Anständiges hier? Das hier hat ja noch nicht mal Stoff am Rücken! Soll das Mädchen etwa halb nackt durch die Gegend laufen?«

»Herr Rosenberg ist etwas verwirrt«, sprang Michael helfend ein. »Sie müssen ihm das verzeihen. Er ist Frauen nur in Küchenschürzen gewohnt.«

»Benkert!«, keifte Rosenberg. »Ich verbitte mir das!«

»Rosenberg, setzen Sie sich hin und schnorcheln Sie nicht die arme Belegschaft voll! Lisa soll mal die ersten Kleider hier anziehen, damit Sie sehen, wie so etwas an einem Frauenkörper aussieht!«

Gebieterisch, aber mit seinem ewigen Schmunzeln im Gesicht, deutete Michael mit seinem Stock auf die zwei Ohrensessel, zwischen denen auf einem kleinen Tischchen der Sekt prickelte. Rosenbergs Augen fingen an zu glänzen. Mit Genuss nahm er auf dem rotgepolsterten Lehnsessel Platz, schlug ein Bein über das andere, nahm einen Schluck Sekt und wurde gleich ein bisschen lockerer.

»Na, denn ma immer rin in die Klamotte«, sagte er. »Schwarz steht der Frau Lisa am besten!«

»Oder rot«, entgegnete Michael.

»Oder grün«, setzte Lisa hinzu, die gerade in einem schlichten Etuikleid mit großzügigem Rückenausschnitt aus der Kabine kam.

»Also, Statler und Waldorf«, sagte sie. »Wie findet ihr das?«

»Statler und Waldorf?«, fragte Rosenberg. »Statler sagt mir nix. Waldorf ist ein Salat, der mir überhaupt nicht schmeckt. Wieso sagst du Statler und Waldorf, Lisa?«

»Erkläre ich Ihnen nachher«, erwiderte Michael, ließ Lisa ein paarmal auf und ab gehen, nahm galant ihre Hand und ließ sie wie beim Tanz sich einmal um sich selbst drehen. Rosenberg glotzte, trank noch einen Schluck Sekt und fand sichtlich Gefallen daran, wenn Lisa ihnen ihre freie Rückseite präsentierte.

»Bist zwar halb nackt, mein Mädchen«, meinte er. »Aber dein Rücken ist doch höchst appetitlich. Wer hätte gedacht, dass ich noch mal so einen schönen, jungen Rücken anschauen darf! Da fühle ich mich doch wahrlich um zehn Jahre jünger!«

»Zehn?«, fragte Lisa, schlüpfte in die Kabine und lugte zwischen dem Vorhang vor. »Hast du nicht gesagt, du bist fünfzig?«

»Seit wann ist dieser alte Knacker jünger als ich?«, wandte Michael entrüstet ein, der sich inzwischen ebenfalls gesetzt hatte.

»Seit unserem Abendessen, glaube ich«, antwortete Rosenberg. »Damit haben Sie bei der Lisa schon mal keine Chance mehr, Benkert! Geben Sie's auf!«

»Na, na, ich kenne Lisa länger als Sie und ich weiß, sie ist eine Frau mit Geschmack, also machen Sie sich keine Hoffnungen, Rosenberg. Außerdem steht sie auf Ältere, wussten Sie das nicht? Da haben Sie als Pseudofünfziger keine Chance!«

So ging das die ganze Zeit. Die Verkäuferin kringelte sich vor Lachen über die zwei Herren und fragte Lisa verstohlen: »Sind die immer so?«

Lisa nickte verzweifelt und die Verkäuferin kicherte: »Ich wünschte, ich hätte auch zwei so süße Opas. Die sind ja echt göttlich!«

Es war Cabaret pur. Rosenberg behielt stets sein Pokerface bei. Es zuckte nur so ab und an in seinen Augen- oder Mundwinkeln, wenn er sich einen Schlagabtausch mit Michael lieferte. Der klärte ihn derweil zwischen den Anproben per Handy über Statler und Waldorf auf, die zwei zänkischen Kritiker aus der Muppet Show und deren Standardsatz, wenn ihnen eine Showeinlage nicht gefallen hatte:

»Statler and Waldorf are not impressed!«

Richard war begeistert und übernahm das sofort für die Anprobe. Wenn also Lisa in einem Kleid herauskam, sahen er und Michael sich an, schüttelten die Köpfe und meckerten:

»We are not impressed!«

»Absolutely not impressed!«

»Rein gar nicht impressed!«

Nach fünfzehn Kleidern und mindestens zwei Gläsern Sekt hatte Rosenberg hochrote Wangen und noch rotere Ohren und man konnte ihm ansehen, dass er das nicht wirklich vertrug.

»Wie lange dauert das noch, bis sie weiß, was sie will?«, quengelte er.

»Nur keine Müdigkeit vorschützen, Herr Nachbar!«

»Brauch ich nicht vorschützen. Die ist echt.«

»Sie hat doch erst das fünfzehnte Kleid anprobiert!«

»Aber mein Hintern schläft ein!«, nörgelte Rosenberg und wackelte gefährlich auf seinem Sessel hin und her.

»Dann hoffe ich, wir hören ihn nicht schnarchen«, gab Michael zurück, ohne eine Miene zu verziehen. Lisa und die Verkäuferin wieherten los und

Rosenberg, der satte zwanzig Sekunden brauchte, um den Witz zu verstehen, guckte zwischen beleidigt und amüsiert, gleichzeitig grantelnd, Michael mache ihn lächerlich und er werde sich schon revanchieren. Aber dann fiel er in das Gekicher mit ein und schließlich lachten sie so laut, dass andere Kunden und Verkäufer neugierig um die Ecke schauten.

Lisa kam vor Gelächter kaum ins Kleid, aber als sie in dem nachtblauen Teil, das sich weich um ihre Figur schmiegte, aus der Kabine kam, meinte Michael zufrieden:

»I am impressed! I am very impressed! Das ist es! Ich wusste doch gleich: Blau ist deine Farbe, meine Kleine.«

»Das Kleid ist schwarz, Herr Farbenblind«, meldete sich Rosenberg.

»Ja, das Alter … kann ich schon verstehen. Sie sind halt schon über achtzig … da kann man mit den Fünfzigjährigen, die mal achtzig waren, nicht ganz mithalten!«

»Seltsame Logik«, meinte Michael. »Mathe war wohl nicht Ihr Ding.«

»Nein, das war es nie«, kicherte Rosenberg schon ziemlich angeschickert. »Mathe klang für mich immer so: Zwei Goldfische wandern durch die Wüste, der eine ist rot, der andere dünn. Wie viel wiegt die Palme, wenn es regnet?«

Diesmal lachte das ganze Geschäft. Rosenberg sah sich äußerst erfreut um, registrierend, dass er den Heiterkeitsausbruch von mindestens zehn Personen verursacht hatte, und Michael blickte Rosenberg anerkennend an.

»Das war schon der zweite gute Witz in drei Wochen!«, rief er. »Du machst dich! Punkt für dich, Richard!«

»Sie!«, schnauzte Rosenberg. »Sie! Für Sie immer noch und für alle Zeit Herr Rosenberg, Benkert!«

Unumstritten hatte Richard einen Riesenspaß bei der Sache und für einen Nachmittag definitiv zu viel Sekt intus.

Als sie am Ende noch zusammen etwas essen gingen, sah er sich in dem Restaurant um, betatschte die feinen Tischdecken, musterte den Kellner in schwarz-weiß und machte Michael klar, dass dieser nicht darauf hoffen dürfe, eingeladen zu werden. Doch als er saß, meinte er befriedigt:

»Wer hätte gedacht, dass ich noch mal aus meiner Bude herauskomme in diesem Leben. Ich brauche unbedingt diese Studie, Fräulein Lisa. Ich will das noch mal nachlesen. Du sagst, diese Herren waren nur fünf Tage in dem Kloster?«

»Michael hat das gesagt«, stellte sie richtig. »Wie wär's, wenn du dir einen Laptop oder ein Tablet kaufst, Richard? Dann kannst du alles selbst nachlesen. Und du kannst dir E-Books runterladen.«

»Für diesen Schnickschnack bin ich zu alt«, entfuhr es ihm automatisch und wurde flammend rot, weil Michael sein Smartphone auf dem Tisch liegen hatte und es ihm schon im Geschäft heftigst aufgestoßen war, dass dieser damit rege umging.

»Du bist fünfzig, Richard«, erinnerte ihn Lisa und grinste schelmisch. »Sag das deinem Gehirn!«

Erneut grummelte er etwas in sein faltiges Kinn, was keiner verstand; langsam wurde er stiller. Michael und Lisa sahen, dass er müde war – kein Wunder, er war wie ein Baby, auf das tausend Eindrücke auf einmal einstürzten, und daran musste er sich wieder gewöhnen. Er trank allerdings noch ein Glas Wein und als sie auf der Heimfahrt waren, fragte er plötzlich mit wankender Stimme:

»Wass kostn so'n Ding?«

»Was?«, fragte Michael zurück. »Ein Kondom? Ist ganz billig, kriegst du in verschiedenen Geschmacksrichtungen an ...«

»Quatsch, das Computerdings!« Rosenberg Stimme wackelte gehörig. »Ich bin fünfssig. Ich kriech das nämlich hin. Ich bin fünfssig. Ich kriech das hin. Ich bin fünfssig! Wisst ihr? Fünffsssig! Und ich fühl mich auch so.«

»Was wird das jetzt, Rosenberg? Ist das Ihr neues Mantra?«

»Genau! Mein Mantra ... ich bin fünfsig, wissen Sie, Benkert, ich bin viel jünger als Sie!«

»Warten Sie mal, bis Sie das erste Mal vor Ihrem neuen Rechner sitzen«, gab Michael gelassen zurück. »Bin sicher, dann werden Sie ziemlich alt aussehen! Sehr alt!«

Rosenberg nahm seine Kräfte zusammen und gab eine passende Antwort, ein Wort gab das andere und Lisa kicherte so sehr, dass sie Mühe hatte, zu fahren.

Als sie das Auto vor der Tür abstellten – mindestens dreißig Zentimeter über dem Parkstreifen, wie Rosenberg nicht umhinkonnte zu bemerken – , lachten sie noch immer über den Schlagabtausch während der Fahrt. Das lebhafte Glitzern in Richards Augen verriet, dass er sich so lebendig wie schon lange nicht mehr fühlte.

Fürsorglich brachte Lisa ihn noch bis zu seiner Tür, weil er angetrunken war. Seine Augen glänzten wie Sterne und seine zerknitterten Wangen waren noch immer rot.

»Lisa«, lallte er. »Dein Kleid iss ganz wunnerbar. Und ich hoff, ich hab die fünfundviessig schon erreicht, wenn ich mit dir aufs Konssert geh. Dann hätt ich ja Schansssen bei dir, nich?«

Sie lachte. »Ja, vielleicht, Richard, wenn du das noch mit deinem Kontrollwahn hinkriegst?«

»Ich arbeite dran, meine Schöne«, hickste er und schwankte leicht. Sie hielt ihn am Oberarm.

»Kommst du zurecht?«, fragte sie ihn.

»'türlich«, behauptete er und stolperte in seine Wohnung. »'s Bad iss ja nich weit. Und Lisa … wegen des jungen Mannes, der neulich bei dir war … ich wollt' noch sssachen… s' Leben is kürzer als du denkst … also … ich mein … genieß die SSeit swischen den Windeln un hör nich auf mich ollen Miesepeter … und wenn's 'n bisschen lauter wird … macht gar nix …«

Sie musste wieder lachen, aber erwiderte etwas ernster:

»Dazu gehören zwei, Richard.«

Es wunderte sie sehr, dass er die dunklere Tönung ihrer Stimme bemerkte.

»Och, der Bursche will noch nicht? Mach dir nichts draus«, tröstete er sie. »Bin ja schließlich auch noch da.«

»Ja, ich weiß«, kicherte sie. »Aber selbst für einen Fünfzigjährigen hast du für heute genug. Zeit, ins Bett zu gehen, Richard.«

Er nickte. Ein glückliches Grinsen lag auf seinem Gesicht, während sein Blick auf Lisas blondem Haar lag. Doch mit einem Mal verdunkelte sich seine Miene so abrupt, dass sie zurückfuhr. Steif und fast kalt sagte er zu ihr:

»Ich danke für den schönen Nachmittag. Gute Nacht. Schlafen Sie wohl.«

Und schlug ihr mit einem Knall die Tür vor der Nase zu.

✳✳✳

Lisa kicherte immer noch, als sie im Bett lag und an die eine oder andere Szene zwischen Michael und Richard dachte. Ihre Gedanken wanderten weiter – zu Finn und ihrem Gespräch beim Abendessen. Sie stand noch einmal auf, hielt die Dialoge der alten Herren, so gut sie sich daran erinnern konnte, in ihrem Notizbuch fest und lachte währenddessen ein paarmal laut auf. In ihrem Geist formierte sich eine Szene nach der anderen, sah sie die Kulisse, die roten Vorhänge des Theaters, die

Kostüme, Haupt- und Nebendarsteller, hörte sie die Musik dazu. Ohne Unterbrechung jagte ihr Stift über das Blatt, eine Idee nach der anderen notierend. Es musste eine Bank auf die Bühne, mit Rosen umrankt ... ein Gazebo, eine Fototapete mit einem klassischen englischen Garten ... Sie hatte alles im Kopf und erfand noch ein paar weitere Szenen dazu. Es war weit nach Mitternacht, als sie die Kladde ihres Buches zuklappte und müde ihren Rücken durchstreckte.

Danach ging sie wieder zu Bett, dachte an Finn – und freute sich sehr auf das Konzert mit Richard und Michael.

♫ Bluebird ♫

Alexis Ffrench

Es war eine Zeit in der Schwebe. Sie hoffte so sehr, dass ihre Rechnung aufging. Hoffte, dass es mit Finn weitergehen würde. Hoffte, dass das Schicksal sich endlich zu ihren Gunsten wandelte.

In Vorfreude auf das Gesicht ihres Vaters – wenn sie ihm ihre Erfolge würde präsentieren können – ,verbrachte sie ihre Tage und nahm sich vor, endlich die Tapes von Reeds anzuhören.

Pierre hatte ihr empfohlen, die Bänder zu digitalisieren, was sehr hilfreich war. Ihr Einschlafritual bestand nun darin, eine CD von Alan einzulegen, aber Müdigkeit war zum Dauerzustand geworden. Sie war müde, wenn sie aufstand und am Abend brauchte sie keine fünf Minuten, bis sie schlief, irgendwann von Alans Stimme wieder aufwachte und die CD abschaltete, wenn sie nicht schon längst durchgelaufen war.

Aber es gab auch Sätze, die machten sie wieder wach – so wach, dass sie aufstand und sie trotz ihrer Müdigkeit aufschrieb.

In einem Tape sagte Alan zum Beispiel:

»Alle spirituellen Lehren sagen, dass ein Leben ohne jede Negativität möglich ist. Natürlich geschehen Dinge, die einen nicht so erfreuen. Natürlich kann es Situationen geben, die schmerzen. Aber müssen sie dein Herz erreichen? Müssen sie sich dort einnisten? Was bindet uns an erlittenes Leid, an negative Gefühle? Warum können wir nicht loslassen, nicht verzeihen, nicht wieder lieben, wenn es mal schiefgelaufen ist oder Vertrauen entwickeln, wenn es einmal enttäuscht wurde? Weil wir uns immer wieder die gleiche Geschichte erzählen. Weil wir uns darüber definieren und uns selbst einengen. Und warum tun wir das? Weil wir keine andere Möglichkeit sehen, damit fertig zu werden. Weil wir die eigentliche Möglichkeit, damit fertig zu werden, nicht mehr kennen. Alle Weisen dieser Welt sagen: Erfahrungen müssen keine Flecken hinterlassen. Erfahrungen sind wie Vögel am Himmel. Sie fliegen vorbei – sie hinterlassen keine Spuren.

In dir drin ist etwas Großes und Unantastbares. Etwas, was niemals beschmutzt werden kann. Etwas, was Schmerz und Leid niemals anzieht. In Zeiten großer Not beten wir zu diesem Etwas. Wir nennen es Gott. Wir nennen es das Selbst, wir geben ihm alle möglichen Namen und verstehen nicht, dass wir im Grunde zu uns selbst beten. Denn das ist die

Illusion: dass Gott und du etwas Verschiedenes seid. Aber wie kommst du an das heran? Es ist ganz einfach: Weder musst du vollkommener oder besser werden noch müssen bestimmte Umstände eintreten. Es ist schon längst hier.

Sitz ruhig und du siehst es.

Hör auf zu kämpfen und du spürst es.

Hör auf, es haben zu wollen – und es ist da.«

Lisa beschäftigte das enorm. Sie erkannte, dass sie damals eine Wahl gehabt hatte. Sie hatte sie heute noch. Ihre Mutter hatte ihr vorgelebt, dass es möglich war, was Alan sagte. Sie hatte den Mut gehabt, diese ganze Sache durchzustehen, war »in sich gegangen«, hatte »reflektiert«. Lisa hatte das damals nicht hören können, ohne wütend zu werden. Aber heute sah sie ganz klar, dass ihre Mutter stärker daraus hervorgegangen war, dass dieses »in sich gehen« sie zu dem Glück geführt hatte, nach dem sich Lisa so sehnte. Weil sie das in sich entdeckt hatte, wovon Alan sprach.

Noch einmal drückte sie auf Play:

»Sitz ruhig und du siehst es.

Hör auf zu kämpfen und du spürst es.

Hör auf, es haben zu wollen – und es ist da.«

Gesprochen von Alans unglaublich warmer Stimme zogen diese Sätze tief in ihr Herz. Tränkten ihr Sein, ließen sie mit einem Lächeln einschlafen.

✳✳✳

Reeds' Worte begleiteten ihre Tage. Sie ging nicht mehr so schwer durchs Leben, freute sich sogar auf die Arbeit und schöpfte Hoffnung.

Mit ihren beiden Nachbarn hatte sie nun fast jeden Tag Kontakt – wenn auch oft nur kurz. Statt miesepetrige Anrufe auf dem AB zu hinterlassen, begann Richard, sich nützlich zu machen. Er brachte die Mülltonnen für sie und Michael an die Straße oder fegte den Gehweg, weil er, wie er sagte, auch Muskeln haben wolle wie ein Fünfzigjähriger. Er hatte nämlich gelesen, dass gerade Muskeln sich immer wieder neu bildeten und daher immer jung waren.

»Ich bin nicht alt«, erklärte er. »Ich habe nur lange meine Muskeln nicht benutzt. Das wird schon noch.«

Inzwischen hatte er sich tatsächlich einen Laptop zugelegt und es stank ihm gewaltig, dass Michael es war, der ihm die Basics beibrachte. Aber Lisa hatte dafür absolut keine Zeit. Er rief sowieso, seit er das Ding hatte, alle fünf Minuten an, weil er irgendetwas verstellt hatte oder hoffnungslos mit der Technik überfordert war. Aber irgendwann hatte er sich durchgebissen – zur Freude aller im Haus. Danach kehrte wieder stundenweise Ruhe ein, denn Richard hatte das Internet entdeckt – und gewann damit viele, viele neue Inputs. Er geriet darüber fast aus dem Häuschen, las und guckte, guckte und las, während Michael sehr bestrebt war, ihm so etwas wie Medienkompetenz beizubringen.

Michael wiederum war sehr beeindruckt von Richards Engagement, seiner Bereitschaft, sich zu öffnen, seinem Eifer, neue Gewohnheiten zu entwickeln, und brachte das offen zum Ausdruck. Rosenberg hätte sich wohl eher die eigenen Zehen abgesägt, als zuzugeben, wie sehr ihn das freute. Aber immer selbstverständlicher wandte er sich mit seinen Fragen an seinen Sparringspartner Michael, und nach etwa zehn Tagen klingelte er zum ersten Mal an dessen Tür.

Auch der Vermieter rief bei Lisa an und sagte:

»Könnten Sie mal nachschauen, ob der alte Rosenberg noch lebt? Ich habe seit Tagen keine Anrufe auf Band.«

Ein Wunder war geschehen.

Eines Abends, als sie zu dritt bei einem Glas Wein zusammensaßen, kamen sie auf Reeds zu sprechen und Richard bekam große Ohren.

»Kannst du Englisch?«, fragte ihn Lisa. Er antwortete, er wäre nach dem Krieg etliche Jahre im Ausland gewesen, er könne es verstehen, aber nicht mehr gut sprechen. Lisa legte eine CD von Alan ein und spielte ihnen einen Abschnitt vor. Richard war elektrisiert.

»Das sind ja ganz neue Gedanken!«, rief er. »Ganz neue Gedanken! I am very impressed! Very, very impressed!«

»Herr Nachbar, diese Gedanken sind nicht neu. Sie wurden vor dreißig Jahren geäußert«, frotzelte Michael. »Und sie wurden auch schon vor Tausenden von Jahren in der fernöstlichen Philosophie erwähnt, wenn ich das bemerken darf.«

Richard ging gar nicht auf ihn ein – ein Zeichen, dass er wirklich aufgeregt war – und bat Lisa, ihm die CDs zu kopieren.

Ab diesem Abend sprach Richard ihr wieder das Band voll. Oder er kam an ihre Tür und fragte ihr ein Loch in den Bauch. So wie heute.

»Lisa, auf dieser CD sagt Alan, wenn wir etwas Neues erleben, wenn wir neue Gedanken denken und neue Erfahrungen machen, dann bauen sich tausende neuer Verbindungen im Gehirn auf.« Er stutzte kurz, als er seine Notizen vorlas. »Weißt du, was das bedeutet, Lisa? Ich kann so viele neue Gedanken denken, wie ich will! Ich muss nicht immer die alten denken! Mir ist das nie so klar gewesen!«

Als er das so einfach ausdrückte, wurde auch Lisa bewusst, was das eigentlich hieß. Das war der freie Wille; das war die Macht, die bis ins hohe Alter erhalten blieb.

»Und ich habe eine weitere Stelle gefunden«, machte er staunend weiter: »Wenn Einstellungen über eine längere Zeit eingenommen werden, werden sie zu Überzeugungen ... das weiß man ja. Aber unsere Gedanken und Gefühle verfestigen sich im Gehirn. Je öfter ich also was denke, desto fester werden die Bahnen und dann, Frollein Lisa, steuert der Körper uns – und nicht wir den Körper. Das ist doch höchst bedenklich, Frollein Lisa, nicht?«

»Ja«, sagte sie nachdenklich. Immer, wenn er aufgeregt war, nannte er sie wieder »Frollein«, und sie hatte aufgehört, ihn zu verbessern. »Das ist äußerst bedenklich, du hast recht.«

»Sehr bedenklich, Frollein Lisa! Was das bedeutet! Was das nur bedeutet! Frollein Lisa – ich fürchte, ich habe ein Leben in Betonmustern geführt! Ich hätte auch ganz anderes denken können! Stell dir vor, dann hätte ich auch ein ganz anderes Leben geführt! Ich platze bald, weil solche gewaltigen Dinge in meinen alten Kopf hineinströmen!«

»In deinen jungen fünfzigjährigen Kopf«, verbesserte sie.

»Ja, den Fünfzigjährigen möchte ich sehen, dessen Kopf da nicht platzt!«, rief Richard. »Guck dir doch diese greisen Fünfzigjährigen an! Die sind ja auch alle festbetoniert! Und was wird uns nicht alles eingeredet! Von Ärzten! Von ... was weiß ich wem! Was reden wir uns selbst den ganzen Tag ein!«

»Ja, das ist allerdings wahr«, sagte sie und lächelte dem übereifrigen Richard zu.

»Weißt du, was ich gerade mache?«, fuhr er fort. »Ich schreibe die Gedanken auf, die ich am häufigsten denke – es ist erschreckend, Frollein Lisa. Ich schäme mich.«

»Das solltest du auf gar keinen Fall tun«, erwiderte sie. »Du solltest dich eher freuen, dass du all das erkennst, das ist doch super! Du weißt doch – es ist besser, positive Eigenschaften und Denkweisen zu kultivieren.«

»Ja, aber das ist schwer. Nein! Falsch! Das ist nicht schwer!«, korrigierte er sich sofort. »Ich will jedenfalls nicht immer das Gleiche denken. Ich habe keine Lust darauf!«

»Glaube ich dir«, erwiderte sie und rieb sich die Schläfen. Sie war müde, wie immer nach der Arbeit, und fragte sich gerade, warum ein 83-Jähriger um neun Uhr abends fitter war als sie. Richard hieb ihr noch so einige Sätze von Reeds um die Ohren und fand in seiner Begeisterung einfach kein Ende.

»Weißt du was?«, sagte sie schließlich zu ihm. »Schreib doch das alles auf. Das ist für uns beide gut. Schreib die CDs ab! Michael hat dir doch Word erklärt, nicht? Da geht das ganz fix.«

»Eine gute Idee, Lisa«, sagte er. »Ich werde eine Stunde eher aufstehen, damit ich das alles schaffe! Eine gute Idee! Mein Englisch ist schon viel besser geworden!«

Wieder staunte sie. Wo nahm der nur die Kraft her? Aber ganz sicher legte sich Richard mittags mindestens zwei Stunden hin – etwas, was sie nicht tun konnte.

Heute war sie den ganzen Tag im Außendienst gewesen und da Richard ununterbrochen brabbelte, schaltete sie auf Durchzug – was schwer war, weil er immer an ihrem Arm rüttelte, wenn er es merkte.

»Hier! Dieser Satz! So bemerkenswert«, schnorchelte er ihr ins Ohr. »›Konflikt mit dem Leben kommt vom Versuch, seine gegenwärtigen Gefühle zu ändern oder loszuwerden.‹ Was meint er damit? Am besten wir fahren nach Okanagan Valley und fragen den Mann persönlich. Hast du nicht gesagt, der gibt Seminare? Den besuchen wir! Das ist auch eine neue Erfahrung! Da kriege ich bestimmt Millionen neuer Verbindungen in meinen Kopf! Wer weiß, was ich dann alles denke!«

Lisa musste lachen, aber ihr Kopf fing an, wehzutun – und sie musste ja morgen wieder raus, so wartete sie auf eine Atempause Richards, um ihn hinauszukomplimentieren.

»Und im Okanagan Valley war ich noch nie! Früher hätte ich an der Stelle gesagt: ›Ja, das Alter! Ich kam, sah und vergaß, was ich vorhatte‹, aber das sag ich mir nicht mehr! Ich sage mir: Ich kann mir alles merken! Und wenn nicht, schreibe ich es mir auf!«

Wieder musste sie lachen. Richard war wieder wie ein Kind. Er war so darauf versessen, seine alten Denkbahnen zu verlassen, dass das alles bei ihm rasend schnell ging. So schnell, dass sie nur noch staunte und sich selbst wie ein träger Sack daneben vorkam.

»Richard, nicht böse sein«, hakte sie ein. »Aber ich hatte einen langen Tag und ich …«, als ihr plötzlich seine letzten Worte wie Leuchtraketen in den Kopf schossen.

»Ähm … warte mal, Richard – was hast du da gerade eben gesagt?«

»Dass ich mir jetzt alles merken kann! Ich bin besser als jeder Fünfzigjährige! Ach, was ... jeder Vierzigjährige! Ich sehe auch schon viel jünger aus, selbst der Postbote hat neulich ...«

»Nein, ich meine davor – was hast du da gesagt ... das von Reeds?«

»Dass wir ihn besuchen! Und dass ich ...«

»Nein, warte, du hast doch was von einem Valley gesagt!«

»Okanagan Valley!«, wiederholte Richard stolz. »In Kanada. British Columbia. Da lebt er nämlich.«

»Woher weißt du das?«, fragte Lisa entgeistert.

»Weil er das gesagt hat.«

»Wie – wer hat das gesagt?«

»Na, Alan! Auf den Tapes! Da hat er gesagt ... ›You know‹, hat er gesagt ... ›You know, I live in Okanagan Valley. In a big lodge.‹«

»Das ... das hat er gesagt?« Lisa war fassungslos. »Okanagan Valley? Auf den Tapes?«

»Ja und ich habe gleich in diesem wunderbaren Weltnetz nachgeschaut«, verriet ihr Richard äußerst befriedigt darüber, dass er sie in Erstaunen versetzt hatte. »Das Tal ist 19 Kilometer breit und 175 Kilometer lang. Es liegt am Okanagan Lake, der ungeheuer groß ist und in zwei S-Kurven verläuft und ...«

»Oh mein Gott, Richard«, unterbrach ihn Lisa. Ihr war ganz schwach zumute. »Das ist ja ... das ist phänomenal! Okanagan Valley! Meinst du, er lebt noch dort?«

»Woher soll ich das wissen?«, erwiderte Rosenberg. Aber Lisa fiel ein, dass Pierre ja herausgefunden hatte, dass Reeds definitiv in Kanada lebte ... trotzdem ... die Tapes waren so alt!

»Hat er ... hat er vielleicht noch weitere Hinweise gegeben?«, fragte sie aufgeregt. »Irgendetwas, was die Suche nach ihm eingrenzen würde?«

»Er hat Kelowna erwähnt.«

»Kelowna! Das ist ... Richard, das ist ja einfach fabelhaft! Das ist Wahnsinn! Was bin ich froh, dass du diese Tapes so genau durcharbeitest! Vielleicht hörst du ja noch einen weiteren Hinweis? Sagst du's mir, wenn du noch irgendetwas herausfindest?«

»Aber natürlich, Lisa«, sagte Richard. »Ich habe noch drei CDs, die ich anhören muss. Ich sage dir Bescheid!«

»Das ist prima, Richard, aber sei nicht böse, hab morgen einen langen Tag vor mir. Ich bin eine Traumfrau ... oder wie heißt das, wenn man immer müde ist?«

»Du bist schon müde?«, fragte er ein wenig gönnerhaft, weil er es nicht war.

»Ja, und ich geh jetzt ins Bett.«

»Tu das mal«, sagte Richard und stand auf. »Dann gehe ich mal wieder zu Mr. Reeds. Gute Nacht, Lisa.«

»Gute Nacht, Richard. Schaffst du es nach unten?«

Er sah sie empört an, hielt sich nur mit einer Hand am Geländer fest und begab sich nach unten. Lief er anders? Er hatte doch früher mehr gehumpelt? Lisa sah ihm nach. Sein Eifer, noch mehr über Alan Reeds herauszufinden, hielt ihn wach. Er hatte auf einmal so viele neue Aufgaben! Und das Erste, was er sich verboten hatte zu denken, war: Ich bin zu alt. Ich kann das nicht mehr.

Er war fünfzig! Und in der Blüte seines Lebens! Jawoll!

***

Lisa hingegen war wirklich sehr müde, wenn auch aufgeregt über die Neuigkeiten. Sie schrieb Pierre eine Nachricht und bat ihn um weitere Recherche. Dann googelte auch sie das Okanagan Valley und versank in die Pracht von Kanadas Natur. Sollte Reeds dort leben, hatte er sich ein besonders schönes Stück Erde ausgesucht, denn es bot so ziemlich alles, was man sich wünschen konnte: Es war in diesem Teil nicht nur wärmer als im übrigen Kanada, es war sogar so warm, dass alles Mögliche angebaut werden konnte. Landschaftlich war es vielfältig – es grenzte an die Rocky Mountains, die Täler waren voller Weinanbaugebiete, durchzogen von den typischen Seenlandschaften mit den dunklen Nadelbaumwäldern, sogar eine Wüste war vorhanden. Auch der Banff Nationalpark, ein Ausbund an atemberaubender Schönheit, war – für kanadische Verhältnisse – in der Nähe und nur fünf Stunden entfernt.

Nach dreißig Minuten klappte sie den Rechner zu. Für die Firmenexistenz war Reeds momentan ein nicht notwendiges Sahnehäubchen, obschon klar war, dass, sollten sie ihn unter Vertrag nehmen können, sie mit wenigen Veranstaltungen im Jahr mindestens genauso viel verdienen würden wie mit dem ganzen Kleinkram bisher.

Für die Firma und ihre Zukunft hatte sie eine klare Lösung im Kopf: Sie würde sich mit Pierre um den neuen, Björn, Fred und ihr Vater um den alten Geschäftszweig kümmern. Das würde sie ihrem Vater bei der Halbjahresbesprechung im Sommer klarmachen – dann, wenn sie bewiesen hatte, dass es ging. Und ja ... wenn sich alles einlief ... vielleicht konnte sie sich auch nebenher um ihre Träume kümmern?

Sie war gerade am Wegschlummern, als ihr Handy piepste. Mit zwei über achtzigjährigen Herren als Nachbarn schaute sie natürlich nach und richtete sich erfreut auf, als Finns Name im Display auftauchte.

»Hey Lisa«, sagte er. »Wo bist du morgen? Ich würde gerne noch mal mit dir sprechen – hättest du Zeit?«

»Nein, bin im Außendienst, so wie mir das ein arroganter Coach vor ein, zwei Monaten empfohlen hat.«

»Ja, der arrogante Coach kann so schlecht nicht sein«, witzelte Finn. »Wie läuft's in der Firma?«

»Gut, die Sache schreitet voran«, sagte sie glücklich. »Mein Plan geht auf!«

»Das ... hört sich toll an«, erwiderte er. »Herzlichen Glückwunsch.«

»Finn?«

»Ja?«

»Fährst du dir gerade mit der Hand durch die Haare?«

Er lachte verblüfft. »Ähm, ja ... warum?«

»Das frage ich dich. Warum fährst du dir durchs Haar, Finn? Das ist nämlich keine freudige Reaktion.«

Er blieb stumm.

»Du ... du kannst dir meinen Erfolg gerne auf deine Fahne schreiben«, fuhr sie zögernd fort. »Ich habe wirklich nichts dagegen, im Gegenteil, ich freue mich, wenn es dir hilft – und du hast mir ja auch definitiv geholfen.«

»Nein, Lisa, darum geht es ganz und gar nicht«, antwortete er ernst. »Das ... ist etwas komplizierter.«

»Was ist daran kompliziert?«, wollte sie wissen. »Du coachst mich, damit der Umsatz steigt. Der Umsatz steigt gerade. Klingt doch alles sehr einfach.«

Er seufzte.

»Ich spreche morgen mit Björn und Fred. Damit möchte ich das Ding abschließen. Könntest du nach deinem Außendienst noch mal ins Büro kommen?«

»Sicher«, antwortete sie und biss sich auf die Lippen. Er wollte es abschließen! Was hieß das? Was genau wollte er abschließen?

Sie wusste nicht recht, ob sie sich auf das Gespräch freuen sollte.

∗∗∗

Er wartete schon auf sie, als sie ankam. Sie hatte ihr Haar hochgesteckt und aus der Frisur kringelten sich ein paar Strähnen auf ihre Schultern. Er beobachtete sie … wie sie ausstieg, wie elegant sie sich bewegte, wie gerade und graziös sie ihren Kopf auf den Schultern hielt – sie wirkte eher wie eine Tänzerin als eine Businessfrau mit ihren schlanken Beinen, den schmalen Fesseln, die heute in modischen Stiefeletten steckten. Die Dokumententasche wie einen Schutzschild an ihre Brust gepresst verschwand sie im Eingang. Eine Minute später war sie bei ihm. Finn nahm sie nicht in den Arm, wie sie es gehofft hatte; er lächelte sie lediglich an und Lisa lächelte vorsichtig zurück. Ihr Herz schlug ein wenig schneller, als sie die Tür zu ihrem Büro aufschloss und ihn hereinließ. Irgendwie wirkte er förmlich. Von der Intimität ihrer gemeinsamen Nacht war jedenfalls nichts, aber auch gar nichts zu spüren.

»Wie geht es dir, Lisa?«, fragte er.

»Gut, danke. War ein anstrengender Tag. Hat sich aber gelohnt. Ich habe drei neue Aufträge!«

»Das machst du toll, Lisa«, antwortete er, aber wirkte zerstreut. »Ich halte dich auch nicht lange auf. Hast ja gesagt, es war ein langer Tag für dich.«

Oh, das klang nicht gut! Gar nicht gut! Sie beobachtete ihn. Ja, er wirkte geistesabwesend, fühlte sich deutlich unwohl. Was wollte er hinter sich bringen?

Ihr wurde flau im Magen. Stumm lehnte er an ihrem Schreibtisch, während sie ihm gegenüberstand.

»Wie war es mit Fred und Björn?«, schob sie ihn sanft an.

Ihre Frage schien wie das Öffnen eines Ventils zu sein. Seine Stirn war gerunzelt, als er sich ihr zuwandte und heftig sagte:

»Ehrlich, Lisa? Ich bin entsetzt, wenn du es genau wissen willst. Ich habe ja von dir schon gewusst, wie die zwei drauf sind, aber deine Beschreibung war noch viel zu soft! Eines weiß ich sicher: Mit diesen Tröten wirst du nie glücklich! Alle deine Einschätzungen sind richtig. Ich habe auch mit deinem Vater geredet – und auch hier hast du recht: Er wird sich nie von den beiden trennen, Gott allein weiß, warum! Hör zu, ich will ehrlich sein: Ich sehe hier absolut keine Chance für dich. Das ist eine Totgeburt. Es ist nur eine Frage der Zeit, bis es kracht!«

Lisa wurde blass. »Das glaube ich nicht!«, antwortete sie. »Wir haben Aufträge. Wenn die das sehen, werden alle mitziehen.«

»Werden sie nicht«, entgegnete Finn. »Ein goldener Sattel macht einen Esel nicht zum Pferd. Und es ist nicht das, was dein Vater will, glaub mir!«

»Aber …«

»Lisa.« Finn ging zwei Schritte auf sie zu und packte sie an den Schultern. Eindringlich sah er sie an:

»Meines Erachtens sitzt du in einem sinkenden Boot. Du stopfst ein Loch und irgendwer reißt es wieder auf. Sie werden nicht schätzen, was du tust.«

»Aber … aber Finn! Das kann doch nicht dein Ernst sein! Warum sollte mein Vater es nicht schätzen, dass Geld reinkommt?«

»Weil du Dinge tust, die er nicht will! Weil er … Lisa, versteh doch, du hast keine Wahl! Er wird den neuen Zweig nicht weiterverfolgen – und dann steckst du in derselben Position wie vorher. Nur noch schlimmer, weil dein Dad auch noch stinkesauer auf dich ist. Das Arbeitsklima hier ist die Hölle und es kann doch nicht sein, dass du dich dem freiwillig jeden Tag aussetzt!«

»Finn! Du machst mir zum wiederholten Male klar, ich soll meine Existenz aufgeben? Ohne etwas anderes in der Hand zu haben?«

»Ja, genau das sage ich dir! Und ich sage es dir, weil ich überzeugt bin, dass du hier nicht hingehörst. Du hast andere Talente und Qualitäten … die solltest du ausleben. Hier kriegst du garantiert nur Magengeschwüre, da gebe ich dir Brief und Siegel drauf! Geh, Lisa!«

Sie fasste seine Handgelenke und riss sie von ihren Schultern. Sah ihn sprachlos an. Aber Finn sandte ihr einen fast flehenden Blick zurück:

»Ich sehe keine Chance, wie du diese eingefrorene Gesellschaft retten kannst. Die wollen nicht gerettet werden, Lisa! Und schon gar nicht von dir!«

»Finn! Mein Vater ist doch kein Monster! Das mit Björn und Fred wird sich regeln – es gibt doch überall Herausforderungen. Warum sollte ich meine Sicherheit aufgeben?«

»Weil es keine Sicherheit ist. Nochmal, Lisa, geh! Am besten gestern!«

»Nein, Finn, ich gehe nicht! Ich muss von irgendetwas leben, weißt du? Und überhaupt: Neben Pierre bin ich die Einzige, die hier was arbeitet – während andere nur dumm rumsitzen und Geld kosten. Was soll das? Es wäre doch deine verdammte Aufgabe, genau das meinem Vater klarzumachen!«

Finn fuhr sich mit der Hand durch sein Haar und ging zu ihrem Erstaunen auf ihr Argument nicht im Geringsten ein.

»Tust du mir den Gefallen und denkst wenigstens mal über Alternativen nach?«

»Sag mal, Finn, was ist das hier? Ist das deine persönlich entwickelte Coaching-Methode? Mir Paperbacks zu schicken? Und mir im Prinzip zu sagen, ich soll Sozialhilfe beantragen? Das ist leicht gesagt von jemanden, der sicher in einem teuren Penthousebüro sitzt!«

Finn sah sie mit einem eigentümlichen Blick an. Er war kurz davor, etwas zu äußern, aber entschied sich dagegen.

»Gut, ich denke, ich habe alles gesagt, was es zu sagen gibt.«

»Du hast zum Beispiel auch gesagt, dass mein Konzept funktioniert«, gab sie erstickt zurück. In ihr wütete Panik, weil das so verflucht nach einem Total-Abschied roch, weil er nicht eine Sekunde das Persönliche ansprach. »Ich verstehe wirklich dein Problem nicht ganz.«

»In einer Firma müssen alle an einem Strang ziehen. Das ist hier nicht der Fall. Du bist die Tochter des Chefs und du hast keine Akzeptanz. Du wirst sie nie haben. Das ist eine Tatsache, der du dich stellen solltest. Du lebst und arbeitest gegen permanenten Widerstand. Glaub mir, ich weiß, wovon ich rede! Mehr, als du ahnst!«

Er sah verzweifelt aus und sie verstand es nicht.

»Erfolg ist auch eine Tatsache«, erwiderte sie stur. »Ich glaube daran, dass mein Vater seine Meinung ändern wird, sobald er die Zahlen sieht.«

»Was passiert, wenn er vorher herausfindet, was du tust?«

»Ach, komm! Was soll denn passieren? Die Referenten sind unter Vertrag und die Vermittlungen auch. Und vielleicht kriegen wir sogar Reeds!«

»Den will dein Vater schon gleich gar nicht! Hast du keine Angst, dass dein Dad dich schasst, weil du seinen Interessen zuwiderhandelst? Das ist ein echter Kündigungsgrund!«

»Finn. Noch einmal zum Mitschreiben: Meines Vaters Interesse ist der Umsatz. Du glaubst wirklich, er würde mich feuern?«

Seine Schultern sackten nach unten.

»Nein«, erwiderte er resigniert. »Nein, er würde dich nicht feuern.«

Seine Lippen pressten sich zusammen. Er sah zur Tür. Lisa wurde es schlecht.

»Okay …«, sagte er mit rauer Stimme. »Dann … schreibe ich meinen Bericht und lasse ihn deinem Vater zukommen.«

»Bekomme ich den auch zu Gesicht?«

»Nein.«

»Ja, wunderbar.«

Sie wandte sich ab. Enttäuschung und Frust wüteten in ihr wie ein Feuersturm, fraßen alles Positive auf … Warum war er so kühl? Weil es eine Geschäftsbesprechung war? Klammerte er deswegen alles Persönliche aus? Aber ... es war doch außer ihnen niemand im Zimmer!

Finn stand unschlüssig in der Mitte des Raumes. Dann kam er vorsichtig einen Schritt auf sie zu.

»Lisa ... Es ist für mich nicht so einfach und ich kann es nicht wirklich erklären ...« Mutlos brach er ab, schwieg ein paar Sekunden und versuchte es aufs Neue:

»Ich ... mir sind auch ... ich brauche ein paar Tage Zeit, dann ...«

Er verstummte, merkte selbst, dass sein Gestammel zu nichts nütze war.

»Wofür brauchst du Zeit?«, fragte sie unglücklich. »Um eine elegante Formulierung zu finden, dass du bekommen hast, was du wolltest, und du nicht wirklich weißt, wie du das Ding beenden sollst?«

Er schwieg. Sein Blick ging erneut zur Tür. Lisas Herz fiel in den Keller.

»Es ist gut, Finn. Ich sehe, du willst gehen. Tu's einfach, okay? Wenn du nichts anderes zu sagen hast, dann ... Und ich dachte ... ich dachte ...«

In Finns Augen stand unendliches Mitgefühl – und Trauer. Lisa sah es nicht. Sie hielt den Kopf gesenkt und starrte aus dem Fenster. Verbissen biss sie die Tränen zurück.

»Was dachtest du?«, fragte Finn.

Sie beschloss, wie er, alles Persönliche wegzulassen.

»Ich dachte, ich hätte dich mit dem neuen Konzept überzeugt. Du hast mir sogar Tipps gegeben und die Daumen gedrückt. Und jetzt sagst du, es hat alles keinen Sinn.«

Er sah ihren Blick – die unglücklichen, braunen Augen, ihr Haar, das sich auf ihrem Kopf türmte ... Es juckte ihn in den Fingern, ihren Dutt zu öffnen und die blonde Fülle über seine Finger gleiten zu lassen. Er dachte an die Tutu-Nacht, an ihre schreckhaften Augen, das Zucken ihres Körpers, daran, dass er verdammt noch mal seine Gefühle aus der Sache nicht heraushalten konnte. Gefühle, die sich entwickelt hatten, seit er sie das erste Mal gesehen hatte. Er war mit der gesamten Situation vollkommen überfordert und das zu erkennen, überforderte ihn noch mehr. Denn das war etwas, was er nicht gewohnt war. Er hätte diesen Auftrag nie annehmen dürfen! Und nun klebte das Ding an ihm wie Pech.

Er hatte keine Lösung. Nicht für sich, nicht für sie. Er wusste, er musste Ordnung schaffen und hatte keine Ahnung, wie.

»Lisa«, sagte er heiser und mit bittenden Augen. »Ich kann dir wirklich keinen besseren Rat geben, als so schnell wie möglich die Kündigung einzureichen. Bitte tu's. Danach können wir reden. Du würdest damit so vieles einfacher machen. Du … das hier ist nicht deine Welt. Bitte, bitte geh!«

Stumm sah sie ihn an, verwirrt. Sie hätte so gern mehr von ihm gehört, anderes von ihm gehört, aber er sagte nichts mehr. Und als sie leise sagte: »Nein, Finn. Ich gehe nicht. Ich werde meinen Vater nicht im Stich lassen«, da drehte er sich um und verließ wortlos den Raum.

Lisa sah ihm hinterher. Ihr fehlte die Luft zum Atmen. Sein Aftershave hing in der Luft und tief sog sie es ein. Es war alles, was ihr von ihm blieb. Ihr Herz wurde schwer und jede Sekunde schien ein Gewicht mehr dazu zu kommen. Mit vor Tränen blinden Augen starrte sie auf den Schreibtisch. Fuck! Warum lief das nicht bei ihr?

♫ Love Is A Game ♫
HAEVN

Einen Tag später hatte sie eine Nachricht von ihm auf dem Handy.

»Trinkst du einen Kaffee mit mir? Ich wollte dir gestern noch etwas sagen und habe es nicht getan. Aber ich will das nachholen. Ich hätte es schon längst tun sollen.«

»Wäre der dritte Anlauf. Und du sagst es diesmal wirklich?«, schrieb sie schnippisch zurück.

»Ja. Geht es heute oder morgen?«

»Nein, bin voll bis nächste Woche.«

»Das dauert mir zu lang!«

»Dann sag es doch jetzt!«

»Nein, das mache ich nicht schriftlich.«

»Ruf mich an und sag es mir.«

»Lisa, ich ... nein, das muss ich persönlich machen. Gib mir einfach einen Termin sobald wie nur irgendwie möglich.«

Ihr Herz schlug Purzelbäume. Mit dieser Nachricht veränderte sich die Perspektive schlagartig erneut – war sie ihm doch nicht egal? Sie dachte an die Nacht mit ihm, an das, was er ihr ins Ohr geflüstert hatte, und Schauer jagten über ihren Rücken. Es war beängstigend, was Finn sich da vorstellte, aber es klang auch aufregend. Und das mit dem Tutu und den Fesseln war trotz ihrer Angst ... ja ... sehr sinnlich gewesen.

Hm. Er wollte ihr etwas sagen ... er wollte sie sehen ... Ihr Kopf produzierte sehnsuchtsvolle Träume, um sie eine Sekunde später wieder zunichtezumachen. Was soll er schon damit gemeint haben, Lisa!, fragte er höhnisch. Nicht das, was du dir wieder erhoffst! Er will dich nur als Gespielin für seine Fantasien! Eine, die das alles mitmacht! Wer weiß, was er sonst noch im Kopf hat!

Sie schob die Gedanken energisch zur Seite und widmete sich ihrer Arbeit. Langsam wurde es zwingend, ihren Vater über ihr Projekt zu unterrichten, denn die Stimmung im Büro war, was Cordula, Björn und Fred anging, in offene Feindseligkeit ausgeartet. Ihr Vater hing dazwischen, hörte sich tagtäglich das Gekeife seiner Frau an, die Beschwerden seiner Mitarbeiter, bekam Anrufe von der Bank und schaffte es nicht mehr, freundlich zu Lisa zu sein. Es waren nur noch wenige Wochen bis zum Halbjahresende, bis dahin wollte sie weitere drei Referenten vermitteln, die gewinnmäßig noch mal einen Schub verursachen würden. Sie biss die Zähne zusammen. Es würde gut werden, ganz sicher.

∗∗∗

Morgen Abend war das Konzert und sie fühlte sich so gestresst, dass sie gar keine Lust darauf verspürte, auch wenn das Leben mit Michael und Richard inzwischen sehr spaßig geworden war. Die zwei kabbelten sich in einem fort, luden Lisa ab und an zum Abendessen ein, wobei Michael immer motzte, dass Richards Gerichte einfallslos waren – was auch stimmte, denn er öffnete meist nur irgendwelche Dosen oder riss Tiefkühltüten auf. Michael schickte ihm Links über vegetarische Rezepte, Kochanleitungen sowie Vorträge über gesunde Ernährung.

Richard war aus dem Häuschen.

»Das Weltnetz bringt einem sogar das Kochen bei!«, rief er mit hochroten Wangen. »Das ist ja stinkeeinfach! Ich muss ja nur nachkochen, was der vorkocht!«

»Rosenberg«, ließ sich Michael vernehmen. »Kochsendungen gibt's seit eh und je.«

»Ja, aber hier kann ich vor- und zurückspulen!«, erwiderte Richard eifrig. »Oder anhalten, bis ich soweit bin!«

»Ich schicke Ihnen für heute Abend ein Tutorial, wie man eine Krawatte bindet«, spöttelte Michael. »Damit Sie nicht unangenehm auffallen, wie sonst immer.«

Während der Fahrt ging das so weiter und Lisa zog sich geistig zurück. Sie dachte ernsthaft über Urlaub nach. Die Fotos, die ihre Mutter ihr von ihren Aufenthaltsorten überall auf der Welt schickte, taten ihr Übriges dazu.

Aber immer wieder schweiften ihre Gedanken zu Finn. Sie hatte ihm einen Termin nach der Halbjahressitzung in zwei Wochen geben wollen, aber er hatte es unglaublich dringend gemacht und auf ein Abendessen in einer Woche bestanden. Irgendetwas war unrund. Dieses Drängen ... was wollte er von ihr? Waren es seine sexuellen Fantasien, die ihm keine Ruhe ließen? Es verstörte sie sehr, dass er im Büro so gar nichts Persönliches von sich gegeben hatte.

Richard und Michael waren ab dem Moment, in dem sie aus dem Auto ausstiegen, vollendete Kavaliere. Sie machten ihr Komplimente bezüglich des Kleides, ihrer Figur, ihrer Frisur, ihrer ganzen Erscheinung, holten ihr ein Glas Champagner und setzten sich mit ihr an einen kleinen Tisch.

Die Halle füllte sich mit Menschen, das Konzert war ausverkauft, es spielten die Labèque-Schwestern*, Katia und Marielle, in einem einzigartigen Zusammenspiel mit einer weiteren Meisterin auf ihrem Instrument: der Violinistin Elena Vanderbilt. Das Konzert war absolute Weltklasse.

»Ich hoffe, ihr wisst das zu würdigen«, erklärte Michael. »Die Vanderbilt gilt als Diva. Eine furiose Persönlichkeit! Die hat auch schon Dirigenten und wen nicht alles zurechtgewiesen, wenn ihr was nicht passte. Und die Labèque-Schwestern – also diese zwei bewundere ich zutiefst!«

Neugierig lugte Lisa in das Programmheft. Die schwarzhaarigen Schwestern sahen süß aus. Die eine ernst und nachdenklich, die andere verschmitzt und aufgeweckt und Lisa fiel fast um, als sie las, dass die beiden 1950 geboren waren.

»Sehen die wirklich so aus wie auf dem Foto?«, fragte sie Michael fassungslos. Sie hätte die beiden nicht älter als fünfundvierzig geschätzt!

»Siehst du ja gleich«, erwiderte Michael, während der Gong ertönte und die Menschen in den Saal strömten. Sie saßen in der fünften Reihe, so hatte Lisa einen guten Blick auf die beiden Schwestern, als diese die Bühne betraten.

Sie sahen tatsächlich so jung aus wie auf dem Foto – niemals hätte sie gedacht, dass diese beiden Damen auf die siebzig zugingen! Auch Richard starrte die zwei mit offenem Mund an, den er wohlweislich wieder zuklappte, als der Blick der attraktiven Marielle durchs Publikum ging.

»Tja«, wisperte Michael. »Musik hält jung! Sie verbindet ja nachweislich die beiden Gehirnhälften miteinander … aber wehe, du fängst jetzt mit Klavierspielen an, Richard!«

»Rosenberg, Benkert!«, zischte Richard leise, ohne den Blick von Katia und Marielle zu lösen. »Für Sie immer noch und für alle Zeiten Rosenberg!«

Das Konzert begann und Lisa versank in der Musik. Aber nicht nur das, sie war auch unglaublich fasziniert, mit welcher Heiterkeit und Leichtigkeit die Schwestern ihre Performance hinlegten. Besonders Katia genoss ihr eigenes Spiel so sehr, dass Lisa innerhalb von Sekunden nur noch auf diese Frau schaute, die das schwierige Klavierstück mit einer Bravour, einer Freude und einem so glücklichen Gesichtsausdruck präsentierte, dass sie nur so staunte. Da war keine Spur von Angst oder Lampenfieber. Kein Ernst. Keine Anspannung … nur diese Heiterkeit und der Genuss am Spiel. Katia zelebrierte jede Sekunde, machte jeden

Moment zum Fest. Lisa war schwer beeindruckt. Katia lehrte sie, dass Arbeit und Freude dasselbe waren; mit jeder Note, die sie spielte, machte sie Lisa klar, was es hieß, wenn Reeds sagte: Life is a play. Life is music. Life is a dance.

Mit dieser Beobachtung blitzte zum ersten Mal der Gedanke durch Lisas Kopf, dass Finn ihr etwas hatte sagen wollen, was bisher außerhalb ihres Horizonts gelegen war – und dass sie ihn deshalb nicht verstanden hatte. Dass er mitnichten unsensibel war, wie sie das von ihrem letzten Gespräch angenommen hatte – war es genau andersherum? War sie diejenige, die eingefahren und stur in ihrer Denkweise war?

Ein Gedankensturm tobte in ihrem Kopf und immer wieder glitt ihr Blick auf Katia Labèque, die ihr Talent zum Beruf gemacht hatte und keine Trennung zwischen Arbeit und Genuss empfand. Allein deswegen hatte es sich gelohnt, hierherzukommen.

Lisa hatte in diesen Sekunden noch nicht die geringste Ahnung, dass dieser Abend noch viel unvergesslicher für sie werden würde.

✳✳✳

Eine Hand tastete nach der ihren und drückte sie sanft. Michael, ihr feinsinniger Freund, bekam ihren inneren Aufruhr mit und die Wärme seiner großen Hand, der Ausdruck des Verständnisses, der in seiner Geste lag, füllte sie mit Dankbarkeit. Trotzdem sehnte sie sich danach, alleine sein zu können, um Ordnung in ihr seelisches Chaos zu bringen.

Nach einer Zeit ließ sie ihren Blick über die Reihen wandern, die in ihrem Blickwinkel lagen, über die Logen, die in diesem Konzertsaal nicht allzu hoch angebracht waren – und entdeckte Finn.

Da saß er. Ein Bild von einem Mann. Sein Smoking war ihm wie auf den Leib geschneidert, was er wohl auch tatsächlich war. Jemand wie er trug keine Anzüge von der Stange. Sein Haar glänzte im schwachen Licht der Loge und sein Blick war auf die Bühne gerichtet, wo die Labèque-Schwestern einen brillanten Moment nach dem anderen erschufen.

Die beendeten gerade ihr Schlussstück vor der Pause und als der letzte Ton in der Halle verklungen war, applaudierten die Menschen in aufrichtiger Hochachtung und gaben eine Standing Ovation. Immer wieder lugte Lisa unauffällig zu Finn. War er allein in der Loge?

Aufgewühlt folgte sie Michael und dem begeisterten Rosenberg in das Foyer. Menschenmassen schoben sie nach draußen, es war alles voll, an den Theken standen Schlangen und sie beschlossen, auf ein Getränk zu verzichten und sich lieber einen Platz zu suchen, weil Michael ungern eine halbe Stunde stehen wollte.

Dass Finn anwesend war, gab dem Konzert eine besondere Note, aber es war unwahrscheinlich, sich inmitten dieser Menschenmenge zu begegnen. Und so war es auch. Ständig ließ sie ihre Augen über die festlich gekleideten Leute gleiten, aber Finn war nicht zu sehen. Lisa konnte kaum der Unterhaltung folgen und war froh, als sie zurück in den Konzertsaal gingen. Automatisch ging ihr Blick nach oben. Die Loge war leer.

Zerstreut verfolgte sie die kurze Ankündigung der Violinistin. Doch mit ihrem Erscheinen ging ein Raunen durch den Saal. Elena Vanderbilt hatte eine dermaßen starke Bühnenpräsenz, dass Lisa unwillkürlich nach Luft schnappte. Nicht nur sie, jeder war von ihr elektrisiert. Sie war eine Eurasierin von solch makelloser Schönheit, dass einem die Augen übergingen. Ihre Lippen waren aufgeworfen und voll, ihre Augen mandelförmig, mit so langen Wimpern, dass sie im Profil hervorstachen, die Gesichtsform war klar und apart, ihr schwarzes, dichtes Haar, das sie offen trug, fiel bis zum Po. Aber das Beeindruckendste war ihre Vitalität – die sprang einen geradezu an! Sie war wie ein Mahnmal gegen jede Trägheit, Trübseligkeit oder Minderwertigkeit.

Lisa blätterte im Programmheft – Elena war zweiundvierzig und sah aus wie Ende zwanzig. Sie hatte schon an allen namhaften Orten dieser Welt gespielt und war eine schillernde Persönlichkeit in ihrer Branche.

Ungerührt von dem ihr geltenden mächtigen Applaus stand Elena Vanderbilt auf der Bühne, bereit, loszulegen. Mit Schwung warf sie ihre Haarpracht zurück, ließ ihren Blick mit einem selbstbewussten Lächeln durchs Publikum gleiten, legte die Violine ans Kinn und schloss die Augen.

Wieder erlebte Lisa personifizierte Perfektion und totale Hingabe in das Jetzt. Elena spielte zum Weinen schön. Die gesamte Komposition aus ihrer Person und der Musik war eine so vollkommene Darbietung, dass Lisa wie festgenagelt auf ihrem Platz saß, nur noch beobachtete, nur noch aufnahm, gefangen vom Orchester, der Solistin und der Musik, dass sie die Zeit völlig vergaß. In den letzten Minuten brachten die Violinistin und die Symphoniker eine Höchstleistung nach der anderen, die Leute waren außer sich, und sowie das Stück beendet war, sprangen alle für die mehr als verdiente Ovation auf die Füße.

Elena Vanderbilt verbeugte sich immer wieder mit einem strahlenden Lächeln und gab den Applaus mit einer weit ausholenden Armbewegung an den Dirigenten und das Orchester weiter. Dann blickte sie Richtung Logen und warf wilde Kusshände hinauf.

Pfiffe ertönten aus dem Publikum, Geraune, verständnisvolles Gelächter und der Scheinwerfer richtete sich auf Finn, der die Kusshand lächelnd erwiderte.

In Lisa stürzte alles zusammen. Stumm stand sie zwischen Richard und Michael, applaudierte mechanisch und konnte kaum Richards enthusiastisches Gebrabbel ertragen, konnte es nicht glauben und warf fassungslos einen weiteren Blick zur Loge.

Finn starrte sie an. Er hatte sie entdeckt. Und war definitiv nicht erfreut, sie zu sehen. Als ihre Augen sich kurz trafen, wandte sich sein Kopf wieder der Bühne zu. Lisas Herz sank in die Tiefsee. Auch sie richtete ihren Blick wieder nach vorne, vollends im Aufruhr. Ihre Lippen bebten und sie schloss die Augen, wartete die letzten Minuten ab, quälte sich durch den nicht nachlassenden Applaus, bis er endlich, endlich abebbte.

Unter allergrößter Anstrengung setzte sie einen Fuß vor den anderen, die Leiber Hunderter von Menschen vor sich, Richards Redestrom im Ohr, während die Bedeutung der letzten Minuten sich in ihrem Gehirn festsetzte. Wie ein aufblasbares Zelt schoss ihre alte Abwehr gegen Menschenmassen hoch, gegen Menschen überhaupt, hüllte sie ein, ummantelte sie, während die Sehnsucht nach ihren vier Wänden, nach Ausschluss von allem, was wehtat, sie mit einer Vehemenz ergriff, dass sie am liebsten schreiend durch diese Masse gepflügt wäre.

»Das war ein Schauspiel, was?«, sagte Richard zum zehnten Mal. »Das ist mal eine Frau! Was für ein Prachtweib! Also, Benkert, dafür danke ich Ihnen. Das war sensationell! Wenn Sie ja sonst nichts Rechtes zustande bringen, aber dass Sie mir ein solches Geschenk vermacht haben, rechne ich Ihnen hoch an!«

Michael erbot sich, die Mäntel zu holen.

Lisa und Richard warteten in einer abgeschiedenen Ecke des sich schnell leerenden Foyers, nahe dem Einlass der Konzertbühnen, als plötzlich Finn vor ihr stand. Ihr Herz raste wie verrückt.

»Guten Abend, Lisa«, sagte er.

»Guten Abend, Finn«, antwortete sie, um Gleichmut bemüht.

»Das ist doch der junge Mann, der neulich bei dir war, Lisa, nicht?«, fragte Richard neugierig. »Er sieht gut aus! Ein Prachtbursche!«

Sein Blick ging zwischen ihnen hin und her, als wäge er ab, ob er den beiden seinen Segen geben solle.

»Es ist eine geschäftliche Beziehung!«, erinnerte ihn Lisa ungehalten und sandte Richard einen warnenden Blick.

Und an Finn gewandt sagte sie kühl: »Darf ich vorstellen? Richard Rosenberg, mein Nachbar. Richard, das ist Finn Mahlström. Er begleitet unsere Firma als Coach.«

Finn nickte Rosenberg höflich zu, dann drehte er sich wieder zu Lisa.

»Schön, dich hier zu treffen. Das Konzert war ein echtes Erlebnis, nicht?«

Er brachte es sogar fertig, zu lächeln.

»Allerdings!«, mischte sich Rosenberg ein. »Und das Mädchen hier ist auch ein echtes Erlebnis, sage ich Ihnen.«

»Richard!«, zischte Lisa sauer. »Lass das bitte! Herr Mahlström ist liiert, wie ja inzwischen jeder weiß.«

Finn öffnete den Mund, um etwas zu sagen, als Richard einen Schritt zurückwich und sein Unterkiefer so heftig nach unten klappte, dass seine Wangenhaut wackelte. Lisa folgte seinem Blick.

»Ah, da bist du ja!«, rief Elena Vanderbilt und rauschte in ihrem schwarzen Abendkleid auf Finn zu, der auffallend blass wurde. Ungezwungen schwang sie ihren Arm um ihn und schaute auf Richard, der sich sichtlich um Haltung bemühte.

»Und wer sind Sie, junger Mann?«, grinste ihn Elena ungeniert an und zwinkerte ihm zu. Richard lief in einer solchen Geschwindigkeit rot an, dass Lisa sich instinktiv hinter ihn stellte, weil sie dachte, er falle im nächsten Moment um. Er brachte die ersten Sekunden kein Wort hervor, aber seine Augen leuchteten, seine buschigen, weißen Augenbrauen zuckten; dann endlich gewann er seine Contenance wieder, reichte Elena die Hand und brachte eine knappe Verbeugung zustande.

»Rosenberg«, sagte er. »Richard Rosenberg. Es ist mir eine Ehre! Ich bin überglücklich, Ihnen persönlich sagen zu dürfen, welches Erlebnis Sie mir heute verschafft haben. Es war ... aufrüttelnd! Welterschütternd!«

Elena lachte. »Na, na, welterschütternd«, schmunzelte sie. »Wäre schön, wenn Musik die Welt erschüttern würde, nicht?«

»Jawoll, Frollein Vanderbilt! Sie haben jedenfalls meine Welt erschüttert!«, rief Rosenberg. »Sie sind ein echtes Prachtweib, wenn ich das so sagen darf!«

»Rosenberg, benimm dich!«, meldete sich Michael zu Wort, der mit den Mänteln über dem Arm zurückgekommen war. »Sie treffen mal wieder nicht die richtige Wortwahl! Sie müssen entschuldigen«, wandte er sich an

Elena Vanderbilt. »Unser Kollege hier hat leider nicht die geringste Ahnung von jedweder Galanterie.«

Auch er stellte sich vor, es gab jede Menge Händeschütteln und Lisas Drang, auf dem Absatz umzudrehen und einfach abzuhauen, erreichte seinen Höchststand.

Doch da richtete sich Elenas Blick in einer solchen Intensität auf sie, dass Lisa ganz schlecht davon wurde. Sie schluckte, streckte dieser eurasischen Schönheit, die nicht nur Richards Welt erschüttert hatte, die Hand hin und sagte tonlos:

»Lisa Kastner. Guten Abend, Frau Vanderbilt. Ihre Performance war grandios. Ich bewundere Sie sehr. Es war Genuss pur, Ihnen zuzuhören.«

Sie wollte ihre Hand aus der von Elena ziehen, aber die gab sie nicht frei. Vielmehr starrte sie sie weiter an, wandte ihren Blick zu Finn, dann wieder zurück zu ihr und fragte unverblümt:

»Und woher kennt ihr euch? Ich meine, Sie und Finn?«

Lisa schaffte es, nicht rot zu werden, schaffte es, gleichmütig zu klingen, und wiederholte den Satz, den sie Richard schon zugeworfen hatte:

»Herr Mahlström begleitet unsere Firma als Coach und …«

Ein Atemstoß entfuhr Elena und statt Lisas Hand loszulassen, wie diese das erwartet hätte, zog sie sie noch näher an sich heran und legte den Arm um sie. Ihre Augen fixierten Finn, der einen Schritt zurückzuweichen schien.

»Ist das der Auftrag, von dem du mir erzählt hast?«, erkundigte sie sich barsch.

»Elena, das sind intime Firmendetails, die wir hier ganz sicher nicht …«

»Nein, ich will ja auch nichts über die Firmendetails wissen. Es geht um so etwas wie Moral, mein Lieber. Über die wir eingängig gesprochen haben.«

Auffordernd und ärgerlich starrte sie Finn an, während Lisas Augen in äußerster Verwirrung zwischen den beiden hin und her gingen. Ihr war gar nicht wohl.

»Du hast mir was versprochen, Finn«, sagte Elena erbost.

»Was ich auch halten werde.«

»Das heißt, du hast es immer noch nicht gemacht.«

»Aber den Termin dafür. Elena, bitte … lass das jetzt. Das geht dich nichts an.«

»Und ob mich das was angeht!«, rief Elena. »Immerhin möchte ich wissen, ob ich meine Nächte mit einem Arsch verbringe!«

Ihre grobe Ausdrucksweise, die so gar nicht zu der feinen Darbietung von vorhin passte, verursachte ein kollektives Zucken. Richards Unterkiefer klappte mal wieder hörbar nach unten, während es in Michaels Augen aufblitzte. Finn schaute sich instinktiv um, ob noch jemand zuhörte, und Lisas Magen fuhr Karussell.

»Okay, Elena, das reicht«, zischte Finn. »Wir klären das bitte nicht in aller Öffentlichkeit.«

»Ich kläre gern Dinge in aller Öffentlichkeit«, erwiderte Elena süffisant, während sich ihr Arm noch fester um Lisas Schulter schloss. »Vor allem, wenn das, was persönlich besprochen wurde, nicht eingehalten wird. Da hilft oft der Druck der Öffentlichkeit.«

»Elena!«

»Finn, erklär der Kleinen deinen Auftrag – oder ich tue es!«

Finn schaute sich so nervös um, als ob er flüchten wolle. Richard und Michael warfen sich beunruhigte Blicke zu. Elena atmete tief ein, sah Lisa an und sagte zu ihr:

»Jetzt musst du ganz stark sein, meine Süße. Das tut gleich furchtbar weh. Aber ich werde dir beistehen. Ich habe nämlich heute Abend nichts mehr vor.«

Herausfordernd reckte sie Finn ihr Kinn entgegen. Es war klar, dass sie gerade eine private Verabredung gecancelt hatte. Finn schluckte laut und deutlich.

Kermit der Frosch, dachte Lisa unwillkürlich. Der hat auch immer so geschluckt.

»Elena«, sagte Finn mit belegter Stimme. »Ich habe einen Termin mit Lisa. Ich wollte es früher machen, aber Lisa kann nicht. Stimmt doch, Lisa, oder? Sag ihr, dass das stimmt!«

Sein Versuch, die Wogen zu glätten, erreichte das Gegenteil, denn in Elena zog spürbar Sturm auf. Ihre Brauen zogen sich wütend zusammen, ihre Augen schossen Blitze, Lisa sah sie buchstäblich ihr Pferd satteln, sich darauf schwingen und ihre Waffe in Stellung bringen – eine Amazone in Kampfbereitschaft. Drohend fauchte sie:

»Jetzt, Finn – oder ich tue es!«

»Herrgott noch mal, was ist hier eigentlich los?«, stieß Lisa gequält hervor. Sie löste sich aus Elenas Arm und ihr Herz schlug heftig. »Wovon redet ihr bitte?«

Schweigen.

Elena und Finn stierten sich an. Finn wurde aschfahl, aber sein Mund blieb zu.

»Gut, halt dich fest, Lisa«, begann Elena und ihre Stimme war voller Mitgefühl. »Es geht darum, dass ...«

»Okay, Elena, stopp«, fiel ihr Finn ins Wort. »Lisa, würdest du bitte mit mir mal in eine stille Ecke kommen? Ich fürchte, wir müssen unseren Termin von nächster Woche vorziehen.«

»Die Ecke hier ist still«, behauptete Elena. »Ich höre zu. Die beiden sympathischen Herren hier werden auch zuhören. Wer weiß, welchen Bluterguss du der Kleinen sonst ans Ohr sülzt!«

Lisas Herz pochte noch wilder, sie suchte Finns Blick, aber der sah sie nicht an – er wirkte noch immer so, als suche er einen Fluchtweg. Elena verlor die Geduld.

»Okay, ich mache das!«, erklärte sie entschlossen.

»Nein, warte!«, rief Finn und wandte sich endlich Lisa zu.

»Ich ... Lisa ... glaub mir, das fällt mir jetzt verdammt schwer ... und ich hoffe so sehr, dass du unseren Termin nicht cancelst, denn, wenn ich dir das jetzt sage, dann klingt das sicher unverzeihlich, aber ... es gibt da ein paar Dinge, die du berücksichtigen solltest ... ich meine, die du wissen musst, bevor ...«

»Finn!«, fauchten Elena und Lisa wie aus einem Mund. Lisa war den Tränen nah und rief gequält: »Spuck's doch einfach aus!«

»Okay ... okay ...« Finn fuhr sich durchs Haar, warf ihr einen unglücklichen Blick zu, setzte erneut an, brachte wieder kein Wort hervor, da platzte Elena der Kragen:

»Gut, meine Süße«, sagte sie resolut. »Dein Vater hat der Firma Mahlström & Partner den Auftrag gegeben, dich zu entlassen. Das Ganze sollte so inszeniert werden, dass du von alleine gehst. Wahrscheinlich, um Kosten zu sparen. Finns Vater Vincent wollte das nicht machen. Finn schon.«

»Das stimmt so nicht!«, rief Finn zornig dazwischen, aber Elena ließ ihn nicht zu Wort kommen.

»Er dachte, du bist eine unfähige Tussi, die nichts drauf hat. Aber selbst, als er herausgefunden hat, dass das nicht der Fall ist, hat er seinen Auftrag weiterverfolgt. Weil er nämlich nicht verlieren kann. Sein Motto ist: Ich tue alles, um meinen Auftrag zu erfüllen.«

Lisa war schon bei ihren ersten Worten zurückgetaumelt. Elena ergriff ihre Hand.

»Lisa, es tut mir so leid«, sagte sie und sah ihr in die Augen. »Es tut mir so leid. Ich weiß, das tut weh. Aber du musst die Wahrheit wissen.«

Vor Lisas Augen verschwamm alles.

»Mein Vater hat … den Auftrag …«, flüsterte sie. »Nein … das kann nicht sein …«

»Doch, Lisa«, ließ sich jetzt auch Finn vernehmen und trat näher auf sie zu. Automatisch wich Lisa vor ihm zurück und seine Augen verdunkelten sich.

Mit belegter Stimme sagte er:

»Du hast gesagt, er würde dich nicht feuern. Das stimmt auch, Lisa. Aber er hat kein Problem, dich feuern zu lassen. Und Geld dafür zu bezahlen! Obendrein habe ich von deinem Vater und seinen zwei Mitarbeitern ein so übles Profil von dir bekommen, dass sich mir die Fußnägel hochgerollt haben, als ich es gelesen habe. Ich dachte wirklich, unfähiger geht's nicht. Ich dachte, das wird ein leichter, ehrlicher Job. Ich dachte, ich muss einfach jemandem klarmachen, dass er das Zeug für den Job nicht hat. Aber dann stellte ich fest, dass die Infos nicht der Wahrheit entsprachen – und merkte zu spät, dass ich in der Zwickmühle saß. Denn dein Vater hat uns zum Stillschweigen verpflichtet. Das war eine der Bedingungen, als mein Vater den Auftrag angenommen hat. Aber jetzt hat es dir ja Elena gesagt und …«

»Warum hat Ihr Unternehmen so etwas auch nur in Betracht gezogen?«, mischte sich Michael empört ein und stellte sich instinktiv neben Elena und Lisa. »Vor allem: Warum haben Sie diesen Auftrag nicht zurückgegeben, als Sie merkten, was Sache war?«

»Erzähl ihr von der Wette!«, zischte Elena erbarmungslos und stürzte damit Finn wie Lisa in eine abgrundtiefe Schlucht. »Erzähl ihr, dass du mit deinen Kollegen gewettet hast, du machst das Ding in einer Woche, maximal in zwei! Erzähl ihr, wie du mir gesagt hast, dass du noch nie so schnell drei Monatsgehälter verdient haben wirst und dass du mich auf die Malediven einlädst, wo wir das Geld verprassen! Und als die Kleine nicht so wollte, wie du wolltest, hast du nicht aufgeben wollen! Du wolltest nicht als Schlappschwanz dastehen!«

»Nein, Elena, so war das nicht«, verteidigte sich Finn aufgebracht. »Du hast keine Ahnung! Ich verbitte mir, dass du dich in diese Angelegenheit einmischst und mich mit deinem seltsamen Sinn für Gerechtigkeit hinstellst wie einen Idioten!«

»Mein Lieber, du bist ein Idiot!«, fauchte Elena zurück. »Und wer von uns hat hier einen ›seltsamen Sinn für Gerechtigkeit‹? Weiß der Geier, was du sonst noch alles im Sinn hattest, dass du das Ding nicht einfach beendet hast …!«

Sie zeterte noch weiter, aber Finns Blick ging in unbeschreiblicher Panik zu Lisa.

Deren Gesicht hatte jede Farbe verloren. Blutleer stand sie zwischen den zwei Streitenden und aufs Äußerste beunruhigt machte Michael einen wackligen Schritt auf sie zu.

»Lisa, komm mit«, sagte er energisch und zog sie aus dem Spannungsbogen der beiden. Kühl nickte er Finn und Elena zu:

»Ich wünsche Ihnen beiden einen gewaltlosen Abend. Gute Nacht.«

Fast grob zerrte er Lisa mit sich fort. Richard stolperte hinterher.

»Lisa, Kleines, bleib ruhig«, flüsterte Michael, aber seine Stimme wankte. »Wir kriegen das hin ... wir fahren erst mal nach Hause ... Lass uns nach Hause fahren, dann sehen wir weiter.«

Sie nickte. Erstarrt. Zu Eis gefroren. Lief einfach mit Michael, war froh, dass er sie führte.

Ich tue alles, um meinen Auftrag zu erfüllen ... Wer weiß, was du sonst noch im Sinn hattest, dass du das Ding nicht einfach beendet hast ...

O ja, sie wusste, was er sonst im Sinn gehabt hatte! Sie war nicht nur eine Gelegenheit, innerhalb kurzer Zeit drei Monatsgehälter zu verdienen, die man mit seiner Geliebten auf den Malediven verprassen konnte, sie war sogar jemand, den man wunderbar für Sexspiele ausnutzen konnte! Ich tue alles für meinen Auftrag.

Vertrau mir, Lisa. Ich tue dir nicht weh.

Lisa fühlte sich nur noch taub.

✳✳✳

Niemand sprach ein Wort. Die Stimmung im Wagen war angespannt und ungemütlich. Als schwebe sie über sich selbst, nahm sie alle Emotionen wahr, die sich in dem kleinen Raum ansammelten: ihre eigene Betäubung, Richards Hilf- und Fassungslosigkeit, Michaels unsägliches Mitgefühl und sein Zorn über dieses Possenspiel – ein Gemisch, das sie an die Grenze ihrer Belastbarkeit brachte. Tränen wollten sich ihren Weg bahnen. Sie biss sie gewaltsam zurück und konzentrierte sich auf die Fahrt. Ihre ganze Außenhaut schien mit Stacheln versehen zu sein; weder Michael noch Richard wagten, etwas zu sagen. In diesem unseligen Schweigen stellte sie schließlich den Wagen ab, ging mit ihren Nachbarn durch die Haustür. Als Richard vor seiner Wohnungstür etwas sagen wollte, hob sie in einer so rabiaten Abwehrgeste die Hand, dass er keinen Piep herausbrachte.

Stumm sahen ihr die zwei alten Herren zu, wie sie ihr Kleid raffte und die Treppe hochstieg. Als die Tür ins Schloss fiel, sahen sie sich an.

»Scheiße«, murmelte Richard. Und Michael antwortete mit heiserer Stimme:

»Ein geeigneteres Wort fällt mir für all das auch nicht ein, Rosenberg.«

✳✳✳

Eine Stunde später stand Finn vor ihrer Tür.

Er klopfte und klingelte, er hämmerte, er rief und sie öffnete nur, weil er so laut war und sie den Tumult im Haus nicht wollte.

»Hau ab!«, zischte sie. »Wir haben uns nichts zu sagen!«

»Nein! Du lässt mich rein und wir reden!«

Ohne sie zu fragen, drängelte er sich durch die Tür und schloss sie.

»Ich will nicht mit dir reden!«, fauchte sie erstickt. »Du! Du hast mich verarscht! Du hast mich rausekeln wollen! Wie kann man nur so verlogen sein! Geh mir aus den Augen!«

»Lisa, es ist nicht so, wie du denkst«, rief er, sich dessen gewahr, wie abgelutscht dieser Satz klang. Er stieß einen verzweifelten Seufzer aus. »Es ist ... ich meine ...«

»Ach, halt doch einfach deinen Mund«, rief sie und Tränen stürzten aus ihren Augen. Sie war so am Ende, so fertig! Der ganze Stress, die ganze Mühe ... ihr eigener Vater wollte sie rausschmeißen – auf so perfide Weise! Wie oft hatte sie in ihrem Leben schon dieses Gefühl verspürt, dass ihr der Boden unter den Füßen weggezogen wurde? Einfach so, ohne, dass sie etwas dafürkonnte, nur deswegen, weil sie ihr Vertrauen auf Arschlöcher gesetzt hatte! Wut schoss in ihr hoch, unerträgliche, qualvolle Wut.

»Lisa, bitte versteh doch«, versuchte es Finn verzweifelt. »Ich durfte nichts sagen! Mir waren die ...«

»Und?«, schrie sie unbeherrscht. »Soll ich jetzt Mitleid mit dir haben, weil du zum Stillschweigen verpflichtet warst? Das kam dir doch sehr entgegen! Mehr als entgegen! Hast du dir auf die Schenkel geklopft, weil du noch ein Schmankerl obendrauf bekommen hast? Und hast den Super-Tutu-Gau bei einem Glas Bier mit Freunden gefeiert? Davon geprahlt, dass du deine Wette gewinnst? Oh, was bist du für ein Schweinehund, Finn! Und ich habe dir so vertraut! Ich habe dir vertraut! Und du hast gewusst ...«

Sie brach ab, ein Sturzbach an Tränen erstickte ihre Stimme. Finn machte einen Schritt auf sie zu.

»Lisa, bitte«, flehte er. »Du siehst das völlig falsch, beruhig dich erst mal. Lass uns reden. Bitte!«

»Nein«, flüsterte sie heiser. »Du hast deine Wette gewonnen, Finn. Geh feiern! Hau ab!«

»Lisa, so war das alles nicht! Elena hat dir ein völlig falsches Bild vermittelt!«

Er ging weiter auf sie zu, wollte ihre Hand nehmen, aber sie wich so ungestüm zurück, dass sie gegen den Tisch stieß.

»Untersteh dich, mich noch einmal anzurühren!«, schrie sie. »Raus hier! Oder ich rufe die Polizei! Und lass dich nie wieder hier sehen! Nie wieder, hörst du?«

Mit großen Schritten ging sie zur Tür und riss sie auf. Finn zögerte.

»Lisa«, sagte er unglücklich. »Komm zu unserem Date am Donnerstag. Bitte. Schlaf erst mal drüber, beruhige dich, lass uns reden.«

»Raus!«, krächzte sie, am Ende ihrer Belastbarkeit.

Er ging. Mit Wucht warf sie die Tür hinter ihm zu.

Sie hatte so recht gehabt, sich zurückzuziehen … so recht! Das war das Einzige, wie man diese Welt und ihre Scheißbewohner ertragen konnte! Sie stand im Flur und konnte noch nicht mal weinen, fühlte sich innerlich ausgebrannt und hoffnungslos. Ihre Kehle war staubtrocken. Ihr Blick fuhr durchs Zimmer, blieb an einer CD von Alan hängen und verzweifelt ging sie in die Knie.

»Ich kann nicht tanzen, Alan«, flüsterte sie in die Nacht. »Ich kann es einfach nicht. Das Leben ist keine Musik. Es ist kein Tanz. Es ist nur ein grausames Spiel.«

♫ Maraqopa ♫

Damien Jurado

In der Nacht wachte sie auf. Ihr Pyjama war nassgeschwitzt. Das hatte sie schon öfter mal gehabt, aber heute war er so nass, dass sie ihn in die Wäschetruhe warf. Auch ihr Bett war nass, aber sie hatte keine Lust, es zu beziehen. Sie hatte noch nicht mal Lust, einen neuen Pyjama herauszuholen, wickelte sich in eine Decke und legte sich auf die Couch. Ihre Augen waren weit offen.

Wieder und wieder schlugen Elenas Sätze, Finns Sätze, ihre eigenen Sätze wie Felsbrocken auf sie ein.

»Mein Dad würde mich nie schassen! Ich kann doch meinen Dad nicht im Stich lassen!«

Ihr Dad! Er hatte dafür bezahlt, um sie loszuwerden! Lisa fühlte, wie ein Loch in ihrem Herzen entstand.

»Ich finde Menschen nicht vertrauenswürdig.«

Das hatte sie zu Finn gesagt. Und er hatte die Stirn gehabt, ihr Vertrauen zu erschleichen und es auf so makabre Art zu missbrauchen.

Dieser Tag mit ihm! Sie hatte ihm ihre geheimen Plätze gezeigt! Er hatte alles Persönliche aus ihr herausgeholt, hatte mit ihr geschlafen – um eine Wette zu gewinnen. »ich tue alles, um meine Aufträge zu erfüllen ... ich habe eine spezielle Methode entwickelt ...«

Und wie speziell das war! So speziell, dass sie blöde Kuh noch obendrein ein Tutu für ihn angezogen und sich von ihm brav hatte vögeln lassen!

Sie atmete stoßweise und schwer. Ihr Hals schnürte sich eng, sehr eng zusammen, nahm ihr die Luft. Finn hatte von Beginn an gewusst, dass alle ihre Anstrengungen umsonst waren – wenigstens da hatte er nicht gelogen.

»Das Ding hat keine Zukunft, Lisa, geh!«

Auch seine Ermutigung, ihr Talent zu leben, war nur dem Bestreben entsprungen, sein Ziel zu erreichen. Er hatte keine Skrupel gehabt, ihr zu sagen, sie solle etwas Sicheres aufgeben, solle in eine ungewisse Zukunft gehen; eine Zukunft, an die er nicht glaubte und die ihm letztlich schnurzpiepegal war.

Wut flammte hoch, ohnmächtiger Zorn, gefolgt von unsäglicher Pein und Resignation.

In einer plötzlichen Regung stand sie auf, holte das Tutu und warf es in den Abfall. Doch dann war es ihr sogar unerträglich, das Teil in ihrer Wohnung zu haben, und so packte sie den Müllbeutel, zog sich einen Bademantel über und warf den Tüll draußen in die Tonne.

Unschlüssig stand sie wieder in ihrem Wohnzimmer, holte eine CD von Reeds, legte sie verbissen ein, kniete vor dem CD-Gerät, starrte auf das Display, das ihr in enervierender Langsamkeit zu verstehen gab, dass das Gerät die CD erkenne, dass es sie lese ... bis es sie endlich abspielte.

»You know«, erklang Reeds ewig gut gelaunte Stimme. »Life is music. Find a way for getting payed for playing ... und halte nicht ständig nach etwas Ausschau, was dich glücklich machen soll. Sei glücklich.«

Ihre Augen kniffen sich zusammen, ihr Finger drückte die Pause-Taste so heftig, dass das Gerät auf dem Regal nach hinten rutschte. Ein Atemstoß entfuhr ihr und ihr Mund öffnete sich für einen Schrei, den sie nicht tat, weil sie ihre Nachbarn nicht auf den Plan rufen wollte. Heraus kam ein undifferenziertes, wahnsinnig klingendes Knirschen und Winseln und je länger sie sich selbst zuhörte, umso stärker wurde der Drang, etwas zu zerstören, etwas kaputt zu schlagen, so wie andere Menschen ständig ihr Leben kaputt schlugen, nur, um ihre Interessen zu verfolgen. Sie wollte nicht der Arsch von diesen Typen hier auf der Erde sein, die mit ihr machten, was sie wollten! Die Wut war so stark, dass sie aufsprang, eine Flasche Wein aus dem Regal riss, sich ein Wasserglas davon vollgoss, ihren Laptop holte, sich an den Tisch setzte, und mit hämmernden Bewegungen und nüchternen Worten ihre Kündigung zu formulieren begann. Doch dann hielt sie inne. Sollte sie das wirklich tun? Sollte ihr Dad ihr doch kündigen! Dann bekäme sie wenigstens Arbeitslosengeld! Doch der Abscheu, von ihm eine Kündigung zu bekommen, stellte sich über jede Vernunft.

HERRGOTT NOCH MAL!, schrie eine Stimme in ihr. Dein Papa will dich nicht! Kapier's doch endlich! Du. Bist. Unerwünscht!

Panisch schob sie den Laptop zurück, starrte auf die Zeilen, sprang wieder auf, rannte zum CD-Player und deaktivierte die Pause-Taste. Ihr Verhalten war irrational – aber verdammt noch mal, sie war niemandem Rechenschaft schuldig!

»Go straight ahead with the movement of life. Detachment means to have neither regrets for the past nor fears for the future.«

Detachment!

»Gib dich einfach der Bewegung des Lebens hin. Loslassen heißt, die Vergangenheit nicht zu bereuen und die Zukunft nicht zu fürchten.«

Die Zukunft nicht zu fürchten. Dieser Satz machte sie seltsamerweise ein Tickchen ruhiger. Wieder starrte sie auf die halb formulierte Kündigung. Und was war mit Pierre? Was war mit den Referenten, den Verträgen?

Sie nahm das Weinglas. Schüttete einen guten Teil in sich hinein und war fast sofort betrunken davon. Ihr Kopf drehte sich, schaltete Hemmungen aus und sie verfasste eine Mail an Pierre, in der sie ihm erklärte, aus persönlichen Gründen ab sofort nicht mehr für die Firma arbeiten zu können, und dass sie ihn hiermit ermächtige und beauftrage, an ihrer Stelle an der Halbjahressitzung teilzunehmen.

»Und Pierre«, schrieb sie in ihrem betrunkenen Zustand hinzu: »Mach diesen Stinkstiefeln Feuer unterm Arsch! Lass dich ja nicht einschüchtern, hörst du? Lass dir von diesen faulen Eiern bloß nicht deine Eier nehmen! Zwick die Hinterbacken zusammen und rede Tacheles mit ihnen! Die verstehen keine andere Sprache! Du bist der Einzige, der die Firma noch retten kann. Ich kann es nicht. Ich muss mich selbst retten.«

Ohne das Geschreibsel noch einmal durchzulesen, ging die E-Mail raus.

Dann verfasste sie mit einem sehr kühlen Zweizeiler ihre Kündigung, schickte sie per Mail ab, druckte sie aus, unterschrieb sie und legte den Brief auf den Stapel, den sie im Hausflur für die Post sammelten.

Morgen war Michael dran, das Päckchen aufzugeben. Sie musste nicht selbst ins Postamt. Das Nächste, was sie anfertigte, war ein großes Schild. Darauf schrieb sie: »Bitte weder klingeln noch klopfen.«

Sie hängte es an die Tür, schloss sie von innen und sperrte zu. Als sie wieder in die Küche kam, sah sie, dass Anrufe auf dem Band waren, die noch vor ihrer Rückkehr vom Konzert darauf gesprochen worden waren. Steif drückte sie auf die Taste.

»Schätzchen, ich weiß, das war hart. Es tut mir leid und doch wieder nicht. Mein Angebot, dir zu helfen, war ehrlich. Hier hast du meine Nummer … ruf mich an.«

Elena Vanderbilt.

»Lisa … ich weiß, der Satz: ›Es ist nicht so, wie du denkst‹, hört sich so bescheuert an wie nur was – aber er ist wahr. Bitte lass uns reden. Gib mir die Chance. Bitte mach mir die Tür auf. Ich komme gleich. Oder komm zu unserem Date. Bitte. Ich wäre dir so dankbar. Es gibt ein paar Dinge, die du wissen solltest.«

Finn.

Zitternd löschte sie die Anrufe und legte sich in ihr unangenehm feuchtes Bett. Stand wieder auf, wechselte auf die Couch, trank den Rest vom Wein und schlief irgendwann ein.

Das Leben war es nicht wert, gelebt zu werden. Es war kein Tanz. Es war die volle Verarsche.

$$***$$

Michael und Richard klopften und klingelten trotz ihres Schildes. Sie öffnete nicht. Auch Elena rief mehrmals am Tag an. Sie rief nicht zurück. Finn meldete sich nicht mehr.

Der nächste Tag war so ziemlich der scheußlichste, an den sie sich je erinnern konnte. Ihr Kopf hämmerte wie noch nie zuvor und ihr war so übel, dass sie sich in das inzwischen wieder trockene Bett legte und versuchte, irgendwie den Tag zu überstehen.

Aber es wurde immer schlimmer. Schließlich nahm sie trotz ihrer Aversion gegen Tabletten eine Aspirin, die sie auf ihren nüchternen und vor allem gereizten Magen nicht vertrug und sich daraufhin mehrmals übergeben musste. Magenschmerzen kamen hinzu. Ihr Rücken tat weh. Der Kopf gab keine Ruhe.

Sich körperlich wie seelisch elend fühlend verbrachte sie zwei Tage im Bett. Das Einzige, wozu sie sich aufraffte, war, ihren Nachbarn eine Mail zu schreiben, in der sie nochmals darum bat, in Ruhe gelassen zu werden. Sie hielten sich dran. Finns Kontaktdaten löschte sie von allen Geräten und sperrte ihn, wo es möglich war.

Elena zu blocken brachte sie nicht fertig, sie wollte ihr aber auch nicht schreiben und so bat diese hartnäckig und vergeblich jeden Tag mehrmals um Rückruf. Lisa ignorierte es einfach.

Am dritten Tag war die Sprechstundenhilfe ihres Arztes in der Leitung: »Frau Kastner, ich rufe an wegen der Vitaminspritzen. Der Herr Doktor fragt, ob Sie eine halbe Stunde eher kommen können.«

Vitaminspritzen! Was sollte sie jetzt damit?! Das konnte sie getrost absagen. Ihre alte Methode, sich zu Hause einzubunkern und niemanden sehen oder hören zu müssen, ergriff voll von ihr Besitz. Aber konnte man das Leben nennen? Sie dachte an die letzten Wochen, an die vielen Begegnungen, an Richard und Michael, an die schöne Zeit, die sie mit Finn gehabt hatte – und an die Öde der nächsten Wochen, Monate und Jahre, die ihr bevorstand. Wollte sie das? Was wollte sie überhaupt hier?

Ihr Blick ging wieder zum Anrufbeantworter. Vitaminspritzen! Es war lächerlich.

Aber dann überlegte sie. Sie fühlte sich so erbärmlich, dass es sicher nicht schlecht war, sich etwas geben zu lassen. Seit gestern hatte sich zusätzlich ein Husten eingeschlichen, ihr Rücken schmerzte und außerdem brauchte sie ohnehin ein paar Lebensmittel.

So verließ sie das Haus am Nachmittag durch den Hinterausgang und fuhr los. Apathisch kaufte sie Fertiggerichte, weil ihr jede Lust am Kochen abging und machte sich auf den Weg zum Arzt.

Das Wartezimmer war voll, sie ergatterte gerade noch einen Platz und nutzte die Wartezeit, um per WhatsApp ihrer Mutter zu antworten, die eine Reihe von traumhaften Naturfotos geschickt hatte, sowie ein Foto von sich und Till, wie sie in der Jack-and-Rose-Pose aus Titanic an der Reling des Kreuzfahrtschiffes standen. Mit einem bitteren Lächeln betrachtete Lisa die Idylle ihrer Eltern.

»Bei mir ist alles gut«, schrieb sie zurück. »Sieht so schön aus, dieser Strand, beneide euch, wünsche euch noch viel Spaß.«

Auch ihr Vater Thomas hatte ihr Nachrichten gesandt.

»Lisa, ich habe deine Kündigung erhalten. Das überrascht mich doch sehr. Natürlich respektiere ich deinen Wunsch, aber warum machst du es so förmlich? Wollen wir nicht wenigstens mal drüber reden? Hast du was anderes? Wir werden dich vermissen!!!!«

Der letzte Satz und die vielen Ausrufezeichen dahinter machten ihr klar, wie verlogen er war und dass er sich freute, sie endlich los zu sein. Ihr Vater reagierte wie Nik, der seine Junggesellen-Wiederbelebung gefeiert hatte. Wahrscheinlich war gerade Finn bei ihm und sie leerten ein Glas Sekt auf ihren gelungenen Deal!

Ein dicker Kloß formte sich in ihrem Hals. Damals, bei dieser Sektengeschichte, hatte ihre Mutter ihren Vater so oft angeschrien, er sei feige, weil er nicht zu ihr gestanden war. Lisa hatte das nie hören wollen, aber heute konnte sie das nur bestätigen. Ihr Vater war feige! Mehr als feige. Hinterhältig!

Und du?, setzte ihr Hirn hinterher. Du bist nicht feige?

»Du meidest das Leben«, hörte sie Finn sagen. Und in Gedanken antwortete sie ihm: Verpiss dich, Finn!

Sie antwortete nicht auf ihres Vaters Nachrichten, sondern blockte auch ihn auf allen Kanälen. Und in der nächsten Sekunde entschloss sie sich, auch den Arzttermin nicht wahrzunehmen. Wozu brauchte sie

Vitaminspritzen? Wozu brauchte sie Lebens-Mittel? Um ein solches Leben zu führen? Nein.

Abrupt stand sie auf, holte ihre Jacke vom Haken und wollte gerade gehen, als die Sprechstundenhilfe ihren Kopf zur Tür hereinsteckte und sagte:

»Frau Kastner, bitte!«

Vor allen anderen Wartenden zu erklären, sie brauche den Termin jetzt doch nicht, brachte sie nicht zuwege, also ging sie mit. Die paar Minuten würden keinen Unterschied machen.

Dann saß sie vor dem Schreibtisch des Arztes, der sich ihre Karteikarte vorgenommen hatte und die letzten Einträge studierte. Er sah sie nicht an. Er hatte ihr noch nicht mal in die Augen geschaut, als sie ihm die Hand gegeben hatte.

Arschloch, dachte sie und wurde sich ihrer eigenen Feindseligkeit bewusst, die borstig nach außen drang.

»Wie vertragen Sie die Vitaminspritzen?«, fragte er, immer noch ohne jeden Blickkontakt.

»Gut«, antwortete sie einsilbig. Endlich sah er hoch.

»Das heißt, Sie fühlen sich besser danach?«

»Ja.« Sie hustete. Er wurde aufmerksam.

»Ähm … haben Sie den Husten schon länger?«

»Nein. Seit gestern. Hab ne Erkältung. Das geht vorbei.«

Er stellte noch weitere Fragen, die sie ihm beantwortete, auf kratzbürstige, abweisende Art. Er bestand auf eine Untersuchung, was sie nervte, klopfte ihre Lungenflügel ab, schaute ihr in den Mund, fragte, ob sie irgendwo Schmerzen habe.

»Nur der Rücken, das kommt vom Sitzen, ich kann gerade wenig Sport machen.«

Er verstaute das Stethoskop, setzte sich wieder hin, während sie ihren Pulli herunterzog und auf dem Besucherstuhl vor dem Schreibtisch Platz nahm.

»Ich bin ein wenig erschöpft, vielleicht könnten Sie mir dieses Aufbaumittel …«

»Frau Kastner«, unterbrach sie der Arzt. »Sie sind schon seit längerer Zeit erschöpft und Ihre Blutwerte sind nicht in Ordnung. Auch die Rückenschmerzen haben Sie schon länger und ich denke, wir sollten ein MRT machen lassen. Ich habe auch schon einen Termin für Sie gleich morgen.«

Ihr Herz fing schon wieder zu rasen an. Oh, wann hörte das endlich auf?! Es klopfte so unangenehm laut – wie so oft in der letzten Zeit. Diese unterschiedlichen Stressfaktoren schwächten sie zusätzlich, machten sie fertig – sie war kurz davor, in Tränen auszubrechen.

»Was heißt das, meine Blutwerte sind nicht in Ordnung?«, fragte sie heiser.

»Sie liegen halt nicht im Normbereich – vermutlich der Stress oder eine Virusinfektion, aber …«

Diesmal sah er sie direkt an: »Ich habe das Gefühl, Sie stehen vor einem Burn-out. Und wegen des Rückens … ich will einfach auf Nummer sicher gehen.«

Lisa nickte stumm. Meinetwegen. Sollte er das machen. Er drückte ihr die Überweisung für das MRT in die Hand und bat sie, sich einen Termin zur Besprechung bei ihm für den übernächsten Tag geben zu lassen.

Lisa war sich nicht sicher, ob sie diese Termine wahrnehmen wollte. Doch in der Nacht tat ihr der Rücken umso mehr weh und so ließ sie sich durchchecken, in der Hoffnung vom Arzt ein paar Massagen verschrieben zu bekommen.

Einen weiteren Tag später besprach der Arzt mit ihr das Ergebnis.

»Gut, dass wir den Rücken mitgemacht haben«, sagte er und blickte wie immer auf ihre Unterlagen statt in ihre Augen. »Nun haben wir ein Gesamtbild.«

Er legte die Aufnahmen auf den Tisch, drehte sie zu ihr hin. Sein Finger zeigte hierhin und dorthin, sein Mund bewegte sich und in Lisa begann sich maßlose Betäubung auszubreiten.

Sie hatte überall im Körper Metastasen. An der Leber, in der Lunge, an den Nieren. Der Arzt erklärte ihr, dass das nicht operabel wäre, weil man nicht wüsste, wo der Primärtumor säße. Alles, was sie tun könnten, wäre eine starke Chemotherapie. Schlüge die nicht an, gäbe es nur noch die palliative Chemo. Er sagte noch weitere Dinge, schob ihr eine Überweisung für die Onkologie-Abteilung des Klinikums über den Tisch. Lisa hörte ihn nicht. Seine Worte hallten in den Raum, unverstanden. Ihr Geist weigerte sich, aufzunehmen, was er sagte. Ihre Ohren waren zu, ihr ganzer Kopf schien ihr dumpf und gefühllos.

Betäubt stolperte sie nach Hause. Googelte die Begriffe palliative Chemotherapie und multiple Metastasen. Doch der erste Satz, den sie las, schaffte das, was dem Arzt nicht gelungen war: Er drang wie ein glühendes Messer in ihren Bauch und in ihr Bewusstsein:

»Patienten, die eine palliative Chemo erhalten, haben keinerlei Heilungschancen. Die Therapie dient nur dazu, den Tod so lange wie möglich hinauszuzögern.«

Mit Verspätung übersetzte ihr Gehirn die Worte des Arztes, deren Bedeutung es sich vor einer Stunde schlicht verweigert hatte:

»Im Schnitt haben Menschen mit Ihrem Krankheitsbild noch ungefähr zwei Jahre.«

Ihr gesamter Körper schien eingefroren, ihre Augen starrten blind auf den Bildschirm. Eine Flutwelle an Angst überwältigte sie.

Angst, um ein Leben, das ihr wenige Stunden zuvor nicht mehr wichtig gewesen war.

♫ And At The Hour Of Death ♫

Víkingur Òlafsson

Schweben.
Schwere.
Bedeutungslosigkeit.
Sinnhaftigkeit.
Einatmen.
Ausatmen.
Der Prozess des Atmens, der Leben bedeutet.
Nichts war mehr selbstverständlich.

Die Welt sah so anders aus. Sie ist schön. Voller Magie. Voller Kreativität. Jedes einzelne Blatt wisperte ihr Leichtigkeit zu. Jeder Windstoß hauchte ihr die Sehnsucht nach Leben ins Gesicht. Jeder Vogel zwitscherte ihr die Freude daran ins Ohr. So komisch es klang: Nun konnte sie sehen, wie alles tanzte.

Der Himmel war blau. Eine Hummel saß brummend an einer Blüte, Spatzen wiegten sich auf einem Zweig, Eichhörnchen spielten Fangen. Die Sonne strahlte goldenes Licht auf das Laub der Bäume durch die Äste hindurch und es regnete Jasminblüten. Feine, vom Sonnenschein durchtränkte Blütenblätter schwebten auf sattes, grünes Gras. Es war magisch, es war betörend, es war zauberhaft. Jedes kleine Ding war ein vollkommenes Wunder. Es war so schön, dass es schmerzte. Warum gewann das Leben erst an Tiefe und Schönheit, wenn man den Tod vor Augen hatte? Warum erahnte man erst, was Leben bedeutete, wenn es zu spät dafür war?

Sie saß auf einer Wiese und fühlte sich doch nicht wirklich präsent. Eine Ameise krabbelte ihr Bein hoch. Sacht legte sie ihren Finger an, ließ das Tierchen darauf klettern und setzte es an einem Grashalm ab. Es war kein Aufruhr in ihr. Noch wirkte eine Art Verwunderung, dass etwas so Endgültiges in ihr Leben getreten war. Etwas, das es ihr einfach nehmen konnte. Sie befand sich in einer Zwischenphase, schwankte zwischen Panik und Unglauben, Erleichterung und Angst. Doch ganz unten, weit unter diesen Gefühlen, entdeckte sie eine immense, kaum zu ertragende Sehnsucht nach Leben … spürte sie die Quelle, aus der es entsprang. Ein Atemstoß entfuhr ihr. Die Betäubung wich. Der Schmerz kam.

Ja, sie wollte leben, richtig leben! Intensiv leben, mit allen Sinnen, mit allen Herausforderungen, mit allen Facetten. Jetzt, wo es zu spät dafür war! Jetzt erkannte sie, wie viel ihr das Leben bot, wie bunt es war, wie schimmernd – und wie sehr sie sich in Probleme verrannt hatte, die keine hätten sein müssen, die gar nicht erst hätten entstehen müssen.

Etwas in ihr verbot ihr, ins Selbstmitleid zu fallen. Etwas, was stärker war als alle negativen Gefühle. Etwas, das sie Einsicht nehmen ließ ohne Bedauern.

Glasklar erkannte sie den falschen Weg, den sie gegangen war. Sie war es, die es bis zum Äußersten getrieben hatte, weil sie auf die Zeichen nicht gehört hatte. Dabei hatte sie das beste Beispiel, wie man mit einer solchen Situation umging, vor Augen gehabt! Ihre Mutter war durchmarschiert, hatte ihre Lehren gezogen – und war glücklich. Sie, Lisa, hatte sich eingeigelt, Stabilität in instabilen Dingen gesucht und verloren.

Schonungslos fragte sie sich, ob sie das, was sie in den letzten zehn Jahren erlebt hatte, Leben nennen durfte. Eher war es ein krampfhaftes Festklammern an Routine, ein Vermeiden von negativen Erlebnissen gewesen. Es war, wie Finn es so unschön auf den Punkt gebracht hatte, ein feiges Leben. Sie war nicht weniger feige als ihr Vater! Diese Erkenntnis war ein brutaler Schlag ins Gesicht, der heftig brannte und weitere Parallelen nach sich zog. Wie bei ihrem Vater sollte alles so laufen, wie sie sich das vorstellte – nichts Außerplanmäßiges sollte passieren. Sie hatte so versucht, ihr Leben unter Kontrolle zu bringen, aber das Leben hatte ihr was gepfiffen! Es ließ sich nicht kontrollieren! Sie war es, die kontrolliert worden war – von ihrem Kopf, von angstmachenden Gedanken!

Richard fiel ihr ein. Festbetoniert! Ich will nicht festbetoniert sein! Ich will nicht glauben, was mein Kopf denkt! Der Satz klang so unsinnig und doch stand eine tiefe Weisheit dahinter, die Lisa zu erahnen begann. Es gab eine andere Instanz als den Kopf. Die Instanz, die ihr zeigte, was der Kopf dachte. Etwas, was auch Richard noch nicht kannte, etwas, was den Kopf erst erschuf, ihm seine Macht gab – ein Kopf, der sich selbstständig gemacht hatte und sie herumdirigierte wie eine Marionette.

Sie schlug ihr kleines Notizbuch auf, ließ die Seiten durch die Finger gleiten, hielt irgendwo an:

»Erfahrungen sind wie Vögel am Himmel – sie müssen keine Flecken auf deiner Seele hinterlassen. Vögel fliegen – und hinterlassen keine Spuren.«

Sie hatte es zugelassen, dass eine negative Erfahrung ihr ganzes Leben verschmutzt hatte. Oh, wie schwer und ernst hatte sie das Leben genommen, in dem nichts schwer und ernst zu nehmen war! Weil alles vergänglich war, weil alles Spiel und Tanz war, so wie Alan es so oft zu ihr gesagt hatte.

Verdammt, dachte sie. Muss ich erst den Tod vor Augen haben, um das zu erkennen? Und einen so schnellen und endgültigen noch dazu?

Sie zwang sich, weiterzulesen.

»Go straight ahead with the movement of life.«

Sie spürte die Freiheit in diesem Satz, spürte die Mühelosigkeit darin und im nächsten Moment wurde ihr klar, dass diese Aussage für sie keine große Bedeutung mehr hatte.

Ein Keuchen entfuhr ihr, ihre Kehle brannte und das Wasser schoss in Sekundenschnelle in ihre Augen.

Sie saß auf der vor Leben strotzenden Wiese und weinte um ein Leben, das sie nie richtig ausgekostet, nie richtig genossen, in dem sie mehr vermieden als gewagt hatte, weinte um verpasste Chancen, um nicht erlebte Erfahrungen, schlechte wie gute, weinte um so vieles, was ihr diese Welt doch hätte bieten können und was sie einfach nicht hatte sehen wollen. Nun musste sie sie verlassen, ohne sie je richtig gewürdigt zu haben. Sie war doch noch gar nicht richtig hier angekommen! Oh, was hätte sie alles tun können, wäre diese Angst nicht gewesen! Angst, die auch jetzt wieder in ihr hochkroch.

Geh weg!, schrie sie innerlich. Ich will dich nicht fühlen! Ich will wenigstens den Rest meines Lebens frei von dir sein!

Ja, wenn sie könnte, würde sie leben! So gern würde sie leben! Als sie sich das eingestand, brach sie endgültig in Tränen aus.

✳✳✳

Sie wusste, dass Richard und Michael jede Gelegenheit nutzten, sie abzufangen, und so lenkte sie ihren Wagen ein weiteres Mal zum Haus ihrer Mutter, stieg auf den Dachboden, legte sich auf ihr Lager, umarmte das Herzkissen, roch das vertraute Aroma. Ihre rot geweinten Augen schweiften durch den Raum, durch Erinnerungen, durch ihre Vergangenheit. Sie nahm die Liebe im Haus wie einen feinen Duft wahr. Tief atmete sie ein, doch mit einem Mal wurde ihr Kopf still, als erkenne er, dass er in dieser Situation absolut nichts tun könne. Und in dieser Stille machte sich eine sanfte Instanz in ihr bemerkbar – eine Instanz, die in ihr war, außerhalb von ihr, überall. Sie war in ihrem Körper und doch frei. Verwundert registrierte sie, wie etwas in ihr erwachte, sich erhob, sich hinter sie stellte mit einer so starken, zuversichtlichen Präsenz, dass sie sich getröstet und gehalten fühlte.

Und plötzlich wusste sie, dass es das war, wovon ihre Mutter sich ihre Stärke geholt hatte. Marisa hatte sich in ihren dunkelsten Stunden dem zu- und Lisa sich davon abgewandt. Fasziniert spürte sie dem nach. Das Gefühl wurde stärker, hüllte sie tröstend ein und für Minuten verharrte sie in diesem Zustand – ein Zustand ohne jede Angst, ein Zustand voller Liebe, Kraft und Zuversicht.

Doch es verflüchtigte sich wieder – und sie sah sich verheult auf dem Dachspeicher ihres Elternhauses sitzen. Resigniert streckte sie sich auf den Decken aus. Ja, der Kopf war keine Hilfe. Aber dieses Andere … wo war das hin? Sie hatte keine Ahnung, wie sie es hätte halten können.

$$***$$

Sie schlief ein, wachte auf. Es war Abend, aber noch hell draußen. Still setzte sie sich auf eine Bank im Vorgarten, dessen Blütenpracht sie fast erschlug. Gladiolen, Gardenien, Rosen und Hortensien … sie wuchsen, entfalteten sich, ohne Absicht, ohne dieses Geschrei, das die Menschen um jede ihrer Taten machten. Verwundert stellte sie fest: Statt Panik war Ruhe in ihr eingekehrt. Sie stand in einer Sackgasse und selbst ihr Verstand erkannte: Rennen war sinnlos.

Aber er gab nicht lange Ruhe. Er drängte sie, etwas zu tun und schließlich setzte sie sich an Tills Computer und googelte Erfahrungsberichte. Vielleicht gab es ja doch Hoffnung? Vielleicht gab es Menschen, die es irgendwie geschafft hatten? Sie gab alle möglichen Begriffe ein, entschlossen, etwas gegen die Krankheit zu unternehmen, aber fiel von einem Horrorszenario ins andere. Es sah wüst aus. Das Beste, was sie finden konnte, war der Fall eines Mannes, der statt der angekündigten zwei, drei Jahre noch ganze zehn gelebt hatte. Aber die Therapien, die er dafür über sich hatte ergehen lassen müssen, hörten sich nicht wirklich lustig an.

Nachdenklich starrte sie auf die Texte. Wollte sie das? Von einer Chemo zur nächsten? Ihr Haar verlieren, diese ständige Übelkeit ertragen, schwach werden, Gift schlucken? War das Leben? Sie ahnte – wenn sie das Leben, das sie jetzt führte, einfach nur verlängerte, gewann sie gar nichts.

Sie loggte sich in ein Forum ein, las sich die Kommentare durch, druckte vieles aus, auch etliches über alternative Heilmethoden, hielt sich fest an den ganz wenigen Beispielen, die es mit einem ähnlichen Krankheitsbild wie dem ihren geschafft hatten, aber unterm Strich war die Lektüre schwer ernüchternd und konfrontierte sie immer mehr mit der Tatsache, sich nicht mehr mit dem Leben, sondern mit dem Tod auseinandersetzen zu müssen.

Mit einem lauen Gefühl im Magen fuhr sie den Computer herunter. Es war kurz vor Mitternacht. Sie konnte sicher sein, dass Richard und Michael schliefen.

Daheim angekommen sah sie auf den Kalender. Donnerstag. Heute hätte sie sich mit Finn treffen sollen.

Aber angesichts ihrer komplett neuen Situation kam ihr die ganze Affäre nur noch lächerlich vor. Das, was er getan hatte … es war reine Zeitverschwendung, sich darüber zu grämen, und ein Vögelchen zwitscherte ihr, dass es auch ohne ihre Krankheit eine gewesen wäre.

∗∗∗

»Benkert, Sie haben doch sonst immer Ideen! Warum kommt Ihnen denn nichts? Ausgerechnet jetzt, wo es mal nützlich wäre!«

»Und was ist mit Ihnen? Ihnen fällt doch auch nichts ein!«

»Auch wieder wahr«, grollte Rosenberg und stierte auf das Teppichmuster in Michaels Wohnzimmer. Sie saßen beim Tee. Beide waren fast gleichzeitig aufeinander zugekommen, weil sie von Lisa vier Tage lang nichts gehört und gesehen hatten.

»Ich habe wieder und wieder geklingelt und angerufen und geklopft, obwohl sie es nicht wollte …«, wiederholte sich Rosenberg nun schon zum fünften Mal. »Ich mag das Mädel, wissen Sie, Benkert. Ich mochte sie schon immer!«

»Das haben Sie ihr aber in den ersten Jahren ihres Hierseins nicht sehr deutlich gemacht«, grummelte Michael.

»Na ja, damals wusste ich es nicht besser. Wenigstens bin ich offen für Neues, Benkert, das sind wenige meiner Alterskollegen.«

»Das ist allerdings wahr«, gab Michael zu und seufzte tief. »Vier Tage nicht ein Lebenszeichen! Es ist so verdammt still! Und wenn sie sich was angetan hat? Rosenberg, wir müssen nachsehen! Ist sie denn in ihrer Wohnung?«

»Sie parkt ihr Auto nicht mehr vor dem Haus«, sagte Richard. »Wenn sie die Wohnung durch die Kellertür verlässt, sehe ich sie nicht. Aber irgendwann muss sie wieder zur Arbeit, sie muss doch Geld verdienen! Dann fangen wir sie ab!«

»Rosenberg, dass Sie nicht der Schlaueste sind, weiß ich spätestens jetzt. Sie glauben doch wohl nicht im Ernst, dass Lisa noch einen Tag in diesem Büro verbringt! Ich bin mir ziemlich sicher, neulich ihre Kündigung zur Post gebracht zu haben!«

Rosenberg brummelte vor sich hin von wegen, der Benkert wolle immer nur Recht haben, aber dann sah er auf und meinte:

»Was ist mit dem Burschen, der sie so eingeseift hat? Diesem Finn?«

»Na, den empfängt sie ganz bestimmt mit offenen Armen!« Michael seufzte noch tiefer. »Sagen Sie mal, Rosenberg, funktioniert Ihre Maschine da oben überhaupt noch?«

»Und wie!«, bestätigte Richard stolz. »Ich habe meine Englischkenntnisse aufgefrischt, lerne jeden Tag etwas Neues hinzu und habe sogar herausgefunden, wo dieser Reeds steckt, hinter dem die Lisa so her war!«

»Tatsächlich!«, sagte Michael und war in Gedanken ganz woanders. »Und wo steckt er?«

»Im Okanagan Valley in Kanada in British Columbia!«

»Und sonst haben Sie keine weiteren Angaben?«

»Doch! Er wohnt in einer Lodge!«

Michael rollte die Augen nach oben und setzte zu einer bissigen Antwort an, als sie ein Auto hörten, das vor dem Haus hielt. Rosenberg stand auf, sah hinaus und fuhr erschrocken zurück.

Alarmiert sah Michael ihn an. Richard war totenblass geworden.

»Benkert«, sagte er heiser. »Die Polizei steht draußen.«

✳✳✳

Es klingelte an der Tür. Lisa verhielt sich still. Es konnten nur Richard oder Michael sein. Sie fühlte sich nicht in der Lage, jemandem gegenüberzutreten.

Es klingelte wieder. Und wieder. Dann klopfte jemand sehr kräftig und eine ihr fremde Stimme fragte:

»Frau Kastner? Sind Sie hier?«

Lisa schloss die Augen. Der Mann würde schon wieder gehen, war bestimmt ein Paketservice. Doch eine Sekunde später riss sie die Augen wieder auf, denn der Unbekannte hämmerte nun heftig gegen ihre Tür und rief laut und deutlich:

»Aufmachen! Polizei! Frau Kastner, wenn Sie zu Hause sind, bitte öffnen Sie die Tür! Oder wir müssen sie aufbrechen!«

Unwillig stand sie auf und schloss auf. Vor ihr stand ein junger Polizist, der ein wenig verlegen wirkte, und daneben Elena – in einem atemberaubenden langen Mantelkleid und geschminkt, als ginge sie zu einem Fotoshooting.

»Gott sei's gedankt. Du lebst!«, rief sie und schenkte dem Polizisten ein reizendes Lächeln. »Danke, Schätzchen! Du hast was gut bei mir!«

»Elena, alles, was recht ist, ich tue dir gern einen Gefallen, aber bitte mich nie mehr um so etwas, okay?«, antwortete der junge Mann. »Ich komme deinetwegen noch in Teufels Küche!«

»Nur die Ruhe, Rolli, da box ich dich schon wieder raus!«

Sie zwinkerte ihm zu und wandte sich mit ernster Miene der wenig begeisterten Lisa zu.

»Hab mir Sorgen gemacht. Wie geht es dir?«

»Wow, scheint, du hast die Wahrheit gesagt, Elena! Ein echter Notfall«, meldete sich der Polizist zu Wort und besah sich Lisa genauer. »Sie sehen nicht gut aus. Ist alles okay bei Ihnen?«

Lisa nickte mechanisch, Elena hauchte dem Polizisten ein Küsschen auf die Wange, bedankte sich erneut und legte ihren Arm um Lisas Schultern.

»Wir beide reden jetzt mal«, kündigte sie an. »Ich muss morgen wieder los. Das nächste Konzert steht an und heute habe ich leider nicht viel Zeit. Warum hast du nie zurückgerufen?«

Ohne auf eine Antwort zu warten, drängelte sie sich an Lisa vorbei und sah sich in deren unaufgeräumten Wohnzimmer um. Der Couchtisch war voll belegt mit Papieren, dem Laptop, Telefon, gebrauchten Gläsern und Tassen. Unbeeindruckt fegte sie einen Kopfhörer und einige Druckstücke von der Couch und wollte sich gerade setzen, als Lisa sagte:

»Elena, ich denke, es ist besser, wenn du wieder gehst. Ich habe eine Erkältung und du willst dich sicher nicht anstecken.«

»Keine Sorge, bin immun. Sag mal, isst du überhaupt was? Du bist so dünn!«

»Ja, sicher, hab ja jetzt den ganzen Tag Zeit dafür.« Lisa lachte rau. Dann räusperte sie sich und sagte: »Also, wenn es dir nichts ausmacht … ich würde mich gerne hinlegen und …«

Da platzte es aus Elena heraus:

»Lisa, ich möchte mich aufrichtig für mein Verhalten am Konzertabend entschuldigen. Es tut mir unendlich leid! Ist ne echte Macke von mir und ich versuche, mich zu bessern, was mir, wie du siehst, bislang noch kein bisschen gelungen ist.«

Lisa lächelte schwach.

»Lass gut sein, Elena. Du warst ein großer Augenöffner. Musst dir wirklich keine Gedanken machen.«

»Mache ich aber! Inzwischen weiß ich nämlich, dass ich wieder mal totale Scheiße gebaut habe!«, erwiderte Elena zerknirscht. »Ich habe mir hinterher noch ziemlich was von Finn anhören müssen – der ist stinkesauer auf mich ... zu Recht, wie ich zugeben muss.«

»Okay, Elena, hör auf damit. Finn interessiert mich nicht.«

»Das wäre aber schade, er ist nämlich ein echtes Zuckerschnäuzelchen.«

»Wie schön für dich!«

Elena seufzte. »Nein, das siehst du ganz falsch. Weißt du ... das mit Finn ... wir haben so ne On-Off-Beziehung. In den letzten Monaten ist sie total off gewesen, aber die Karte für das Konzert hatte ich Finn schon lange geschenkt, also war er da. Und ich war an dem Abend so gut drauf und der Typ sah so göttlich aus und weißt du, ich liebe es, ihn im Smoking zu vernaschen, überhaupt, ihn zu vernaschen ... das ist einfach ...« Sie brach ab, rot geworden, und linste vorsichtig zu Lisa, die ihr mit unbeweglichem Gesicht gegenüberstand.

»Tschuldigung«, sagte sie verlegen. »Siehst du, das meine ich. Ich platze einfach mit diesen Sachen raus ... aber Tatsache ist, Finn ist wirklich süß, und an dem Abend lief alles so gut, das Konzert war super, die Stimmung war super ... da dachte ich, warum knipst du das Ding nicht wieder an? Und wenn es nur für diesen Abend ist! Also habe ich ihm die Kusshand zugeworfen.«

»Und jetzt ist der Schalter also wieder auf on.«

Lisas Blick ging zu den Unterlagen auf dem Couchtisch und ein Stich fuhr durch ihren Körper. In diesem Leben würde sie keine Beziehung mehr haben. Keinen Sex. Keine Kinder. Keine Familie. Es war einer der vielen kleinen Tode, die sie vorher schon starb.

»Mann, Lisa! Jetzt stell dich doch nicht so blöd an!«, rief Elena derweil mit gerunzelter Stirn. »Du weißt doch, was ich damit sagen will!«

»Nein, weiß ich nicht. Oder besser: Ich will es nicht wissen. Tatsache bleibt ja trotzdem, dass Finn diese Wette einging ... und mein Dad mich loswerden wollte.«

»Ja, das stimmt. Zumindest der Teil mit ...«

»Elena, bitte, lass es einfach. Du musst Finn nicht verteidigen. Es … es ist sinnlos! Warum tust du das überhaupt? Wir kennen uns doch gar nicht wirklich! Du bist eine berühmte Frau, die …«

»Das hat damit gar nichts zu tun. Ich habe etwas falsch gemacht und ich will es wiedergutmachen – so gut es eben geht! Und ich mache das auch wegen Finn. Er ist am Boden zerstört! Und er ist ein guter Mensch, Lisa. Ich glaube sogar, er ist zu gut für mich.«

»Noch mal, Elena, lass das. Es ist sinnlos«, entgegnete Lisa genervt.

Elena seufzte tief. »Mensch, Lisa, sei doch nicht so stur! Ich … wie gesagt, ich habe mit Finn gesprochen und die Sache sieht anders aus, als ich dachte. Ganz anders! Ich schäme mich so sehr, dass ich dich mit etwas konfrontiert habe, über das ich nur halb informiert war. Aber ich musste Finn versprechen, diesmal nicht zu viel zu quasseln. Er hatte gehofft, so sehr gehofft, dass du zu diesem Date kommst und …«

»Sag mal, geht's noch? Er hat echt geglaubt, dass ich komme?«

»Er hat es gehofft. Er hat volle zwei Stunden gewartet.«

»Pfff«, machte Lisa. »Entschuldige, aber wärst du denn gekommen?«

Elena schwieg eine Weile, dann sagte sie: »Nein, vermutlich nicht, stimmt schon. Aber jetzt bitte ich dich, ihn zumindest sagen zu lassen, was er zu sagen hat. Vielleicht würde es dich erleichtern.«

»Nein, das glaube ich nicht«, erwiderte Lisa. »Hör zu, Elena, es ist total lieb, dass du extra deswegen hierherkommst, aber ich will mit Finn nichts mehr zu tun haben. Das kannst du ihm gerne sagen.«

Es läutete. Lisa reagierte nicht darauf.

»Lisa, spiel hier nicht das Opfer!«, rief Elena verärgert. »Sei einfach menschlich und hör ihn an! Sei offen! Dann kannst du doch immer noch entscheiden, ob du ihm glauben willst oder nicht! Es gibt dir sicher ein wenig Frieden!«

Betroffen schwieg Lisa. Menschlich sein. Sie hatte sich so lange zurückgezogen und Wunden geleckt. Sie wollte das nicht für den kleinen Rest ihres Lebens tun. Und offen sein – das war sie seit Kindheitstagen nicht mehr gewesen und hatte damit genau den Frieden verloren, den Elena ansprach. Finn … oh mein Gott … unter anderen Umständen hätte sie sich so gefreut, hätte sich Hoffnungen gemacht … ja, und wie oft bist du enttäuscht worden?, höhnte ihr Kopf. Überhaupt ist es müßig, über eine Beziehung nachzudenken! Du hast keine Zeit mehr für so etwas! Es gibt keine Hoffnung – nicht für ihn und schon gar nicht für dich!

Sie biss sich auf die Lippen. Elena beobachtete sie.

»Elena«, krächzte sie und schluckte. »Mein Leben ist gerade furchtbar durcheinander und ich ... ich bin an der Grenze, verstehst du? Vielleicht später ... irgendwann ... aber nicht jetzt.«

Sie war den Tränen nah, stand auf und lief zum Fenster. Es läutete erneut.

»Es hat geklingelt«, bemerkte Elena. »Schon das zweite Mal.«

»Das sind sicher Richard und Michael. Lass sie klingeln.«

»Die zwei süßen alten Herren? Warum lässt du sie nicht rein?«

Elena sprang auf und bevor Lisa auch nur noch ein Wort sagen konnte, hatte sie schon die Tür aufgerissen und begrüßte die beiden überschwänglich.

»Frau Vanderbilt«, schnorchelte Richard erfreut. »Welch eine Freude, Sie zu sehen!«

Dann stapfte er ins Zimmer und erblickte Lisa am Fenster.

»Lisa!«, stieß er grimmig aus. »Was soll das? Warum hast du nicht aufgemacht? Wir vergehen vor Sorge!«

Michael humpelte mit seinem Stock hinterher – er sagte gar nichts. Seine Augen liefen über vor Mitgefühl, als er ihre schmale Gestalt am Fenster sah, er wusste genau, dass ihr die Tränen in den Augen standen. Stumm ging er auf sie zu, nahm sie fest in den Arm und ließ sie nicht mehr los. Lisa merkte, wie sie innerlich fiel. Ihr Kopf lag an seiner Brust und sie ahnte, wenn sie sich von ihm lösen würde, könnte sie ihre Tränen nicht zurückhalten. Michael drückte ihren Kopf sanft an sich und wandte sich mit warmer Stimme an Elena:

»Das mit der Polizei war eine großartige Idee, Frau Vanderbilt! Darauf hätten wir auch kommen können!«

»Sag ich doch, dass Ihr Intellekt Sie im falschesten Moment im Stich lässt«, giftete Rosenberg in alter Manier. »Falls Sie überhaupt einen haben!«

»Rosenberg, Sie sind ein Meister darin, die falschen Worte im falschen Tonfall zum falschen Zeitpunkt zu bringen!«, erwiderte Michael ehrlich erbost und Richard schloss abrupt seinen Mund. Eine kleine Pause entstand.

In Lisa drehte sich alles. Obwohl sie genau das nicht gewollt hatte, war sie plötzlich von Menschen umringt. Sie standen in ihrem unaufgeräumten Wohnzimmer, sahen sich instinktiv um. Elena murmelte etwas von Teekochen und wollte in die Küche, aber Lisa wehrte ab und ging an ihrer statt, in der Hoffnung, sich dort etwas fassen zu können.

Sie hörte, wie die drei Platz nahmen und sich unterhielten, während sie Teewasser aufsetzte und Tassen auf ein Tablett stellte. Die Unterhaltung schien intensiv zu werden, aber Lisa konnte nicht verstehen, was sie sagten, der Wasserkocher war zu laut. Die Stimmen wurden lauter, erregter ... Heckten die was hinter ihrem Rücken aus? Doch als sie mit dem Tablett ins Wohnzimmer kam, war es totenstill.

Die drei saßen um den Couchtisch herum. Michael hatte ein Bündel Papiere in der Hand, von denen er fassungslos aufsah, als sie ins Zimmer trat.

»Lisa«, fragte er und seine Stimme zitterte. »Was ist das?«

Stumm stellte Lisa das Tablett auf den Tisch, stand wie eine Delinquentin vor ihnen, fühlte die drei Augenpaare auf sich gerichtet. Ihr Mund öffnete sich zu einer Antwort, aber es kam nichts – und so setzte sie sich einfach hin.

Alarmiert und mit zusammengezogenen Augenbrauen wischte Elena mit der flachen Hand über die Ausdrucke auf dem Tisch und las, was Lisa gestern ausgedruckt hatte. Das Wort »unheilbar« zog sich wie eine blutrote Linie durch alle Berichte. Entsetzt richteten sich Elenas Augen auf Michael, der ihr stumm Lisas Befund reichte. Rosenberg stand mit großen Augen daneben und schnorchelte heftig mit offenem Mund.

»Was ... was ist los?«, fragte er ängstlich wie ein Kind.

»Machen Sie Ihren Mund zu, Rosenberg«, sagte Michael grob und mit einem so unglücklichen Gesicht, wie Lisa es noch nie an ihm gesehen hatte. Dann reichte Elena stumm die Papiere an Richard weiter. Wieder breitete sich Stille aus.

Leise fragte Elena: »Wie lange hast du noch?«

Die Brutalität dieser Frage riss Rosenberg aus seiner Starre. Sein Unterkiefer begann zu zittern, seine Augen füllten sich sturzartig mit Tränen.

»Was ... was soll die Frage?«, stammelte er heiser. »Was soll diese Frage?«

Lisa räusperte sich.

»Der Arzt meinte, noch zwei Jahre. Wenn ich die Chemo mache.«

Wieder entstand diese entsetzliche Stille, die Lisa das Gefühl gab, zu ersticken, und so war sie fast froh um Richards Ausbruch, der eine volle Minute brauchte, um zu realisieren, was das alles bedeutete.

»Oh nein«, krächzte er. »Oh nein! Lisa! Du bist doch noch so jung! Du bist doch noch so jung! Das kann doch nicht sein, das kann nicht sein!«

Lisa schluckte. Sie konnte nichts antworten.

»Und was heißt, wenn ich die Chemo mache? Natürlich machst du die! Die kann doch auch erfolgreich sein!«

Statt einer Antwort drückte ihm Elena die Ausdrucke in die Hand. Richard warf nur einen kurzen Blick darauf.

»Aber das muss doch nicht stimmen!«, rief er. »Das muss doch nicht für dich wahr sein, Lisa! Woher will denn der Arzt so was im Voraus wissen?!«

»Weil er Erfahrung hat«, erwiderte Lisa. »Außerdem werde ich die Chemo nicht machen. Ich weiß überhaupt noch nicht, was ich mache, und daher will ich auch mit niemandem sprechen, versteht ihr? Ich … ich brauche Zeit …« Sie lachte bitter, als ihr bewusst wurde, dass sie die ja gar nicht wirklich hatte. »Na ja, ich meine, ich brauche von der wenigen Zeit, die ich noch habe, Zeit, das zu verdauen. Und daher … bin ich im Moment lieber allein.«

»Ich … ich kann das verstehen«, flüsterte Michael mit brüchiger Stimme. Seine Augen standen voller Tränen. »Ich glaube, ich brauche auch Zeit, das zu verdauen. Ich …«

Er wankte und Elena machte instinktiv eine Bewegung in seine Richtung.

»Bitte, Lisa«, sagte er und eine Träne tropfte seine Wange hinunter. »Machst du mir auf, wenn ich wiederkomme?«

»Okay, Michael«, sagte Lisa leise.

Mit einer jähen Bewegung wandte er sich um und ging. Lisa wusste, dass er weinen musste und das nicht vor ihr tun wollte.

Die anderen zwei sahen ihm nach. Rosenberg schnaufte schwer, strich ihr ein paarmal hilflos über den Rücken.

»Frollein Lisa«, sagte er unglücklich. »Frollein Lisa … das ist … das ist … ich …«

»Lass gut sein, Richard«, sagte Lisa leise. »Geh nur.«

Richards Mund verzog sich wie der eines Säuglings, der gleich zu greinen anfängt, und auch er fand keine andere Lösung, als einfach den Raum zu verlassen.

Lisa und Elena waren wieder allein.

Elena liefen die Tränen hinunter.

»Lisa«, flüsterte sie. »Ich finde keine Worte, das ist so grausam! Erst die Sache mit Finn und deinem Dad und dann dieser Oberhammer …«

»Hör bitte auf damit, Elena«, unterbrach sie Lisa mit zugeschnürter Kehle. »Mitleid vertrage ich gerade gar nicht. Und ich möchte auch nicht, dass du das irgendjemandem erzählst, hörst du?«

Eindringlich sah sie sie an, eingedenk ihres ersten Erlebnisses mit ihr.

»Das ist meine Angelegenheit und ich will es den Menschen, die mir wichtig sind, selbst sagen dürfen. Ich würde es dir nie verzeihen, wenn du das missachtest. Ich habe es bisher noch nicht mal meinen Eltern sagen können!«

»Du kannst dich auf mich verlassen«, antwortete Elena bedrückt. »Ich sage es niemandem. Aber wenn du mich brauchst – für was auch immer – werde ich da sein.«

Dann brach sie in Tränen aus. »Oh mein Gott«, schluchzte sie. »Du bist zehn Jahre jünger als ich …!«

»Elena, bitte!«

»Schon gut«, weinte Elena. »Tut mir leid. Tut mir so leid!«

Aber sie schluchzte nur umso heftiger. Lisa wartete, streichelte ihr ein wenig über den Rücken, bis sich Elena wieder fasste und sich die Nase putzte. Eine Weile war es still im Raum, dann ergriff Elena Lisas Hand:

»Ich … Lisa, sag mir, wenn ich etwas für dich tun kann.«

»Warum denn?«, fragte Lisa. »Es kann dir doch egal sein!«

»Ich mag dich«, erwiderte Elena. »Keine Ahnung, warum. Spielt auch keine Rolle. Ich mag dich einfach. Du bist ... du bist wie eine kleine Schwester für mich, okay?«

»Okay.«

Lisa lächelte. Zum ersten Mal seit einer Woche.

✳✳✳

Es ging ihr besser. Seltsamerweise ging es ihr besser. Nein, sie wollte wirklich kein Mitleid. Alles in ihr weigerte sich plötzlich, die letzten Monate ihres Lebens mit Jammern zu verbringen … sie so zu verbringen, wie sie das letzte Jahrzehnt, eigentlich die letzten zwei vergeudet hatte.

Mann, Lisa, sagte sie zu sich selbst. Das musst du dir mal geben! Du hast zwanzig Jahre in den Wind geschossen! Zwanzig Jahre, nur weil du ein paar blöde Dinge erlebt hast!

Mit einem Mal fand sie ihre Haltung so ungeheuerlich dumm, dass etwas in ihr komplett umschaltete – und sie den festen Entschluss fasste, das nie mehr zuzulassen.

Sie räumte ihre gesamte Wohnung auf, fand ihre alten Ballettschuhe, zog sie an, wählte eine Playlist, steckte sich ihre Ohrhörer rein, drehte die Musik auf und tanzte sich die Seele aus dem Leib.

Und so unwahrscheinlich es klang: Sie fühlte das Leben in sich, fühlte ihre Muskeln, den Luftzug, wenn sie sich drehte, die Freude über das harmonische Zusammenspiel ihrer Bewegungen zur Melodie, Ehrfurcht vor dem Körper, der wie selbstverständlich funktionierte – es war wunderschön. Im Bewusstsein ihrer Sterblichkeit erschien ihr eine simple Bewegung wie ein Wunder – was sie auch letztendlich war.

Danach packte sie in einem plötzlichen Entschluss die Tapes und den alten Rekorder in die Jutetasche, um sie wieder dahin zurückzubringen, wo sie sie hergeholt hatte.

♫ Fortitude ♫

HAEVN

Wieder machte sie sich Tee und stieg damit auf den Dachspeicher. Sie hatte damals die Kiste nicht ganz durchsucht, das würde sie jetzt nachholen. Systematisch räumte sie sie aus und sortierte die darin befindlichen Dinge. Springseil, Kreisel und Teddybären bildeten einen Haufen, Bücher einen anderen, Hefte und Mappen den dritten.

Sie fand Postkarten, Briefe, die an ihre Mutter gerichtet waren, von alten Freundinnen und Verehrern, Poesiealben, alte Romane und Räucherwerk und sogar eine Meditationsunterlage, die noch ein Preisschild mit Rupien dran hatte. Schließlich hielt sie einen kleinen Karton in der Hand mit der Aufschrift: »Life changing! Hör es dir an!«

Als sie ihn öffnete, fiel ihr eine Postkarte entgegen. Sie drehte sie um. Die Rückseite war mit sehr kleiner Schrift sehr eng beschrieben, jede freie Stelle war genutzt worden.

Lisa knipste die Taschenlampe ihres Handys an.

»Hey, Marisa«, stand da. »Du verpasst was! Hier ist es so wunderschön! Wir sind gestern mit Dr. Michigan von Kelowna, das nur ungefähr dreißig Meilen von der Lodge entfernt ist, zur Sunshine Coast geflogen. Dort leben nur Aussteiger und Künstler … Natur pur! Leben pur! Zu dieser Küste gibt es keine Straßen, weil Hügelketten dazwischen liegen. Ich glaube, hier bleibe ich! Dir hätte das auch gefallen! Aber ich liebe auch die Lodge – das Leben am See ist herrlich! Nachts leuchten die Sterne in einer Vielfalt, die mich jedes Mal umwirft, und der Anblick, wenn sie sich im Okanagan-See spiegeln, ist atemberaubend! Ich finde, Alan hat der Lodge den richtigen Namen gegeben: Forever Now. An diesem Ort ist es so leicht, einfach zu SEIN. Ich musste einfach zurückkommen! Wie immer ein paar Tapes. Hör sie dir an!

Herzallerliebste Grüße, Deine Ruth.«

Mit dem Namen Ruth konnte Lisa nichts anfangen, aber der Rest verursachte ihr Herzflattern. Alan! Die Lodge! Dreißig Meilen von Kelowna entfernt! Eine Lodge, die einen Namen hatte! Aufgeregt durchstöberte sie den kleinen Karton nach weiteren Hinweisen – und wurde fündig. Ein kleiner Zettel mit dem Namen Michigan und eine zweite Postkarte die ganz zuunterst lag, fielen ihr in die Hände. Diesmal war aber nur ein großes »Happy Honeymoon!« auf die Karte geschrieben, plus Grüße von Ruth und vielen anderen, die kreuz und quer unterschrieben hatten. Lisa schaute auf den Poststempel. Es war die Zeit, als ihre Mutter ihren Vater, Thomas Kastner, geheiratet hatte. Doch die Vorderseite der Karte ließ ihr Herz höherschlagen, denn darauf war ein Strand abgebildet – ein Strand, der einen Namen hatte: Killiney Beach.

Lisa fiel fast die Leiter hinunter, so schnell rannte sie an den Computer von Till, um die Entfernung zwischen Kelowna und Killiney Beach zu checken. Google Maps spuckte ihr brav die Route aus und vermeldete, dass diese etwa zweiundvierzig Kilometer betrug … umgerechnet sechsundzwanzig Meilen! Die dreißig Meilen, die Ruth erwähnt hatte! Ihr Herz klopfte inzwischen laut und heftig. Alans Lodge lag in der Nähe von Killiney Beach!

Aufgewühlt saß sie vor dem Rechner.

»Alan«, flüsterte sie. »Lebst du da noch?«

Und wer war Dr. Michigan?

Sie besah sich den Zettel, aber er war so unleserlich geschrieben und die Tinte darauf so verblasst, dass sie sie nicht entziffern konnte. Lediglich das Wort Vancouver stach ein wenig heraus. Dr. Michigan aus Vancouver.

Sie begab sich wieder auf den Dachboden, leerte die Kiste komplett, fand aber nichts Nennenswertes mehr und räumte sie wieder ein. Dann steckte sie in einer spontanen Anwandlung eine Kassette in den Rekorder und legte sich wie beim ersten Mal auf die Decken.

Alans Stimme, die ihr so lieb geworden war, erklang:

»Die Leute fragen mich immer: Was heißt das, im Hier und Jetzt zu leben? Und ich antworte: Das, was wir ›Jetzt‹ nennen, ist das Gleiche wie das Tao, die Gegenwart Gottes, das Selbst, oder wie immer Sie das nennen wollen. Das ist das Jetzt. Sie können nicht aus ihm herausfallen. Sie brauchen auch nicht zu versuchen, in es hineinzukommen, denn Sie sind und waren schon immer in ihm. Das ist herrlich! Entspannen Sie einfach – und Sie haben's!«

Er lachte und ließ eine Pause folgen, die seinen nächsten Satz besonders delikat machte:

»Das Leben existiert nur in diesem Moment und in diesem Moment ist das Leben ewig und unendlich.«

Lisa drückte auf die Stopptaste. Nachdenklich hockte sie vor dem Rekorder. Das Leben war nicht ewig und unendlich. Wie konnte es dann der Moment sein?

Leben im Hier und Jetzt. Sie wusste immer noch nicht recht, wie das ging. Aber bevor sie das Zeitliche segnete, wollte sie das herausfinden. Und es gab nur einen, dem sie eine aussagekräftige Antwort zutraute: Alan Reeds.

Sie musste ihn finden. Sie hatte ohnehin nichts mehr zu verlieren.

***

Die zwei alten Herren waren nach dem Besuch bei Lisa in ihre Wohnungen geflüchtet. Doch zwei Stunden später ging Rosenberg über den Gang und klingelte bei Michael Benkert.

»Benkert, wir müssen was tun«, verkündete er. »Und ich habe eine Idee.«

»Eine Idee«, sagte Michael müde und öffnete die Tür ein wenig mehr. »Ich hoffe, sie ist durchdacht. Verzeihen Sie, wenn ich da vorab Zweifel hege.«

Zu seiner Überraschung ging Rosenberg auf seinen Sarkasmus nicht ein. Er war total aufgeregt – was wiederum Michael nicht nachvollziehen konnte.

»Sie wissen ja, ich habe die Tapes von diesem Reeds gehört«, sagte er. »Und gestern erst hatte ich mir das letzte vorgenommen. Ich möchte Ihnen einen kleinen Abschnitt daraus vorspielen.«

Michael nahm ihm die CD aus der Hand, fragte nach dem Track und schaltete ein. Reeds Stimme tönte in den Raum:

»Neue Erfahrungen erzeugen neue Emotionen. Neue Emotionen und Gefühle inspirieren zu neuen Gedanken und diese zu neuen Schaltkreisen. Sie können alles an sich verändern – Ihre neuronalen Vernetzungen im Gehirn, Ihre innere Chemie und auch, welche Gene in Ihnen aus- oder eingeschaltet werden. All das können Sie steuern! Und mit einer neuen Persönlichkeit kann sich auch Ihr Körper verändern. Alles beginnt mit einem Gedanken.«

Michael lief eine Gänsehaut über den Körper.

»Was will der Mann damit sagen?«, fragte er leicht beunruhigt. »Was meint er mit ›Gene ein- oder ausschalten‹?«

»Ja, das würde ich auch gerne wissen!«, rief Richard. »Und ich denke, wir sollten ihn fragen!«

»Ist das Ihr Plan?«, hakte Michael argwöhnisch nach.

»Mein Plan beruht auf dieser Aussage«, erklärte Rosenberg. »Lisa ist krank. Wir wissen beide, dass sie in den letzten zwei Jahren nicht glücklich war. Ich gehe davon aus, dass sie Dinge denkt, die nicht hilfreich sind – wie wir alle. Wenn sie aber neue Erfahrungen macht und andere Gefühle bekommt, wenn sie einfach andere Verbindungen in ihrem Kopf schafft, dann müsste sich doch auch etwas in ihr ändern, nicht?«

»Das ist gewagt«, erwiderte Michael. »Kommt da noch eine genauere Ausführung?«

»Ja«, sagte Richard. »Zum einen möchte ich sagen, dass ich, seit ich diesen Reeds höre, mir jeden Tag sage, dass ich fünfzig bin. Und mich auch so verhalte. Es gelingt nicht immer, aber ich gebe nicht auf. Und neulich war ich beim Arzt. Der hat mein Blut untersucht und all das Zeugs gemacht, was Ärzte halt so machen. Er war sehr erfreut über den Effekt der Tabletten, die er mir verschrieben hat. Er meinte, er habe noch nie erlebt, dass sie so gut wirken. Mein Blutdruck war normal und meine anderen Werte waren auch alle viel besser als vor einem halben Jahr. Aber der Clou ist, Benkert, dass ich diese Tabletten schon lange nicht mehr nehme!«

Richard war stolz. Er hatte es geschafft, zum ersten Mal geschafft, Michael mundtot zu machen.

»Aber … aber das ist ja ganz fantastisch, Richard«, quetschte Michael endlich heraus. »Heißt das, Sie meinen …?«

»Für Sie immer noch Rosenberg«, beharrte Richard.

»Ja, dann eben Rosenberg! Was genau wollen Sie damit sagen?«

»Wissen Sie, Benkert«, sagte Richard nachdenklich. »Ich habe mir überlegt, was im Kopf eines Menschen vorgeht, dem man sagt, er habe eine unheilbare Krankheit.«

»Eine berechtigte Überlegung«, seufzte Michael. »Das ist eine schwere Prophezeiung.«

»Eine unheilvolle Prophezeiung, Benkert! Ich weiß selbst nicht recht, was ich von all dem halten soll, aber wissen Sie … wissen Sie … wenn da eine Chance besteht … Ich meine, wenn das mit meinem Bluthochdruck geklappt hat, dann …«

»… heißt das noch lange nicht, dass das für alle gilt. Und es heißt noch lange nicht, dass es bei so etwas Schwerwiegendem hilft!«

»Materie ist Materie«, erwiderte Richard bockig. »Sie haben sich mit den Dingen nicht so beschäftigt wie ich, Benkert!«

»Ja, mag sein, Rosenberg. Kommen wir zurück zu Ihrer Idee.«

»Die Idee ist … wir tun so, als ob wir wüssten, wo Reeds lebt. Wir erfinden einfach was! Hauptsache, Lisa fliegt mit uns los! Hauptsache, sie kommt auf andere Gedanken!«

»Rosenberg, das ist ... das ist ...«

»Ja, wie ist es denn nun, Benkert? Es ist genial, Sie wollen's nur nicht zugeben!«

»Es ist riskant!«, rief Michael unzufrieden. »Wir haben keine Ahnung, wie schnell der Krebs in Lisa fortschreitet und wenn sie medizinische Hilfe braucht, ist das im Ausland alles nicht so einfach!«

In diesem Moment klingelte es bei Michael an der Wohnungstür. Ihre Verblüffung hätte nicht größer sein können, als sie sahen, dass es Lisa war.

»Hallo Michael«, sagte sie überraschend munter, als sie hereinkam. »Oh, Richard! Du bist ja auch da! Das passt wunderbar! Ich möchte euch etwas sagen.«

Sie stand in der Mitte des Raumes und die Sonne schien auf ihr blondes Haar. Sie sah so gut aus, die beiden alten Herren mochten gar nicht daran denken, dass der Tod in ihr wütete.

»Ich werde für längere Zeit verreisen«, eröffnete sie ihnen. »Und es wäre toll, wenn ihr in der Zeit den Briefkasten leert und so. Ich werde alles so vorbereiten, dass ihr ganz wenig Arbeit habt, das verspreche ich euch.«

Sie lächelte die beiden liebevoll an. »Würdet ihr das machen?«

»Wo willst du denn hin?«, fragte Richard.

»Nach Kanada!«, erwiderte sie. »Ich habe ...«

»Nach Kanada!«, riefen Benkert und Rosenberg wie aus einem Mund. Dann sahen sie sich an und ein entschlossener Ausdruck trat in ihre Augen.

»Vergiss das mit dem Stubendienst, Lisa«, sagte Michael fest. »Wir gehen mit. Stimmt doch, Rosenberg, oder?«

»Selbstredend! Du kannst doch nicht in diesem Zustand alleine reisen! Was willst du überhaupt in Kanada machen? Reeds suchen?«

»Genau!«, sagte sie mit leuchtenden Augen. »Reeds suchen!«

Dann erzählte sie ihnen, was sie wusste. Richard geriet darüber fast aus dem Häuschen und Michael holte einen Atlas und zog mit einem Zirkel einen Kreis von etwa fünfzig Kilometern um Kelowna.

»Ist immer noch ein Riesengebiet«, murmelte er. »Und alles voller Wald!«

»Macht nichts, Michael«, antwortete Lisa. »Wir haben ja noch den Hinweis mit dem Namen der Lodge und der Stadt Killiney Beach. Vielleicht ist Reeds ja in dieser Ecke bekannt? Und selbst wenn wir ihn nicht finden – die Bilder, die ich mir im Internet angesehen habe, sind so schön! Bevor ich von dieser Welt gehe, will ich dahin!«

»Ist das eine Art Bucketlist?«, wollte Michael wissen.

»Eine Paketliste?«, fragte Richard verständnislos.

»Nein, ist es nicht«, antwortete Lisa und wandte sich an Richard: »Eine Bucketlist ist eine Liste von Dingen, die man immer schon mal machen wollte – und noch vor seinem Tod erleben will. Also … keine Bucketlist. Ich will nur einfach das Leben genießen und Dinge tun, die nicht unbedingt Sinn haben. Ich will nicht vernünftig sein! Und … bitte seid mir nicht böse, aber ich weiß nicht, ob ich euch dabeihaben will.«

»Alleine warst du die letzten zwei Jahre schon!«, fuhr Richard auf. »Das ist nicht gut, Frollein Lisa! Nimm uns mit!«

»Ich überlege es mir noch«, wich sie aus.

»In diesem Fall muss ich Rosenberg recht geben«, sagte Michael. »Was ist, wenn du medizinische Versorgung brauchst? Das ist alles sehr leichtsinnig.«

»Sterben muss ich ohnehin«, erwiderte Lisa und wunderte sich selbst über ihre Gelassenheit. »Dann wenigstens so, wie ich das will.«

»Wir fliegen mit«, beharrte Richard stur.

»Ja, lass uns mit, Lisa«, bat auch Michael.

»Es könnte anstrengend werden! Ich rechne damit, lange Fahrten in die Wildnis unternehmen zu müssen, um Reeds zu finden. Das ist zu viel für euch!«

»Und zu gefährlich für dich! Das willst du alleine machen? Völlig ausgeschlossen, Lisa.« Michael schaute sie ärgerlich an.

»Nein, ich hole mir einen Guide, ist doch klar«, erwiderte sie leichthin. »So dumm bin ich auch wieder nicht.«

»Wir fliegen mit«, sagte Richard erneut und starrte sie an. »Wir fliegen mit, Lisa.«

Ein Streit entspann sich, in dem sie alle drei das Für und Wider, die Gefahren, ihr Alter, Lisas Krankheit und sonstige Aspekte aufs Tapet brachten. Aber am Ende einigten sie sich auf einen Kompromiss.

Richard und Michael würden in einem Hotel in Vancouver absteigen, Lisa würde sich auf die Suche nach Reeds machen und sollte sie Erfolg haben, würden sie nachkommen. Nachdem das beschlossen war, sprang Richard aufgeregt von seinem Sessel auf.

»Ich fliege nach Kanada!«, rief er glücklich. »Ich fliege nach Kanada! Ich komme aus meiner Bude raus! Wir fliegen nach Kanada! Ich muss sofort googeln, was wir da alles anschauen wollen! Ach, ist das herrlich!

Benkert! Machen Sie sich klar, wir fliegen nach Kanada! Lisa! Ich kann es kaum glauben! Richard Rosenberg fliegt nach Kanada!«

✳✳✳

Es ging alles ganz schnell. Das Visum wurde elektronisch erstellt und dauerte wenige Tage. Sie buchten einen Flug, der in zwei Wochen abging, und waren voller Vorfreude über ihr geplantes Abenteuer.

Es war seltsam für Lisa, ihre Angelegenheiten zu regeln. Sie wusste, dass die Möglichkeit bestand, gar nicht mehr zurückzukehren – und wenn, dann zum Sterben.

Das gab ihr einen gewaltigen Stich ins Herz und das waren die Momente, in denen sie um ihr Leben weinte. Doch stets riss sie sich zusammen und machte weiter. Angesichts Richards Entwicklung hatte sich eine fiese Hoffnung in ihr eingenistet und so sagte sie sich jeden Tag, dass sie gesund sei. Das wurde ihr stetes Mantra. Warum sollte nicht auch mal für sie ein Wunder geschehen? Zumindest wollte sie es nicht unversucht lassen und in Momenten, in denen Angst und Verzweiflung sie übermannten, sagte sie sich stoisch und immer wieder: Ich bin gesund. Ich bin gesund. Ich bin gesund!

Sie checkte ihr Konto. Sie hatte nie viel Geld ausgegeben, aber auch nie viel verdient. Die Summe, die ihr zur Verfügung stand, war nicht groß und ohne zu wissen, ob das rechtens war, forderte sie von ihrem Vater eine Abfindung. Das Schreiben fiel sehr förmlich aus – ihm gegenüber empfand sie immer noch ein sehr bitteres Gefühl, denn nach seiner WhatsApp-Message hatte er sich kein einziges Mal mehr gemeldet.

Auch ihr Auto wollte sie verkaufen, das brauchte sie ohnehin nicht mehr, aber die Wahrscheinlichkeit, das in zwei Wochen über die Bühne zu bringen, war äußerst gering.

So rief sie Pierre an; Pierre, der sie aufgelöst angerufen hatte, nachdem ihr Schreiben bei ihm eingegangen war. Er war der Einzige, dem sie die gesamte, miese Story erzählt hatte, und er war total schockiert darüber.

»Wie geht es dir?«, fragte sie ihn. »Kommst du zurecht?«

»Bis jetzt schon. Kannst mir die Daumen drücken. Die Sitzung findet ja bald statt.«

»Ach ja«, sagte sie. Daran hatte sie gar nicht mehr gedacht! »Hast du's geheimhalten können?«

Pierre gab einen verächtlichen Laut von sich. »Das ist nicht schwer, Lisa. Seit du weg bist, ist erst recht der Schlendrian eingetreten. Die zwei kommen und gehen, wann sie wollen, und halten deinen Vater mit Sprüchen bei Laune. Aber ich nehme an, unser Konzept rettet alle. Ich konnte noch einige gute Leute gewinnen.«

Er erzählte vom Geschäft und Lisa merkte, wie wenig sie das interessierte. Es war wirklich keine Herzensangelegenheit und ungewollt ging ein kurzer Gedanke an Finn.

»Pierre, ich brauche deine Hilfe«, schob sie sich dazwischen. »Ich möchte meinen Wagen verkaufen. Aber ich bin in den nächsten Wochen nicht da und wollte dich fragen, ob du mit mir eine Anzeige gestalten würdest und den Interessenten das Auto zeigst?«

Pierre war Autokenner und -liebhaber, für ihn war das keine große Sache und er sagte auch sofort zu.

»Ist doch ein prima Auto«, meinte er. »Willst du was Neues?«

»Nein, ich brauche das Geld. Bin ja jetzt erst mal arbeitslos.«

»Natürlich, stimmt. Kannst dich drauf verlassen, dass ich das Beste für dich raushole, Lisa.«

»Lieber ein paar Euro weniger, dafür aber gleich«, antwortete sie. »Ich habe aber noch was für dich. Es gibt einen Arzt, der in Zusammenhang mit Reeds genannt wird. Er heißt Dr. Michigan. Vermutlich aus Vancouver. Ich habe das Netz abgesucht, aber Michigans gibt's wie Sand am Meer … Könntest du vielleicht mal diesen einen Referenten, der dir verraten hat, dass Reeds in Kanada lebt, fragen, ob er was weiß?«

»Du bist immer noch hinter Reeds her?«, fragte Pierre erstaunt. »Warum?«

»Ach, das ist einfach nur Hobby«, sagte sie leichthin. »Ich fliege nach Kanada und wer weiß … vielleicht ergibt sich ja was.«

Pierre versprach, sich um alles zu kümmern, er war einfach genial. Innerhalb von drei Tagen hatte er ihr Auto online gesetzt und weitere sechs Tage später zu einem Preis an den Mann gebracht, der sie vor Freude rot werden ließ. Die Lebenshaltungskosten in British Columbia waren höher als die in den Provinzen am Pazifik – sie konnte jeden Cent gebrauchen!

Es tat gut, etwas zu tun zu haben und abgelenkt zu sein. Richard war jeden Tag auf Band, voller Vorfreude, voller Enthusiasmus und kümmerte sich mit bemerkenswerter Akribie um alle Formalitäten. Lisa bewunderte ihn und auch Michael war beeindruckt.

Doch der unangenehmste Teil stand Lisa noch bevor.

Sie schrieb Briefe, an ihre Geschwister, an Till – und an ihre Mama, für den Fall, dass sie nicht mehr lebend zurückkam.

Das fiel ihr am allerschwersten. Ihre Mutter befand sich immer noch auf Weltreise und Lisa wollte ihr den Urlaub nicht verderben. Wozu? Auf gar keinen Fall würde sie ihr von ihrer Diagnose erzählen; das würde sie erst tun, wenn sie zurück war. Den Brief an ihre Mutter schrieb sie zuletzt. Eine Sintflut an Tränen begleitete diesen Prozess, eine Sintflut an Erkenntnissen, die ihr beim Niederschreiben kamen. Es war verdammt schwer, sich von der eigenen Mutter auf diese Weise verabschieden zu müssen.

»Ich liebe dich, Mama«, schrieb sie. »Ich liebe dich so sehr! Du warst die beste Mutter der Welt und du hast alles richtig gemacht. Du hattest die Stärke, mich meinen eigenen Weg gehen zu lassen, obwohl du gesehen hast, dass er falsch war. Ich wünschte so sehr, ich hätte deine Ratschläge befolgt. Ich wünschte mir so vieles. Dass ich dich noch einmal streicheln darf. Dass du mich noch einmal küsst. Mir noch einmal übers Haar fährst. All diese wunderbaren, kleinen Dinge, die das Leben so lebenswert machen.

Aber solltest du diesen Brief lesen, ist es zu spät dafür. Es tut mir so leid, Mama, so leid! Ich küsse dich jetzt. Ich umarme dich jetzt, ich streichle dich und ich flüstere dir ins Ohr, dass ich dich unendlich liebe. Und diese Liebe tut so gut, sie macht es leichter. Ich weiß, dass du diese Liebe spürst.

Auch wenn der Tod uns trennt, so hat er mir doch bewusst gemacht, wie groß, stark und mächtig diese Liebe ist … dass sie etwas ist, das alle Zeit überdauert. Es fällt mir schwer, mich auf diese Weise von dir verabschieden zu müssen, aber ich will einmal in meinem Leben meinem Herzen folgen.«

Sie war mit den Nerven am Ende, als sie die Umschläge in einem Körbchen auf den Tisch stellte mit der Aufschrift:

»Für meine Lieben – falls ich nicht zurückkommen sollte.«

∗∗∗

Mit Elena stand sie fast täglich in Kontakt. Sie meldete sich meist per WhatsApp mit einer kleinen Nachricht, einem Smiley, einem schönen Video – es war fast wie damals mit Finn. Seit dem Nachmittag in Lisas Wohnung war auch in Elena etwas passiert. Sie war weniger aufgedreht, weniger laut und sie nahm so sehr Anteil an Lisas Leben, dass diese ihr schließlich von ihren Plänen berichtete.

»Vancouver ist so schön«, sagte Elena bewegt. »Wenn du dort bist, dann mach einen Abstecher nach Vancouver Island. An der Spitze davon ist ein kleiner Ort namens Tofino – meiner Meinung nach einer der schönsten Plätze der Welt.«

Sie schickte gleich eine Youtube-Aufnahme mit – es war wirklich ein traumhaft malerischer Ort.

»Danke für den Tipp, Elena. Ich freue mich darauf, das alles sehen zu können.«

»Ich finde das gut, dass du das machst, Lisa. Und ich hoffe sehr, dass du Reeds findest. Ich habe ihn mal gegoogelt, der war ja ein ganz großer Fisch! Wieso gibt es keine aktuellen Fotos von ihm?«

»Na ja, er ist noch vor der Internet-Sause ausgestiegen. Er mochte dieses Kommerzialisiert-Werden wohl nicht so sonderlich. Vielleicht hat er auch keine Fotos erlaubt.«

»Klingt authentisch. Vielleicht kann er dir ja helfen.«

»Ich hoffe es. Seinen Worten nach weiß er, wovon er redet. Ist schon komisch, dass man sich die wichtigen Fragen des Lebens erst stellt, wenn es zu spät ist …«, sinnierte Lisa.

»Was erhoffst du dir davon?«, fragte Elena. Versonnen antwortete Lisa: »Weißt du, ich würde so gern leben. Ich würde so gern richtig leben. Mit allen Sinnen. Mit allen Herausforderungen. Mit allem, was das Leben bietet. Wenn ich heute ein Problem hätte, würde ich mich mit Freuden darum kümmern, weil ich weiß, es geht vorbei. Aber der Tod ist so endgültig. Wie lächerlich ist da ein Problem dagegen! Warum habe ich das nur vorher nicht gesehen? Aber ich habe noch viele andere Fragen und sollte ich Alan finden, hoffe ich, dass er Antworten hat. Dann könnte ich in Frieden sterben … Ich will nicht gehen mit all dem Wirrwarr in mir.«

Elena schwieg betroffen.

»Kannst du das wirklich so sehen?«, fragte sie.

»Ja«, antwortete Lisa. »Es hat etwas mit wahrer Freiheit zu tun.«

✳✳✳

Kurz danach saß Lisa bei ihrem Arzt und erklärte ihm, sich keiner Chemotherapie unterziehen zu wollen. Er versuchte, sie zu überreden, aber sie konterte:

»Sie haben selbst gesagt, das zögert es im besten Falle nur hinaus. Und Sie wissen, dass es einem mit der Chemo nicht gut geht. Da will ich lieber die kurze Zeit genießen.«

»Es … es wird Ihnen auch ohne die Chemo irgendwann schlecht gehen«, gab er zu bedenken.

»Ich weiß. Aber im Moment spüre ich außer der Müdigkeit und dem Nachtschweiß nicht viel. Und wenn es schlimmer wird … dafür brauche ich Schmerzmittel. Bitte verschreiben Sie mir gleich mehrere Packungen. Ich möchte verreisen und weiß nicht, ob ich das auch im Ausland bekomme.«

Er nickte und schrieb anstandslos das Rezept aus.

»Wissen Sie, Frau Kastner«, sagte der Arzt schließlich, als er ihr den Zettel über den Tisch schob. »Was ich nicht verstehe, ist … ich meine, wir hatten ja vor der MRT-Diagnose drei Blutbilder von Ihnen. Das erste ist absolut besorgniserregend. Da wollte ich Sie schon anrufen, aber das zweite war dann so viel besser, dass ich mir dachte, war wohl doch nur eine Infektion. Das dritte war wieder schlecht und sogar noch unter den Werten des ersten.«

»Was wollen Sie damit sagen?«, fragte sie, während eine heiße Welle durch ihren Körper brandete. Gab es vielleicht doch noch eine Möglichkeit? Immer dann, wenn so etwas passierte, verließ sie ihre Gelassenheit, weil sie alles dafür gegeben hätte, weiterleben zu dürfen.

»Nichts Bestimmtes«, sagte der Arzt mehr zu sich als zu ihr. »Normalerweise macht man nicht so viele Blutbilder hintereinander in so kurzer Zeit. Das ist einfach durch meine Vertretung zustande gekommen. Und ich kann mir nicht erklären, warum das zweite so viel besser war.«

Er rieb sich das Kinn und schaute sie grübelnd an. »Ich meine, es ist doch erstaunlich, dass es schwankt. Dass es sich verändert. Zuerst dachte ich, dass die Vitaminspritzen eine Rolle spielen, aber dann hat es sich ja trotz der Vitamine verschlechtert.«

»Tja, leider«, antwortete sie enttäuscht, als er nichts weiter zu sagen wusste, nahm das Rezept vom Tisch und verabschiedete sich.

Sie hatte sich geschworen, nicht zu jammern, weil ihr der Rest ihres Lebens zu schade dafür war.

♫ A Higher Place ♫

Adam Levine

Die Visa waren da, Bordkarten und Hotelbestätigungen ausgedruckt, sie waren online eingecheckt, die Koffer gepackt.

Jeden Tag hatte Lisa einen aufgekratzten Richard auf Band, der fast durchdrehte vor Freude.

»Lisa, ich kann es immer noch nicht glauben«, sagte er immer und immer wieder. »Ich kann es nicht glauben! Richard Rosenberg fliegt nach Kanada! Wir fliegen nach Kanada! Noch ein Mal schlafen, dann ist es soweit!«

Ja, noch ein Mal schlafen, dann hieß es, Abschied nehmen.

Als sie mit ihrem Koffer an der Tür stand, sah sie noch einmal zurück und ließ ihren Blick durch die Räume gleiten. Das Körbchen mit den Briefen stand auf dem Tisch. Mit einem tiefen Atemzug nahm sie ihre Schlüssel und wusste nicht, was schlimmer war: Dass ihre Liebsten auf diese Weise informiert wurden – oder es ihnen ins Gesicht sagen zu müssen.

Die Tür fiel ins Schloss. Wieder atmete sie tief durch. Ein neues Kapitel begann. Zum ersten Mal in ihrem Leben ein mehr oder weniger ungeplantes – und das fühlte sich nicht schlecht an.

Ja, es war so weit. Ein Taxi brachte sie zum Bahnhof, mit dem Zug fuhren sie zum Flughafen, die Stimmung war überragend gut. Lisa hatte Richard und Michael vorher klargemacht, dass sie nicht als Kranke behandelt werden wollte, und so saßen die zwei im Zug nebeneinander und lieferten sich in alter Manier einen verbalen Krieg, sodass Lisa aus dem Kichern nicht herauskam. Die anderen Zugreisenden hörten zwangsläufig mit und immer öfter prustete einer los, bis das ganze Abteil den Schlagabtausch der beiden verfolgte und schließlich offen über die beiden Herren lachte. Richard fing an, das bekannte Gedicht zu rezitieren:

»Dunkel war's der Mond schien helle ...«

»Schneebedeckt die grüne Flur ...«, setzte Michael begeistert ein.

»Als ein Wagen blitzeschnelle ...«

»... langsam um die Ecke fuhr!«

Richard hob seine Arme und forderte die Leute zum Mitmachen auf. Die lachten und die, die das Gedicht kannten, fielen mit ein, bis der Chor immer lauter wurde:

»Drinnen saßen stehend Leute …«

»… schweigend ins Gespräch vertieft …«

»… als ein totgeschoss'ner Hase …«

»… auf der Sandbank Schlittschuh lief …!«

Irgendwann aber wusste Richard nicht mehr weiter im Text und Michael sagte:

»Rosenberg, schließen Sie doch bitte Ihren Mund. Sie schnorcheln schon wieder. Und mit offenem Mund kann man nicht denken.«

»Benkert, Sie sind einfach das Letzte! Wie können Sie …«

»Ich bin gern das Letzte! Das Beste kommt nämlich immer zum Schluss, Rosenberg!«

Einer der Zuggäste kriegte sich vor Begeisterung über die beiden nicht mehr ein und sagte an Lisa gewandt: »Sind das Ihre Großväter? Die zwei sind ja krass!«

»Natürlich«, sagte Michael schnell, weil er wusste, dass Richard gleich wieder mit seinen fünfzig Jahren argumentieren würde. »Opas wie wir wurden geschaffen, weil Enkel wahre Helden brauchen. Stimmt doch, meine Kleine, nicht?«

Er stupste Lisa an. Sie stupste zurück. Rosenberg sah zu und wollte auch stupsen, aber Michael wich aus und Richards Hand donnerte an die Scheibe. Das ganze Abteil kicherte los und Rosenberg wusste nicht, ob er sich ärgern oder mitlachen sollte.

»Es gibt Leute, da fängst du mit Kopfschütteln an und hast am Ende ein Schleudertrauma«, sagte er entrüstet zu Lisa. »Warum haben wir diesen Kerl dabei?«

»Ich bewundere Ihre Gelassenheit!«, spottete Michael.

»Das ist Desinteresse, mein Guter!« Schmollend verschränkte Rosenberg die Arme vor der Brust. Sein Gesichtsausdruck sprach Bände und er saß so grummelig und bärbeißig auf seinem Platz, dass die Leute sich fast auf die Schenkel schlugen.

»Ehrlich, Leute, ihr solltet auftreten«, sagte ein junger Kerl. »Darf ich euch mit dem Handy aufnehmen?«

»Unterstehen Sie sich, junger Mann!«, polterte Richard.

»Sie müssen ihm das verzeihen«, sagte Michael zu dem jungen Mann. »Er steckt in einer Art Midlife-Crisis. Der Großvater bin eigentlich nur ich.« Er nickte zu dem älteren Richard: »Der da ist erst fünfzig. Hat sich leider nicht so gut gehalten.«

Richard lief rot an vor Verlegenheit und Zorn, schnorchelte heftig und suchte nach einer passenden Antwort:

»Ich bin wirklich fünfzig!«, wandte er sich erzürnt an den jungen Mann. »Biologisch zumindest! Während der da humpelt!«

»Ist das so ein Benjamin-Button-Ding?«, wollte der Fahrgast wissen und kringelte sich vor Lachen.

»Benjamin ... wer?«

»Richard! Du hast schon wieder den Mund offen! Du geiferst!«

»Für. Sie. Noch. Immer. Rosenberg.«, fauchte Richard, der heute gar nicht souverän zu sein schien, aber Lisa bemerkte den Schalk in seinen Augen.

»Nein«, mischte sie sich ein. »Das ist eher so ein Statler-und-Waldorf-Ding.«

Der Fahrgast lachte. »Geil! Krieg ich ein Selfie mit Ihnen?«

»Ein was?«, fragte Richard. »Ist das eine Geschlechtskrankheit?«

Das ganze Abteil brüllte los und Richard tat so, als sei der Witz gewollt gewesen.

»Richard, er will ein Foto mit sich und dir zusammen machen«, flüsterte ihm Lisa währenddessen zu.

»Ach, was«, sagte Richard verdattert. »Heißt das, ich bin berühmt?«

»Du bist auf jeden Fall lustig«, grinste sie.

Der Fahrgast lachte wieder: »Ich finde das super, wie Sie drauf sind!«

»Tja, junger Mann«, sagte Richard. »Wir können zwar nicht verhindern, dass wir älter werden, aber wir können dafür sorgen, dass wir Spaß dabei haben.«

»Genau«, meldete sich Michael. »Wir sind zwar zu nichts zu gebrauchen, aber dafür zu allem fähig.«

Er zwinkerte Richard zu und der zwinkerte zurück.

»Erstaunlich, wie einen nur zwei Worte aus der Bahn werfen können«, sagte Michael.

»Welche Worte?«

»Fahrkarten, bitte!«

Wieder lachten alle, denn der Schaffner kam gerade herein und wunderte sich über die gute Laune in diesem Abteil.

Keine Frage, die Fahrt war lustig. In bester Laune kamen sie am Flughafen an, gaben ihr Gepäck ab und suchten sich ein schönes

Restaurant, weil Michael sich weigerte, das Aluschalenessen während des Fluges zu essen.

»Sie wollen zehn Stunden nichts essen?«, fragte Richard erstaunt. »Krieg ich dann Ihre Portion?«

»Aber bitte, immer gerne«, meinte Michael, bestellte Champagner und lud sie alle ein. In solchen Momenten wurde Rosenberg immer stumm. Denn er war geizig und Michaels Großzügigkeit verwirrte ihn immer wieder aufs Neue. Vor allem, weil sie sich ja eine Fehde lieferten, die, was ihn anging, nicht ganz frei war von Zynismus – da verstand er diese Generosität noch weniger.

Er hatte mal wieder den Mund offen.

Eine Stunde später war er allerdings so drauf, dass Michael und Lisa meinten, er hebe ab. Der Champagner zu Mittag, die Vorfreude, sein kindlicher Enthusiasmus, die neuen Eindrücke drehten ihn auf wie ein Aufziehauto im Rennmodus. Er quatschte die Leute an, wünschte ihnen einen schönen guten Morgen, obwohl es schon Mittag war, seine Wangen waren tiefrot und seine Augen leuchteten nur so.

»So langsam kapier ich das mit dem Lockersein«, sagte er. »So langsam kapier ich das!«

»Ist das heute nicht ein herrlicher Tag, meine Liebe?«, fragte er eine wildfremde Frau, die ihn konsterniert ansah. »Bleiben Sie locker, meine Gute, das macht das Leben erheblich leichter.«

Michael nahm ihn am Arm, als sie sich der Handgepäckkontrolle näherten.

»Rosenberg, wenn Sie beduselt sind, dürfen Sie nicht mitfliegen – das nur zur Info.«

»Ich bin nicht betrunken«, erklärte Richard. »Ich bin nur gut gelaunt!«

»Na, dann wanken Sie mal ein bisschen weniger! Und bitte … bitte! Machen Sie den Mund zu, Mann!«

Richard musste allerdings fünfmal durch die Kontrolle laufen, weil immer irgendetwas an ihm piepste. Er hatte eine Unzahl an Krimskrams in seinen Hosentaschen, unter anderem eine Miniausführung eines Schweizer Taschenmessers. Michael seufzte tief, als sich Rosenberg mit dem Personal um sein Messerchen stritt.

»Wir hätten ihn vorher filzen sollen«, sagte er zu Lisa. »Was hätten wir uns an Zeit gespart!«

Endlich befanden sie sich auf dem Weg in die Abflughalle. Endlich wurde Richard ein wenig stiller, schlicht deswegen, weil er müde war. Lisa hatte ihm ein aufblasbares Nackenkissen besorgt und hoffte, dass er einen Großteil der Flugzeit schlafen würde. Sie hatten keinen Nachtflug und die Zeitverschiebung von neun Stunden würde ihnen allen sicher zu schaffen machen. Daher wollten sie auch die ersten Tage im Hotel verbringen, um den Jetlag auszugleichen, und so hatte auch Lisa Zeit, ihre Suche nach Reeds in aller Ruhe vorzubereiten.

In dieser Sekunde erreichte Lisa eine Nachricht von Pierre.

»Ruf mich an, wenn du kannst! Hoffe, du bist noch nicht in der Luft!« Sie stellte sich etwas abseits und drückte auf den Hörer.

»Pierre, was ist?«, fragte sie beunruhigt. »Wie war die Konferenz?«

»Konferenz? Lisa, das kannst du beim besten Willen nicht als Konferenz bezeichnen. Das war eine einzige Schreierei. Cordula war anwesend und sie hat einen Aufstand geprobt, dass ich dachte, die Fensterscheiben fliegen raus. Die Zahlen sind total untergegangen! Sie schrie immer nur, dass sie sich ihren Ruf nicht ruinieren lassen und sich nicht als Sektenmutter bezeichnen lassen will ... Björn und Fred sind mir natürlich auch in den Rücken gefallen und haben immer wieder betont, wie unverschämt es sei, so etwas ohne jede Absprache aufzubauen ... Ach, lassen wir das. Es ist unnütz, darüber zu reden.«

»Aber Pierre«, sagte Lisa bestürzt. »Was ist jetzt mit dir? Wie geht es weiter? Es kann doch nicht sein, dass denen der Gewinn egal ist!«

»Genauso ist es aber«, antwortete Pierre. »Wir haben die Zahlen. Dein Vater ist jetzt sozusagen gezwungen, die Gewinne einzustreichen. Ehrlich, Lisa, ich werde kündigen. Das Ding kann ich alleine weitermachen!«

»Gute Idee, Pierre«, sagte Lisa. »Wenn ich dir irgendwie dabei helfen kann, sag es mir. Ich tue, was ich kann.«

»Sorry, Lisa, ich wollte dich nicht damit belasten. Ich rufe wegen Dr. Michigan an.«

»Dr. Michigan!«, rief Lisa und ihre Hand krampfte sich um ihr Handy. An den hatte sie gar nicht mehr gedacht!

»Ja, genau. Ich habe Folgendes herausgefunden: Er lebt in Penticton, das ist etwa fünfzig Kilometer von Kelowna entfernt. Die Adresse habe ich dir aufs Handy gesendet nebst E-Mail-Kontakt. Er praktiziert noch!«

»Und du bist sicher, dass es der richtige Michigan ist?«

»Ja, mein Informant kennt ihn persönlich.«

»Ach, das ist ja super, Pierre! Tausend Dank! Das ist eine echte Spur!«

»Stimmt, er muss wissen, wo Alan lebt. Ich drücke die Daumen! Halt mich auf dem Laufenden, okay?«

»Klar doch, Pierre«, antwortete sie aufgeregt über diese Neuigkeiten.

»Ja, dann: guten Flug, Lisa. Good Luck! Und komm gesund wieder!«

Komm gesund wieder. Welch ein Wunsch! Beschwingt ging sie zu Michael und Richard zurück.

»Stellt euch vor«, verkündete sie. »Ich habe die Adresse des Arztes, der mit Reeds zusammengearbeitet hat!«

»Fantastisch!«, rief Michael. »Vielleicht wird das Ganze einfacher als gedacht!«

Er war nach wie vor dagegen, Lisa allein durch die Wildnis fahren zu lassen. Sein Gesichtsausdruck sprach Bände, aber er sagte nichts. Sie waren am Gate angekommen, die Wartehalle war ziemlich voll und nur einzelne Sitze zwischen den Fluggästen frei. Lisas Blick glitt über die Stuhlreihen, um drei freie Plätze nebeneinander zu finden – da erstarrte sie.

An einen Pfeiler gelehnt stand Finn, einen Rucksack neben sich. Er hatte den Eingang im Blick und als er sie kommen sah, stieß er sich ab und kam auf sie zu.

Die drei blieben wie angewurzelt stehen.

»Was will der denn hier?«, schnaubte Richard.

»Was willst du denn hier?«, fragte Lisa frostig, als Finn vor ihnen stand. Energisch zog Michael Richard am Arm, obwohl der sich heftig wehrte.

»Benkert, was soll das? Der hat sie schon mal genarrt! Wir müssen auf die Lisa aufpassen!«, protestierte er.

»Das kann sie schon selbst, Rosenberg. Mitkommen. Los! Da drüben gibt's Kaffee.«

Lisa und Finn standen sich gegenüber und starrten sich an.

»Was hast du jetzt wieder vor, Finn?«, fragte Lisa ihn argwöhnisch.

»Ist nicht schwer zu durchschauen«, erwiderte er mit einem Ausdruck im Gesicht, der sie nicht kalt ließ. Seine Augen waren gerötet und in ihnen stand verzweifelte Entschlossenheit. »Ich fliege nach Kanada.«

»Schön. Und was machst du dort? Bist du geschäftlich unterwegs?«

»Lisa. Ich fliege nach Kanada, weil du nach Kanada fliegst. Weil ich dir überallhin auf der Welt folge, nur, damit ich dir erklären kann, was wirklich passiert ist.«

Lisa zögerte. Dann trat sie einen kleinen Schritt auf ihn zu und sagte:

»Finn. Du bist erfolgreicher Geschäftsmann. Du hast wichtigere Dinge zu tun. Lass mich dir sagen, dass alles, was du meinetwegen unternimmst, vollkommen sinnlos ist. So sinnlos, wie du es dir noch nicht einmal in deinen kühnsten Träumen vorstellen kannst. Das ist eine unwiderrufliche, durch nichts zu ändernde Aussage. Das Beste, was du tun kannst, ist aus dieser Abflughalle zu verschwinden, dich in deinen Wagen zu setzen, nach Hause zu fahren und mich vollständig aus deinem Leben zu streichen.«

Damit wandte sie sich um und wollte gehen. Aber Finn packte sie am Arm.

»Damit gebe ich mich nicht zufrieden«, zischte er. »Ich will mit dir reden.«

»Okay«, sagte sie gelassen. »Der Flug geht in zwanzig Minuten. Sag, was du zu sagen hast. Ich höre zu. Wenn du danach endlich gehst?«

»Verdammt noch mal, Lisa, den Teufel werde ich tun! Du willst Reeds suchen? Mit zwei Achtzigjährigen in Kanadas Wildnis? No way, meine Gute! Das ist selbstmörderisch!«

»Sag mal, geht's noch? Wir fliegen nicht in den Dschungel! Kanada ist kultiviert! Und überhaupt … woher weißt …«

»Auf keinen Fall machst du diese Tour allein!«

»Ich kann machen, was ich will«, fauchte sie. »Noch mal, Finn: Es geht dich nichts an. Hau einfach ab, okay?«

Wütend blitzte sie ihn an. Die Tutu-Nacht kam ihr in den Sinn, der Gedanke, dass er sie komplett ausgenutzt hatte, und Finn sah das glasklar in ihren Augen gespiegelt.

»Das glaubst du wirklich?«, fragte er verletzt. »Dass ich zu so etwas fähig bin? Wenn es so wäre, warum sollte ich dann nach Kanada fliegen?«

»Weil ich mir sicher bin, dass ich dir ein weiteres Mal nütze!«, erklärte sie sauer. »Nicht ich bin der Grund, sondern Reeds!«

»Lisa«, sagte er leise und kam einen winzigen Schritt näher. »Diese Nacht mit dir. Sie war so schön. Ich träume heute noch davon. Du bedeutest mir was und ich …«

»Hör auf, Finn«, erwiderte sie feindselig. »Was du dir für die Zukunft vorstellst, hast du ja klar geäußert.«

Finn beugte sich zu ihr vor und raunte in ihr Ohr.

»… und es hat dich erregt. Ich habe es gespürt. Deutlich gespürt.«

»Nein!«, rief sie unterdrückt und trat einen Schritt zurück. »Es … es macht mir Angst, verstehst du? Und ich habe keine Zeit und keine Lust mehr, Angst zu haben! Aber klar, kann mir schon vorstellen, dass es nicht leicht ist, für so was eine Gespielin zu finden – ich bin es jedenfalls nicht! Ich habe dir vertraut! Und es bitter bereut! Noch mal passiert mir das nicht mehr! Verpiss dich, Finn!«

Sie riss sich los und marschierte zu Richard und Michael. Finn sah ihr hinterher. Die Ränder seiner Augen waren noch roter als vorher. Aber sein Blick umso entschlossener.

$$***$$

Grummelnd stellte sie fest, dass er mitflog. Gott sei Dank hatte sie Elena nicht erzählt, in welchem Hotel sie absteigen würden. Ihr war klar, dass er die Infos von ihr haben musste. Aber als sie Elena darauf ansprach, schwor sie Stein und Bein, nicht eine Silbe verraten zu haben.

»Wirklich, Lisa, von mir hat er das nicht!«, beteuerte sie. »Ich habe dir doch mein Wort gegeben!«

Letztlich war es egal. Zehn Stunden später setzte der Flieger auf kanadischen Boden auf. Sie waren in Vancouver. Ihr Abenteuer begann.

Richard kriegte sich fast nicht mehr ein. Er hatte den gesamten Flug über geschlafen und war nun topfit – trotz des Zeitunterschieds. In Deutschland war es Mitternacht, hier in Kanada drei Uhr nachmittags.

Doch Vancouver erweckte sie alle wieder zum Leben. Die Stadt schien aus fast jedem Winkel Postkartenansichten zu bieten. Sie war umgeben von Bergen und verfügte, was Michael besonders toll fand, über eine umtriebige Kunst-, Theater- und Musikszene. Ihr Hotel war nur zwei Kilometer vom berühmten Stanley Park entfernt, einem wunderschönen Gelände mit 400 Hektar Wald, Spielplätzen, Teichen, Stränden und dem Vancouver Aquarium. Ein neun Kilometer langer Uferdamm für Fußgänger und Radfahrer umschloss den Park und der Taxifahrer wurde nicht müde, von seiner Stadt zu schwärmen. Stolz fuhr er sie ein wenig herum, berichtete von Chinatown und dem Punjabi Market, dem historischen Gastown mit der bekannten Dampfuhr und Granville Island, das mit seinen Bars, Geschäften und seinem öffentlichen Markt lockte.

In Vancouver herrschte eine ganz andere Atmosphäre als in deutschen Großstädten. Es war heiter, unglaublich sauber und sie spürten selbst in der Stadt schon die Weite dieses Landes, seine Größe und die Freiheit, die darin lag.

British Columbia, zwischen den Rocky Mountains und dem Pazifik gelegen, war dreimal so groß wie Deutschland, hatte gerade mal 4,6 Millionen Einwohner und bot landschaftlich so ziemlich alles, was es auf der Welt gab. Seine zerklüftete Küste war gekennzeichnet von zahlreichen Fjorden und vorgelagerten Inseln, satte 11 890 an der Zahl. Es war ein gewaltiges Land, ein freundliches Land, ein naturwertschätzendes Land und sie fühlten sich von Beginn an wohl.

Der Fahrer empfahl ihnen wärmstens den Strand im Naikoon Provincial Park, der ganze hundert Kilometer lang war. Die drei waren sprachlos – das waren ja gigantische Dimensionen!

Richard klebte mit der Nase an der Fensterscheibe und geriet jedes Mal aus dem Häuschen, wenn er die eine oder andere Sehenswürdigkeit erkannte.

»Das ist Science World!«, rief er aufgeregt. »Da will ich rein! Schaut doch nur, diese riesige Kugel!«

In bester Laune kamen sie am Hotel an, aber sie waren kaum ausgestiegen, als Lisa bemerkte, dass Finn ihrem Taxi gefolgt war.

Sie presste die Lippen zusammen. Gut. Sollte er! Sie hatte noch keine weiteren Pläne geschmiedet, so war mit Sicherheit für ihn hier Endstation. Zudem war das O Canada House ein Bed & Breakfast mit wenigen Zimmern – und es war Hauptsaison. Sie war ziemlich sicher, dass er keine Chance hatte, hier unterzukommen.

Es würde schwer für ihn werden, an ihr dranzubleiben.

✳✳✳

Das erste, was sie am Nachmittag ihrer Ankunft tat, war, eine Mail an Dr. Michigan zu schreiben. Darin stellte sie sich vor und hoffte auf eine positive Antwort. Der Plan war, mit Michael und Richard drei Tage in Vancouver zu bleiben, danach wollte sie alleine nach Kelowna weiterfliegen.

Aber wenn Dr. Michigan antwortete, wenn sie ihn aufsuchen dürfte, wenn er ihr Alans Adresse geben würde, wäre alles so viel einfacher! Dann könnte sie es vielleicht sogar allein schaffen, Alan zu finden, ohne Guide, nur mit dem GPS des Leihwagens.

In den letzten Wochen hatte es allerdings so einige Tage gegeben, an denen sie sich gefragt hatte, was das alles überhaupt sollte und ahnte, dass es eine Art Flucht war. Denn zu Hause, ohne jede Perspektive, wäre sie wohl wahnsinnig geworden. Ja, sie tat etwas, was nicht wirklich Sinn hatte. Und doch fühlte sich das besser an, als gar nichts zu tun. Von ihrer Krankheit spürte sie im Moment so wenig, dass sie manchmal sogar Hoffnung bekam, sie irgendwie besiegen zu können. Jedenfalls hatte die Lebenslust voll von ihr Besitz ergriffen und sie traute sich die Tour immer mehr zu.

»Wann genau geht dein Flug nach Kelowna?«, fragte Michael, als sie bei ihrem ersten Dinner saßen. Sie blickte sich um. Finn war nirgendwo zu sehen.

»In vier Tagen. Was haltet ihr davon, wenn wir übermorgen eine Radtour durch den Stanley Park machen? Vorausgesetzt, ihr könnt Rad fahren?«

»Ich kann Rad fahren«, sagte Richard sofort. Er, der Älteste, war tatsächlich der Munterste von ihnen allen und total begeistert über diese unkomplizierten Kanadier, die ihm ständig auf die Schulter klopften, freundlich lachten und sie »Rich« und »Mike« nannten.

»Ich mag das!«, sagte er immer wieder und grinste dabei wie ein Honigkuchenpferd. »Ich mag das sehr! Lisa, du kannst mich auch Rich nennen! Das hört sich doch für einen Fünfzigjährigen viel knackiger an. International! Ich bin Rich! Ich bin in Kanada! Und ich kann Rad fahren!«

Lisa lachte. »Ja, gut, Rich, kein Problem«, grinste sie. »Ist doch eine glatte Steigerung zum Busfahren! Und was mit dir, Michael? Oder soll ich dich Mike nennen?«

»Wie du willst. Also, ob das mit meiner Hüfte geht, weiß ich nicht«, erwiderte Michael. »Ich versuche es einfach mal. Es kann doch nicht sein, dass ich dabei zuschauen muss, wie dieser alte Knacker mit dir durch den Stanley Park radelt!«

»Genauso wird das aber laufen, mein Bester«, grinste Richard selbstzufrieden. »Weil Sie nämlich jeden Tag aufstehen und sich klarmachen, dass Sie ein Hüftproblem haben.«

Zum ersten Mal schwieg Michael auf diese Ansage, ob aus Resignation oder Verblüffung vermochte keiner zu sagen.

»Wo kommst du in Kelowna unter?«, wollte er von Lisa wissen.

»Ich habe mir in der Myra Canyon Ranch eine A-Frame-Kabine gebucht. Das reicht mir. Da steht ein Bett drin und ein Stuhl. Ich weiß ja nicht, wie lange ich bleibe.«

Michael wackelte unzufrieden mit dem Kopf.

»Du hättest dir doch ein anständiges Hotel gönnen können«, meinte er. »Mir gefällt das nicht … eine A-Frame-Kabine!«

»Was ist das?«, wollte Richard wissen.

Flugs zog Michael sein Smartphone heraus und googelte – etwas, worin er immer noch viel geübter war als Rich.

»Du liebe Zeit«, vermeldete Richard. »Das ist ja nur eine Holzhütte ohne jede Heizung! Und die Duschen sind siebzig Meter entfernt!«

»Ist doch egal. Ich hoffe sehr, dass ich meine Infos bekomme und dann weiterkann.«

Es wurde ein kurzes Abendessen – sie waren alle recht müde und beschlossen, so lange wie möglich auszuschlafen.

$$***$$

Finn hatte ein Zimmer im O Canada. Keine Ahnung, wie ihm das gelungen war. Aber am nächsten Morgen saß er zwei Tische von ihnen entfernt beim Frühstück und stopfte Pancakes mit Ahornsirup in sich hinein.

Keiner von ihnen sprach ihn an – und er näherte sich ihnen auch nicht.

Lisa besah sich in den nächsten zwei Tagen mit ihren Begleitern die Stadt. Wie immer lachten sie viel, waren begeistert von den Sehenswürdigkeiten, aßen lecker zu Mittag und hatten eine richtig tolle Zeit. Am Nachmittag des zweiten Tages wollten die beiden Herren noch unbedingt in die Vancouver Art Gallery, aber Lisa hatte eine Massage gebucht und ließ die zwei alleine weiterziehen.

Im gemütlichen Hotel angekommen legte sie sich auf das große Himmelbett, öffnete den Rechner und sog die Luft ein. Dr. Michigan hatte geantwortet!

Aufgeregt öffnete sie die Mail, aber sein Text klang sehr reserviert und natürlich fragte er nach dem Grund ihrer Kontaktaufnahme.

Sie biss sich auf die Lippen. Was sollte sie ihm schreiben? Schließlich berichtete sie ihm, dass sie über dreißig Jahre alte Tapes von Alan gefunden und kurz danach erfahren habe, dass er, Michigan, mit Alan Reeds zusammengearbeitet habe.

»Stehen Sie noch in Kontakt mit ihm? Ich hätte Mr. Reeds so gern ein paar Fragen gestellt.«

Seine Antwort kam postwendend.

»Es tut mir leid, aber über Mr. Reeds kann ich Ihnen keinerlei Auskünfte erteilen.«

Zack. Das war's. Ihr sank das Herz in die Kniekehlen. So barsch, wie das klang, würde der auch seine Meinung nicht ändern, wenn sie ihm gegenüberstand. Aber dann lachte sie kurz auf. Sie hatte doch nichts zu verlieren! Sie konnte es einfach wagen! Sie war frei! Und erkannte, dass sie das eigentlich schon immer gewesen war.

Es klang so seltsam. Da hatte sie den Tod vor Augen und obwohl dieser doch angsterregend genug war, nahm er ihr gerade die Angst vor dem Leben.

Mit dieser Erkenntnis im Rücken – und dem festen Vorsatz, Michigan auch aufzusuchen, wenn er ihr eine Absage erteilte – schrieb sie ihm erneut und fragte, ob er ihr ein Interview geben würde.

♫ The Harder The Ground ♫

Gløde

Der zweite Tag war vergangen, ohne dass ihr Finn auch nur ein Mal über den Weg gelaufen war. Die Sonne schien, die Stadt war super, die Stimmung war gut und Lisa freute sich über jede Sekunde. Zusammen mit Rich und Mike besuchte sie am dritten Tag den riesigen und wunderschön angelegten Stanley Park, der aus einem Netz von sage und schreibe 200 Kilometern Spazierwegen bestand, das sich durch einen Wald mit einer halben Million Bäume zog. Douglasien, Riesenlebensbäume, Sitka-Fichten und Hemlocktannen säumten ihren Weg und frohgemut fuhren sie in das Zentrum des Parks, zum Beaver Lake mit seinen riesigen Seerosen und einer atemberaubenden Vogelwelt, besuchten den berühmten chinesischen Garten von Dr. Sun Yat-Sen, fuhren an bunten Totempfählen vorbei und an wunderschönen Gartenanlagen. Grauhörnchen und Hasen jagten durch den Wald und Michael entdeckte sogar ein paar Waschbären.

Die beiden Herren waren langsam, aber sie kamen zurecht. Lisa machte das Radeln großen Spaß – das hatte sie so lange nicht mehr gemacht! Sie fuhr immer ein wenig vor, hielt an, um auf ihre Begleiter zu warten, oder fuhr wieder zurück, wenn sie ein größeres Stück vorausgefahren war.

Es war Juli, die Sonne schien warm, die Luft hier war so klar, obwohl es doch ein Stadtpark war, und sie war schon gespannt auf die Wildnis, auf das kaum berührte Land, das Kanada zu bieten hatte. Sie fühlte sich so wohl wie schon lange nicht mehr – Michael machte sich völlig unnötig Sorgen!

Glücklich trat sie in die Pedale, radelte einen idyllischen Waldweg entlang, stoppte, fuhr ein kleines Stück zurück und hielt die Hand über die Augen. Wo blieben sie nur?

Endlich entdeckte sie sie am Anfang des Weges, den sie gewählt hatte. Michael winkte ihr, sie möge zurückkommen. Wahrscheinlich hatten die zwei für heute genug.

Munter schwang sie sich auf den Sattel und fuhr den schattigen Waldweg zurück, als ein Taumel sie erfasste. Unmittelbar danach spürte sie einen Ruck in ihrem Kopf, als schlüge sie jemand von innen. Sie hörte Scheppern und ein kurzes Klingeln, aufgeregtes Vogelgezwitscher, roch

Laub und Moos, Erde und Moder, fühlte Schmerz … es raschelte, jemand stieß einen schmerzhaften Laut aus und erst Sekunden später dämmerte ihr, dass sie das gewesen war, begriff sie, dass sie bäuchlings auf der Erde lag.

Ächzend rappelte sie sich hoch und lehnte sich gegen einen Baumstamm. Ihre Hand fuhr über ihre Stirn, Blut tropfte herunter. Eine fremde Frau kam auf sie zugelaufen und kniete sich vor sie hin.

»Sind Sie okay? Soll ich einen Arzt rufen?«, fragte sie, zog eine Flasche Wasser aus ihrer Tasche, benetzte ein Taschentuch damit und hielt es Lisa an die Stirn.

In diesem Moment kamen Richard und Michael aufgelöst bei ihr an.

»Lisa!«, rief Michael. »Meine Kleine!«

»Sie gehören zusammen?«, fragte die Frau.

Michael nickte und bedankte sich bei ihr, ließ sich schwerfällig auf ein Knie nieder und blickte Lisa in die Augen. Eine blutige Schramme verlief über ihrer Stirn und ihr noch verschwommener Blick richtete sich in unsäglicher Verwirrung auf Michael.

»Ich bin gestürzt«, flüsterte sie mehr zu sich als zu ihm. »Ich bin gestürzt.«

Sie erinnerte sich an den Schlag in ihrem Kopf und Angst flutete in ihr hoch. Würde das alles schneller gehen, als gedacht? Verlor sie die Kontrolle über ihren Körper? Oder war sie einfach nur über eine Baumwurzel gefahren und hatte sich den Rest eingebildet? Zutiefst verunsichert kam ihr Blick endlich in der Realität an, registrierte Michaels besorgte Augen.

»Mein Mädchen«, sagte er wieder und weinte fast. »Mein Mädchen … was machst du denn für Sachen?«

Richard stand daneben. Wie stets in solchen Situationen wirkte er hilflos bis zum Anschlag. Sein Unterkiefer zitterte, als wolle er im nächsten Moment losheulen. Als Lisa das sah, riss sie sich zusammen.

»Hab ne Baumwurzel übersehen«, sagte sie und rieb sich ihren Nacken. »Tja, so viel zum Fahrradfahren.«

Sie versuchte zu lächeln, aber ihr tat alles weh und so wurde nur ein klägliches Grinsen daraus. Michael sagte nichts dazu und stand mit Mühe auf.

Lisa erhob sich ebenfalls. Außer der Schramme am Kopf und ein paar blauen Flecken, die sie morgen wohl haben würde, merkte sie nichts mehr. Aber zum ersten Mal erkannte sie die Krankheit in ihrem Körper als echte

Gefahr, spürte, dass da etwas war, was nicht zu ihr gehörte, und ihr wurde anders zumute.

»Ist Ihnen übel?«, fragte die Frau, sie aufmerksam beobachtend. »Das könnte eine Gehirnerschütterung sein. Ich denke, es wäre besser, wenn Sie in eine Klinik gehen.«

Eine Klinik! Um Gottes Willen, da wollte sie nicht hin!

»Ich … nein, vielen Dank!«, stieß Lisa hervor. »Ich bin okay, wirklich. Es geht schon wieder! Nochmals herzlichen Dank für Ihre Hilfe.«

Die Dame nickte, verabschiedete sie sich und ging ihrer Wege.

Langsam schoben die drei ihre Räder aus dem Wald. Sie mussten noch eine ziemliche Strecke zurückfahren und ein seltsames Gefühl bemächtigte sich Lisa, als sie sich wieder auf den Sattel schwang – Angst, dass ihr das wieder passierte, die Kontrolle über sich zu verlieren. Sie fühlte sich unsicher. Aber alles lief gut, sie spürte nichts weiter als die Schramme. Trotzdem war sie froh, als sie im Hotel ankamen. Ohne noch viele Worte zu wechseln, verschwand sie in ihr Zimmer und legte sich hin.

Die Angst war wieder da.

✳✳✳

Michaels Lippen waren beim Abendessen zu einem dünnen Strich zusammengepresst.

»Lisa, du cancelst den Flug nach Kelowna. Wir vergessen das«, bestimmte er. »Es ist leichtsinnig! Ich bin froh, dass es gleich zu Beginn passiert ist. Was wäre gewesen, wenn du alleine unterwegs gewesen wärst? Jetzt können wir die Sache noch abblasen und über andere Wege nachdenken.«

»Welche anderen Wege?«, fragte Lisa. »Welche Wege kann ich denn noch gehen, Michael?«

Sie starrte ihn an. Auf ihrer Stirn befand sich inzwischen eine dicke, blutige Beule, die sich schon zu verfärben begann.

»Du könntest den Rest deines Lebens auf ungefährlichere Weise genießen«, erwiderte Michael leise und seine Augen wurden feucht. »Im Kreise deiner Liebsten. Deiner Mutter. Deinem Stiefvater, den du so magst. Deinen Geschwistern. Ihr könntet gemeinsam etwas unternehmen. Wenn du doch sowieso nicht mehr viel Zeit hast. Sie könnten dich besser beschützen als Richard und ich. Dein Stiefvater ist Arzt.«

Richard nickte heftig, sein Blick war nicht nur traurig, er war panisch. Er war den Tränen nah, sah aus, als wisse er nicht wohin mit dem Aufruhr in ihm, und schien mit ebenso viel Angst erfüllt zu sein wie Lisa. Der Anblick schnürte ihr die Kehle zu.

»Aber ich will das nicht«, entgegnete sie heiser. »Ich will nicht jeden Tag in den Augen meiner Familie die Trauer und das Mitleid sehen. Nicht ihren Kampf, mir Mut zu machen und selbst nicht damit fertig zu werden. Ich will das Ding auf meine Weise beenden.«

Schweigen breitete sich aus. Ein Schweigen, das klarmachte, dass nicht sie »das Ding«, wie sie es nannte, beenden würde, sondern ihre Krankheit das für sie erledigen würde. Auf deren Weise.

»Ist das jetzt ein Kräftemessen?«, fragte Michael sanft. »Ist es Trotz, Lisa?«

»Ich kann nicht sagen, was es ist. Ich kann nur sagen, dass ich alles durchziehen werde, wie ich es geplant habe.« Ihre Stimme zitterte. »Weil ich wenigstens am Ende meines Lebens etwas tun will, was mich Mut kostet.«

»Es ist auch Mut, zu dem zu stehen, was ist«, gab Michael zurück. Richards Kopf ging wie beim Tennis zwischen den beiden hin und her, während sich auf seinem Gesicht dieser weinerliche, hilflose Ausdruck befand.

»Außerdem warst du nicht mutlos in deinem Leben, Lisa«, fuhr Michael fort. »Du hast es auf die für dich beste Weise gelebt. Du hast etwas geschafft, du hast …«

»Nichts habe ich geschafft!«, brach es aus ihr heraus. »Nichts, Michael! Ich habe mich nur versteckt! Wie Richard! Sorry, Richard, aber es ist nun mal so und du weißt es auch! Wir haben uns vor dem Leben versteckt! Ich fliege morgen nach Kelowna. Ich werde diesen Michigan in Penticton aufsuchen und ich werde einen Guide finden, der mit mir Killiney Beach abfährt. Michael, ich weiß, eigentlich hast du recht – es ist total blödsinnig und für nichts gut! Und genau deswegen mache ich es!«

In Michaels Gesicht zuckte es.

Lisa nahm ihr Wasserglas und trank einen Schluck daraus. Ihre Augen waren dunkel.

»Tut mir leid«, sagte sie rau. »Ich … ich weiß auch nicht … aber ich muss das tun.«

Hart stellte sie das Glas ab, stand auf und ging auf ihr Zimmer. Doch sowie sie die Tür hinter sich geschlossen hatte, ging sie in die Knie und weinte bitterliche Tränen.

Diese letzte forsche Ansage entsprach nicht ihrem Inneren. Wenn sie ehrlich war, musste sie zugeben, dass sie eine Scheißangst hatte. Was war da in ihrem Kopf? Etwas Neues? Warum war da überhaupt was? Sie sagte sich doch jeden Tag, dass sie gesund, dass ihr Körper in Ordnung wäre! Es funktionierte nicht! Warum funktionierte es nicht? Weil es ihr Schicksal war, so früh zu sterben?

An diesem Abend weinte sie sich die Seele aus dem Leib. Sie dachte an ihre Mama, sehnte sich ganz schrecklich nach ihr, schickte ihr tausend Herzen über WhatsApp, schrieb kleine Nachrichten an ihre Geschwister und Till, aber das schien alles nur noch schlimmer zu machen. Sie dachte an den Dachspeicher, den sie jetzt so gerne aufgesucht hätte, und daran, wie nutz- und sinnlos es war, Trost in bestimmten Orten zu suchen. Ja, aber auf dem Speicher hatte sie etwas gespürt, was ihr durch diesen unerwarteten Sturz verloren gegangen war – auf dem Speicher war diese Präsenz in ihr so klar hervorgetreten, so sicher und so tröstlich. Daraus hatte sie die Kraft für diese Reise geschöpft. Wo war das jetzt? Warum spürte sie das nicht mehr? Warum ließ es zu, dass da etwas in ihrem Körper wucherte? Doch mit einem Mal zuckte ihr durch den Kopf, dass sie es deswegen nicht mehr spürte, weil die Angst sie voll im Griff hatte. Der Sturz hatte ihr ihre Sterblichkeit klargemacht, ihr die Kontrolle über sich selbst genommen – so sehr, dass sie dieses Schöne nicht mehr wahrnahm.

Mit vor Tränen brennenden Augen setzte sie sich auf das Bett und lehnte sich mit dem Rücken gegen das Kopfteil. Versuchte, still zu werden. Es gelang ihr nicht. Die Gedanken rasten. Die Kehle schmerzte.

Die Angst blieb.

✳✳✳

Am nächsten Tag fühlte sie sich besser, wenn auch noch ein wenig wackelig, und wartete – unter den missbilligenden, sorgenvollen Blicken von Richard und Michael und dem festen Versprechen, jeden Tag Bescheid zu geben, wo sie war – auf das Taxi, das sie zum Vancouver International bringen sollte.

»Wenn ich nicht mindestens einmal alle vierundzwanzig Stunden eine Message von dir habe, rufe ich sofort die Polizei an«, stellte Michael klar. Lisa versuchte, ihn zu beruhigen.

»Ich werde mir für die große Tour einen erfahrenen Guide holen. Aber denk dran, wenn es wirklich in die Wälder geht, haben wir wohl öfter kein Netz.«

»Alle vierundzwanzig Stunden«, wiederholte Michael stur. »Oder ich schalte einen Suchtrupp ein!«

»Der Benkert will zwar immer recht haben, aber in diesem Fall muss ich ihm tatsächlich recht geben, Frollein Lisa«, meldete sich Richard. »Mir gefällt das nicht, dass du alleine gehst.«

Sein Blick wanderte zu ihrer verbeulten Stirn.

»Hey, ihr zwei«, sagte sie bewegt. »Denkt lieber positiv und drückt mir die Daumen! Und genießt die Zeit in Vancouver! Ich will genauso von euch jeden Tag wissen, was ihr so anstellt!«

Sie lachte, aber keiner von beiden lachte mit. Schließlich stieg sie ins Taxi und fuhr los. Der eigentliche Abschnitt ihres Abenteuers begann. Und sie war mächtig aufgeregt.

∗∗∗

Der Flug nach Kelowna dauerte nur vierzig Minuten, und der Gedanke, damit schon in der Nähe von Alan Reeds zu sein, war prickelnd. Nachdem es ihr wieder gut ging, schaffte es Lisa, den gestrigen Sturz zu verdrängen, freute sich über die Landschaft und auf ihr Abenteuer. Ein Gefühl von Freiheit bemächtigte sich ihrer. Sie war am Okanagan Lake! Als sie vom Flugzeug aus auf den riesigen See blickte, konnte sie nicht verstehen, wie sie sich jemals freiwillig in ihren vier Wänden hatte verkriechen können. Sie war so blöd gewesen! Die Welt war so schön!

Am Flughafen organisierte sie sich einen Leihwagen und fuhr die dreißig Minuten zur Myra Canyon Ranch, die direkt am Eingang des Myra Bellevue Provincial Park lag und fünfhundert Meter über Kelowna thronte. Es war ein klassischer, großer Holzbau mit geräumigen Wohnungen, die jeweils bis zu acht Gäste aufnehmen konnten. Für Leute wie sie, die auf der Durchreise waren, gab es die günstige Variante mit den A-Frame-Kabinen, kleinen Holzhütten in A-Form, die allerdings wirklich sehr puristisch waren.

Lisa war das egal, denn die Natur um die Lodge herum war atemberaubend. Von oben hatte sie Ausblick auf den grandiosen See, auf die tief eingeschnittenen und dicht bewaldeten Täler und es gab zig Möglichkeiten zum Wandern oder Biken.

»Machen Sie eine Tour ins Kettle-Valley«, riet ihr der sympathische Besitzer, ein Deutscher, der vor etwa sechs Jahren nach Kanada ausgewandert war. »Sie können sich ein Fahrrad leihen und gleich losfahren. Sind Sie allein?«

Sein Blick ging eindeutig zu der inzwischen blau verfärbten Beule an der Stirn.

»Auf Fahrrad habe ich gerade keine Lust, bin gestern blöd gestürzt.«
Sie lachte verlegen. »Ja, ich bin allein, aber ich habe keine Klettertouren
vor. Ich will nach Penticton. Außerdem suche ich jemanden, der an der
Killiney Beach wohnt.«

»Killiney Beach? Auch ein schöner Ort«, antwortete der Mann. »Ist ein
Katzensprung, nur etwa eine Stunde von hier.«

Lisa musste lächeln. Das war das Erste, was sie hier gelernt hatte:
Entfernungen waren relativ. Ein Fingerbreit auf der Landkarte war eine
elend lange Tagestour auf Schotterwegen, ein Tagesausflug über 500
Kilometer eine normale Sache und eine Stunde Entfernung war gar nichts!

»Das hört sich gut an«, erwiderte sie. »Sie kennen nicht zufällig eine
Lodge mit dem Namen ›Forever Now‹? Sie gehört Alan Reeds ... oder
hat ihm mal gehört.«

»Alan Reeds? Nie gehört. Wer ist das?«

»Er war ein berühmter Redner vor etwa dreißig Jahren.«

»Ach so, nee, sagt mir gar nichts, wir haben uns erst vor sechs Jahren
hier angesiedelt ... aber ich hör mich mal um, okay?«

»Ja, das wäre nett, danke!«

Der Mann händigte ihr noch verschiedene Flyer von Food-Lieferanten
aus, gab ihr den Code für das W-Lan und zeigte ihr die Duschen.

Lisa rollte ihren Koffer in das kleine Häuschen, klappte den Laptop
hoch und checkte ihre Mails. Ein erfreutes Keuchen entfuhr ihr.

Dr. Michigan hatte geantwortet!

»Hallo Lisa«, schrieb er. »Ich bin ein einfacher Arzt und verstehe nicht
ganz, warum Sie ein Interview mit mir führen wollen.«

Lisa hatte natürlich recherchiert, doch das Ergebnis war ernüchternd
gewesen. Michigan war Allgemeinarzt und außer der Adresse seiner Praxis
plus einigen positiven Bewertungen war nichts Nennenswertes über ihn
zu finden. Sie hatte irgendwie erwartet, dass Michigan ebenso wie Alan
über spezielle Themen referierte – warum sonst hatte Alan mit ihm
zusammengearbeitet? Aufgrund seiner Antwort veränderte sie noch mal
ihre Suchanfragen, bis sie auf einen zwanzig Jahre alten Artikel stieß, der
ein bisschen Licht ins Dunkel brachte.

Michigan hatte in Gehirnforschung promoviert, etliche zusätzliche
Ausbildungen absolviert, Psychologie im Nebenfach betrieben und wohl
einige neue Methoden entwickelt, was die »modernen Krankheiten« wie
Depressionen, Allergien und dergleichen anging. Der Artikel war sehr

negativ verfasst – der Autor sprach davon, dass Michigan Menschen dort Hoffnung gemacht hätte, wo es keine gab.

»Wenn Patienten von ihren Ärzten austherapiert werden, ergreifen sie logischerweise jeden Strohhalm, der sich ihnen noch bietet«, hatte der Journalist geschrieben. »Und dann ist es nur noch ein kleiner Schritt zu Blendern wie einem Dr. Michigan. Die Verzweiflung lässt die Menschen immer wieder vergessen, dass sie aus gutem Grund austherapiert wurden. Von Ärzten, die davon keinerlei finanziellen Vorteil haben – im Gegensatz zu denen, die das Gegenteil behaupten.«

Uff, das war mal eine Aussage! Jetzt konnte sie Michigans Distanziertheit besser einordnen. Aber welche Methoden hatte er entwickelt? Wenn der Artikel zwanzig Jahre alt war, musste das nach der Zusammenarbeit mit Alan gewesen sein. Und offensichtlich schien Michigan diese Methoden auch nicht mehr anzuwenden, denn sonst hätte sie das sicher irgendwo im Netz nachlesen können.

Sie überlegte kurz, bevor sie ihre Antwort verfasste.

»Lieber Dr. Michigan«, schrieb sie. »Ich kann Ihre Bedenken vollauf verstehen. Aber ich glaube, die Welt ist bezüglich der Möglichkeiten, die Sie anbieten, inzwischen viel offener eingestellt als vor einem Vierteljahrhundert. Geben Sie mir eine Chance. Ich stelle meine Fragen und wenn Sie nicht mögen, was ich frage, können Sie mich gerne rauswerfen. Sie haben mein Wort, dass ich in diesem Fall gar nichts über Sie schreiben werde.«

»Wo wird das veröffentlicht?«, fragte er zurück.

»In einem Magazin für Redner und Manager. Ich bin kein Journalist.«

»Was ist dann der Zweck des Ganzen?«

»Etwas über Sie und Alan Reeds zu schreiben. Eine Art Hommage.«

Es dauerte dreißig Minuten, bis die nächste Mail ankam.

»Gut, kommen Sie. Ich nehme allerdings Ihr Angebot an und werfe Sie raus, wenn mir das Ganze nicht behagt.«

Lisa stieß mit einem Juchzer die Faust in die Luft und klappte beglückt ihren Laptop zu. Das hörte sich gut an! Sie hoffte so sehr, dass sich ein Gespräch ergab, das den Aufenthaltsort von Alan eingrenzte. Killiney Beach war zu vage, er konnte Gott weiß wo wohnen! Und dem Text der Postkarte nach zu urteilen, lag sein Haus ohnehin versteckt in den Wäldern.

Gut gelaunt ging sie nach draußen, setzte sich in den Wagen und gab die Adresse von Dr. Michigan ins Navi ein.

Als sie wieder zu ihrer Kabine lief, setzte ihr Herz für einen Schlag aus. Finn stand vor der Tür.

♫ You've Got A Friend ♫

Carole King

»Schon wieder du!«, herrschte sie ihn an. »Hab ich dir nicht deutlich genug gesagt, du sollst mich in Ruhe lassen?«

»Habe ich dir nicht deutlich genug gesagt, dass ich das nicht tue?«

»Du meinst wirklich, ich höre mir deine rührselige Geschichte an, warum du tun musstest, was du getan hast? Weißt du, deine Beweggründe sind mir gerade shitegal.«

»Mir auch. Deswegen bin ich nicht hier.« Seine Augen fuhren über ihre Stirnwunde. »Mein Hauptanliegen ist gerade, dich nicht allein in Kanadas Riesenwäldern herumirren zu lassen.«

»Ich irre nicht herum! Es gibt GPS!«

»Nicht überall. Und schon gar nicht in diesen Waldgebieten!«

»Finn! Was soll das?! Du hast einen Job! Du …«

Ohne sie weiter eines Blickes zu würdigen, ging er in die A-Frame-Kabine und schaute sich um.

»Krass«, sagte er. »Hätte nie gedacht, dass in das Ding zwei Betten passen!«

Wütend stapfte sie hinter ihm her. »Ich will dich hier nicht haben, Finn! Raus hier!«

»Auch gut, dann übernachte ich vor der Tür. Ich habe einen Schlafsack dabei.«

»Und wenn ich dir sage, dass ich gar nicht in die Wälder will? Ich fahre morgen ganz gemütlich auf einer Bundesstraße nach Penticton!«

»Das weiß ich. Und danach willst du in die Wälder.«

»Und woher weißt du das?«

»Ich weiß es eben. Ich werde alles herausfinden, was du vorhast. Verlass dich drauf!«

Wieder hatte er diesen trotzigen und zum Äußersten entschlossenen Ausdruck im Gesicht und unwillkürlich wurde ihr klar, dass sie ihn mit nichts von seinem Vorhaben abhalten konnte. Er würde ihr immer hinterherfahren. Sie gab einen unwirschen Laut von sich und warf ihm einen ärgerlichen Blick zu.

»Du wolltest doch einen Guide«, sagte er. »Hier hast du einen.«

»Finn, du kennst dich in den Wäldern genauso wenig aus wie ich.«

»Aber ich bin ein Mann. Ich kann dich beschützen. Und zwei sind immer besser als einer.«

Sie seufzte genervt, fing planlos an, ein paar Klamotten aus ihrem Koffer zu ziehen. Ihr Kopf arbeitete. Sie war überzeugt, dass er Reeds für seine Zwecke finden wollte. Herrgott noch mal, dachte sie in der nächsten Sekunde, wen stört's? Wieso hielt sie sich mit solchen Kleinlichkeiten auf? Es konnte ihr doch wirklich egal sein! Und er hatte recht – es war bedeutend sicherer, zu zweit zu reisen.

Ein T-Shirt in der Hand sah sie ihn an. Er lehnte gegen das Stockbett und wartete auf ihre Antwort.

»Also gut, meinetwegen«, gab sie müde nach. »Selbst, wenn du andere Absichten hast, als du mir gerade verkaufst.«

Finn senkte seinen Blick in den ihren und die Ränder seiner Augen wurden wieder rot. Sie spürte, dass er darauf brannte, ihr seine Version der Geschichte zu erzählen. Aber sie hatte keine Lust, sie zu hören, denn im Inneren ihres Kopfes begann es zu brennen und ihr wurde ein wenig schwindlig. Immer, wenn so etwas passierte, überwältigte sie maßlose Furcht. Ihr Körper wurde ihr unheimlich. Das, was in ihrem Körper passierte, war ihr unheimlich. Ohne Finn noch ein weiteres Wort zu gönnen, legte sie sich aufs Bett.

Ja, im Grunde war doch alles egal!

Zusammengekauert lag sie auf der schmalen Matratze und hielt sich die Hände vors Gesicht. Unsicher stand Finn im Raum. Weinte sie? Nein, sie weinte nicht. Er konnte nicht wissen, dass sie in Gedanken unaufhörlich ihr Mantra wiederholte: Ich bin gesund. Ich bin gesund. Ich bin gesund. Jedes Mal, wenn die Angst sich zwischen diese drei Worte drängte, sagte sie es umso verbissener, immer wieder, sodass sie Kopfweh davon bekam. Oh mein Gott, das war so furchtbar anstrengend! Aber sie blieb dran. Trotzig, verzweifelt – und mit dem fiesen untergründigen Verdacht, dass das rein gar nichts brachte.

»Hey, Lisa«, hörte sie Finns Stimme. »Kann ich dir helfen? Geht es dir gut?«

Sie brachte es fertig, zu nicken.

»Danke, Finn. Ja, geht gut. Bin müde«, brachte sie heiser hervor und drehte ihr Gesicht ein wenig zu ihm hin. »Hab nur Kopfweh. Da drüben liegen Flyer … falls du Hunger hast.«

»Und du? Du willst nichts?«

Sie schüttelte den Kopf. Der Schmerz wallte auf und wallte ab. Ich bin gesund. Ich bin gesund …

Sie war völlig darauf konzentriert. Finn beobachtete sie mit einem äußerst beunruhigten Gefühl im Bauch. Was hatte sie?

Er ging nach draußen, bestellte sich was zu essen, holte noch ein paar Dinge aus dem Wagen, bis der Bote kam. Mit einem besorgten Gefühl im Bauch setzte er sich mit dem Rücken an einen Felsen und starrte auf den See.

Es wurde Nacht und Sterne zogen auf. In milliardenfacher Anzahl standen sie am Himmel und spiegelten sich im Wasser. Es war ein ehrfurchtgebietender Anblick, ein Anblick, der ihm ein wenig Ruhe gab. Lange saß Finn an diesem Felsen und seine Gedanken kreisten wie so oft um Lisa.

Irgendwann ging er rein, stieg leise ins obere Bett, vernahm ihren Atem. Er war nicht regelmäßig, er klang gepresst. Sie war wach.

In der Nacht übergab sie sich und fühlte sich unendlich geschwächt. Finn schreckte hoch und beobachtete, wie sie zitternd von draußen hereinkam, sich totenbleich wieder ins Bett fallen ließ und noch nicht einmal die Kraft hatte, die Decke über sich zu ziehen. Er kletterte hinunter, deckte sie zu und setzte sich auf einen Stuhl.

Kurz danach ließ ihr Kopfweh nicht nur nach, es verschwand sogar so rapide und vollständig, als hätte sie ein Wundermittel geschluckt. Der Unterschied zwischen diesen beiden Zuständen war so krass, dass sie vor Erleichterung aufseufzte und mit einem seligen Lächeln auf den Lippen endlich einschlief.

Als er ihr Lächeln sah, ging auch Finn wieder ins Bett.

✳✳✳

Am nächsten Morgen weckte sie der Duft von Kaffee und Sonnenstrahlen, die durchs Fenster fielen und sie an der Nase kitzelten. Lisa hatte die zweite Hälfte der Nacht so tief und gut geschlafen, dass sie sich endlich wieder ausgeruht und frisch fühlte. Auch der Kopf gab Ruhe und sie war unglaublich dankbar dafür.

Finn hatte Frühstück organisiert. Der Kaffee blubberte durch die Maschine und verströmte seinen anregenden Duft. Auf dem Tisch standen Brötchen und Croissants, Marmeladen- und Honigdöschen und sogar gekochte Eier.

»Guten Morgen, Lisa«, begrüßte er sie. »Geht es dir besser?«

»Ja … danke, es geht mir besser. Hab wohl was Falsches gegessen.«

Sie war noch immer reserviert.

»Wahrscheinlich hast du zu wenig gegessen. Und zu wenig getrunken. Nach Flügen ist man ohnehin dehydriert. Das macht oft Kopfweh.«

»Kann sein. War wahrscheinlich alles ein bisschen viel auf einmal. Die Flüge und der Jetlag und so …«

Das war eine plausible Erklärung und Finn nickte erleichtert, während er ihr eine große Flasche Wasser hinstellte. »Die solltest du heute leer machen.«

»Ihr Männer sagt das so leicht! Ihr könnt ja an jeder Ecke das Wasser wieder entsorgen!«

Er lachte, aber sie lachte nicht mit. Ihr Blick glitt über den Tisch und er hätte gern gewusst, was sie gerade dachte.

»Wann müssen wir los?«, fragte er.

»In eineinhalb Stunden.«

Sie sah auf die Uhr. Es war neun Uhr und sie hatte mit Dr. Michigan die Mittagszeit vereinbart. »Wir fahren ein wenig eher, notfalls sind wir früher da.«

»Okay, dann stärk dich erst mal.«

»Danke fürs Frühstück, Finn.«

»Keine Ursache. Ich schlafe ja immerhin in deiner Bude.«

Er schenkte ihr Kaffee ein und legte ihr ein Brötchen auf den Teller.

»Iss«, forderte er sie auf. »Du bist zu dünn.«

»Vielen Dank. Das hört jede Frau gern.«

Beide schwiegen daraufhin. Die Atmosphäre in dem kleinen Raum war nicht angenehm. Sie war aufgeladen mit Bedürfnissen, Sehnsüchten, Abwehr, Vorsicht und Hemmungen. Sie hörten sich beide kauen. Beide den Kaffee schlucken. Und jedes Geräusch war irgendwie peinlich.

»Darf ich fragen, warum du nach Reeds suchst?«, fragte Finn sie schließlich. »Ich meine, du hast ja …« Er verstummte.

»… gekündigt. Genau. Ich suche Reeds einfach so. Weil ich gerade nichts Besseres zu tun habe.«

Abrupt stand sie auf, obwohl sie noch Hunger hatte. Solche Fragen machten ihr immer klar, dass eigentlich nichts mehr einen Sinn hatte.

***

Die Eiszeit zwischen ihnen blieb, die Verklemmtheit nahm zu. Finn fuhr und Lisa versuchte währenddessen, einen Fragenkatalog für das Interview zusammenzustellen. Beide sprachen kaum ein Wort, bis sie in Penticton ankamen, einer idyllischen Stadt zwischen dem Skaha und Okanagan

Lake, die von Tourismus, Obst- und Weinanbau lebte. Sie war nicht sehr groß, daher fanden sie die Praxis von Dr. Michigan recht zügig und warteten die letzten Minuten bis zum Termin im Wagen.

Lisa hatte ihre gesamte Laptoptasche dabei. Darin waren auch ihre Befunde. In ihrem Kopf war eine ganz leise Hoffnung, dass Michigan ihr vielleicht etwas anderes sagen konnte als die Ärzte in Deutschland. Sie versuchte, das zu unterdrücken, aber wie ein Springclown unter einem defekten Deckel poppte der Gedanke immer wieder hoch. Und daher war es ihr gar nicht recht, dass Finn dabei war.

»Ich würde gerne mit Dr. Michigan alleine reden«, erklärte sie ihm.

»Hey, warum?«, fragte er überrascht. »Ich habe einiges über ihn recherchiert und würde ihm auch gern ein paar Fragen stellen.«

»Aber ich habe nur mich angekündigt und er war ohnehin nicht sehr aufgeschlossen. Er hat sogar gesagt, er wirft mich raus, wenn ihm meine Fragen nicht passen. Ich weiß nicht, wie er reagiert, wenn du plötzlich dabei bist.«

»Könnten wir das nicht irgendwie hinkriegen?«

»Okay, du willst das Ding also für deine Zwecke nutzen. Warum hast du das nicht gleich zugegeben? Es hätte mir nichts ausgemacht.«

»Ich will nichts für meine Zwecke nutzen – ich bin nur genau wie du an gewissen Dingen interessiert. Das ist alles.«

Sie hatte keine Lust, einen Streit vom Zaun zu brechen. Sollte sich das Interview tatsächlich in eine für sie interessante Richtung entwickeln, würde sie Michigan um einen neuen Termin bitten, den sie ohne Finn wahrnehmen würde.

»Na, dann«, sagte sie resigniert. »Ich werde dich ja eh nicht los.«

✳✳✳

Fünf Minuten später gaben sie Dr. Michigan die Hand: einem kleinen, schmalen Mann mit eindeutig indischem Einschlag. Nach wie vor sehr verhalten führte er sie in sein Besprechungszimmer.

»Vielen Dank, dass Sie uns empfangen«, eröffnete Lisa ein wenig nervös das Gespräch und deutete auf Finn. »Das ist ein Bekannter von mir, der Sie ebenfalls unbedingt kennenlernen wollte. Ich bin ihn leider nicht losgeworden.«

Ihre unverblümte Anrede entspannte den Arzt ein wenig und er sah sie beide ruhig, aber auch neugierig an.

»So, dann erzählen Sie mal, wer Sie sind«, sagte er. »Sie sind aus Deutschland?« Das war der Moment, in dem Lisa doch froh über Finns Anwesenheit war, denn er reagierte natürlich und souverän, bedankte sich, dass sich Michigan überhaupt die Zeit für sie nahm, legte eine Karte auf den Tisch, erklärte seine Position und dass er ein großer Bewunderer von Alan Reeds und ihm, Michigan, sei.

»Lisa hat bis vor kurzem in einer Agentur für Redner gearbeitet und ist in diesem Zusammenhang auf Sie und Alan gestoßen«, sagte er. »Und als sie erwähnte, dass …«

»Agentur für Redner?«, fragte Michigan alarmiert.

»Sie arbeitet dort nicht mehr«, erwiderte Finn, bevor Lisa auch nur ein Wort sagen konnte. »Sie hat sich entschlossen, ihrer Berufung zu folgen und Künstlerin zu werden.«

Lisa zuckte unwillkürlich zusammen, Finn schickte ihr einen herausfordernden Blick, während Michigan sie beide sehr genau beobachtete. Was sollte der nur von ihnen denken? Aber zu ihrer Überraschung lachte er.

»Ah! Ich verstehe! Künstler! Dann sind Sie auf dem Weg zur Sunshine Coast! Dem Mekka aller kreativen Menschen!«

»Ja, die werden wir ganz sicher aufsuchen«, lächelte Finn. »Und wegen der Fragen …«

»Genau. Weshalb wollen Sie mir Fragen stellen, wenn Sie noch nicht mal mehr in der Agentur arbeiten, dessen Magazin Sie mir schmackhaft gemacht haben?«

»Sorry wegen des Missverständnisses«, erklärte Finn. »Lisa hat das Magazin unserer Firma, Mahlström & Partner, gemeint. Sie schreibt nämlich für uns.«

Lisa stand der Mund offen, den sie sofort wieder zuklappte, als Michigan sich ihr wieder zuwandte.

»Ja, gut, fangen Sie an. Wie angekündigt werfe ich Sie raus, wenn mir etwas nicht passt. Oder mir komisch vorkommen sollte.«

»Danke, Dr. Michigan«, ergriff Lisa das Wort. »Wir wissen Ihr Vertrauen sehr zu schätzen.«

Geistesgegenwärtig legte Finn sein Handy auf den Tisch und aktivierte die Sprachmemos. Ein weiteres Mal war sie dankbar für seine Anwesenheit. Das hätte sie alles vergessen! Und damit sicher das Misstrauen von Dr. Michigan geweckt.

Sie riss sich zusammen und sah auf ihren Block.

»Ich habe die Kommentare Ihrer Patienten im Internet gelesen – die sind ja sehr von Ihnen begeistert. Was machen Sie anders als andere Ärzte?«

Dr. Michigan schien eine ganz andere Frage erwartet zu haben, denn seine Augen leuchteten erfreut auf und er erklärte, dass er seine Patienten holistisch behandle und erläuterte, was alles für ihn dazu gehörte: Von der Ernährung bis zur Entschlackung und Entsäuerung über Bewegung und dem Vermeiden ungesunder Lebensbedingungen bis hin zu Entspannungsmethoden, Atmung und dem möglichsten Verzicht auf Medikamente ... Es war aufschlussreich, weil Lisa merkte, wie nah ihre Mutter an seinen Empfehlungen dran und wie weit weg sie selbst davon war. Und wie unnötig das für sie geworden war.

»Haben Sie das in die Seminare von Alan Reeds eingeflochten?«, fragte sie.

Dr. Michigan nickte. »Das war mein Part an den Seminaren. Es waren fantastische, ganzheitliche Programme mit hohem Effekt. Ich war für die medizinische Betreuung zuständig. Alan für den seelischen Part. Und das eine funktioniert nicht ohne das andere. Außerdem war es wichtig, eine medizinische Fachkraft im Raum zu haben.«

»Darauf möchte ich nachher noch mal zurückkommen«, erwiderte Lisa, die über den Inhalt der Seminare keine Informationen hatte auftreiben können. »Aber vorab: Wie denken Sie über den Part, den Alan hatte? Hätten Sie den nicht übernehmen können, als Alan sich entschloss, sich zurückzuziehen?«

»Nein«, antwortete Dr. Michigan. »Ich habe es versucht, aber ... Alan hat einfach das gewisse Etwas. Er hat eine Gabe oder ... hm ... das ist nicht leicht auszudrücken ... eine sehr hohe Geisteshaltung. Etwas, was stets verhindert hat, dass Menschen in den Abgrund rutschten.«

»Wow«, sagte Lisa, unmittelbar berührt und Alans Satz kam ihr in den Sinn: »Es ist nicht der Abgrund, in den du fällst, sondern der Urgund, der dich auffängt, dir Leben schenkt, dich liebt.«

Die Stimmung änderte sich, sie wurde weicher. Lisas Interesse war mehr als geweckt, einfach, weil sich alles so nach Reeds anhörte, nach dem, was sie wochenlang von ihm konsumiert hatte, und sie fühlte sich ihm irgendwie nah.

Ihr Blick wandte sich aus ihrer Gedankenwelt wieder Dr. Michigan zu, der sie inzwischen sehr freundlich anlächelte.

»Es ist bekannt, dass Alan aufgehört hat, weil er sich zu sehr kommerzialisiert fühlte. Das ist verständlich. Aber er und Sie hätten doch im kleinen Rahmen weitermachen können«, tastete sie sich vorsichtig vor. »Je länger ich mich mit Ihnen beiden beschäftigt habe, desto klarer wurde mir, dass die Menschen Sie vermissen.«

»Wollen Sie uns wieder zurückholen?«, fragte Michigan und lachte leicht.

»Ja, am liebsten«, rutschte es Lisa heraus. »Es gibt so viele, die dankbar dafür wären.« Sie stockte kurz, dann setzte sie leise hinzu: »Und ich auch.«

Dr. Michigan holte tief Luft.

»Wissen Sie, Alan hatte sich damals an eine Agentur gebunden – und die machten das Ding immer größer und größer. Die typisch amerikanische Art der Vermarktung. Nach der ersten erfolgreichen Welttour verpflichteten sie ihn gleich für die nächste. Es sollte alles gigantisch werden. Plötzlich gab es eine eigene Marketingabteilung, TV-Auftritte waren geplant und so weiter. Aber sehen Sie, Alans Ehe ist zerbrochen, weil er damals nur noch unterwegs war. Eine Weile hat er versucht, sie zu kitten, es dann aber irgendwann aufgegeben. Danach hat er bewusste und intensive Einkehr betrieben ... und fühlte sich so wohl damit, dass er das immer noch tut.«

»Aber er muss doch von etwas leben?«

»Er hat in diesen Jahren mehr als genug verdient. Sehr viel mehr.«

»Und wie stehen Sie selbst einer Wiederbelebung dieser Seminare gegenüber?«, fragte Finn dazwischen.

Dr. Michigan seufzte. »Ja, das ist so eine Sache. Alan und ich sind ja beide keine dreißig mehr. Wir sind fast doppelt so alt. Sagen wir mal so: Mich würde es, so wie Sie das vorhin gesagt haben, im kleinen Rahmen reizen. Es war zu gut, zu effektiv, und mir macht es Freude, anderen zu helfen. Aber Alan ist glücklich, so wie er jetzt lebt. Er braucht das nicht.«

»Aber die Menschen brauchen ihn«, entfuhr es Lisa. »Ich meine, es wäre so schön, wenn er offen für die wäre, die offen für ihn sind.«

Dr. Michigan sah sie mit einem fast kritischen Ausdruck in den Augen an. »Ja, das habe ich ihm auch so manches Mal gesagt. Aber er will nicht.«

»Ich ... Dr. Michigan ... ich hoffe, das ist jetzt nicht die Rausschmeißfrage ... aber hätte es einen Sinn, mit Alan zu sprechen?«

Ihr Herz klopfte heftig und ihre Hände waren schweißnass. Dr. Michigan antwortete nicht darauf, stattdessen glitten seine Augen über ihr Gesicht, als wolle er sie scannen ... als wolle er herausfinden, was sie wirklich beabsichtigte. Lisa hingegen hatte das unbedingte Bedürfnis, ehrlich zu diesem Mann zu sein, weil er ehrlich zu ihnen war und nichts anderes als Ehrlichkeit verdient hatte.

»Dr. Michigan … wissen Sie … ich habe Alans Tapes in einer alten Truhe entdeckt, dort lagen sie drei Jahrzehnte. Ich war so berührt davon … unendlich berührt. Danach habe ich weitere Hinweise gefunden. Zum Beispiel, dass Alan an der Killiney Beach eine Lodge hat, mit dem Namen ›Forever Now‹. Ich war so elektrisiert! Denn für mich – bitte lachen Sie mich nicht aus! – war das ein Zeichen, ein Ruf, dem ich folgen wollte, obwohl ich mir die Reise nicht wirklich leisten kann.«

»Soso«, Michigan hüstelte. »Sie sind einem Ruf gefolgt.«

Lisa wurde rot und schickte einen kurzen Seitenblick zu Finn, bevor sie wieder Michigan anschaute. Der musterte sie weiter intensiv, seine Augen blieben an ihrer Stirnwunde hängen, zogen über ihr blasses Gesicht und Lisa brach der Schweiß aus. Oh, verflixt, Michigan sah gar nicht mehr freundlich aus! Sie hatte das Falsche gesagt! Sie hustete, entschuldigte sich und bemühte sich, seine Bedenken zu vertreiben.

»Es war wirklich so und es stimmt, ich arbeite nicht mehr in der Agentur … aber nachdem Sie über eine Wiederbelebung nachdenken … ich meine, sollte da Interesse bestehen, könnte ich Mr. Reeds und Sie an eine vermitteln, die sich um Europa-Seminare kümmern würde, und zwar so, wie Sie sich das wünschen, ganz auf Sie zugeschnitten. Aber das ist nicht der Grund, warum ich hier sitze … Tatsache ist, dass ich dafür sterben würde, Alan ein paar persönliche Fragen stellen zu dürfen …«

Sie stoppte, hustete wieder, rot im Gesicht, sich bewusst machend, welch makabre Redewendung sie da gerade gebraucht hatte. Zittrig fuhr sie sich mit der Hand über die Stirn.

Die Brauen des Arztes waren nun vollständig zusammengezogen und Lisa wurde es anders zumute. Er schaute so … skeptisch! Michigans Blick schweifte zu Finn.

»Finn, würden Sie mich bitte mit Lisa alleine lassen? Ich möchte ihr ein paar Fragen stellen. Warten Sie bitte im Zimmer nebenan.«

»Aber sicher«, erwiderte Finn. Er stand auf, warf einen verwunderten Blick auf die beiden und verschwand im angrenzenden Raum.

Die Tür hatte sich kaum hinter ihm geschlossen, da sagte Dr. Michigan: »Lisa. Sie sind krank. Sehr krank. Was haben Sie?«

Dieser direkte, einfache Durchstoß nahm Lisa die Luft und jede Schutzhaltung. Die Tränen schossen nur so in ihre Augen. Sie presste die Lippen zusammen, öffnete den Mund, um etwas zu sagen, aber heraus kam nur ein verzweifelter Atemstoß. Zwei Sekunden später saß Dr. Michigan neben ihr, legte den Arm um sie und drückte ihren Kopf an seine schmale Brust. Mit einem klagenden Laut sank sie wehrlos dagegen, brach in Tränen aus und weinte seinen Doktorkittel nass.

Sanft strich Dr. Michigan ihr über den Rücken und über den Kopf, beruhigende Worte murmelnd.

»Ja, das ist gut, weinen Sie nur«, raunte er leise. »Weinen Sie, solange Sie mögen, das nimmt ein wenig den Druck ...«

Oh, es tat so gut, das jemanden sagen zu hören! Zum ersten Mal weinte sie sich bei einer Person aus, bei einem Menschen voller Mitgefühl und Verständnis und ihr war tatsächlich leichter zumute, als ihre Tränenflut abebbte. Michigan zog zwei Taschentücher aus einer Box und reichte sie ihr.

»Haben Sie Unterlagen dabei?«

Sie nickte und holte die Befunde aus der Tasche.

»Sie sind schon einen Monat alt.«

Ihre Stimme klang rau und sie räusperte sich. »Die empfohlene Chemo habe ich nicht gemacht, mir nur Opiate und leichtere Schmerzmittel verschreiben lassen. Bisher musste ich noch keines davon nehmen. Bisher war ich nur müde und nachts schwitze ich sehr. Aber vorgestern ... vorgestern hatte ich den Eindruck, dass da was in meinem Kopf ist ... ich bin beim Fahrradfahren gestürzt, einfach so ...«

Michigan stellte noch weitere Fragen, die sie beantwortete, während er die Dokumente studierte.

Seine Stirn runzelte sich, was sie mit erhöhter Sensibilität zur Kenntnis nahm. »Okay«, murmelte er, als er endlich aufsah. Er wirkte unentschlossen, ging, ihre Befunde in der Hand, ans Fenster und sah hinaus. Lisas Blick folgte ihm. Dann drehte er sich um und lehnte sich gegen den Sims.

»Okay, Lisa«, sagte er wieder. »Was Ihr Anliegen angeht: Sie müssen wissen, ich habe Alan geschworen, niemals seinen Aufenthaltsort preiszugeben. Und daran halte ich mich selbstverständlich. Ich kann Ihnen seine Koordinaten nicht geben.«

Sie nickte, fühlte Enttäuschung in sich hochsteigen. Und Trotz. Sie würde dennoch weitersuchen.

»Was Alan angeht«, drang Michigans Stimme wieder an ihr Ohr. »Er lebt noch in der ›Forever Now‹-Lodge. Allerdings liegt die nicht an der Killiney Beach, sondern am Kalamalka-See, das ist östlich vom Okanagan Lake. Aber selbst mit diesem Wissen ist ›Forever Now‹ nur sehr schwer zu finden. Die Wahrscheinlichkeit, dass Ihnen das gelingt, ist äußerst gering. Es gibt auch keine echte Straße dorthin. Was ich Ihnen aber sagen kann, ist, dass Alan seine Wocheneinkäufe in Vernon macht. Meist tätigt er sie an den Freitagen zwischen 11:00 Uhr vormittags bis zum frühen Nachmittag. Ich schreibe Ihnen die Geschäfte und Cafés auf, in denen er verkehrt. Finden Sie einen Weg, ihn anzusprechen und für Ihre Sache zu gewinnen. Und wenn Sie das nicht schaffen, kommen Sie wieder zu mir. Vielleicht kann ich Alan dazu überreden, Sie hier zu treffen.«

Lisas Augen leuchteten vor Freude auf.

»Oh, Dr. Michigan«, hauchte sie. »Wie kann ich Ihnen danken? Das ist so wunderbar!«

»Warten wir ab, was daraus entsteht. Und was Sie selbst angeht: Wenn Sie möchten, werde ich sehen, was ich für Sie tun kann.«

Lisa traute ihren Ohren kaum. Das war ja herrlich! Das klang – nach Hoffnung! Das klang verheißend! Ihr Herz spielte verrückt.

»Was ... was genau meinen Sie damit?«, fragte sie aufgewühlt.

»Ich will noch keine Aussagen treffen, Lisa. Ich denke aber, dass ich Ihnen auf jeden Fall ein wenig mehr Lebensqualität schenken kann.«

»Dr. Michigan«, wisperte sie und ihre Augen strahlten noch mehr. »Das ... das hört sich wundervoll an! Ich weiß gar nicht, wie ich Ihnen danken kann!«

»Sagen Sie Pete zu mir«, antwortete er freundlich. »Ach ja, und noch was – sollten Sie der Idee verfallen, Alan einfach mit dem Auto folgen zu wollen, dann wird er Sie ziemlich bald abhängen. Er kennt die Strecke – Sie nicht. Sollte das der Fall sein, achten Sie auf gelbe Dreiecke an den Bäumen. So. Mehr kann ich nicht sagen.«

»Das ist mehr als genug!«, rief Lisa. »Oh, ich freue mich so! Danke! Tausendmal danke!«

Pete lächelte und begann, die Namen der Geschäfte aufzuschreiben.

»Aber wie erkenne ich Alan?«, fragte ihn Lisa aufgeregt. »Es gibt im Netz nur jüngere Bilder von ihm. Hätten Sie ein aktuelles für mich?«

»Auch das darf ich Ihnen nicht geben, Lisa«, bedauerte er. »Seine Abneigung gegen Fotos und Aufnahmen jeder Art ist legendär. Aber ich gebe Ihnen ein Erkennungszeichen: Er trägt am linken Handgelenk ein Armband aus schwarzen und goldenen Kugeln. Die schwarzen sind mit kleinen Diamanten verziert, die goldenen Kugeln durchbrochen. Er hat es von einem Rinpoche aus dem Tibet bekommen – und er nimmt es nie ab.«

»Danke, Pete! Das hilft sehr! So sehr! Ich weiß gar nicht, was ich sagen soll! Das ist so großherzig von Ihnen!«

Ihre braunen Augen glänzten und sie griff nach ihrer Tasche, um sich zu verabschieden.

»Einen Moment noch, meine Liebe«, stoppte sie Pete. »Ich glaube, Ihre Stirnwunde sollte versorgt werden und Sie bekommen von mir eine Aufbauspritze – einen von mir entwickelten Cocktail. Der wird Ihnen sicher guttun.«

Lisa vertraute diesem Arzt so vollständig, dass sie, noch während er sprach, die leichte Jacke auszog und ihm ihren Arm hinhielt. Fünf Minuten später hatte er ihr das Mittel verabreicht.

»Ich kann Ihnen auch etwas davon mitgeben. Können Sie sich selbst spritzen?«

»Oh, ich fürchte, nein … Ich kann es mir aber beibringen.«

Aber Pete war schon zur Tür gegangen und rief Finn herein.

»Können Sie Spritzen geben?«

»Ja«, antwortete er einigermaßen verdattert. »Ich habe zwei Jahre Sozialdienst im Krankenhaus hinter mir – und war als Sanitäter in Afrika. Ich habe viel gespritzt.«

»Na, wunderbar. Halten Sie das Zeug so kühl, wie es geht. Ich gebe Ihnen ein paar Ampullen in einer Thermobox mit. Damit Sie genug Kraft für Ihr Abenteuer haben.«

Er lächelte.

Lisas Herz quoll über vor Freude und Dankbarkeit. Ja, sie dankte Gott tausend Mal dafür, dass es solche Menschen wie Dr. Pete Michigan gab!

»Abenteuer?«, fragte Finn erfreut. »Das hört sich gut an!«

Lisa strahlte. Sie fühlte sich nicht nur um einige Sandsäcke leichter, sie fühlte sich aufgedreht und angeregt. Ob das von dieser Spritze kam? Jedenfalls ging es ihr gerade wieder richtig gut.

Sie umarmte Dr. Michigan fest zum Abschied. Er gab ihr seine Nummer, damit er sie informieren konnte, falls Alan zu einem Gespräch bereit wäre, und wünschte ihnen viel Glück.

Mit diesem Wunsch im Rücken fuhren sie los.

∗∗∗

»Was hat er gesagt?«, wollte Finn wissen, kaum, dass sie im Wagen saßen. Er fuhr ein nahegelegenes Restaurant an und parkte dort. »Hat er verraten, wo Alan wohnt?«

»Nein«, sprudelte sie glücklich hervor und war sicher, die Spritze wirkte schon in ihr, so wohl fühlte sie sich. »Er darf die Adresse nicht verraten, aber er hat mir so viele Hinweise gegeben, dass wir es schaffen können, Alan zu finden! Ist das nicht fantastisch?«

Zum ersten Mal seit sie sich in Frankfurt auf dem Flughafen begegnet waren, schaute sie ihm mit einem so weichen, glücklichen Lächeln in die Augen, dass Finn ganz schwach davon wurde.

Instinktiv hob er seine Hand und strich ihr leicht über die Wange. Lisa ließ es zu und ein dankbares Leuchten flog über sein Gesicht.

»Ich habe Hunger«, verkündete sie und auch das erfüllte sie mit Freude. Sie war so lange appetitlos gewesen! Dieses Hungergefühl und die dazugehörige Vorfreude auf Essen erschienen ihr wie das pure Leben. Petes Cocktail war einfach genial!

»Na, dann, lass uns gehen!«, sagte Finn gut gelaunt. »Bist eingeladen! Ich nehme mal die Karten und alles andere mit rein.«

Angeregt plaudernd saßen sie am Tisch. Das Restaurant hatte sogar vegane Gerichte auf der Karte und mit Freude bestellte sich Lisa einen Kurkuma-Burger mit Süßkartoffelfritten. Finn tat es ihr nach.

»Machst du das, weil du dich bei mir einschleimen willst?«, witzelte sie.

»Falls es dir nicht aufgefallen ist – ich habe nie in deiner Gegenwart Fleisch gegessen. Ich bin seit fünfzehn Jahren Vegetarier.«

»Ja, verflixt, ist mir wirklich nicht aufgefallen«, erwiderte sie verwundert, während Finn schon dabei war, die Karte auszubreiten und sein Handy zu aktivieren. Auch Lisa holte ihr Tablet aus der Tasche.

»Okay. Vernon ist nur vierzig Minuten von Kelowna entfernt. Wir sollten aber trotzdem die schnuckelige A-Frame-Hütte verlassen und uns direkt in Vernon etwas suchen. Falls wir Alan diesen Freitag verpassen.«

»Oh Finn, wir müssen ihn erwischen! Stell dir vor: In zwei Tagen könnten wir ihm begegnen! Ich kann es nicht fassen! Das wäre einfach wunderbar! Und schau mal, was sie über diesen See schreiben!«

Sie hatte Bilder vom Kalamalka Lake aufgerufen. Ein von Wäldern und Bergen umgebener, klarer See präsentierte sich auf dem Display, so überirdisch schön, dass sie die ersten Minuten stumm ein Foto nach dem anderen anstaunten.

»Oh mein Gott«, hauchte Lisa. »Finn … das ist ja unglaublich! Schau dir diese Farben an!«

Der Kalamalka-See war ein Gletscherrandsee und berühmt dafür, seine Farben zu wechseln – von Indigoblau, Graublau über sattes Grün bis zu einem so hellen Türkis, das schon fast in den Augen schmerzte.

»Kalamalka Lake – der See der tausend Farben«, las Finn. »Ein sehr passender Name! Sieh doch nur diese riesigen Wälder daneben … der Lake Provincial und der Bay Provincal Park … so gigantisch!«

»Ja, das macht es wohl schwer«, gab Lisa zu bedenken. »In diesen Wäldern wären wir echt verloren … Wir müssen es in Vernon schaffen, ihn zu finden. Guck mal, die Stadt ist auch super!«

Vernon war von drei Seen und den Bergen umsäumt, eingebettet in eine sanfte Graslandschaft mit felsigen Gebirgsausläufern und einem Baumbestand aus Gelbkiefern und Douglasien.

»Sieht traumhaft aus«, sagte Finn. »Freu mich schon so, mit dir dort zu sein. Und ich freue mich auch auf unser Abenteuer.«

Er blickte ihr direkt in die Augen und Lisa war froh, dass die Kellnerin sie einer Antwort entband. Ein exorbitanter Burger wurde vor ihr abgestellt, dazu eine Platte mit einem solchen Berg an Pommes, dass selbst Finn nach Luft schnappte. Lisa widmete sich dem Essen fast mit Andacht. Es schmeckte einfach himmlisch und Finn staunte, wie viel sie verputzte.

Doch als sie sich Petes Liste mit den Geschäften anschauten, verging ihnen ein wenig der Enthusiasmus. Es waren sechs Läden. Zwei Lebensmittelgeschäfte, ein Bio- und ein normaler Supermarkt, ein Baumarkt, ein Café, ein Buchladen und eine Reinigung – und sie waren nur zu zweit!

»Oje«, sagte Lisa ernüchtert. »Das wird hart.«

»Ja, das fürchte ich auch«, stimmte Finn zu und starrte stirnrunzelnd auf das Tablet. »Sieht aus, als müssen wir auf Glück und Zufall vertrauen. Pete hatte keine Reihenfolge für dich?«

»Nein, leider.«

»Uff«, machte Finn und lehnte sich zurück. »Also, ich würde erst in den Baumarkt gehen, dann die Lebensmittel kaufen, abschließend einen Kaffee trinken und wieder nach Hause fahren.«

»Oder erst am Schluss einkaufen, damit das Zeug nicht so lange im Auto bleibt. Vor allem, wenn er Tiefkühlkost kauft. Ich meine, in British Columbia hat es gerade knapp dreißig Grad!«

»Wer weiß, wie lange die Fahrt zu seiner Lodge ist! Der hat doch bestimmt eine Kühlbox im Auto!«

Betreten sahen sie auf die Liste.

»Vielleicht schafft es ja Pete, ihn zu einem Treffen zu bewegen«, hoffte Lisa. »Fragt sich nur, wann das wäre.«

♫ Face The Sun ♫

James Blunt

Auf dem Weg zum Wagen setzte Lisa eine Sprachnachricht an Richard und Michael ab, danach beantwortete sie eine Message ihrer Mama, die ein Highlight nach dem anderen zu erleben schien. Auch Elena wollte jeden Tag wissen, wie es Lisa ging, und diesmal schickte ihr Lisa mit echter Hoffnung gespickte Zeilen.

Sie war froh gewesen, dass Finn das Private beim Essen ausgeklammert hatte, aber als sie im Wagen saßen, startete er nicht den Motor, ließ seine Hände untätig auf dem Lenkrad liegen und drehte den Kopf zu ihr.

»Lisa? Warum hat Pete mich rausgeschickt? Und warum hast du geweint?«

»Weil … weil es mir heute nicht gut ging und er es gemerkt hat«, erwiderte sie, ohne ihn anzuschauen. »Ich … ich war einfach mit den Nerven ein wenig am Ende und er wollte mich behandeln. Bin seit dem Desaster nicht wirklich zur Ruhe gekommen.«

Sie wandte sich ihm zu und lächelte leicht.

»Dieser Mensch ist so nett! So freundlich! Es hat unendlich gutgetan.«

Finns Kiefer pressten sich zusammen und er starrte geradeaus. Wusste nicht recht, wie er weitermachen sollte. Mit Schrecken hatte er bemerkt, dass Lisa innerhalb des letzten Monats abgenommen hatte. Finn mochte zerbrechliche Figuren, er mochte vor allem ihre Figur, aber er sah deutlich, dass sie an der Grenze stand.

»Das hat dich alles so mitgenommen«, sagte er leise und wandte sich ihr wieder zu. »Es tut mir so leid. So leid.«

»Bitte, Finn. Ich will das nicht hören. Du hättest diese weite Reise nicht unternehmen sollen, nur um mir zu sagen, dass es dir leidtut.«

»Ich habe die Reise nicht nur deswegen unternommen.«

»Ja, ich weiß, du willst Reeds.«

»Ich will vor allem, dass du mich anhörst.«

Sie antwortete nicht.

Finn setzte nach: »Weißt du, ich habe das Ding so oft in meinem Kopf gewälzt … diesen Auftrag … hab mir vorgeworfen, dass ich ihn überhaupt angenommen habe, aber hätte ich das nicht getan, wäre ich dir nie begegnet – und ich bin sehr froh, dass ich dir begegnet bin, Lisa.«

Sie schluckte hart. Sein Gesicht hatte sich gerötet. Er sah sie auf eine Weise an, die ihr das Herz schwer machte und sie damit konfrontierte, ihm die Wahrheit sagen zu müssen. Finn verstand ihr Schweigen anders. Bevor sie den Mund aufmachen konnte, war er neben sie gerückt, hatte den Arm um sie gelegt und sah ihr intensiv in die Augen.

»Lisa, ich muss eines wissen … unabhängig vom geschäftlichen Desaster … Diese Nacht mit dir … das Tutu … und das, was ich dir ins Ohr geflüstert habe … hat dich das erschreckt? Du weißt, dass ich dir bei all dem nie wehtun würde. Ich … es ist … ein Spiel … und das mit dem Tutu hat dich auch erregt. Genauso wie alles andere.«

»Ja«, gab sie zu, und konnte tatsächlich nicht verhindern, dass bei der Erinnerung an diese Nacht ein Kribbeln durch ihren Körper ging. »Ja, es hat mich erregt. Aber ich hatte auch Angst. Angst, dass dich während dieser Spiele, wie du das nennst, etwas überkommt, was du nicht mehr steuern kannst. Und der Grund, warum ich das denke, ist, dass ich sehr wohl gespürt habe, dass nicht nur das Tutu dich erregt hat, sondern eben diese Angst. Sie hat dich sogar sehr erregt. Das war es, was mich erschreckt hat.«

Diesmal war es Finn, der schluckte.

»Ja, das stimmt«, räumte er ein. »Trotzdem würde ich dir nie wehtun. Lisa … es waren einfach Rollen, in die wir gefallen sind.«

»Aber ich will keine Angst haben!«, stieß sie hervor. »Angst ist etwas, was ich gerade absolut nicht brauchen kann. Im Gegenteil: Ich will mich einmal im Leben einfach nur sicher fühlen! Ich hasse diese Angst! Ich sehne mich gerade nach allem anderen als Angst!«

Finn ließ sich in den Sitz zurückfallen. In seinem Kopf arbeitete es. Seine Augen brannten. Er ahnte, was sie als nächstes sagen würde.

»Und was noch wichtiger ist«, hörte er sie heiser weiterreden. »Ich … ich bin an keiner Beziehung interessiert. Ich bin auch nicht an dir interessiert. Weil ich sicher weiß, dass das keine Zukunft hat. Ich möchte, dass du dein Leben lebst und mich vergisst.«

»Das kann ich nicht, Lisa«, erwiderte er leise und sah ihr mit einem schmerzlichen Ausdruck in die Augen. »Es war zu schön mit dir. Ich kann dich nicht vergessen.«

»Das musst du aber, Finn.«

»Warum?«, rief er heftig. »Warum hat das keine Zukunft? Nur, weil ich einmal einen Fehler gemacht habe? Von dem ich noch nicht mal weiß, ob es einer war? Hast du noch nie Fehler gemacht, Lisa? Willst du deswegen unwiderruflich und für immer verurteilt werden?«

»Nein, Finn, das ist es nicht.«

»Was dann? Lisa, du … diese Nacht … dein Gesichtsausdruck … ich meine, so sehr kann ich mich nicht täuschen! Das, was wir erlebt haben … du schienst glücklich!«

»Bis ich herausgefunden hatte, was du wirklich wolltest«, erinnerte sie ihn. »Ich bin mir gerade nicht sicher, ob du den Sex nicht ein bisschen überbewertest. Scheint ein wichtiges Thema für dich zu sein! Warum, Finn?«

»Er ist nicht das Wichtigste! Ich hätte den Sex mit dir nicht haben wollen, wenn wir nicht vorher diesen wunderbaren Nachmittag verlebt hätten!«

Ihr verschlug es die Sprache. Ihre Lippen bebten und sie atmete tief ein.

»Finn«, sagte sie rau. »Du bist nicht mein Typ. Wir passen nicht zueinander. Vergiss mich.«

Sie starrte aus dem Fenster, aber er packte sie heftig am Arm und zwang sie, ihn anzusehen.

»Ich glaube dir nicht«, knurrte er. »Du sagst mir jetzt die Wahrheit!«

»Das ist die Wahrheit. Ich bin weder an dir noch an einer Beziehung interessiert.«

»Okay«, bellte er und seine Augen waren ein Mix aus Sorge und Wut. »Dann lass mich anders fragen: Warum gibt dir Pete Vitamincocktails?«

»Weil ich momentan etwas geschwächt bin.«

»Und warum will Pete, dass du dich regelmäßig bei ihm meldest?«

Sie blieb stumm. Finn schüttelte sie leicht.

»Lisa!«, drängte er sie. »Sag es mir.«

Sie sah ihn an. In ihren Augen stand unendliche Qual, ihre Stimme war tonlos, ihre Lippen bebten leicht.

»Weil ich Krebs habe, Finn. Weil die Ärzte sagen, es dauert keine zwei Jahre mehr, bis ich nicht mehr hier bin.« Ihr Hals schnürte sich zu. »Ich will nicht, dass du deine Zukunft auf Staub baust. Das werde ich nämlich über kurz oder lang sein.«

Sie ertrug es fast nicht, in seine Augen zu sehen. Finn stürzte in einen tiefen, tiefen Schacht und unerwarteterweise tat ihr das höllisch weh.

»Es ist besser, du fliegst zurück, Finn«, flüsterte sie. »Ich … es tut mir leid.«

Widerstrebend schüttelte er den Kopf und brachte kein Wort hervor. Seine Augen wurden nass, starrten durch die Scheibe, wandten sich ihr wieder in fassungslosem Entsetzen zu. Lisa sah sich aufgerufen, ihm die letzte Hoffnung zu nehmen, damit er sich wieder seinem Leben widmen konnte.

»Und das, was ich vorher gesagt habe, stimmt auch«, setzte sie leise hinzu. »Du machst mir Angst. Und die will ich nicht haben. Vielleicht verstehst du das jetzt besser.«

✳✳✳

Er öffnete die Wagentür und rannte davon. Rannte über den Parkplatz, rannte in einen nahe gelegenen Park und blieb sage und schreibe eineinhalb Stunden weg.

Lisa hatte sich wieder ins Restaurant gesetzt, sich einen Kaffee bestellt und ihm eine Nachricht aufs Handy gesandt, damit er wusste, wo sie war.

Als er wiederkam, setzte er sich ihr still gegenüber.

»Und?«, fragte sie ihn. »Fliegst du jetzt nach Hause?«

»Nein. Wir suchen Reeds.«

»Fliegst du danach nach Hause?«

»Weiß ich noch nicht. Ich denke, wir brauchen Reeds mehr denn je.«

Sie nickte. Vermutlich wollte auch er Antworten für all das.

»Okay, dann lass uns Folgendes vereinbaren: Ich möchte nicht über meine Krankheit sprechen. Ich will von dir nicht bemitleidet werden. Ich will jede Sekunde genießen, die mir noch bleibt. Das ist das Beste, was ich tun kann. Das hätte ich mein Leben lang tun sollen. Also tu mir den Gefallen und behandle mich ganz normal. Lass uns einfach Freunde sein, die zusammen ein Abenteuer erleben.«

Finn nickte stumm, sein Blick war auf seine Tasse gerichtet. Als er aufblickte, lief eine Träne seine Wange hinunter. Lisa konnte seinen Schmerz kaum ertragen. Er veränderte ihren Blickwinkel auf ihn, er rührte, bewegte sie.

»Hey …« Sachte stupste sie ihn an die Hand und lächelte ihm aufmunternd zu. »Wird bestimmt ne schöne Zeit – und spannend obendrein!«

»Ja«, brachte Finn unglücklich hervor. »Wird ganz sicher spannend.«

»Was hältst du davon, wenn wir uns heute Abend ein Lagerfeuer machen«, schlug sie vor. »Vor der A-Cabin gibt es Feuerschalen. Und du kannst mir ein wenig aus deinem Leben erzählen.«

»Hört sich gut an.«

Er lächelte nicht.

Lisa verstand. Er brauchte Zeit. Wer wollte ihm das übelnehmen?

***

Der erste Teil der Rückfahrt nach Kelowna verlief schweigsam. Doch dann begann er, ihr Fragen über ihren Zustand zu stellen, obwohl sie ihn gebeten hatte, es nicht zu tun. Sie ging darauf ein, weil sie fühlte, dass ihm das half.

»Warum machst du keine Chemo?«

»Weil der Primärtumor nicht lokalisiert ist. Und weil es mir irgendwie nicht in den Kopf will, wie diese Wahnsinnsdosen Gift mir helfen sollen.«

»Es hat einigen geholfen.«

»Ja, aber Metastasen sind schwieriger zu behandeln. Kannst es ja selbst nachlesen.«

»Warum versuchst du es nicht wenigstens?«

Sie seufzte.

»Weil die wenigsten Patienten mit diesem Krankheitsbild Heilung erfahren. Es sind nur ganz wenige Fälle. Und daher frage ich mich, ob es nicht besser ist, sich dem natürlichen Verlauf zu überlassen, statt mir das letztlich sinnlose Martyrium einer Chemotherapie anzutun. Selbst mein Arzt sagt, er habe genug Leute gesehen, die durch diese Maßnahmen regelrecht hingerichtet wurden. Gibt zwar auch die, die für einige Zeit einen Gewinn hatten ... die noch erlebt haben, wie ihr Enkelkind auf die Welt kam oder so was. Aber das ist ja bei mir alles nicht der Fall.«

»Und was machst du, wenn größere Beschwerden kommen?«

»Ich habe Tramadol-Tropfen und Opiatpflaster. Die mentale Beeinträchtigung, wenn ich das nehme, ist nicht sehr stark, der Geist bleibt einigermaßen klar. Und im Moment habe ich diesen sagenhaften Vitamincocktail von Pete intus. Ich fühle mich besser als je zuvor!«

Sie lachte, um die traurige Stimmung zu vertreiben, und boxte Finn an den Arm.

»Freu mich schon aufs Lagerfeuer! Wir könnten uns Pizza bestellen.«

»Gute Idee.« Endlich lächelte er wieder, wenn auch zögerlich. »Ich besorge uns noch einen Rotwein. Auswahl haben wir ja hier in der Gegend jede Menge.«

Ihr beider Blick ging über die riesigen Weinanbaugebiete, die sanften Hügel, die von den Rockys umgeben waren.

»Du hast gesagt, du warst in Afrika?«, fragte sie. »Und kannst Spritzen geben? Erzähl mir davon!«

»Darin bin ich Spezialist!«, versprach er ihr. »Alle, die ich jemals gespritzt habe, haben das bestätigt!«

Finn berichtete ihr, dass er neben dem Studium eine Ausbildung als Sanitäter gemacht habe und seine Fähigkeiten damals aktiv in Afrika eingesetzt hatte. Er hatte sich nie in das Jetset-Leben seines Vaters eingliedern wollen und damals schon mehr Sinn im Leben gesucht, als nur Geld zu verdienen und ein schönes Leben zu haben. Mit wachsender Begeisterung hörte Lisa zu und die Stimmung im Auto wurde heiter und gelöst. Sie lachte über die Anekdoten, die er zum Besten gab, während sie die Peinlichkeiten von Björn und Fred auflistete, sodass sie sich nach weiteren zwanzig Minuten teilweise so vor Lachen bogen, dass Finn einen heftigen Schlenker mit dem Wagen machte.

Auf einmal war der Knoten geplatzt und sie redeten miteinander, als würden sie sich schon ewig kennen, als wäre nie etwas Negatives zwischen ihnen gewesen.

Der Highway führte sie direkt am endlos scheinenden Okanagan Lake entlang und Finn fuhr an einer Stelle raus, von der er glaubte, eine gute Aussicht über das Tal und den See zu haben. Er sollte recht behalten. Sie fanden einen Platz an einer Klippe, die über die riesige, glitzernde Wasserfläche ein wenig hinausragte. Zusammen schauten sie über diese herrliche Weite, die golden schimmernden Rebstöcke, die satten Obstgärten, das tiefblaue Wasser und die dunklen Wälder aus Douglasien und Riesenlebensbäumen.

Die Sonne schien warm, der Himmel war klar und blau, Vögel zwitscherten ihr Lied, Möwen segelten durch den klaren Tag. Die Majestät dieses Anblicks drang tief in Lisas Herz. In ihr wurde es still und es kam ihr vor, als färbe die Sonne auch sie ein, als greife etwas Erhabenes nach ihr, als wolle die Klarheit der Natur ihr etwas sagen.

Und endlich fühlte sie wieder diese wunderbare Präsenz, die ihr wieder und wieder versicherte, da zu sein. Da zu sein für sie. Ihre Augen füllten sich mit Tränen – nicht aus Leid – nein, aus Freude und Dankbarkeit, dass diese Instanz es ihr erlaubte, mit einer Herausforderung umzugehen, der sie sich sonst nicht gewachsen gefühlt hätte.

In einem Weingut kauften sie direkt vom Winzer, der versicherte, dass die von ihnen gewählte Sorte eine Goldmedaille wert war und der ihnen das

Versprechen abnahm, ihm unbedingt zu berichten, wie ihnen der Wein geschmeckt habe.

Die Sonne ging schon unter, als sie gut gelaunt an der Myra Ranch ankamen. Dort fing sie der Besitzer ab. Einer seiner Mieter hätte gestern ein Barbecue veranstaltet, es wären noch so viele Salate übrig, sie könnten gerne etwas haben. Kurz darauf brachte er etliche Schüsseln mit Coleslaw, Nudel-, Kartoffel- und Gurkensalat, sowie Baguettes mit Knoblauch- und Kräuterbutter, die sie auf den Grill legen konnten, half ihnen beim Anzünden des Lagerfeuers, holte noch zwei Weingläser für sie und wünschte ihnen einen schönen Abend.

Die Nacht war kühl und so hüllten sie sich in Decken und saßen wie zwei Indianer vor dem hell prasselnden, wärmenden Feuer.

Lisa fotografierte die Idylle und schickte das Ganze an Richard und Michael, mit der Nachricht, dass Finn bei ihr wäre und sie sich keine Sorgen machen müssten. Eine Minute später kam ein Selfie von den beiden zurück, mit der Unterschrift:

»We are VERY impressed!«, und eine weitere Minute später hatte Lisa ein kleines Video auf ihrem Handy, plus einer Sprachnachricht von Michael.

»Das hat ein Passant für uns gedreht«, erklärte er. »Gott sei Dank war das ein Einheimischer, der kein Deutsch konnte! Ich hätte mich in Grund und Boden geschämt, wenn er verstanden hätte, was Richard da alles von sich gegeben hat!«

»Rosenberg, Benkert!«, knarzte ein gut gelaunter Richard dazwischen. »Was schieben Sie die Schuld da wieder auf mich! Sie haben sich ebenso blamiert! Und was dieser unhöfliche Benkert gar nicht gesagt hat, erlaube ich mir hiermit nachzuholen, Frollein Lisa. Nämlich: Ich freue mich sehr, dass es dir gut geht. Der Bursche soll hübsch auf dich aufpassen! Und denk dran: Genieß das Leben zwischen den Windeln!«

Finn lachte laut auf und erwartungsvoll rückten sie zusammen, um das Video anschauen zu können.

Richard und Michael saßen auf einer Bank in irgendeinem Park. Beide überaus elegant gekleidet in Anzug, Weste und Einstecktuch. Michael hatte seinen Stock mit dem elfenbeinfarbenen Knauf zwischen den Knien.

»Lisa, meine Schöne«, sagte er und lächelte wie ein versierter Promi in die Kamera. »Wir dachten uns, wir bringen dir heute mal ein Ständchen.«

»Ja«, hakte Richard ein. »Weil wir nie Vancouver erlebt hätten, wenn du nicht wärst.«

»Rosenberg, könnten Sie mal einen Satz von sich geben, ohne zu schnorcheln?«

»Ich schnorchle nicht. Das hab ich mir abgewöhnt!«

»Das habe ich Ihnen abgewöhnt!«

»Benkert, Sie sind so furchtbar arrogant. Ich weiß nicht, ob ich nicht der Lisa lieber allein ein Ständchen bringe. Mit Ihnen zusammen, das wird nix. Das regt mich einfach furchtbar auf!«

»Sehen Sie, da ist noch viel Luft nach oben – ich meine, was das Verbessern Ihres Charakters angeht.«

»Ich bin eben, wie ich bin. Die einen kennen mich, die anderen können mich!«, schoss Richard zurück. »Und Sie, Benkert, Sie …«

»Vorsicht, Rosenberg. Sie werden schon wieder unflätig. Können Sie nicht einfach mal vorher Ihren Verstand einschalten, bevor Sie reden?«

»Ich bin durchaus in der Lage vernünftig zu sein, aber das macht doch keinen Spaß!«, gackerte Richard empört. »Wann soll ich denn Blödsinn machen, wenn nicht jetzt?«

»Lisa, unser Richard ist wieder mal angeschickert, du musst ihm das verzeihen. Außerdem fürchte ich, hat er Lampenfieber!«

»Hab ich nicht! Ich sage nur, was ich denke!«

»Jaja, nüchtern zu schüchtern und besoffen zu offen«, gab Michael zurück.

»Was ist denn jetzt mit dem Ständchen für Frollein Lisa?«, fragte Richard ärgerlich. »Machen Sie jetzt mit oder nicht? Dem armen Kerl da drüben fällt schon der Arm ab und Sie zeigen keinerlei Mitleid!«

»Oh!«, sagte Michael etwas bedripst und gab dem Mann ein Zeichen. Dann räusperten sie sich unisono und setzten sich in Positur: halb im Profil, beide das eine Bein etwas vorangestellt.

»Zwei, drei, vier …«, gab Michael vor und beide fingen an, zu singen, klopften mit den Händen den Takt auf ihren Hosenbeinen, wobei Richard kein bisschen den Ton traf und den recht gut klingenden Bariton von Michael aufs Grässlichste überschrie:

»Weine nicht, wenn der Regen fällt, dam-dam, dam-dam,
Es gibt einen, der zu dir hält, dam-dam, dam-dam …«

»Nein, zwei!«, schrie Richard dazwischen.

»Marmor, Stein und Eisen bricht,
Aber unsere Liebe nicht!
Alles, alles geht vorbei,
Doch wir sind dir treu!
Könnwer einmal nicht bei dir sein, dam-dam, dam-dam,

Denk daran, du bist nicht allein, dam-dam, dam-dam …«

Das Bild wackelte unaufhörlich und Lisa und Finn vermuteten, dass die Person, die das Video aufgenommen hatte, sich vor Lachen nicht mehr eingekriegt und vergeblich versucht hatte, das Handy ruhig zu halten.

Passanten begannen sich um die zwei alten Herren zu scharen und mitzuklatschen, lachten und feuerten sie an, sodass Richard sich aufgerufen fühlte, aufzustehen und noch so etwas wie einen Stepptanz hinzulegen, was so ungeheuer komisch aussah, dass die Leute vor Lachen Tränen in den Augen hatten. Rich endete mit einem fulminanten »dam-dam!«, und Michael zog ihn energisch auf die Bank zurück.

»Richard, du machst dich wieder mal aufs Übelste lächerlich!«, rief er erbost.

»Wie, was, ich mache mich lächerlich?! Sie sind nur neidisch Benkert! Ich unterhalte die Leute, sehen Sie?«

Er stand wieder auf, verbeugte sich und rief Michael zu.

»An alle, die über mich lästern: Mach es besser!«

Frustriert wandte sich Michael an die Kamera.

»Lisa, Liebes, vergiss es einfach. Der Rosenberg hat's mal wieder gründlich versaut!«

Hinter ihm tobte der Aufruhr. Richard tanzte und fuchtelte mit seinen Händen umher, verbeugte sich immer wieder, die Leute klatschten und lachten und Michael bekam wohl sein Handy zurück, denn die Aufnahme endete abrupt.

Lisa und Finn hatten schon in den ersten Sekunden Bauchkrämpfe vor lauter Lachen bekommen, aber als sich das Ganze bis zu dem Schlagersong steigerte, lagen sie tatsächlich auf der Erde und die Tränen liefen ihnen aus den Augen.

»Die zwei sind unbezahlbar«, sagte Finn und wischte sich das Wasser aus dem Augenwinkel.

»Das kannst du laut sagen!«, lachte Lisa. »Warte, wir senden ihnen was zurück!«

Sie lehnte ihren Kopf an Finn und hielt das Smartphone hoch. Er kapierte sofort, worauf sie hinaus wollte und zusammen riefen sie in die Kamera:

»We are VERY impressed!«

Noch einmal brachen sie in Lachen aus.

Es war ein wunderbarer Abend. Finn erzählte von seinen beruflichen Erlebnissen, Lisa von ihrer Mutter und Till, lenkte das Thema bewusst auf

Persönliches, aber Finn ging nicht darauf ein. Er schloss seine Eltern völlig aus. Lisa wollte nicht bohren, es war trotzdem intim und innig. Sie genoss es, dass sie beide so unbeschwert miteinander umgehen konnten. Als das Feuer heruntergebrannt war, gingen sie schlafen.

Lisa hatte ein Lächeln auf den Lippen, als sie im Bett lag. Das war ein so hoffnungsvoller, wunderbarer Tag gewesen! Finn wollte gerade die Leiter des Etagenbettes hochsteigen, da sagte sie:

»Bin froh, dass du hier bist, Finn. Dich zum Freund zu haben ist wunderschön.«

Er stockte kurz, bevor er antwortete: »Danke, Lisa. Gute Nacht. Schlaf gut.«

Am nächsten Tag gab Finn in Kelowna seinen Mietwagen ab, danach fuhren sie die kurze Strecke nach Vernon und trafen am Nachmittag dort ein. Sie brauchten noch eine Unterkunft und vor allem wollten sie die Lage der Geschäfte checken und sich einen Plan zurechtlegen.

Es gestaltete sich schwieriger als gedacht. Das Einkaufscenter war ein großflächiger Komplex, in dem man sich verlaufen konnte und der obendrein mehrere Eingänge hatte. Innen befanden sich viele kleinere Geschäfte wie Apotheken, Boutiquen und Buchläden. Der Baumarkt war in einem gesonderten Gebäude untergebracht und ebenfalls riesengroß. Und es gab nicht nur eines, sondern mehrere Cafés.

»Meistens trinkt er einen Kaffee im Starbucks«, hatte Michigan gesagt. »Aber nicht immer. Manchmal geht er auch in eines der Cafés in der Stadt.«

Als Lisa das alles registrierte, verließ sie ein wenig der Mut. Welcher Zufall musste ihnen da in die Hände spielen, um einen einzelnen Mann ausfindig zu machen, den sie lediglich an seinem Armband erkennen konnten? Bei den Massen, die am Wochenende in das Center strömten?

Es blieb ihnen nichts anderes übrig, als zwei der Hauptein-und Ausgänge zu besetzen, die Augen offenzuhalten und auf den Zufall zu vertrauen.

»Wir hätten es so arrangieren sollen, dass sich Pete hier irgendwo mit Alan trifft«, sagte Lisa niedergeschlagen. »Dann hätten wir wenigstens gewusst, wie er aussieht und ihm folgen können.«

»Das hätte Alan im Nullkommanix durchschaut«, entgegnete Finn. »Und damit stünde Pete blöd da. Jetzt warten wir's ab.«

Sie schlenderten noch ein wenig durch das reizende Städtchen, bestaunten einmal mehr die wechselnden Farben des Kalamalka-Sees, gingen irgendwo noch was essen, und suchten recht zügig ihre Unterkunft auf. Sie hatten ein B&B gefunden und bekamen ein Zimmer mit getrennten Betten für nur eine Nacht. Morgen mussten sie sich schon wieder etwas anderes suchen.

Lisa war aufgeregt. Sie konnte kaum schlafen. Vielleicht würde sie morgen Alan Reeds schon in die Augen schauen? Und seine Stimme live hören?

∗∗∗

Nervös spielte sie beim Frühstück mit ihrem Handy.

»Vielleicht kann Pete checken, ob Alan überhaupt losfährt«, sinnierte sie ruhelos.

»Nein, zieh ihn nicht weiter rein. Er hat genug für uns getan.«

Aber Lisa war zappelig. Sie brachte kaum etwas hinunter, obwohl ihr Finn einen Toast bestrich und ihn mit kategorischem Blick auf ihren Teller legte.

Ständig checkte sie die Mails auf ihrem Handy und siehe da – Pete hatte geantwortet:

»Es tut mir leid, aber Alan ist zu keinem Treffen bereit«, schrieb er. »Sie müssen es so versuchen. Allerdings ist er heute definitiv in Vernon.«

»Mist«, sagte Lisa und zeigte Finn die Nachricht. Danach piepste es gleich wieder. Diesmal war es Elena, die sich wie stets nach ihrem Befinden erkundigte.

»Soll ich ihr Grüße von dir ausrichten?«, fragte sie Finn.

»Nein, das kann ich schon selbst«, erwiderte er. »Ich habe ihre Nummer.«

»Sie … ist eine außergewöhnliche Frau«, wagte sich Lisa vor. »Und ihr beide ein äußerst attraktives Paar …«

Genervt sah er sie an: »Was wird das? Ein Kuppelversuch?«

»Nein, ist nur Neugier, warum es mit so jemanden, der doch alles hat, nicht klappt.«

»Wie meinst du das … ›der alles hat‹?«

»Na, Elena ist der Hammer! Sie sieht gut aus, hat eine tolle Figur, ist berühmt, kann was – sie ist perfekt! Und du bist ja irgendwie auch perfekt! Du siehst gut aus, kannst was, hast ne tolle Figur …«

Sie grinste ihn an.

»Elena ist ganz sicher für viele ein Hauptgewinn«, erwiderte Finn verschlossen.

»Und selbstbewusst! Mit der hattest du sicher nicht solche Diskussionen wie mit mir, was die Sexgesch…«

»Mann, Lisa, du hast ja keine Ahnung! Frauen wie Elena schubsen dich nur rum und haben auch noch ihren Spaß dabei! Klar ist sie ne super Partie! Und klar kann sie vögeln bis zum Umfallen, falls es das ist, was du meinst!«

»Hey, Finn, was macht dich so wütend?«, fragte Lisa erschrocken. »Entschuldige, ich wollte dir nicht …«

»Hast du aber!«, rief er. »Du sagst, du hast Angst vor mir? Ich habe wirklich keine Ahnung, warum ich so ein Monster für dich bin, nur weil ich dir ein paar … harmlose Ideen mitgeteilt habe.«

Sie verstand seinen Zorn nicht ganz und wollte die Stimmung wieder anheben. »Siehst du«, versuchte sie es auf die heitere Art. »Bin wahrscheinlich viel zu langweilig für dich und …«

»Und du warst erregt davon!«, fuhr er dazwischen, ohne ihre vorigen Worte gehört zu haben. Ihr Lächeln verschwand.

»Ja, war ich. Aber es war mir eben auch … unheimlich.«

»Dann lass doch einfach die Angst weg«, erwiderte er hitzig. »Dann bliebe nur die Erregung. Und der Spaß am Spiel! Ich brauche deine Angst nicht! Und im Übrigen: Du bist nicht langweilig. Ganz und gar nicht! Das, was Elena macht, ist langweilig!«

»Wie meinst du das?« Lisa runzelte ihre Stirn. »Ist zwischen dir und ihr etwas vorgefallen?«

»Nein. Nichts. Es ist nur nicht das, was ich unter einer Beziehung verstehe. Erstens mal nimmt sie sich das Recht raus, jeden zu daten, auf den sie gerade Lust hat. Zweitens ist sie kapriziös und findet das auch noch gut. Sie ist anstrengend … sie fordert nur. Sie will keine Kinder, sie will keine Familie. Sie will … eben Diva sein! Und ich will keine Diva zur Freundin.«

»Oh, wow«, sagte Lisa verdattert. »Das war heftig.«

Er stand auf. »Entschuldige, Lisa, das ist kein Thema, über das wir reden sollten, es tut mir leid.«

✳✳✳

Eine Stunde später saßen sie im Auto und Lisa knetete vor Aufregung unaufhörlich ihre Hände. Sie waren eine Stunde früher da als beabsichtigt, weil sie an diesem Tag mit ihrer Zeit ohnehin nichts weiter anfangen konnten und postierten sich an den zwei Eingängen.

Doch schon in den ersten Minuten dezimierte sich die Chance, Alan zu entdecken, auf ein Minimum. Menschen strömten in Schüben durch die Türen und Lisa bemühte sich, all die männlichen Handgelenke zu erfassen, die hinein und hinaus rauschten. Aber das war schlicht unmöglich. Nach zwei Stunden war sie total frustriert, aber an Aufgeben dachte sie nicht. Der Eingang, den sie bewachte, befand sich in unmittelbarer Nähe zum Parkplatz und auch den scannte sie immer wieder mit den Augen ab, sobald sich mal eine Lücke im steten Zulauf der

Menschen ergab. Sie wagte noch nicht einmal einen Blick auf ihr Handy. Für Finn hatte sie einen speziellen Ton eingerichtet, aber er rief nicht an. Das hieß: Auch er hatte keinen Erfolg.

Lisa schaute sich die Augen aus dem Kopf, aber konnte einfach keinen Mann entdecken, der von der Ausstrahlung Alan hätte sein können, und keinen, der ein schwarz-goldenes Armband trug. Nach drei Stunden taten ihr Füße und Rücken weh und müde lehnte sie sich gegen einen Pfeiler.

Ein attraktiver Mann sprach sie an und lud sie ein, einen Kaffee mit ihm zu trinken, aber sie schüttelte den Kopf, während ihr Blick automatisch auf sein Handgelenk glitt. Aber der Typ war viel zu jung und obendrein blond. Sie fragte ihn, ob er so freundlich wäre, ihr einen Kaffee zu holen, was er schnurstracks machte, sich dann neben sie stellte und sie fragte, auf wen sie warte.

»Auf einen Mann mit einem schwarz-goldenen Armband am Handgelenk«, verriet sie ihm. »Wir sollten uns hier treffen.«

»Warten Sie eine Sekunde, ich kaufe mir sofort ein schwarz-goldenes Armband«, machte er sie an, verwickelte sie in ein Gespräch, hielt sie vom Suchen ab und musterte sie unverschämt von oben bis unten.

»Du hast schönes Haar«, bemerkte er. »Und schöne Titten.«

Lisa bereute es zutiefst, ihn um den Kaffee gebeten zu haben.

»Das hört mein Freund sicher gern«, flötete sie zurück.

»Du hast einen Freund?« Er lachte. Er glaubte ihr nicht. »Was sagt der dazu, dass du einen Mann mit schwarz-goldenem Armband suchst?«

»Er sucht ihn auch«, erwiderte sie und wurde unruhig, als der Typ sich ein wenig näher an sie heran stellte.

»Du bist wirklich süß«, baggerte er sie an und wollte ihr in die Augen schauen.

Mann, wie kriegte sie den nur wieder los! Lisa ging zwei Schritte vor, er kam nach. Sie wich zur Seite aus, er folgte ihr. Schließlich stellte er sich hinter sie, so nah, dass sie seinen Atem roch, legte seine Hand an ihre Hüfte und wollte sie zu sich herziehen. Ohne zu überlegen hieb Lisa ihm ihren Ellbogen in die Magenkuhle und drehte sich wütend zu ihm um:

»Get lost!«, zischte sie und riss sich von ihm los. In der nächsten Sekunde stand ein Security-Mensch neben ihr und wollte wissen, ob sie sich belästigt fühlte.

Nein, nein, erklärte sie. Der junge Mann wolle ohnehin gerade gehen, es sei alles in bester Ordnung … es sei alles nur ein Missverständnis…!

Es dauerte für sie gefühlt Stunden, bis sie sich endlich umdrehen und ihren Blick wieder auf den Menschenstrom richten konnte. Eine dumme

Ahnung beschlich sie, dass sie in genau dieser Zeitspanne Alan verpasst hatte. Und schon drängte sich ein weiterer Pulk an Menschen hinein und heraus. Verzweifelt sah sie über die Masse, über unzählige Handgelenke – es war eine unmögliche Aufgabe.

Nach fünf frustrierenden Stunden rief Finn an.

»Es ist drei«, sagte er. »Entweder haben wir Alan verpasst oder er hat sich doch einen anderen Tag für seine Einkäufe ausgesucht.«

»Ja«, erwiderte sie missgelaunt. »Jetzt müssen wir eine ganze Woche in Vernon warten. Und so, wie das heute abgelaufen ist, sind die Chancen nächsten Freitag auch nicht besser.«

»Sehe ich genauso«, stimmte Finn ihr zu. »Ich komme rüber.«

Fünf Minuten später stand er vor ihr.

»Wie ist das mit dir, Finn?«, fragte Lisa. »Musst du nicht langsam zurück nach Deutschland?«

»Nein«, sagte er. »Ich habe mir drei Monate Auszeit genommen.«

»Drei Monate?« Verstört sah sie ihn an. »Wegen mir?«

»Nein, nicht wegen dir. Erzähle ich dir ein andermal.«

Wie gebannt sahen sie weiter auf die Handgelenke der Kunden des Supermarktes. Schließlich meinte Finn:

»Hör zu, ich glaube nicht, dass das jetzt noch viel Sinn macht. Die Wahrscheinlichkeit, dass wir ihn verpasst haben, ist groß. Aber er muss ja zurückfahren und vielleicht haben wir eine Chance, ihn auf dem Weg zu treffen. Wir kennen die Richtung – auf der Strecke werden nicht viele Autos fahren. Wir könnten versuchen, wenigstens in seine Nähe zu kommen und dort weiter rumfragen. Ich meine, die Leute müssen ihn doch kennen! Das beste Szenario, das ich mir vorstellen kann, ist, dass wir ihn entdecken, wenn er in die Wälder fährt.«

»Ja, wie denn, wenn wir nicht wissen, welchen Wagen er hat und wie er aussieht?!«, entgegnete Lisa. »Das ist ja noch unwahrscheinlicher als der Supermarkt und gefährlich obendrein.«

»Vielleicht könntest du Pete fragen, ob er uns die Automarke verrät?«

»Ja, das ist eine gute Idee«, antwortete sie. »Aber wenn wir das machen wollen, müssen wir uns beeilen!«

»Wir kaufen uns noch Decken, Wasser, ein wenig Proviant und fahren los. Es kann nicht so weit sein. Und wenn wir kein Auto entdecken, das in die Richtung fährt, suchen wir uns eine Unterkunft.«

»Okay, dann lass uns schnell die Einkäufe erledigen!«

Noch während sie den Einkaufswagen schoben, tippte Lisa eine Nachricht an Pete.

»Haben Alan nicht gefunden, wir fahren in die Richtung, die Sie uns angegeben haben, und hoffen, ihn auf dem Rückweg zu erwischen. Mögen Sie uns vielleicht sagen, welchen Wagen er fährt?«

In Windeseile kauften sie Wasser, deckten sich mit Obst, Sandwiches und Süßigkeiten ein und Finn legte noch Taschenlampen, Feuerzeuge, Decken und allerlei Krimskrams in den Wagen.

»Oh mein Gott, wir sind total verrückt«, rief Lisa, als sie schwer bepackt zum Auto rannten.

Finn startete den Motor und schaute auf die Tanknadel.

»Mist, nur noch viertelvoll«, stellte er fest und fuhr die Tankstation an, die sich auf dem Gelände befand.

Nervös sah Lisa aus dem Fenster, während Finn den Zapfhahn einhängte. Es war tolldreist, was sie da vorhatten! Mittlerweile konnte sie Michaels Bedenken diesbezüglich voll verstehen. Sie hatte Kanadas Wälder gewaltig unterschätzt!

Finn kam zurück, schwang sich auf den Sitz und sagte:

»Ich habe den Leuten in der Tankstelle unsere Handynummern, das Kennzeichen und unsere ungefähre Tour angegeben. Sie verständigen die Polizei, wenn wir uns nicht innerhalb von drei Tagen zurückmelden.«

»Super, daran hätte ich nie gedacht.« Lisa war voller Bewunderung. »Ich gebe ich noch Michael und Richard Bescheid.«

Sie nahm ihr Handy vom Armaturenbrett, als ihr Puls für einen Schlag aussetzte.

»Finn!«, schrie sie und rüttelte an seinem Arm. »Da schau!«

Er blickte nach rechts. An der Tanksäule neben ihnen stand ein verstaubter großer Geländewagen, dessen Besitzer gerade losfuhr.

An seinem Handgelenk blitzten schwarz-goldene Kugeln auf.

✳✳✳

Finn startete durch, aber es dauerte, bis er sich in den Verkehr einfädeln konnte und auf die Hauptverkehrsstraße kam. Lisa verrenkte sich fast den Hals, um den Wagen wiederzufinden.

»Was war das für eine Marke?«, fragte sie aufgelöst und beneidete Männer um ihre Fähigkeit, ein Auto an den Vorder- und Rücklichtern erkennen zu können.

»Ein Jeep. Hab es aber auch nicht so genau gesehen.«

Es war schwierig. Die Wochenendrushhour hatte eingesetzt, die Straßen waren dichter befahren als sonst und Finn konnte sich gerade mal um zwei Plätze nach vorne verbessern, als Lisas Handy piepste. Es war Pete.

»Jeep Cherokee«, stand im Display.

»Er fährt einen Jeep Cherokee!«, rief sie fiebrig. »Wir sind auf der richtigen Spur! Mann, wenn wir doch diesen Laster endlich überholen könnten! Wir sehen ja gar nix!«

Finn kam endlich an dem Truck vorbei und meinte, eine Ampel weiter den Jeep zu sichten. Und ja, dieser Wagen bewegte sich zügig Richtung Stadtausgang, Richtung See, Richtung Wälder, so wie Pete die Route grob beschrieben hatte. Der Kalamalka-See breitete sich im Nachmittagssonnenlicht vor ihnen aus, glitzerte verführerisch, aber diesmal hatten sie kein Auge dafür. Verkrampft saß Lisa neben Finn.

»Wann geht die Sonne unter?«, fragte er angespannt.

Sie googelte. »In drei Stunden.«

Finn trat, wann immer es Sinn machte, aufs Gas. Endlich waren sie aus der Stadt raus, fuhren den Highway entlang in die Richtung, in der die Lodge liegen könnte.

Der Fahrer des Jeeps fuhr schnell, hielt sich nicht an die Geschwindigkeitsvorschriften und Finn musste sie noch weiter übertreten, wenn er ihn einholen wollte.

»Vorsicht«, warnte Lisa. Sie hatte eine Patrouille am Straßenrand entdeckt und notgedrungen stieg Finn auf die Bremse. Doch da löste sich schon ein Motorradfahrer aus der Streife und folgte ihnen. Fluchend nahm Finn den Fuß vom Gas. Beide schauten immer wieder nervös in den Rückspiegel. Wenn der sie rausholte, wäre die Jagd vorbei! Der Motorradfahrer blieb stur hinter ihnen und beide rechneten jede Sekunde damit, dass er seine Kelle schwenken würde. Doch mit einem Mal überholte er, gab Gas und fuhr davon.

»Verdammt! Der ist selber von der Polizei gefilzt worden!«, rief Finn und trat das Gaspedal durch. »Gott sei Dank gab es bisher keine Ausfahrt! Der Jeep muss noch auf dem Highway sein!«

Sie sahen den Wagen für Minuten nicht mehr … die Straße war nicht sehr befahren, nur weiter vorne einige Autos zu erkennen. Finn pirschte sich heran. Unter anderem fuhr nicht nur einer, sondern zwei graue Jeeps vor ihnen, zwei Cherokees – und einer davon blinkte gerade und fuhr raus.

»Ach, du grüne Neune, und was jetzt?«, entfuhr es Lisa. Finn sah kurz auf das Autobahnschild, hackte den Blinker rein, drängelte sich durch zwei Reihen und durchgezogene Linien auf die rechte Spur und folgte dem Jeep.

Der Fahrer vor ihnen fuhr eine Weile auf der Bundesstraße am See entlang, dann bog er ab in die Wälder.

Finn und Lisa sogen gleichzeitig heftig Luft in ihre Lungen.

Es musste Alan sein.

♫ The Person I Should Have Been ♫

James Morrison

Sie hatten die asphaltierten Straßen verlassen und befanden sich nun auf unbefestigten Wegen aus festgefahrener Erde, Schotter und tiefen Schlaglöchern. Der Wagen rumpelte und hüpfte, Steine schlugen an die Karosserie, aber Finn nahm keine Rücksicht darauf. Die Straße war mal eng, mal breit, vor allem aber war sie kurvig. Es ging rauf und runter, und nach Lisas Empfinden kreuz und quer. Sie hatte längst jede Orientierung verloren und mit Schrecken festgestellt, dass das Navi schon kurz nach Eintritt in den Wald ausgestiegen war. Der Wagen fuhr schnell, sie hatten zu tun, ihm hinterherzukommen. Oft genug wies ihnen nur eine Staubwolke die Richtung, ansonsten war nichts um sie herum: kein weiteres Fahrzeug, kein Mensch, kein Haus, gar nichts. Nur der Wald, der Weg und der Jeep vor ihnen.

Finn war hoch konzentriert. Er war völlig auf die Straße fixiert, auf die Spuren, die der Jeep hinterließ, darauf, ihn nicht zu verlieren. Alle fünf Minuten musste er die Scheibenwischer betätigen, um den Staub von der Windschutzscheibe zu waschen, und jedes Mal sahen sie für mehrere Sekunden gar nichts, weil der Dreck die Scheibe verschmierte.

»Wenn ich nah genug rankäme«, murmelte Finn, »könnte ich Lichthupe geben.«

Aber auch das hatte wenig Sinn, weil die Strecke so kurvig war und sich der Abstand einfach nicht verringern wollte.

Nicht das erste Mal gabelte sich der Weg und Lisa hatte anfangs versucht, aufzuschreiben, wann sie nach links oder rechts abbogen, versucht, sich Details zu merken. Ein Holzstoß an der Kreuzung oder irgendetwas, was ihr auffiel. Aber es war aussichtslos. Der Wald begann an jeder Ecke gleich auszusehen. Die Wegkreuzungen begannen gleich auszusehen. Es ging Serpentinen nach oben und wieder nach unten und die Geschwindigkeit, mit der all dies geschah, war halsbrecherisch.

Jetzt wusste sie, was Pete gemeint hatte, als er sagte, dass es tolldreist wäre, Alan zu folgen! Wie sollten sie nur aus diesem Wald wieder herauskommen, wenn es ihnen nicht gelang, ihn einzuholen? Beunruhigt checkte sie das GPS.

No signal. You are off road.

Finn fuhr wie der Teufel. Sie konnten hören, wie die Plastikflaschen mit dem Wasser im Kofferraum umherflogen, Bäume flitzten an ihnen vorbei, Steine knirschten unter den Rädern. Beide waren sie auf die Reifenspuren vor ihnen fokussiert und ab und zu blitzte auch ein gelbes Dreieck an einer Baumrinde auf.

Doch schließlich kam der Moment, den sie befürchtet hatten. Der Jeep war nicht mehr zu sehen. Noch nicht mal eine Staubwolke von ihm. Er war spurlos verschwunden. Und noch schlimmer – sie standen an einer Gabelung mit drei Möglichkeiten.

Alan hatte sie abgehängt.

✳✳✳

Finn stellte den Motor ab und atmete durch.

»Okay, das war's erst mal«, stellte er fest.

»Oh, verdammt«, sagte Lisa frustriert. »Wir waren so nah dran!«

»Wenigstens sind wir auf dem richtigen Weg. Vielleicht helfen uns die Dreiecke weiter. Aber für heute hat das keinen Sinn mehr.«

»Ja, stimmt. Lass uns noch ein wenig die Beine vertreten, bis die Sonne untergeht. Und einen Platz für die Nacht finden.«

Finn nickte. Es war noch hell draußen, aber im Wald natürlich entsprechend dunkler.

Sie rutschten von ihren Sitzen, stiegen aus und sahen sich um. Es war nicht wirklich einladend hier. Die Lehmstraße zog sich durch den Wald mit seinen Nadel- und Laubbäumen, ab und an gab es ein paar Felsen, das war alles. Suchend liefen sie in die einzelnen Wege hinein und Lisa entdeckte ein gelbes Schild an einem Stamm.

»Wie wäre es, wenn wir dem bis zur nächsten Gabelung folgen?«, schlug sie vor. »Vielleicht kommen wir an ein schöneres Stück Land.«

»Okay«, nickte Finn. »Ist schon ein wenig ungemütlich hier.«

Also stiegen sie wieder ein und genossen es, diesmal in gemäßigter Geschwindigkeit, die Straße entlangfahren zu können. Der Weg führte in einer Kurve nach oben, dann wieder nach unten und sie spürten mehr, als dass sie es sahen, dass die Sonne langsam unterging. Es gab Gottlob nicht das geringste Anzeichen einer Abzweigung, so konnten sie zumindest nicht falsch liegen.

Zu ihrer Überraschung öffnete sich nach der nächsten Kurve etwa fünfhundert Meter vor ihnen der Wald. Es wirkte wie eine Offenbarung nach diesen endlosen Kilometern durch das dunkle Grün und Finn drückte das Gaspedal hoffnungsvoll etwas mehr nach unten.

Ein paar Minuten später gingen ihnen die Augen über und ihnen war, als beträten sie eine andere Welt.

Eine Wildblumenwiese breitete sich vor ihnen aus, die links von Felsformationen begrenzt war, deren Steine sich bis ans Ufer des Sees erstreckten, während sich an der rechten Seite dunkel das Gehölz erhob. Waldboden wie Felsen waren mit zentimeterdickem Moos bewachsen, einzelne Findlinge lagen auf der Wiese verstreut. Weiter hinten glitzerte das Türkis des Kalamalka-Sees und am Horizont ragten majestätisch und von silberweißem Gletschereis gekrönt die Rockys in einen stahlblauen Himmel.

Es war ein Märchenland – unberührt, überirdisch und absolut vollkommen.

»Oh mein Gott«, hauchte Lisa und trat ein paar Schritte weiter vor. »Ein Paradies! Das hat sich jetzt aber gelohnt! Das ist ja wunderschön hier! So wunderschön!«

»Das ist es«, sagte Finn bewegt. Die Sonne stand inzwischen tief und als wolle die Natur ihnen zeigen, dass sie noch zu ganz anderen Dingen fähig sei, färbte sich der Himmel rot und orange, das Gold der Sonne reflektierte sich in einem überwältigenden Lichtspiel im ewigen Eis der Rocky Mountains, warf Schatten, spielte mit den Wolken, die wie graue und weiße Segelschiffe am Himmel standen. Das Farbenmeer der Sonne tauchte in das Blaugrün des Sees, veränderte dessen Tönung, während sich die Berge und Bäume in allen möglichen Schattierungen im schimmernden Wasser spiegelten.

Der See der tausend Farben. Es gab keine Worte dafür. Es war Schönheit in unnachahmlicher Grandeur, Schönheit in ihrer reinsten und klarsten Form, Schönheit, die tief ins Herz drang, weil, so ahnten sie beide, so etwas Vollkommenes kein Kopf erschaffen konnte, weil sie der Beweis einer Präsenz war, die das Leben und die Welt liebte.

In ein paar Minuten würde dieses Schauspiel vorbei sein – es war rein aus der Freude am Sein entstanden.

Lisa war es, als zöge die Stille des Berges und des Sees der tausend Farben mitten in ihr Inneres.

Sie sprachen kaum noch ein Wort, parkten den Wagen am Rand der Wiese, saßen noch einige Minuten in der sternenklaren Nacht am See, aber es wurde schnell kalt und sie richteten ihren Schlafplatz im Auto her.

Sie aßen noch eine Kleinigkeit, verschlossen die Türen sorgfältig und Finn legte die Taschenlampe aufs Armaturenbrett.

»Ist dir warm genug?«, fragte er.

Sie nickte. »Ja, Finn, danke. Ich hoffe, du kannst dich ein wenig entspannen nach dieser filmreifen Verfolgungsjagd.« Sie kicherte.

»Das fällt nicht schwer in diesem Panorama«, antwortete er. »Und dir geht es gut, Lisa? Du sagst mir, wenn ich dir eine Spritze geben soll, okay?«

»Klar, Finn, es geht mir gut. Vielen, vielen Dank.«

Immer noch gesättigt von dieser wunderbaren Szenerie, drehte sie sich um und schlief fast sofort ein.

Finn betrachtete sie. Konnte nicht schlafen. Unaufhörlich suchte sein Kopf Lösungen – er wollte sie nicht aufgeben.

$$* * *$$

Eine strahlende Morgensonne weckte sie. Lisa fühlte sich ziemlich gerädert und auch Finn sah nicht gerade ausgeruht aus.

»So ein Autositz ist doch was anderes als ein Bett«, meinte er und verzog das Gesicht. »Hört sich zwar nicht gerade einladend an, aber ich glaube, das Beste ist ein Bad im See.«

»No way«, erwiderte Lisa schaudernd. »Ich warte lieber auf eine heiße Dusche! Aber ich gehe mit dir runter ans Ufer.«

Sie packte sich in eine Jacke, während Finn nur ein Handtuch mitnahm und in Jeans und T-Shirt blieb. Zusammen liefen sie die Wiese entlang, bis zu dem mit großen, flachen Steinen versehenen Ufer.

Das Panorama war nicht minder schön als gestern. Das Wasser lag klar und ruhig vor ihnen, glitzerte im Licht des Morgens und Finn begann, seine Klamotten auszuziehen.

»Du spinnst«, sagte Lisa und lachte. »Wie viel Grad hat der See?«

»Kannst ja mal googeln, dann wissen wir gleich, ob es hier Netz gibt.«

Wieder lachte sie und setzte sich auf einen flachen Stein, unverhohlen den inzwischen splitterfasernackten Finn begutachtend. Er bot einen äußerst hübschen Anblick. Seine Pobacken waren fest und hatten diese Grübchen an der Seite, die ihr zeigten, dass er trainierte. Auch sein Oberkörper ließ nichts zu wünschen übrig. Er hatte ein kleines Tattoo auf dem linken Brustmuskel, das ihr in der Nacht mit ihm gar nicht aufgefallen war. Doch sie wollte keine Begehrlichkeiten bei ihm wecken, indem sie sein Tattoo erforschte, so wandte sie sich ab, tauchte ihre Hände ins Wasser und schreckte zurück.

»Uh!«, entfuhr es ihr. »Geschätzte fünf Grad! Überleg's dir lieber noch mal!«

»Na, ich denke mal, fünfzehn wird er schon haben«, erwiderte Finn und blickte anzüglich an ihr hinauf und hinunter. »Was ist? Traust du dich?«

Sie blickte auf seine untere Hälfte und kicherte. »Auch, wenn ich weiß, dass sich die Größe deiner Männlichkeit drastisch ändert, wenn du ins Wasser springst, möchte ich nicht wissen, was passiert, wenn ich mitgehe.«

»Eben. Du könntest doch beruhigt sein, wenn du weißt, wie mein bestes Teil auf frische fünfzehn Grad reagiert!«, grinste er.

»Ich bin überhaupt nicht beruhigt! Weil du dieses Teil irgendwann wieder aus den fünfzehn Grad hieven wirst! Und wer weiß, welche Temperaturen du innerlich entwickelst, wenn du einen nackten Frauenkörper vor dir hast! Auch ohne Tutu!«

Finns bestes Teil – und nicht nur das – fröstelte in der kalten Morgenluft jedenfalls sehr und beherzt sprang er ins Wasser, um gleich danach einen entsetzten Aufschrei folgen zu lassen.

»Lisa! Es ist sooo kalt!«, rief er und hatte zwischen Daumen und Zeigefinger gerade mal einen Zentimeter Abstand.

»Was? Wusste gar nicht, dass dein Lümmel bis auf Globuli-Größe schrumpfen kann!«, neckte sie ihn und begnügte sich damit, das klare Wasser ins Gesicht und auf die Unterarme zu spritzen.

Unter normalen Umständen hätte sie ein Bad im See sehr gereizt, aber sie fühlte sich nach dieser Nacht im Auto wieder müde und schlapp. Auch ihr Magen tat ein wenig weh, ihr Kopf war nicht frei und erinnerte sie an das, was in ihr wuchs und wütete. Wie immer in diesen Momenten schaltete sich automatisch ihr Mantra ein: Ich bin gesund … Ich bin gesund … zwang sie ihre Gedanken von dem Unangenehmen weg. Sie ging zurück zum Wagen, breitete eine der Decken auf der Wiese aus und legte Sandwiches, Wasser und das Obst darauf.

»Frühstück ist fertig!«, rief sie Richtung See.

»Okay, komme gleich«, gellte es zurück.

Kurz danach tauchte ein bis in die Zehenspitzen erfrischter Finn auf. Seine Durchblutung war nach dem kühlen Bad angeregt und als er sich wieder angezogen hatte, war ihm auch warm.

»Du hast was verpasst«, erklärte er Lisa, die in der kühlen Morgenluft immer noch fröstelte. »Das war absolut geil!«

»Wie schön für dich!«, grantelte sie gespielt. »Ich bin das volle Weichei! Was gäbe ich jetzt für eine Tasse Kaffee!«

»Ja, was gibst du denn dafür?«, fragte er, während er sich mit dem Handtuch das Haar rubbelte. »Ich organisiere dir einen!«

»Was? Hier in der Wildnis? Ist hier ein Kiosk um die Ecke?«

Er grinste spitzbübisch und sah einfach reizend aus mit seinem verstrubbelten Haar und den dunkelgrauen Augen.

»Also … ich mache dir Kaffee, aber nur, wenn ich was dafür bekomme!«

»Erst der Kaffee, dann reden wir weiter! Ich glaube dir nämlich nicht!«

»Okay!«, rief er übermütig, ging zum Kofferraum, holte einen Wasserkocher, den man am Zigarettenanzünder mit Strom versorgen konnte, und ein paar Päckchen Instantpulver heraus.

»Cappuccino oder Kaffee?«, fragte er siegesbewusst. »Ach, bist ja kein Milchfan, also Kaffee.«

»Wow! Wusste gar nicht, dass es das gibt! Ist ja fantastisch!«, rief sie überaus erfreut.

Begeistert sah sie zu, wie er Mineralwasser in den Wasserkocher füllte und ihr fünf Minuten später eine heiß dampfende Tasse Kaffee in die Hand drückte.

»Voilà!«, rief er. »Frühstück am See der tausend Farben! Mit Kaffee!«

»Besser geht's nicht, Finn, ehrlich«, sagte sie glücklich.

»Und was krieg ich dafür?«

»Ich frag mal lieber nicht, was du dafür willst!«

Er zwinkerte ihr zu, dann aber wurde er ernst.

»Bin ich wirklich nicht dein Typ?«

»Ach, Finn«, sagte sie und lächelte. »Die Frage ist so unnütz … du weißt doch, dass …«

»Du könntest mit mir den Rest deines Lebens verbringen«, unterbrach er sie. »Es … es könnte schön werden. Es könnte Spaß machen.«

Er wurde rot, als er das sagte.

»Sag mal, warum habe ich bei dir ständig das Gefühl, dass du in mir nur jemanden siehst, mit dem du deine sexuellen Fantasien ausleben kannst?«, spöttelte sie. Es sollte eigentlich humorvoll klingen, aber sie brachte es nicht ganz so heraus.

»Du solltest dich fragen, warum du in mir jemanden siehst, der nur seine sexuellen Fantasien mit dir ausleben will«, antwortete er sauer.

Forschend sah ihn Lisa an.

»Du hast mir noch nicht mal Gelegenheit gegeben, dir zu erklären, wie es wirklich war«, fuhr er fort. »Ist das fair? Wieso denkst du so schlecht über mich?«

Ja, warum dachte sie so über ihn? Sie fühlte sich bei ihm einfach nicht sicher. Sie konnte nicht erklären, warum. Er hatte doch die letzten Tage bewiesen, dass er vertrauenswürdig war. Er war ihr nach Kanada nachgereist. Nicht wegen dir!, warnte ihr Kopf. Denk dran: Er hat dich schon mal aufs Übelste betrogen. Da hast du auch wochenlang geglaubt, er sei vertrauenswürdig. Irgendwann kommt der Tritt!

Finn las die Gedanken in ihrer Mimik.

»Tja«, sagte er einigermaßen resigniert. »Ich fürchte, wir kommen um das berühmte ›Wir müssen reden!‹ nicht herum. Lebt es sich gut mit so viel Misstrauen, Lisa?«

»Finn, sag mir nur eines«, brach es aus ihr heraus. »Stimmt das, dass du alles tust, um deinen Auftrag zu erfüllen? Und … Stimmt das mit der Wette? Hast du wirklich eine Wette abgeschlossen, dass du mich innerhalb von einer Woche zur Kündigung bewegst?«

»Ja, das stimmt«, gab er freimütig zu. »Aber du solltest auch den Rest kennen. Außerdem war ich sturzbetrunken, als ich das gesagt habe.«

»Du warst betrunken.«

»Ja, da macht man manchmal Dinge, die man hinterher bereut. Lass uns das endlich aus dem Weg räumen, Lisa.«

Lisa zögerte. »Weißt du, Finn … mein Ex … Nik … er … er war oft betrunken … und er hat auch immer ›spielen‹ wollen, so wie er das nannte. Aber am Ende waren es Vergewaltigungen. Und irgendwann fing er an, mich zu schlagen.«

Finn brachte kein Wort hervor. Sie starrte auf das Gras, dann wandte sich ihr Blick ihm wieder zu:

»Du sagst, du wärst bei all dem sanft zu mir, aber was passiert, wenn du betrunken bist? Tust du mit mir dann auch Dinge, die du hinterher bereust?«

Damit stand sie auf und ging an den See. Finn sah ihr hinterher, die Worte ihrer letzten Unterhaltung im Ohr.

»Ich kann gerade kein Abenteuer gebrauchen, Finn. Ich will keine Angst haben. Ich will Sicherheit.«

Nach dieser Ansage konnte er das verstehen. Mehr als verstehen. Siedend heiß durchfuhr ihn, welches Eingeständnis es für sie gewesen sein musste, sich ihm so hinzugeben, wie sie es getan hatte. Wie oft hatte sie geflüstert: »Ich vertraue dir!« Um hinterher zu erleben, dass er dieses Vertrauen, das sie eine irrsinnige Überwindung gekostet haben musste, in ihren Augen aufs Übelste missbraucht hatte. Er hätte sich ohrfeigen können, überhaupt die Rede darauf gebracht zu haben. Bedrückt räumte er die Sachen ins Auto.

♫ Sanctuary ♫
Welshly Arms

Sie saß am See. Sie fühlte sich nicht in Ordnung. Ja, das war der richtige Ausdruck. Sie fühlte sich innerlich unaufgeräumt, hatte das Gefühl, das Uhrwerk ihrer Zellen sei gestört. Es fühlte sich an, als ob mehrere Stimmen in ihr stritten, von denen jede Oberhand gewinnen wollte und keine wirklich sie war. Ihr war ein wenig übel und tief atmete sie die frische Luft ein, in der Hoffnung, dass es besser werden würde.

Doch mit einem Mal fühlte sie wieder diesen Schlag im Inneren ihres Kopfes. Ihr stockte der Atem. Nein!, dachte sie panisch, bitte nicht! Doch da kam schon der nächste Schlag. Und wieder einer. Dumpf klangen sie, Unheil verkündend, wie drohende, innere Paukenschläge, die ihr den Tod ankündigten. Und ohne, dass sie auch nur eine Chance hatte, sich dagegen zu wehren, wurde sie von dieser unsäglichen Angst überflutet, weil ihr Körper etwas tat, was sie nicht im Griff hatte. Eine Angst, die ihr jede Zuversicht nahm, jede Macht, sich gegen das zu wehren, was da in ihrem Inneren stattfand.

Hektisch nahm sie das Mantra wieder auf: Ich bin gesund. Ich bin gesund. Ich bin gesund … zwang sich, tief zu atmen.

Finn rief nach ihr und als sie aufstand, fühlte sie sich so wacklig, dass sie sich über jeden Schritt wunderte, der ihr gelang. Ein paar Sekunden später jedoch verschwand das Dröhnen in ihrem Kopf so schlagartig, dass sie sich im ersten Moment geradezu leer fühlte. Verunsichert kam sie am Wagen an.

»Alles gut, Lisa?«, fragte Finn.

»Ja, alles okay«, murmelte sie. »Aber vielleicht kannst du mir heute Abend eine Spritze geben?«

Besorgt sah er sie an. »Ist dir wirklich gut? Willst du sie lieber gleich?«

»Nein, ich möchte lieber noch damit warten.«

Sie lächelte ihn an. »Und Finn«, setzte sie hinterher. »Wenn sich heute eine passende Gelegenheit ergibt, erzählst du mir deine Version von diesem Kasperltheater, okay?«

Überrascht sah er sie an.

»Und du kannst mir auch von deinen Eltern erzählen«, fügte sie hinzu. »Das hast du neulich abends komplett ausgeklammert.«

Ein dankbares Lächeln erschien auf seinem Gesicht.

»Danke, Lisa«, antwortete er warm. »Du weißt, wie viel mir das bedeutet … und du … du erzählst mir auch ein wenig mehr von dir, okay?«

Sie nickte. »Okay. Aber erst müssen wir klären, was wir jetzt tun sollen. Und wie wir aus diesem Wald wieder rauskommen.«

Sie liefen ein Stück auf dem Weg zurück. Die Hoffnung, eine versteckte Abfahrt übersehen zu haben – am besten eine, die mit einem weiteren Zeichen markiert war – zerschlug sich ziemlich schnell.

GPS gab es nach wie vor keines. Weder das TomTom noch eines ihrer Handys hatte Empfang.

»Aber wir haben doch zu Beginn des Weges das gelbe Schild gesehen«, grübelte Lisa.

»Es kann höchstens sein, dass das doch in eine andere Richtung gewiesen hat. Wir müssen das letzte Stück zurückfahren.«

»Ja, klingt logisch. Dann machen wir das.«

»Ich geh noch mal kurz um die Ecke«, sagte Finn. »Bin gleich wieder da.«

»Nur kein Stress. Wir haben Zeit.«

»Geh schon mal in den Wagen, Lisa. Und bleib dort.«

»Mach dir mal nicht in die Hose«, kicherte sie zweideutig, aber er wartete, bis sie im Auto saß, bevor er in Richtung Wald lief.

Lisa spielte mit ihrem Handy, während er weg war. Wie gut, dass sie Michael und Richard Bescheid gegeben hatte, dass sie eine heiße Spur verfolgten und dass es sein könne, dass sie ein paar Tage ohne Internetverbindung sein würden.

Die beiden meldeten sich nach wie vor regelmäßig mit Fotos und kleinen Videos, die von ihrem Spaß und ihrer guten Laune zeugen. Richard schien ein völlig anderer Mensch zu sein und das brachte sie gehörig ins Grübeln. Zwar ploppte seine frühere Feindseligkeit Menschen gegenüber ab und zu hoch, aber es geschah immer seltener und die Welt antwortete ihm entsprechend. Ihr schien, als verändere sich Richard schneller als sie, und sie wusste nicht, woran das lag.

Sie spähte auf die Uhr.

Wo blieb nur Finn? Er war schon eine Viertelstunde weg! Sie versuchte sich mit dem Handy abzulenken, aber wurde mit jeder Sekunde unruhiger. In aller Deutlichkeit wurde ihr plötzlich bewusst, dass sie mutterseelenallein in der Wildnis waren – und noch nicht einmal wussten, wo sie waren! Suchend glitt ihr Blick über das menschenleere Tal.

Verflixt – wo war er? So viel Wasser konnte er doch nicht lassen – er müsste längst zurück sein!

Inzwischen äußerst nervös, wartete sie weitere fünf Minuten, von denen sich jede einzelne ins Unendliche zu dehnen schien. Die Stille lastete mit einem Mal schwer auf ihr und zutiefst besorgt stieg sie aus dem Wagen und lief ein Stück über die Wiese.

»Finn?«, rief sie halblaut in die Richtung gewandt, in die er verschwunden war.

Keine Antwort.

»Finn!«, rief sie erneut und diesmal etwas lauter. »Wo zum Teufel steckst du?«

In diesem Moment brach etwas aus dem Gehölz, sie hörte ein Hecheln und Knurren und in den nächsten Sekunden raste, in ungefähr zwei Metern Abstand, ein kleiner Bär an ihr vorbei.

Lisa zuckte so heftig zurück, dass sie fast auf ihren Hosenboden gefallen wäre, und es dauerte eine volle Sekunde, bis ihr Gehirn registrierte, was geschehen war: Dass es nur ein kleiner Bär war – ein Babybär – und er war an ihr vorbeigerannt. Er war weg!

Trotzdem pochte ihr Herz so laut, dass sie meinte, es spränge ihr aus dem T-Shirt und instinktiv schaute sie sich nach einem Ast um, einem Stein, irgendetwas, das ihr als Verteidigung dienen könnte.

Doch dann stockte ihr Herz erneut.

Ein tierischer Schrei gellte durch das Tal, ein Quietschen folgte. Lisa hörte wieder dieses Hecheln, das Knacken von Ästen im Unterholz, hörte Gras rascheln und ehe sie sich's versah, wetzte ein zweites Bärenkind über die Wiese.

In der nächsten Sekunde wurde ihr klar, dass, wo Babybären waren, auch ein großer Bär sein musste. Oh mein Gott, was war mit Finn? Ihr Herz schlug ihr bis zum Hals, ihre Augen irrten über die Wiese und laut schrie sie:

»Finn! Verdammt noch mal! Wo bist du?!«, als ein unheilvolles, tiefes Röhren die Morgenluft durchschnitt.

Lisa erstarrte, drehte sich um, wollte zum Wagen und bekam einen Schock: Die zwei Babybären standen an der offenen Wagentür und einer von ihnen war gerade dabei, ins Innere zu klettern.

Ihr Magen schlug Purzelbäume, ihre Beine schienen keinen Muskel mehr zu haben und ihr Hirn raste nach Auswegen. Sie musste die beiden Jungbären aus dem Auto jagen! Bevor die Mutter kam! Panisch schaute sie sich um, aber auf der Wiese war rein gar nichts zu finden! Kein Stein, kein Stock – sie hatte alles im Auto! Vielleicht kam sie an den Kofferraum ran? Und Finn! Was war mit ihm? Ihre Angst, Finn wäre etwas passiert, brachte sie fast um. In ihr tobte der Aufruhr. Sie brauchte eine Waffe! Irgendwas! Sie setzte sich in Bewegung, ihre Beine waren wie aus Pudding, ihr Gehör geschärft. Mit hochschießender Panik vernahm sie knackende Äste, unheilvolles Schnauben, drehte sich entsetzt um und sah, wie diesmal etwas Großes aus dem Unterholz brach.

Innerhalb der nächsten Sekunde richtete sich in drei Meter Entfernung eine halbe Tonne Schwarzbär vor ihr auf, hob drohend die Schnauze in die Luft, ließ sich auf alle Viere fallen und fletschte die Zähne.

Lisa taumelte zurück, fiel hin, rappelte sich wieder auf. Sie war so schockiert, dass ihre Glieder zu zittern anfingen und ihr Herz so heftig gegen die Rippen schlug, dass es bis in ihren Kopf dröhnte und ihn vollkommen lahmlegte.

Mit trockener Kehle wich sie zwei Schritte zurück, der Bär trabte vor, wütend durch die Nase schnaubend. Seine schwarzen Augen fixierten sie böse und wäre Lisa erfahrener gewesen, hätte sie gewusst, dass man einem Bären nicht in die Augen schauen durfte, aber so tat sie genau das. Das große Tier gab ein aggressives Knurren von sich, ein gefährliches Röhren, bei dem es seinen Kopf schwenkte, als rüste es sich zum Angriff, als mache es seinen Nacken locker. Lisas Herz spielte komplett verrückt, ihr Kopf ebenso, das Blut raste nur so durch ihre Adern. Wo sollte sie hin? Sie konnte nicht zum Wagen! Ihr Überlebensinstinkt war das Einzige, was sie davon abhielt, sich umzudrehen und einfach davonzurennen. Sie ahnte, das wäre ihr Untergang, der Bär würde in jedem Fall schneller als sie sein. Sie saß in der Falle!

»Finn!«, brüllte sie verzweifelt. »Finn! Komm zurück!«

Drohend kam die Bärin näher. Nach diesem Schrei war sie wohl sicher, dass Lisa eine Gefahr für ihre Jungen darstellte, und in Lisa verkrampfte sich alles, als sie entsetzt beobachtete, wie der Schwarzbär immer lauter knurrend sein Hinterteil zurücksetzte. Was war das? Nahm er Anlauf? Er nahm Anlauf! Der Bär griff sie an!

Unwillkürlich stieß sie einen markerschütternden Schrei aus. Als Antwort richtete sich der Bär zu seiner vollen Größe auf, gab ein heiseres Brüllen von sich, ließ sich in der nächsten Sekunde wieder auf alle Viere fallen und rannte auf sie zu.

»Finn!«, kreischte Lisa in höchster Pein, wich zurück, fiel wieder zu Boden, roch den schnaubenden Atem des Bären und hielt nur noch schützend ihre Arme vor ihr Gesicht.

In der nächsten Sekunde knallte ein ohrenbetäubender Schuss durch das Tal, schloss sich ein mächtiger Arm um ihre Mitte, riss sie hoch, zerrte sie ein Stück seitlich zurück, raus aus der Reichweite des Bären, hörte sie eine tiefe, befehlende Stimme in ihrem Ohr:

»Ganz ruhig!«, während ein weiterer Schuss die Luft erschütterte, dessen Rückschlag den Träger der Waffe leicht nach hinten katapultierte und Lisa dazu.

Wieder wurde sie ein Stück nach hinten gezerrt, gellte ein weiterer Schuss durch die Luft, füllte ihren Kopf. Die zwei kleinen Bären am Auto quietschten laut auf und rannten in den Wald.

Lisa spürte Atem an ihrer Haut, eine Brust, an die sie gepresst wurde, und diesen Arm, der sich fest wie ein Sicherheitsgurt um sie geschlossen hatte.

Ein vierter Schuss ertönte, wieder gab es diesen Rückstoß, wieder fing er die Wucht ab, indem er seinen Körper mit dem ihren verband, sie festhielt, ihr Schutz bot. Er stand so sicher wie ein Fels.

Die Bärin vor ihr knurrte böse, dann drehte sie ab und lief ihren Kleinen hinterher.

»Ruhig«, flüsterte jemand in ihr Ohr. »Ganz ruhig. Es ist alles gut. Alles ist gut.«

Sie atmete heftig. Zitterte gewaltig. Die Sekunden verschwammen, Empfindungen verschwammen. Sie roch die metallenen Ausdünstungen des Gewehrs, das steil neben ihr nach oben ragte, sah die Luft flimmern. Das Cyan des Sees drang schwach in ihre Augen und der Arm … dieser Arm war noch immer um ihre Mitte, sein Besitzer stand noch immer hinter ihr, hielt sie einfach weiter, ließ sie nicht los, gab ihr Stabilität. Ohne jeden Zweifel wusste sie, dass er ihr Zeit gab, sich zu fassen. Er würde sie solange halten, bis die Panik weg war, bis sie sich sicher fühlte. Sie atmete noch immer schwer, fühlte ihren Puls rasen, fühlte, wie dieser Arm sie stützte, dieser Körper ihr Wärme gab, hörte die beruhigende Stimme in ihrem Ohr, fühlte, wie sie langsam, zittrig ausatmend, ihren Kopf nach hinten sinken ließ, an diese Brust, in der ein ruhiges Herz schlug.

Es war ein Moment intensivster Gegenwart. So klar und bewusst wie sie es niemals zuvor in ihrem Leben erlebt hatte. Alles lief in Zeitlupe ab, jedes Detail drang in unglaublicher Schärfe in ihr Bewusstsein. Sie sah das Laub der Bäume im Wind tänzeln, sah die Sonne am Himmel, bemerkte Finn, der mit einem Ast bewaffnet wie eingefroren in einiger Entfernung stand, aber vor allem war sie sich der Sicherheit dieses Armes gewahr, in die sie sich vollständig ergab. Eine Sicherheit, wie sie sie noch nie in ihrem Leben gefühlt hatte. Eine Sicherheit, die sie nach dieser höllischen Aufregung komplett entspannte. Das Haar des Unbekannten wehte leicht im Wind, streichelte ihre Wange und tief sog sie seinen Duft nach Tabak, Vanille und Wald ein, spürte sie seine unerschütterliche Gegenwart. Ohne jeden Zweifel wusste sie: Das war Alan. Er musste es sein.

∗∗∗

Finn hatte eine wundervolle, in allen möglichen Grünschattierungen überwucherte Stelle im Wald entdeckt. Moosbewachsene Bäume standen um einen kleinen Tümpel, der wohl unterirdisch vom See gespeist wurde, weil das Wasser darin dessen Farbe hatte. Er war gerade dabei, zurückzugehen, um das Lisa zu zeigen, als ein kleiner Bär aus dem Dickicht trabte und sich dem Wasser näherte.

Finn verhielt sich still. Einerseits genoss er das Schauspiel, andererseits wusste er, dass das gefährlich werden konnte. Ein zweiter Bär tauchte auf, die beiden kämpften spielerisch miteinander und das sah so drollig aus, dass Finn unweigerlich lächelte. Aber er musste warten. Irgendwann liefen die zwei zurück in den Wald und er machte sich leise auf den Rückweg.

Er hörte, wie Lisa nach ihm rief und lief ein wenig schneller, wollte jedoch leise sein, um die Bären nicht auf den Plan zu rufen, daher antwortete er nicht.

Doch das Nächste, was er vernahm, war ein greller Schrei und geschockt packte er irgendeinen Ast, der auf dem Boden lag, und fing zu rennen an. Es ging erschreckend langsam über den dicht bewachsenen Waldboden, er wurde fast wahnsinnig, weil er immer wieder auf dem feuchten Moos wegschlitterte. Doch als er Lisa endlich im Blickfeld hatte, stockte ihm der Atem. Oh mein Gott! Da stand sie auf der Wiese und ein Riesenbär vor ihr! Finn sah, wie sie fiel, rannte mit erhobenem Stock vorwärts, öffnete den Mund für einen Schrei, um den Bären abzulenken, als ein Schuss ertönte, der ihn wie den Bären zum Stillstand brachte. Drei weitere Schüsse folgten und als der Rauch des Gewehres sich verflüchtigt hatte, sah er Lisa, die mit dem Rücken an die Brust eines Mannes geschmiegt stand, ein Bild, das eine solch intensive Intimität vermittelte, dass alles in ihm auf Grundeis ging.

Die beiden standen wie Statuen, wie ein Liebespaar. Der Mann flüsterte beruhigende Worte in ihr Ohr, sie hatte die Augen geschlossen und er hielt und hielt sie, bis sie sich beruhigte, bis ihr Herz wieder langsamer klopfte, bis sich ihre Augen wieder öffneten. Die Szene brannte sich ihm ein. Diese beiden. Diese Innigkeit. Die Aura, die sie umgab. Sie wehte bis zu ihm herüber, ein Strom an intensiven Gefühlen. Es war dicht, es war spürbar, es war nicht zu leugnen. Finn konnte es nicht fassen, aber er sah ein Lächeln auf Lisas Gesicht, ein seliges Lächeln. Ein Lächeln, das doch gar nicht sein durfte nach einer solchen Gefahr. Ein Lächeln, das ihm zeigte, dass sie sich bei diesem Mann auf eine Weise sicher fühlte, wie sie das bei ihm nie getan hatte.

Finn ließ den Stock sinken.

Sein Herz aber sank noch tiefer.

✳✳✳

Die Bären waren fort. Aber Lisa verspürte nicht das geringste Bedürfnis, sich umzudrehen – dazu war dieses Gefühl einfach zu schön.

Sie hörte sich atmen. Sie hörte ihn atmen. Sie hörte sein Herz schlagen. Sie hörte ihr Herz schlagen. Und beides, Atem wie Herzen, kam in Gleichklang. Er schien den Rhythmus ihres Herzens an das seine anzugleichen, ein Herz, das eine gewaltige Ruhe ausstrahlte. Trotz der ausgestandenen Gefahr waren Lisas Mundwinkel nach oben gebogen, herrschte Frieden in ihr.

Der Grund, warum sie sich voneinander lösten, war Finn. Er kam näher, sichtlich aufgelöst.

»Lisa, warum bist du aus dem Wagen ausgestiegen?«, schimpfte er mit den Nerven am Ende. »Ich habe dir extra gesagt, du sollst drinbleiben!«

Aber sein Blick war auf die Person hinter ihr gerichtet. Der Arm gab sie frei, sie trat einen Schritt vor und drehte sich um.

»Danke, Mann«, hörte sie Finn sagen. »Das war Rettung in letzter Minute!«

Lisa sagte gar nichts. Ein etwa vierzigjähriger, attraktiver Mann stand vor ihr. Ihre Knie wurden nicht weich, als sie ihn sah, im Gegenteil: Sie fühlte sich wie aufgerichtet, wie am Scheitel hochgezogen, relaxed und doch gleichzeitig fest, weil alles an ihm biegsame Stabilität und Stärke vermittelte – eine Ausstrahlung, wie sie sie noch nie zuvor bei jemandem kennengelernt hatte. In seinem kinnlangen, dunklen Haar und dem Musketierbart blitzten einzelne graue hervor, aber seine Gesichtshaut war glatt, sein grün-brauner Blick intensiv, unerschütterlichen Gleichmut ausstrahlend, ein Gleichmut, der Lisa komplett runterfuhr. Tatsächlich hatte sie das Gefühl, dass die Gedanken in ihrem Kopf langsamer rotierten, bis ihr Spin ganz aufhörte und sie Frieden in sich spürte –

heiteren, glücklichen Frieden. Es war kaum zu beschreiben, es war seltsam, es war unerklärlich, aber wahr.

Auch der Fremde musterte sie. Er zuckte ein wenig zusammen, als er Lisa sah, ein Zucken, das sie nicht zuordnen konnte, doch seine Augen verweilten definitiv fragend auf ihr, um danach zu Finn zu schwenken.

»Ich bin Finn«, stellte der sich vor und reichte ihm die Hand.

»Alan«, sagte der Fremde kurz, während mit seiner Antwort ein Strahlen auf Lisas Gesicht erschien.

»Ich wusste es«, flüsterte sie mit großen Augen. »Alan!«

Aufgeregt starrte sie ihn an, während Finn fragte:

»Alan Reeds? Sie sind Alan Reeds?«

Der Mann nickte zögerlich, sehr reserviert, aber er nickte.

Finn und Lisa sahen sich an, dann warf Lisa impulsiv ihre Arme in die Höhe und schrie:

»Alan Reeds! Oh mein Gott! Wir haben Sie gefunden!«

Ehe er sich's versehen konnte, war sie ihm um den Hals gefallen, drückte ihre Wange gegen die seine und hielt sich an ihm fest.

»Hey, hey, hey!«, sagte er überrumpelt. Automatisch hatte er seinen freien Arm um ihre Taille gelegt.

»Oh mein Gott, Alan Reeds«, hauchte sie in sein Ohr.

Verlegen löste sich Lisa wieder von ihm.

»Ach, bitte verzeihen Sie!«, sprudelte sie mit einer Lebendigkeit hervor, die Finn noch nie an ihr bemerkt hatte. »Aber wir sind schon so lange auf der Suche nach Ihnen! Wir haben ...«

»Mal langsam«, bremste Alan sie aus. »Zum einen: Ich weiß, dass Sie auf der Suche nach mir sind. Ein Freund hat mich angerufen und mir verraten, dass zwei Verrückte ohne jede Orts- und Lagekenntnis auf dem Weg zu mir wären. Sagen Sie mal, sind Sie wahnsinnig? Einfach hier einzudringen, ohne den Weg zu kennen?«

»Ja, irgendwie schon«, gab Lisa kein bisschen reumütig zu. »Aber Finn trifft keinerlei Schuld. Ich habe ihn dazu überredet.«

»Das spielt überhaupt keine Rolle«, entgegnete Alan. »Es geht nicht um irgendwelche Schuldzuweisungen, sondern darum, dass Sie privates Gebiet ohne jede Erlaubnis betreten haben.«

»Dass es privat ist, wussten wir nicht, ehrlich«, erwiderte Lisa und zermarterte sich den Kopf, was sie ihm sagen könnte, ohne Pete Michigan in die Sache hineinzuziehen. »Wir ... wir kennen ja die Gegend überhaupt nicht und so ...«

»Das ist mir klar. Woher kommen Sie?«

»Aus Deutschland.«

»Und weshalb suchen Sie mich?«

»Weil ich Ihnen gerne ein paar Fragen stellen möchte.«

Alan lachte nur halb amüsiert. »Fragen? Ich beantworte keine Fragen. Und schon gar nicht Fremden. Und Fremden, die meine Privatsphäre missachten, gleich dreimal nicht.«

Betreten standen Finn und Lisa vor Alan, dessen Blick immer wieder zu ihr ging, als wüsste er nicht, was er von ihr halten solle. Das gab ihr den verzweifelten Mut, weiterzumachen, denn sie ahnte, was er als Nächstes sagen würde:

»Steigen Sie in ihr Auto und fahren Sie mir hinterher. Ich bringe Sie in die Stadt!«

»Bitte«, sagte sie daher hektisch. »Ich … wir haben einen so langen Weg hinter uns und …«

»Hören Sie, das war Ihr Risiko. Ich habe Sie nicht darum gebeten«, stellte Alan freundlich, aber bestimmt klar. »Ich bringe Sie jetzt …«

»Nein!«, unterbrauch sie panisch. »Mr. Reeds, bitte, vielleicht lassen Sie uns wenigstens …«

In diesem Moment hatte sie das Gefühl, jemand greife mit der Hand durch ihre Schädeldecke und hole ihr Gehirn heraus. Sie fühlte sich absolut leer. Weder war sie in der Lage, etwas zu formulieren noch etwas wahrzunehmen – sie war eine entseelte Hülle. Blind blickten ihre Augen auf Alan, ihr Mund war leicht geöffnet, als in der nächsten Sekunde ihr Gehirn mit einer solchen Gewalt wieder in ihren Schädel katapultiert wurde, dass sie mit einem klagenden Laut die Hände an ihre Schläfen presste, vor Schmerz winselte, und in Zeitlupe vornüber fiel.

»Lisa!«, schrie Finn und fing sie gerade noch auf.

Es wurde schwarz um sie. Tiefe, dunkle Nacht.

∗∗∗

Ihre Hand war nass, das T-Shirt am Rücken feucht, die Glieder schwer, aber ihr Kopf gab unerklärlicherweise wieder Ruhe.

Das Nächste, das sie mitbekam, waren zwei Gesichter, die sich über sie beugten. Langsam erkannte sie Finn, der sich an ihrem Arm zu schaffen machte … Alan, der ihm ein Pflaster reichte, mit der er die Einstichstelle überklebte. Sie lag auf der Wiese. Der Tau hatte ihre Kleidung durchfeuchtet, ihre freie Hand krallte sich ins Gras.

Sie hob ihren Kopf um ein paar Zentimeter und ließ ihn kraftlos wieder fallen.

»Was … was ist passiert?«, flüsterte sie.

»Ganz ruhig, Lisa«, murmelte Alan. »Finn hat dir eine Spritze gegeben. Wir warten, bis sie wirkt.«

Sie war verwirrt, schmeckte den metallischen Geschmack von Blut in ihrem Mund. Hatte der Bär sie angegriffen? Allmählich sortierten sich die Erlebnisse in ihrem Kopf, erinnerte sie sich an die Empfindung von vorhin, ihr Gehirn zu verlieren. Ungeheure Angst ergriff sie, die sich in jeder Zelle festzusetzen schien. Schon wieder! Schon wieder war das passiert! Stumm lag sie auf der Wiese, erschlagen von den Ereignissen dieses turbulenten Morgens und voll von Gedanken, die ihr Körper ihr aufzwang. Neue Gedanken. Unschöne Gedanken. Gedanken an den Tod. Gedanken übers Sterben. Und diese Art von Sterben war ihr schwer unsympathisch. Tränen liefen ihr die Wangen hinunter und krampfhaft versuchte sie, Ordnung in ihren Kopf zu bringen.

»Entspann dich, Lisa«, hörte sie diese Stimme, die sie bislang nur vom Tape gekannt hatte und die live auf sie eine noch stärkere Wirkung ausübte. Sie schenkte ihr Trost, sie konnte sich in sie hineinfallen lassen, sie hatte Wirkung. Sie wurde tatsächlich ruhiger.

Die zwei Männer sprachen leise miteinander, dann fühlte sie, wie sie hochgehoben und auf den noch vom Schlafen zurückgedrehten Sitz des Leihwagens gelegt wurde. Finn schnallte sie an, deckte sie zu und setzte sich auf den Fahrersitz.

Lisa wusste, was das bedeutete. Alan würde sie in die Stadt bringen, ins Krankenhaus, dahin, wo sie nicht sein wollte. Ihre Augen waren nass, das Wasser lief seitlich an ihren Schläfen hinunter. Sie wollte nicht von dieser Stimme gehen, nicht von diesem festen Arm, der sie so gehalten hatte, wie nie jemand zuvor. Aber sie war zu schwach, um zu protestieren. Sie hatte gar kein Recht dazu. Unglaubliche Trauer und Resignation breitete sich in ihr aus und ihre Kehle war wieder mal dicht vor Schmerz.

Ich bin gesund, ich bin gesund, ich bin gesund, rezitierte ihr Kopf mutlos. Ich bin gesund, ich bin gesund …

Aber sie war nicht gesund. All diese Dinge schienen nur bei anderen zu wirken, nicht bei ihr.

Das Auto wackelte und schaukelte, fiel von einem Schlagloch ins nächste, fuhr die gleichen Kurven wie gestern.

»Wir haben verloren, Finn«, flüsterte sie traurig, als sie an der Lichtveränderung spürte, dass es aus dem Wald herausging. »Wir haben ihn gefunden und verloren.«

»Nein, Lisa«, widersprach Finn warm und warf ihr einen hoffnungsvollen Blick zu. »Wir sind gerade auf Alans Anwesen angekommen und fahren jetzt zu seinem Haus. In ein paar Minuten sind wir in ›Forever Now‹«.

Lisa hielt kurz die Luft an, dann atmete sie aus. Instinktiv griff sie nach Finns Hand.

»Forever Now«, wisperte sie. »Ach, Finn!«

Wieder liefen ihr die Tränen hinunter und sie drückte einen Kuss auf seine Hand. Nie war in ihr so viel Gefühlsaufruhr gewesen wie in diesen Sekunden.

✳✳✳

Petes Spritze wirkte das gleiche Wunder wie beim ersten Mal. Sie erholte sich schnell. Ein wenig später konnte sich Lisa nicht mehr vorstellen, welche Gewalt sie da so niedergestreckt hatte, aber dieser zweite Überfall innerhalb kurzer Zeit war ihr eine absolute Warnung.

Doch vorerst war sie überwältigt vom glücklichen Verlauf der Dinge. Sie befanden sich auf Alans Lodge! Und nicht nur das! Alan hatte sie gerettet, er hatte sie gehalten. Er hatte bereits in den ersten Sekunden ihres Zusammentreffens all ihre Erwartungen übertroffen.

Sie drehte den Sitz hoch und spähte aus dem Fenster. Finn hielt an und half ihr beim Aussteigen. Ein großes, einstöckiges, massives Blockhaus erhob sich vor ihnen, mit Veranden rund um das ganze Gebäude und mit etwas, was an sich untypisch für ein Wohnhaus in Kanada war: Einem gepflegt angelegten Garten mit vielen Blumen, der bis hinunter zum See führte. Der See selbst erstreckte sich bis zum Horizont und war von dichtem Wald umkränzt. Und in ihn hinein ragte ein langer, von Schilf umgebener Steg, der mit einer großen Plattform endete, auf der Loungemöbel mit dicken Polstern sowie ein Tisch mit Stühlen standen. Zwei kleine Boote mit bunten Rudern schaukelten gut vertäut im beruhigend plätschernden Wasser.

Alan ließ Lisa auf der Veranda in einem Schaukelstuhl Platz nehmen und rief nach jemandem. Seiner Lebenspartnerin?

Auf sein Rufen hin erschien eine dickliche, dunkelhäutige Frau mit Kopftuch, der er mit leiser Stimme etwas auftrug. Sie nickte, warf einen neugierigen Blick auf Lisa, dann verschwanden die beiden im Haus.

Lisa fühlte sich endlich wieder klar. Ihr Blick ging zu Finn, der am Geländer stand und dem der Aufruhr noch deutlich anzusehen war.

»Du musst ins Krankenhaus, Lisa«, sagte er eindringlich. »Das geht so nicht weiter! Es ist viel zu gefährlich! Am Ende kommst du nicht mehr zurück nach Deutschland!«

»Was soll ich auch da?«, gab sie zurück. »Im Moment gibt es dort niemanden, der mir helfen könnte.«

»Das weißt du doch gar nicht! Du musst dich medizinisch betreuen lassen! Spezialisten aufsuchen! Eine Chemo in Betracht ziehen! Vielleicht ist ja auch eine Operation möglich. Und bei Gott, du musst deine Eltern informieren«, hielt er ihr entgegen. »Du musst dich neu untersuchen lassen. Es ist das zweite Mal, dass du die Kontrolle verloren hast!«

Lisa senkte die Lider. Statt einer Antwort warf sie die Decke von den Beinen und suchte mit den Augen ihren Rucksack.

»Was brauchst du?«, fragte er.

»Mein Handy. Wir müssen Richard und Michael Bescheid geben, sonst beauftragen die einen Suchtrupp.«

»Die wissen schon Bescheid«, gab Finn zurück.

»Auch über den Anfall?«

»Nein, ich wollte sie nicht aufregen.«

»Danke, Finn«, sagte Lisa leise. »Auch dafür, dass du dich um alles gekümmert hast. Bin so froh, dass dir nichts passiert ist. Und dass du da bist.«

»Schon gut«, knurrte er.

Die Sorge stand ihm ins Gesicht geschrieben. Und nicht nur das. Lisa erkannte jäh, dass er mit diesen Erlebnissen kaum fertig wurde und ihn all das unglaublich mitnahm. Das wollte sie nicht.

Sie machte einen Schritt auf ihn zu. »Finn, ich … bitte versteh mich nicht falsch, aber ich will dich nicht belasten. Ich will nicht, dass du deine Zeit meinetwegen vergeudest und …«

»Lisa, halt den Mund, wenn du nichts Besseres zu sagen weißt!«

Betroffen schwieg sie. Ihre Gedanken flimmerten in ihrem Kopf wie der Glitter in einer Schneekugel.

»Du hast recht, Finn«, sagte sie schließlich und atmete tief ein. »Ich muss definitiv meine Lage überdenken. Aber mir geht es wirklich wieder besser … und ich … wir haben uns doch vorgenommen, über all das zu reden. Vielleicht geht das heute Abend? Es wäre auf jeden Fall eines der Dinge, die ich gerne aus der Welt schaffen würde, bevor …«

… bevor ich aus der Welt geschafft werde. Ihr unausgesprochener Nachsatz hing fett in der Luft und Finn sah sie aus geröteten Augen an.

»Das kommt darauf an, was Alan vorhat«, entgegnete er. »Er hat uns nur hierhergebracht, weil das näher war als die Stadt. Er telefoniert gerade mit Pete. Und danach sehen wir weiter.«

»Oh, nein«, hauchte sie entsetzt.

Also waren sie vermutlich nur ein oder zwei Stunden hier, bevor sie wieder losmussten! Die Vorstellung, am Ende des Tages wieder in Vernon zu stranden, verursachte ihr Panik. Sie wollte hierbleiben!

In diesem Moment kam die dickliche Frau mit einer Tasse heißer Flüssigkeit auf einem Tablett zurück, das sie auf einem Tischchen neben dem Schaukelstuhl abstellte.

»Hey there«, sagte sie. »Ich bin Rose, Alans Mädchen für fast alles. Das hier ist eine spezielle Kräutermischung. Alan baut das Zeug selbst an, alles voll bio. Er sagt, du sollst das so heiß wie möglich trinken.«

»Nice to meet you, Rose«, grüßte Lisa zurück. »Das ist sehr lieb von dir, vielen Dank. Ich bin Lisa. Und das da drüben ist Finn.«

»Hi Finn, möchtest du einen Kaffee?«

Finn gab ihr die Hand.

»Hey, Rose, sehr gern, wenn es dir nicht zu viel Mühe macht?«

»Wow, was für ein höfliches Exemplar! Nein, natürlich macht das keine Mühe! Ich mache dir auch gern einen Cappuccino oder Latte.«

Sie zählte noch so einige Dinge auf, die sie ihm gerne gemacht hätte, und erwähnte beiläufig, eine sehr hübsche, unverheiratete Tochter zu haben, die ihr so ab und zu hier im Haushalt half. Sie redete ziemlich viel und Lisa und Finn grinsten sich an, als sie wieder im Haus verschwand.

»Geht doch nix über kuppelnde Mütter«, gluckste Finn und Lisa war froh, dass er wieder lachte.

Ihr Handy bimmelte, es waren Richard und Michael, was hieß, Richard rief sie an, aber wie immer saßen die beiden zusammen vor dem Lautsprecher.

»Lisa!«, rief Richard. »Dieser Kerl macht mich wahnsinnig! Du ahnst nicht, was der den ganzen Tag über von sich gibt! Nun labert er mich mit indischen Philosophen zu, weil ihm nichts anderes mehr einfällt!«

»Dieser Mann hat keinen Sinn für Lyrik«, schimpfte Michael dazwischen. »Glaub dem kein Wort, Lisa! Wenn einer jemanden wahnsinnig macht, dann er mich! Wo seid ihr gerade? Und vor allem, wie geht es dir?«

»Ähm … es geht mir gut und … stellt euch vor: Wir sind gerade auf der Ranch von Alan Reeds aufgeschlagen!«

»Benkert! Hast du das gehört! Reeds! Sie haben Reeds gefunden! Was für eine Freude! Ich muss ihn unbedingt sprechen! Kannst du ihn mir mal geben? Ich habe ein paar so wichtige Fragen an ihn, das kann keine weitere Sek...«

»Richard, mal langsam. Wir sind gerade angekommen und wissen gar nicht, ob wir bleiben dürfen. Wir halten euch auf dem Laufenden, okay?«

»Was war das? Wen wollt ihr auf dem Laufenden halten?«, meldete sich Alan auf Deutsch, der in diesem Moment die Terrasse betrat.

»Sie ... Sie können Deutsch?«

»Ja, hab's mal gelernt. Ist lang her. Kann's aber nicht mehr wirklich.«

»Waren Sie mal in Deutschland?«

»Nein, nie.« Forschend sah er sie an und wechselte wieder auf seine Sprache. »Wie geht es dir?«

»Sehr viel besser«, antwortete sie. »Danke, Alan, danke für deine Hilfe.«

»Okay, Lisa, dann lass uns mal Tacheles reden.« Er zögerte ein wenig und fragte an Finn gewandt: »Seid ihr zusammen?«

»Nein«, antworteten Finn und Lisa wie aus einem Mund und Finn setzte hinzu:

»Ich bin nur dabei, weil ich gehört habe, dass sie vorhat, dich zu suchen, und wollte sie vor weiteren Torheiten schützen. Du siehst, es ist mir nicht gelungen.«

Alan lachte leise und als Lisa dieses Lachen hörte, wurde ihr unendlich warm ums Herz. Ihr wurde zum ersten Mal richtig bewusst, dass die Stimme, die sie so oft aus miesen Stimmungen herausgeholt hatte, nun in persona vor ihr stand. Dass sie tatsächlich vor Alan Reeds saß. Einem Mann, der noch charismatischer war, als sie sich das vorgestellt hatte. Alles an ihm war Stille. Wenn er sprach, wenn er lachte, wenn er schwieg, wenn er sich bewegte. Er schien alles aus dieser wohltuenden und doch prickelnden Ruhe heraus zu tun und machte sie damit so präsent, dass Lisa sie fast greifbar fühlen konnte. Es war fast unmöglich, in seiner Gegenwart in Aufruhr zu sein.

Unauffällig begutachtete sie ihn ein zweites Mal. Er sah so viel jünger aus als er war! Den Mittfünfziger sah man ihm nicht an, er hatte kaum Falten, und sein Körper strotzte nur so vor Kraft und Lebendigkeit. Er wirkte wie maximal Anfang vierzig! Ihr Blick fiel auf seine überaus kräftigen Unterarme und erneut erinnerte sie sich mit einem wohligen Gefühl daran, wie er sie gehalten und wie geborgen sie sich bei ihm gefühlt hatte. Wie abgrundtief behütet und beschützt – inmitten der Gefahr. Ihr wurde ganz anders zumute, und jetzt, da die Spritze ihre volle Wirkung entfaltete und jeder Schmerz weit weg war, teilten sich ihre Lippen und sie lächelte ihn glücklich an.

Alans Augen verdüsterten sich ein wenig und seine Stirn runzelte sich, aber sie bekam es nicht mit, denn er drehte sich zu Finn um.

»Okay, Finn, ich möchte mit Lisa unter vier Augen sprechen.«

Finn zögerte, instinktiv erwartete er, dass Lisa ihn bat, zu bleiben, aber sie hatte nur Augen für Alan. Er schluckte hörbar und sagte:

»Klar doch.«

»Geh an den See!«, rief ihm Alan nach. »Rose bringt dir ein paar gute Sachen dorthin!«

Finn lief die Stufen hinunter, Alan schnappte sich einen Stuhl und stellte ihn schräg neben Lisa, sodass er ihr nah war und ihr in die Augen sehen konnte. Lisa senkte ihre Lider, weil allein der Blickkontakt so intensiv war. Sie spürte diesen Mann bis in die letzte Zelle ihres Körpers.

Dann schaute auch sie ihn voll an – und wieder zuckte er ein wenig zurück, ganz leicht nur, kaum merklich.

»Ich bin dir so dankbar«, sagte sie voller Inbrunst. »Für so vieles, für alles. Du kannst dir nicht vorstellen, wie dankbar ich bin und …«

»Aber wofür denn?«, fragte er verständnislos.

»Du hast mich gerettet!«, rief sie. »Nicht nur vor dem Bären! Du hast mich vorher schon gerettet! Ich bin so dankbar, dass es dich gibt! So oft habe ich davon geträumt, den Besitzer der Stimme zu sehen, die mich so oft getröstet hat!«

»Du hast also meine alten Vorträge angehört.«

Sie nickte und wollte von den Tapes erzählen, aber er fragte:

»Was davon hat dich berührt?«

»Vieles. Alles. Aber der erste Satz, den ich gehört habe, war, dass das Leben Musik ist«, antwortete sie versonnen. »So habe ich das Leben nie gesehen. Für mich war es bisher meist nur ein Missklang.«

»Ein Missklang«, wiederholte er überrascht.

»Ja, aber als du das sagtest … dass das Leben ein Tanz ist und ein Spiel, da … ich weiß nicht … aber die Dinge wurden leichter. Obwohl …«

Sie dachte an das finale Desaster und verstummte. Alan musterte sie intensiv.

»Okay, Lisa. Ich möchte von dir wissen: Warum bist du hier?«

»Weil ich Fragen habe. Und ich ahne, dass du die Antworten kennst … und mir das so erklären kannst, dass ich sie verstehe.«

»Und was genau möchtest du verstehen?«

»Wie man lebt«, erwiderte sie so leise, dass Alan sie kaum verstand.

Wie man lebt. Wozu wollte sie das eigentlich jetzt noch wissen? In ihr fiel etwas zusammen. Alan riss sie aus ihren Gedanken.

»Ich habe mit Pete telefoniert. Er sagt, ihr wart auch bei ihm. Woher hast du seinen Namen?«

Sie erzählte ihm, wie sie durch einen früheren Seminarteilnehmer an Dr. Michigans Adresse gelangt war und Alan nickte.

»Okay, das klingt nachvollziehbar. Und du willst also wissen, wie man lebt … Willst du denn leben, Lisa?«

Ernst ruhten seine Augen auf ihr. Sie spürte seine klare, bewusste Aufmerksamkeit so stark, dass sie sich am liebsten in seine Arme geworfen hätte.

»Ja, das würde ich gern«, antwortete sie. »Zumindest in der Zeit, die ich noch habe.«

»Seit wann weißt du, dass du Krebs hast?«

»Seit ein paar Wochen.«

»Und … was genau erhoffst du dir von mir?«

»Gar nichts. Ich meine, klar, ich möchte ein paar Fragen beantwortet haben, aber …«

Sie biss sich auf die Lippen und fühlte sich ein wenig unbehaglich, weil sie glaubte, er meine, ihr wahrer Grund sei kommerzieller Art. Aber die tatsächliche Intention für diese wirklich abenteuerliche Reise hörte sich schlicht unsinnig an, so unsinnig, dass sie sie kaum zu äußern wagte. Sie versuchte es dennoch.

»Weißt du, als ich deine Stimme hörte, war ich einfach total fasziniert«, erklärte sie zaghaft. »Ich kann es dir nicht anders erklären. Ich habe sogar davon geträumt. Und da habe ich noch gar nicht gewusst, dass ich krank bin. Ich weiß nur, dass ich mich schrecklich danach gesehnt habe, dich kennenzulernen. Und dann bin ich arbeitslos geworden. Danach habe ich erfahren, dass ich krank bin, und da ich ohnehin nichts mehr zu verlieren habe, bin ich einfach meiner Sehnsucht gefolgt.«

Alan lehnte sich verblüfft und nachdenklich in seinem Stuhl zurück. Auch Lisa verlor sich in ihren Gedanken. Ja, Alan konnte ihr ein paar Fragen beantworten, aber im Grunde musste sie das tun, was Finn gesagt hatte: sich in ein Krankenhaus begeben, ihre Familie informieren, Maßnahmen treffen, sich auf ihren Tod vorbereiten. Gerade in den letzten Stunden war ihr klar geworden, dass sie auf keinen Fall dieses Siechtum miterleben wollte, das ihr wohl bevorstand. Wenn, dann wollte sie einen schnellen Tod.

Dieser Gedanke ließ einen Vorhang fallen. Ihre Augen wurden düster. Sie musste der Wahrheit ins Gesicht sehen: Sie hatte ihr Ziel erreicht. Sie hatte Reeds getroffen. Sie hatte keine Mission mehr. Game over.

»Lisa«, sagte Alan, noch immer irritiert. »Pete hat mir gesagt, du wolltest, dass wir wieder Seminare geben.«

»Na ja, das habe ich ihm gesagt, weil ich dich treffen wollte. Schau, Alan, die Ärzte haben mir zwei Jahre gegeben. Maximal. Wenn ich eine Chemo mache. Das will ich aber nicht. Also vermute ich, dass es mit mir schneller zu Ende geht. Ich hätte doch nichts davon, wenn du Seminare gibst.«

»Du hättest nichts davon …?« Verdattert starrte er sie an. »Okay, mir scheint, du weißt nicht, welche Art Seminare wir abgehalten haben?«

»Doch. Über Ernährung und Gesundheit – das war Petes Bereich, hat er uns gesagt. Und du hattest den geistigen Part.«

Alan stand abrupt auf. Lief zum Geländer der Terrasse, drehte sich um, lehnte sich dagegen und sah sie noch immer ungläubig an.

»Ja, aber was willst du dann hier? Ich kapier's immer noch nicht!«

»Einfach mit dir reden. Solange du es mir erlaubst. Ich habe mich einfach nach dir gesehnt. Ich weiß, dass sich das blöd anhört. Aber vielleicht kann ich ein paar Dinge verstehen … warum mir das alles passiert ist … und vielleicht kann ich damit ruhiger sterben.«

Scheu lächelte sie ihn an und seine Augen verdunkelten sich erneut. Diesmal merkte sie es. Hatte sie was falsch gemacht? Da schien er schon den Grund für seine verdüsterte Miene zu offenbaren:

»Und … was waren das für Typen, mit denen du vorhin telefoniert hast? Die du auf dem Laufenden halten willst?«

»Oh!«, sagte sie und ihr Gesicht hellte sich auf. »Das waren Richard und Michael! Meine besten Freunde neben Finn! Komm her! Ich zeige sie dir!«

Es passte perfekt. Richard hatte es sich natürlich nicht nehmen lassen, ein kleines Video von sich zu drehen, das er an Lisa geschickt hatte mit der Bitte, es Alan vorzuspielen. Aber bevor sie das tat, rief sie das »Marmor, Stein und Eisen bricht-Ständchen« aus dem Stanley Park auf, erklärte Alan, der vor Lachen laut losprustete, dass das ihre Nachbarn seien, die sie ebenfalls nicht hatten allein fliegen lassen wollen, und spielte anschließend das neueste Video von Richard ab. Es war Comedy pur.

Richard stand im Anzug, schiefer Fliege und einem zerknitterten Blatt Papier in der Hand vor der Kameralinse, die er wohl irgendwo auf einen Schrank gestellt hatte. Michael jedenfalls filmte ihn nicht, denn der humpelte verdrossen hinten im Bild auf und ab. Da der Schrank etwas höher war, sah Richard mit seinem wässrigen Blick ständig nach oben.

»Highly esteemed and much valued Mr. Reeds«, begann er – und schon gackerte Michael dazwischen.

»Rosenberg! Das sagt man doch nicht so! Warum sagst du nicht gleich ›Your royal Highness‹! Oder ›Your Holiness‹! Man sagt einfach ›Dear‹! Dear Mr. Reeds! Der Mann denkt doch, du hast komplett einen an der Waffel, wenn er dich hört!«

»Halten Sie doch mal den Rand, Benkert! Das ist eine Aufnahme!«

Verärgert wandte er sich wieder der Kamera zu.

»Verzeihen Sie, Mr. Reeds. I apologize for my terrible colleague who is not really my colleague, but ...«

Er brach ab, weil sein Englisch nicht gut genug war, die passenden Worte zu finden. Ein paarmal öffnete er den Mund wie ein Karpfen, der nach Luft schnappt, und entschloss sich, einfach im Text weiter zu machen. Zum Auftakt schlug er die Hacken so fest zusammen, dass ihm der Zettel aus der Hand fiel.

Michael hinter ihm stöhnte laut auf und warf verzweifelt die Arme in die Luft.

»Dear Mr. Alan Reeds«, kämpfte sich Richard mit rotem Kopf weiter vor. »I am a great admirer of your words and by the way, I am fifty years old.«

»Rosenberg, du redest Schwachsinn! Wen interessiert das, wie alt du bist!«

»Jetzt halten Sie doch endlich mal Ihre Klappe, Benkert! Sie bringen mich schon wieder raus!«

»Lass das mit dem Video und warte, bis Lisa antwortet, Richard!«

»Rosenberg, Benkert! Für Sie immer noch Rosenberg!«, geiferte Richard.

»Oh mein Gott!«

Vehement trat Michael vor die Kamera und sagte im gepflegtesten Englisch:

»Lieber Herr Reeds, sollten Sie das jemals zu Gesicht bekommen, dann bitte ich Sie, meinem etwas minderbemittelten Freund zu verzeihen. Trotz seiner fünfzig Jahre und extremer Bemühungen meinerseits ist er immer noch nicht in der Lage, das richtige Wort zum richtigen Zeitpunkt zu finden – auch nicht auf Deutsch.«

»Das schicken Sie jetzt aber nicht ab«, gellte Rosenberg verärgert.

»Oh, doch. Sie haben nämlich mein Handy benutzt, Mr. Fünfzigjahre. Und was auf meinem Handy ist, gehört mir!«

Die beiden fingen an, sich zu streiten, und Lisa schaltete schließlich ab.

Alan warf sich vor Lachen fast weg und besah sich noch einmal die »Marmor, Stein und Eisen bricht-Szene«.

»Die zwei sind göttlich!«, rief er. »Die gehören auf die Bühne!«

»Das stimmt allerdings«, grinste Lisa. »Und Richard geht es wie mir. Er will dich so gern kennenlernen. Eigentlich ist er 83, aber das hört er nicht gern, wie du mitbekommen hast.«

Alan hörte nicht auf zu lachen. Er lachte dieses verdammt schöne Lachen und seine Augen blickten voller Wärme. Lisa fühlte sich wie in eine Decke gehüllt.

Rose kam und fragte, ob sie etwas bräuchten. Auch Finn war wieder bei ihnen eingetroffen. Er war total begeistert von der Lage der Lodge und dem Ausblick am See.

Alan gluckste noch immer verhalten und verständnislos sah Finn Lisa an.

»Ich habe ihm Richard und Michael vorgestellt«, erklärte sie und wedelte mit dem Handy.

»Oh, okay, alles klar«, grinste Finn.

»Brauchen Sie jetzt noch was?«, brachte sich Rose in Erinnerung.

»Ja, Rose«, sagte Alan vergnügt. »Es kommt Arbeit auf dich zu. Richte bitte vier Gästezimmer her und kaufe entsprechend ein. Wir haben für ein paar Wochen Gäste hier. Den Einkaufszettel besprechen wir nachher.«

Finn und Lisa entfuhr ein überraschter Laut.

»Und du«, sagte Alan an Lisa gewandt, »rufst deine Nachbarn an und sagst, sie sind herzlich willkommen.«

»Ach, Rose, warte«, bremste er sie, als sie gerade gehen wollte, während Finn und Lisa der Mund offenstand. »Wir brauchen fünf Gästezimmer – Pete wird auch da sein.«

»Na, super«, grinste Rose. »Endlich ist mal was los hier in der Bude!«

»Alan!«, rief Lisa fassungslos. »Ist das dein Ernst? Wir ... wir dürfen bleiben?«

»Ja, sehr gern. Ihr seid alle herzlich zu einem Seminar von mir eingeladen. Ich habe mich soeben dazu entschlossen, eines zu geben. Nur ihr und ich. Wie lange habt ihr Zeit?«

»So viel, wie sie mir mein Körper lässt«, sagte Lisa mit glänzenden Augen. Alans Blick ging zu Finn.

»Und du?«

»Genügend für ein Seminar. Wie lange wird es dauern?«

»Weiß ich noch nicht. Ich werde das mit Pete besprechen und gebe euch in zwei Tagen Bescheid. Aber du kannst jederzeit aussteigen.«

Lisa jubilierte laut und umarmte Finn vor Freude.

»Finn!«, rief sie glücklich. »Wir dürfen bleiben! Ist das nicht fantastisch? Oh, danke, Alan! Tausend Dank! Danke, danke, danke!«

Sie packte Finn an beiden Händen und riss sie vor Freude rauf und runter: »Alan macht mit uns ein Seminar! Er macht mit uns ein Seminar! Wir dürfen bleiben!«

»Ja, Lisa, das ist toll«, antwortete Finn und nur Alan fiel auf, dass sein Lächeln wehmütig war. »Das ist toll! Möge es Gutes bewirken!«

»Ja, möge es Gutes bewirken!«, jubelte Lisa im Überschwang ihrer Gefühle.

»Das Leben ist immer gut«, sagte Alan. »Immer. Man muss nur wissen, wie man tanzt.«

Lisa lachte. Sie war außer sich vor Freude und drehte selbstvergessen mit ausgebreiteten Armen eine Pirouette. Beide Männer beobachteten sie.

Beide mit gemischten Gefühlen und jeder machte sich seine eigenen Gedanken.

✳✳✳

Alan schickte Finn und Lisa zu Rose, die ihnen das Haus zeigen sollte, er selbst stürzte sich ad hoc in die Organisation seines Seminars.

Lisa telefonierte mit Richard und Michael und die beiden waren mindestens ebenso aus dem Häuschen wie sie. Michael freute sich auf seine ruhige, elegante Art, während Richard dauernd seine Faust in die Luft reckte und »YESS!« rief.

»Seine neueste Marotte«, erklärte Michael mit nach oben gerollten Augen. »Das geht jetzt nun schon seit einer Weile so. Er hat es im Fernsehen gesehen und äfft es dauernd nach.«

»Benkert, Sie sind halt einfach nicht mehr up to date! Die Jungen machen das so! Aber gut, Sie sind ja auch schon über achtzig. Was soll man da erwarten?«

Bevor die beiden sich wieder in endlosen Kabbeleien verloren, gab ihnen Lisa die Daten des Fluges durch, den sie für sie gebucht hatte. Sie würden, wie sie, nach Kelowna fliegen und Alan wollte jemanden schicken, der sie zur Lodge brachte.

»Was kostet das Seminar?«, erkundigte sich Michael.

»Oh«, machte Lisa. »Keine Ahnung. Ich habe nicht gefragt. Mache ich aber gleich.«

»Was?«, protestierte der ewig geizige Rosenberg. »Das kostet was? Ich dachte …«

»Wenn Sie denken, kommt nie was Rechtes dabei raus«, entgegnete Michael säuerlich. »Ehrlich, Lisa, was bin ich froh, wieder in menschliche Gesellschaft zu kommen. Das hält ja keiner aus hier mit diesem … diesem …«

»Diesem … was? Wollten Sie sagen … mit diesem agilen Fünfzigjährigen?«, grinste Rosenberg. »Mein Mädchen, wie lange dauert das Seminar eigentlich?«

»Auch das weiß ich nicht«, erklärte sie. »Vielleicht eine Woche. Oder fünf Tage.«

Als sie auflegte, sah sie Finn an.

»Oh Mann«, sagte sie. »Wir haben alle gar keine Ahnung, was auf uns zukommt!«

»Und wie ist das Gefühl für dich?«

»Irgendwie geil!«

Finn lächelte. »Wow, da hast du ja einen Schritt getan! Ein Sprung ins Unbekannte!«

Glücklich lächelte sie ihn an. »Ja, Finn, das stimmt.« Unvermittelt stand sie auf, umarmte ihn und drückte ihr Gesicht gegen seine Brust.

»Du bist so lieb, Finn«, murmelte sie. »Ich wüsste nicht, was ich ohne dich gemacht hätte. Ich fühle mich, als ob ich fliegen könnte, und das mit dem Krebs ist gerade so weit weg! Aber ich weiß, dass es schnell gehen kann, und bevor ich gehe, möchte ich dir sagen, dass ich dich sehr, sehr lieb habe.«

Gerührt schlang er seine Arme um sie und verständnisinnig schmiegten sie sich aneinander.

»Erzähl mir, wie das war«, bat sie. »Es soll endlich vom Tisch.«

»Nein, Lisa. Nicht heute. Es war genug los. Ich halte das für keinen guten Zeitpunkt.«

Er drückte einen Kuss auf ihren Scheitel, ließ sie los und ging zum Wagen, um ihre Sachen rauszuholen.

∗∗∗

Rose zeigte ihnen den Rest des Hauses, was hieß, die Zimmer, die ihnen außer ihren Guest Units zur Verfügung standen. Das Haus war größer, als es im ersten Moment den Anschein gehabt hatte. Von vorne nicht sichtbar verfügte es über einen kompletten Gästetrakt mit einfachen, aber sehr gemütlichen Zimmern, von denen jedes ein eigenes kleines Bad hatte.

»Das ist ja wie im Hotel hier«, staunten Finn und Lisa.

»Das war auch früher mal ein Hotel«, erklärte ihnen Rose. »Alan hat es gekauft, weil er gerne Freunde um sich hat, aber das Herrenhaus nutzt er nur für sich.«

Den großen Empfangsraum gab es immer noch als solchen, ausgestattet mit zwei Kaminen für die kalten Monate. Der frühere Speisesaal war zu einem Wohnzimmer mit mehreren Sitzgruppen und Panoramafenstern zum See umfunktioniert worden und auch die Küche hatte Hotelgröße, war aber vom Design her an ein Wohnhaus angepasst. Es gab eine Bibliothek, zwei Kaminzimmer, eine Bar, einen Billardraum … alles Räume, die auch Gäste jederzeit nutzen durften, wie Rose jedes Mal versicherte. Im riesigen Kanada, wo der nächste Nachbar oft mehr als eine Stunde entfernt wohnte, zählte die alte Gastfreundschaft und es war normal, jemanden für mehr als nur eine Nacht aufzunehmen.

»Okay, was die Verpflegung angeht: Hier ist Selbstbedienung«, erklärte Rose, als sie wieder in der Küche gelandet waren. »Holt euch, was ihr braucht. Was ihr benutzt, macht bitte wieder sauber und stellt es zurück. Hier sind Säfte, Wasser, Kaffee, Tee … der Kühlschrank ist dort drüben. Ich bereite jeden Tag ein paar Snacks vor, jeder kann sich nehmen, was da ist. Ansonsten macht euch selbst was, wenn ihr Hunger habt. Wenn das Seminar beginnt, herrschen noch mal andere Regeln, aber darüber klärt euch Alan auf.«

Als der ihnen über den Weg lief, hielt Lisa ihn auf.

»Alan, was kostet das Seminar?«, fragte sie.

»Was soll die Frage?!«, sagte er. »Ich mache das für euch. Das ist schon okay.«

»Du willst uns vier verköstigen, unterbringen und uns auch noch … nein, das geht nicht, Alan. Wir können alle zahlen.«

Alan lächelte sie an und legte seine Hand auf ihre Schulter.

»Ihr seid herzlich eingeladen. Und ich hoffe, ihr nehmt das an.«

Sprachlos starrte sie ihn an. »Das ist mehr als großzügig«, entgegnete sie. »Wir könnten doch wenigstens die Lebensmittel kaufen.«

»Lisa, lass gut sein.«

Sie lächelte verblüfft. »Und wie lange dauert das Seminar?«

»Solange es dauert.«

»Bitte?«

»Bis wir wissen, was Sache ist.«

Verständnislos schaute sie ihn an.

Alan nahm ihre Hand und fragte:

»Hast du schon ausgepackt? Nein? Dann tu das. Danach treffen wir uns am See. Du erzählst mir mal was aus deinem Leben«. Er grinste sie an. »Am besten alles.«

♫ Not Going Anywhere ♫

Keren Ann

Lisa schwebte wie auf Wolken. Sie musste Pete unbedingt fragen, ob in dem Cocktail etwas Stimmungsaufhellendes war, so gut fühlte sie sich. Und mehr noch: Dieser Ort, das Haus, die ganze Umgebung fühlte sich an, wie etwas, wohin sie zurückgekehrt war. Alles war vertraut und kein bisschen fremd. Der See vor der Haustür, die vielen schönen, malerischen Sitzgelegenheiten im und um das Haus herum, der wunderbare Garten, ihr Zimmer ... selbst wenn sie in Alans Räume, in sein Wohnzimmer, in die Bibliothek ging, hatte sie nie das Gefühl, in seine Privatsphäre einzudringen. Sie fühlte sich hier schlicht zu Hause.

Ein heiterer Frieden lag über allem. Der Frieden, den sie gefühlt hatte, als Alan sie vor dem Bären gerettet und sie in seinem so festen, sicheren Griff gestanden war.

Tief atmete sie die reine Luft, blickte über den glatten, blauen See und fühlte sich gesättigt. Oh ja, sie fühlte sich angekommen! Schon nach diesen paar Stunden wollte sie nie mehr von hier weg.

Ein wenig später saß sie mit Alan auf den Loungemöbeln am See. Rose hatte ihnen Tee und Biskuits hingestellt und er hörte sich Lisas Geschichte an. Das Einzige, was sie ausklammerte, war der Sex mit Finn.

»Ja, und ein paar Tage später saß ich dann beim Arzt«, schloss sie ihre Erzählung. »Und damit ist für mich so ziemlich alles zusammengestürzt.«

»Und deine Eltern wissen nichts?«, fragte Alan erstaunt.

»Nein, sie sind auf einer Weltreise ... niemand hat was davon, wenn ich ihnen das verderbe. Aber in ein paar Wochen sind sie zurück, dann muss ich es ihnen wohl sagen.«

»Was machst du, wenn deine Metastasen vorangeschritten sind?«, fragte er. »Was sie mit großer Wahrscheinlichkeit auch getan haben, denn sonst hättest du nicht solche Aussetzer. Denkst du über eine Chemo nach?«

»Nein«, sagte sie leise. »Mein Arzt sagte mir, dass es bei multiplen Metastasen eher schwierig ist und ich bin froh, dass er ehrlich war. Ich ... nach diesem zweiten Anfall habe ich mich entschlossen, mir einen Termin in der Schweiz oder Belgien geben zu lassen.«

Alans Augenlider flatterten.

»Okay, vielleicht kriegen wir ja die Kurve«, erwiderte er.

»Wie meinst du das?«, fragte sie erstaunt.

»Du weißt wirklich nicht, welcher Art meine Seminare waren«, stellte er fest und schüttelte den Kopf. »Wenn ich das alles eben nicht selbst aus deinem Mund gehört hätte, hätte ich nicht geglaubt, dass du so unbedarft bist.«

»Unbedarft?«, fragte sie verwirrt.

»Ja«, lächelte er und nahm ihre Hände in die seinen. »Unbedarft. Auf eine Art unschuldig – was ich mag. Sehr mag. Und ich mag dein Lächeln.«

Als er ihr in die Augen sah, setzte etwas bei ihr aus. Dieser Mann war einfach welterschütternd. Er war alles, was sie sich je gewünscht hatte. Er strahlte diese Sicherheit aus, er war Ruhe pur, er war intensiv … Sie versuchte weiter zu ergründen, was genau sie bei ihm fühlte, und da kam es ihr: Sie hatte zu diesem Mann, obwohl sie ihn nicht wirklich kannte, abgrundtiefes Vertrauen. Bei ihm konnte sie sich fallen lassen, in seiner Nähe spürte sie nicht die geringste Angst.

Weich lagen ihre Hände in den seinen, ihre Lippen bebten, als sie ihn mit glänzenden Augen ansah. Alan schluckte leicht, seine Hände griffen die ihren fester und um seine Mundwinkel zuckte es. Eine kleine Pause entstand.

»Hör zu, Lisa«, meinte er schließlich. »Meine Seminare gingen darum, von Ärzten austherapierten Menschen eine Möglichkeit zu geben, sich selbst gesund zu machen. Das ist vielen Leuten gelungen. Ich möchte den Versuch unternehmen, dir das beizubringen. Du bist so jung, und es wäre schön, wenn du mindestens so alt wie deine netten Nachbarn werden könntest.«

Sprachlos starrte sie ihn an. Ihr Herz begann wild zu flattern.

»Mir beibringen, wie ich gesund werde?«, flüsterte sie.

»Ohne jede Garantie, Lisa. Es ist kein Heilungsversprechen. Das wirst du niemals von mir bekommen. Trotzdem, es könnte leichter sein, als du denkst.«

»Aber … aber der Arzt … und auch viele andere haben gesagt, das ist unheilbar!«

»Tja«, meinte Alan. »Da antworte ich mit Bernie Siegel, das ist ein Chirurg von der Yale University, der auch einen Satz gesagt hat, nämlich: ›Es gibt keine unheilbaren Krankheiten, sondern nur unheilbare Patienten.‹ Welchem Satz willst du glauben, Lisa?«

»Alan«, flüsterte sie und in ihr drehte sich alles. »Ich … ich weiß gar nicht, was ich dazu sagen soll … ich …«

Die Sehnsucht nach Leben brach in diesem Moment so heftig in ihr aus, dass ihr ganzer Körper davon überflutet wurde. Alan spürte es.

»Sag gar nichts, Lisa«, raunte er. »Lass dich einfach in den Prozess fallen. Je mehr du dich öffnest, umso bessere Chancen hast du.«

Sanft strichen seine Daumen über ihre Handrücken, eine Geste, die ihr Herz fast zum Zerspringen brachte. Seine Worte entfachten einen Sturm an unterschiedlichsten Emotionen in ihr und sein Blick, der sich warm in den ihren senkte, setzte alles in ihr unter Strom. Sie hatte in dieser Sekunde nur einen Gedanken im Kopf: Nie mehr wollte sie von diesem Mann weg. Und nie war sie sich einer Aussage so sicher gewesen wie dieser.

Hoffnung sprang in Lisas Herz und sie wagte kaum, diese sich setzen zu lassen.

Nach dem Gespräch am See lief sie wie betäubt herum, konnte nicht fassen, welche Wendung ihr Leben genommen und was Alan alles zu ihr gesagt hatte. Eine Möglichkeit, sich selbst gesund zu machen … es gibt keine unheilbare Krankheit, es gibt nur unheilbare Patienten … Ihr lief die Gänsehaut rauf und runter und sie war bis zum Äußersten entschlossen, alles zu tun, um ihren Anteil dazu beizutragen. Seit sie Alan getroffen hatte, gab es für sie wieder einen echten Grund zu leben und heiß wallte der Hunger nach der Welt, nach allem, was sie zu bieten hatte, in ihr hoch und überströmte sie. In Lisa herrschte so viel Gefühlsaufruhr, dass sie kaum damit fertig wurde.

Völlig aufgelöst versteckte sie sich schließlich hinter einem Busch und weinte.

***

Alan war ein Kraftwerk, ein ruhiges, stetes, verlässliches Kraftwerk. Um sechs Uhr morgens stand er schon in der Küche, plante alles Nötige für die kommenden Tage, telefonierte viel, aber nie wirkte er gestresst oder überarbeitet. Immer, wenn Lisa ihn beobachtete, dachte sie an das Zen-Zitat:»Wenn du sitzt, tue nichts anderes als sitzen. Wenn du gehst, tue nichts anderes als gehen. Vor allem flattere nicht umher.«

Alan verkörperte das in Perfektion. Er war bei allem bewusst und mit Freude dabei – ob die Dinge glatt liefen oder nicht.

Rose freute sich über den Tumult, der auf der Lodge herrschte, und begann, den lange nicht mehr benutzten Seminarraum herzurichten. Lisa und Finn halfen ihr dabei.

»Was hat Alan zu dir gesagt?«, wollte Finn wissen.

»Ach, Finn«, antwortete sie, noch immer im Bann dieser Hoffnung. »Er hat mir den Inhalt seiner Seminare erklärt und ich … ich …«

Ihre Stimme versagte ihr. Sie stellte den Stuhl, den sie in der Hand hatte ab und drehte sich zu Finn um.

»Er hat gesagt, es gebe eine Möglichkeit, mich selbst zu heilen«, flüsterte sie kaum wahrnehmbar.

Finn ging auf sie zu und umarmte sie.

»Du hast das nicht gewusst, oder?«, lächelte er. »Mann, Lisa, das war ein Grund, warum ich Reeds finden wollte!«

»Du wolltest das nicht für dich?«, fragte sie maßlos erstaunt.

»Nein … das heißt … doch. Auch. Es hängt alles miteinander zusammen. Ich wollte dir erklären, warum ich so gehandelt habe – das war das Eine. Ich hätte dich aber auf gar keinen Fall alleine in Kanadas Wälder fahren lassen. Und hinzu kam, dass mir während unseres Coachings klar wurde, dass es so einiges gibt, was du und ich auflösen sollten. Als ich dann von deiner Krankheit erfuhr, war ich umso entschlossener, Alan zu finden.«

»Aber … woher hast du die Flugdaten gekannt? Überhaupt meine Absicht, Alan zu suchen? Elena hat geschworen, dass sie es nicht verraten würde!«

»Hat sie auch nicht. Es war Michael.«

»Michael!«

»Ja, aber das bleibt unter uns. Er kam um vor Sorge, er wusste ja, wie es um dich steht. Er wusste auch, dass er die Aufgabe, dich in die Wälder zu begleiten, nicht würde stemmen können. Deshalb hat er mich angerufen und mich um Hilfe gebeten.«

»Michael hat dich …« Lisa lachte verblüfft. »Wann?«

»Noch bevor ihr die Visa beantragt habt. Er hat das O Canada für mich gebucht und mich auf dem Laufenden gehalten.«

Lisa war sprachlos. Dann fasste sie sich.

»Okay, Finn, wenn wir schon mal dabei sind, dann lass uns alles ein für alle Mal klären.«

Diesmal war Finn zu ihrer Freude bereit dazu.

»Ja«, stimmte er zu. »Tun wir das. Komm, wir gehen an den See.«

Schon während sie zum Steg liefen, stellte sie Fragen.

»Wie bist du jetzt zu dem Auftrag gekommen? Eigentlich hätte dein Vater das doch machen sollen.«

»Das stimmt. Du hast mir mal gesagt, dass du dich deinem Vater gegenüber verantwortlich fühlst, dass du ihm das zurückgeben möchtest, was er in dich investiert hat … dass du ihm helfen willst … und ich habe dir geantwortet, dass niemand die Verantwortung für einen anderen übernehmen kann. Erinnerst du dich?«

»Ja, sehr gut.«

»Als ich dir das sagte, gab es mir einen gewaltigen Stich – und ich wusste einmal mehr, dass es Schicksal war, dich getroffen zu haben. Weil … du meine eigene Verhaltensweise gespiegelt hast. Auch ich wollte meinem Vater helfen. Er hatte diesen Auftrag angenommen, aber gleichzeitig geflucht und gesagt, er wolle das nicht machen. Wir saßen beide in seinem Büro, als er mir davon berichtet hat, und er hat es mir wohl nur gesagt, weil er an dem Abend aus Frust ziemlich viel getrunken hatte. Ich habe mitgetrunken. Ich hatte an diesem Tag auch jede Menge Frust und die Anzahl der Stunden, die mein Vater zeitlebens mit mir verbracht hatte, war nicht hoch. Es war für mich ein schönes Gefühl, mit ihm zu trinken. Es war ein noch schöneres Gefühl, zu sehen, wie er sich mir öffnete. Er hat das nie vorher getan.«

Er schwieg ein Weilchen. In Lisa bewegten allein diese wenigen Worte eine ganze Welt.

»Also, mein Dad fing zu reden an«, erzählte Finn weiter. »Intime Dinge. Dass er früher Dummheiten gemacht habe, die er bereue, dass er so vieles bereue … und auf einmal hat er zugegeben, meine Mutter all die Jahre betrogen zu haben.«

Lisa entfuhr ein Laut, Finn sah sie nur kurz an, bevor er seinen Blick wieder auf den See richtete.

»Ja, er hat sie immer wieder betrogen, das war ein offenes Geheimnis. Er hat es mit der Treue überhaupt nicht eng gesehen, worunter meine Mutter natürlich litt. Sie hat schon während meiner Kindheit mit Depressionen darauf geantwortet, sich aber nie von ihm getrennt, weil sie finanzielle Sicherheit von ihm wollte. Als ich älter war, sagte sie mir, das sei eben der Preis, den sie dafür zahlt.«

Lisa zuckte gehörig zusammen. Tausend Gedanken gingen ihr durch den Kopf und ihr Blick war dunkel.

»Das Dumme war, dass dein Vater von meinem Dad kompromittierende Fotos hatte. Ziemlich kompromittierende. Und die setzte er als Druckmittel ein. Damals hat mein Vater für ihn ein kostenloses Consulting gemacht und gemeint, sich damit seine Ruhe erkauft zu haben. Es war auch jahrelang Ruhe. Aber dann kam dein Vater erneut auf ihn zu – diesmal mit dem Auftrag, dich zu feuern.«

Finn sah in Lisas Blick ein Meer an Empfindungen: Mitgefühl, Verständnis und Scham, weil sie seine persönliche Situation komplett ausgeklammert hatte.

»Oh Finn«, sagte sie bestürzt und nahm seine Hand. Aber er zog sie wieder aus der ihren heraus und umfasste mit den Armen seine Knie.

»Mein Vater hat mir gesagt, dass er sich ändern und mit meiner Mutter einen Neuanfang machen wolle, dass er mit dieser Schuld nicht mehr leben könne – du ahnst nicht, was das in mir bewegt hat. Ich … weißt du … meine Kindheit war nicht schlecht, aber auch nicht gut. Ich habe die Spannung zwischen meinen Eltern deutlich gespürt. Meine Mutter war unglücklich und mit sich selbst beschäftigt. Mein Dad war erfolgreich und auch mit sich selbst beschäftigt. Mit mir hat sich kaum jemand beschäftigt – und ich wollte doch so gern, dass alles gut ist, dass sich meine Eltern lieben, dass wir ein harmonisches Familienleben führen. Dieser Wunsch hat mich nie verlassen. Zum ersten Mal in seinem Leben hat mein Dad mich um Hilfe gebeten und ich hätte in diesem Moment wohl so ziemlich alles gemacht. Er gab mir dein Profil – ein desaströses Profil! Von jemandem, der sich stur an seinen Posten klammerte und aufgrund seiner Unfähigkeit eine ganze Firma in den Abgrund riss. Wir haben an diesem Abend fast eine Flasche Whiskey zusammen geleert und mit ein paar Geschäftspartnern, die am Ende des Gespräches hinzugekommen waren, die Wette abgeschlossen, dass es mir innerhalb von einer Woche gelänge, dich davon zu überzeugen, dass du woanders besser aufgehoben seist. Und mein Vater hat mir fest versprochen, seine Ehe in Ordnung zu bringen.«

Lisa blieb stumm. Ihr Arm legte sich um seinen Rücken, während sie auf dem Steg saßen und der Wind ihnen um die Nase blies.

»Ja, ich war arrogant und oberflächlich bei unserem ersten Gespräch«, fuhr Finn fort. »Ich dachte, das wird ein leichtes Ding. Bis ich dich gesehen habe. Ab da lief alles quer.«

»Aber … du bist drangeblieben«, sagte sie. »Und du hast mir empfohlen, zu gehen. Selbst nach der Nacht, die wir zusammen verbracht haben.«

»Ja, Lisa. Das habe ich. Dazu stehe ich auch. Denn als ich gesehen habe, wie du bist und in welchem Umfeld du arbeitest, da war mir klar, dass du wirklich woanders besser aufgehoben bist. Du … du warst wie eine Rose auf einem Misthaufen! Ich bin umgefallen, als ich das erste Mal in dein Büro kam! Dein Vater wollte gar nicht, dass ich komme, ich hätte mit Björn und Fred nie reden sollen. Aber ich wollte es wissen und war schockiert. Ich dachte mir: Was will sie hier? Das ist doch nicht ihr Niveau! Eigentlich hatte ich dir an diesem Tag sagen wollen, was Sache war – aber dein Vater hat auch mir gedroht. Er hat gedroht, unsere ganze Firma in Misskredit zu bringen. Ehrlich, Lisa, ich war dermaßen angewidert davon. Und ich war und bin fest überzeugt, dass du da nicht hingehörst! Deswegen wollte ich dich da raushaben. Es wurde eine echte und ehrlich gemeinte Mission von mir: Ich wollte dir Mut machen, zu deinen Träumen zu stehen.«

Lisa fielen die Schuppen von den Augen. Er war in einer ebensolchen Zwickmühle gewesen wie sie! Er hatte nicht anders handeln können! Mit großen Augen hörte sie weiter zu.

»Ich musste dir klarmachen, dass es das Beste ist, zu gehen, nicht, weil du unfähig bist, nicht weil dein Vater uns den Auftrag gegeben hat, sondern weil das eine Befreiung deiner selbst wäre. Der Sprung in die Unsicherheit.«

»Ach, Finn.« Sie drückte sich an ihn. »Das ist … Herrgott … das ist einfach …«

»Ja … eine Verkettung vieler, blöder Umstände«, sagte er düster. »Und, mein Gott, diese Nacht mit dir. Du warst meine Klientin. Ich hätte das nicht tun dürfen. Und doch bereue ich keine Sekunde. Es war die schönste Nacht meines Lebens.«

Lisa wusste nicht, was sie denken sollte. Ihre Gedanken gingen automatisch zu Alan. Alan, den sie abgrundtief liebte, das konnte sie nicht leugnen … aber hier saß Finn, in einer Offenheit, die ihr gewaltig ans Herz ging, der ihr immer mehr bedeutete, der in diesen Wochen zu einem

Freund geworden war. Dieses Gespräch vertiefte die Gefühle für ihn auf delikate, aber auch verwirrende Weise.

»Es tut mir leid, Finn«, murmelte sie. »Ich hätte dich viel früher anhören sollen.«

»Kann dir keiner verdenken, dass du es nicht getan hast.«

»Doch. Ich war stur«, erwiderte sie. »Es tut mir aufrichtig leid.«

Lisa umschlang ihn fester, ihre Hand streichelte seinen Arm. Finn ließ es geschehen. Die Gefühle zwischen ihnen waren so vielfältig, dass keiner von ihnen etwas zu sagen wusste.

»Und Elena?«, wagte sich Lisa vorsichtig weiter.

»Elena ... ja, sie hat das natürlich verurteilt. Sie war die Einzige, der ich es erzählt habe – noch im Suff – sie hat mich zufällig in dieser Nacht angerufen.«

»Ich ... ich glaube, sie empfindet einiges für dich.«

Er seufzte.

»Ja, ich weiß. Aber wie schon erwähnt: Elena ist anstrengend, sie ist kapriziös, sie ist laut, sie ist streitbar ... Tu dies, mach das, ich will es hier, ich will es jetzt, ich will es so und nicht anders ... ob das ein Ausflug ins Grüne oder Sex ist ...«

Wieder seufzte er und fuhr sich durch sein Haar. »Sie ist nicht das, was ich mir für ein gemeinsames Leben wünsche. Ich will jemanden, der sich freut, wenn ich nach Hause komme. Ich will Kinder, ich will eine Familie, weil ich nie eine echte hatte. Ich will ein Haus im Grünen, einen Job, der meiner Familie ein schönes Leben bietet, und genügend Zeit, um das Leben zu genießen. Ich will mit meiner Frau reisen, mit ihr zusammen kochen und all die Dinge tun, die Freude und Spaß machen. Ich bin achtunddreißig und alt genug dafür.«

Mit bebendem Herzen hörte Lisa ihm zu, als er genau die Idylle beschrieb, die sie sich mit Nik erhofft hatte.

»Und dein Vater?«, fragte sie leise. »Hat er mit deiner Mutter geredet?«

»Nein«, erwiderte Finn und sein Mund wurde schmal. »Hat er nicht.«

»Obwohl ich gekündigt habe?«

»Obwohl du gekündigt hast. Er bekam die Fotos und eine Bestätigung von deinem Vater – und das war's.«

»Oh nein!«, entfuhr es ihr betroffen. »Finn! Das ist ...«

»Ja, das ist ... scheiße«, bestätigte er wütend. »Deswegen habe ich erst mal ein Sabbatical eingelegt – auf unbestimmte Zeit.«

»Oh!«

»Genau. Und als Michael mich anrief, war das wie ein Wink des Schicksals. Der Kreis schließt sich an der Stelle, Lisa. Ja, ich wollte Reeds finden – wegen dir und wegen mir.«

Wieder schluckte sie und er sah sie nun voll an. Seine Augen waren voller Schmerz.

»Aber seit wir ihn gefunden haben, haben sich die Dinge erneut geändert, Lisa. Ich weiß das. Und nun will ich erst recht Antworten für mein Leben. Ich bin so dankbar, dass ich dieses Seminar machen kann, um all das in mir anzuschauen, was mich zu dieser Situation geführt hat.«

Sie konnte den Ausdruck in seinem Gesicht kaum ertragen – und er nicht den ihren. Unvermittelt stand er auf und ging Richtung Wald.

Lisa folgte ihm nicht. Dieses Gespräch hatte so viele Mauern in ihr niedergerissen, der Staub vernebelte alles. Sie brauchten beide Zeit, sich ihn setzen zu lassen.

$$\ast\ast\ast$$

Tags darauf sollten Richard und Michael in Kelowna landen. Finn brachte Lisa nach Vernon zu Dr. Michigan und fuhr weiter zum Flughafen. In der Zwischenzeit wollte Pete Lisa komplett durchchecken, er hatte sogar einen MRT-Termin organisiert.

Diesmal war Lisa gefasster und hoffte insgeheim, dass ihre wochenlangen Affirmationen Wirkung zeigten, auch wenn die Aussetzer nicht dafür sprachen. Aber sie wollte auf Teufel komm raus positiv denken, weil sie sah, wie gut Richard das hinbekam. Das musste bei ihr doch auch funktionieren! Pete würde schon irgendeine Erklärung für diese Aussetzer finden, eine, die bestimmt nicht so gefährlich war, wie sie das anfangs geglaubt hatte.

Aber die Ergebnisse waren niederschmetternd. So sanft wie möglich machte ihr Pete klar, dass die Anzahl der Metastasen in ihrem Körper zugenommen hatte.

Lisa wurde es schlecht, als sie das hörte. Bleichgeworden starrte sie Pete an.

»Sollte ich vielleicht doch eine Chemo machen?«, fragte sie beklommen.

»Das musst du entscheiden«, antwortete er. »Es gibt Menschen, die dadurch Remission erfahren haben, aber man kann die Chemo nicht getrennt von anderen Maßnahmen sehen, was leider oft gemacht wird. Daher weiß man nie, welche weiteren Faktoren möglicherweise eine Rolle gespielt haben, wie zum Beispiel die Einstellung der Menschen zu ihrer Krankheit, die parallele Behandlung mit Vitaminen, Homöopathie, die

Umstellung der Ernährung, vor allem das Aufarbeiten von seelischen Wunden – was auch immer die Leute unternommen haben. Da muss jeder seinen eigenen Weg finden, verstehst du?«

»Aber … was rätst du mir, Pete?«, fragte sie heiser.

»Lisa, ich darf dich nur aufklären. Wir können Maßnahmen treffen. Aber entscheiden musst du selbst.«

»Dann sag mir, was du mir als Freund empfiehlst!«, rief sie. »Einfach von Mensch zu Mensch! Als jemand, der so was schon x-mal erlebt hat! Und als jemand, der weiß, was Alans Seminare beinhalten! Er hat mir gesagt, dass es darum geht, sich selbst gesund zu machen – wie wahrscheinlich ist das? Und wie schnell geht das?«

Pete lachte ein wenig über ihre Ungeduld, wurde aber rasch wieder ernst.

»Noch mal – es spielen dabei zu viele Faktoren eine Rolle«, erklärte er. »Jeder Mensch ist anders. Jeder reagiert anders. Jeder braucht es anders. Niemand kann da irgendetwas vorhersehen. Und jeder hat seinen eigenen Seelenplan. Aber ich kann definitiv die Aussage treffen, dass es möglich ist. Wie du schon gesagt hast, habe ich das x-mal erlebt. Es kommt aber auf den Menschen selbst an. Wie es bei dir ist, kann ich nicht wissen. Auch nicht, wie lange das dauert. Bei manchen ging es rasend schnell, bei manchen dauerte es über ein Jahr, bei manchen ging es gar nicht – aus welchen Gründen auch immer. Tatsache ist, man braucht Disziplin dafür.«

Lisa nickte ein wenig ernüchtert und Pete lächelte ihr aufmunternd zu.

»Mein Rat ist: Lass uns mit dem Seminar starten. Aber bitte mach dir eines klar: Weder Alan noch ich übernehmen die Verantwortung für deine Gesundheit. Das kannst nur du tun. Sowie auch nur irgendeine Gefahr in Verzug ist, schicke ich dich nach Hause – oder ins nächste Krankenhaus.«

Mitfühlend studierte Pete ihren etwas mutlosen Gesichtsausdruck und setzte sich plötzlich dicht vor sie ihn.

»Hör zu, Lisa«, sagte er. »Meine persönliche Meinung ist: Du hast die Krankheit produziert. Du kannst sie auch wieder wegmachen.«

»Bitte?«, stotterte sie. »Ich habe die Krankheit produziert?«

»Immerhin war sie vorher nicht da. Etwas muss sie hervorgerufen haben. Und was wächst, kann auch wieder vergehen.«

»Pete, ich … mein Arzt sagt etwas völlig anderes!«

»Natürlich. Ärzte gehen davon aus, dass Materie etwas Festes und Unwiderrufliches ist. Das ist der Gedankenfehler. Sie beschäftigen sich nicht damit, woher Materie kommt. Oder was sie verändert.«

Mit aufkeimendem Verständnis sah ihn Lisa an. Pete lächelte.

»Das Wichtigste ist, dass du leben willst. Und jetzt geht es darum, da anzusetzen, wo Leben entsteht.«

Das hörte sich schön an, ohne dass sie in der Tiefe erfasste, was er meinte.

»Und was die Zeit angeht, Lisa: Geben wir uns vorerst vier bis sechs Wochen. Das ist vertretbar. Danach sehen wir weiter.«

Vier bis sechs Wochen! Bedeutete das, dass eine Änderung in diesem Zeitraum möglich war? Obwohl die Diagnose nicht gut war, ging sie mit Hoffnung aus dem Behandlungszimmer und ein Entschluss formte sich in ihr:

Sie würde verdammt noch mal um ihr Leben kämpfen! Der Gedanke hielt sie aufrecht und verbissen setzte sie wieder ihr Mantra ein, während ihr Kopf ihr hämisch versicherte, dass es ja bislang nicht die Bohne genutzt hatte – im Gegenteil, es war schlimmer geworden! Und doch spürte sie einen gewaltigen Unterschied.

Nach diesen emotional überaus aufregenden Wochen war ihr eines deutlich bewusst: dass Leben etwas Heiliges ist. Ob sich nun Träume erfüllten oder nicht. Ob sie eine glückliche Ehe führte oder nicht. Ob sie ihren Märchenprinz bekam oder nicht. Ob sie reich war oder arm. Den Tod vor Augen sah sie endlich das Leben als reine Essenz vor sich, als eine Quelle voller Möglichkeiten und nicht als etwas, das ihr etwas zu geben hatte. Es war umgekehrt – sie musste dem Leben etwas geben! Sie musste aus all dem etwas machen! Das wollte sie noch tiefer verstehen.

Leben war heilig. Diese Tatsache schuf eine Grundlage für Glück, eine Grundlage für das Leben im Hier und Jetzt. Eine Grundlage dafür, den Moment zu lieben. Egal, wie er gerade war.

Diese Gedanken blitzten auf – und verschwanden wieder.

***

Es gab ein großes Hallo, als sie ihre beiden alten Herren in Petes Wartezimmer wiedertraf. Michael umarmte Lisa fest und innig, während Richard ihr wie stets ungelenk über den Rücken strich.

Finn schaute sie fragend an, aber sie schüttelte stumm mit dem Kopf, froh, dass Richard mit seinem Wissensdurst über Dr. Michigan herfiel wie ein Schwarm Wespen über frischgebackenen Zwetschgenkuchen.

Als sie später im Auto saßen, berichteten die beiden, was sie in Vancouver alles erlebt hatten, und Richard redete sogar davon, seinen Lebensabend in Kanada verbringen zu wollen.

»Diese Weite! Diese Größe!«, sagte er immer wieder. »Das macht etwas mit meinem Kopf! Wie kann man in einem solchen Land engstirnig denken?! Dieses Land hat alles, einfach alles! Berge, Seen, Wüsten, Wälder, hervorragenden Wein …«

»Und sehr kalte Winter«, setzte Pete hinzu. »Warten Sie erst mal einen davon ab, dann frage ich Sie noch mal!«

Lisa war stiller als sonst. Finns Blick suchte den ihren, sie lächelte ihm schwach zu, wandte sich ab, blickte aus dem Fenster. Sehnte sich nach Alan und seiner beruhigenden Gegenwart und war fest entschlossen, den Kampf aufzunehmen.

Nach einem gemeinsamen − und sehr lustigen − Abendessen, bei dem Richard und Michael mal wieder ein Cabaretstückchen geliefert hatten, bat Alan alle für eine Lagebesprechung in die Bibliothek.

»Okay, Leute«, begann er. »Ich sage euch jetzt, was auf euch zukommt. So kann jeder entscheiden, ob und was er mitmachen möchte. In diesem Seminar behandeln wir das Thema Gesundheit von einer Perspektive, die euch sicher ungewohnt erscheinen mag. Wir behandeln Körper und Seele. Pete wird den leiblichen Teil übernehmen. Er wird zwei Mal die Woche und am Wochenende hier sein. Ziel ist es, Körper und Seele zu reinigen und so die bestmöglichen Voraussetzungen für Gesundheit zu schaffen. Es wird intensiv. Wir werden tief in die Geschehnisse eintauchen. Ihr Männer könnt euch aussuchen, was davon ihr mitmachen möchtet. Lisa bekommt ein Extra-Programm. Aber auch ihr steht natürlich alles frei.«

Er teilte Zettel aus, auf dem der Tagesablauf stand.

Es begann um 5:30 Uhr mit Meditation, gefolgt von Yoga, Frühstück, Vorträgen und immer wieder Meditationen bis abends um 18:00 Uhr.

»Meditation?«, fragte Richard laut. »Wozu soll das denn gut sein?«

»Erkläre ich noch. Du musst es auch nicht mitmachen, Rich. Die Vorträge dienen dazu, dem Kopf zu erklären, was in eurem Inneren abläuft. Aber macht euch bewusst: Reinigung heißt, dass etwas entfernt wird, was nicht zu euch gehört. Es kann also sein, dass da so einiges hochkommt, von dem ihr wahrscheinlich noch nicht einmal wisst, dass es in euch schwelt. Das gehört zum Heilprozess dazu. Wer das nicht will, sollte sich nicht dazusetzen.«

»Hochkommen?«, fragte Richard und wandte sich an Michael. »Wie meint er das?«

»Er meint damit, dass deine alten seelischen Wunden ans Tageslicht kommen könnten«, erwiderte Michael ohne jeden Spott. Er sah nachdenklich aus und fragte ehrlich besorgt: »Willst du das, Rich?«

Richard zuckte aufgrund dieser Antwort so gehörig zusammen, dass er sogar vergaß, Michael wegen der kumpelhaften Anrede zurechtzuweisen.

»In der ersten Woche schaltet bitte eure Handys ab und verkneift euch alle sonstigen Ablenkungen«, fuhr Alan währenddessen fort. »Trefft alle nötigen Voraussetzungen, sagt Bescheid, wem ihr Bescheid geben müsst, dass ihr ein paar Tage – oder Wochen – untertaucht. Ihr begebt euch auf eine Reise zu euch selbst. Eine Reise zu eurem innersten Kern. Jeder sollte sich dabei auf sich selbst fokussieren und nicht auf das achten, was bei anderen geschieht. Wenn es Herausforderungen gibt, sind Pete und ich Ansprechpartner und nicht ein anderer Seminarteilnehmer, klar? Generell werden wir in diesen Wochen still sein. Redet bitte nur, wenn es nötig ist. Hat noch wer Fragen? Nein? Gut, wir sehen uns morgen. Und du, Lisa, bleibst bitte noch ein paar Minuten.«

***

»Es hat sich verschlechtert?« Alan hielt ihre Befunde in der Hand. »Macht nichts, dann starten wir eben von diesem Ausgangspunkt.«

»Alan, ich weiß nicht, was du vorhast«, sagte sie nervös. »Ich habe in meinem Leben noch nie meditiert und ...«

»Ach, das hast du ganz schnell.«

Als er ihren zweifelnden Gesichtsausdruck sah, setzte er sich zu ihr und sah ihr in die Augen.

»Schau, Lisa, es gibt einige Dinge, die keinerlei Anstrengung bedürfen – und eine davon ist Heilung. Eines solltest du dir von Beginn an klarmachen: Du kannst absolut gar nichts tun. Das ist deine erste Lektion. Alles, was passieren soll, ist das Alte herauszulassen, damit etwas Neues entstehen kann, und das wiederum hat nichts mit Tun, sondern mit Zulassen zu tun. Und wie lassen wir Altes los? Indem wir es anschauen. Das reicht und es ist das, was unter anderem in den Meditationen geschehen wird. Wenn du den Mut dazu hast, läuft alles andere von allein. Wir fangen bei dir noch heute mit einer kompletten Entgiftung und Entsäuerung an. Pete zeigt dir, wie man Einläufe macht, die wirst du in der ersten Woche mehrmals am Tag ...«

»Einläufe?«, unterbrach sie entgeistert. »Mehrmals am Tag?«

»Genau. Weil in dir Dinge sind, die da nicht sein sollen«, erklärte Alan. »Ich gebe dir entsprechende Literatur zu lesen, damit du verstehst, warum es nötig ist. Danach machen wir eine Leber- und Gallenreinigung. Das allein wird mindestens einen Monat dauern.«

»Aber Alan, wird dir das nicht zu viel? Uns alle vier für einen Monat hierzuhaben?«

»Nein, das wird mir nicht zu viel. Und keiner weiß, wie lange es bei dir dauern wird, Lisa. Bin überhaupt gespannt, wer von euch das alles durchzieht und aushält!«

Er lachte und nahm wieder ihre Hand.

»Weißt du, es heißt immer so treffend, dass der Körper der Tempel der Seele ist. Aber bei den meisten Leuten ist er ein Saustall, bei all dem, was sie in sich reinschaufeln. Deine Zellen freuen sich, denn während der ganze Müll aus dir rauskommt, füllst du deinen Körper mit Dingen, die ihm guttun und Kraft geben. Wirst sehen, so sauber warst du höchstens als kleines Kind! So unterstützt dich dein Körper auch bei der seelischen Durchleuchtung.«

»Warum tust du das, Alan?«, fragte sie bewegt, als sie das ungeheure Ausmaß seiner Fürsorge erkannte.

»Weil ich gern Gutes tue«, antwortete er vergnügt. »Und ... wie gesagt ... ich mag dich.«

Er sah sie an, als wolle er ergründen, woher dieses unerwartete Gefühl kam und Lisa verlor sich in seinem Blick. Sie fühlte sich zu ihm hingezogen wie nie zuvor zu einem Menschen. So sehr, dass sie spontan ihre Arme um ihn legte und ihm einen innigen Kuss auf die Wange drückte.

»Danke«, hauchte sie in sein Ohr und merkte beglückt, dass er als Mann reagierte, als ihr Atem durch seinen Gehörgang rann, dass er reflexartig, minimal, sein Becken gegen sie schob, seine Arme sich fester um sie schlossen und er sie genoss – für ein paar köstliche Sekunden. Dieses Zugeständnis setzte ihr Herz in Flammen. Der ganze Mann setzte ihr Herz in Flammen. Sie glühte für ihn und hatte sich schon jetzt komplett an ihn verloren. Er war für sie die begehrenswerteste Motivation überhaupt, leben zu wollen. Für ihn. Mit ihm. Wenn er bei ihr war, fühlte sie sich vollständig. Ein Gefühl, das sie zeitlebens vermisst hatte.

✳✳✳

Sie rief ihre Mutter an:

»Wo seid ihr gerade?«, fragte sie sie.

»In Port Klang, in Malaysien. Uff, heiß hier.« Marisa lachte. »Alles gut bei dir, mein Schatz?«

»Ja, Mama, stell dir vor, ich mache auch gerade Urlaub!«

»Ach, das hört sich ja grandios an!«, freute sich ihre Mutter. »Du bist mal raus aus deiner Bude! Wie wunderbar! Wo bist du?«

»In Kanada!«

»Kanada! So weit gleich! Wow! Ich bin sprachlos! Wo in Kanada? In Vancouver?«

»Ja, da war ich natürlich auch, aber inzwischen bin ich in die Nähe von Vernon weitergereist.«

»Oh wie schön! Und … bist du allein unterwegs?«

»Nein, Mama«, antwortete Lisa und ihre Stimme zitterte ein wenig. »Weißt du was? Ich glaube, ich habe mich verliebt.«

Ihrer Mutter blieb vor Glück fast das Wort im Mund stecken.

»Ach, mein Engel«, sagte sie bewegt. »Du hast dich verliebt … ach, das ist so schön!«

»Ja, aber ich will noch nicht viel drüber sagen, Mam, es ist alles noch sehr neu … und ich weiß nicht, ob er es erwidert, also …«

»Du scheinst es trotzdem zu genießen. Du hörst dich gut an!«

»Es scheint nicht nur so. Ich genieße es sehr. Es ist gerade so wunderschön!«, erwiderte Lisa. »Drück mir die Daumen!«

»Ja, unbedingt! Alle, die ich habe! Und Tills dazu! Ach, Lisa, ich freu mich so!«

»Und noch was, Mama, jetzt wirst du wahrscheinlich gleich an die Decke hüpfen … aber ich mache hier nicht nur Urlaub. Es ist ein Retreat und …«

»Ein Retreat?«, ächzte ihre Mutter verdattert. »Dieses Wort aus deinem Mund? Du machst ein …?«

»Ja, weil du mit allem, was du mir gesagt hast, recht hattest. Ich habe endlich eingesehen, dass es ein paar Dinge gibt, die ich loswerden muss … und Mam … ich bewundere dich so sehr, wie du damals diese Katastrophe überstanden hast. Du warst so mutig! Und das will ich auch sein.«

Marisa konnte nichts antworten, aber ihre Liebe und das Glück über die Worte ihrer Tochter flogen in Lichtgeschwindigkeit zu Lisa und überwältigten diese. In Lisa wallte ein heißes Bedürfnis auf, ihre Mutter zu umarmen und ihr dicke, fette Küsse auf ihre Wangen drücken zu können, dass sie die Augen schloss und diese Sehnsucht so klar und ohne jedes Wort durchs Telefon drang, dass Marisa hauchte:

»Ach, mein Kind, ich küsse dich auch! Ich drücke dich ganz, ganz fest!«

»Ich dich auch, Mama«, flüsterte Lisa und wollte nicht daran denken, dass es vielleicht nie mehr dazu kommen könnte. »Ich liebe dich unendlich.«

»Lisa, Liebling«, flüsterte ihre Mutter. »Ich … bin sprachlos! Du hast noch nie so mit mir geredet! Und … du arbeitest das endlich auf! Oh mein Gott, ich wünsche dir alles Glück der Welt! Ich bin in Gedanken bei dir, hörst du? Wenn es schwer wird, dann folge einfach dieser Liebe, die du in dir fühlst, diesem Strahl, der führt dich ganz tief in dein Herz! Ach, das ist so wunderbar! Eine größere Freude kannst du mir nicht machen! Ich liebe dich so! Und ich schicke dir alle Energie, die ich habe … ich …«

Sie sprudelte noch weiter, voller Dankbarkeit und Freude. Die Liebe für ihre Tochter flog über den Äther und verband sie auf innigste Weise.

Lisa liefen die Tränen in Strömen hinunter.

Der Gedanke, dass sie ihr das irgendwann mit ihrer Krankheit sagen musste, oder dass sie sie vielleicht nie mehr wiedersehen würde, verstopfte ihr die Kehle.

»Ich wünsche dir auch alles Glück der Welt, Mama«, wisperte sie. »Egal, was passiert. Ich liebe dich auch.«

Als sie auflegte, war sie umso entschlossener, zu leben. Sie würde es schaffen. Sie musste es schaffen!

♫ Breathe ♫

Alexi Murdoch

Überraschenderweise entschieden sich die drei Männer nahezu für das volle Programm, die speziellen Behandlungen für Lisa mal ausgenommen.

Finn war ohnehin fest entschlossen, innen wie außen aufzuräumen, und Richard und Michael erhofften sich davon Verbesserungen diverser Beschwerden.

Alan war Profi. Er holte sich von jedem eine Unterschrift, die bestätigte, dass er niemals Heilungsversprechen gemacht habe und dass dieses Retreat eine freiwillige Maßnahme sei. Jeder verstand, dass er sich rechtlich absichern musste, das war kein Thema – und alle waren gespannt auf den Output.

Pete war der Kontrolleur. Er maß von allen Blut- und viele andere Werte, die er in regelmäßigen Abständen mit neuen Messungen abgleichen und mit ihnen besprechen würde.

Die Formalitäten waren erledigt. Es konnte losgehen.

Am Abend vor dem ersten Seminartag fand sich Lisa in ihrem Zimmer wieder.

Sie betete.

***

Die Fenster waren abgedunkelt, leise Flötenmusik spielte, der Duft eines Räucherstäbchens verbreitete den Geruch von Myrrhe. Schwacher Kerzenschein in dunkelblauen Windlichtern war die einzige Lichtquelle.

Der ganze Raum war von einem wohltuenden, satten Frieden durchdrungen. Die Sonne war noch nicht aufgegangen. Das Zwitschern einzelner Vögel drang zum Fenster herein und betonte die Stille mehr, als sie zu stören.

Leise führte Alan die beiden alten Herren an ihren Platz, sorgte dafür, dass sie bequem saßen, und begann mit einer kleinen Einführung, in der er etwas zur Sitzhaltung erklärte und darauf hinwies, dass sie den Mut haben sollten, alles hochkommen zu lassen, was wollte.

Danach ließ er sie auf eine bestimmte Weise atmen. Zeitgleich setzte der stete, monotone Klang einer Tambura ein, der Lisas Augenlider wie in Hypnose nach unten zog – und Richard schnell zum Schnarchen brachte.

Solange Alans Stimme erklungen war, hatte sie diese Präsenz, die ihr schon ein paarmal so nah gewesen war, spüren können, aber jetzt fühlte sie sich durch Richard gestört, auch durch Michael, der ihn immer wieder sacht anrempelte. Die zwei saßen direkt hinter ihr und sie bekam das alles mit. Wie, bitteschön, sollte man da in Meditation versinken? Das fing ja schon mal gut an!

Sie wollte Finn einen vielsagenden Blick zuwerfen und fiel fast um, denn der war schon vollständig abgetaucht – wohin auch immer. In dieser kurzen Zeit? Sein Gesicht war ruhig und selig, sein Rücken kerzengerade und doch sah er unendlich entspannt aus.

Hektisch schloss sie wieder ihre Augen, aber Richard blieb ein Störfaktor. Je mehr sie versuchte, ihn auszublenden, desto mehr drang er in ihr Bewusstsein, desto öfter schien er zu schnorcheln. Als seine Atemgeräusche schließlich in handfestes Schnarchen übergingen, zog sie eine verzweifelte Grimasse. Das wurde nichts!

Da spürte sie, wie Alan sich neben sie setzte. Alan, mit seinem Duft nach Wald und Vanille. Und sowie sie seine delikate Gegenwart spürte, wurde sie ruhig. Er nahm ihre Hand und sie atmete automatisch tief durch, während sie glücklich spürte, wie sich seine Wärme, seine Heiterkeit und Unerschütterlichkeit auf sie übertrug. Ein warmer Strom an Energie zog durch ihren Körper und in dieser Ruhe setzte sich ihr Geist. Ihr war, als lege er sich in eine Hängematte, als seufze er selig auf, als würde er sagen: »Endlich hab ich auch mal frei!«

Mit einem kleinen Lächeln hielt sie Alans Hand, entspannte sich, glitt mühelos in eine samtene Schwärze und versank darin.

Alan wartete noch ein Weilchen, dann ließ er sie los. Sie merkte es, vermisste ihn, befand sich aber noch in diesem ruhigen Zustand und versuchte, diesen zu intensivieren. Nach etwa dreißig Minuten tauchte sie wieder auf und sah sich instinktiv nach Alan um. Ihr Herz schrie nach ihm und so schloss sie noch einmal die Augen und versank erneut, diesmal ohne seine Hilfe.

✳✳✳

Das Erlebnis prägte sie. Sie spürte die Ruhe und Leichtigkeit noch während der Yogastunde, die Pete am dunstigen See abhielt. Verwundert nahm sie wahr, dass die Meditation eine muskuläre Spannung hatte verschwinden lassen, an die sie so gewöhnt war, dass sie sie gar nicht mehr wahrgenommen hatte.

Auch Petes Yogasession hieb in diese Kerbe. Er beschränkte sich in den ersten Stunden auf Relax-Positionen, leichte Stretchübungen mithilfe bequemer Rollen und Polster und machte viele Atemübungen. Leise Flötenmusik spielte im Hintergrund, die Sonne zog auf und beleuchtete die Berge am Horizont.

Allein von diesen ersten Stunden fühlte sich Lisa wie ausgewechselt. Danach gab es Frühstück und Alan bat sie darum, weiter zu schweigen und sich auf das Essen zu konzentrieren. Die Auswahl an Speisen war reichhaltig, aber ungewöhnlich. Neben Obst stand vor allem Gemüse auf dem Buffet, das Rose mit viel Liebe zum Detail für sie zubereitet hatte. Lisa war eine besondere Diät zugedacht. Ein Glas Selleriesaft stand vor ihr – statt Kaffee – und ganz früh am Morgen, noch vor der Meditation, hatte sie abgekochtes Wasser trinken müssen. Ihr Frühstück bestand aus basischen Lebensmitteln, die alle super schmeckten – es war ein gutes Gefühl, Dinge zu essen, die ihrem Körper Kraft gaben statt ihn zu vergiften. Sie fühlte sich wie verzaubert.

Immer wieder dachte sie an den Moment, da Alan ihre Hand während der Meditation ergriffen hatte. Und immer wieder ertappte sie sich dabei, wie sie sich wünschte, dass seine Hände ihren ganzen Körper berührten.

Langsam begriff sie, was Pete damit gemeint hatte, als er von Alans besonderer Gabe gesprochen hatte. Seine Energie hob das Level im Seminarraum in eine Höhe, in der dunkle Schatten kaum existieren konnten. Und er konnte diese nicht nur während einer Meditation vermitteln, sie machte auch jeden seiner Vorträge zu einem Meisterwerk.

Seine Worte kamen aus einer gewaltigen Stille, einer Stille, die er komplett verinnerlicht zu haben schien, einer endlos sprudelnden Quelle an Kraft, Kreativität und Leben. Ja, er war Leben pur. Davon wollte sie mehr.

∗∗∗

»Ich möchte mit einem Bericht von Bruno Klopfer[1] anfangen«, eröffnete Alan seinen ersten Vortrag mit einem Zwinkern im Auge. »... einem Psychologen von der UCLA, der den Fall eines Patienten verfolgte, dem er das Pseudonym ›Mr. Wright‹ gab. Dieser Mr. Wright litt unter fortgeschrittenem Lymphdrüsenkrebs. Er hatte große, sichtbare Tumore in den Achseln, am Nacken, überall am Körper. Wochenlang lag Wright dahinsiechend herum, ohne jede Hoffnung auf Heilung. Keine der

Behandlungen schlug bei ihm an und sein Arzt, Philip West, gab ihn auf. Dann hörte Mr. Wright von einem neuen Medikament namens Krebiozen, das in einer Studie getestet wurde und er wollte das unbedingt haben. Obwohl als Teilnahmebedingung eine dreimonatige Lebenserwartung Voraussetzung war – die er nicht hatte –, besorgte ihm sein Arzt das Medikament und injizierte es ihm. Mr Wright war darüber so glücklich, dass er das ganze Wochenende wie ausgewechselt war. Er lachte und scherzte mit dem Krankenhauspersonal – er war extrem gut drauf. Nur drei Tage später stellte Dr. West fest, dass die Tumore nur noch halb so groß wie vorher waren. Nach weiteren zehn Tagen waren sie verschwunden und Mr. Wright wurde als geheilt entlassen.«

Ein Laut entfuhr den vier Teilnehmern und Richard bekam Schluckauf.

»Ach, was!«, rief er aufgeregt. »Gibt es das Mittel noch? Das ist doch genau das richtige für die Lisa!«

»So schnell?«, hakte auch Finn verblüfft nach. »Nach zehn Tagen nur?«

»Die Geschichte geht weiter«, lächelte Alan. »Denn nach zwei Monaten berichteten die Medien, dass Krebiozen bei keiner der zehn Versuchspersonen – von Mr. Wright wussten sie ja nichts – gewirkt hatte. Als Mr. Wright das las, war er bodenlos enttäuscht – und nach weiteren zwei, drei Wochen waren seine Tumore wieder da.«

»Ach, was«, schnorchelte Richard entgeistert. »Die waren weg und kamen wieder? In so kurzer Zeit?«

»Genau. Der Arzt, Dr. West, war ebenso erstaunt, aber er war ja nicht dumm und vermutete einen Placebo-Effekt. Das wollte er testen. Wright hatte ja ohnehin nichts zu verlieren. Also sagte er ihm, er solle nicht glauben, was in den Medien stünde. Wrights Tumore seien nur deshalb zurückgekommen, weil er eine Fehlcharge bekommen habe. Aber nun sei eine doppelt so starke, superwirksame Version des Medikamentes auf dem Markt und Mr. Wright schöpfte augenblicklich wieder Mut. Dr. West injizierte ihm diese ›hochwirksame‹ Droge und wurde dabei nicht müde, zu betonen, wie schnell sie wirke und wie überragend die Ergebnisse seien. Was er letztendlich spritzte, war destilliertes Wasser. Und siehe da: Erneut verschwanden Wrights Tumore wie durch ein Wunder. Doch West konnte nicht verhindern, dass Wright einen erneuten Bericht über Krebiozen in der Zeitung las und darin stand, dass das Medikament kein Wundermittel, sondern nur aus Mineralöl und einer Aminosäure bestehe und damit Schwindel sei – total wirkungslos. Wright gab jede Hoffnung auf und verstarb binnen weniger Tage.«

»Ach, was«, sagte Richard verdattert.

»Die Geschichte ist alt – aber mittlerweile gibt es zig ähnliche Beispiele. Über die Dunkelziffer will ich gar nicht reden. Was ist da eigentlich passiert?«, fragte Alan.

»Ja«, fragte Michael. »Was genau ist da passiert? War der Mann so suggestibel?«

»Das war er ganz sicher. Aber die Frage ist, ob das nicht etwas ist, was wir nutzen können. Damit meine ich nicht, dass wir beeinflussbar werden sollen, sondern eher das Gegenteil. Dass wir an die Energiefrequenz in uns kommen, die das möglich gemacht hat. Denn Tatsache bleibt, dass der Mann Einfluss auf seine Tumore hatte. Daher beleuchten wir die Sache aus mehreren Perspektiven«, erklärte Alan. »Und wir werden alles in die Praxis umsetzen.«

Aufmunternd lächelte er Lisa zu.

»Das Beispiel von Mr. Wright und vielen anderen zeigt uns, dass unser Körper über hoch spezialisierte und hochwirksame Medikamente ohne jeden Nebeneffekt verfügt. Diese Apotheke ist in unserem Inneren. Wenn wir uns mit Heilung beschäftigen, müssen wir irgendwie an diese Apotheke herankommen. Macht euch bitte eines klar: Wenn der Körper Krankheit produzieren kann, kann er auch genauso Gesundheit produzieren. Aber in den meisten Köpfen ist Krankheit inzwischen etwas, was man als normal und gegeben ansieht – Gesundheit hingegen ist etwas Unerreichbares. Es wird gar nicht mehr als Option, noch weniger als Selbstverständlichkeit gesehen, schon gar nicht im Alter. Das ist seltsam. Äußerst seltsam.«

»Ja, das stimmt«, bestätigte Michael.

»Und dazu kommt, dass viele auch Krankheit benutzen«, fuhr Alan fort. »Als Mittel, um Liebe zu bekommen. Oder Druck auszuüben … oder sich darüber zu identifizieren. Wenn man nicht bereit ist, das zu durchschauen, könnten die Ärzte das Heilmittel schlechthin haben – es würde nichts nützen. Gott sei Dank nutzen viele ihre Krankheit auch positiv – als Weckruf.«

Sein Blick streifte Lisa nur kurz, aber es reichte, dass sie rot wurde.

»Schauen wir uns doch mal an, wie das alles überhaupt entsteht«, machte er weiter. »Krankheit ist ein vorübergehendes Ungleichgewicht. Unsere Zellen sind überfordert – und eine der Hauptursachen ist Stress. Wir leiden unter seelischem oder emotionalem Stress, unter physischem Stress oder chemischem. Mit kurzfristigem Stress können unsere Zellen umgehen, aber nicht mit Dauerstress. Denn dann konzentriert der Körper alle seine Energien darauf, wieder ins Gleichgewicht zu kommen, und verbraucht alle Kräfte allein dafür. Er ist nur noch auf Verteidigung ausgerichtet und hat keine Energie mehr frei für die nötigen Routinearbeiten. Er hat keine Reserven mehr für Heilung, Zellreparaturen oder gesundes Zellwachstum. Die ganze Zeit muss er mit Stress kämpfen. Aber wenn man sich nur verteidigt, wird man feindselig. Das drückt sich auch oft im Charakter von gestressten Menschen aus. Sie werden aggressiv, selbstsüchtig und unversöhnlich. Wie innen so außen. Wenn aber der Körper sich um Zellreparatur und -erneuerung nicht mehr kümmern kann, ist klar, was passiert: Wir altern schneller, bekommen Depressionen, Schlaganfälle ... schlechte Wundheilung, Krebs ... was auch immer.«

Lisa fühlte sich besonders angesprochen ... diese Feindseligkeit, die Alan erwähnt hatte, verursachte ihr kein angenehmes Gefühl.

»Und daher ist es wichtig, dass wir unseren Körper erst mal von diesem Stress befreien, dass wir alles an physischem und psychischem Müll beseitigen. Aber was genau wirkt auf unsere Zellen ein?«

»Ich würde sagen: Äußere Umstände«, erwiderte Finn. »Und innere Umstände. Gedanken.«

»Exakt. Wie ihr alle wisst, gehen uns pro Tag eine Menge Gedanken durch den Kopf.«

»70 000!«, rief Richard dazwischen. »Und neunzig Prozent sind die gleichen wie am Tag zuvor!«

»Genau, Rich«, lächelte Alan. »Was wir aber bedenken müssen, ist: Ein Gedanke ruft meist eine Emotion hervor. Sage ich zu jemanden, er sei blöd, reagiert er in der Regel emotional darauf. Ein Gedanke ist nichts Substanzloses, denn jeder Gedanke ruft in eurem Körperinneren eine chemische Reaktion hervor. Ihr kennt das Beispiel: Denkt an eine Zitrone – und euer Körper reagiert. Aufgrund eines Gedankens ergießen sich zig chemische Stoffe in eure Zellen ... und die nehmen das auf. Damit sie das tun können, bilden sie Rezeptoren an der Zellwand, also Tore, um das alles aufnehmen zu können. Und je öfter ihr in eine bestimmte Richtung denkt, desto mehr Rezeptoren bilden sich.«

Er machte eine kleine Pause.

»Ist euch klar, was das heißt? Wenn wir ständig unter Stress stehen, erzeugen wir eine Menge sehr süchtig machender negativer Emotionen, wie Ärger, Feindseligkeit, Aggressivität, Angst und was nicht alles. Um das bewältigen zu können, haben eure Zellen superviele Rezeptoren geschaffen. Und diese Rezeptoren schreien nach Futter – sie wollen diese Stoffe haben, sonst verhungern sie! Deswegen neigen die Menschen dazu,

Katastrophenberichte zu hören und Horrorfilme zu schauen. Viele neigen auch dazu, ständig bittere Erfahrungen aus der Vergangenheit aufzuwärmen oder sich fürchterliche Zukunftsvisionen vorzustellen. Das ist schlicht Sucht. Wenn ihr dauernd Zucker esst, gewöhnt sich euer Körper dran – er will davon immer mehr, auch wenn es Gift ist. Und damit hindern wir den Körper daran, ins Gleichgewicht zu kommen. Wir steuern geradewegs auf eine Krankheit zu, weil immer mehr Gene, die für unsere Gesundheit verantwortlich sind, durch negative Gedanken abgeschaltet und Gene, die Krankheiten produzieren, aktiviert werden. Somit habt ihr euch selbst euer genetisches Schicksal erschaffen: Ihr werdet krank. Und was sagt ihr? Es sind die Gene! Wie wahr!«

Er lachte herzhaft.

»Uff«, machte Finn. »Das ist hart.«

Lisa blieb komplett stumm, ihr ganzes Leben zog an ihr vorbei und sie hätte am liebsten jetzt schon eine längere Pause eingelegt, um das verarbeiten zu können.

»Ja, aber änderbar, wenn man es weiß!«, machte Alan ihnen Mut. »Vielleicht versteht ihr jetzt, warum ein depressiver oder negativer Mensch so schwer aus seiner Haut raus kann: Weil die immer wieder gedachten Gedanken im Gehirn viele Verästelungen zu ähnlichen Gedanken schaffen, sie bauen einen Neuronenwald auf, ein festes, neuronales Netz, das so stark ist, dass die Dinge irgendwann automatisch ablaufen – du kannst es nicht mehr steuern. Was heißt: Du bist nicht mehr der Herr in deinem Haus. Jetzt sind es automatisierte, chemische Reaktionen deines Körpers, die dein Leben bestimmen. Du sagst dann Dinge wie: ›Wenn das und das passiert, raste ich aus‹. Oder noch besser: ›Ich bin halt so‹. Der dümmste Satz der Welt.«

Lisa erschrak. Alan hatte recht! Wie oft hatte sie sich von gewissen Denkweisen nicht lösen können, obwohl sie sich ständig vornahm, es zu tun? Aber wie hatte es verdammt noch mal Richard geschafft? Dessen neuronale Netze müssten doch noch viel eingefahrener sein als die ihren? Er war doch so viel älter!

Fasziniert hörte sie weiter zu.

»Das ist einer der Vorteile von Meditation«, sagte Alan. »Dass wir uns dieser Gedanken und Gefühle bewusst werden. Denn die immer gleichen Gedanken führen zu immer gleichen Erfahrungen. Wir haben daraufhin die immer gleichen Gefühle und zementieren uns damit biologisch, chemisch, neurologisch komplett ein. Weder dein Gehirn noch dein Körper können sich ändern. Das Gestern wird dein Morgen sein und du wunderst dich, warum sich nichts bessert, warum du ständig die gleichen Situationen anziehst … oder warum du krank wirst und krank bleibst.«

Lisa wurde sehr hellhörig. Zum einen gab sie Alan haltlos recht, zum anderen verstand sie es trotzdem nicht. Warum hatte sich bei ihr dann nichts verändert? Sie dachte doch immerzu: Ich bin gesund! Und ihre Werte wurden trotzdem schlechter!

»Aber es kommt noch besser«, fuhr Alan fort, ganz in seinem Element. »Die Macht der Gedanken ist stärker als ihr glaubt! Denn wenn diese Neuronenwälder aktiv sind, produzieren sie ein Protein. Und jetzt spitzt die Ohren: Dieses Protein wandert in das Innere eurer Zelle, in das Zentrum, in den Kern – es landet in eurer DNS**. Und in der DNS aktiviert es entsprechende Gene. In diesem Fall sagt man: Ein Gen ist eingeschaltet. Also, welche Gene schaltet ihr jeden Tag in euch ein? Die, die euch krank machen? Oder die, die für Gesundheit stehen?«

»Moment mal!«, warf Lisa erstaunt ein. »Willst du damit ausdrücken, dass wir unsere Gene beeinflussen können? Dass Gedanken auf Gene einwirken?«

»Genau das«, erwiderte Alan ruhig. »Du kannst nicht beeinflussen, welche Gene du hast. Aber du kannst die Gene, die du hast, beeinflussen. Die Wissenschaft der Epigenetik sagt, dass wir nicht unseren Genen ausgeliefert sind. Unsere Gene besiegeln nicht unser Schicksal. Sie sind ein riesiges Feld voller Möglichkeiten.«

Er ging an den Flipchart und schrieb Zahlen darauf:

»Wir nutzen gerade mal 1,5 Prozent unserer DNS, was heißt, wir bringen 1,5 Prozent davon zum Ausdruck. Was ihr zum Ausdruck bringt, seht ihr an eurem Körper. Aber was ist mit dem Rest? Ihr habt unendlich viele Möglichkeiten, die ihr weder kennt noch nutzt!«

Lisa starrte wie festgemeißelt auf die Zahlen.

»Ja, aber wie kommt man an diese 98,5 Prozent heran?«, fragte sie.

Sie verstand nicht, worauf Alan letztlich hinauswollte, trotzdem durchflutete sie Hoffnung wie ein warmer Strom. Finn drehte sich leicht zu ihr um und lächelte ihr Mut machend zu. Dankbar lächelte sie zurück.

»Da komme ich noch drauf«, antwortete Alan. »Aber erst mal reden wir über Basics. Stellt euch die DNS wie eine riesige Klaviatur vor – mit unendlich vielen Tasten. Ihr könnt jede Taste drücken, die ihr wollt. Ihr könnt Missklänge erzeugen oder ein schönes Lied spielen. Ihr könnt neue Tonfolgen und neue Stücke komponieren. Ob euer Lied des Lebens eine Hymne oder disharmonisch ist, ist ganz allein euer Ding – und nicht das eines Arztes oder irgendwelcher medizinischen Berichte, die sich morgen wieder ändern können, nicht das eurer Umgebung und schon gar nicht das negativer Erlebnisse.«

Und dann sagte er einen Satz, der Lisa tief traf:

»Wer negative Erlebnisse in seinem Leben als Anlass nimmt, das Ruder abzugeben, hat nicht verstanden, was Leben bedeutet. Er lässt sich versklaven.«

Alan schaute dabei Richard an, grinste und machte gut gelaunt weiter.

»Menschen haben nun mal negative Gefühle, aber sie bearbeiten oder nutzen sie nicht. Das ist wie dreckige Wäsche, die müsst ihr doch auch waschen. Wenn nicht, fängt sie an zu stinken, und irgendwann nisten sich krankmachende Bakterien ein. Also ist es wichtig, sehr wichtig sogar, sich um seine Gefühle und Emotionen zu kümmern.«

Er sah in die Runde und wurde ernst.

»Welche Tasten auf eurer Klaviatur drückt ihr? Bedenkt: Das Lied, das ihr spielt, klingt nicht nur in euch drin, es dringt auch nach außen. So fragt euch: Bringt ihr Disharmonien in diese Welt? Oder tragt ihr dazu bei, dass es harmonisch auf der Erde zugeht? Mikrokosmos ist gleich Makrokosmos. Ihr erweist der Erde einen großen Dienst, wenn ihr euch endlich um euch selbst kümmert.«

Es war still im Raum nach seinen Worten. Lisa eröffnete sich ein komplett neuer Horizont.

»In diesen ungenutzten 98,5 Prozent steckt eine irrsinnige Anzahl an möglichen Kombinationen«, fasste Alan zusammen. »Ihr habt den freien Willen zu wählen, ihr habt das in der Hand. Sobald ihr einen neuen Gedanken denkt, verändert ihr euch neurologisch, chemisch – und genetisch.«

»Ich mag diesen Mann«, sagte Rich mit leuchtenden Augen zu Michael, der beeindruckt neben ihm saß. »Ich mag den Mann sehr! Was der alles sagt! Frollein Lisa! Haben Sie das gehört? Wir haben es in der Hand! Wie gut, dass ich die Adresse ausfindig gemacht habe!«

Lisa stimmte nur schwach in das aufkommende Gelächter ein.

Warum hat sich dann bei mir nichts verändert?, dachte sie erneut. Warum bin ich nicht gesund, obwohl ich es mir doch dauernd sage?

Sie hatte so viele Fragen, aber Alan stoppte an dieser Stelle und formulierte seinen Schlusssatz:

»Bisher waren die Wissenschaftler der Meinung, dass wir physische Organismen sind, die es irgendwie gelernt haben, zu denken. Nun dämmert ihnen, dass wir Gedanken sind, die gelernt haben, einen physischen Körper zu erschaffen. Das ist wichtig. Macht euch mit diesem Statement vertraut.«

∗∗∗

Sie lief an den See, setzte sich auf den Steg, aufgewühlt bis zum Anschlag.

»Wer negative Erlebnisse in seinem Leben als Anlass nimmt, das Ruder abzugeben, hat nicht verstanden, was Leben bedeutet. Er lässt sich versklaven.«

Sie schämte sich, denn sie erkannte, dass sie genau das gemacht hatte. Seit der Sektengeschichte hatte sie das Opfer gespielt. Nur deswegen hatte sie Nik kennengelernt. Er hatte sie ja auch wie ein Opfer behandelt! Weil sie ihm alle Signale dafür gesendet hatte! Und selbst, als sie meinte, die Initiative ergriffen zu haben, hatte sie ihre Opferhaltung eher noch ausgebaut, als endlich losgelassen. Sie hatte sich eingekellert! Auch beruflich hatte sie genau den Rahmen geschaffen, den ihre auf Angst ausgerichteten Rezeptoren gebraucht hatten. Finn hatte das viel früher erkannt als sie.

»Du musst da raus! Das ist dein karmischer Pool!«

Sie biss sich auf die Lippen. Diese so andere Perspektive ließ sie die Welt völlig anders sehen. Sie ahnte, dass sie vieles nicht hätte erleben müssen, hätte sie sich früher damit auseinandergesetzt.

Gedankenverloren zupfte sie am Schilf, als sie Schritte hörte. Der Duft von Vanille, Wald und Tabak zog in ihre Nase. Mit einer geschmeidigen Bewegung setzte sich Alan neben sie, legte den Arm um ihre Schultern und wie immer aktivierte seine Berührung ein irrsinniges Glücksgefühl in ihr.

»Geht es dir gut, Lisa?«, fragte er.

»Ja, Al, sehr gut. Du hast mir etliche Denksportaufgaben vermacht mit deiner Einführung.«

Er lachte, drückte sie an sich und beglückt legte sie den Kopf an seine Schulter. Dieser Mann tat so unendlich gut!

»Das ist fein«, sagte er vergnügt. »Wenn du jetzt schon angestochen bist, läuft der Eiter umso schneller raus.«

Lisa kuschelte sich enger an ihn, Alan ließ es nicht nur geschehen, sein Arm zog sie sogar fester an sich, seine Hand streichelte ihren Oberarm. Am liebsten hätte sie sich nie mehr von ihm wegbewegt. Ja, sie wollte unbedingt leben! Für diesen Mann.

✳✳✳

Am Nachmittag fand eine weitere Yogastunde statt, danach meditierten sie. Alan führte sie mit ruhiger Stimme hinein und Lisa war begierig darauf, sich zu versenken, diese Stille wieder zu spüren und Einfluss auf ihre Gedanken zu nehmen.

Aber es gelang ihr nicht. Ihr Kopf machte, was er wollte, als wolle er ihr beweisen, dass er der Stärkere sei. Sie war kaum in der Lage, auch nur drei Mal hintereinander ihren Satz innerlich aufzusagen, stets ploppte ein störender Gedanke dazwischen. Genervt seufzte sie innerlich auf. Mann, warum ging das nicht? Unauffällig sah sie sich um. Finn wirkte wie beim ersten Mal total versunken, auch Michael machte diesen Eindruck. Richard war ein wenig unruhiger, dennoch schien er in einem zumindest meditationsähnlichen Zustand zu sein. Nur sie war hellwach.

Ihr Blick traf auf den von Alan und schuldbewusst schloss sie schnell wieder ihre Augen. Ich bin gesund. Ich bin gesund … Sie konzentrierte sich, geißelte ihren Geist, wenn er wegrutschen wollte, holte ihn immer wieder zu ihren drei Worten zurück und konnte nicht umhin, das alles furchtbar anstrengend zu finden. Als endlich, endlich die Glocke das Ende der Meditation einläutete, war sie so müde, dass sie sich am liebsten auf den Boden gelegt und geschlafen hätte.

Und so war der erste Tag trotz der interessanten Infos ernüchternd für sie. Aber … so tröstete sie sich … es war der erste Tag, es kamen ja noch weitere. Sie musste eben erst reinfinden.

Am Abend, nach dem Essen, saß sie mit den anderen auf der Veranda, beobachtete Alan in seinen Jeans und dem weichen Hemd, wie er sich bewegte, wie er mit Rose sprach, mit seinen Fingern sanft ein Blatt berührte, eine Blume im Vorbeigehen bewunderte und ihr Blick glitt von ihm über das Land, über den See, die Wälder, den Himmel, die Wolken … es war wie ein Zuhause. Ein großes Zuhause. Sie wollte für sich und diese Welt ein schönes Lied spielen. Sie erkannte, dass die Welt sie nährte, und begriff, dass das ein Geben und Nehmen war. Dass die Welt auch sie brauchte. Sie hatte das noch nie so gesehen.

✳✳✳

Alan kümmerte sich um jeden Einzelnen von ihnen. Er sprach mit Rich, er sprach mit Mike, er sprach auch mit Finn, der sich mit jeder Faser in das Seminar fallen ließ. Er schien ohnehin der Sensibelste und Offenste von allen zu sein und es war spürbar, dass er schon mit den ersten Meditationen die Ungereimtheiten in seinem Leben aufzuräumen begann – was Lisa nur deshalb mitbekam, weil sie schlicht und ergreifend voll da war, statt abzutauchen, wie er. Wie zum Teufel machte er das?

Die Meditation am nächsten Morgen empfand sie ähnlich beschwerlich wie die am Tag zuvor. Diesmal setzte sich Alan nicht zu ihr, was ihr zusätzlich Frust bescherte. Aber er half stets mit seiner hohen Energie. Manchmal machte er geführte Meditationen und er gab ihnen viele Tipps.

Sie bemühte sich. Sie versuchte es jeden Tag aufs Neue. Sie hatte sich vorgenommen, so schnell wie möglich ihren Zustand zu verbessern. Das musste unbedingt klappen! Aber jeden Tag schlug sie nach fünf bis zehn Minuten die Augen auf, erschrocken darüber, dass die Zeit einfach nicht verging. Jeden Tag versuchte sie, diesen entspannten Zustand zu erreichen, der laut Alan so notwendig war, um gesund zu werden. Jeden Tag empfand sie Meditation als Stress. Jeden Tag wartete sie im Prinzip nur ab, bis die Glocke dem endlich ein Ende setzte. Und jeden Tag wurde sie ein wenig verzweifelter. Sie hoffte, dass wenigstens die Theorie ihr weiterhelfen konnte.

Alans Blick ruhte oft auf ihr. Er ahnte, was in ihr vorging. Er sah, dass sie mit den Meditationen nicht weiterkam. Das machte die Sache für Lisa nicht leichter.

✳✳✳

Alans nächster Vortrag befasste sich weiter mit den Genen.

»Halten wir fest«, begann er. »Gene können ein- und ausgeschaltet werden. Und der Prozess beginnt damit, dass etwas von außen auf die Zelle, auf unsere DNS einwirkt – ein Gedanke zum Beispiel. Wie am ersten Tag erwähnt, befinden sich die meisten von uns im Dauerstress, aus welchen Gründen auch immer. Nun müsst ihr wissen, dass allein 170 Gene durch Stress in ihrer Funktion gestört werden und weitere 100 werden komplett abgeschaltet. Jede Art von Stress kann 1.400 chemische Reaktionen in Gang setzen und über dreißig Hormone beeinflussen. Daher ist es wichtig, wenigstens einmal am Tag runterzufahren, ruhig zu werden und in einen tieferen Zustand einzutauchen. Noch mal zur Erinnerung: Wir Menschen sind durchaus in der Lage, Stressreaktionen nur durch Gedanken einzuschalten. Wir müssen noch nicht mal wirklich im Stress sein! Aber genauso sind wir in der Lage, Heilung durch

Gedanken einzuschalten. Und natürlich durch unsere Lebensweise. Daher kümmern wir uns auch um die Ernährung und um alles andere.«

Alan wanderte im Raum umher.

»Was passiert, wenn jemand für krank erklärt wird? Die meisten machen die Krankheit zu ihrem Lebensinhalt. Sie denken ausschließlich daran. Sie haben Termine mit Ärzten und Krankenhäusern. Wie zum Teufel soll denn der Körper darauf antworten? Wie soll er gesundmachende Dinge ausschütten, wenn der Stress durch Termine, Angst und was nicht alles noch erhöht wird? Welche chemischen Stoffe ergießen sich in seine Zellen? Ich will nicht sagen, dass es nicht gut ist, sich behandeln zu lassen. Ich will damit sagen, dass die Behandlung besser wirken würde, wenn der Stress und die negativen Gedanken nicht wären.«

Er sandte Lisa einen kurzen Blick, als er fortfuhr:

»Es geht darum, genau diesen Stress zu eliminieren. Und das geht nicht mit Druck. Man kann nicht mit Anstrengung meditieren. Man kann sich nicht angestrengt um Entspannung bemühen. Es geht darum, Dinge geschehen zu lassen.«

Sein Blick wandte sich wieder allen zu.

»Alles bedingt sich. Denken wir positiv, haben wir mehr Kraft, mehr Lust auf Bewegung. Und wer sich bewegt, Sport treibt, dem fallen positive Gedanken leichter. Warum? Weil Bewegung und gesunde Ernährung nachweislich diejenigen Gene hochregeln, die Tumore unterbinden und jene Gene runterschrauben, die Tumore produzieren.«

»Ist das dein Ernst?«, fragte Lisa ungläubig. »Sport hat so eine große Wirkung?«

»Ja, Sport hat diese Wirkung, vor allem, wenn er dir Spaß macht. Ich möchte aber auf noch eine weitere, hochinteressante Studie hinweisen« Alan zwinkerte ihr zu. »Und damit auf eine weitere Möglichkeit, positiv auf unsere Gene einzuwirken. In einer Untersuchung aus dem Jahre 2008 und 2013[2] wurden zwanzig Freiwillige in unterschiedliche Praktiken eingeführt: Beten, Yoga, verschiedene Meditationstechniken sowie Chanten und Mantrawiederholung. Bei denjenigen, die so etwas noch nie gemacht hatten, hatten sich danach 1.561 Gene verändert. 874 Gene, die mit Gesundheit zu tun haben, wurden eingeschaltet oder hochgedreht, wohingegen 687 Gene, die mit Stress zu tun haben, ausgeschaltet oder herunterreguliert wurden. Und bei den erfahrenen Probanden veränderten sich gar 2.209 Gene positiv.«

Ein Raunen ging durch den Raum, alle vier Teilnehmer waren hoch beeindruckt.

»Aber was ist mit genetischer Veranlagung?«, wollte Lisa wissen.

»Gute Frage«, gab Alan zurück. »Natürlich muss jeder mit dem Genmaterial arbeiten, das er hat. Es gibt einen geringen Prozentsatz an Menschen, die tatsächlich krank zur Welt kommen. Wir können unseren DNS-Code nicht ändern, aber wir können sehr wohl gesundmachende Gene einschalten und krankmachende ausschalten. Denk an die 98,5 Prozent!«

»Aber die krankmachenden haben doch schon ihre Wirkung entfaltet«, wandte Michael ein.

»Das ist richtig, aber unser Körper ändert sich ständig. Vor einem Jahr waren 98 Prozent der Atome eures Körpers noch gar nicht vorhanden! Wir erschaffen in jeder Sekunde unseres Lebens einen neuen Körper! Ein altes Indianersprichwort sagt: Wenn du sehen möchtest, was du gestern gedacht hast, schau deinen heutigen Körper an. Wenn du wissen willst, wie dein Körper morgen ausschaut, achte auf deine heutigen Gedanken. Dein Körper ist das physische Bild in 3D von dem, was du denkst und fühlst. Die gute Nachricht ist: Er ist flexibel und kann sich ändern.«

»Aber es heißt doch immer, dass traumatische Erlebnisse Narben in den Zellen hinterlassen«, meldete sich Finn.

»Ja, aber wie lange lebt eine Zelle?«, fragte Alan zurück. »Noch mal: Krankheit ist etwas Vorübergehendes! Wir produzieren in jeder Sekunde unseres Daseins einen neuen Körper. Neue Zellen! Dessen sind sich die meisten nicht mehr bewusst, wenn sie es denn je waren! Wir sind uns vor allem nicht bewusst, dass wir diesen Entstehungsprozess steuern können! Aber wenn ihr mit den immer gleichen Gedanken die immer gleiche Chemie auf eure Zellen ergießt, erschafft ihr natürlich jedes Mal eure Vergangenheit neu und damit all das Leid – und die Krankheiten.«

Er wandte wieder an Finn:

»Okay, was die traumatischen Erlebnisse angeht: Wir reagieren mit zwei Möglichkeiten auf Negatives. Die einen schieben es weg. Die anderen verstricken sich darin, was heißt, sie rufen sich das Ding, sei es eine berufliche Niederlage, eine Vergewaltigung oder was auch immer, ständig ins Gedächtnis. Der Körper kann aber nicht zwischen dem, was wir denken und dem, was Realität ist, unterscheiden. Denk an eine nackte Frau und dein Penis richtet sich auf, obwohl gar keine da ist.«

»Meiner nicht!«, krähte Richard dazwischen.

»Interessant!«, spottete Michael. »Mit fünfzig schon impotent? Wie bedauerlich!«

»Das heißt nur, dass ich mich entsprechend beherrschen kann«, verteidigte sich Richard mit hochrotem Kopf.

Alan lachte.

»Aber was mache ich mit negativen Emotionen?«, fragte Finn. »Soll ich sie rauslassen, wie das so mancher Psychologe empfiehlt? Und wenn ja, wie vereinbart sich das dann mit positivem Denken und Handeln?«

»Ja, negative Gefühle sind wie Blähungen. Einfach einen fahren lassen, um dich zu erleichtern, ist nicht sehr sympathisch und wenn du sie zurückhältst, kriegst du Bauchweh.«

Sie lachten über den Vergleich.

»Die Lösung ist, erst gar keine Blähungen zu produzieren«, empfahl Alan.

»Aber wie geht das?«, rief Lisa gequält. »Indem man Positives denkt?«

»Positive Gedanken sind ein Anfang«, erklärte Alan bedächtig. »Aber es muss tiefer gehen. Wenn ihr meditiert, solltet ihr höhere Emotionen wie Liebe, Vertrauen und vor allem Dankbarkeit aktivieren. Das ist sehr entscheidend. Denn damit kommt ihr in den Theta-Zustand***. Und darin sind Dinge änderbar.«

»Und was ist, wenn man das einfach nicht fühlt?«, fragte Lisa weiter.

»Warum fühlst du es denn nicht?«, fragte Alan zurück. »Weil dir negative Gedanken und Emotionen dazwischenkommen?«

»Genau!«

»Das ist der Punkt. Das sind exakt die Hindernisse, die du dir anschauen musst, Lisa. Wir müssen uns um seelische Wunden kümmern, sonst fangen sie an zu gären. Wie kommt man an diese Wunden heran? Ganz einfach: durch unsere Gefühle. Denn Gefühle sind eine intelligente Reaktion auf Störungen in unserem Organismus. Gefühle sind weise. In dem Moment, wo du Gefühle zurückstößt als etwas, was du nicht haben willst, stockt dein Energiefluss – du baust noch mehr Stress auf und sie bleiben erst recht in dir verankert. Der Begriff für ›Tumor‹ in China ist übrigens ›gefrorene Gefühle‹. Das ist doch bezeichnend! Also: Entdeckt die Weisheit eurer Gefühle! Das ist wie eine Geburt: Es tut weh, aber es kommt etwas Wunderschönes dabei heraus. Viele glauben, wenn sie ein negatives Gefühl haben, müssten sie es wegstoßen. Das ist nicht richtig. Auch deine Gefühle sind im Hier und Jetzt. Wenn du sie nutzt, beschäftigst du dich mit der Gegenwart. Und die Gegenwart ist wiederum der einzige Zeitpunkt, in dem man etwas verändern kann. Daher ist es unglaublich wichtig, dieses Jetzt, so wie es gerade ist, mit negativen, positiven und welchen Gefühlen auch immer, mit Krankheit oder

Gesundheit komplett anzunehmen. Das ist der Beginn der Heilung. Lehnst du etwas ab, polarisierst du und schaffst Dualität. Wenn du dich mit allem, was du bist und wie du bist, annimmst, hört dein Widerstand gegen dich selbst auf.«

Er ließ seine Worte wirken, bevor er weitermachte. Überhaupt machte er oft Pausen zwischen seinen Sätzen, wofür ihm alle dankbar waren.

»Aber wie macht man das?«, wollte Lisa wieder wissen.

»Ganz einfach, indem du nicht gegen sie kämpfst«, erklärte Alan heiter. »Wu Wei. Das heißt Loslassen. Tun im Nichtstun. Der Frühling kommt. Das Gras wächst. Ganz von allein. Schau dir deine Gefühle an und sieh, was passiert. Es passiert dann nämlich was.«

Er kicherte ein wenig, die anderen fielen mit ein, aber Lisa blieb stumm. Sie war ein wenig verzweifelt, weil das alles so wenig greifbar war. Wie sollte sie ein Gefühl anschauen? Sie wollte einfach nur gesund werden!

♫ The Longer I Run ♫

Peter Bradley Adams

Der Inhalt der Vorträge forderte jeden in der kleinen Runde auf seine Weise und Lisa durchlief zusätzlich ihr Sonderprogramm. Alan war in Bezug darauf ungeheuer streng und checkte, ob sie alles durchzog, was auf dem Plan stand. Jeden Tag überprüfte er ihren pH-Wert und ihren Ernährungsplan, der nur aus basischen Lebensmitteln bestand. Sie vermisste ihre Tasse Kaffee am Morgen ganz schrecklich und Alkohol, auf den sie aus Frust so manches Mal Lust hatte, war selbstredend streng untersagt.

Doch Alans liebevolle Fürsorge relativierte Gott sei Dank vieles. Sie freute sich über jede Sekunde, die er mit ihr verbrachte, über jede seiner Berührungen und über den Klang seiner Stimme. Er sprach viel mit ihr, versuchte, ihr klarzumachen, dass sie doch Zeit habe, dass es normal sei, dass es etwas langsamer gehe, weil sie doch so lange Jahre Abneigung gegen diese Praktiken entwickelt habe und sich das erst lösen müsse.

Er machte ihr Leberwickel, Pete unterstützte mit Fußreflexzonenmassagen, am Abend bekam sie Apfelessig mit dem Saft einer Zitrone zu trinken, um den Entsäuerungsprozess anzuregen, und verblüfft hatte sie bereits nach einer Woche festgestellt, dass das Weiß ihrer Augen deutlich klarer war als vorher. Von diesen Kleinigkeiten ermutigt hielt sie sich an alles, was Alan anordnete, und wiederholte eisern ihr Mantra: Ich bin gesund. Ich bin gesund. Ich bin gesund.

Manchmal meldete sich dieses dumpfe Gefühl im Kopf zurück, für das auch Pete keine Erklärung hatte – oder ihr keine geben wollte –, manchmal war ihr übel; dann gab es wieder Tage, da war sie völlig beschwerdefrei. Es ging rauf und runter, aber ihr Augenmerk war auf Alan gerichtet. Alan, der mit einer Leichtigkeit und einer gleichzeitig so satten Präsenz durch die Tage ging. Alan, den sie jede Sekunde begehrenswerter fand. Seinen kräftigen, muskulösen Körper, seine warmen Augen ... es war ihr egal, dass er über zwanzig Jahre älter war als sie, im Gegenteil, sie fand das höchst ansprechend. Sie war schlicht von ihm verzaubert. Alles an diesem Mann war echt. Sie roch ihn, sie spürte ihn, sie war süchtig nach ihm. Suchte ihn mit den Augen, wo immer er war.

Alan hielt seine Vortragsportionen gemäßigt, eindeutig legte er mehr Wert auf das Thema Meditation. Und genau das weitete sich mit der Zeit zu Lisas Nemesis aus.

Jeden Tag rang sie in diesen Stunden mit ihren Gedanken, aber Meditation war einfach nicht ihr Ding. So konzentrierte sie sich mehr auf das, was man aktiv tun konnte. Machte Sport, auch wenn sie keine Lust dazu hatte, zwang sich, ihre Affirmationen aufzusagen, und hielt sich strikt an die Ernährungsvorschriften.

Am Ende der zweiten Woche fuhr sie mit Finn, der in Vernon noch ein paar Sachen besorgen wollte, in Petes Praxis, weil sie unbedingt einen Zwischencheck wollte – von dem ihr alle abrieten.

Eine Stunde später war sie vollkommen desillusioniert. Ihre Werte waren nicht besser geworden. Nicht um ein Jota. Sie waren sogar ein weiteres Mal nach unten gesackt. In ihr brach Panik aus. Es klappte nicht! Zweifel begannen sich einzuschleichen. Sie schob sie weg. Sie musste doch positiv denken! Sie wollte gesund werden, verdammt noch mal!

Mit brennenden Augen starrte sie aus dem Fenster, als sie zurück zur Ranch fuhren. Finn legte ab und zu tröstend seine Hand auf ihr Bein und einmal ergriff sie sie impulsiv und führte sie mit einem Schluchzer an ihre Augen, um sie kurz danach wieder loszulassen.

»Sorry, Finn«, murmelte sie heiser. Ihr Hals brannte vor unterdrückten Tränen.

»Keine Ursache, Lisa«, sagte er leise. Seine Augen brannten ebenfalls, aber Lisa sah es nicht.

Als sie ausstiegen, sagte Finn: »Lisa, es sind doch erst zwei Wochen ...«

»Ja, schon«, erwiderte sie erstickt. »Aber Pete hat von vier bis sechs Wochen gesprochen! Was ist, wenn ich es nicht schaffe?«

Sie hoffte, dass Alan mit seinen nächsten Vorträgen ein bisschen Licht ins Dunkel brachte, wie man sich in diese so schönen Zustände versenkte, wie sie das zumindest ansatzweise am ersten Tag erlebt hatte. Sie ahnte, dass es das war, was ihr fehlte – etwas, was dummerweise so diffus und vage war, dass man es nicht einfach anpacken konnte wie einen Leberwickel. Das machte sie wahnsinnig.

Alan war von Pete über Lisas Werte informiert worden und seine Stirn runzelte sich. Es brauchte nicht viel Menschenkenntnis, um die Angst und den Frust in ihren Augen zu erkennen, auch, dass sie verzweifelt dagegen ankämpfte.

Stumm saß sie im Seminarraum, in der hintersten Ecke, sodass sie von den anderen keiner sehen konnte, und folgte Alans Worten in der Hoffnung, er möge etwas sagen, was ihr weiterhalf.

»Das Schlüsselmoment in der Heilung«, begann Alan diesmal, »ist, wenn das Loslassen oder Wegfallen von Angst plötzlich einen Shift in deinem Inneren verursacht. Denn diese Angst verhindert, dass du alte Gefühle auflöst. Es ist letztendlich die Angst vor Veränderung.«

Solche Sätze brachten Lisa zur Verzweiflung.

»Ja, aber wie kann man Angst einfach loslassen?«, hakte sie fast aufgebracht nach.

»Indem du bereit bist, sie hochkommen zu lassen. Das genügt oft, um sie aufzulösen. Bist du denn bereit dazu, Lisa?«

»Ja«, sagte sie. »Ich weiß nur nicht, wie das geht. Muss ich wirklich einfach nur positiv denken?«

»Ja, so heißt es oft«, erwiderte Alan gelassen. »Und ... tust du das, Lisa?«

»Jeden Tag! Ich versuche es zumindest!«

»Und wie ist das Ergebnis? Hast du das Gefühl, du kommst weiter?«

»Nein!«, rief sie erstickt und ihre Kehle schnürte sich zu. »Kein Stück!«

Voller Mitgefühl sah Alan sie an.

»Aber was sagt dir das?«, fragte er sanft. »Dass du vielleicht gar nicht wirklich positiv denkst?«

»Wie meinst du das? Hat es einfach was mit Glauben zu tun?«

»Ich beantworte die Frage mit Ja, wenn es darum geht, daran zu glauben, dass Gesundheit, Glück, Liebe und so weiter möglich sind«, erwiderte Alan lächelnd. »Gesundheit ist eine Option im riesigen Quantenfeld aller Möglichkeiten. Es ist eine Option, die möglich ist, wenn du sie zulässt. Ich beantworte sie mit Nein, wenn du meinst, du könntest das mit deinem Kopf erreichen. Und schon gar nicht mit Angst. Kannst du mir mal erklären, wie man mit Angst positiv denken kann? Es ist die Angst, um die du dich kümmern musst, Lisa. Deshalb habe ich Wu Wei erwähnt – denn das Erste, was du verstehen musst, ist: Dein Kopf kann nichts tun. Gar nichts. Lass ihn raus aus dem Spiel.«

»Aber du hast doch gesagt, dass Gedanken unsere Chemie verändern – und Gedanken haben wir im Kopf!«, entgegnete sie aufgewühlt. »Außerdem kann man doch nicht verhindern, dass man negative Gedanken hat! Und das mit den positiven Gedanken funktioniert auch nicht immer! Es gibt so viele, die positiv gedacht haben, und sie sind trotzdem an ihrer Krankheit gestorben!«

Die Furcht sprach aus ihren Worten. Alle erahnten, dass sie im Netz unterwegs gewesen war und Erfahrungsberichte gelesen hatte. Alan wurde ernst.

»Schau, Lisa, du musst verstehen: Dein ›Ich‹ besteht zu fünfundneunzig Prozent aus unbewussten Erinnerungen und zu fünf Prozent aus bewusstem Geist. Wenn das so ist, dann arbeiten in dir gerade fünf Prozent gegen fünfundneunzig Prozent ... gegen einen riesigen Strom an unbewusster Körperchemie, einem Strom an allem Negativen, was du jemals in deinem Leben aufgenommen hast. Das reißt dich weg. Und daher machen deine krampfhaft positiven Gedanken wenig Sinn.«

Lisa war verblüfft. Definierte er ihre Affirmationen als krampfhaft positiv? Und woher wusste er, dass sie das tat?

»Ja, aber was kann ich tun?«, fragte sie drängend.

»Schau dir an, was dir im Leben wehgetan hat. Schau es dir einfach an – ohne jede Angst. Es ist nur dein Ego, das behauptet, das sei gefährlich.«

»Aber wenn ich das tue, bin ich negativ«, bohrte Lisa weiter. »Weil diese Gefühle nicht schön sind.«

»Nein, du bist nicht negativ, du bist bewusst. Du beobachtest diese Gefühle von einer hohen Warte aus. Hier, im geschützten Rahmen des Seminars. Noch mal: Wenn du dich verändern willst, geht das nicht mit dem bewussten Geist. Mit dem Kopf kommst du nicht in den Zustand, der nötig ist, um die Gene umzuprogrammieren. Eher erhöht der Kopf noch seine geistige Tätigkeit – und damit den Stresslevel. Um wirklich etwas zu ändern, müssen wir höhere Emotionen wie Liebe, Mitgefühl, Dankbarkeit, Freude, Vertrauen kultivieren.«

Er pausierte kurz, dann sagte er: »Es hört sich banal an, ich weiß, aber es ist immens wichtig. Wichtiger als ihr glaubt. Effektiver als ihr glaubt!«

Wieder wanderte er im Zimmer umher.

»Und warum ist das so? Die Antwort aus spiritueller Sicht ist Folgende: Weil diese höheren Emotionen der Strahl sind, der uns zu unserem innersten Kern führt, zu unserem Selbst, der Energie, aus der wir gemacht sind, dorthin, wo Änderungen möglich sind. Wenn wir das kultivieren, wird alles sehr einfach. Traut euch! Das geht so easy! Und gebt euch Zeit dafür! Euer Körper kann nicht alles sofort verkraften, er muss sich auch daran gewöhnen.«

Sein Blick streifte wieder Lisa, die sich unbehaglich fühlte.

»Aber es gibt auch eine biologische Erklärung: Diese höheren Emotionen setzen nachweislich ein Neuropeptid namens Oxytocin frei. Und dieses Oxytocin schaltet krankmachende Gene einfach ab. In unserem Gehirn befindet sich zum Beispiel der sogenannte Mandelkernkomplex, auch Amygdala genannt – der ist verantwortlich für Furcht und Angst. Dieses Oxytocin legt die Rezeptoren im Mandelkern still. Auch der Darm, das Immunsystem, Leber, Herz und viele andere Organe haben Rezeptorstellen für Oxytocin, das heißt, sie freuen sich, wenn sie das als Nahrung bekommen! Also, meine Lieben, immer dann, wenn ihr euch auf diese höheren Emotionen konzentriert und sie in eurem Inneren aufruft, tut ihr etwas für eure Gesundheit! Dann erschafft ihr einen neuen Körper. Denn seid ihr in diesem Zustand, könnt ihr eurem Körper das Bild vorgeben, wie er sein soll. In diesem Zustand sind wir suggestibel.«

Wieder pausierte er und Lisa war, als könne er ihre Gedanken lesen.

»Warum hat sich Rich so schnell verändert? Weil er die hohe Emotion der Begeisterung genutzt hat. Diese Emotion hat alle Zweifel ausgeschaltet und den Weg freigemacht.«

Richard lächelte erfreut, aber auch gerührt und nachdenklich.

»Dankbarkeit«, fuhr Alan indes fort, »ist eine der höchsten Emotionen überhaupt. Aktiviert sie. Stellt euch euren Körper vor, wie er sein soll, wie er sein darf. Stellt euch vor, es wäre schon so – und seid schlicht dankbar dafür! Denn Dankbarkeit ist der offenste Zustand ever, ein Zustand, in dem ihr alles empfangen könnt. Dann beginnt euer Körper all das in euch auszuschütten, was ihr zur Gesundung braucht, denn für ihn ist das ein realer Zustand.«

Die drei Männer waren fasziniert, aber Lisa warf die Frage auf:

»Wie soll ich Frieden, Liebe und Glück empfinden, wenn ich so weit weg davon bin? Ich könnte das Gefühl maximal faken!«

»Aber Lisa, es geht nicht um Fake. Es geht darum, zu erkennen, dass all das schon in dir ist. War deine erste Meditation Fake? Was hast du da gefühlt? Du warst in der ersten Meditation nicht minder krank als jetzt – und doch hast du das erfahren können.« Alans Stimme war ruhig, aber ihr war, als strafe er sie ab.

»Aber ich kann das jetzt nicht mehr fühlen!«, wehrte sie sich.

»Doch das kannst du. Du musst dem nur deine Aufmerksamkeit schenken. Weil nämlich Liebe, Frieden und Glück nichts ist, was von außen kommt, nichts, was du dir einpflanzen müsstest. Das alles ist bereits in dir vorhanden. Auch wenn du krank bist. Und wenn du still wirst, wenn du endlich aufhörst, dich zu wehren, kommen sie zum Vorschein. Ja, und es ist normal, dass es dir fremd vorkommt ... wie Fake eben. Warum? Weil du das nicht gewohnt bist. Weil deine Zellen noch nicht genügend

Rezeptoren dafür haben. Aber jedes Mal, wenn du dich zur Meditation hinsetzt, jedes Mal, wenn du diese Zustände in dir aktivierst, bilden sich diese Rezeptoren, jedes Mal wirst du ein Stück offener. Energie folgt der Aufmerksamkeit, Lisa, und wenn du nicht der Krankheit Aufmerksamkeit schenkst, sondern der Liebe in dir und einem gesunden Körper, dann wächst das, dem du deine Energie gibst. Das ist nicht schwer. Es ist sogar sehr einfach.«

Lisa sah ihn an und wünschte sich, es wäre so einfach, wie er das behauptete. Alan wiederum versuchte ihr auf jede mögliche Weise zu helfen, damit der Groschen fiel.

»Ich erinnere an dieser Stelle an das berühmte Experiment, als Wissenschaftler ein Teilchen beobachtet haben und es sich so verhielt, wie das der jeweilige Wissenschaftler erwartet hatte: Der eine sagte, es sei eine Welle – und genauso hat es sich bewegt. Der andere sagte, es sei ein Partikel – und auch er hatte recht. Sobald ein Wissenschaftler darauf schaute, hat sich das Teilchen nach der Erwartung des Beobachters gerichtet. Was folgert ihr daraus?«

»Dass die Welt so ist, wie wir sie sehen?«, antwortete Michael.

»Exakt. Es bedeutet aber auch, dass eure Zellen sich so verhalten, wie ihr sie seht. Also bedeutet das, dass sich euer Körper so verhält, wie ihr ihn seht. Weil euer Körper nicht unterscheiden kann, zwischen dem, was ihr euch vorstellt und dem, was ist.«

Lisa wurde immer verwirrter.

»Aber ich habe mir meinen Körper nie so vorgestellt«, hielt sie dagegen. »Ich habe ihn nie krank gesehen! Und doch ist er es.«

»Ja, aber wie hast du die Welt gesehen, Lisa?«, fragte Alan sanft. »Als Feind oder Freund? Wie hast du die Menschen darin gesehen? Wie hast du dein Leben gelebt? Wie siehst du dich? Wie oft hast du Liebe in dir aktiviert? Welche Gedanken und Gefühle feuern in deinem Inneren? Was sind deine automatischen Antworten und Reaktionen, wenn etwas Unangenehmes passiert? Wenn du das nicht weißt: Dein Körper zeigt es dir.«

Lisa lief rot an. Wie hatte sie die Welt gesehen? Feindselig. Wie war sie ihren Mitmenschen begegnet? Misstrauisch. Wie hatte sie sich gesehen? Minderwertig. Und was spürte sie immer wieder angesichts ihrer Krankheit? Immensen Widerstand und Angst. Wie hatte sie gelebt? Sie hatte sich eingebunkert. Was taten ihre Zellen? Sie führten ein Eigenleben. Sie wucherten – wie ihre Gedanken.

Etwas klickte in ihrem Inneren und beklommen sah sie Alan an.

»Schau, Lisa, dein Körper will leben«, fuhr er sanft fort. »Jede Zelle in dir will das. Sie will blühen, sie will sich freuen, will glücklich sein. Was tust du dafür, dass es so sein kann? Schenkst du ihnen Glück, Liebe und Freude? Nährst du sie? Oder bekommen sie Gedanken wie ›Ich kann das nicht!‹? Peitschst du sie gnadenlos vorwärts, indem du sagst ›Wir müssen es schaffen!‹ und setzt sie damit unter Druck? Schneidest du sie von ihrer inneren Lebensquelle ab, deinem inneren Licht, weil du nicht daran glaubst, dass es in dir existiert? Weil du sagst, es sei Fake?«

Ihre Lippen zitterten. Alan beobachtete sie, als er leise wiederholte:

»Deine Zellen wollen leben, Lisa. Und wenn sie das auf natürliche Weise nicht tun können, suchen sie sich ihren eigenen Weg, um zu wachsen, auch wenn es ein entarteter ist.«

Diesmal setzte Lisas Herz einen kompletten Schlag aus, bevor es wieder anfing zu pochen … laut zu pochen, schmerzhaft. Am liebsten hätte sie bei Alan auf »Pause« gedrückt, aber er machte unerbittlich weiter.

»Unser Körper besteht aus Zellen. Unsere Zellen bestehen aus Atomen und Atome bestehen zu 99,999 Prozent aus Raum. Dieser Raum ist nicht leer. Dieser Raum ist pure Energie. Und das, was ihr als Materie seht, euer Körper, die Welt … das sind gerade mal 0,01 Prozent. Wem gebt ihr die Macht? Worauf schaut ihr? Auf die 99,999 oder die 0,01 Prozent? Auf den unendlichen Raum oder auf das bisschen Materie? Seid ehrlich: Ihr gebt der Materie mehr Macht, als sie verdient! Das ist die Täuschung, von der die Weisen sprechen, wenn sie sagen, die Welt sei eine Illusion.«

»Ich war schon immer ein Materialist«, versuchte es Richard mit einem Witz.

»Ein Materialist ist jemand, der das Material nicht schätzt«, gab Alan zurück. »Oder anders ausgedrückt: Er schätzt die Energie nicht, die dieses Material erschafft! Er nimmt sie komplett aus der Gleichung heraus. Denn, wenn wir an diese 98,5 Prozent ungenutzter Gen-Kombinationen herankommen wollen, müssen wir eine Instanz bemühen, die wir Menschen ziemlich vergessen haben. Die Instanz, die uns erschaffen hat.«

»Die Instanz, die uns erschaffen hat …«, wiederholte Michael nachdenklich.

»Genau. Diese Instanz ist in uns – als Raum, als Energie, als unendliche Kraft. Als ein Feld grenzenloser Möglichkeiten. Glaubt mir, euer Körper ist keine festgemeißelte, eingefrorene Skulptur, er ist ein Strom an Atomen, ein Strom an Energie, ein Strom von Gedanken. Ihr wisst jetzt, wie sehr Emotionen Einfluss auf unsere Materie haben und damit auf unseren Körper – denn Gedanken, die Emotionen hervorrufen, schaffen

Materie. Denkt an das Protein, das in euren Zellkern wandert! Wenn ihr euch mit hohen Emotionen wie Liebe oder Dankbarkeit verbindet, seid ihr in der Lage, euren Körper zu beeinflussen. Wenn ihr diese Kraft in euch endlich für real erachtet, habt ihr eure Macht wieder. Diese Power steht jedem von euch zur Verfügung. Sie ist in euch. Und wir sind hier, um uns wieder vollständig mit ihr zu verbinden.«

Es war still im Raum nach diesen Worten. Selbst Richard blieb stumm.

Alan legte seinen Stift weg, schaltete den Beamer aus und verließ den Raum.

∗∗∗

Pete jagte sie nach draußen, an die frische Luft, und sie waren froh darüber, denn was Alan so von sich gab, war schwere Kost, die es tatsächlich zu verdauen galt. Allein dieser letzte Vortrag war so gehaltvoll, dass er mit einem nächsten erst mal aussetzte.

Da er klargestellt hatte, dass jeder durch seinen eigenen Prozess hindurchzugehen hatte, war der Kontakt in der Gruppe außerhalb der Vorträge und Meditationen gering. Finn war sehr in sich gekehrt, Michael und Richard redeten viel miteinander oder saßen schweigend auf einer Bank im Garten oder am See, auf eine Weise, die Lisa klarmachte, dass auch sie nach innen gewendet waren.

Alan betonte so oft, dass es darum ging, das Alte aufzulösen. Lisa verstand das. Und doch wusste sie nicht recht, wie genau das gehen sollte.

Mit einem mulmigen Gefühl im Bauch stellte sie fest, dass die Männer null Problem hatten, sich auf diesen Prozess einzulassen, und sie, die es am nötigsten hatte, schaffte es nicht! Es brodelte in ihr. Die Vorträge wühlten sie auf, aber sie wusste nicht wirklich, was sie tun musste, um diese Krankheit aus ihrem Körper zu bekommen. Eine Krankheit, die sie zu hassen begann, weil sie ihr eine Zukunft verwehrte, die ihr nun, da sie Alan kannte, umso erstrebenswerter erschien. Eine Zukunft, wie sie sie sich immer erträumt hatte! Mit einem Mann, wie sie ihn sich immer erträumt hatte!

Sie konnte ihre Gene beeinflussen? Verdammt noch mal, dann würde sie das tun!

Stumm wiederholte sie ihr Mantra, versuchte, dem Gefühle wie Liebe hinzuzufügen, aber es war so abstrakt! Stattdessen schoss Wut auf die Krankheit hoch. Sie kämpfte weiter. Ich bin gesund. Ich bin gesund. Ich bin gesund … und fühlte sich eher wie festgefroren als erlöst.

***

Stoisch absolvierte sie am nächsten Morgen ihre Meditation, die erneut nur daraus bestand, ihre Affirmation zu wiederholen. Sie versuchte, sich einen gesunden Körper vorzustellen. Doch jedes Mal schob sich die letzte Aufnahme von Petes MRT dazwischen und jede einzeln markierte Metastase wurde zum Monster. Sie versuchte, Liebe und Dankbarkeit zu empfinden, positiv über ihre Vergangenheit zu denken – und wie zum Hohn überfielen sie stattdessen aggressive Gedanken wie wildgewordene Hornissen. Frustriert hörte sie ihrem Kopf zu, wie er schimpfte: Emotionen haben! Durch negative Gefühle hindurchgehen! Deren Weisheit entdecken! Schöne Phrasen! Oh, was für ein Schwachsinn!

Er sagte das, was sie jahrelang gedacht hatte – wie oft hatte sie sich gegen die Sprüche ihrer Mutter gewehrt! Nun waren das die Geister, die sie nicht mehr loswurde, denn sie glaubte ihnen. Sie glaubte ihnen deshalb, weil sie dieses Andere, Vage, Unbekannte einfach nicht greifen und nicht fühlen konnte. Tränen schoben sich hoch, Angst schob sich hoch, sie drückte sie weg. Versuchte, Liebe zu empfinden. Je weniger ihr das gelang, desto wütender wurde sie und schließlich ließ sie ihren Gedanken einfach freien Lauf. Das nützte doch alles nichts! Vielleicht war eine Chemo doch besser?! Sie war zu blöd dafür! Wenn es so funktionieren würde, würden es doch viel mehr Leute machen! Und bei den anderen tat sich doch im Grunde auch nichts!

Ihre Wut erreichte ein Höchstmaß und sie überlegte ernsthaft, den Raum zu verlassen, als sie plötzlich hörte, wie jemand zu weinen anfing.

Überrascht spitzte sie die Ohren. Sie war ja ohnehin weit weg von dem, was man Versunkenheit nennen konnte. Und ja, da schluchzte jemand! Unauffällig blinzelte sie in Richtung des Geräusches und sah Finn schräg vor sich, dem die Tränen nur so aus den Augen liefen. Er ließ es ungehindert zu, schluchzte sogar laut und nichts an ihm deutete darauf hin, dass er sich schämte. Im Gegenteil – es wurde immer heftiger. Ruhig kniete sich Alan neben ihn und sprach leise ein paar Worte.

Seine Augen schweiften kurz durch den Raum. Michael war versunken und bekam nichts mit. Richard und Lisa waren wach. Er gab ihnen ein Zeichen, zu gehen, aber Richard stieß beim Aufstehen an Michael, sodass dieser, als er sah, dass es bei Finn losging, mit ihnen den Raum verließ.

»Was hat der junge Mann?«, fragte Richard verdutzt. »Ist das nicht ein Sonnenschein-Söhnchen, so einer mit goldenem Löffel im Mund?«

»Ach, Rosenberg«, seufzte Michael. »Ich dachte, Sie sind ein wenig sensibler geworden. Wieder eine Hoffnung weniger. Kommen Sie mit.« Er zog ihn weg.

Lisa dachte an Finns Geschichte, die er ihr am See erzählt hatte. Er war dabei, alles aufzulösen. Er würde frei sein, dessen war sie sich so sicher, wie sie hier stand. Finn schaffte das! Sie nicht! Sie schluckte hart. Mit einem eigenartigen Gefühl im Bauch setzte sie sich in die Hängematte auf der Veranda und wartete.

Nach einer Stunde öffnete sich die Tür und Alan kam heraus. Er sah sie kurz an, legte den Finger an die Lippen und ging zum See hinunter.

Zehn Minuten später erschien Finn. Sein Gesicht war nassgeweint, aber seine Züge wirkten wie geläutert und in seinen Augen strahlte ein so weicher, klarer Glanz, dass es ihr den Atem raubte.

Finn nahm Lisa gar nicht wahr. Er blickte in den blauen Himmel, dann auf den See und schien etwas zu sehen, was ihn total in Staunen versetzte. Lisa beobachtete ihn gebannt. In Finns Gesicht hatte sich etwas grundlegend verändert und sie hatte keine Ahnung, was das war. Sie wusste nur: Er war einen Riesenschritt weitergekommen.

Das mulmige Gefühl in ihr wuchs.

Alan machte an diesem Nachmittag kein weiteres Programm. Er ließ durch Rose ausrichten, dass es jedem freistünde, zu meditieren und den Abend so zu verbringen, wie er das für richtig halte. Und bat alle, Finn für die nächsten Tage komplett in Ruhe zu lassen.

Lisa fühlte sich verloren. Sie sah Richard und Michael am See entlanglaufen, aber sie gesellte sich nicht zu ihnen.

Und wo Alan war, wusste sie nicht.

✳✳✳

Am nächsten Vormittag ging es wie gewohnt weiter.

Ein sehr stiller Finn kam in den Raum, er hatte nicht mit ihnen gefrühstückt und sah auch niemanden an. Die Stimmung war anders als sonst. Es war, als hätte Finn mit dem Zulassen seiner Gefühle, dem Verarbeiten seiner Wunden, das Eis auch für die anderen aufgesprengt. Richard war sehr unruhig, so unruhig, dass ihm Michael das Hosenbein tätschelte und Richard sich noch nicht mal dagegen verwehrte. Es lag etwas in der Luft, was keiner benennen konnte. Lisa spürte, wie ihr Herz verrücktspielte, obwohl es doch gar keinen Anlass dafür gab. Im Grunde war alles wie immer.

Alan stand vorne und diesmal erzählte er eine Geschichte:

»Es war einmal ein alter Scheich. Als er merkte, dass seine Zeit zu Erde ging, rief er seine drei Söhne zu sich und sagte zu ihnen: ›Meine Tage sind gezählt und wenn ich gehe, vererbe ich euch meine siebzehn Kamele. Mein ältester Sohn soll die Hälfte der Herde bekommen, meinem zweitältesten steht ein Drittel der Kamele zu und dem jüngsten ein Neuntel.‹

Als der alte Scheich dann verstorben war, wollten die drei Söhne ihr Erbe aufteilen. Sie merkten jedoch schnell, dass siebzehn Kamele nicht durch zwei, nicht durch drei und auch nicht durch neun zu teilen waren. Sofort begannen sie, sich zu streiten, und konnten sich nicht einigen.

Schließlich fragten sie eine alte, weise Frau um Rat. Und die sagte zu ihnen: ›Die Lösung ist sehr einfach: Ich schenke euch für kurze Zeit mein Kamel.‹ Die Söhne des Scheichs wunderten sich über dieses Angebot, nahmen es aber an. Nun teilten sie ihre achtzehn Kamele untereinander auf. Der älteste Sohn, dem die Hälfte der Herde zustand, nahm sich neun Kamele. Der zweitälteste, der ein Drittel der Kamele bekommen sollte, nahm sich sechs und der jüngste, der ein Neuntel der Herde bekommen sollte, zwei Kamele. Überrascht stellten die Söhne des Scheichs fest, dass sie nur siebzehn Kamele verteilt hatten, gaben der alten Frau ihr Kamel zurück und bedankten sich bei ihr.«

Verdutzt schauten ihn alle an, als er geendet hatte.

»Viele Schwierigkeiten scheinen unlösbar und sehen so aus, als wären sie ein Siebzehn-Kamele-Problem«, sagte Alan. »Doch in solchen Momenten können wir eines machen: Einen Schritt zurücktreten und nach einem gemeinsamen Nenner suchen. Denn dann ist die Lösung überraschend einfach. Was, meint ihr, ist das achtzehnte Kamel?«

Finn lachte leicht, aber er sagte nichts.

»Der Dalai Lama hat es auch ganz wunderbar ausgedrückt«, lächelte Alan. »Er sagte mal: Das leuchtende Selbst wird bei der Bewältigung der Probleme nie berücksichtigt.«

Er machte eine kleine Pause und als er weitersprach, sah er Lisa direkt an.

»Hat dieses leuchtende Selbst tatsächlich die Kraft, Änderungen herbeizuführen? Und wie kann man auf es zurückgreifen?«

Lisa sah verzweifelt auf den Boden, weil sie mit diesem Begriff einfach nichts anfangen konnte. Alans Stimme wurde ein wenig dunkler.

»Meditation führt uns sozusagen zum achtzehnten Kamel – dem leuchtenden Selbst. Dieses leuchtende Selbst, diese Instanz, Gott, dein

Herz, ist die Lösung für alles. Die Tatsache, dass du deinen Mund öffnen kannst – welche Kraft steht dahinter? Die Tatsache, dass du atmen kannst – was gibt dir die Fähigkeit? Es ist das Leben in dir. Das musst du nicht suchen, es ist da. Sonst wärst du ja auch nicht hier.«

Wieder ging sein Blick zu Lisa, die noch immer das Teppichmuster anstarrte.

»Was ist Gott, was ist das Selbst?«, fragte er eindringlich. »Unzerstörbares Leben, das alle Formen erschafft. Und was ist Liebe? Liebe bedeutet nichts anderes, als dieses Leben, diese Energie in dir zu spüren. Dazu muss man nur ein wenig still werden, dann merkt man, wie sie in einem sprudelt. Liebe heilt. Aber gib ihr Gelegenheit, an die Oberfläche zu kommen, sie wahrzunehmen. Dich durchdringen zu lassen. Dafür ist Meditation da.«

Lisa zwang sich, ihn anzuschauen, aber sie fühlte sich nicht wohl.

»Meditation«, sagte Alan weiter, »hebt das Getrenntsein auf. Dann erkennst du, dass es nicht darum geht, alles als eines zu empfinden, sondern in den verschiedenen Formen das Eine zu sehen. Noch mal: Wer sich nur durch seinen bewussten Geist verändern will, gelangt nicht in den Ruhezustand, der nötig ist, um die Gene umzuprogrammieren. An diesem Punkt hört Heilung auf.«

»Alan«, wagte Lisa sich vor, obwohl sie sich doof vorkam. »Das ist ja alles schön und gut. Aber was soll ich tun, wenn ich an diese Präsenz nicht herankomme? So sehr ich es auch versuche?«

»Indem du endlich deinen Kopf rauslässt. Indem du spontan bleibst. Wu Wei, Lisa. Der Frühling kommt. Das Gras grünt. Weißt du, was Spontaneität ist? Spontaneität ist die Art, wie dein Haar wächst. Spontaneität ist die Art, wie eine Blume sich entfaltet und die Sonne scheint. Du musst das nur zulassen.«

Jetzt sagte er das schon wieder! Sie konnte es nicht mehr hören! Du musst es zulassen! Oder loslassen! Wie verdammt noch mal ging das? Ihr Gesicht war ein einziger Ausdruck an Resignation, als sie fragte:

»Selbst wenn mir das gelingt ... was bringt mir das? Wie soll mich die Instanz gesund machen, wenn sie doch eh tut, was sie will! Und nicht, was ich will!«

»Das stimmt so nicht, Lisa.«

Alan wirkte zum ersten Mal ein wenig beunruhigt und mit seinen folgenden Worten redete er sich fast ein wenig in Rage:

»Versteh doch bitte, dass diese Instanz und du keine getrennten Dinge sind. Sie ist du. Du bist Liebe. Du bist die Energie. Es gibt nichts zu suchen. Und was das Gesundmachen angeht – denk an die Zitrone, die dir das Wasser im Mund zusammenzieht – allein der Gedanke daran! Dein Körper reagiert auf das Bild, das du ihm gibst. Welche Bilder gibst du deinem Organismus? Und mit welcher Emotion? Ich habe das schon so oft erwähnt: Wenn du dir ein zukünftiges Ereignis vorstellst, dann existiert diese Realität bereits irgendwo im Quantenfeld. Dein Gehirn kann nicht unterscheiden, zwischen dem, was es sich vorstellt, und der sogenannten Realität. Es sind beides Realitäten. Zusammen mit den hohen Emotionen wie Liebe oder Dankbarkeit agiert dein Kopf genauso, als sei es schon geschehen. Fang doch einfach an, dankbar zu sein, für alles, was du hast! Mach deine innere Welt realer als die Außenwelt! Du wirst sehen, dein Gehirn kann keinen Unterschied erkennen! Dann schüttet dein Körper das aus, was du brauchst, um ihn gesund zu machen! Dein Körper erlebt das, was du träumst, als den jetzigen Moment. Du sendest ihm neue Signale, die neue Gene aktivieren. Das geht nicht mit Besprechen, das geht nicht mit dem Kopf, das geht nur, wenn du in den meditativen Zustand gehst, wenn du bereit bist, dich selbst kennenzulernen, und dich zu dem erhebst, der du wirklich bist: nämlich kein Geringerer als dein eigener Schöpfer. Und ja – dazu braucht es jede Menge Mut! Denn auf dem Weg dorthin gibt es Hindernisse: Deine alten Erlebnisse tauchen auf wie riesige Monster. Es sind diese Blockaden, die du durchstoßen musst. In jedem Märchen, in jeder Fabel muss der Held durch die Hölle und an gefährlichen Drachen vorbei, bevor er das Paradies betreten darf. Glaubst du, das ist hier anders? Daher ist es das mutigste Unterfangen der Welt, den kennenzulernen, der du wirklich bist, denn du bist unermesslich groß. Das ist das, wovor dein Ego Angst hat. Denn das Ego stirbt, wenn du das erkennst. Gott und du – ihr seid nicht getrennt. Das Selbst und du – es ist eines. Liebe ist ein Synonym – für dich. Kannst du das endlich akzeptieren? Jede Zelle in dir freut sich über deine Liebe. Sie will nicht deine Angst. Sie will nicht deine Zweifel. Sie will nicht deinen Druck. Und sie will nicht, dass du gegen sie kämpfst. Sie will deine Größe.«

Es war totenstill im Raum, als er endete. Alan starrte Lisa an. Sie starrte zurück. Er hatte kaum den Overhead ausgeschaltet, als sie auch schon aus dem Raum stürmte, zum See hinunterlief und in Tränen ausbrach.

Irgendetwas sagte ihr, dass sie es nicht schaffen würde. Irgendetwas in ihr weigerte sich, zu leben.

♫ Here To Love ♫

Lenny Kravitz

Das Seminar wurde immer dichter, immer intensiver. Der nächste, bei dem sich Knoten lösten, war Michael und es geschah sanft und leicht. Lisa bekam es mit, weil sie es wie stets nicht schaffte, auch nur in die Nähe eines solchen Zustandes zu kommen. So sehr sie sich für Michael freute, so sehr frustrierte es sie, dass ihr so gar nichts gelang. Es war wie immer! Sie strampelte sich ab und nichts, absolut nichts kam dabei rum! Richard saß nicht allzu weit von Michael entfernt und mit großen Augen verfolgte er, wie sein Sparringspartner den Kopf senkte, wie es ihn leicht schüttelte und seine Schultern zu zucken anfingen.

Mit ungläubigem Staunen sandte er Lisa einen Blick.

Ja, dachte sie, du und ich, wir sind die zwei nassen Holzscheite. Bei uns will das Feuer einfach nicht zünden.

Michael ließ seine Tränen tropfen, er wehrte sich kein bisschen dagegen. Alan war bei ihm und es war vereinbart, dass die anderen den Raum verlassen sollten, sofern sie nicht selbst in einem entrückten Zustand waren.

Leise standen Richard und Lisa auf. Beide schauten auf Finn, der nichts von alldem mitbekam. Er war irgendwo, nur nicht hier.

Finns seliger Gesichtsausdruck verwirrte den alten Herrn noch mehr und zu Lisas Überraschung blieben seine kindlichen und oft quengeligen Fragen aus. Verblüfft und auch ein wenig betreten sah sie ihm nach, wie er zum See stapfte und sich dort sehr nachdenklich auf eine Bank setzte.

Sie stand auf der Veranda und fühlte sich wie Falschgeld, als Pete vorbeikam.

»Hey Lisa«, grüßte er. »Alles gut?«

»Ja, Pete, den Umständen entsprechend.«

Die Floskel war ihr so rausgerutscht, aber Pete, der eigentlich auf dem Weg zu seinem Wagen gewesen war, stoppte und kam zu ihr zurück.

»Umstände sind etwas, was man sich schafft«, sagte er freundlich, drehte sich um und ging pfeifend davon.

Lisa war bis in die Knochen frustriert. Alle drei Männer fielen mühelos in Meditation. Bei bereits zweien von ihnen hatte diese sogar einen transformierenden Effekt. Nur bei ihr, die es doch am nötigsten hätte, tat sich gar nichts.

Ihre Laune war im Keller. Sie kam sich vor wie ein Versager.

✳✳✳

Die nächsten Tage verbrachte Alan damit, einige Dinge zu besorgen. An seiner statt hielt Pete die Vorträge – über Ernährung und Bewegung. Es war interessant und Lisa fand es überaus erholsam, weil das praktische Dinge waren, die sie tun konnte.

Als Alan zurückkam, brachte er Michael ein Modell einer Hüfte mit und ließ sich von ihm erklären, wo und welche Probleme er hatte. Michael nickte mehrmals erfreut, als Alan ihm seine Ideen unterbreitete und nahm das Hüftmodell mit in sein Zimmer.

Auch mit Richard sprach Alan lang und ausführlich, aber der reagierte ein wenig wie Lisa – wie sie erschrocken feststellte. Obwohl er bislang allem Neuen gegenüber so aufgeschlossen gewesen war, schien er jetzt an eine Grenze gekommen zu sein, die er nicht überschreiten konnte oder wollte.

Ja, und Finn … Finn schwebte durch den Tag. Manchmal hatte sie das Gefühl, er sei gar nicht wirklich da. Manchmal kam er ihr geradezu durchsichtig vor, so fein war seine Ausstrahlung geworden. Einerseits war es ein Ansporn, dass es möglich war, andererseits hielt sie sich vor Augen, dass Finn ja nicht krank war – und dass bei ihr alles um so vieles schwerer ging.

✳✳✳

Ihr Magen fuhr jedes Mal Achterbahn, wenn Pete sie untersuchte, mit anschließendem Sturzflug, wenn er leise mit dem Kopf schüttelte. Wenn er die beiden Aufnahmen – die alte und die neue – an das Leuchtfenster hängte – und sich nichts getan hatte.

Auch Alan blickte sehr nachdenklich drein, was Lisa noch mehr beunruhigte. Es konnte nur noch eine Frage der Zeit sein, bis er sie nach Deutschland zurückschickte! Sie sah das Szenario vor sich: Wie sie es ihrer Mutter sagen musste, wie sie vielleicht doch noch durch eine Chemo musste, wie alle sie schimpfen würden, warum sie so lange damit gewartet hätte … um sich in der nächsten Sekunde wieder zurück zu reißen und sich zu sagen: Ich bin gesund! Ich bin gesund … Ich schaffe es! Denk nicht so was!

Aber in ihr war Panik und das machte die Sache nicht besser, denn sie wusste ja inzwischen, was sie ihrem Körper damit antat. Schuldgefühle konnte sie rein gar nicht brauchen! Kurz: Sie befand sich in einer höllischen Spirale, die nicht nach oben, sondern nach unten führte.

Alan kümmerte sich rührend um sie. Die Entgiftung ihres Körpers zeigte Wirkung, nicht so sehr, wie er sich das erhofft hatte, das sah sie seinem Gesicht an, aber sie fühlte sich dennoch wacher und fitter.

»Lisa«, sagte er, als sie zusammen am See saßen. »Kopf hoch! Sonst kannst du die Sterne nicht mehr sehen!«

Sie lächelte schwach. »Warum funktioniert es nicht bei mir, Alan?«, fragte sie.

»Es funktioniert auch bei dir«, erwiderte er und wandte sich ihr zu, wie immer ein leichtes Lächeln in seinen Augen. »Und weißt du, warum ich so sicher bin?«

»Nein! Sag es mir!«

»Weil dein zweites Blutbild, das dein Arzt gemacht hat, so viel besser war. Warum war das so? In welcher Zeit wurde das gemacht?«

Verblüfft dachte sie nach. Ja, das war die Zeit gewesen, als sie so glücklich mit Finn gewesen war! Alan las ihre Gedanken und drehte sich wieder Richtung See. Er lachte.

»Siehst du!«, sagte er heiter. »Es geht auch bei dir.«

»Alan … ich bemühe mich wirklich sehr!«, murmelte sie hilflos.

»Eben das ist dein Problem. Du musst dich nicht bemühen, sondern deine Angst ansehen. Deinen Widerstand gegen all das. Weißt du, du blockst dich im Moment selbst. Du traust dich ja noch nicht mal zu weinen. Heilung ist etwas Leichtes. Lass die Anstrengung weg.«

»Nein, es ist nicht leicht. Ich finde dieses Selbst nicht, von dem du dauernd sprichst! Ich finde das achtzehnte Kamel nicht!«

»Das redest du dir ein. Du lebst doch. Also ist es in dir. Es ist überall! Wie die Sterne! Du musst nur ein wenig still werden.«

»Aber genau das kann ich nicht!«, rief sie verzweifelt.

»Verdammt, Lisa, merkst du nicht, wie du dich programmierst? Was ist so schwer daran?! Mach die Augen zu und warte einfach!«

»Ich glaube … ich glaube, das geht leichter, wenn es einem gut geht«, erwiderte sie.

»Das ist Unsinn. Dir geht es gut. Jetzt. Mach dir das bewusst. Guck doch, wie schön der See ist. Die Sonne. Das Laub. Es ist JETZT schön. Mehr musst du nicht empfinden. Gib den Widerstand auf, Lisa!«

Erneut klickte es in ihr, wieder nur ein bisschen. Alan drehte sich zu ihr hin und sah ihr in die Augen, strich ihr leicht über die Wange, als er ihre Resignation sah. Beglückt spürte sie, wie warmer Honig durch ihren Körper rann.

»Weißt du, ich komme mir vor, als renne ich gegen die Zeit«, sagte sie. »Weil doch mein früherer Arzt gesagt hat ...«

»Vergiss, was er gesagt hat, und erschaffe deine eigene Realität. Und wenn es ein Jahr dauert ... ist doch egal. Ich habe dir das ganze Handwerkszeug an die Hand gegeben. Jetzt liegt es an dir, Lisa. Ich kann das nicht für dich tun. Niemand kann das.«

Und leise setzte er hinzu: »Ich wünsche mir so sehr, dass du endlich deinen Kontrollwahn aufgibst.«

»Kontrollwahn?«

»Ja, dein Ego will alles im Griff haben! Will alles sicher haben! Es klammert und klammert und klammert! Wenn du dich einfach fallenlassen könntest – in das Unbekannte, das du so fürchtest – gibt das einen Shift in deinem Bewusstsein, in deiner ganzen Persönlichkeit. Es ist ein Umschalten, das dem Herz die Krone zurückgibt und den Kopf zum Diener deines Lebens macht – und nicht zu deinem Peiniger.«

Nervös knetete sie ihre Finger.

»Aber ... Alan, deine Methode ... sie klappt doch nicht bei jedem und ...«

»Nein, siehst du doch«, antwortete er und seufzte ein wenig. »Dazu brauchst du eben das achtzehnte Kamel. Geh und schau es dir an. Das ist nämlich das, was du nicht tust. Du sagst, es ist keins da.«

»Nein, ich sage, ich kann es nicht finden!«, rief sie am Ende mit den Nerven.

»Natürlich kannst du das nicht! Hör auf zu suchen und akzeptiere einfach, was ist!«

»Heißt das ... meinst du damit, ich soll mich mit dem Tod auseinandersetzen?«

»Ja, genau! Was ist so schlimm daran?«

Sie stieß einen entsetzten Laut aus. Unbeeindruckt davon sagte Alan:

»Schau, der Tod ist doch allein schon ein Symbol dafür, dass wir unser Leben nicht selbst in der Hand haben. Das ist das, wogegen du dich wehrst. Akzeptier doch, dass du todkrank bist.«

Noch immer starrte sie ihn an, nicht verstehend, was er damit sagen wollte.

»Heißt das ... heißt das ... es funktioniert wirklich nicht bei mir?«

»Es kann bei jedem funktionieren«, erwiderte er. »Auch bei dir. Aber grundsätzlich kann niemand Pauschalaussagen treffen. Ich hatte mal einen Mann hier, der brachte alles mit, um gesund zu werden. Nur – er wollte nicht. Unterbewusst nicht. Er hatte eine Frau, von der er wegwollte und keinen Mut, diesen Schritt zu gehen. Das war sein unterbewusstes Programm. Ich hätte das Wundermittel schlechthin haben können – es hätte nichts genützt. Daher ist es so wichtig, dass du herausfindest, was dich unterbewusst lähmt. Du wirst meine Worte nie verstehen, solange du dir nicht anschaust, was sie blockt.«

»Aber was heißt das, wenn du sagst, ich soll mich mit dem Tod auseinandersetzen...?«

»Weil es Menschen gibt, für die es tatsächlich zu spät ist. Manchmal wollen Seelen gehen. Manchmal lösen Menschen ihre Knoten und gehen trotzdem. Manchmal ist es besser, einen Neustart zu machen. Schau, es spielen so viele Faktoren zusammen – niemand kann dir ein Heilungsversprechen geben und das ist das, was du von mir willst. Das hindert dich am Loslassen, am Akzeptieren des Moments. Was dir komplett fehlt, Lisa – und das aus reiner Angst, die dir dein Ego macht – ist Hingabe. Gib dich der Tatsache hin, dass du krank bist und dass alle Ausgänge möglich sind. Damit gibst du dich dem Leben hin.«

»Hingabe«, wiederholte sie. »Dieses Wort mag ich gar nicht. Es hört sich nach Aufgeben an.«

»Hingabe bedeutet einfach, den Moment so zu lieben, wie er ist.«

Sie schnaufte tief.

»Das berühmte Hier und Jetzt? Ehrlich, Al, wie soll ich das lieben? Das hieße, meine Krankheit zu lieben! Und das ist mir schier unmöglich! Ich hasse sie! Ich hasse sie!«

Er lachte und sie wunderte sich, wie er so gelassen bleiben und sich gleichzeitig so sehr um sie bemühen konnte.

»Das ist der Punkt, Lisa. Leben im Hier und Jetzt ist keine Tätigkeit. Es ist ein Zustand. Die Ruhe des Geistes, der nichts anders haben will, weil er nichts anderes braucht. Die Dinge sollen immer so sein, wie wir sie haben wollen – und das blockiert. Du wartest immer auf den perfekten Moment, aber der perfekte Moment ist jetzt. Hier. Versteh doch: Es gibt keinen Feind, gegen den du kämpfen musst. Akzeptiere, was dir widerfährt, begrüße es, lerne daraus und dann lass es los.«

»Aber das Hier, so wie es jetzt ist, macht mich nicht glücklich, Alan!«, sagte sie gequält. »Wo liegt der Sinn? Was hat das Leben für einen Sinn?«

»Das Leben ist Sinn, Lisa«, antwortete er. »Mach aus diesem Augenblick einfach etwas Göttliches. Und lass ihn sein, wie er gerade ist. Mit oder ohne Krebs. Schau, die Sonne scheint, der See ist blau, der Wind weht und du lebst. Jetzt. Mehr muss nicht sein.«

Lisa blieb stumm und versank in einem Meer voller Sehnsucht. Doch!, dachte sie wehmütig. Es soll mehr sein! Ich wäre gern gesund und ich wünschte mir, du würdest mich küssen!

Sie lagen auf dem Deck, auf ihre Ellbogen gestützt, und schauten auf das Wasser. Lisa hatte ihre Augen halb geschlossen, als Alan sagte:

»Du nimmst alles so ernst, Lisa. Das ist ein Zeichen, dass der Kopf dich voll im Griff hat. Er nimmt all die Dinge wichtig, die Gott zum Spaß erschaffen hat, und so siehst du nicht die unglaubliche Schönheit, die ganz normale Dinge besitzen. Vom Geräusch des Windes, dem Geschmack des Wassers, dem Duft einer Blume oder der Berührung der Sonne auf deiner Haut … aber wenn der Geist einen gewissen Grad an Klarheit erlangt hat, sieht man diese normalen Dinge auf neue Weise und man lebt in einer verzauberten Welt.«

Und dann sagte er die Sätze, die sie schon einmal vom Band von ihm gehört hatte, nur dass sie jetzt viel intensiver waren:

»Du kannst nicht aus dem Selbst herausfallen. Du brauchst auch nicht zu versuchen, in es hineinzukommen, denn du bist und warst schon immer in ihm. Entspann dich einfach – und du hast es!«

Alan lachte wieder und strich sich über den Bart. Sie lächelte zurück und ihre Blicke hakten sich ineinander fest. Sie sah, wie seine Lippen leicht zuckten, wie er sich ihr zuneigte, seine Finger ihre Wange berührten, hinter ihren Nacken glitten … in ihrem Haar spielten …

Doch abrupt ließ er sie los, stand auf und ging.

Lisa ließ sich auf den Rücken fallen. Es war ein bisschen wie mit Finn. Der war damals ihr Coach gewesen – das war Alan jetzt auch. Aber wenn sie nicht gesund werden würde, hätte sowieso nichts einen Sinn.

✳✳✳

Nach weiteren zehn Tagen bestand sie wieder auf einer Untersuchung, was weder Alan noch Pete befürworteten. Aber Lisa wollte es wissen. Unermüdlich hatte sie ihr Mantra aufgesagt, ihre Bäder genommen, gesund gegessen, sich bewegt, hatte meditiert – so gut es sie es vermochte

– und versucht, Liebe zu empfinden. Es musste eine Wirkung zeigen ...
es musste!

Doch es war wie immer: Pete presste die Lippen zusammen, als er in
das Zimmer kam, und einmal mehr rutschte ihr Herz nach unten. Das
hatte es jetzt so oft schon getan, dass sie diesmal zu müde war, es wieder
heraufzuholen. Es blieb, zusammen mit ihrer Stimmung, im letzten
Untergeschoss.

Die Tränen brannten nur so in ihrer Kehle, als sie mit ihm zur Lodge
zurückfuhr. Er versuchte, mit ihr zu reden, aber entsetzt bemerkte sie,
dass Feindseligkeit sich in ihr ausbreitete. Sie wollte keinen Menschen
sehen! Sie wollte alleine sein! Zu ihrer miesen Verfassung kamen
vehemente Schuldgefühle hinzu. Sie sollte doch dankbar sein! Pete war so
freundlich, sie machte ein Seminar, nach dem sich andere die Finger
lecken würden, sie bekam eine Extra-Betreuung von einem der
berühmtesten Leute seiner Zeit – und wälzte nichts als schwarze
Gedanken im Kopf!

Mit unmenschlicher Anstrengung riss sie sich zusammen und zwang
sich, auf Pete ein wenig einzugehen. Aber jedes Wort fiel ihr schwer.

Die vier Männer saßen auf der Veranda, als sie ankamen. Lisa konnte
keinen von ihnen ansehen, schon gar nicht Alan. Sie fühlte sich wie der
totale Loser. Mit zusammengepressten Kiefern murmelte sie einen Gruß
und verschwand in ihr Zimmer.

Erschrocken stellte sie fest, dass sie in alte Muster fiel, statt sie aufzulösen:
Sie schottete sich ab. Sie wollte niemanden sehen. Suchte sich einsame
Plätze auf der Ranch, saß allein und grübelte vor sich hin. Alles verkehrte
sich ins Gegenteil Alles wurde schlimmer statt besser! An diesem
Nachmittag wünschte sie sich von Herzen, dass Alan sich auf die Suche
nach ihr machte und sie trösten würde.

Aber diesen Gefallen tat er ihr nicht.

✳✳✳

Nächster Tag. Der Vortrag begann. Dass Alan es nach wie vor mit allen
Mitteln versuchte, war klar erkennbar, aber er war auch losgelöst; etwas,
was Lisa aus zwei Gründen nicht vertrug: Einmal, weil sie selbst weit weg
davon war, und zum anderen, weil Gleichmut das Gegenteil von dem war,
was sie von Alan wollte.

In Lisas Wahrnehmung schien er obendrein auch deutlichere Worte zu wählen als sonst.

»Alles heilt«, sagte er. »Vor kurzem habe ich mir meinen Finger an einem Küchenhobel geschnitten. Was tut man in so einem Fall? Man macht die Wunde sauber, versorgt sie – und wartet. Niemand hockt sich vor seinen Finger, beobachtet ihn ängstlich, bespricht ihn gar oder gibt ihm Befehle, er solle doch heilen. Der Finger heilt, weil man ihn in Ruhe lässt. Neue Haut wächst über die Kuppe. Der Fingernagel wächst wieder. In zwei Wochen sieht man nichts mehr von der Wunde – und man denkt noch nicht mal mehr darüber nach. Man erachtet es als Selbstverständlichkeit, dass der Finger geheilt ist, und als Selbstverständlichkeit, dass er das von alleine tut.«

Wieder hielt er inne.

»Ist das nicht ein faszinierendes Beispiel dafür, wie die Dinge laufen können? Selbst, wenn es eine Narbe gäbe – du bist wieder heil. Dann halt mit Narbe. Und? Niemand ist so dumm und erinnert sich jeden Tag daran, wie das war, als er sich geschnitten hat. Niemand ruft sich den Schmerz dauernd wieder auf und erlebt ihn jedes Mal neu. Du hast daraus gelernt, mit dem scharfen Hobel bewusster umzugehen. Das ist alles. Warum geht das mit Krankheit und seelischen Dingen nicht genauso?«

Finn lächelte, Michael ebenso. Nur Lisa und Richard saßen mit erstarrten Gesichtern.

»Vertrauen ist, wenn man das als Voraussetzung nimmt«, fügte Alan hinzu. »Dann wird das Leben zum Spiel. Derjenige ist vom Unglück erlöst, der an diesem Spiel teilnimmt und weiß, dass es eines ist. Der Mensch leidet nur, weil er die Dinge ernst nimmt, die Gott zum Spaß erschaffen hat.«

Ein Schnauben entfuhr Lisas Mund. Gott hatte auch die Krankheit erschaffen!

Nach wie vor bemühte sie sich um diese schönen Emotionen, von denen Alan dauernd sprach. Manchmal flackerte etwas Angenehmes auf, aber das war alles. Sie versuchte, wenigstens das zu halten, aber der Versuch war wie ein alter, morscher Damm, der schnell brach, und die alten Gefühle überfluteten sie, ohne dass sie etwas dagegen hätte tun können. Lisa war verzweifelt. Sie merkte, wie ihr Kopf anfing, nach anderen Möglichkeiten zu suchen, einfach, weil ihr die Zeit davon lief und sie sich schrecklich unter Druck fühlte. Sie wollte nicht nach Hause und es ihrer Mutter sagen müssen! Und sie wollte nicht von Alan weg.

***

Doch genau der begann, sich von ihr fernzuhalten. Gleichzeitig hielt er nur noch wenige Vorträge und erkor Meditation zum Hauptelement. Sein Blick ruhte so manches Mal auf ihr, wenn sie in den Seminarraum kam und die Sätze, die seinen Mund verließen, deuteten darauf hin, dass er genau wusste, in welchem Zustand sie sich befand. Er erklärte, dass Negatives sich oft auftürme, bevor es zur Erlösung käme … dass das innere Selbst intelligent sei und genau wisse, in welcher Geschwindigkeit es vorangehen solle und immer wieder, dass das Vertrauen koste. Das bewies, dass er nach wie vor dranblieb – trotzdem ging er ihr definitiv aus dem Weg.

Nachdem er sich ihr im Prinzip drei Tage lang nicht genähert hatte, war sie am Boden zerstört. Ihre Kehle brannte, als sie im Seminarraum saß. Sie stand an der Kippe. Überlegte ernsthaft, ob sie nicht doch nach Hause fahren sollte. Bevor der Supergau kam, Alan die Geduld verlor und sie von sich aus nach Hause schickte, wollte sie lieber von alleine gehen! Sie registrierte die wilden Gedanken in ihrem Kopf und seufzte innerlich auf. Nein, das mit der Meditation hatte keinen Zweck. Nicht bei ihr. Trotzdem unternahm sie einen weiteren Versuch, einfach still zu sein. Sie sehnte sich sogar danach – dass dieser Kopf endlich mal still wäre, diese Gedanken, die sie immer wieder neu belästigten und die sie doch gar nicht denken wollte, verschwinden würden.

Oh, bitte, gib Ruhe, bat sie müde ihren Kopf. Geh doch einfach mal schlafen. Merkwürdigerweise hatte sie tatsächlich das Gefühl, er kam dem nach und wurde still – und gerade wollte sie sich zaghaft und erfreut darin vertiefen, als ein lang gezogener Heulton sie daran hinderte.

Erschrocken öffnete sie die Augen. Wieder zog dieses Heulen durch den Raum – ein hoher Ton, der von Richard kam. Seine hageren Schultern schüttelten sich heftig und sein Gesicht war verzogen wie kurz vor einem Weinkrampf, den er nicht zulassen wollte. Instinktiv legte Michael den Arm um ihn und Richard ergriff seine Hand, schluchzte erst verhalten, dann aber brach eine Mauer in ihm und er weinte so hemmungslos, dass sie die Worte, die er von sich gab, kaum verstanden.

»Sie haben sie verhungern lassen … sie haben sie einfach verhungern lassen … Sie war so wunderhübsch! Sie hatte doch ihr ganzes Leben vor sich … Und ich … ich habe nichts dagegen tun können! Nichts. Nichts. Absolut nichts. Ich hatte Angst um mein eigenes Leben … um das meiner Familie …«

Sein Atem flatterte in seine Lunge, als überlege die Luft, ob sie da überhaupt hinwolle. Und seine Augen, seine Augen sahen in die Vergangenheit, die Richard gerade wieder erlebte, sahen Bilder, die nach wie vor lebendig waren. Unaufhörlich liefen die Tränen aus seinen Augen. Michael reichte ihm ein Taschentuch.

»Weißt du«, flüsterte Richard zu niemand Bestimmten. »Sie war blond. Wie meine Nachbarin, die Lisa. Sie hatte genau solches Haar. Was war ich in dieses Mädchen verliebt! Ich habe von ihr geträumt, habe meine Tage so eingerichtet, dass ich sie sehen und beobachten konnte … und eines Tages … eines Tages … da hat sie mir eine Kusshand zugeworfen.«

Richard brach in Schluchzen aus und klammerte sich wie ein Ertrinkender an Michael. Alan gab den anderen ein Zeichen zu gehen, aber Richard wehrte ab.

»Nein, ich will, dass sie bleiben. Weil … ihr seid meine Freunde, wisst ihr? Ich hatte nie welche. Weil … weil …«

Er stockte, verharrte. Kein Ton kam mehr aus seinem Mund.

»Warum hattest du keine Freunde, Rich?«, hakte Alan sanft nach. Er hatte sich leise im Schneidersitz ihm gegenüber gesetzt und Lisa konnte fühlen, wie seine hohe Frequenz Richard aufstach wie einen Ballon, denn er zischte mit einem Mal:

»Weil ich Menschen hasse! Ich hasse sie! Sie sind Tiere! Sie sind gefährlich! Sehr gefährlich! Man kann ihnen nicht trauen!«

»Ja, manchen kann man nicht trauen … aber was war mit dem blonden Mädchen, Rich?«, holte ihn Alan wieder zurück. »Hast du ihr vertraut?«

Die Frage riss Richard scheinbar in einen Abgrund. Er schüttelte sich nur so vor Schluchzen und brachte kein einziges Wort mehr hervor.

»Sag es uns, Rich«, forderte ihn Alan mit gedämpfter Stimme auf. »Sprich es aus. Es wird dir besser gehen danach.«

Richards Gesicht war ein Abbild völliger Hilflosigkeit und er wisperte:

»Sie … sie hat so gehofft, dass ich ihr helfe … so gehofft … Sie hat mir vertraut. Aber ich musste sie diesen Bestien überlassen, hab versucht, ihr Essen zuzustecken, aber sie haben mich erwischt und fast hätten sie meine Familie geholt … durfte es nicht mehr wagen … sie … sie haben sie in einen Stehbunker gesperrt …«

Die letzten Worte hatte er kaum herausgebracht, Tränen begannen wie Sturzbäche aus seinen Augen zu fließen, klagende Laute aus seiner Kehle.

»Wegen mir«, schluchzte er verzweifelt. »Wegen mir! Ich war schuld! Meinetwegen ist sie verhungert, verdurstet … in einem Stehbunker …

wisst ihr, wie grausam das ist? Jede Nacht habe ich mir vorgestellt, wie sie wohl gelitten hat. Jede Nacht spürte ich ihre Qualen. Ich … ich …«

Er brach vollends zusammen und heulte Rotz und Wasser. »Vielleicht hätte sie das Gefängnis überlebt … wenn ich nicht gewesen wäre … Ich denke dauernd darüber nach, ich kann an nichts anderes denken …«

Er weinte inzwischen so sehr, dass man ihn kaum noch verstand. Die Sätze kamen unzusammenhängend aus seinem Mund und erschüttert reimten sich die anderen die Geschichte zusammen.

»Nein gesagt … zum Schutzhaftlagerführer … war Jüdin … diese Nazischweine … Stehbunker … Er sagte, da bleibt sie, bis sie weich wird. Niemand durfte zu ihr. Und dann hat er sie einfach vergessen … einfach vergessen … Sie war ein Skelett, als ich sie endlich fand. Weiß nicht, was er ihr angetan hat … überall war Blut …«

Mit dem Ärmel wischte er sich die Nase, schaute ein paar Sekunden ins Nirgendwo und seine Gesichtszüge wurden wieder hart.

»Und deswegen … deswegen hasse ich Menschen! Ich hasse sie! Es sind Tiere! Tiere! Weniger als das! Kein Tier würde ein anderes so quälen! Eine teuflische Sippschaft sind die Menschen … man muss sie meiden!«

Er redete sich in Rage und sein Gesicht war vor Abscheu und Hass verzerrt, ein Hass, der ihn bis jetzt am Leben erhalten und es ihm gleichzeitig schwer gemacht hatte.

»Hey Rich«, sagte Alan mit seiner warmen Stimme. »Sie waren so böse, nicht wahr? So böse …«

»Ja«, fauchte Richard. »Böse. Abgrundtief böse. Widerwärtig! Bestien! Bestien!«

»Und du, Rich?«, fragte Alan. »Willst du auch so sein?«

Richards Gesichtszüge zerflossen.

»Nein«, flüsterte er, während ein weiterer Tränenstrom über seine faltigen Wangen floss. »Nein, so will ich nicht sein. So will ich nicht sein.«

»Dann lass sie nicht gewinnen, Rich«, sagte Alan leise. »Lass sie nicht gewinnen … vergib ihnen.«

»Niemals!«, heulte Richard auf. »Niemals! Ich kann das nicht vergessen! Ich werde das nicht vergessen!«

»Du musst es nicht vergessen, Rich. Aber du kannst vergeben. Nicht wegen ihnen, nur wegen dir. Wenn du hasst, haben sie einen Mitstreiter mehr … und du willst doch nicht so sein wie sie.«

»Nein!«, schrie Richard unbeherrscht. »Ich kann ihnen nicht vergeben! Wir dürfen niemals vergessen, wozu der Mensch fähig ist! Niemals!«

»Aber Rich«, erwiderte Alan sanft. »Solche Dinge geschehen, weil der Mensch vergessen hat, wozu er fähig ist. Wir dürfen nie vergessen, dass all dies nur passiert ist, weil sich Menschen von der Liebe getrennt haben. Von diesem Großen in sich.«

Richard hatte schon zu einer Erwiderung angesetzt, aber irgendetwas in Alans Tonfall stoppte ihn.

»Schau, Rich«, fuhr Alan fort. »Wenn der Mensch wüsste, welche Größe in ihm ist, würde er niemals solche Dinge tun. So etwas geschieht genau dann, wenn der Mensch diese Größe vergisst. Dann stürzt der Kopf das Herz vom Thron. Setz dein Herz wieder als König ein, Rich.«

Richards Gesicht war total eingefallen. Leise schüttelte er den Kopf.

»Ich kann nicht«, flüsterte er. »Ich wollte, ich könnte. Aber ich kann nicht. Und selbst, wenn, es würde die Welt nicht besser machen.«

»Oh, doch, das würde es. Du kannst die Welt nicht ändern, indem du sie ändern willst. Du kannst die Welt nur ändern, wenn du tief in dich gehst, wenn du die Energie entdeckst, die die Welt hat entstehen lassen.«

Richard schwieg dazu. Seine Kiefer pressten sich zusammen, seine Augen flackerten. »Es ist eine Sache der Kontrolle«, sagte er hart.

Behutsam machte Alan weiter.

»Rich, du kannst das nicht lösen, indem du mehr kontrollierst, indem du immer mehr Regeln aufstellst – du kannst es nur zerstören, wenn du an den Ursprung des Guten gehst. So wie du das gerade machst. Du gehst zum Großen und Guten in dir. Dann wirst du zum Segen für die Welt. Dann bist du mächtiger als sie. Lass sie nicht gewinnen, Rich.«

»Ich kann nicht«, krächzte Richard kläglich.

»Wie war der Name des Mädchens?«, fragte Alan leise.

Richards Lippen zitterten heftig, er schluckte und antwortete rau: »Sarah.«

»Was meinst du, was Sarah von dir möchte? Deinen Hass? Oder deine Liebe? Sarah musste so viele Menschen erleben, die voller Hass waren. Sie will dich nicht so sehen. Erlöse sie, Rich. Du kannst das. Sie wartet darauf. Sie wartet auf deine Liebe.«

Richard begann wieder zu weinen. Noch immer lag Michaels Arm um ihn, Alan saß vor ihm, Lisa und Finn hatten sich neben dem alten Herrn niedergelassen. Vorsichtig legte Lisa ihre Hand auf sein Bein. Sie erkannte: Richard war ihr Spiegel, er hatte auf die genau gleiche Art auf seine Erlebnisse reagiert wie sie. Und er hatte die gleichen Schwierigkeiten, Dinge loszulassen.

»Richard«, flüsterte sie bewegt. »Nicht alle Menschen sind Bestien. Du hast Freunde. Du hast uns.«

Richard sah ein wenig hoch, auf ihr blondes Haar und wischte sich ungelenk mit dem Tuch über die Augen. Er hob seine knorrige Hand und strich ihr zitternd über die Wange.

»Ich weiß, Frollein Lisa«, flüsterte er zurück. »Du hast mich zum Abendessen eingeladen.«

Sie nickte unter Tränen. »Ja. Und du bist mitgegangen. Du bist Bus gefahren, Rich. Du bist nach Kanada gereist. Vielleicht kannst du auch vergeben?«

Richard sah sie an und plötzlich hörte sich Lisa sagen:

»Tu's für mich, Richard. Zeig mir, dass es geht.«

Noch immer stumm starrte er auf ihr Haar, sah ihre Tränen und es knackte deutlich in ihm. Instinktiv wanderten seine Augen zu Michael, der ihn nicht losließ.

»Fang ein neues Leben an, Kumpel«, sagte der mit rauer Stimme. Auch seine Augen waren feucht. »Ich wusste schon immer, dass ein guter Kerl in dir steckt.«

Richard schloss seine Augen und ließ seine Tränen fließen, aber sein Gesicht wurde unendlich weich.

Es wurde wieder still im Raum. Die vier saßen um den alten Herrn herum und gaben ihm ihren Trost, ihre Liebe und ihr Verständnis. Die Energie vibrierte, hob sie alle auf eine hohe Frequenz, hüllte sie ein in eine selige Zeitlosigkeit, die alle Geschehnisse heilte.

Richard seufzte tief. Dann ließ er sich so bewusst fallen, dass Lisa das bildlich vor sich sah. Er ließ einfach los und verschwand – irgendwohin.

$$*\!*\!*$$

Als er nach etwa zwei Stunden seine Augen öffnete, waren nur noch er und Michael im Raum. Michael, der bis zum Schluss neben ihm ausgeharrt hatte. Rich saß ganz still und zum ersten Mal in seinem Leben fühlte er sich leicht und losgelöst. Und um tausend Sandsäcke leichter. Eine nie gekannte Erhabenheit durchzog ihn und legte Glanz auf sein Gesicht. Es war der Glanz des Friedens. Stumm tastete er nach Michaels Hand.

»Benkert«, sagte er heiser. »Ich habe das unbedingte Bedürfnis, Ihnen das Du anbieten zu müssen.«

»Mach keinen Blödsinn, Rosenberg«, brummte Michael bewegt.

»Richard«, verbesserte der. »Für dich und für alle Zeiten Richard.«

»Richard. Hört sich seltsam an. Sehr seltsam.«
»Und ... Michael?«
»Ja?«
»Michael ...«
»Ja, was denn?«
»Danke ... Für alles.«

$$***$$

Richard hatte zu seiner inneren Größe gefunden. Es war unfassbar schön.
Genauso wirkte er. Aufgerichtet. Ruhiger als vorher, aber nicht weniger
lebendig und enthusiastisch. Seine Späße kamen jetzt aus einer Tiefe, die
ihnen die Galle nahm. Der ganze Kerl war wie von einem goldenen
Schimmer durchzogen und in einer stillen Minute sagte er zu Lisa:
    »Ich bin so unendlich dankbar, Lisa, dass ich in diesem Frieden sterben
kann. Dass ich in diesem Frieden leben kann. Nie hätte ich gedacht, dass
es möglich ist, so frei zu sein. Zum ersten Mal habe ich weder vor dem
Tod noch vor dem Sterben Angst. Und auch nicht mehr vor dem Leben.
Irgendwie fühle ich, dass das alles eins ist.«

♫ Don't Let It Bring You Down ♫

Annie Lennox

Lisa war bewegt. Lisa war voller Hoffnung. Lisa war frustriert. Sie mühte sich ab, sie gab nicht auf. Sie aktivierte alles in ihr, was nur möglich war. Aber die Meditationen blieben weiterhin ein Desaster.

Sechs Wochen waren ins Land gegangen. Alan hatte das Programm aufgelockert, hatte mit ihnen Wanderungen gemacht, Barbecues und Picknicks veranstaltet, war mit ihnen Boot gefahren ... Lisa wusste nicht, was sie davon halten sollte. Waren das schon Abschiedsveranstaltungen? Immerhin war das Seminar für drei von ihnen erfolgreich gewesen. Die Männer unterhielten sich munter, während Lisa eher still blieb.

»Wem gehört dieses Land?«, fragte Finn Rose, als sie mit dem Jeep zu einem besonderen Picknickplatz fuhren.

»Das gehört alles Alan«, erwiderte sie. »Und noch viel mehr. Er hat Massen zusammengekauft, als es noch günstig war. Heute ist das Land viel wert. Er besitzt auch ein Weingut.«

Lisa hörte nur mit halbem Ohr zu. Ihre Situation hatte sich zugespitzt. Ihre Mutter war zurück und Lisa hatte ihr geschrieben, sie hätte noch ein Meditationsseminar dazu gebucht – so schade, sie hätte ihre Mutter und Till so gerne vom Flughafen abgeholt, aber sie wollte das zu Ende bringen ... sie sei so im Prozess und wolle das nicht unterbrechen ... es gebe so viel zu erzählen!

»Du hast alle Zeit der Welt, meine Kleine«, schrieb ihre Mutter zurück. »Du machst ein Meditationsseminar! Wie wunderbar! Ich warte auf dich und freue mich unendlich auf den Moment, wenn ich dich wieder in meine Arme schließen kann.«

Diese Zeilen machten es nicht einfacher. Was, wenn sie ihre Mutter nie mehr in die Arme schließen konnte? Oder sie in die Arme schloss, nur um ihr zu sagen, dass die Tage, wo sie das tun konnten, gezählt waren?

Das alles verursachte Lisa Magenschmerzen, aber sie wollte nicht deprimiert rüberkommen und so machte sie auf gute Laune, weil sie den Frust nicht gewinnen lassen wollte, tat so, als fehle ihr nichts, spielte allen etwas vor, und war froh, wenn sie allein sein und endlich diese Rolle ablegen konnte. Nachts lag sie wach.

Die Hoffnung flackerte auf und wieder ab. Völlig panisch erkannte sie, dass sie genau das machte, was sie nicht sollte: Ständig dachte sie über die schlechten Werte nach. Warum war das so? Obwohl sie doch so eisern übte! Obwohl sie entschlackte! Obwohl sie Sport trieb. Obwohl sie ihr Mantra rauf und runter sagte.

Komm schon, machte sie sich Mut. Es sind erst sechs Wochen – was erwartest du denn?

Ich erwarte, dass es zumindest nicht schlechter läuft!, schrie ihr Kopf.

Die Tatsache, dass die anderen drei ihre Katharsis erfahren hatten, stempelte sie ihrer Meinung nach obendrein zum Blindgänger ab.

»Zeig mir, dass es geht, Rich.«

Er hatte es ihr gezeigt – und sie brachte es einfach nicht zuwege.

Die nächste Untersuchung stand an und sie setzte all ihre Hoffnung darauf.

Bitte, betete sie, bitte nur eine kleine Besserung, damit ich weiß, dass ich auf dem richtigen Weg bin! Bitte!

Zappelnd saß sie vor Pete, der alles peinlich genau untersuchte und ihr mit nüchternen Worten erklärte, dass es sich diesmal nur minimal verschlechtert habe.

Lisa fiel ein tonnenschwerer Stein in den Magen. Sie sprach kein Wort, als sie wieder mit ihm zurückfuhr.

✳✳✳

Am Nachmittag war eine Meditation angesetzt und alles in ihr wehrte sich dagegen. Was hatte es genützt? Gar nichts! Sie quälte sich nur! Sie konnte nicht abschalten! Nicht aufgeben, Lisa, sagte sie sich. Gib nicht auf! Du schaffst es! Du schaffst es!

Mit gesenktem Kopf setzte sie sich auf ihr Meditationskissen, fest entschlossen, auf Teufel komm raus, mit ihrer Meditation weiterzukommen.

Aber schon nach den ersten zehn Minuten wusste sie, dass es nur eine weitere Niederlage werden würde. Panik überfiel sie in einem Maße, das sie nicht mehr steuern konnte. Eine Panik, die ihr ganzes Sein ergriff, die ihr klarmachte, dass sie auf der Verliererseite stand.

Nein!, schrie es innerlich in ihr. Mach weiter! Gib nicht auf! Mach einfach weiter!

Ich bin gesund, sagte sie in Gedanken mit zusammengeschnürter Kehle. Ich bin gesund. Ich bin gesund. Ich bin gesund!

Doch statt Trost stieg mit jedem Wort eine dermaßen große Sinnlosigkeit in ihr auf, dass sie rasend wurde vor Zorn. Es musste doch gehen! Es musste doch auch bei ihr gehen! Verdammt noch mal, schrie es in ihr drin. Ich will leben! Ich will die Sonne auf meiner Haut spüren, ich will, dass Alan mich streichelt! Ich will an Blumen riechen und Kinder bekommen! Du verfickt blödes Schicksal! Ist das zu viel verlangt? Ich will leben und nicht sterben!

In ihr war nur noch Kampf, nur noch Abwehr, nur noch maßlose Wut – auf alle, die ihr jemals wehgetan hatten, auf diese engstirnigen Leute, die damals ihre Kinderwelt zerstört hatten, auf Nik, auf Fred, auf Björn, auf Cordula ... Gott, da war so viel Wut in ihr! Statt Liebe! Ein Schluchzen entrang sich ihr und ihre Schultern sackten nach vorn. Eine Sekunde später war Alan bei ihr. Seine Hand war an ihrem Arm, er durchschaute mit einem Blick, was in ihr ablief, und stand wieder auf.

Lisas Zorn wuchs noch mehr. Warum ging er weg?

Manchmal wollen die Seelen auch gehen, hörte sie seine Stimme in ihrem Kopf. Wieder schrie etwas in ihr: Ich will aber nicht gehen! Ich will nicht gehen!

Alan kam wieder zu ihr zurück, doch inzwischen tobte ein so wilder Aufruhr in ihr, dass sie ihn am liebsten angefallen und geschlagen hätte. Verkrampft saß sie auf der Decke, ihr Fluchtprogramm lief auf Hochtouren, ihr Kopf schrie ihr zu, sie solle in ihr Zimmer, an den See, an einen ihrer einsamen Plätze ... bring dich in Sicherheit! Es war, als ob alles Negative, was sie jemals gefühlt hatte, sich in ihr zusammenballte.

Lisa zitterte am ganzen Körper. Behutsam nahm Alan sie in den Arm und ihr entfuhr ein Laut, den sie im ersten Moment gar nicht sich selbst zuordnete. Winselnd und quietschend. Sie wollte laut schreien, traute sich nicht wegen der anderen, schaute sich in Panik um und bemerkte, dass Alan alle rausgeschickt hatte.

»Es ist niemand da«, sagte Alan leise. »Du kannst deine Wut rauslassen. Fühl sie. Schau sie dir an. Lass dich reinfallen.«

Sie atmete heftig und hatte das Gefühl, kurz vor einem Kollaps zu stehen. Wild stieß sie sich von ihm ab, um sich im nächsten Atemzug die Seele aus dem Leib zu weinen.

»Ich schaff es nicht, Alan«, heulte sie. »Ich schaff es einfach nicht! Ich weiß nicht, wieso! Wieso klappt es immer nur bei anderen? Wieso nicht bei mir? Ich schaff es einfach nicht! Ich schaff es nicht!«

»Ja, Lisa«, antwortete er sanft. »Ich weiß, du schaffst es nicht. Und du weißt es jetzt auch.«

Entsetzt über seine Worte schluchzte sie noch mehr und hörte kaum noch seine Stimme. Sagte er überhaupt noch etwas? Ihr Kopf raste nach einer Erklärung – natürlich! Pete hatte Alan über ihre Werte aufgeklärt! Er würde sie nach Hause schicken! Sie war der Totalausfall! Als sie das dachte, brach sie erst recht zusammen, rollte sich wie ein Embryo zusammen und legte schützend, als hätte sie Angst vor Schlägen, die Arme um ihren Kopf. Alan blieb neben ihr, aber in Lisa verfestigte sich nur eine Botschaft: Er hatte sie aufgegeben. Er hatte gesagt, sie schaffe es nicht! Das konnte er doch nicht wirklich meinen?!

Alan schüttelte sie und zog sie gegen ihren Widerstand wieder hoch. Grob, wie sie fand.

»Lisa? Ich habe noch einen letzten Rat für dich.«

Hoffnungsvoll und mit nassen Augen sah sie ihn an. Da sagte er mit rauer Stimme:

»Ich denke, es ist das Beste, du gibst auf.«

Die Gesichtszüge entgleisten ihr.

»Was?«

»Gib auf, Lisa.«

»Das kann nicht dein Ernst sein!«, krächzte sie entsetzt.

»Doch, es ist mein Ernst, Lisa. Es hat keinen Sinn. Du kannst es wirklich nicht.«

Seine Worte hallten wie ein Todesurteil durch den Raum.

Lisa war erstarrt.

»Aufgeben«, flüsterte sie. »Du hast die Werte von Pete …«

Alan nickte. »Ja, die habe ich.«

»Und du … du sagst …« Ihre Kehle war mit Draht umflochten, der sich immer enger zuzog. Es gab keine Hoffnung mehr. Es war alles umsonst. Und alles zu spät.

»Ja, Lisa. Genau das sage ich. Du kannst absolut gar nichts mehr tun. Lass es einfach sein.«

»Ich dachte … ich dachte, ich kann noch kämpfen«, sagte sie mit brüchiger Stimme. »Es sind doch erst sechs Wochen. Du hast doch selbst gesagt, dass …«

»Nein, Lisa«, unterbrach er. »Du kannst nicht gegen deine Krankheit kämpfen. Diesen Kampf kannst du nicht gewinnen, weil Kampf Widerstand bedeutet. Akzeptier das.«

Lisas Tränen hingen wie Eisklumpen in ihren Augen. Erst als sie sich still und langsam auf den Boden legte, rollten sie hinunter. Alans Augen waren ein Pool voller Mitgefühl und sie drehte ihren Kopf von ihm weg. Das wollte sie nicht sehen.

Aufgeben. Es hatte keinen Sinn. Manchmal wollen Seelen gehen. Manchmal ist es besser, neu zu starten. Für manche ist es einfach zu spät. Diesen Kampf kannst du nicht gewinnen.

Die Worte tröpfelten in ihr Bewusstsein, setzten sich. Und im nächsten Moment atmete sie auf und ließ alles los. Diese irrsinnige Angst, das ständige Hoffen, den Druck – es war vorbei. Endlich.

Sie lag auf dem Boden des Zimmers und fühlte totale Erleichterung. Sie musste sich nicht mehr anstrengen und vor allem – sie musste keine Angst mehr haben. Sie musste nicht mehr hoffen, nicht mehr suchen, nicht mehr jammern, nicht mehr klagen.

Alles, was ihr blieb, war der Moment, diese Sekunde. Und diese Sekunde war schön.

Okay, dachte sie. Ich gehe. Ich gehe von dieser Welt. In dieser Sekunde flammte unendliche Liebe in ihr auf. Erhabenheit. Sie vermisste nichts. Gar nichts. Im Gegenteil. Diese Sekunde war voller Innigkeit, voll von Alans Blick, der sie anschaute, als sei er in sie verliebt. Sie tastete nach seiner Hand.

»Legst du dich zu mir?«, flüsterte sie. Er nickte, streckte sich neben ihr aus, nahm sie in den Arm. Sie kuschelte sich an seine Brust.

»Halt mich«, bat sie und er drückte sie noch ein wenig enger an sich. Lisa zerfloss in dieser Geborgenheit.

»Weißt du, dass du alles bist, wovon ich je geträumt habe?«, wisperte sie. »Ich hätte mir so gut ein Leben mit dir vorstellen können.«

Er gab einen Laut von sich, seine Hände umfassten sie noch fester, seine Augen waren nass und voller Trauer.

»Ja, ich auch«, flüsterte er zurück. »Schon, als ich dich das erste Mal im Arm hatte, damals, als der Bär dich angriff. Ich hätte dich am liebsten nicht mehr losgelassen. Weißt du … diese langen Sekunden … als der Bär weg war und du dich nicht aus meinem Arm gelöst hast …«

Er brach ab und beide erlebten diese Innigkeit erneut. Alan strich ihr das Haar aus der Stirn. »Und als du mich das erste Mal angelächelt hast, war es um mich geschehen.«

»Ach, Alan«, sagte sie unter Tränen. »Es ist so schade, so schade!«

»Nein, es ist schön, dass wir uns kennengelernt haben, mein Kleines«, erwiderte er und drückte einen Kuss auf ihre Stirn. »Das ist so schön. Ich möchte keine Sekunde missen.«

»Ich auch nicht«, wisperte sie.

Sie schwiegen beide. Alan streichelte sie und sie genoss seine Hand, wie sie noch nie zuvor etwas genossen hatte. Sie spürte jedes Härchen auf ihrer Haut, das sich unter seinen Fingern bog und wieder aufrichtete, spürte die Wärme, die von seiner Hand an ihre Haut drang, seine Lippen auf ihrem Haar, seinen Atem, der über sie strich. Über allem schwebte dieser irrsinnig leichte Zustand, hervorgerufen durch die Tatsache, dass sie endlich nichts mehr tun musste. Dass die Schlacht endlich, endlich vorbei war, wenn auch nicht so, wie sie es gerne gewollt hätte. Trotzdem – sie fühlte sich weich und fließend.

Und auf einmal verstand sie. Verstand sie alles, was Alan ihr in diesen Wochen beizubringen versucht hatte. Dass es nur um den Augenblick ging. Man hatte ja ohnehin nur gerade diese eine Sekunde. Seine Worte, die er ihr eines Nachmittags am See gesagt hatte, klangen in ihr nach.

Du kannst aus einem Augenblick etwas Gewöhnliches oder ein Garnichts machen. Du kannst etwas Banales oder etwas Göttliches und Unwiederholbares darin sehen. Du kannst jedem Augenblick die Größe verleihen, die er verdient. Die unglaubliche Schönheit, die ganz normale Dinge besitzen, vom Geräusch des Windes, dem Geschmack des Wassers, dem Duft einer Blume oder der Berührung der Sonne auf deiner Haut … das ist etwas, was der urteilende Kopf nicht erfassen kann. Aber wenn der Geist einen gewissen Grad an Klarheit erlangt hat, siehst du all diese normalen Dinge in neuem Licht und du lebst in einer verzauberten Welt.

Lisa schlug die Augen auf. Sie lagen unter dem Fenster. Die Äste eines Baumes wiegten sich im Wind. Die Blätter drehten sich und tanzten. Wie zart das war, wie wunderbar!

Die Erde schimmert!, dachte sie. Die Welt schimmert, der Himmel und die Sterne … sie sind überall! Alles schimmert! Jetzt kann ich es sehen.

Lange lagen sie auf dem Boden, sie hatte sogar das Gefühl, ein wenig eingeschlafen zu sein, sie wusste es nicht. Sie lag sicher in Alans Arm. Zeit verschwamm, Zeit war unwichtig. Auch dieser Druck war weg. Es spielte keine große Rolle, ob es in zwei Tagen, in zwei Monaten oder wann auch immer soweit war. Es würde passieren. Und so zählte wirklich nur eines: diese Sekunde.

»Was wirst du jetzt tun?«, holte sie Alan behutsam aus ihren Gedanken.

»Ich gehe, wenn du das Seminar für beendet erklärst«, erwiderte sie leise. »Dann fliege ich nach Hause. Ich muss meine Mama informieren. Und alle anderen.«

»Okay … aber schenkst du mir noch ein wenig Zeit mit dir? Lass sie uns so verbringen, wie es für dich am schönsten ist. Was tust du am liebsten, Lisa?«

»Träumen«, antwortete sie wehmütig. »Damit kann man nicht viel anfangen. Aber ich hätte am liebsten mein ganzes Leben lang geträumt. Geschichten, Theaterstücke, Filme, Sketche, alles kunterbunt.«

»Dann scheint das dein Tanz zu sein. Die Musik für dein Leben«, antwortete er sanft und sagte die Worte, die sie so oft vom Band gehört hatte: »Find a way for getting paid for it.«

Sie schwieg auf diese Ansage. Es war zu spät, einen Weg dafür zu finden – und so lächerlich es klang – in dieser Ausweglosigkeit sah sie tausend Möglichkeiten, wie sie es hätte versuchen können. Sie hätte einfach mal was schreiben können. Sie hätte all die Kulissen, die sie in ihrem Kopf hatte, aufmalen, notieren, mit jemandem teilen können. Sie hätte sich irgendwelchen Gruppen anschließen können. Warum hatte sie es nicht einfach gewagt? Was hätte sie denn verloren? Gar nichts! Sie hätte garantiert allein daran große Freude gehabt, ihre Gedanken in Worten zu manifestieren! Warum nur hatte sie sich das versagt? Finn hatte es ihr schon vor Monaten vorgeschlagen! Alan las in ihren Augen, was sie dachte, las darin die unendliche Trauer, ihr Leben vergeudet zu haben, weil sie mit ein paar Erfahrungen nicht fertig geworden war, weil sie ihre Gefühle nicht beachtet, sondern nur weggeschoben hatte. Langsam flossen die Tränen ihre Wangen hinunter, tropften am Kinn entlang, fielen auf weichen Stoff.

»Wie blöd kann man sein«, sagte sie bitter.

»Tust du mir einen Gefallen, Lisa?«, fragte Alan. »Nimm dir nichts übel. Bitte. Das wäre jetzt die falsche Reaktion. Und … mit Träumen kann man viel anfangen. Ich möchte, dass du das Träumen in deinen letzten Tagen zu deiner Hauptaufgabe machst. Ich möchte, dass du träumst, wie dein Leben hätte aussehen können, wenn du nicht so viel Angst gehabt hättest. Wie du die Situation mit der Sekte gelöst hättest, das mit deinem Ex-Mann … Schau, du musst vor gar nichts mehr Angst haben. Du kannst nun voll aus deiner Quelle schöpfen. Und diese Quelle ist kreativ, sie ist liebevoll, sie wird dich trösten und schützen.«

»Aber Alan«, wisperte sie. »Was sollte das Träumen jetzt noch für einen Sinn haben?«

»Es ist Sinn«, erwiderte er mit einem kleinen Lächeln im Auge. »Es reichert dich mit allem Schönen an. Das nimmst du mit, wenn du gehst. ich möchte, dass du einmal in deinem Leben frei bist. Dass du einmal in deinem Leben mutig genug bist, dir alles zusammen zu träumen, was du schon immer wolltest. Hemmungslos. Zügellos. Du kannst dir vorstellen, was du alles gemacht hättest, wenn dein Körper gesund gewesen wäre. Du kannst dich darüber freuen, darüber lachen und dankbar dafür sein. Ich möchte, dass dein Herz dabei frei und weit wird, dass du begeistert bist von all den schönen Kulissen, die du erschaffst. Ich möchte, dass es in dir nur so sprudelt!«

Warm lächelte er sie an und seine Güte trieb ihr noch mehr Tränen in die Augen. Mit einem Seufzer, der seine eigene Trauer verriet, drückte er sie wieder an sich.

»Ach, meine kleine, zarte Lisa«, sagte er leise.

»Alan«, flüsterte sie an seiner Brust. »Es ist ein so seltsamer Gedanke, im Kopf neue Welten zu erschaffen, wenn man sterben muss.«

»Nein, Lisa«, raunte er. »Das ist es nicht. Das ist es ganz und gar nicht. Du kannst in jeder Sekunde neue Welten schaffen. Es ist immer das Beste, was man tun kann. Ob man das Leben vor oder hinter sich hat.«

»Denkst du wirklich, es ist diesmal endgültig?«

»Nichts ist endgültig, Lisa. Und du weißt das.«

Sie wusste, was er meinte. Dieses Licht in ihr war unsterblich. Er wollte, dass sie damit spielte, wollte, dass sie es kennenlernte, bevor sie diesen Körper verließ. Ja, sie wusste, was er meinte: Er bereitete sie auf das Sterben vor.

Und Lisa akzeptierte den Tod. Sie akzeptierte die Krankheit. Sie akzeptierte den Moment, genauso wie er war.

Sie war frei.

♫ Where The Heart Is ♫

HAEVN

Alan schien die anderen drei darüber informiert zu haben, dass keine Hoffnung mehr bestand. Die Stimmung war seltsam.

Die drei Männer hatten aus Neugier am Seminar teilgenommen und so viel erreicht. Lisa war mit einem echten Anliegen gekommen und hatte verloren. Nur, dass sie es nicht mehr so sah.

Das wirklich Merkwürdige für Lisa war, dass sie sich auf den Tod genauso vorbereiten konnte wie auf eine Reise. Man plante, organisierte und verabschiedete sich von seinen Lieben. Nur würde sie diesmal nicht wissen, wo die Reise hingehen würde, wann und wo sie sich wiedersehen würden. Und ob.

Sie musste kurz lachen, als sie das dachte. Ausgerechnet sie, die am liebsten bis ins nächste Jahrtausend geplant hätte, hatte nun gar nichts mehr in der Hand! Ja, das einzig Sichere war die Unsicherheit. Das einzig Sichere war der Augenblick.

Und dieser Augenblick war tatsächlich unendlich schön.

$$***$$

Alan erklärte ihnen am nächsten Tag, dass er das Seminar noch für den Rest der Woche durchziehen und am Wochenende mit einer Feier beenden wolle.

Die Ansage erntete betretenes Schweigen und die Blicke der Männer gingen instinktiv zu Lisa, die jeden offen anlächelte. Finns Blick flackerte und sie nahm sich vor, nachher mit ihm zu sprechen. Sie war die Einzige, die auf Alans Vorschlag antwortete.

»Tolle Idee, Alan«, sagte sie. »Ich freu mich schon darauf. Wird auch getanzt?«

»Klar doch«, erwiderte er. »Du kannst mir gern eine Playlist geben.«

»Die können wir ja alle zusammen erstellen«, schlug Lisa vor. »Rich und Mike haben ja sicher einen anderen Musikgeschmack.«

Alan räusperte sich.

»Gute Idee, Lisa. Okay, dann lasst uns diese Woche noch gut zu Ende bringen und mit der Meditation anfangen.«

Sie richteten ihre Sitzplätze, der Raum wurde verdunkelt, die Kerzen brannten, das Räucherstäbchen duftete. Kurz überlegte sich Lisa, ob es nicht schöner wäre, die Tage am See zu verbringen. Der Indian Summer kündigte sich an mit seinen prachtvollen Farben, es waren schon etliche Rot- und Gelbtöne in den riesigen Wäldern zu entdecken.

Sie saß auf ihrer Matte und hatte nicht wirklich vor zu meditieren. Dass es bei ihr nicht funktionierte, hatte sie nun oft genug erlebt. Sie wollte auch diese Angst nie mehr fühlen, doch die kam, unaufgefordert, wie ein ungebetener Gast, den man nicht loswurde. Angst in allen Nuancen – Angst, ins Gerede zu kommen, geächtet zu werden, nicht gut genug zu sein, etwas Falsches zu tun ... ja und die Angst vor Krankheit und Tod. Doch plötzlich und unerwartet wurde ihr klar, dass sie diese Ängste nicht fühlen musste. Sie waren substanzlos! Sie waren nichts weiter als Hirngespinste! Das war der Grund, warum sie sie nicht hatte anschauen können! Weil es nichts anzuschauen gab! Das alles war nichts weiter als ein selbst gemachtes Horrorszenario! Und so wie man einen Film ausschaltet, der einem nicht gefällt, schaltete sie einfach um auf ein anderes Programm, sank mit Freuden in ihre Tagträume und tat das, worum Alan sie gebeten hatte.

»Träum, Lisa«, raunte Alans Stimme in ihr. Oder saß er hinter ihr? Er hörte sich so real an und sie stellte sich vor, wie er wie am ersten Tag wieder ihre Hand in die seine nahm. Ihre Mundwinkel bogen sich nach oben.

Und Lisa träumte.

Sie stellte sich vor, wie sie mit einem gesunden Körper im See badete, wie biegsam und stark er war, wie sie mit Alan im Wasser herumtobte, träumte davon, hier in Kanada zu leben, viele Freunde zu finden, sie alle einzuladen, sah, wie sie an einer langen Tafel unter den Bäumen am See aßen, wie sie lachten, tanzten, Spaß hatten, träumte von Rich und Mike, die ihre Witze zum Besten gaben, träumte, wie sie am Schreibtisch saß und ihre Stücke schrieb, malte sich die Bühnengestaltung zu einem der Sketche aus, schrieb in Gedanken eine rührende Kurzgeschichte, flog mit ihrer Mutter und Till in den Urlaub ... besuchte neue Länder, lernte neue Menschen kennen, tanzte in einer Scheune, die sie sich angemietet hatte, mit Geld, das sie durch ihre Theaterstückchen verdiente ... stellte sich vor, wie ihr Name in Leuchtschrift auf der Tafel stand: Lisa Reeds! Oh, es war so schön! Das hätte sie alles haben können, wenn ihr Körper mitgemacht hätte!

Ich hätte ja mitgemacht, sagte ihr Körper beleidigt. Du hast mich ja nicht gelassen!

Sie musste kichern, weil er so beleidigt klang, aber plötzlich begriff sie die volle Tragweite dieses Satzes, begriff sie, was Alan ihr ebenfalls schon mal gesagt hatte. Sie hatte immer auf einen passenden Moment gewartet, in dem sie endlich leben konnte, und nie verstanden, dass es nur diesen einen Moment gab.

Deine Zellen wollen leben, Lisa, hauchte Alan in Gedanken in ihr Ohr. Sie wollen glücklich sein. Dein Körper will frei sein, er will sich entfalten, er will gesund sein!

Du hast genügend Kraft gehabt, mir all diese Geschwülste aufzuhalsen, meldete sich ihr Körper pikiert. Nun befrei mich wieder davon!

»Oh, es tut mir so leid«, hörte sie sich flüstern. »Ich habe dich wie ein Waisenkind behandelt. Ich habe dich so gequält – mit falschen Gedanken. Aber das ist jetzt vorbei. Ich gebe dir Gesundheit … ich gebe sie dir!«

Träum, Lisa, raunte Alan in ihr.

Und sie träumte … von einem gesunden Körper, stellte sich vor … wie er von innen aussah, sah die Knoten, die Verdunkelungen an ihren Organen, so wie Pete sie ihr so oft gezeigt hatte, und war voller Mitgefühl für jede einzelne Zelle. Bedächtig füllte sie jeden einzelnen Auswuchs mit Liebe und Licht. Wo kam die plötzlich her? Sie war einfach da und überströmte sie mit Macht, überflutete sie wie eine Dusche aus Licht, eine Dusche, die sie reinigte, sauber machte, die Knoten durchdrang, alles durchdrang. Sie sah, wie ihr Blut floss, die Lymphe floss und stellte sich vor, wie goldenes Licht durch ihren Körper strömte, durch jede einzelne Hautpore, durch jede einzelne Zelle, durch ihre Adern, Organe, Knochen, Gelenke, Sehnen …

Das Licht wurde dichter, intensiver, schwoll zu einem alles säubernden energiegeladenen, elektrisierenden Meteorschweif an, der sie von oben bis unten durchfuhr und alles verbrannte, was nicht zu ihrem Körper gehörte. Wieder und wieder fräste er durch sie hindurch wie ein Laser, vernichtete alte, defekte Zellen, blieb besonders lange an den Metastasen hängen, solange, bis sie sich in das auflösten, was sie waren: geballte Energie. Und diese erlöste Energie war wie befreites Licht, das den Strom verstärkte, sodass alle Zellen in ihr vibrierten und schwangen, sich immer schneller drehten, bis ihr tatsächlich schwindlig wurde.

Es arbeitete unaufhörlich in ihr. Nichts war anstrengend. Sie saß nur da und schaute zu. Das war alles, was sie tun konnte. Ihr Verständnis vergrößerte sich immer mehr. Das war das, was Alan mit Wu Wei gemeint hatte! Tun im Nichtstun. Der Kopf tat nichts, diese Energie tat alles. Ganz von alleine! Endlich fühlte sie sie. Endlich war sie da.

Lisa atmete tief durch und ihr schien, dass sie mit diesem Atemstoß den Meteorschweif in ihr noch mehr befeuerte. Ihre Haut brannte. Ihr Scheitel brannte und prickelte. Ihr war unendlich heiß und als der Gong ertönte, wäre sie am liebsten sitzen geblieben. Die Kleidung hing feucht an ihrem Körper und sie taumelte mehr aus dem Raum, als dass sie ging.

Alan hielt sie kurz am Oberarm, um sie zu stabilisieren, brachte sie in ihr Zimmer und wandte sich anschließend den anderen dreien zu.

✳✳✳

Lisa wollte nichts essen. Sie zog sich um, stand in ihrem Zimmer, fühlte sich wie benebelt und auf sehr drängende Weise in ihr Herz gezogen. Sie setzte sich aufs Bett und konzentrierte sich auf den Punkt zwischen ihren Brüsten, aber diesmal war es keine kopf-fokussierte, anstrengende Konzentration, diesmal war es ein Verweilen, ein zwangloses, friedliches Verweilen, und weil es so schön war, blieb sie einfach dort, kam, wenn ihre Gedanken sie wegführten, wieder dahin zurück, so, wie man auf eine Reise geht und immer wieder nach Hause kommt.

Nach der Pause war sie die Erste, die wieder im Seminarraum saß. Die Atmosphäre hatte sich noch mehr verdichtet. Ihr war, als bündle sich eine sehr hohe, intelligente Energie in diesem Raum, in dem vier Menschen saßen, die ihr Innerstes aufsuchten. Es war, als ob deren Absicht diese Energie anzog wie ein starker Magnet. Sie war da, bereit, eingesetzt zu werden von demjenigen, der es zuließ. Lisa war zum ersten Mal weich und durchlässig, aber sie fühlte sich auch irgendwie erschöpft, lehnte ihren Rücken gegen die Wand und fühlte sich seltsam. Etwas Grundlegendes fehlte und als sie darüber nachdachte, erkannte sie, dass es der allgegenwärtige Widerstand war, den ihr Organismus vermisste. Es war weder Auflehnung noch Verteidigung in ihr, kein Wollen und kein Müssen, und das fühlte sich frei an. Zum ersten Mal dachte sie nicht mit Wut und Ohnmacht an die Metastasen in ihr, sondern mit Mitgefühl. Ja, sie hatte Mitgefühl mit ihren Zellen, die sich nicht mehr anders zu helfen gewusst hatten, die genau wie sie auf der Suche waren nach Glück und Liebe.

Sie schloss die Augen. Konnte nicht verhindern, dass sie, ohne jedes aktive Zutun, wieder in diesen Zustand fiel, und war mit jeder Faser ihres Herzens dankbar dafür. Es ging so leicht!

Tief atmete sie ein und aus. Ein und aus … ein und aus … und hatte das Empfinden, als sauge sie mit dem nächsten Atemzug einen Stöpsel in ihrem Inneren hoch, der mit dem Ausatmen aus ihrem Körper katapultiert wurde. Freude sprudelte plötzlich in ihr hoch, gluckernd und immer stärker werdend. Ihre Atemzüge wurden länger und tiefer und schließlich hielt ihr Atem ganz an. Ihr war, als tue sich plötzlich ein Spalt auf, und Lisa fiel hinein – in einen Spalt, aus dem gleißendes Licht schimmerte. Licht, mit dem sie vollständig verschmolz.

Die Stille darin war mächtig.

Jede Sorge, jede Angst war restlos verschwunden und sie verstand auf einer tiefen Ebene, dass nichts es wert war, diesen Zustand zu verlassen. Die Freude war so intensiv, dass sie sich eine Steigerung davon nicht vorstellen konnte, doch schon in den nächsten Minuten wurde sie eines Besseren belehrt, denn Jubel stieg in ihr auf, ein so erfüllender und himmelhochjauchzender Jubel, dass sie meinte, ihr Herz platze davon. Im unteren Bereich ihrer Wirbelsäule fing es vehement an zu kribbeln, und dann schoss diese Freude mit einer solchen Wucht nach oben, dass Lisa deutlich fühlte, wie der Schweif ihren Scheitel durchstieß und sich wie ein Funkenregen über sie ergoss. Sie badete in Gold! Sie badete in Sternen! Freude sang in ihr, Glück barst aus ihr heraus, schwallartig, in Kaskaden, in das Zimmer, in das Land, in die Welt. Ein glückliches Lachen kam aus ihrem Mund.

Die Krankheit konnte sie nicht töten. Sie war unsterblich! Jetzt wusste sie es! Mit diesem Gedanken lösten sich Millionen kleiner Widerhaken in ihr, winzige, spitze Heftklammern, die klackernd zu Boden fielen.

Und endlich strömte das Licht ungehindert durch ihren ganzen Körper. Er war kein Hindernis mehr, sondern Teil davon.

***

Drei Tage noch voller Meditation. Sie schwebte. Sie tänzelte. Sie versank. Sie aß so gut wie nichts. Alan zwang sie, etwas zu trinken. Kaum einer sprach sie an.

Aber Finn sah, wie Pete und Alan sich besorgte Blicke zuwarfen, und beunruhigt nahm er Alan beiseite.

»Was ist los?«, fragte er mit gerunzelter Stirn. Alan musterte ihn, dann entschloss er sich, nicht um den heißen Brei herumzureden.

»Sie hat aufgegeben, Finn. Wie ich es dir schon gesagt habe. Sie bereitet sich aufs Sterben vor.«

Finns Gesicht rötete sich.

»Und das ist sicher?«

»Nichts ist sicher.«

»Alan, bitte, ich kann diese vagen Aussagen gerade gar nicht brauchen!«

»Herrgott, Finn, was meinst du, wie es mir geht, wenn ich dabei zuschauen muss?«, brach es aus Alan heraus. Es war das erste Mal, dass er die Beherrschung verlor. Instinktiv wandte er sich ein wenig ab und fuhr sich durchs Haar.

»Sorry Finn, tut mir leid«, murmelte er schließlich, drehte sich um und ging zum See.

Finn war fassungslos. Er hatte solche Hoffnung gehabt, dass es bei Lisa endlich losging, aber Alans Reaktion zerschlug eine ganze Welt in ihm.

***

»Lisa? Alles okay?«

Sie konnte die Augen nicht öffnen. Schwach hatte sie den Gong gehört, der das Ende der einstündigen Meditation ankündigte, aber sie war nicht in der Lage, aufzustehen, konnte sich nicht bewegen. Sie fühlte sich total matt. In ihr brannte alles. Das Licht, das sie während dieser Tage nie verlassen hatte, war gleißend geworden, so sehr, dass sie es inzwischen als unangenehm und schmerzhaft empfand. Es war wie ein Laser, den sie nicht abstellen konnte. Ihr war so heiß! So furchtbar und unerträglich heiß! Ihr T-Shirt klebte an ihrem Körper, das Fleece ihrer Jogginghose war unangenehm nass, an ihrer Kopfhaut und ihrem Rücken rannen Schweißtropfen hinunter und ihr ganzer Körper schmerzte, vor allem ihr Kopf. Sie fühlte sich total erschöpft.

»Lisa?« Alans Stimme drang kaum an ihr Ohr.

Ihre Zunge gehorchte ihr nicht mehr, sie lallte irgendetwas, versuchte zitternd, ihre nassen Hände an der nassen Hose abzuwischen.

»Pete!«, rief Alan alarmiert, ungeachtet der Tatsache, dass die anderen drei noch meditierten. »Pete!«

Eine Sekunde später war Pete bei ihm. Alans Stimme wankte.

»Sie hat Fieber! Sie hat Fieber!«

Eine kühle Hand legte sich auf ihre Stirn.

Lisa versuchte, die Augen zu öffnen, es gelang ihr nur ein wenig. Irgendetwas zog sie ihr wieder gewaltsam zu. War das jetzt das Ende? Sie fühlte sich tatsächlich im Auflösungsprozess, hatte das Gefühl, zu zerfließen und oh … diese Hitze war kaum auszuhalten! Ihr Rücken tat weh, in der Nierengegend brannte es wie Hölle und auch ihr Hals sowie ihre Lippen waren trocken und klebten aneinander. Jemand setzte ein Wasserglas an ihren Mund, sie trank ein wenig, dann erfasste sie Schwindel und sie fühlte nur noch, wie sie seitlich wegkippte, in irgendwelche Arme hinein, die sie auffingen und nach hinten legten. Instinktiv kauerte sie sich zusammen, sie fror, ihr war heiß, jemand nahm sie auf die Arme und drückte einen Kuss auf ihre Stirn.

»Sie hat Fieber, Pete!«, wiederholte Alan mit vor Tränen glänzenden Augen.

»Hohes Fieber!«, bestätigte Pete aufgeregt.

Finn war aufgestanden, sein Blick streifte kurz Michael und Richard, alle drei sahen zu, wie Pete und Alan, der Lisa auf seinen Armen trug, den Raum verließen. Sie hatten keine Ahnung, was das zu bedeuten hatte.

»Ich habe noch nie jemanden erlebt, der sich so über hohes Fieber freut«, staunte Richard. »Der Mann ist doch Arzt, oder nicht? Der müsste es doch besser wissen!«

»Rich«, sagte Michael, »besser als du weiß er es allemal. Und jetzt lasst uns das tun, worum Alan uns gebeten hat. Ich glaube, das braucht unsere Lisa jetzt nötiger denn je.«

Sie setzten sich wieder hin und schlossen die Augen.

Finns Lippen zuckten. Sein Herz schwang und mit jedem Pulsschlag schickte er ihr alles, was er an Gefühlen für sie in sich trug.

***

Das Seminar war aufgelöst, das Barbecue fiel aus. Lisa lag im Delirium. Sie bekam kaum etwas mit. Ab und zu leuchtete Petes Gesicht vor ihr auf, registrierte sie einen Tropf neben ihrem Bett ... wo war sie ... im Krankenhaus? War es soweit?

Dann sackte sie wieder weg, tauchte nur für kurze Momente auf, manchmal erkannte sie Alan, aber die Außenwelt war verschwommen und dunstig. Es war eine Welt, die nicht mehr existent war. Das einzig Klare war das Licht – und es war alles, was sie fühlen wollte.

Richard, Michael und Finn machten auf eigene Faust Meditationen, manchmal gesellte sich Alan dazu. Aber er war unruhig und nervös, etwas, was sie von ihm nicht kannten, und das beunruhigte auch sie. Er gab kaum Auskunft, sagte immer nur, sie müssten es abwarten. Er könne nichts sagen.

Die beiden alten Herren saßen oft auf der Bank am See und Richard sagte mindestens einmal am Tag:

»Es kann doch nicht sein, dass sie vor uns geht, Michael! Das kann doch nicht sein, oder?«

»Ach, Rich«, seufzte er. »Sein kann alles. Das weißt du.«

Richard schwieg dazu und sah traurig über das Wasser. Jeden Tag hofften sie, dass es besser werden würde.

Als sich aber am vierten Tag noch immer keine Änderung ergeben hatte und Lisa anfing, zu fantasieren, kam Alan auf Finn zu und bat ihn, die Nummer ihrer Eltern ausfindig zu machen.

Finn wurde bleich.

»Kann ich zu ihr?«, fragte er.

»Ja, natürlich«, erwiderte Alan. »Geh nur.«

Er klang resigniert.

***

Finn stand vor ihrem Bett. Das blonde Haar lag strähnig auf dem Kissen, sie hatte abgenommen, ihre Wangenknochen traten hervor, ihre Lippen waren trocken vom Fieber, aber ihr Gesicht war friedlich. Das erschreckte ihn mehr als alles andere. Er nahm ein Wattestäbchen und strich sanft Vaseline über ihre rissigen Lippen.

Wehmütig setzte er sich an ihr Bett, nahm ihre Hand und führte sie an seinen Mund.

»Ich hab's dir nie gesagt, Lisa«, flüsterte er. »Aber ich liebe dich. So sehr, dass es mir egal ist, ob du mit mir oder einem anderen zusammen bist. Wenn du gehen willst, kann ich dich nicht halten. Aber ich möchte, dass du weißt, dass ich dich liebe. Du wärst die Frau gewesen, mit der ich hätte glücklich sein können.«

Die Tür öffnete sich. Alan kam herein. Er nahm einen Stuhl und setzte sich dazu.

Nach einiger Zeit fragte Finn:

»Hast du ihre Eltern angerufen?«

»Nein, mache ich morgen«, antwortete Alan und auf Finns erstaunten Blick: »Ja, ich weiß, ich hätte es längst tun müssen. Wir ... wir bringen sie morgen ins Krankenhaus. Pete will ein MRT. Wir dachten, das Fieber hilft, aber es dauert zu lang ... Pete vermutet, dass sich zerebrale Metastasen gebildet haben.«

Für Finn war das wie ein Faustschlag in den Magen. Alan presste die Lippen zusammen, stand auf und ging.

Finn war froh, dass er wieder allein mit Lisa war, er wollte ihr noch so viel sagen! Wieder nahm er ihre Hand, streichelte sie, drückte Küsse darauf und begann ihr leise zu erzählen, wie das alles für ihn gewesen war, wie ihr Anblick auf Skype ihn verzaubert, wie er diese Zeit mit ihr empfunden hatte ... die Gespräche, ihren Wandertag, das Kino ... ihre Scheuheit und wie sehr er diese Nacht mit ihr genossen hatte ... dass er so etwas noch nie erlebt hatte, dass es immer sein Traum gewesen war und er mit ihr diesen Traum wahr gemacht hatte.

»Was gäbe ich dafür, das noch mal zu erleben«, flüsterte er. »Mit dir. Ich hätte so gern so viel mit dir erlebt.«

»Ach, Finn«, murmelte sie. »Ich hab das Tutu doch längst weggeworfen.«

Finns Hand krampfte sich so fest um die ihre, dass ihr Gesicht vor Schmerz zusammenzuckte. Ihre Augen blinzelten, öffneten sich ein wenig, sahen ihn an und fielen kraftlos wieder zu. Finns Herz fiel senkrecht nach unten.

»Lisa«, ächzte er atemlos. »Bist du wach? Kannst du mich hören?«

Ihre Augenlider flatterten, ihr Blick schien aus einer unendlichen Weite in ihren Körper zurückzukommen, fokussierte sich auf ihn, nahm sein Bild wahr, den gespannten Ausdruck in seinem Gesicht.

»Finn«, nuschelte sie und wirkte ziemlich weggetreten. »Du siehst so schnuckelig aus.«

Sie lächelte. Die Augen fielen wieder zu.

»Lisa!«, rief Finn. »Warte! Lisa, bitte! Hörst du mich? Bitte!«

Sein Herz klopfte wie verrückt, seine Hand klammerte sich an ihre. er war aufgestanden und beugte sich zu ihr hinab. »Lisa!«, flehte er. »Rede mit mir!«

»Wo ist Alan?« Sie brachte kaum die Lippen auseinander, aber Finn war froh um jedes Wort.

»Ich hole ihn! Bleibst du so lange wach, Lisa? Ich hole ihn, okay? Versprichst du mir, dass du wach bleibst?«

Sie nickte, schien verwundert, blinzelte wieder. Finn war gefangen zwischen dem Bedürfnis, Alan zu holen und bei ihr bleiben zu wollen, zögerte zwei Sekunden, dann legte er sacht ihre Hand auf die Bettdecke.

»Bleib wach, Lisa! Ich bin sofort zurück!«, sprach's und rannte aus dem Zimmer.

»Alan!«, brüllte er in voller Lautstärke, weil er keine Zeit verlieren wollte und nicht wusste, wo er war. Sein Herz schlug ihm bis zum Hals.

»Alan!«, schrie er wieder. »Lisa ist wach! Verdammt noch mal, wo steckst du?«

Eine Minute später stand ein aufgewühlter Alan vor ihm.

»Sie will dich sehen«, informierte ihn Finn.

Beide eilten in das Zimmer.

Lisa lag mit geschlossenen Augen auf dem Bett. Sie lächelte glücklich.

Als Alan ihre Hände in die seinen nahm, schlug sie die Augen auf. Ein Leuchten ging über ihr Gesicht.

»Alan«, flüsterte sie. »Ich liebe dich.«

Sie atmete tief und schlief ein. Es war ein erholsamer, fieberfreier Schlaf.

✳✳✳

Die Reaktionen der fünf Männer waren so unterschiedlich wie nur was.

Richard und Michael feierten. Pete tat seine Arbeit und war bemüht, seinem Gesicht keinen allzu hoffnungsvollen Ausdruck zu verleihen. Alan war bei Lisa, küsste ihre Hände, dann wurde er von Rose rausgeschickt, die Pete half, sie zu waschen und in frische Wäsche zu stecken.

Finn saß am See und hing seinen Gedanken nach. Er spielte mit dem Handy, als eine WhatsApp-Message hereinkam.

»Hey, Finn. Wie geht es Lisa?«

Es war Elena, die er auf dem Laufenden gehalten hatte, seit Lisa sich nicht mehr bei ihr gemeldet hatte.

»Ich wage noch keine Aussage«, schrieb er. »Pete hat ihr gerade erst Blut abgenommen und schickt es ein. Wo bist du gerade?«

»In Moskau«, schrieb sie zurück. »Irgend so ein geiler Typ hat mich zum Abendessen eingeladen, aber ich habe abgesagt. Können wir reden?«

»Klar«, tippte er.

»Hi, Finn«, sagte Elena, als er das Gespräch annahm. »Schön, deine Stimme zu hören.«

»Ebenso, Elena«, erwiderte er warm. »Wie geht es dir?«

»Mir geht es immer gut, weißt du doch. Was passiert jetzt mit Lisa?«

»Pete macht ein MRT, dann wissen wir mehr. Aber ihr Fieber ist endlich gesunken. Wir hoffen alle, dass es Gutes bewirkt hat.«

»Ja, ich hoffe so sehr mit«, seufzte Elena. »Und Finn … ich wollte dir sagen, dass mich das sehr rührt, das alles. Die Sache mit Lisa. Die Art, wie du da durchmarschiert bist. Du hast dich verändert.«

»Ja, ich habe mich verändert.«

Die Schlichtheit seiner Aussage traf Elena. Sie schwieg eine Weile – etwas, was wiederum Finn nicht von ihr kannte.

»Du hast dich auch verändert, Elena«, sagte er schließlich.

»Stimmt, das alles ist nicht spurlos an mir vorbei gegangen. Ich denke viel nach, Finn. Über mich. Über mein bisheriges Leben. Auch über uns.«

Die letzten drei Worte hingen fett in der Luft. Wie eine Barriere, die einer von ihnen überwinden musste, und jeder wartete auf den anderen. Elena gab sich einen Ruck.

»Weißt du, ich habe so etwas noch nie hautnah mitbekommen. Die Kleine war so verletzlich. Sie hat mich von der ersten Sekunde an gerührt. Und dieser Nachmittag, als wir in ihrem Wohnzimmer standen … das hat mich echt fertig gemacht. Als ich aus diesem Haus ging, war ich nicht mehr dieselbe. Und du, Finn … Ich muss zugeben, dass ich ziemlich eifersüchtig war, als du ihr nach Kanada nachgereist bist. Dem früheren Finn wäre Lisa egal gewesen.«

»Nein, Elena«, widersprach er. »Lisa wäre mir nie egal gewesen. Auch dem früheren Finn nicht.«

Elena schluckte. »Erwidert sie deine Gefühle?«

»Nein. Sie ist ganz klar in Reeds verliebt.«

»Und er?«

»Ich glaube, er auch in sie. Aber er ist über zwanzig Jahre älter als sie.«

»Das ist kein Argument.«

»Ich weiß.«

»Finn«, begann Elena wieder zögernd. »Könntest du Mr. Reeds nicht mal fragen, ob er ein zweites Seminar macht? Mich beeindruckt deine

Ausstrahlung sehr – und alles, was du mir bisher erzählt hast. Ich denke, auch für mich ist es an der Zeit, so einiges aufzulösen.«

»Kann ich gerne machen, Elena«, sagte Finn. »Ich melde mich, sobald ich was weiß, okay?«

»Okay«, antwortete sie. »Und alles Gute für Lisa. Gib ihr einen Kuss von mir.«

»Ja, gern. Wenn sie sich von mir küssen lässt.«

Elena zögerte kurz.

»Ich würde mich gern von dir küssen lassen, Finn.«

Damit legte sie auf.

Finn schaute über den See.

Manchmal war das Leben schon kompliziert. Manchmal dachte sich Gott schon knifflige Situationen aus.

Aber wie groß die universelle Fantasie tatsächlich war, ahnte er in dieser Sekunde nicht im Geringsten.

Lisa schlief fast vierundzwanzig Stunden am Stück durch. Alan wurde fast wahnsinnig, als sie wieder so leblos im Bett lag. Aber das Fieber war vorbei und das gab Anlass zur Hoffnung. Als sie aufwachte, hatte sie Hunger. Pete und Alan brachen darüber fast in Jubelschreie aus und Rose schleppte so viel Essen an Lisas Bett, dass ihr schon vom Anblick dieser Masse schlecht wurde.

»Rose!«, protestierte sie. »Wer soll das alles essen?«

»Du natürlich!«, erklärte Rose erbarmungslos. »Du bist ja nur noch Haut und Knochen! Ich stopfe das Zeug schon in dich rein, keine Sorge! Du musst deinen Magen langsam wieder ausdehnen.«

Damit hatte sie recht. Lisa war Essen nicht mehr gewohnt und peu à peu tastete sie sich wieder an normale Verhältnisse heran.

Jeden Tag fühlte sie sich ein wenig klarer und war schrecklich gerührt von den fünf Männern und Rose, die um sie herumscharwenzelten und ihr die Zeit vertrieben.

Michael unterhielt sie mit Anekdoten aus seinem Leben, was Richard stank, und da er seinem Freund in nichts nachstehen wollte, verfiel er auf die Idee, Lisa etwas vorzulesen.

So saß er an ihrem Bett, einen Krimi in der Hand, den sie nicht hören wollte, aber sie hatte nicht das Herz, den alten Herrn in seiner Hilfsbereitschaft zu enttäuschen. Letztlich war es egal, denn Richard las mit seiner schnorcheligen Stimme die Passagen so gefühllos und monoton vor, dass sie binnen zehn Minuten eingeschlafen war.

»Also Rich, dass du ein solches Talent als Schlaftablette hast, hätte ich nie gedacht«, frotzelte Michael. »Vielleicht solltest du deine Stimme patentieren lassen? Viele Menschen, die unter Insomnie leiden, wären sicher froh.«

»Wie meinen?«, fragte Richard perplex, der überzeugt war, eine hervorragende Leseleistung erbracht zu haben.

»Ich meinen, dass du Talent für einen recht außergewöhnlichen Beruf hast«, gab Michael im höchsten Maße erheitert zurück. »Die Lösung bei hartnäckiger Schlaflosigkeit: der Einschläferer Richard Rosenberg! Für Risiken und Nebenwirkungen fragen Sie Ihren Arzt oder Apotheker!« Er lachte sich schlapp.

»Benkert, Sie fallen schon wieder aus dem Rahmen«, erboste sich Richard.

»Michael«, verbesserte Michael und ahmte Richards Stimme wie Tonfall perfekt nach: »Für dich und für alle Zeiten – Michael!«

»Eigentlich habe ich mir geschworen, das nie zurückzunehmen, aber gerade denke ich ernsthaft darüber nach!«

»Wusst' ich's doch!«, erwiderte Michael süffisant. »So viel zu deinem Ehrenkodex!«

»Was heißt hier Ehrenkodex?!«, geiferte Richard. »Ich habe dem Fräulein Lisa nur etwas vorgelesen und …«

»… und dabei wurde eine neue Geschäftsidee geboren«, witzelte Michael in bester Laune, weil er seinen Freund wieder mal auf hundertachtzig gebracht hatte.

»Geschäftsidee?«

»Nimm deine Stimme auf Band auf«, schlug Michael vor. »Wir gründen ein Start-up: Schnorchel-Sleep! Exklusiv mit der Originalstimme von Richard Rosenberg, dem Einschläferer!«

»Start-up?«, fragte Richard verständnislos. »Ist das so was wie die Pin-up-Girls mit den roten Backen und den runden Brüsten auf diesen Autoreklamen?«

»Ach, Rosenberg. Ganz ehrlich, mir reicht's! Geh in dein Weltnetz und erkundige dich, was ein Start-up ist! Oder nein, lass es lieber! Wer weiß, was dir dann sonst noch einfällt!«

»Der Einschläferer …«, grollte Richard derweil missgelaunt. »Die Lisa ist einfach nur müde! Die hat eine schwere Krankheit hinter sich!«

Michael hatte schon zu einer sarkastischen Antwort angesetzt, aber er hielt inne und sagte:

»Hoffen wir, dass sie sie hinter sich hat.«

✳✳✳

Lisa schwamm in einem Strom an Zuwendung. Sie zerfloss vor Rührung über Michael und Richard, die immer bemüht waren, ihr eine kleine Freude zu machen. Ob es eine Blume war, die sie mitbrachten, Richards Vorlese-Bemühungen oder Michaels Art, sie aufzuheitern – sie nahm alles mit einer kindlichen Dankbarkeit auf. Dann war da Finn, der sie in seine Arme geschlossen hatte, sowie sie eine längere Wachphase gehabt hatte, der ihr von Elena und ihrem Vorhaben erzählte, ebenfalls ein Seminar zu buchen.

Und Alan – ihre Freude, ihr Leben, ihr Glück. Alan, der mit seiner immensen Tiefe und einem Strahlen in ihr Zimmer kam, dass sie jedes Mal das Gefühl hatte, die Sonne gehe auf. Sie war ihm so unendlich dankbar für alles, egal, was die nächste Untersuchung brachte. Dank ihm hatte sie in diesen letzten Tagen eine Intensität erfahren dürfen, die sie jenseits von Hoffen und Bangen, jenseits von Tod und Leben katapultiert hatte.

In ihr war alles neu, alles prickelnd und sie fühlte sich so frei, dass sie bewusst bereit war, jede Situation, so wie sie kam, zu akzeptieren. Das bedeutete nicht, Dinge, die zu ändern waren, nicht in Angriff zu nehmen, sondern einfach, die Energie in ihr fließen zu lassen ohne jeden Widerstand. Das brachte das Leben zu einer Entfaltung, wie ihr Kopf sich das niemals hätte vorstellen können, schlicht, weil er auf einer ganz anderen Frequenz schwamm. Sie fühlte sich endlich wieder richtig zusammengesetzt – und an dieses Gefühl musste sie sich tatsächlich erst gewöhnen.

✳✳✳

Sobald es vertretbar war, wollte Pete das MRT machen. Die Aufregung, die in der Luft lag, war fast greifbar und obwohl Lisa Abgeklärtheit erfahren hatte, wurde sie von der allgemeinen Spannung angesteckt.

Finn umarmte sie vor der Fahrt nach Vernon immer wieder, aber überraschenderweise war Alan der Aufgeregteste von allen.

Sie wollten alle mitfahren, was Lisa gar nicht recht war. Aber niemand nahm auch nur Notiz von ihrem Wunsch. Schon eine halbe Stunde vor Abfahrt trieben sie sich vor dem Minivan herum, einschließlich Rose, die als Einzige nicht mitfuhr.

»Ich weiß gar nicht, wie ich diese Stunden aushalten soll!«, erklärte sie immer wieder und wandte sich an Richard und Michael: »Ihr kontaktiert mich sofort, okay? Negativer oder positiver Smiley – das reicht.«

»Frollein Rose«, schnorchelte Richard. »Ich kümmere mich höchstselbst darum! Sie können sich auf mich verlassen!«

Michael versicherte ihr, Richard zu erinnern, sollte er es doch vergessen, was ihm einen bösen Blick desselben einbrachte. Rose umarmte Lisa fest und versprach ihr ein kalorienhaltiges Essen, wenn sie zurückkamen.

»Das ist komisch, dass ihr alle dabei seid«, nörgelte Lisa. »Ich wäre wirklich lieber allein, vor allem, wenn es nicht gut ausfallen sollte.«

»Nachdem du uns so lange schreckliche Qualen verursacht hast, kannst du uns das nicht antun«, erklärte Richard.

»Da muss ich dem alten Knacker ausnahmsweise mal recht geben«, bestätigte Michael.

»Alter Knacker! Da spricht der Neid aus dir! Hast du immer noch nicht mit deinem Verjüngungsprogramm weitergemacht?«, meckerte Richard. »Pete hat gemeint, ich bewege mich schnurstracks auf die vierzig zu!«

»Auf was soll ich denn neidisch sein?«, gab Michael verwundert zurück. »Auf deine buschigen Augenbrauen? Meinst du, du kannst damit irgendwen beeindrucken?«

»Mit meinen Augenbrauen habe ich schon so einige Frauen wuschig gemacht«, behauptete Richard, während er die gewaltigen Teile zum Beweis hob und senkte.

»Gott im Himmel«, sagte Michael, als er das sah. »Wahrscheinlich wurde deinetwegen der erste Verein gegründet gegen sexuelle Belästigung durch Augenbrauen! Die Dinger sind ja obszön!«

Richard brummelte Unverständliches in sein faltiges Kinn, das untrügliche Zeichen dafür, dass er sich ärgerte, von Michael wieder mal schachmatt gesetzt worden zu sein.

Die Fahrt dauerte etwa eineinhalb Stunden und je näher sie der Praxis kamen, desto stiller wurden alle. Lisa merkte, wie ihr Herz zu klopfen begann. Sie erinnerte sich an die Zeit vor dem Fieber, als das ihr Dauerzustand gewesen war, dieser Stress und der Druck. Doch bevor die Erinnerung daran sie überwältigen konnte, atmete sie tief durch.

Leben war jetzt. Der Moment war so, wie er war. Sie ließ alles los.

Die Blutprobe hatte Pete schon vorher ins Labor gebracht, deren Ergebnisse lagen inzwischen auf seinem Schreibtisch, aber er hatte den Umschlag noch nicht geöffnet. Zusammen mit Alan brachte er Lisa zum MRT, ließ sich den Ausdruck geben, danach fuhren sie zurück zur Praxis, wo die anderen drei warteten.

»Hast du das Bild schon gesehen?«, fragte ihn Lisa während der kurzen Fahrt.

»Nein, ich schau mir alles zusammen an.«

Pete warf einen Blick in den Rückspiegel. Sie war ruhig, ein leichtes Lächeln lag um ihren Mund. Keine Spur von Sorge oder Angst.

Alan saß neben ihm. Er versuchte, in Petes Gesicht zu lesen, aber der schaute stur geradeaus und vermied jeden Blickkontakt. Auf einmal glaubte ihm Alan nicht mehr, dass er die MRT-Bilder noch nicht kannte. Er wusste, Pete hatte sie sich angeschaut. Pete kannte das Ergebnis. Aber wenn es positiv gewesen wäre, hätte er es doch gesagt? Er hätte doch Lisa niemals so auf die Folter gespannt!

Alan wurde unruhig. Sehr unruhig. Auch er wusste, dass alles sein konnte – und dass das, was Lisa in den letzten Tagen widerfahren war, sie auf das Leben wie auf den Tod vorbereitet hatte.

Sie begaben sich ins Wartezimmer und die Spannung der vier Männer war so hoch, dass Lisa sie nicht aushielt.

»Pete«, sagte sie. »Kann ich gleich mit dir mitgehen?«

Er stimmte zu und erleichtert folgte sie ihm, ihren vier Männern noch ein Zeichen fürs Daumendrücken zuwerfend.

Doch kaum waren sie aus dem Zimmer, merkte sie, dass auch Pete alles andere als losgelöst war, dass auch er Zeit brauchte. Und so bat er Lisa, im zweiten Behandlungszimmer zu warten, damit er in Ruhe die Berichte auswerten konnte.

Lisa kannte das von ihm. Bisher hatte er stets penibel alle Auffälligkeiten markiert und eine Vorher-Nachher-Aufnahme an seinen Leuchtkasten gehängt, sodass sie auch als Laie alles gut erkennen konnte. Sie hatte großes Verständnis dafür, dass auch er seine Empfindungen sortieren musste – sollte das Ergebnis nicht gut ausfallen.

Versonnen saß sie auf der Liege seines Behandlungszimmers und tippte eine Nachricht an ihre Mutter.

»Hey, Mam, vermisse dich so sehr! Komme bald nach Hause. Das Retreat ist zu Ende, war ganz schön anstrengend. Wir machen noch ein Abschiedsbarbecue, morgen buche ich meinen Flug. Freue mich so auf euch! Ich liebe dich! Deine Lisa«.

Die Antwort kam postwendend. Lisa sah auf die Uhr. In Deutschland war es Mitternacht.

»Ich vermisse dich auch, meine Kleine«, schrieb ihre Mutter. »Ich musste die letzten Tage so oft an dich denken. Mehr als sonst. Geht es dir wirklich gut?«

Lisa zögerte mit der Antwort. Ob es ihr wirklich gut ging, würde sie erst in ein paar Minuten erfahren. Doch dann zog ein Lächeln über ihr Gesicht und sie schrieb aus vollem Herzen:

»Ja, Mama, es geht mir hervorragend. Das Retreat war absolut befreiend. Ich freue mich schon sehr, dir alles erzählen zu können.«

»Du bist schon so lange weg – was sagt denn Papa dazu?«, wunderte sich Marisa.

»Das ist mit ihm abgeklärt. Hab viel vorgearbeitet. Pierre kümmert sich um alles.«

»Bist du immer noch verliebt?«

»Ja, das bin ich. Aber ich bin mit einer Gruppe hier. Ich bin nicht mit ihm allein.«

»Wo genau bist du eigentlich?«

»In der Nähe von Vernon. Warte, ich schicke dir ein paar Fotos – es ist traumhaft hier!«

Lisa checkte die Fotos auf ihrem Handy und sandte wahllos ein paar Naturfotos vom See und den Bergen, Gruppenaufnahmen von Rich, Mike und Finn, die sie während ihrer Spaziergänge gemacht hatten, sowie von Rose und ihrer Tochter.

In diesem Moment steckte Pete seinen Kopf durch die Tür und bat Lisa in sein Besprechungszimmer. Lisa schaltete ihr Handy aus und folgte ihm.

***

Sie konnte trotzdem nicht verhindern, dass ihre Knie wackelten. Wie stets hingen am Leuchtkasten zwei Bilder. Vorher, nachher. Ein Blick genügte ihr, um zu sehen, dass beide Fotos mit zahlreichen Markierungen versehen waren. Obwohl sie sich vorgenommen hatte, nicht enttäuscht zu sein, fiel ihr trotzdem das Herz gewaltig in den Magen. Das linke Bild war das Vorher-Bild – und es hatte weniger Markierungen als das rechte Bild, die neue Aufnahme.

Pete deutete auf den Stuhl vor seinem Schreibtisch.

»Lisa, setz dich bitte.«

»Ich glaube, ich kann mich nicht setzen«, flüsterte Lisa, die Augen auf die Fotos fixiert. Pete folgte ihrem Blick.

»Gut, dann bleib stehen, aber du bist noch wacklig – soll ich Alan holen?«

»Nein Pete, ist schon okay«, sagte sie gefasst. »Ich sehe ja, was Sache ist …«

Pete räusperte sich, sah sie nicht an.

»Ich will es trotzdem erklären, wenn du nichts dagegen hast.« Er räusperte sich erneut. »Hier links, ist die allererste Aufnahme von vor sechs Wochen, als du das erste Mal hier warst. Die Aufnahme daneben mit den zahlreicheren Markierungen haben wir vor zwei Wochen gemacht. Und hier habe ich die neue Aufnahme.«

Er nahm das linke Foto weg, schob das rechte an dessen Stelle und hängte die neue Aufnahme daneben.

Lisa taumelte zurück und wurde bleich.

Auf dem Foto war nicht eine einzige Markierung eingezeichnet. Ihr ungläubiger Blick ging zu Pete. Der sah sie mit einem solch strahlenden Lächeln an, dass ihr fast die Beine wegknickten.

»Das kann nicht sein«, hauchte sie. »Das ... das ...«

»Typischer Fall von unerklärlicher Spontanheilung, würde ich sagen«, grinste Pete. »Du bist gesund, Lisa. Vollständig und ganz. Deine Blutwerte sagen das auch. Die Leukozytenanzahl ist normal.«

Lisa wollte etwas sagen, ihr Mund öffnete sich, aber nichts kam heraus. Dafür brandeten Tränen in ihre Augen, sie klammerte sich an Pete, der sie umarmte und den sie in ihrem Gefühlsaufruhr so fest drückte, dass er einen leichten Schmerzenslaut von sich gab. In der nächsten Sekunde Riss sie sich los, stürmte aus dem Zimmer, am Wartezimmer vorbei, aus dem vier aufgeschreckte Gesichter sie anstarrten – aber sie konnte da nicht rein, nicht in die Enge eines kleinen Zimmers! Nicht nach dieser Nachricht! Das war völlig unmöglich!

Sie rannte nach draußen, die Straße hinunter, rannte und rannte, bis sie nicht mehr konnte. Erst als sie hechelnd an einer Mauer stand, wurde ihr in vollem Umfang klar:

Sie war gesund!

Sie brach in Tränen aus. Sie war gesund! Was das hieß! Sie hatte ihr Leben wieder!

♫ Summertime ♫
Annie Lennox

Eine herrliche Zeit begann.

Lisa konnte sich nicht erinnern, jemals so glücklich gewesen zu sein, jemals das Leben so intensiv und voller Wunder empfunden zu haben. Nun sah sie die unglaubliche Schönheit, die ganz normale Dinge besaßen, vom Geräusch des Windes, dem Geschmack des Wassers, dem Duft einer Blume oder der Berührung der Sonne auf der Haut ... ja, sie nahm all diese normalen Dinge auf neue Weise wahr und lebte in einer verzauberten Welt.

Die Männer hatten sich fast nicht mehr eingekriegt, als sie von Pete das Ergebnis vernommen hatten, waren auf die Straße gelaufen und hatten auf Lisa gewartet, die schließlich leergeweint und glücklich wieder die Straße heraufgekommen war.

Richard strahlte sie an und strich ihr wie immer tapsig über den Rücken.

»Frollein Lisa«, sagte er immer wieder. »Frollein Lisa, wenn ich das nicht alles selbst erlebt hätte ... wenn ich das nicht mit eigenen Augen gesehen hätte ...«

Noch während er halbe Sätze schnorchelte, umarmte Michael sie mit einer Innigkeit, die ihr seine immense Ergriffenheit verriet. Oh, sie war so dankbar! Sie hatte die besten Freunde der Welt!

Und Finn ... der mit einem unbeschreiblichen Blick vor ihr stand, einem Blick, der einen ganzen Roman füllen würde, einem Blick, der ihr alles sagte, was sein Mund verschwieg. Fest schlossen sich seine Arme um sie. Lisa schmiegte sich an ihn, dann sahen sie sich an und Finn ließ sie sehr bewusst wieder los.

Schließlich stand Alan vor ihr.

Seine Lippen zuckten. Sie lächelte ihn an. Er lächelte zurück und breitete seine Arme aus. Sie war sich sicher: Wären die anderen nicht gewesen, er hätte sie geküsst. Ihr Glück war nicht in Worte zu fassen.

Sie warteten beide auf den richtigen Moment.

✳✳✳

Ja, eine herrliche Zeit begann! So sorglos hatte sie sich noch nie gefühlt! Auf der gesamten Heimfahrt sangen sie Lieder, lachten sich schief über Rich, der natürlich vergessen hatte, Rose Bescheid zu geben und, als ihn Michael daran erinnerte, hektisch alles Mögliche sandte: eine Blume, zwei Sektgläser, einen Sonnenschirm, einen Fußball – nur keinen Smiley.

Roses Sprachnachricht, in der sie Rich gehörig abstrafte, war erneuter Anlass für Lachanfälle; dann sangen sie wieder, nahmen es auf, schickten es an Rose und Alan rief noch dazwischen: »Stell Champagner kalt!«

»Das habe ich doch gemeint!«, verteidigte sich Rich noch immer beleidigt. »Ich habe die Sektgläser geschickt! Das Frollein Rose ist doch nicht dumm! Die weiß doch, was das bedeutet …!«

Aber je mehr er sich rechtfertigte, desto mehr Witze musste er über sich ergehen lassen, die sich mit jeder Minute steigerten, sodass ein überbordender Haufen an lachenden, glücklichen und ausgelassenen Menschen auf der Lodge ankam.

Ja, eine herrliche Zeit brach an! Lisa fühlte sich wie im Paradies. Rose bekochte sie von früh bis spät und schaffte es tatsächlich, dass sie innerhalb einer Woche zwei Kilo zunahm.

Lisa behielt das gesunde Leben bei. Einerseits war sie nun daran gewöhnt, zum anderen war ihr in diesen Wochen mehr als klar geworden, dass das die Grundlage für Gesundheit war. Zu ihrer Freude räumte Alan, als er erfahren hatte, dass Tanzen ihr Lieblingssport war, eine der Scheunen frei, stellte eine Musikanlage hinein und überließ sie ihr. Hieß das, er wollte, dass sie blieb? Dass sie wiederkam?

Sie war im siebten Himmel und wartete nur noch auf die passende Gelegenheit, ihm ihre Liebe zu gestehen, ohne zu wissen, dass sie das längst getan hatte. Alles in ihr kribbelte und lebte und sie genoss jede Sekunde.

Das Seminar war vorbei, aber der Raum stand jedem zur Verfügung, der ihn nutzen wollte. Zu ihrer aller Überraschung und Gelächter fanden sich am nächsten Tag alle um 5:30 Uhr wie gewohnt zur Meditation ein. Es war eine so lieb gewonnene, energieschöpfende Praxis geworden, dass keiner sie mehr missen wollte – am allerwenigsten Lisa. Pete hatte nach genauerer Untersuchung noch das eine oder andere entdeckt, aber es machte ihr keine Angst. Sie wusste, sie musste nur die entsprechende

Disziplin beibehalten und dieses Licht in ihr aufsuchen. Sie wusste, in ihr war die perfekte Blaupause eines gesunden Körpers und darauf konzentrierte sie sich, damit verband sie sich – mit Freude und einer unsäglichen Dankbarkeit.

Ja, das Leben war schön und wurde immer schöner. Sie badeten im See, tanzten, wo auch immer es sich ergab, ruderten auf das Gewässer hinaus und genossen die Stille – sofern nicht Richard und Michael dabei waren. Lisa und Finn hatten die beiden bei einem ihrer Schlagabtausche gefilmt, als sie zusammen in dem kleinen Ruderboot saßen, und das Bild hätte nicht besser gewählt werden können: Zusammengepfercht in dem Boot hackten sie munter aufeinander ein und Finn und Lisa lachten so sehr, dass der kleine Kahn kurz vorm Kentern war. Lisa war davon so angeheizt, dass sie Szene um Szene in ihr Sternenbuch schrieb und es Finn zeigte, der sich vor Gelächter geradezu kringelte.

Abends gab es oft ein Barbecue, das Rose für die Arbeiter auf der Logde mit Fleisch anreicherte, ansonsten befanden sich Gemüsespieße auf dem Grill, es gab gebackene Kartoffeln, gefüllte Paprikas, gebratenen Tofu und eine solche Unzahl an verschiedenen Salaten, dass niemand auch nur die geringste Ahnung hatte, wie Rose das alles bewältigte. Zwar half jeder in der Küche mit, schnippelte, hobelte und schälte, aber die Hauptarbeit blieb ja doch an ihr hängen. Sie verwies immer öfter auf ihre hübsche Tochter, was Finn und Lisa stets zum Lachen brachte. Überhaupt wurde viel gelacht. Das ganze Leben war voller Lachen.

Lisa fühlte sich so vital wie noch nie. Der Sport tat sein Übriges dazu, die frische Luft, die Weite Kanadas, die Schönheit des Indian Summers. Die Farben waren atemberaubend intensiv und am See zu stehen, über das Wasser zu blicken, ringsum die bunten, riesigen Wälder, die Berge mit ihren weißen Gipfeln und der frische Wind, der ihr um die Nase wehte … ja, sie wollte nie mehr von hier weg. Sie fühlte sich schlicht und ergreifend zu Hause.

Sie wartete. Bisher hatte Alan noch keine Annäherungen gemacht. Doch sein Blick ruhte oft auf ihr.

Der Erste, der seinen Flug buchte, war Finn.

»Wird Zeit, dass ich nach Hause komme«, sagte er zu Alan. »Aber ich habe eine Bekannte, die unbedingt ein Seminar bei dir machen will. Was denkst du? Steigst du wieder ein?«

»Ja ... vielleicht«, gab Alan zögernd zurück. »Ich denke darüber nach, wenn ich ehrlich bin.«

»Dann wäre Elena die Erste, die sich anmeldet«, lächelte Finn. »Sie hat mir ein Video geschickt und bat mich, es dir zu zeigen. Darf ich?«

»Ja, sicher doch«, sagte Alan und schmunzelte.

Finn rief Elenas selbst gedrehtes Video auf. »Sie ist Violinistin«, erklärte er. »Und ziemlich bekannt.«

Elena erschien auf dem kleinen Bildschirm und Alan pfiff durch die Zähne.

»Wow«, bemerkte er. »Eine Augenweide!«

»Das ist sie! Und ein Wirbelwind!«

Elenas gesamte Aufnahme bestätigte diese Bezeichnung. In ihrem Video flehte sie Alan an, ein Seminar bei ihm machen zu dürfen, sie spielte ihm was vor, versprach ihm, ein Konzert zu geben, nur für ihn oder für einen gemeinnützigen Zweck und versuchte ihn mit allen Mitteln dazu zu bewegen, ihr und ein paar Bekannten ein Retreat angedeihen zu lassen ... egal, was es kostete!

»An wie viele Bekannte denkt sie denn?«, fragte Alan stirnrunzelnd.

»Das habe ich sie auch gefragt«, grinste Finn. »Ich kenne sie nämlich. Hier hast du die Antwort.«

»Wie viele Bekannte ich meine? Dreißig hab ich schon mal sicher, aber noch viele, die auch darauf brennen, diesen Mann kennenzulernen! Finn! Du musst es möglich machen!«

»Uff«, machte Alan. »Du hattest recht – ein echtes Energiebündel! Seid ihr zusammen?«

»Wir waren es mal. Aber das wurde nichts. Damals war sie ne Diva. Was sie heute ist, weiß ich nicht recht. Jedenfalls ist sie nicht der Typ Frau, der zu mir passt.«

»Ihr wärt ein wunderschönes Paar«, entgegnete Alan und wurde ernst. »Aber ... du bist in Lisa verliebt, nicht?«

»Ja, aber sie nicht in mich. Das weißt du besser als ich, Alan.«

Damit drehte er sich um und ging.

Auch Lisa musste ans Heimfahren denken. Zusammen mit Richard und Michael einigte sie sich darauf, in fünf Tagen zu fliegen. Ihr wurde ganz anders zumute. In fünf Tagen von hier weg! Alan hatte sich ihr noch immer nicht genähert und sie war fest entschlossen, selbst die Initiative zu ergreifen, wenn er es nicht die nächsten Tage täte. Sie musste wissen, wie sie dran war!

$$***$$

Ein weiteres Mal telefonierte sie mit ihrer Mutter.

»Mama, ich habe meinen Rückflug gebucht. In vier Tagen bin ich zurück!«

»Oh, wie schön! Ich freue mich so! Dann kommst du doch sicher erst mal zu uns? Bitte!«

Lisa lachte. »Ja, klar, Mama! Freu mich auch schon total drauf! Du musst dir einen ganzen Tag freinehmen, es gibt sooo viel, was ich dir erzählen muss!«

Marisa ging das Herz auf. »Ach, du hörst dich so traumhaft an«, freute sie sich. »Du lachst so viel! Bist du immer noch verliebt?«

»Ja, sehr, Mama. Aber bis jetzt hat sich leider immer noch nichts ergeben ...« Lisa sah sich um und senkte ihre Stimme. »Drück mir die Daumen, dass sich das in den letzten Tagen ändert!«

Sie ahnte, dass Alan Rücksicht auf Finn nahm und dessen Abreise abwartete.

»Ist das dieser fantastische junge Mann auf dem Foto, das du mir geschickt hast?«, fragte ihre Mutter auch gleich nach. »Der sieht ja super aus!«

»Nein, das ist er nicht. Der, den ich meine, ist ein wenig älter. Er war auf keinem der Fotos.«

»Wie kommst du ausgerechnet nach Vernon?«, fragte Marisa. »Und wie heißt dieser wunderschöne See?«

»Das ist der See der tausend Farben! Und wie ich nach Vernon komme – das ist eine der Geschichten, die ich dir erzählen muss! Ganz kurios! Aber warte noch ein bisschen. In ein paar Tagen sitzen wir uns gegenüber! Bis bald, Mama!«

»Bis bald, meine Kleine!«

In diesem Moment kam Alan vorbei und lächelte sie an.

»Hey, Alan«, sagte sie. »Gerade habe ich mit meiner Mam telefoniert. Nachdem ich ihr so von dir vorgeschwärmt habe, fragt sie nach einem Foto. Du kannst ganz sicher sein, dass sie es nicht weitergibt. Sie ist superdiskret und hat auch keinen FB-Account.«

»Ja, klar, für deine Mam immer«, antwortete Alan gut gelaunt.

Er stellte sich neben sie, legte den Arm um sie, und unauffällig streichelte sein Daumen dabei seitlich ihren Brustkorb. Lisa verging fast vor Glück, hob das Smartphone in die Luft, sie neigten ihre Köpfe zueinander und fast hätte sie vor Genuss die Augen geschlossen, als sie Alans Gesicht so nah an dem ihren spürte.

Ihr Blick wandte sich ihm zu, als sie das Handy in die Tasche steckte. Alan zögerte, machte eine winzige Bewegung auf sie zu, als sie plötzlich Richards und Michaels Stimmen hörten. Er schenkte ihr noch ein kleines Lächeln – und ging seiner Wege.

$$***$$

Finn hatte gepackt. Lisa hatte sich erboten, ihn zum Flughafen zu fahren. So hatten sie die Fahrt vor sich und noch ein wenig Zeit am Flughafen selbst. Irgendwie fühlte es sich komisch an, dass er ging, gleichzeitig hoffte sie, dass Finns Abwesenheit Alan ermutigen würde.

»Ich werde dich unendlich vermissen, Finn«, sagte sie warm, als sie kurz vorm Airport waren. »Es war eine so wunderbare Zeit mit dir. Und ich hoffe so sehr, dass wir in Verbindung bleiben.«

»Nein, Lisa. Erst mal nicht«, entgegnete er. »Ich brauche Abstand.«

Sie nickte.

»Das verstehe ich. Was wirst du tun, wenn du zurück in Deutschland bist? Gehst du in die Firma zurück?«

»Ja, vorerst. Aber offengestanden weiß ich nicht, was ich tun werde. Es arbeitet in mir. Es ist so viel geschehen in diesen drei Monaten.«

Er lachte leise, als könne er es nicht glauben – es war ja auch unglaublich.

»Ja, das ist wohl wahr«, stimmte sie zu. »Wenn ich mir vorstelle, dass es gerade mal ein halbes Jahr her ist, dass wir uns kennengelernt haben! Es liegt eine Welt dazwischen!«

»Ein tolles halbes Jahr«, sagte er leise. »Hast du das Tutu wirklich weggeworfen?«

»Woher weißt du das?«

»Das hast du mir erzählt, als du aus deinem Fieberwahn aufgewacht bist.«

»Oh!«, schmunzelte sie. »Ja, es stimmt. Ich habe es weggeworfen. In der Nacht nach dem Konzert.«

Finn antwortete nicht. Sie warf ihm einen Seitenblick zu.

»Es … es war wirklich eine sehr geile Nacht mit dir«, sagte sie wehmütig. »Ich habe so etwas noch nie erlebt. Und, Finn, ich weiß, das hört sich jetzt doof an, aber … ich habe dich auf eine Weise kennengelernt, die … die …«

Sie brach ab, suchte nach den richtigen Worten, fand keine, weil alles, was die natürliche Fortsetzung davon gewesen wäre, sie besser nicht sagen sollte.

Finn nahm ihre Hand.

»… die?«, fragte er. »Trau dich, Lisa. Wir wissen doch beide, was Sache ist.«

Sie wurde ein wenig rot. Ihre Augen glänzten, als sie vollendete:

»… die mir klarmacht, dass ich dich auf gewisse Weise liebe. Mein Herz wird ganz weit, wenn ich an dich denke.«

»Trotz Alan?«

»Ja, trotz Alan.«

Sie schwiegen beide. Dachten beide an diese verrückten Wochen, die hinter ihnen lagen. Da piepste Finns Handy.

»Soll ich nachsehen, ob es eine Nachricht von der Fluggesellschaft ist?«, fragte Lisa.

»Ja, bitte, schau mal. Ich hoffe, die haben keine Verspätung, sonst verpass ich meinen Anschlussflug.«

Lisa checkte sein Smartphone.

»Oh, es ist Elena«, sagte sie. »Möchtest du, dass ich die Nachricht vorlese?«

»Nein, ist sicher nichts Dringendes.«

»Ihr steht wieder in Kontakt?«

»Schon die ganze Zeit. Sie wollte ja wissen, wie es dir geht.«

»Und … wie steht sie zu dir?«

Finn seufzte. »Sie will einen Neuanfang. Sie ist … anders als vor einem halben Jahr.«

»Und du?«

»Ich denke darüber nach.«

Lisa schwieg. Finn ebenso.

Sie tranken noch einen Kaffee zusammen, dann schulterte er seinen Rucksack. Er trug die gleiche Kleidung wie in Frankfurt und Lisas Blick flog unwillkürlich in die Vergangenheit. Ja, es lag eine Welt dazwischen! Sie sah noch einmal sein gequältes und so entschlossenes Gesicht von damals vor sich und eine Welle voller Zuneigung und tiefer Liebe durchflutete sie.

Impulsiv schlang sie ihre Arme um ihn und wie schon einmal wiegten sie sich hin und her, spürten sich und schafften es kaum, sich voneinander zu lösen. Aber Finn musste los.

»Auf Wiedersehen, Finn«, sagte Lisa unter Tränen. »Ich hoffe so sehr, dass ich dich wiedersehe.«

»Ja, auf Wiedersehen, Lisa«, antwortete er. »Irgendwann vielleicht.«

Er ging schnell. Dreißig Sekunden später war er aus ihrem Blickfeld verschwunden.

In melancholischer Stimmung fuhr sie zurück zur Lodge. Sie vermisste ihn.

∗∗∗

Als sie ankam, hatte ihre Mutter mehrere Sprachnachrichten auf dem Handy hinterlassen.

»Lisa? Ich habe Thomas getroffen und er hat gesagt, du hättest schon vor drei Monaten gekündigt? Hast du nicht gesagt, du machst Urlaub?«

Zweite Nachricht:

»Und sag mal, was waren das für Tapes, die du neulich erwähnt hast? Wo waren die noch mal? Von wem waren die? Von Ruth?«

»Hi, Mama«, antwortete Lisa, ebenfalls via Sprachnachricht. »Also die Tapes sind in der Kiste oben im Speicher neben Tills Steuerunterlagen. Ich habe alles wieder zurückgebracht … da findest du auch die Karte von Ruth. Und ja, das mit der Firma … das ist eines der Dinge, die ich dir lieber persönlich erkläre. Ich bin ja bald zurück.«

Dann fiel ihr ein, dass sie das Foto noch nicht geschickt hatte, und sandte es ihrer Mutter mit den Worten:

»Das ist Alan, Mama. Das ist der Mann, den ich liebe. Und ich hoffe so sehr, dass er mich auch liebt.«

Das Handy gab einen Laut von sich. Ihr Akku war leer. Waren nun ihre Sprachnachricht und das Foto durchgegangen?

Wo hatte sie nur ihr Aufladekabel wieder hin? Sie fand es nicht, aber Michael hatte die gleiche Handymarke, so fragte sie ihn und versorgte das Gerät in der Diele des Gästehauses mit Strom.

Abends lag sie mit offenen Augen im Bett. Alan hatte sich den ganzen Tag nicht blicken lassen.

Die Tage hier waren gezählt. Aber sie hoffte, hoffte, hoffte, dass sie wieder hierher kommen durfte. Für immer.

♫ Nur Sterne belauschen uns ♫

Paul Hankinson

»Pst … wach auf …!«

Eine Hand rüttelte sie sanft, warmer Atem hauchte an ihr Ohr. Verschlafen blinzelte sie in die Finsternis, zwischen Schlaf und Traum, hörte die raunende Stimme, dicht an ihrer Seite, dicht an ihrem Hals.

»Nicht erschrecken … bist du wach?«

Sie schlug die Augen auf. Sein Gesicht war unmittelbar vor dem ihren, sein intensiver, tiefer Blick.

»Was ist?«, fragte sie alarmiert und richtete sich ein wenig auf ihrem Lager auf. Er hockte vor ihr und strich ihr zart über die Wange.

»Ich möchte dir etwas zeigen«, wisperte er. »Kommst du mit?«

»Jetzt?«, fragte sie erstaunt. »Wie spät ist es?«

Er zog an ihrer Hand, lächelte sie an.

»Komm einfach mit«, flüsterte er.

Widerstandslos erhob sie sich, mit diesen geschmeidigen, tänzerischen Bewegungen, die er schon die ganzen Wochen, die sie hier war, an ihr bewundert hatte. Aus der Ferne, aus der Nähe. Vom ersten Moment an, da er sie gesehen hatte, war er elektrisiert gewesen. Hatte sie immer wieder unauffällig studiert – wie sie lief, wie sie aß, wie sie redete. Ihre fließenden Bewegungen während der Hatha-Yoga-Stunde, ihren sehnsuchtsvollen Ausdruck, wenn sie meditierte. Jedes Bild von ihr war in seine Seele gestanzt: Ihr graziler Körper, die langen Haare, ihr fein geschnittenes Gesicht, der sensible Mund, die mit ein paar vorwitzigen Sommersprossen versehene Nase, die sich an der Wurzel immer so süß kräuselte, wenn sie lachte. Überhaupt ihr Lächeln! Es war so zauberhaft, dass er jedes Mal, wenn er es sah, dahinschmolz.

Und genau das wollte er jetzt. Er wollte dieses Lächeln sehen. Diesmal wollte er es ganz für sich allein und er wollte der Grund dafür sein.

Glücklich darüber, dass sie mitging, nahm er sie fest an die Hand und lautlos schlüpften sie zusammen aus dem Gästeflügel. Lisa schloss kurz die Augen. Es war so weit! Ihr Herz klopfte, nein, es jubilierte, es sang, es spielte total verrückt. Sie fühlte die Geborgenheit seiner Hand und war unendlich glücklich darüber.

Die Nacht war klar, die Luft frisch und kalt. Seine Hand hielt die ihre so selbstverständlich, als wären sie schon ewig zusammen. Alan ging mit ihr Richtung Wald, führte sie über unbekannte Pfade. Feuchte Kühle zog vom See empor. Sie hatte keine Jacke dabei und begann zu frösteln. Er merkte es.

»Dauert nicht mehr lange, wir sind gleich da«, murmelte er. »Ich verspreche dir, dann wird dir wieder warm.«

Sie erwiderte nichts darauf. Genoss diese Stille, die ihn umgab und der sie bis zur Unendlichkeit vertraute.

Nach etwa fünf Minuten verharrte er, wandte sich ihr zu, ein leichtes Lächeln im Gesicht und sagte: »Augen zu!«

Sie lachte leise, tat aber wie geheißen. Er stellte sich hinter sie, legte seine Hände zusätzlich auf ihre geschlossenen Augen und dirigierte sie sicher über den Waldboden, machte sie auf hervorstehende Wurzeln aufmerksam, bog ihren Kopf sanft nach unten, um einem Zweig auszuweichen.

»Was wird das?«, fragte sie neugierig, während sie sich an seinen Handgelenken festhielt.

»Vertrau mir …«, wisperte er nahe an ihrem Ohr. »Gleich siehst du es.«

Wie stets vibrierte seine Stimme in ihrem Körper nach. Ihr Herz klopfte stärker.

Sanfter Schein drang durch seine Hände, durch ihre geschlossenen Lider. Sie nahm Wärme wahr, hörte das Prasseln eines Feuers, das laute Knacken von Scheiten, sah in Gedanken die Funken hochstieben. Es roch heimelig nach Holz, nach Harz, nach Wald und nach Essen. Er war stehen geblieben.

»Jetzt?«, fragte sie, drehte leicht ihren Kopf in seinen Händen und wollte sie von ihren Augen ziehen, aber er ließ es noch immer nicht zu. Stattdessen drängte er seinen Körper ein wenig dichter an den ihren. Sie fühlte seinen Atem sanft an der Seite ihres Gesichtes entlanghauchen. Und wo sein Atem war, war sein Mund … dem ihren so verführerisch nah.

»Danke, dass du mitgekommen bist. Es bedeutet mir viel. Mehr, als du ahnst«, hauchte er an ihr Ohr.

Sie war jetzt schon verzaubert. Er hatte noch immer seine Hände auf ihren Augen. Sie hielt noch immer seine Handgelenke. Stumm standen sie so für lange, intime Sekunden, Sekunden, die ihr die Zeit gaben, ihre Umgebung ohne die Augen zu erkunden. Etwas Ruhiges und Heiteres lag über diesem Ort.

Als seine Hände von ihrem Gesicht glitten, ließ er sie nicht los, sondern umfasste ihre Mitte und zog sie sanft, aber bestimmt an sich. Sie atmete aus. Hielt ihre Augen immer noch geschlossen, lehnte sich an ihn, fühlte die Wärme des Feuers vor sich und die seines Körpers hinter sich, genoss die Umarmung. Ermutigt von dieser Geste schmiegte er seine Wange von hinten an die ihre.

Zart berührten seine Lippen ihr Ohr, seine Stimme prickelte durch den Gehörgang ihre Wirbelsäule hinunter und entfachte ein kleines Feuer in ihr.

»Öffne die Augen!«, flüsterte er.

Sie tat wie geheißen. Ein wunderbares Bild bot sich ihr und augenblicklich fühlte sie sich wie in eine Traumwelt hineingezogen. Sie standen auf einer Lichtung, an einem Nebenarm des indigoblauen Sees. Große Stapel Holz waren in einem Halbkreis für den Winter aufgeschichtet und er hatte jede Stelle, an der ein Scheit etwas weiter herausstand, als Ablagefläche für ein Windlicht genutzt, sodass der ganze Holzstoß zu schimmern und zu funkeln schien. Der Boden vor dem Lager war mit Matten, dicken Decken und bunten Kissen bedeckt. Das Feuer brannte in einer riesigen Schale, an der ein Topf hing, aus dem der Essensgeruch strömte. Der Wald stand dunkel und schützend, ein perfekter Hintergrund für die hochstiebenden Funken und tänzelnden Glühwürmchen.

»Oh, wie schön«, hauchte sie hingerissen. »Das ist ja unglaublich! Hast du das alles alleine aufgebaut?«

»Klar – bis auf das Holz natürlich«, erklärte er, befriedigt über ihre Reaktion. »Aber komm doch ans Feuer. Dir ist kalt.«

Mit einem Lächeln trat sie näher. Ihr Blick wanderte über die vielen, liebevollen Details: Goldene Bänder und Lampions waren in die Bäume genestelt, Kerzen standen in Gruppen auf dem Boden und sie entdeckte einen Korb, aus dem eine Thermoskanne, Teller, Besteck und Servietten ragten sowie Flaschen mit frischem Quellwasser.

»Meine Güte«, sagte sie ehrlich verblüfft. »Wie lange hast du dafür gebraucht?«

»Spielt keine Rolle … es hat mir Freude gemacht, das alles für dich vorzubereiten.«

Mit einem strahlenden Lächeln drehte Lisa sich um und schlang ihre Arme um ihn.

»Das ist so schön, Alan! Ich weiß gar nicht, wie ich dir danken soll! Es ist so wunderbar, so herrlich, so … unbeschreiblich zauberhaft!«

Fest drückte sie ihr Gesicht an das seine und Alan hielt sie, küsste ihr Gesicht, küsste ihre Wange, ihre Stirn und sie konnte die Pulsschläge seines Herzens an ihrem Körper spüren.

»Lisa«, flüsterte er. »Ich möchte die Nacht mit dir verbringen. Und ich weiß nicht … es hört sich komisch an. Ich hatte einige Frauen in meinem Leben, aber mit dir … das ist so anders … ich bin aufgeregt wie ein Siebzehnjähriger und …«

»Mir geht es ebenso«, sagte sie leise. »Ich habe noch nie jemanden wie dich erlebt. Alles ist besonders mit dir.«

Aufgewühlt stand sie vor ihm, sah ihn an mit diesem Blick, der so viel in ihm erweckte, so unendlich viel. Er sah auf ihr vom Schlaf zerzaustes Haar, auf ihren bebenden Mund, ihren erwartungsvollen, zu allem bereiten Gesichtsausdruck.

Wieder nahm er sie an die Hand, zog sie auf das gemütliche Lager und setzte sich neben sie. Beide lehnten mit dem Rücken am Holzstapel. Das Feuer verdrängte die Kühle der Nacht, am Holzstoß war es gemütlich warm. Aber Alan schien unentschlossen.

Etwas unsicher richtete sie ihren Blick auf den im Mondlicht glitzernden See, dessen Oberfläche der Wind sanft kräuselte. Es war ein wunderschöner, friedfertiger Anblick, den sie beide stumm würdigten. Schließlich wandte sie sich ihm zu.

Er rückte näher, umfasste ihre Schultern, legte sie auf den Rücken und beugte sich über sie, senkte seinen Blick in ihre Augen, ein Blick, der ihr Schauer über den Rücken jagte, ihr Herz zum Rasen brachte, und es gleichzeitig beruhigte. Und doch war es irgendwie ein seltsames Gefühl. Weil es Alan war? Weil endlich passierte, was sie sich so lange gewünscht hatte? Seine Hände strichen über ihren Körper, mit einem Seufzer umarmte er sie innig. Halb lag er auf ihr, gab ihr seine Wärme, seine Hand strich das Haar aus ihrem Gesicht. Ihre Augen brannten.

»Küss mich«, flüsterte sie.

Sein Atem hauchte über ihre Lippen, Lisa keuchte leise, drängte sich an ihn – als plötzlich laute Rufe durch die Nacht gellten.

»Lisa!«, rief jemand immer wieder. »Lisa! Wo bist du?«

Erschrocken fuhren sie auseinander.

Nun konnten sie zwei Stimmen erkennen, die abwechselnd ihre Namen riefen, eine weibliche und eine männliche – Michael und Rose.

Vermutlich hatte Michael Rose aufgeweckt, denn alleine hätte er den Weg über diese Pfade ganz sicher nicht gefunden. Aber was wollte er? Michael würde doch nie stören, wenn es nicht etwas Dringendes wäre!

Oh mein Gott, war etwas mit Richard? Lisa sprang auf die Füße. Auch Alan rappelte sich hoch, da tauchte Michael mit Rose auch schon am Eingang der Lichtung auf.

»Lisa«, schnaufte er. »Gott sei Dank, wir haben dich gefunden!«

In vollendeter Höflichkeit wandte er sich an Rose. »Ich danke Ihnen, Rose, es tut mir so leid, dass ich Sie wecken musste.«

»Kein Ding«, antwortete Rose und besah sich neugierig die Szenerie.

»Michael!«, rief Lisa beunruhigt. »Was ist los?«

Statt einer Antwort hielt er ihr ihr Handy hin.

»Deine Mutter«, sagte er. »Sie hat versucht, dich anzurufen. Dein Handy hing noch an meinem Aufladekabel und es hat und hat nicht aufgehört, zu läuten. Richard und ich sind davon wach geworden und ich bin ran, weil ich vermutete, dass es etwas Dringendes ist. Und es ist etwas Dringendes.«

»Was … was ist passiert?«, fragte Lisa mit zugeschnürter Kehle.

»Ruf an, Lisa«, sagte Michael. »Sie wartet darauf.«

Lisa ging ein wenig zur Seite und drückte auf die Nummer ihrer Mutter.

»Mama?«, fragte sie hektisch. »Ist alles okay bei euch?«

»Lisa! Nein! Nichts ist okay! Ich … überhaupt nichts …! Gott sei Dank rufst du an! Ich …«

»Ja, aber was ist los?«, unterbrach sie Lisa schockiert. »Ist was mit Till? Geht es euch gut?«

»Ja … nein … ich meine, mit Till ist alles in Ordnung … aber Lisa … wo genau bist du?«

»Weißt du doch«, erwiderte Lisa und verstand immer weniger. »In Kanada. Am Kalamalka-See. Was ist denn nur los?«

Marisa weinte fast. »Nein, das meine ich nicht! Ich will wissen … mit wem bist du gerade zusammen? Mit diesem älteren Mann?«

»Mama! Was soll das?«, zischte Lisa verständnislos. »Warum fragst du das? Ich bin erwachsen!«

»Ich weiß, meine Kleine«, flüsterte Marisa zurück. »Ich weiß. Aber bitte … ich muss das wissen … bist du mit dem Mann zusammen, von dem du mir ein Foto geschickt hast? Der, von dem du sagst, dass du ihn liebst?«

»Mama!«, rief Lisa unangenehm berührt. »Was soll die Frage?«

»Lisa. Antworte mir einfach klar und deutlich: Erwidert er deine Liebe? Oder besser – hat er sie schon erwidert? Ich meine … was macht ihr gerade? Habt ihr…?«

»Mam!«, stieß Lisa immer bestürzter hervor. »Ganz ehrlich, das geht mir jetzt zu weit! Du mischst dich in Dinge ein, die dich nichts angehen!«

»Lisa, hör zu … du bist meine Tochter und daher geht mich das was an! Dieser Mann ist doch mindestens zwanzig Jahre älter als …«

»Nein, es geht dich gar nichts an! Und ja, Alan ist meine neue Liebe! Ich liebe ihn wie verrückt, wenn du es genau wissen willst! Und es ist mir egal, dass er älter ist!«

»Nein, es ist nicht egal, Lisa, du musst das augenblicklich beenden!«

»Mama! Wie bist du denn drauf? Warum tust du das?«

Auf der anderen Seite der Leitung blieb es satte zehn Sekunden still.

»Weil … weil ich verhindern will, dass du mit deinem Vater schläfst, Lisa.«

Lisa entfuhr ein entsetzter Laut, das Handy fiel ihr aus der Hand. Sie starrte Alan an, der nicht ahnen konnte, was sie gerade gehört hatte. Sie war vollkommen durch den Wind.

Beunruhigt ging er auf sie zu, mit fragendem Blick, hob ihr Handy auf, wischte die Erde vom Display, starrte auf das Foto von Marisa – und gefror zu Eis.

»Marisa«, krächzte er und in Lisa drehte sich alles. »Marisa …«

»Lisa«, sagte ihre Mutter heiser. »Bitte gib mir Alan. Und schalte den Lautsprecher an.«

Sie wiederholte es auf Englisch.

Alans und Lisas Blicke trafen sich. Ihre Kehlen schnürten sich synchron zu. Lisa bekam kaum Luft, sah, wie Alan die Taste für den Lautsprecher drückte und das Handy in Zeitlupe anhob.

»Marisa«, flüsterte er und seine Augen waren ein Meer aus Fassungslosigkeit.

»Alan« Marisas Stimme zitterte. »Nun kenne ich deinen Namen. Ich weiß, das ist ein Schock für uns alle. Du und ich – wir kennen uns. Wir waren beide auf dem Tantra-Seminar. Wir haben am letzten Tag meines Aufenthaltes miteinander geschlafen. Ich habe nach meiner Rückkehr meinen Mann Thomas geheiratet – und hatte auch mit ihm Verkehr. All die Jahre habe ich geglaubt, Lisa ist Thomas' Kind. Aber Alan, theoretisch … theoretisch kann Lisa auch deine Tochter sein! Ihr müsst das testen lassen.«

Alan ließ das Handy sinken. Fassungslos sah er Lisa an.

»Deswegen warst du mir so vertraut«, flüsterte er. »Du bist Marisas Tochter. Du bewegst dich wie sie … du sprichst wie sie … du hast ihre Gesichtszüge … und ich … ich … wir …«

Das Handy fiel erneut auf die Erde. Alan drehte sich um und lief in den Wald.

Lisa sah ihm nach. In ihr war nur noch Leere. Sie setzte sich auf einen Holzstoß und schlug die Hände vors Gesicht, unfähig, einen Gedanken zu fassen, bis sich Marisas Aussage zu einer festen Ungeheuerlichkeit kristallisierte.

Alan hatte mit ihrer Mutter geschlafen – vor dreißig Jahren.

Der Mann, den sie liebte, könnte ihr Vater sein.

♫ I Love You ♫

Riopy

Diesmal war es Michael, der das Handy aufnahm und mit Marisa sprach. Rose hatte rein gar nichts verstanden – sie konnte ja kein Deutsch und Michael sagte ihr, dass das zu privat sei, er könne sie leider nicht informieren.

Sie nickte, dann schauten die beiden Lisa fragend an.

»Ich warte auf Alan«, antwortete sie, noch immer aufgelöst. »Ich bleibe hier. Ich muss mit ihm reden, wenn er dazu in der Lage ist.«

»Aber es ist gefährlich hier alleine«, wandte Michael ein. »Und du kennst den Weg nicht zurück!«

»Das Feuer brennt«, beruhigte ihn Rose. »Sie hat Decken und Essen hier. Das Gebiet ist eingezäunt.«

»Alan kommt wieder«, sagte Lisa. »Er führt mich zurück.«

Michael drückte ihr das Handy in die Hand, umarmte sie und flüsterte in ihr Ohr:

»Nimm's mit Humor!«

Und als sie ihm in die Augen schaute, zwinkerte er ihr zu und raunte:

»Einen besseren Vater kannst du dir nicht wünschen, oder?«

Mit diesen kurzen Sätzen brachte er es zuwege, dass sie lächeln musste. Und sogar laut auflachte. Ja, einen besseren Vater konnte sie sich weiß Gott nicht wünschen!

Tatsächlich musste sie immer wieder kichern – über die Kapriolen des Lebens und Gottes Humor. Sie würde jedenfalls das Beste draus machen!

Falls er ihr Vater war! Noch war alles offen.

***

Alan tauchte in den frühen Morgenstunden auf, als das Feuer ziemlich heruntergebrannt war. Als er zurückkam, stocherte er in der Glut, legte Holz nach und wartete, bis es aufflammte.

Lisa war eingeschlafen und schreckte hoch, als er sich neben sie legte und sie in den Arm nahm. Zum ersten Mal erlebte sie ihn komplett aufgewühlt. Gedankenverloren strich seine Hand an ihrem Oberarm auf und ab und Lisa kuschelte sich an seine Brust. Schließlich fragte er:

»Wie lange war Marisa mit deinem … mit ihrem Mann verheiratet?«

»Zehn Jahre«, antwortete Lisa. »Und du? Wie lange warst du verheiratet?«

»Fast zwanzig Jahre. Aber Nancy und ich waren eher Freunde als Liebespartner. Sie hat das früher gespürt als ich. Sie konnte keine Kinder bekommen, etwas, was mich ehrlich betrübt hat. Vielleicht war ich deshalb so viel unterwegs damals. Irgendwann hatte sie einen anderen und ich habe mich zurückgezogen. Danach genügten mir ein paar Liebeleien … bis ich dich traf.«

Sein Blick wandte sich ihr zu. »Du hast mich so fasziniert! Du hast mich so an Marisa erinnert und doch warst du anders. Der Moment, als ich dir das erste Mal in die Augen sah …«

»Und ich musste dir noch nicht mal in die Augen sehen«, wisperte sie mit geschlossenen Augen, seine Nähe genießend. »Mir hat deine Stimme gereicht. Und die Sekunde, in der du deinen Arm um mich legtest, wusste ich, ich wollte nie mehr von dir weg.«

Er lachte leise. »Mir ging es genauso. Genauso.«

Er schwieg ein Weilchen, dann sagte er:

»Weißt du, dass ich deiner Mutter drei Jahre meines Lebens geschenkt habe?«

»Im Ernst? Wie war das damals?«

»Sie war auf diesem Tantra-Seminar, aber sie hat nicht mitgemacht. Ich war von der ersten Sekunde an in sie verliebt. Damals habe ich sie gebeten, hierzubleiben, mit mir, hier in Kanada, und gemeinsam etwas aufzubauen. Und stell dir vor … ich hatte alles genauso arrangiert, wie du es jetzt vorfindest. Hier habe ich mit deiner Mutter die Nacht verbracht. Genau an dieser Stelle.«

Er lachte kurz und schüttelte den Kopf über diese Komik.

»Das heißt, ich bin vielleicht an den Ort meiner Zeugung zurückgekommen«, staunte Lisa. »Und Mam … sie war nicht in dich verliebt? Das kann ich mir gar nicht vorstellen!«

»Nein, ich habe sie ziemlich überrumpelt. Sie hat mich bis auf die letzte Nacht ja gar nicht wahrgenommen ... und damals … na ja … ich hatte ja nichts. Ich war nichts. Alles, was ich ihr anbieten konnte, war eine Zukunft, die noch nicht da war. Alles, was ich ihr bieten konnte, war ein Abenteuer. Sie aber wollte Sicherheit – die sie wohl bei deinem V…, ich meine bei ihrem Partner in Deutschland fand. Aber ich war so überzeugt, dass sie die Frau meines Lebens war, dass ich ihr den Vorschlag machte, drei Jahre lang auf sie zu warten.«

Lisa lächelte bewegt.

»Was hat sie geantwortet?«

»Das, was wohl jeder in so einer Situation gesagt hätte: Dass ich spinne.«

»Sie hat dich nie mehr angerufen, dir geschrieben oder versucht, dich zu kontaktieren?«

»Nein, sie wusste ja nicht mal, wie ich heiße. Das Tantra-Seminar war anonym, keiner wusste vom anderen den Nachnamen. Die meisten haben auch ihre Vornamen geändert. Und Marisa wollte mir nach dieser Nacht weder ihre Adresse geben noch wissen, wie ich heiße.«

»Woher wusstest du, wie sie heißt?«

»Ich vermutete, dass das ihr richtiger Name war, weil ihre Freundin Ruth, die mit dabei war, sie so genannt hat. Und Ruth kam wieder. Sie hat ein paar Monate hier gearbeitet und ist dann zur Sunshine Coast rüber. Sie war meine einzige Verbindung zu Marisa. Und so habe ich deiner Mutter Tapes besprochen und sie über Ruth schicken lassen.«

Lisa erschauerte, als sie an das Päckchen dachte, das sie in der Hand gehalten hatte, das Päckchen mit der Aufschrift: »Life changing! Hör es dir an!«

»Mam hat nicht gewusst, dass die Tapes von dir sind«, sagte sie. »Und ich kann mir gut vorstellen, dass sie es so manches Mal bereut hat, nicht auf deinen Vorschlag eingegangen zu sein. Spätestens als sie erkannte, wie … Thomas wirklich tickt.«

Es war ein merkwürdiges Gefühl, aber Lisa schaffte es tatsächlich nicht, den Mann, den sie so lange Papa genannt hatte, weiterhin so zu nennen.

»Ja, es ist müßig, darüber nachzudenken, trotzdem stelle ich mir gerade vor, wie das gewesen wäre, wenn sie sich entschlossen hätte zu bleiben. Oder zurückzukommen. Mit dir.«

Ein wehmütiger Zug glitt über sein Gesicht.

»Wir wären eine so glückliche Familie gewesen«, lächelte er. Auch Lisa war fasziniert von dem Gedanken. Dann wäre sie in Kanada aufgewachsen!

»Warum hast du nie etwas Persönliches geschrieben?«, fragte sie. »Oder etwas auf die Tapes gesprochen?«

»Weil ich sie nicht kompromittieren wollte. Sie hat ja auch nie geantwortet. Ich wollte mich einfach nur in ihrer Erinnerung halten – wie du siehst hat es nichts genützt.«

»Aber Alan«, sagte Lisa. »Es hat was genützt. Denn ich habe die Tapes gefunden. Und sie haben mir buchstäblich das Leben gerettet! Ohne dich wäre ich …«

Sie verstummte, lächelte ihn an. Ihre Augen waren feucht.

»Kannst du dir vorstellen, plötzlich Vater zu sein und eine Tochter zu haben?«

Alan lachte leise. Legte er den Arm um sie und drückte sie an sich.

»Wu Wei, meine Kleine«, flüsterte er. »Lassen wir das Schicksal sprechen.«

$$***$$

Noch am selben Tag machte Pete den Speicheltest und einen weiteren Tag später war klar: Alan war zu 99,99999 Prozent Lisas Vater.

Als sie zusammen das Ergebnis aus Petes Mund vernahmen, schauten sie sich an, brachen beide in Lachen aus und umarmten sich innig.

»Soll ich dich Daddy nennen?«, fragte sie und konnte nicht umhin, dann doch eine Träne zu vergießen.

»Ich bitte darum«, erwiderte Alan. Auch er war total bewegt. »Mann, Lisa, das ist ein so seltsames Gefühl! Jetzt kann ich dir ohne Bedenken sagen, dass ich dich unendlich liebe!«

Er hob sie hoch, schwenkte sie im Kreis und juchzte:

»Ich habe eine Tochter! Weißt du was? Das müssen wir feiern!«

♫ Better Together ♫

Jack Johnson

Nachdem Lisa das Ergebnis des Vaterschaftstestes erhalten hatte, wollte sie ihre Mutter informieren, aber Marisa kam ihr zuvor.

»Lisa!«, kreischte sie verzweifelt ins Telefon. »Ich bin mit den Nerven am Ende! Wie geht es dir?«

»Mam, beruhige dich. Wir haben das Ergebnis. Es geht mir gut«, erwiderte Lisa, ein wenig konsterniert über diese heftige Reaktion. Na ja, verdenken konnte man es ihr nicht.

»Ich will wissen, wie es dir geht!«, schrie Marisa und brach in Tränen aus. »Ich war heute in deiner Wohnung! Ich dachte, ich mache ein wenig sauber, weil du doch so lange nicht daheim gewesen bist, und finde die Briefe auf deinem Tisch!«

Sie heulte Rotz und Wasser.

»Lisa, sag, dass das nicht wahr ist!«, schluchzte sie. »Bitte ... ich bin am Boden zerstört! Bitte sag, dass das ein böser Traum ist! Das kann nicht sein ... das darf einfach nicht sein!«

Ach, du Schande, die Briefe! Die hatte Lisa ganz vergessen! In das Kuvert an ihre Mutter hatte sie sogar die kopierten Befunde gepackt!

»Mama«, sagte sie energisch zur heulenden Marisa. »Mama, jetzt beruhigst du dich erst mal, okay?«

»Lisa, mein Schatz«, weinte ihre Mutter. »Du hast die ganze Zeit gesagt, es geht dir gut! Du hast gesagt, du bist glücklich! Du hast ...«

»Es geht mir auch gut, Mama. Und ich bin glücklich. Sehr sogar! Beruhigst du dich jetzt bitte erst mal?«

Marisa schniefte, versuchte, sich zu sammeln und in diesen Versuch hinein, sagte Lisa:

»Du kannst die Befunde zerreißen.«

»Was ... was heißt das?«

»Das heißt, dass ich gesund bin«, erwiderte Lisa. »Ja, ich war krank – und das war der Grund, warum ich das Seminar bei Alan gemacht habe.«

»Aber ... Lisa! Das ist eine schwerwiegende ... wie kann das vorbeigehen? Ich meine, ich habe mit Till darüber geredet und ...«

Ihre Mutter war keineswegs beruhigt.

»Darüber reden wir, wenn ich zurückkomme, Mam«, sagte Lisa. »Tatsache ist: Ich bin gesund. Wenn du willst, schicke ich dir und Till den neuesten Befund als Beweis.«

»Lisa!«, krächzte ihre Mutter. »Du verkohlst mich auch nicht?«

»Nein! Das würde ich nie tun! Nicht mit so was! Und Mama? Ich weiß, das ist jetzt alles ein bisschen viel, aber Alan ist tatsächlich mein Papa! Ich kann es noch gar nicht wirklich glauben! Wenn Till nicht so oberscharf wäre, hätte ich gesagt: So schade, dass du damals nicht bei Alan geblieben bist! Du hättest den besten Mann der Welt gehabt!«

»Alan ist dein Vater ...« Marisa wurde ganz still. »Und du ... ist das wahr, Liebling? Du bist gesund? Oh, bitte sag, dass das wahr ist!«

»Ja, Mama. Es ist wahr. Alan hat mir in diesem Sommer zum zweiten Mal mein Leben geschenkt. Ich bin wie neugeboren! Buchstäblich!« Lisa lachte.

Marisa hatte immer noch Mühe, das zu glauben. Sie stellte viele wirre Fragen und Lisa beantwortet sie geduldig, aber es nahm kein Ende und so sagte Lisa:

»Mam, lass mich erst mal nach Hause kommen. Lass mich erzählen. Oder wie wäre es, wenn du hierher kommst? Ich kann mir vorstellen, dass du gerne mit Alan sprechen möchtest. Und er mit dir. Ihr seid meine Eltern.«

»Oh mein Gott, Lisa, mein Kopf dreht sich total«, flüsterte ihre Mutter. »Mit Alan reden. Nach dreißig Jahren! Er ist dein Vater ... nie hätte ich geglaubt, dass wir uns jemals wiedersehen.«

»Er auch nicht, Mam.«

»Das Leben ist ganz schön kurios«, brachte Marisa hervor.

»Auf jeden Fall humorvoll!«, lachte Lisa. »Alan würde sagen: Das Leben ist immer gut. Man muss nur wissen, wie man tanzt!«

♫ Rewrite The Stars ♫

Zac Efron & Zendaya

Zwei Monate später

»Hey Finn!«

»Hallo Lisa. Schön, dass du anrufst.«

»Wie geht es dir, Finn?«

»Gut«, sagte er verhalten. »Elena hat mir erzählt, dass du jetzt Lisa Reeds heißt? Man darf also gratulieren?«

»Darfst du!«, sprudelte Lisa glücklich hervor.

»Ja, dann: Herzlichen Glückwunsch! Das heißt, ihr habt schon geheiratet? Ging ja sehr schnell.«

»Tja, das mit der Hochzeit dauert wohl leider noch ein wenig. Ich habe noch nicht mal einen Termin fürs Standesamt! Stell dir vor, der Typ hat mich einfach noch nicht gefragt!«

»Bitte? Und wieso heißt du jetzt Reeds?«

»Ach, Finn«, sagte Lisa. »Elena hat sich wirklich geändert.«

»Wie kommst du jetzt auf Elena?«

»Na ja, ich habe sie gebeten, nichts zu sagen und …«

»Also, erstens hat sie sich da nicht geändert, denn sie hat es mir gesagt.«

»Was? Was hat sie gesagt?«

»Dass du jetzt Reeds heißt.«

Lisa kicherte. »Ja, aber sie hat dir nicht verraten, warum.«

»Sag mal, Lisa, bist du angeschickert?«

»Kein bisschen!«

»Also, ich weiß auch nicht … du redest ziemlich wirr!«

»Sitzt du, Finn?«

»Nein, aber ich kann mich setzen.«

»Tu das mal. Stell dir vor: Meine Mam hat meine ganzen Pläne durchkreuzt! Sie wollte nicht, dass ich mit Alan zusammenkomme.«

»Lisa, red doch keinen Stuss!«, rief Finn befremdet. »Verkohlst du mich gerade?«

»Keine Spur!«, gab Lisa gut gelaunt zurück. »Das muss ich dir erklären! Also, hör zu: Als ich noch in Kanada war, hat sie mich angerufen und mir erklärt, ich könne unmöglich mit Alan was starten, weil sie nämlich vor über dreißig Jahren mit ihm geschlafen hat und … vielleicht weißt du noch zufällig, wie alt ich bin?«

Finn fehlten die Worte und ein Keuchen entfuhr ihm.

»Lisa!« Seine Stimme knickte fast weg. »Deswegen …?«

»Genau. Deswegen heiße ich Reeds.«

Er stieß ein kurzes, ungläubiges Lachen aus. »Das gibt's nicht!«

»Tja, irgendwie gibt es das doch!«

Finn war vollkommen durch den Wind. Sein Herz schlug wie verrückt und er brauchte Zeit, um das alles zu verarbeiten. Zeit, um zu checken, was das alles bedeutete. Bedeuten konnte! Auch Lisa schwieg. Doch dann sagten sie beide gleichzeitig:

»Wo bist du gerade?«

Lisa lachte und antwortete als Erste:

»In Paris. Und du?«

»Zufälligerweise bin ich auch in Paris. Hast du Lust, mit mir zu essen?«

»Du bist in Paris? Schade, aber ich bin nicht wirklich in Paris. Ich bin in London.«

»Na, wenn das kein Zeichen des Schicksals ist! Stell dir vor, zufälligerweise bin ich auch gerade in London. Hast du Lust, mit mir zu essen?«

Lisa musste lachen. »Und wo ist Elena?«

»Das ist mir gerade ganz egal«, erwiderte Finn. »Gehst du mit mir essen?«

»Wusstest du, dass sie bei Alan ist? Ich meine, bei Daddy?«

»Bei Daddy! Ehrlich, Lisa, das ist der Supergau! Nein, ich wusste nicht, dass sie bei Alan ist!«

»Ist sie aber! Alan ist … sagen wir mal … ziemlich erschlagen von ihrem Temperament! Sie mischt ihn ganz schön auf! Weißt du, was das heißt? Oh. Mein. Gott! Stell dir vor, wenn sie meine Stiefmutter wird!«

»Das ist mir gerade auch ganz egal«, erwiderte Finn. »Gehst du mit mir essen?«

»In Paris oder in London?«

»Wo immer du bist. Und ich hoffe, du tust da, wo du bist, endlich das, was du schon immer hättest tun sollen: Schreiben!«

»Ich habe dein kleines Büchlein vor mir und schreibe!«

»Wie wunderbar! Und wo wird dein Stück aufgeführt?«

Lisa lachte wieder. »Du wirst es nicht glauben, Finn, aber es hat wirklich Chancen, aufgeführt zu werden. Elena hat ihre Kontakte eingesetzt …

Rich und Mike werden mitspielen! Und dann steht auf dem Plakat: ›von Lisa Reeds‹!«

»Mann, Lisa, das ist der Hammer! Das hört sich klasse an!«

»Ja, drück mir die Daumen!«

»Mach ich! Wenn du mit mir essen gehst!«

»Könnte schwierig werden.«

»Herrgott, wo bist du denn jetzt?«

»In Wigtown, Schottland.«

»Im Ernst? Oh … ausgerechnet Schottland! Was verschlägt dich denn dahin?«

»Mensch, Finn! Wigtown! Das Bücherdorf! 900 Einwohner und zwanzig Buchläden! Das lässt doch tief blicken. Außerdem scheinen hier die Sterne so schön!«

»Sterne gibt es überall«, antwortete er. »Vor allem da, wo du bist. Also … Schottland?«

»Nein, ich bin in Neuseeland.«

Am anderen Ende des Telefons herrschte entsetztes Schweigen.

»Ich bin in sechsunddreißig Stunden bei dir«, gab er entschlossen zurück und sie hörte, wie er wie verrückt auf seiner Computertastatur herumtippte.

Ein breites Lächeln zog über ihr Gesicht und sie drückte das Smartphone kurz an ihre Brust.

»Finn?«, unterbrach sie sein wildes Tippen. »Bist du noch dran?«

»Ja. Hör zu, der nächste Flug geht um …«

»Warte, Finn. Ich bin nicht in Neuseeland. Ich glaube, ich bin ganz in deiner Nähe. Ich wollte dich besuchen. Weil auch hier die Sterne scheinen.«

Finn lachte glücklich. »Du wolltest mich besuchen?! Das ist toll! Wo bist du? Ich hole dich ab! Wir könnten uns in meiner Wohnung treffen! Ich habe ein Geschenk für dich!«

»Wieso hast du ein Geschenk für mich – du wusstest doch gar nicht, dass ich komme?«

»Das habe ich noch vor dem unseligen Konzert besorgt!«

»Ach! Hört sich gut an! Ich liebe Geschenke! Ich komme mit dem Taxi!«

Er gab ihr seine Adresse durch und etwa zwanzig Minuten später stand sie vor seiner Tür.

»Lisa Reeds«, begrüßte er sie und grinste. Er sah wie immer gut aus. Vor allem strahlte er übers ganze Gesicht, zog sie mit beiden Händen durch die Tür in sein geschmackvolles Wohnzimmer.

Champagner stand auf dem Tisch und daneben eine hübsch verpackte Paketrolle.

»Ich kann es kaum glauben«, murmelte er total aufgedreht. »Du bist hier! Alan ist dein Vater! Also, ehrlich, Lisa, das ist … das ist …«

»Ja, ich weiß«, lächelte sie. »Was glaubst du, wie es uns erging?«

»Aber … was machst du jetzt? Ich meine beruflich? Du schreibst?«

»Ja!«, erwiderte sie und strahlte. »Als ich mit Alan darüber sprach, hat er mir seinen Besitz gezeigt – und mir klargemacht, dass ich keinen Cent von ihm bekommen werde, fürs Schreiben, meine ich.«

Sie grinste. »Er will, dass ich es ohne ihn schaffe, aber er meinte, er unterstützt mich, indem er drei Seminare hält, deren Einkünfte ich als Startkapital erhalte. Das ziehe ich mit Pierre durch. Ich habe viel Zeit, nebenbei zu schreiben … und Elena hilft mir, mit Künstlern in Kontakt zu kommen.«

»Das klingt super«, lächelte Finn. »Wie schön, dass du deiner Berufung folgst – und das unabhängig von Alan machst.«

Sie lächelte versonnen. »Du warst der Erste, der das erkannt hat, Finn. Mit deinem Sternenbuch. Ich danke dir dafür.«

Ihre Augen richteten sich auf ihn und Finn sah darin etwas, was ihn völlig schwach machte. Er nahm die Geschenkrolle vom Tisch und drückte sie ihr in die Hand.

»Mach es auf!«, forderte er sie auf.

»Wehe, es ist ein Tutu drin«, frotzelte sie und begann, am Papier herumzuzupfen. Eine Minute später hielt sie ein Pergament in der Hand, zog das Band ab und rollte es auf. Es war ein Zertifikat und in ihm stand:

»Der Stern mit den Koordinaten RA:15h17m315.2s DEC:39°17m38.6s wurde am 30.05.2018 in das Sterntauf-Register eingetragen. Der Stern erhält den Namen: Finn.«

»Oh«, rief Lisa verblüfft. »Du schenkst mir einen Stern, der Finn heißt?«

»So ist es. Das habe ich nach der Nacht mit dir in Auftrag gegeben. Weil mir klar war, dass ich mit dir was starten wollte. Das will ich immer noch, Lisa. Und was Zukunft und Sicherheit angeht: Ich habe in der Firma meines Vaters gekündigt. Zurzeit bin ich arbeitslos und kann dir nicht viel bieten. Ich möchte trotzdem dein Stern sein.«

Er zog sie zu sich heran: »Und bevor du wieder irgendwelche Kapriolen machst, frage ich dich lieber gleich hier und jetzt, ob du das Abenteuer namens Leben mit mir angehst. Mit allen Spielen, die ich so im Sinn habe.«

»Mann, Finn, immer denkst du an Sex!«

»Ja, immer, wenn ich dich sehe! Also? Die Frage war ernst gemeint!«

Sie lachte, dann stutzte sie.

»Ähm ... Finn, das ist jetzt aber kein Heiratsantrag?«

»Nein, ein Lebensantrag! Das mit der Hochzeit machen wir später!«

Wieder musste sie lachen. »Oh, oh, Finn! Das ist ja mal ne Steigerung! Was macht dich so sicher, dass ich Ja sage? Mein Geschenk?«

»Geschenk?« Seine Gesichtszüge hellten sich noch mehr auf. »Du hast ein Geschenk für mich?«

»Habe ich doch gesagt! Und stell dir vor – es hat auch etwas mit Sternen zu tun!«

Sie öffnete ihre Reisetasche und zog zwei Geschenktüten heraus.

»Das hier zuerst«, sagte sie und hielt ihm eine davon hin.

Finn griff hinein, seine Hände holten ein weiches, in Seidenpapier eingeschlagenes Päckchen heraus und als er es öffnete, entfaltete sich in seinen Händen ein dunkelblaues mit Sternen besetztes Tutu.

»Sterne gibt es überall«, lächelte ihn Lisa an und hätte in seinem Blick versinken mögen. »Sogar auf Tutus!«

Finn lachte laut auf, umarmte sie, hob sie hoch und flüsterte ihr ins Ohr:

»Hast du was dagegen, wenn wir die Sterne gleich erkunden? Hier und jetzt? Wo es doch so wichtig ist, im Hier und Jetzt zu leben?«

»Erst, wenn du das zweite Päckchen aufgemacht hast!«

Er nahm die nächste Papiertasche entgegen und packte ein über und über mit Sternen versehenes Buch aus.

»Ich bin deinem Rat gefolgt«, erklärte Lisa. »Und habe meine volle Kreativität walten lassen.«

Finn klappte den schweren Umschlag zurück. Innen standen viele handgeschriebene Geschichten. Sogar ein Inhaltsverzeichnis hatte sie angefertigt.

»Hey«, wollte er wissen. »Sind das deine Bühnenstücke? Das ist ja ...«

»Nein, ich glaube nicht, dass man das auf einer Bühne aufführen sollte«, sagte sie und wurde flammend rot. »Das ist ein Buch speziell für dich. Lies erst mal ein paar Sätze. Ist egal, wo du anfängst.«

Finn senkte den Blick auf das Buch – die Überschriften sprangen ihn an.

»Badezimmer-Vibrationen«, stand da. Überrascht las er weiter. »Bad Toys und Bad Boys« und »Der etwas andere Gebrauch von Möbeln«.

»Nicht nur die Überschriften lesen«, quengelte Lisa ungeduldig. »Ich habe mir echt Mühe gegeben! Und alles im Detail beschrieben.«

Finn blieb bei den »Bad Toys« hängen und las sich ein. Sein Gesicht rötete sich und in seiner Jeans regte sich auch was.

»Oh, verdammt, Lisa«, sagte er. »Das … ist einfach …«

Lisa nahm ihm das Buch aus der Hand und blätterte zu einem bestimmten Kapitel vor: »Die Tutu-Nacht«, stand da.

Finn lachte laut auf.

»Und das traust du dich?«, fragte er. »Ich meine, du hast Lust, das alles zu machen?«

»Nur mit dir!«, antwortete sie. »Und du kannst dir aussuchen, womit wir anfangen.«

Er lachte, riss sie an sich und umarmte sie selig. Seine Augen strahlten und fielen auf das dunkelblaue Tutu mit den Sternen.

»Dann das Tutu!«, rief er. »Weil ich keine Zeit habe, mir erst die Badewannen-Geschichte reinzuziehen! Ich glaube, ich halte es keine Minute länger aus!«

Sie musste lachen, weil er so enthusiastisch war.

»Erst, wenn ich etwas von diesem göttlichen Champagner getrunken habe«, sagte sie. »Ein bisschen Mut antrinken ist sicher nicht schlecht.«

Er schenkte ihr ein Glas ein, reichte es ihr, stieß mit ihr an.

»Nie hätte ich gedacht, dass dieser Tag so wunderbar wird«, sagte er glücklich. »Dabei hat er so mies angefangen … als Elena mir gesagt hat, dass du jetzt Reeds heißt. Und dann rufst du an! Ich kann es noch gar nicht fassen!«

»… und ich bin so froh, dass du das Gespräch angenommen hast. Dass ich hier sein kann. Dass ich keinen der Männer, die ich liebe, aufgeben muss!«

Sie lachte.

»Ach, Lisa«, seufzte er. »Wenn ich dich nicht schon so sehr lieben würde … spätestens jetzt würde ich es tun! Weißt du was? Wir zelebrieren das. Wir gehen essen und dann …«

»Gute Idee«, sagte sie. »Und dann … Sterne gucken?«

»Und dann bleibst du bei mir.«

»Ja«, sagte sie bedächtig und mit einem zufriedenen Lächeln. »Dann bleibe ich bei dir.«

Epilog

»Wie sehe ich aus?«, fragte Richard. Er steckte in einem Smoking und knüpfte sich gerade eine Fliege an den Hals. Er und Michael waren auf dem Weg zu Lisas Verlobungsfeier und Richard hatte es sich nicht nehmen lassen, seine Augenbrauen von einem Friseur stutzen und in Form bringen zu lassen.

»Nicht mehr so wuschig, würde ich sagen«, schmunzelte Michael. »Jedenfalls kriegt die Braut keinen Schock, wenn sie dich sieht!«

»Ich hätte ihr vorher sagen sollen, dass ich meine Brauen frisieren lasse«, grantelte Richard. »Damit ich auch als Trauzeuge in Frage komme! Sonst nimmt sie diese Vanderbilt! Hast du gesehen, wie die sich an unseren Alan ranwirft?«

»Alan scheint das nicht so schlimm zu finden«, grinste Michael. »Aber was den Trauzeugen angeht – ehrlich, wenn ich Lisa wäre, ich würde Elena nehmen!«

»Was? Ich dachte, du unterstützt mich da ein wenig!«

»Ach, Richard«, seufzte Michael. »Ich sehe das förmlich vor mir! Bei deinem Geschick bin ich mir nämlich ziemlich sicher, dass du kurz vor dem Ehegelübde stolperst, die Ringe vom Kissen fallen und sie im einzigen Spalt im Fußboden der Kirche verschwinden, den es gibt!«

Richard wollte unwillkürlich grinsen, aber er verkniff es sich und grantelte:

»Du hast echt Vertrauen zu mir!«

»Vollstes! Und dann rufst du dem Pfarrer bestimmt auch noch zu, dass du fünfzig bist! Wer will das wissen?«

»Ich! Ich will das wissen! Jeden Tag, mein Guter! Und ich wünschte, du würdest das auch machen, damit ich dich noch ein wenig länger an meiner Seite habe!«

»Was? Wie? Wird da einer sentimental? Solche Worte aus deinem Mund?«

»Da siehst du! Es geschehen noch Zeichen und Wunder – wie man ja an uns und an Lisa sehr schön sehen kann. Also, das mit dem Trauzeugen ist gar nicht so weit weg!«

»Na ja«, wagte Michael zu bezweifeln. »Ich denke, die Vorstellung, dass das peinlich endet, ist wahrscheinlicher. Du bist halt ein liebenswerter Tollpatsch!«

»Liebenswerter Tollpatsch!«, polterte Richard. »Du meinst jetzt aber nicht, dass ich mich über diese Bezeichnung auch noch freuen soll?!«

»Klar meine ich das! Kinder lachen vierhundert Mal am Tag, Erwachsene zwanzig Mal und Tote gar nicht mehr!«

»Ich bin ein erwachsenes Kind! Und außerdem fünfzig!«

»Ja, Richard«, seufzte Michael. »Und in zehn Jahren bist du sechzig.«

»Nein, vierzig«, verbesserte Richard.

»Ach ja, richtig … mit Mathe hattest du ja schon immer deine Schwierigkeiten.«

»Ja, aber das ist kein Grund, mich nicht als Trauzeuge einzusetzen!«

»Mal sehen, was Lisa heute Abend macht. Lass es auf dich zurollen, Kumpel.«

»Ich habe mir auf jeden Fall was ganz Besonderes ausgedacht!«, ließ sich Richard vernehmen. »Die Jugendlichen, die wir gerade betreuen, und meine Wenigkeit haben vor dem Hoteleingang nämlich ein Gerüst aufgebaut! Und …«

»Ein Gerüst aufgebaut? Vor dem Hotel! Mit den Jugendlichen?!«

Befriedigt registrierte Richard, dass er seinen alten Freund aus dem Konzept gebracht hatte.

»Ja! Diese halbstarken Bengel, denen wir gerade Manieren beibringen! Die hatten eine Idee nach der anderen! Lass dich mal überraschen!«

Michael wurde ein wenig grün im Gesicht.

»Welche Ideen? Und was soll das mit dem Gerüst? Richard, ich fürchte, darüber sollten wir noch mal reden«, sagte er alarmiert. Sie hatten beide ein soziales Projekt begonnen, in denen sie Kinder und Jugendliche aus sozial schwachen Familien unterstützten – finanziell, kulturell und persönlich – und Richard ging in dieser Aufgabe vollkommen auf. Jeden Tag erweiterte er seinen Wortschatz mit einem Unwort aus dem Vokabular des Jugendslangs und fand es ungeheuer toll, wenn sie ihn »den coolen oder abgefahrenen Alten« nannten – wenn er sie auch ständig darauf hinwies, dass er erst fünfzig war. Tatsache war: Es hielt ihn jung und Richard war lebendiger denn je.

»Das wird einfach krass!«, sagte da auch schon Richard enthusiastisch.

»Was genau hast du vor?«, fragte Michael misstrauisch.

»Eine ganze Menge! Wir haben das Gerüst und einen Sack voller Sterne – und wenn die Lisa mit ihrem Burschen rauskommt, schütten wir das Konfetti über sie aus! Weil sie doch Sterne so mag!«

Entgeistert wandte sich Michael seinem Freund zu. »Du willst auf das Gerüst? Bist du wahnsinnig?«

»Was soll daran wahnsinnig sein? Ich bin bald vierzig!«

»Ich nehme an, du bist eher durchgeknallt! Richard – irgendetwas sagt mir, dass das Gerüst zusammenkracht und du auf die Braut fällst!«

»Ach Quatsch!«, wehrte Richard verärgert ab. »Ich bin inzwischen so gut im Stolpern, dass es aussieht, als würde ich durchs Leben tanzen!«

Theatralisch bewegte er die Augenbrauen auf und ab und machte wieder einige seiner fürchterlichen Stepp-Schritte.

»Oh mein Gott«, seufzte Michael, als er Richards Grinsen sah. »Wenn du weiter versuchst, so sexy zu gucken, kann es sein, dass du mit Verdacht auf Schlaganfall ins Krankenhaus eingeliefert wirst! Mit vierzig!«

Richard lachte.

»Ich habe jetzt genau das richtige Alter, muss nur noch rauskriegen, wofür! Ist besser, als das, was du machst! Du stöberst ja nur in den Todesanzeigen rum!«

»Ja, aber nur, weil ich wissen will, wer wieder Single ist!«

»Was?«, prustete Rich. »Du willst mich verlassen? Das kann nicht dein Ernst sein! Wo ich dir heute einen Heiratsantrag machen wollte!«

»Rich! Seit wann bist du vom anderen Ufer?«

»Seit ich dich kenne, glaube ich.«

»Aber das geht nicht – ein Vierzig- und ein Achtzigjähriger! No way!«

»Für dich werde ich auch wieder achtzig, Michael«, grinste Rich. »Und dir streue ich einen ganzen Eimer Sterne auf den Kopf, wenn du durch die Hoteltür kommst!«

»Welch erhebende Vorstellung!« Michael sah seinen Freund mit gerunzelter Stirn an und wusste tatsächlich nicht, was er davon halten sollte – vor allem hatte er Bedenken, dass das nicht alles war, was sein Freund so vorhatte. »Ein ganzer Eimer gleich?«

»Ja«, erwiderte Richard unbeeindruckt.

»Wie komme ich denn zu der Ehre?«, seufzte Michael. »Falls es überhaupt eine ist! Das weiß ich noch nicht recht.«

Richard lächelte leicht.

»Es ist eine Ehre«, sagte er und wurde ein wenig ernster. »Es ist ... nein, lass es mich anders sagen, wie ich das ich meine. Da gibt es doch die Geschichte von dem kleinen Jungen, der am Meer steht und sieht, dass die Flut tausende von Seesternen an den Strand gespült hat. Und er fängt an, einen nach dem anderen ins Meer zurückzuwerfen. Ein Mann beobachtet ihn, geht auf ihn zu, tippt ihm auf die Schulter und sagt: ›Es ist völlig sinnlos, was du machst! Hier liegen tausende von Seesternen! Es macht überhaupt keinen Unterschied, ob du den einen oder anderen zurückwirfst!‹ Der Junge schaut den Mann an, bückt sich, nimmt den nächsten Seestern, wirft ihn zurück ins Meer und antwortet: ›Aber für den einen macht es einen Unterschied‹«

Fragend sah Michael zu Richard, der mit einem weichen Ausdruck im Gesicht am Fenster stand und ihn anlächelte.

»Du hast mich ins Meer zurückgeworfen, Michael«, sagte er. »Dafür danke ich dir.«

.

Eine Bitte und ein Nachwort

Liebe Leserinnen, liebe Leser

zunächst großen Dank, dass Sie das Buch gekauft und gelesen haben!
Ich hoffe sehr, dass es Ihnen gefallen hat, und würde mich freuen, wenn
Sie sich die Mühe machen und eine Rezension bei Amazon verfassen. Es
muss nichts Großes sein, aber eine Bewertung hilft nicht nur uns Autoren
- sie hilft auch anderen Lesern. Bitte verraten Sie darin nicht die
unerwarteten Wendungen … gönnen Sie auch den anderen Lesern die
Spannung und eigene Gedankengänge.

… und das Nachwort:

Ich hoffe, ich konnte Ihnen mit diesem Buch ein paar Impulse liefern.
Bitte bedenken Sie, es ist ein Roman und daher kann ich solch große
Themen lediglich anreißen. Dieses Buch ist aus eigenen Erfahrungen
sowie vielen Diskussionen und Gesprächen mit Betroffenen entstanden.
Mir ist bewusst, dass jeder sein eigenes Schicksal hat und nicht jedem eine
Spontanremission vergönnt ist. Wie es Alan schon gesagt hat: Manche
Seelen wollen gehen – und auch das gilt es zu respektieren. Wichtig ist mir
allerdings, dass uns klar wird, dass die Möglichkeit einer Heilung, ob mit
oder ohne Schulmedizin, grundsätzlich besteht und dass wir selbst viel
dafür tun können. Wir wissen alle, dass es mehr Dinge zwischen Himmel
und Erde gibt, als es den Anschein hat –vielleicht geben Sie dieser Ansicht
eine Chance. Wer sich weiter informieren will, findet am Ende des Buches
eine Literaturliste.

Alles erdenklich Gute und Liebe,

Ihre
Subina Giuletti

Eine Playlist finden Sie bei Deezer unter »Sterne gibt es überall«
hier der Link: https://www.deezer.com/de/playlist/5141699684

Ich freue mich immer über einen Austausch, Feedback und Anregungen!
Falls Sie eine Meinung äußern wollen oder Fragen haben, können Sie auch
gerne über meine Facebook-Seite oder über meine Homepage Kontakt
mit mir aufnehmen:
www.subina-giuletti.de
Mail: info@subina-giuletti.de
Diese E-Mail-Adresse wird ausschließlich von mir verwaltet und von
niemand anderem eingesehen.

Endnoten:

1 B.Klopfer, «Psychological Variables in Human Cancer«, Journal of Protective Techniques, Bd 21, Nr. 4:S331-334, 1954

2 Bhasin, M.K. J.A.Dusk, B.H. Changu.a., »Relaxation Response Induces temporal Transcriptome Changes in Engery Metabolism, Insuln Secretion and Imflammatory Pathways«, PLOSONE, Bd 8, Nr 5:S.e62817n(2013)

*Die Labèque-Schwestern sind real! Hört sie euch an! Traumhaft schön!

**in allen Lebewesen vorhandene Nukleinsäure, die als Träger der Erbinformation die stoffliche Substanz der Gene darstellt DNA, DNS – kurz oder umgangssprachlich auch »Erbanlage« genannt.

***Theta-Gehirnwellen (Gamma, Beta, Alpha, Theta Delta) Im Theta-Zustand hat man Einfluss auf sein Unterbewusstsein. Es gibt binaurale Sounds auf YouTube, die Sie in die jeweiligen Frequenzen versetzen können – einfach mal googeln!

Ein großer Dank gebührt Dr. Ernst Trebin, der mir mit Rat und Tat und mit vielen Erfahrungsberichten zur Seite stand. Vielen Dank für die anregenden Diskussionen, die Offenheit, den fachkundigen Rat und vor allem den Einblick in die spezielle Herangehensweise an die Themen Gesundheit und Krankheit, an die Erkenntnis, dass hinter einer schweren Krankheit meist ein ungelöstes psychisches Problem steht.

Literaturnachweise

Begley, Sharon; Hickisch, Burkhard: Neue Gedanken - neues Gehirn : Die Wissenschaft der Neuroplastizität beweist, wie unser Bewusstsein das Gehirn verändert - Vorwort von Daniel Goleman. Göttingen: Arkana, 2009.

Campbell, T Colin; Campbell, Thomas M: China study: die wissenschaftliche Begründung für eine vegane Ernährungsweise. 2. Auflage. Bad K: Verlag Systemische Medizin, 2011.

Servan-Schreiber, David ; Schlatterer, Heike ; Schäfer, Ursel: Das Antikrebs-Buch : Was uns schützt: Vorbeugen und Nachsorgen mit natürlichen Mitteln. Aktualisierte Neuausgabe. M: Antje Kunstmann, 2015.

Siegel, Daniel J.; Cattani, Franchita Mirella: Mindsight: die neue Wissenschaft der persönlichen Transformation. Frankfurt am Main: Goldmann, 2012.

Lipton, Bruce: Intelligente Zellen: Wie Erfahrungen unsere Gene steuern. Burgrain: Koha-Verlag GmbH, 2016.

Goleman, Daniel; Griese, Friedrich: Dialog mit dem Dalai Lama : wie wir destruktive Emotionen überwinden können. Stuttgart: Dt. Taschenbuch-Verlag, 2005.

Moritz, Andreas; Hunke-Wormser, Annegret ; Theis-Passaro, Claudia: Die wundersame Leber- und Gallenblasenreinigung. Deutlich erweiterte Auflage 2014. : Narayana Verlag, 2014.

Dispenza, Dr. Joe: Du bist das Placebo : Bewusstsein wird Materie. Burgrain: Koha-Verlag GmbH, 2014.

Watts, Alan: Become what You are. Boston: Shambhala Publications, 2003.

Watts, Alan:The Book: On the Taboo Against Knowing Who You Are. Hammondsworth: Knopf Doubleday Publishing Group, 2011.

Watts, Alan; Schaup, Susanne: Der Lauf des Wassers: die Lebensweisheit des Taoismus. 3. Aufl.. Frankfurt, Leipzig: Insel-Verlag, 2003.

Goleman, Daniel; Lehner, Jochen: Die Macht des Guten : Der Dalai Lama und seine Vision für die Menschheit. 1. Aufl.. M: O.W. Barth eBook, 2015.

Bibliografie

Absturz nach oben, Band 1, Aufbruch
Absturz nach oben, Band 2 Durchbruch,
Absturz nach oben, Band 3 Ausbruch (Band 2 und 3 sind in einem Band
enthalten)
Try hard to love me
Before you judge me try hard to love me
Tropfen im Ozean
Life Chat
Herzbauchgefühl
Herzschlagfinale
Hey Babe! Irgendwann gehörst du mir
Herzgoldstaub
Zeit für Engel … Zeit für dich
Sterne gibt es überall
Moonlight-Radio- auf einer Frequenz mit dir
Das Licht in deinem Herzen
Verrat mir deine Träume
Maisies Garten
Die Magie der Liebe
Sternenstaubgeflüster – damit dein Herz wieder singt
Bewusstseinsprung mit KI?
Solange wir zu träumen wagen

Bis auf die Absturz-Reihe bewegen sich alle Romane von mir in dem
Mix aus Belletristik und Spiritualität.